El grito
de la tierra

EL GRITO
DE LA TIERRA

SARAH LARK

Traducción de Susana Andrés

GRUPO ZETA

Barcelona • Madrid • Bogotá • Buenos Aires • Caracas • México D.F. • Miami • Montevideo • Santiago de Chile

Título original: *Der Ruf des Kiwis*
Traducción: Susana Andrés
1.ª edición: noviembre, 2012

© 2009 by Verlagsgruppe Lübbe by Bastei Lübbe GmbH & Co. KG, Köln
© Ediciones B, S. A., 2012
  Consejo de Ciento 425-427, 08009 Barcelona (España)
  www.edicionesb.com

Printed in Spain
ISBN: 978-84-666-5228-5
Depósito legal: B. 10.368 - 2012

Impreso por LIBERDÚPLEX, S.L.
Ctra. BV 2249, km 7,4
Polígon Torrentfondo
08791 Sant Llorenç d'Hortons

A la memoria de Einstein y Marie Curie

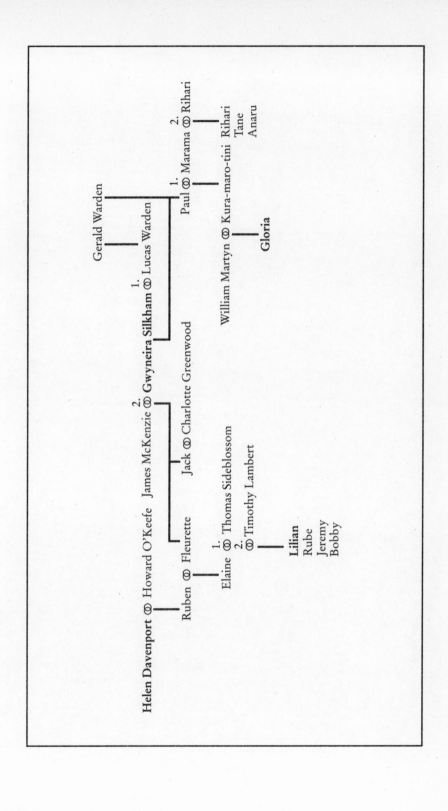

NUEVA ZELANDA

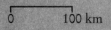

Cabo Reinga

Kaitaia

Auckland

ISLA NORTE

MAR DE TASMANIA

Wellington

Blenheim

Westport

Greymouth

Arthur's Path

Christchurch

ALPES NEOZELANDESES

Lyttelton

Monte Cook
(Aoraki)

Haldon

*Lago
Tekapo*

Queenstown

ISLA SUR

Port Chalmers

Dunedin

OCÉANO PACÍFICO

ISLA SUR

Westport

Río Buller

Greymouth

Christchurch
Bridle Path
Lyttelton

ALPES NEOZELANDESES

McKenzie Highlands

Arthur's Path

Lionel Station
Lago Tekapo

Kiward Station
O'Keefe Station

Haldon

LLANURAS DE CANTERBURY

Monte Cook
(Aoraki)

Queenstown

Port Chalmers

Dunedin

N

0   50 km

FORMACIÓN

Llanuras de Canterbury, Greymouth,
Christchurch, Cambridge

1907 - 1908 - 1909

1

—¡Una carrera! ¡Ven, Jack, hasta el Anillo de los Guerreros de Piedra!

Sin esperar siquiera a que Jack contestara, Gloria colocó su poni alazán en posición de salida junto al caballo del joven. Cuando este asintió resignado, Gloria presionó ligeramente con las rodillas a la pequeña yegua y esta salió disparada.

Jack McKenzie, un muchacho de cabello rizado y cobrizo, y ojos serenos de un verde pardo, puso también al galope su caballo y siguió a la joven por el pastizal casi infinito de Kiward Station. Jack no tenía la menor posibilidad de alcanzar a Gloria con su fuerte aunque más lento cobwallach. Él mismo era demasiado alto como yóquey, pero accedía a competir para que la pequeña disfrutara. Gloria estaba muy orgullosa del poni procedente de Inglaterra, más veloz que un rayo, que parecía un purasangre en pequeño formato. Por lo que Jack alcanzaba a recordar, ese había sido el primer regalo de cumpleaños de los padres de Gloria que a ella la había hecho feliz de verdad. El contenido de los paquetes que de vez en cuando llegaban desde Europa para la niña no solía tener mucho éxito: un vestido de volantes con abanico y castañuelas de Sevilla, unos zapatitos dorados de Milán, un diminuto bolso de mano de piel de avestruz de París..., cosas todas ellas que en una granja de ovejas de Nueva Zelanda carecían de especial utilidad y que resultaban incluso demasiado estrafalarias para lucir durante las visitas esporádicas a Christchurch.

No obstante, los padres de Gloria ni se lo planteaban, más bien al contrario. Era probable que a William y Kura Martyn les pareciese divertido el hecho de sorprender a la poco mundana sociedad de las llanuras de Canterbury con un soplo del «Gran Mundo». Los dos eran muy poco dados a la contención y la timidez, y daban por supuesto que su hija se les parecía.

Mientras Jack corría por atajos y a una peligrosa velocidad para al menos no perder de vista a la pequeña, pensaba en la madre de Gloria. Kura-maro-tini, la hija de su hermanastro Paul Warden, era una belleza exótica, dotada de una voz extraordinaria. Debía su sentido musical a su madre, la cantante maorí Marama, más que a sus parientes blancos. Desde temprana edad, Kura había abrigado el deseo de conquistar el mundo operístico en Europa y había perseverado en educar la voz. Jack, que había crecido con ella en Kiward Station, todavía recordaba con horror los ejercicios de canto y el teclear, se diría que eterno, de Kura. Al principio había parecido que en la rústica Nueva Zelanda no había la menor posibilidad de que los sueños de la joven se cumplieran, hasta que por fin encontró en William Martyn, su esposo, al admirador que supo sacar partido de su talento. Ambos llevaban años de gira por Europa con una compañía de cantantes y bailarines maoríes. Kura era la estrella de un grupo que convertía la música maorí tradicional en caprichosas interpretaciones con instrumentos occidentales.

—¡Campeona! —Gloria detuvo con maestría su brioso poni en medio de la formación pétrea conocida como el Anillo de los Guerreros de Piedra—. ¡Y ahí detrás están también las ovejas!

El pequeño rebaño de ovejas madre era la auténtica razón de que Jack y Gloria hubiesen salido a cabalgar. Los animales se habían instalado por su propia cuenta en un pastizal de un terreno cercano al círculo de piedras que la tribu local de maoríes consideraba sagrado. Gwyneira McKenzie-Warden, que dirigía la granja, respetaba las creencias religiosas de los indígenas, aunque las tierras pertenecían a Kiward Station. Había pastos suficientes para las ovejas y las vacas, por lo que los animales no tenían que andar retozando por los lugares sagrados maoríes. De ahí que hubiese pedido a Jack durante la comida que saliera a buscar a las ovejas, lo que suscitó la enérgica protesta de Gloria.

—¡Eso ya puedo hacerlo yo, abuela! *Nimue* todavía tiene que aprender.

Desde que Gloria había adiestrado a su propio perro pastor, lo estimulaba para que realizara tareas cada vez más importantes en la granja, lo cual causaba una gran satisfacción en Gwyneira. También en esta ocasión sonrió a su bisnieta y mostró su conformidad.

—De acuerdo, pero Jack te acompañará —decidió, si bien ni ella misma se explicaba por qué no permitía que la niña fuera sola en su caballo. En el fondo no había ningún motivo de preocupación: Gloria conocía la granja como la palma de su mano y todas las personas de Kiward Station conocían y querían a la niña.

Gwyneira jamás había sobreprotegido a sus propios hijos de ese modo. Su hija mayor, Fleurette, a los ocho años recorría sola más de seis kilómetros para llegar a la pequeña escuela que dirigía Helen, la amiga de Gwyneira, en una granja vecina. Pero Gloria era distinta. Todas las esperanzas de Gwyneira estaban depositadas en la única heredera reconocida de Kiward Station. Solo por las venas de Gloria y de Kura-maro-tini corría la sangre de los Warden, los auténticos fundadores de la granja. Además, Marama, la madre de Kura, procedía de la tribu maorí local, de ahí que también los indígenas aceptaran a la niña. Eso era importante, pues entre Tonga, el jefe tribal de los ngai tahu, y los Warden existía desde hacía años una gran rivalidad. Tonga esperaba reforzar su influencia sobre el territorio mediante un enlace entre Gloria y un maorí de su tribu, estrategia esta que ya había fallado con Kura, la madre de Gloria. Y hasta la fecha la muchacha no mostraba gran interés por la vida y la cultura de las tribus. Por supuesto, hablaba maorí con fluidez y escuchaba con atención las sagas y leyendas antiquísimas de su pueblo que su abuela Marama le explicaba; sin embargo, solo se sentía unida a Gwyneira, al segundo marido de esta, James McKenzie, y sobre todo al hijo de ambos, Jack.

La relación entre Jack y Gloria siempre había sido especial. El joven era quince años mayor que su sobrina nieta por parte de su hermanastro, y en la primera infancia de la niña la había protegido más que nadie frente a los cambios de humor y la indiferencia de sus padres. A Jack nunca le había gustado Kura ni su música, pero a Gloria la quiso desde la primera vez que la niña lloró, literalmente, como solía bromear James. El bebé acostumbraba ponerse a berrear a pleno pulmón en cuanto Kura pulsaba una tecla del piano. Jack entendía a la pequeña perfectamente y la llevaba consigo como si fuera un cachorrito.

Entretanto, no solo Jack había llegado al círculo de piedras, sino también la perrita de Gloria, *Nimue*. La border collie jadeaba y miraba a su ama casi con aire de reproche. No le gustaba nada que Gloria fuera a galope tendido. Vivía más feliz antes de la llegada de ese poni inglés, tan sumamente veloz. No obstante, se calmó y salió corriendo cuando Gloria, con un fuerte silbido, le pidió que reuniera las ovejas que se habían dispersado por entre las piedras. Bajo la complacida mirada de Jack y de su orgullosa ama, *Nimue* agrupó a los animales y esperó nuevas órdenes. Gloria condujo con destreza el rebaño hacia casa.

—¿Lo ves? ¡Habría podido hacerlo yo sola! —afirmó resplandeciente y con un tono triunfal dirigiéndose a Jack—. ¿Se lo contarás a la abuela?

El joven asintió con aire serio.

—Claro, Glory. Estará orgullosa de ti. ¡Y de *Nimue*!

Más de cincuenta años atrás, Gwyneira McKenzie había introducido los primeros border collies originarios de Gales en Nueva Zelanda, donde había seguido criándolos y adiestrándolos. Se sentía dichosa al ver a Gloria manejarlos con tanta habilidad.

Andy McAran, el anciano capataz de la granja, observaba a Jack y Gloria mientras estos metían las ovejas en el redil donde él estaba trajinando. Hacía mucho que McAran habría tenido que dejar de trabajar, pero le gustaba ocuparse de la granja y casi cada día seguía ensillando el caballo para cabalgar a Kiward Station desde Haldon. A su mujer no le gustaba nada que lo hiciera, pero eso no lo arredraba; más bien al contrario. Se había casado tarde y nunca se acostumbraría a que otra persona le diera órdenes.

—Casi me parece estar viendo a la señorita Gwyn. —El anciano sonrió de forma aprobatoria cuando Gloria cerró la puerta detrás de las ovejas—. Solo falta el cabello rojo y...

Andy no mencionó el resto; a fin de cuentas, no quería que Gloria se molestase. Jack, sin embargo, había oído observaciones similares con demasiada frecuencia como para no saber qué estaba pensando Andy: el viejo anciano lamentaba que Gloria no hubiese heredado de su bisabuela la complexión menuda, casi propia de un elfo, así como tampoco el rostro hermoso y fino, algo extraño, puesto que Gwyneira había legado sus rizos rojos y su estilizada silueta a casi todas las demás descendientes femeninas. Gloria había salido a los Warden: rostro anguloso, los ojos un poco demasiado juntos y los labios bien delineados. Más que enmarcar grácilmente su rostro, los numerosos rizos de color castaño claro parecían sofocarlo. Tal indómita abundancia de cabello era un fastidio, por lo que, ya harta, hacía unos seis meses la muchacha se había cortado el cabello en un arrebato. Por supuesto, todos se burlaron de ella preguntándole si quería convertirse en «todo un hombre» (ya antes había conseguido unos pantalones de montar de los que su abuela Marama confeccionaba para los jóvenes maoríes), pero en opinión de Jack a Gloria el nuevo peinado le quedaba de maravilla y los pantalones anchos de jinete le caían mejor a su cuerpo robusto, algo regordete, que los vestidos. En cuanto a complexión, Gloria se parecía más a sus antepasados maoríes. Nunca le sentaría bien la moda de corte occidental.

—De hecho, la chica no ha sacado nada en absoluto de su madre —observó en ese momento James McKenzie.

Había contemplado la llegada de Jack y Gloria desde el balcón del dormitorio de Gwyneira. Con el tiempo, le había tomado el gusto a sentarse allí: prefería ese mirador al aire libre que las butacas, más cómodas, del salón. Hacía poco que James había cumplido ochenta años y se resentía de ello. Desde hacía un tiempo le dolían las articulaciones, lo que limitaba su libertad de movimientos. Sin embargo, odiaba servirse de un bastón. Se resistía a admitir que la escalera que conducía al salón cada vez le suponía un obstáculo mayor, así que prefería convencerse de que desde su observatorio controlaba mejor lo que sucedía en la granja.

Gywneira incluso afirmaba que James nunca se había sentido realmente bien en el acogedor salón de Kiward Station. Su mundo seguía estando en las dependencias de los empleados. Solo por Gwyn se había resignado a residir en la suntuosa mansión y criar ahí a su hijo. James habría preferido construir una casa de madera a su familia y sentarse delante del fuego de una chimenea que habría alimentado con la leña que él mismo habría cortado. Ese sueño, no obstante, iba perdiendo su atractivo a medida que envejecía. A esas alturas encontraba agradable disfrutar simplemente del fuego que alimentaban los sirvientes de Gwyneira.

Gwyneira le puso la mano en el hombro y bajó a su vez la mirada hacia Gloria y su hijo.

—Es preciosa —declaró—. Ojalá un día encuentre al hombre adecuado...

James levantó la vista al cielo.

—¡No empecemos! —gimió—. Gracias a Dios, todavía no le preocupan los chicos. Cuando pienso en Kura y ese muchacho maorí que tantos dolores de cabeza te dio... ¿Qué edad tenía entonces? ¿Trece?

—¡Era una niña precoz! —exclamó Gwyneira, defendiendo a su nieta. Siempre había querido a Kura—. Sé que no le tienes un cariño especial, pero en el fondo su problema residía solo en que no se encontraba a gusto aquí.

Gwyneira se cepilló la melena antes de recogérsela. Todavía la tenía larga y rizada, aunque el cabello blanco iba imponiéndose por encima del rojo. Salvo por eso, apenas si se percibía en ella el paso de los años. A punto de cumplir los setenta y tres, Gwyneira McKenzie-Warden conservaba la esbeltez de la juventud. Aun así, con el tiempo su rostro había enflaquecido y lo recorrían unas pequeñas arrugas, porque nunca se había protegido de las inclemencias del tiempo. No le atraía la vida de una dama de la alta sociedad y, pese a todas las peripecias de su existencia, consideraba un golpe de suerte haber abandonado la noble casa familiar de Gales a la edad de diecisiete años para emprender la arriesgada aventura de contraer matrimonio en un nuevo mundo.

—El problema de Kura residía en que nadie le negó nada cuando todavía era capaz de aprender —farfulló James. Habían discutido sobre Kura miles de veces. En realidad, era el único punto de conflicto en el matrimonio de James y Gwyneira.

Gwyn agitó la cabeza con despecho.

—Otra vez lo dices como si yo hubiera tenido miedo de Kura —replicó de mal humor. Tampoco era nuevo ese reproche, si bien no había surgido de James, sino de la amiga de Gwyn, Helen O'Keefe. Solo de pensar en Helen, que había fallecido el año anterior, Gwyneira sintió una punzada de dolor.

James levantó las cejas.

—¿Miedo de Kura? ¡Jamás de los jamases! —respondió, burlándose de su esposa—. Por eso llevas tres horas deslizando de un lado a otro de la mesa la carta que el viejo Andy te ha traído. ¡Ábrela de una vez, Gwyn! Kura está a casi veinte mil kilómetros. ¡No te morderá!

Andy McAran y su esposa vivían en Haldon, la pequeña población vecina en cuya oficina de correos se depositaba la correspondencia para Kiward Station, y a Andy no le importaba hacer de cartero cuando llegaban cartas de ultramar. Por el contrario, siempre esperaba oír —como todos los correveidiles de Haldon, ya fueran hombres o mujeres— algún chisme sobre la exótica vida artística de la extraordinaria heredera de los Warden. James o Jack, a su vez, no escondían las novedades sobre la singular vida de Kura, y Gwyneira no solía tomar medidas contra ello. A fin de cuentas, la mayoría de las veces las noticias eran buenas: Kura y William eran felices, las entradas de las funciones se agotaban y una gira seguía a la otra. En Haldon, por supuesto, la gente rumoreaba. ¿Seguía William siendo fiel a Kura cuando ya llevaban casi diez años juntos? Y si el matrimonio era de verdad tan perfecto, ¿por qué no había sido bendecido con más descendencia?

A Gwyneira, que en esos momentos abría con dedos temblorosos el sobre, esta vez sellado en Londres, todo eso le daba igual. En el fondo solo le interesaba el comportamiento de Kura hacia Gloria. Hasta el momento había sido indiferente, y Gwyneira rogaba para que siguiera así.

En esta ocasión, sin embargo, James ya sospechó, por el modo en que su esposa leía, que la carta contenía noticias más inquietantes que las anécdotas, siempre celebérrimas, acerca del «Haka meets Piano». James lo había intuido cuando no reconoció la picuda caligrafía de Kura en el sobre, sino la fluida letra de William Martyn.

—Quieren llevarse a Gloria a Inglaterra —anunció Gwyneira con voz ronca cuando dejó caer la carta—. Por lo visto... —Gwyn buscó las palabras de William—, aprecian la formación que le hemos dado, pero les preocupa el hecho de que el «lado creativo y artístico» de Gloria no reciba aquí estímulo suficiente. James, ¡Gloria no tiene ningún lado creativo y artístico!

—Gracias a Dios —apostilló James—. ¡Y cómo piensan esos dos despertar ahora a esa nueva Gloria? ¿Se irá con ellos de gira? ¿Cantará, bailará? ¿Tocará la flauta?

El virtuoso dominio de la flauta *putorino* constituía uno de los puntos destacados del programa de Kura y, naturalmente, Gloria también poseía uno de esos instrumentos. La niña no había conseguido tocar ni una sola vez sin errores una de las «voces normales» de la flauta, lo cual ya había sido motivo de pesar para su abuela Marama, de manera que no cabía ni mencionar la famosa *wairua*, la voz de los espíritus.

—No, quieren meterla en un internado. Escucha: «Hemos elegido una pequeña escuela, situada en un paraje idílico cerca de Cambridge, que proporciona una amplia formación femenina, en especial en los ámbitos intelectual y artístico...» —leyó Gwyneira en voz alta—. ¡Formación femenina! ¿Qué se entiende por esto? —masculló enfadada.

James rio.

—¿Cocinar, amasar el pan, bordar? —sugirió—. ¿Francés? ¿Tocar el piano?

Se diría que Gwyneira estaba sufriendo una tortura. Al ser hija de un miembro de la nobleza rural, no se había librado de ninguna de esas disciplinas, aunque, por fortuna, los Silkham nunca habían tenido dinero suficiente para enviar a sus hijas a un internado. De ahí que Gwyn hubiera podido escapar de las peores aberraciones para dedicarse al aprendizaje de cosas útiles, como montar a caballo o adiestrar perros pastores.

James se puso trabajosamente en pie y la abrazó.

—Venga, Gwyn, no será tan horrible. Desde que circulan las embarcaciones de vapor, los viajes a Inglaterra se hacen como si nada. Mucha gente envía a sus hijos al internado. A Gloria tampoco le perjudicará ver un poco de mundo. Y dicen que el paisaje de Cambridge es precioso, como aquí. Gloria estará con chicas de su misma edad y jugará a hockey o lo que se lleve... De acuerdo, cuando salga a caballo tendrá que apañárselas con la silla de amazona. Tampoco le irá mal saber cómo comportarse en sociedad, teniendo en cuenta que por aquí los barones de la lana cada vez son más elegantes...

La mayoría de las grandes granjas de las llanuras de Canterbury, existentes desde hacía más de cincuenta años, arrojaban pingües beneficios sin exigir un gran esfuerzo de sus propietarios. De este modo, algunos «barones de la lana» de segunda o tercera generación llevaban una vida de distinguidos terratenientes. Aun así, todavía se ponían granjas a la venta que servían de retiro a veteranos de guerra ingleses, merecedores de altas condecoraciones.

Gwyn respiró hondo.

—Debe de haber sido eso —gimió—. No tendría que haber permitido que la fotografiaran con el caballo. Pero ella insistió tanto... ¡Estaba tan contenta con el poni!

James sabía a qué se refería Gwyn: una vez al año armaba todo un jaleo para sacar fotografías de Gloria y enviarlas a sus padres. Por lo general vestía a la muchacha con un traje de domingo de lo más sobrio y aburrido, pero la última vez Gloria había insistido en que la fotografiaran a lomos de su nuevo poni.

—¡Es que mamá y papá me han regalado a *Princess*! —había presentado como argumento—. Seguro que se alegran si también sale en la foto.

Gwyneira se toqueteó nerviosa el moño recién hecho hasta que se desprendieron de él los primeros mechones.

—Al menos no tendría que haber prescindido de la silla de amazona y el traje de montar.

James le tomó dulcemente la mano y depositó un beso en ella.

—Ya sabes cómo son Kura y William. Tal vez sí fue el poni,

pero también podrías haberles enviado una foto de Gloria endomingada y te habrían escrito que faltaba el piano. Quizá se trata simplemente de que ha llegado el momento. Antes o después habían de recordar que tenían una hija.

—¡Muy tarde! —protestó Gwyn—. ¿Y por qué no nos lo consultan a nosotros, al menos? No conocen a Glory en absoluto. ¡Y en un internado, nada menos! Con lo joven que es...

James abrazó a su esposa, aunque prefería con mucho verla indignada en lugar de vacilante y desalentada como hacía un momento.

—Muchos niños ingleses ingresan en un internado con cuatro años apenas —le recordó—. Y Glory tiene doce. Lo encajará. Incluso es probable que le guste.

—Estará totalmente sola... —susurró Gwyn—. Se añorará.

James le dio la razón.

—Seguro que al principio eso les ocurre a todas las niñas, pero lo superan.

Gwyneira prosiguió:

—Seguro, cuando la casa de los padres se encuentra a treinta kilómetros de distancia, ¡pero no cuando está a miles de kilómetros, como en el caso de Glory! ¡La enviamos al otro extremo del mundo, con gente que no la conoce ni la quiere!

El rostro de Gwyneira se entristeció. Hasta entonces nunca lo había admitido, sino que siempre había defendido a Kura. Pero de hecho se trataba de una evidencia: a Kura-maro-tini no le preocupaba su hija en absoluto. Ni tampoco a William Martyn.

—¿Por qué no nos limitamos a hacer como si no hubiésemos recibido la carta? —preguntó, acurrucándose contra James. Este recordó a la jovencita Gwyneira, quien se refugiaba en los establos buscando la compañía de los pastores cuando no lograba satisfacer todas las exigencias de su nueva familia neozelandesa. Sin embargo, el problema actual era más serio que la mera preparación de un *Irish stew*...

—Gwyn, cariño, enviarán otra. No se trata de una idea disparatada de Kura. Ella tal vez habría soltado algo así un día, pero se le habría olvidado tras el siguiente concierto a más tardar. La carta es de William. Esto es un proyecto suyo. Es probable que acaricie la idea de casar a Gloria con un noble británico a la primera oportunidad que se presente...

—Pero si antes odiaba a los ingleses —objetó Gwyneira. William Martyn había luchado por una Irlanda libre en un breve período de su pasado.

James hizo un gesto de resignación.

—William es un chaquetero.

—Si al menos Gloria no tuviera que estar tan sola... —gimió Gwyn—. Esa travesía tan larga en barco, toda esa gente desconocida...

James le dio la razón. Pese a todas sus palabras apaciguadoras, comprendía lo que Gwyn pensaba. Gloria disfrutaba con las tareas de la granja, pero carecía del amor por la aventura que caracterizaba a Gwyn y a su hija Fleurette. A este respecto, la muchacha no solo difería de Gwyn, pues tampoco su antecesor Gerald Warden había temido jamás el riesgo, y Kura y William Martyn en absoluto. Pero ese era el legado maorí. Marama, la abuela de la muchacha, era dulce y sentía apego por su tierra. Migraba con su tribu, por supuesto, pero abandonar a solas la tierra de los ngai tahu le provocaba inseguridad.

—¿Y si les enviamos a otra chica? —sugirió James—. ¿No tiene ninguna amiga maorí?

Gwyneira sacudió la cabeza.

—¿No creerás que Tonga accederá a enviar a una joven de su tribu a Inglaterra? —respondió—. Sin contar con que no se me ocurre ninguna que sea amiga de Gloria. De todos modos sería... —El rostro de Gwyn se iluminó—. ¡Sí, esa sería una posibilidad!

James esperó pacientemente a que ella desarrollara hasta el final la idea que acababa de ocurrírsele.

—Claro que todavía es muy joven también...

—¿Quién? —preguntó.

—Lilian —contestó Gwyn—. Gloria se entendió bien con ella el último año que Elaine estuvo aquí. En realidad es la única niña con quien la he visto jugar. Y el mismo Tim ha ido a la escuela en Inglaterra. Tal vez le guste la idea.

Una sonrisa asomó en el rostro de James cuando oyó el nombre de Lilian. Otra bisnieta, pero en esta ocasión carne de su carne. Elaine, la hija de Fleurette, se había casado en Greymouth; su hija Lilian era la mayor de cuatro niños. La única chica y una nueva réplica de Gwyneira, Fleurette y Elaine: pelirroja, impulsiva y siempre de buen humor. Gloria había mostrado cierta timidez en un principio, cuando, un año antes, Lilian había ido con su abuela a visitar la granja. A pesar de ello, su prima enseguida había roto el hielo. Habló sin parar de la escuela, de sus amigas, de los caballos y perros de la casa, hizo carreras con Gloria y le pidió que le enseñara maorí y que visitaran la tribu de Kiward Station. Gwyneira oyó reír por vez primera a su bisnieta con otra niña e intercambiar con ella secretos. Las dos intentaron espiar a Rongo Rongo, partera y *tohunga* de los maoríes, cuando hacía un encantamiento, y Lilian guardó como un tesoro el trozo de jade que la mujer le había regalado. La niña nunca se cansaba de inventar sus propias historias.

—Le pediré a mi padre que haga engarzar la piedra —anunció con gravedad—. Luego le pondré una cadenita y la llevaré colgada. Y cuando conozca al hombre con quien vaya a casarme, él... él... —Lilian dudaba entre «arderá como las brasas» y «vibrará como un corazón desbocado».

Gloria era incapaz de compartir tales sentimientos. Para ella, un pedazo de jade solo era eso, no un instrumento para hechizar a nadie. Disfrutaba, no obstante, escuchando las fantasías de Lilian.

—Lilian es aún más joven que Gloria —objetó James—. No me imagino a Elaine desprendiéndose de ella ya. Sea lo que sea lo que Tim opine al respecto...

—Por preguntar que no quede —declaró Gwyn, resuelta—. Les escribiré ahora mismo. ¿Tú qué opinas, se lo decimos a Gloria?

James suspiró y se pasó la mano por los cabellos antes castaños y ahora blancos, aunque todavía enmarañados. Era un gesto típico de él que Gwyneira seguía encontrando atractivo.

—Ni hoy ni mañana —respondió al final—. Pero si he entendido bien a William, el nuevo año escolar comienza después de Pascua. Para esas fechas tendría que estar en Cambridge. Retrasarse no le hará ningún bien. Además, si es la única alumna nueva que llega a mitad de curso, todavía tendrá más dificultades.

Gwyn asintió cansada.

—Pero debemos comunicárselo a la señorita Bleachum —señaló apesadumbrada—. A fin de cuentas tiene que buscarse otro puesto nuevo. ¡Mecachis, ahora que tenemos una institutriz realmente eficaz, va y pasa esto!

Sarah Bleachum enseñaba a Gloria desde el comienzo de su formación escolar y la niña la quería mucho.

—Bueno, al menos Glory no tendrá un nivel inferior al de las chicas inglesas —se consoló Gwyn.

La señorita Bleachum había estudiado en la Academia de Pedagogía de Wellington y concluido los estudios con excelentes calificaciones. Su asignatura preferida eran las Ciencias Naturales y había sabido despertar en Gloria el interés por esta disciplina. Ambas se entregaban con pasión a lecturas sobre la flora y la fauna de Nueva Zelanda, y la señorita Bleachum no logró contener su admiración cuando Gwyneira le mostró los dibujos de su primer marido, Lucas Warden, quien había estudiado y catalogado la población de insectos de su país. La señorita Bleachum contempló asombrada los minuciosos dibujos de los distintos géneros de weta. Tales criaturas provocaban en Gwyneira sentimientos encontrados. Nunca le habían resultado especialmente simpáticos esos insectos gigantes.

—Era mi bisabuelo, ¿verdad? —preguntó Gloria con orgullo.

Gwyneira le dijo que sí. En realidad, Lucas más bien había sido un tío lejano de la niña, pero era mejor que no lo supiera. Lucas se habría alegrado de tener una bisnieta tan inteligente con quien compartir por fin sus aficiones.

¿Sabrían también valorar en una escuela femenina inglesa el entusiasmo de Gloria por los insectos y otros bichos?

2

—¡Deja, puedo bajar solo!

Timothy Lambert rechazó la ayuda de su sirviente Roly casi con aspereza. Y eso que ese día le resultaba especialmente difícil desplazar la pierna del asiento de la calesa hasta el estribo, entablillarla y, con ayuda de las muletas, sostenerse en pie. Tenía un mal día. Se sentía tenso e irritado, como casi siempre que se acercaba la fecha de la desgracia que había provocado su discapacidad. Era el undécimo aniversario del derrumbamiento de Mina Lambert y, como en cada ocasión, la dirección celebraba el evento con unas pequeñas exequias. Los familiares de las víctimas, así como los mineros que en ese momento trabajaban en la mina, apreciaban ese gesto, igual que valoraban los modélicos dispositivos de seguridad en su puesto de trabajo. Sin embargo, Tim volvería a ser el centro de atención y de las miradas, y por supuesto Roly O'Brien explicaría por enésima vez cómo el hijo del propietario de la mina le salvó la vida. Tim odiaba esa mirada que oscilaba entre la veneración al héroe y el horror.

En ese momento Roly retrocedió casi ofendido, aunque vigiló desde una distancia prudencial cómo su patrón se las arreglaba para descender del carruaje. Si Tim se caía, él estaría allí, como siempre en los últimos doce años. La ayuda de Roly O'Brien era inestimable, pero algunas veces el joven sacaba de quicio a Tim, sobre todo en días como ese, en que la paciencia no tardaba en agotársele.

Roly metió el caballo en el establo mientras Tim se dirigía cojeando a casa. Como de costumbre, la visión del edificio de madera blanca de una sola planta le levantó los ánimos. Tras su boda con Elaine enseguida había mandado construir esa sencilla propiedad, pese a las protestas de sus padres, quienes le aconsejaban una residencia de más prestancia. La villa de ellos, a unos tres kilómetros de distancia en dirección a la ciudad, sí se correspondía con creces con la imagen habitual de la residencia del propietario de una mina. Sin embargo, Elaine se había negado a compartir Lambert Manor con los padres de Tim, y la lujosa mansión de dos plantas con su escalinata y los dormitorios en el piso superior tampoco respondía a las necesidades de Timothy. Por otra parte, él no era el propietario de la mina, la mayoría de las acciones de la empresa pertenecían desde hacía tiempo al inversionista, George Greenwood. Los padres de Tim poseían todavía algunas acciones, mientras que él, por su parte, desempeñaba el cargo de gerente.

—¡Papá! —Lilian, la hija de Tim y Elaine, ya abría la puerta antes de que Tim cambiara el peso para apoyarse solo en una muleta y tener libre la mano derecha para accionar el puño de la puerta. Detrás de la jovencita apareció Rube, el hijo mayor de Tim, con aspecto desolado porque su hermana había vuelto a ganarle en la carrera diaria que consistía en ser el primero en abrir la puerta a su padre.

—¡Papi! ¡Tienes que escuchar el ejercicio que he hecho hoy! —A Lilian le encantaba tocar el piano y cantar, aunque no siempre lo hacía bien—. *Annabel Lee*. ¿La sabes? Es muy triste. Es taaan bonita, y el príncipe la quiere con todo su corazón, pero entonces...

—¡Cosas de niñas! —refunfuñó Rube. Tenía siete años, pero sabía perfectamente bien lo que consideraba tonto—. ¡Vale más que mires el ferrocarril, papá! He montado la locomotora yo solo...

—¡No es verdad! ¡Mamá te ha ayudado! —lo delató Lilian. Tim esbozó una mueca de impotencia.

—Cielo, lo siento mucho, pero hoy no puedo escuchar ni una vez más la palabra «ferrocarril» en casa —anunció, revolviendo cariñosamente el cabello cobrizo de su hijo. Los cuatro eran pelirrojos, un legado que con toda certeza procedía de Elaine. Aun así, los chicos se parecían más a Tim y no había día en que la madre no contemplase complacida la expresión alegremente audaz de sus rostros y sus amables ojos de un castaño verdoso.

El semblante de Tim resplandeció por fin al ver que su esposa, procedente de la sala de estar, aparecía en el pasillo, donde los niños le habían dado la bienvenida. Estaba espléndida con sus ojos de un verde brillante, la tez de una claridad casi transparente y los indomables ricitos rojos. La viejísima perra *Callie* le pisaba los talones.

Elaine besó dulcemente a Tim en las mejillas.

—¿Qué ha hecho esta vez? —preguntó a modo de saludo.

Tim frunció el ceño.

—¿Me lees el pensamiento? —inquirió desconcertado.

Elaine rio.

—No del todo, pero solo pones esa expresión cuando estás pensando de nuevo en algún método especialmente interesante con el que asesinar a Florence Biller. Y ya que por lo general no tienes nada contra los ferrocarriles, algo tendrá que ver todo esto con la nueva vía.

Tim asintió.

—Has dado en el clavo. Pero déjame entrar antes. ¿Qué tal los niños?

Elaine se estrechó contra su esposo, brindándole así de forma discreta la oportunidad de que se apoyara en ella. Lo ayudó a llegar a la sala de estar, equipada de forma acogedora con muebles de madera de matai, el pino negro neozelandés, y lo liberó de la chaqueta antes de que él se dejara caer en el sillón frente a la chimenea.

—Jeremy ha pintado una oveja y ha escrito debajo «oreja», con lo que no sabemos si se ha equivocado al escribir o al dibujar... —Jeremy tenía seis años y estaba aprendiendo a leer—. Y Bobby ha conseguido dar cuatro pasos seguidos.

Como si quisiera demostrarlo, el pequeño trotó hacia Tim, quien lo cogió en brazos, lo sentó sobre su regazo y le hizo carantoñas. El enfado con Florence Biller parecía haberse disipado de repente.

—¡Siete pasos más y ya puede casarse! —exclamó Tim riendo

y guiñando el ojo a Elaine. Después del accidente, cuando logró volver a andar, su primer objetivo fue dar once pasos: desde la entrada de la iglesia hasta el altar. Elaine y Tim se habían prometido tras la desgracia de la mina.

—¡Y tú no escuches, Lily! —dijo Elaine a su hija, que justo se disponía a hacer una pregunta. Lilian soñaba con príncipes azules y su juego favorito era el de «la boda»—. Vale más que vayas al piano y toques como los ángeles *Annabel Lee*. Así papá me explicará mientras tanto por qué de repente han dejado de gustarle los ferrocarriles...

Lilian se dirigió hacia el instrumento, al tiempo que los niños volvían al tren de juguete que habían montado en el suelo.

Elaine sirvió un whisky para Tim y se sentó junto a él. No era hombre que bebiese demasiado y mucho menos antes de las comidas, aunque tan solo fuera para no perder el control de sus movimientos. Ese día, no obstante, parecía tan hastiado y exhausto que un trago le sentaría bien.

—De hecho, ni siquiera vale la pena hablar de ello —respondió Tim—. Solo que Florence ha vuelto a negociar con la compañía ferroviaria sin contar con el resto de los propietarios de las minas. Me he enterado por casualidad a través de George Greenwood, que también está implicado en la construcción de las vías. Juntos podemos estipular condiciones mucho mejores; pero no, Florence parece esperar que nadie preste atención a los nuevos raíles de Greymouth y que de este modo solo Biller disfrute de un transporte mucho más rápido del carbón. Pese a todo, Matt y yo hemos solicitado también para Lambert un carril de conexión. Mañana vendrán los de la compañía y hablaremos sobre la distribución de los gastos. Por supuesto, los raíles pasan por el terreno de los Biller: Florence tendrá su propia estación de mercancías en seis semanas como mucho. —Tim tomó un sorbo de whisky.

—Es una buena mujer de negocios —señaló Elaine con resignación.

—¡Es un monstruo! —replicó Tim, refiriéndose a ella de modo mucho más amable, probablemente, que la mayoría de los propietarios de las minas y proveedores de la región.

Florence Biller era una empresaria dura que sacaba partido

de cualquier punto débil que tuvieran sus contrincantes. Dirigía con mano férrea la mina de su esposo, y los capataces y secretarios temblaban ante su presencia, si bien, recientemente, corrían rumores respecto a los favores que prodigaba a su joven jefe de despacho. A veces sucedía que durante un breve período de tiempo uno de los colaboradores desempeñaba el papel de favorito. Hasta el momento eso había ocurrido en tres ocasiones, para ser exactos. Tim y Elaine Lambert, que estaban al corriente de algún que otro secreto del matrimonio entre Caleb y Florence, ya habían sacado sus propias conclusiones: la señora Biller tenía tres hijos...

—No entiendo cómo Caleb aguanta con ella. —Tim, ya algo relajado, colocó el vaso sobre la mesa. Siempre le sentaba bien hablar con Lainie y el sonido de fondo del piano de Lilian, más emocionado que inspirado, contribuía a apaciguar sus ánimos.

—Creo que a Caleb a veces le avergüenzan sus intrigas —respondió Elaine—. Pero en conjunto le da igual. Se dejan en paz mutuamente: ese era también el trato.

Caleb Biller no se interesaba por la gestión de la mina. Era un estudioso y una eminencia en el ámbito del arte y la música maorí. Antes de su enlace con Florence había acariciado la idea de abandonar el negocio familiar y consagrar su vida a la música (tanto era así que en ese momento se ocupaba de los arreglos musicales del programa de Kura-maro-tini Martyn). Sin embargo, Caleb sufría pánico escénico, y su terror ante el público superaba el que le producía la temible Florence Weber. Sobre el papel, él era el director de Mina Biller; pero Florence era la jefa de hecho.

—Solo desearía que no dirigiera sus negocios como si se tratara de una guerra —gimió Tim—. Comprendo su deseo de que se la tome en serio, pero..., Dios mío, los otros también tienen sus problemas.

Tim lo sabía por propia experiencia. Al comienzo de su actividad como gerente, algunos proveedores o clientes habían intentado aprovecharse de su discapacidad para entregar artículos de calidad inferior o presentar reclamaciones injustificadas. No obstante, Tim tenía ojos y oídos también fuera del despacho. Su delegado, Matt Gawain, era un perspicaz observador, y Roly

O'Brien mantenía excelentes contactos con los mineros. Colaboraba durante el día con ellos, cuando Tim no lo necesitaba, así que por las tardes estaba tan cubierto de polvo de piedra como los compañeros de faena. A Roly no le importaba la suciedad, pero después de haber pasado dos días enterrado con Tim en una mina, decidió que nunca más bajaría a una galería.

Con el paso del tiempo, Tim Lambert se había ganado el respeto de todos como gerente de la mina y ya nadie intentaba engañarlo. A Florence Biller sin duda le sucedía lo mismo. Habría podido hacer las paces con todos sus competidores varones, pero la mujer seguía luchando a brazo partido. No solo pretendía hacer de Biller la primera mina de Greymouth, sino dominar, a ser posible, toda la costa Oeste, cuando no la industria minera de todo el país.

—¿Hay algo que comer? —preguntó Tim a su esposa. Se le había ido despertando el apetito.

Elaine asintió.

—En el horno. Tardará un poco. Y antes... antes quería hablar de un asunto contigo.

Tim observó que lanzaba una mirada hacia Lilian. Al parecer se trataba de la niña.

Elaine se dirigió a su hija, que justo en ese momento cerraba el piano.

—Ha sido muy bonito, Lily. El destino de Annabel nos ha conmovido a todos. Ahora mismo no puedo poner la mesa, ¿te importaría hacerlo tú? Rube te ayudará.

—¡Ese todavía romperá algún plato! —gruñó Lilian, aunque se marchó obediente al comedor.

Justo después se oyó tintinear la vajilla. Elaine levantó la vista al cielo y Tim rio paciente.

—No es que esté especialmente bien dotada para las labores domésticas —señaló—. Será mejor que le dejemos la dirección de la mina.

Elaine sonrió.

—O que nos ocupemos de darle una «formación femenina artística y creativa».

—¿El qué? —preguntó Tim, desconcertado.

Elaine sacó una carta de entre los pliegues de su vestido de diario.

—Mira, ha llegado hoy. Es de la abuela Gwyn. Está bastante confusa. William y Kura quieren llevarse a Gloria.

—¿Así, de sopetón? —preguntó Tim con sincero interés—. Hasta ahora solo se habían interesado por la carrera de Kura. ¿Y de pronto quieren convertirse en una familia?

—Tampoco es exactamente eso —respondió Elaine—. Están más bien pensando en un internado. Consideran que la abuela Gwyn no vela lo suficiente para potenciar la faceta «artística y creativa» de la niña.

Tim se echó a reír. Se le había pasado el mal humor del despacho y Elaine se alegró al ver el rostro de su marido, todavía de expresión traviesa y marcado por los surcos dejados por la sonrisa.

—En eso no les falta razón. No tengo nada en contra de Kiward Station ni de tus abuelos, pero no es exactamente un baluarte del arte y la cultura.

Elaine se encogió de hombros.

—No tenía la impresión de que Gloria lo echara en falta. La niña me parece muy feliz, aunque un poco tímida. Incluso necesitó algo de tiempo para tomarle confianza a Lily. En eso puedo entender a la abuela Gwyn. Le preocupa que la niña emprenda sola el viaje.

—¿Y? —preguntó Tim—. Algo te inquieta, Lainie. ¿De qué querías hablar conmigo?

Elaine le tendió la carta de Gwyneira.

—La abuela pregunta si no querríamos enviar a Lilian con ella. Se trata de un internado famoso. Y ayudaría a Gloria a superar ese mal trago.

Tim leyó la carta con atención.

—Cambridge siempre es una buena referencia —observó—. Pero ¿no es un poco joven? Sin contar con que esos internados cuestan una fortuna.

—Los McKenzie correrían con los gastos —explicó Elaine—. Si no estuviera tan lejos... —Enmudeció cuando Lilian entró en la habitación.

La niña se había puesto un delantal demasiado grande e iba

tropezando con él cada dos pasos. Como era frecuente, provocó la risa de sus padres. El rostro pecoso de la pequeña mostraba una chispa de picardía, aunque su mirada era soñadora. Tenía el cabello fino y rojo como su madre y su abuela, pero no tan rizado, y lo llevaba recogido en dos largas trenzas y con su enorme delantal parecía un duende haciendo de chica de servicio.

—La mesa está lista, mami. Y creo que el pastel también.

En efecto, desde la cocina flotaba hasta la sala de estar el delicioso olor del pastel de carne.

—¿Y cuántos vasos has roto? —preguntó Elaine con fingida severidad—. No lo niegues, porque he oído el ruido.

Lilian se sonrojó.

—Ninguno. Solo... solo la taza de Jeremy...

—¡Mamiii! ¡Me ha roto la taza! —berreó el niño. Le encantaba su taza de porcelana, que ya se había roto alguna vez antes y pegado después—. ¡Vuélvemela a poner entera, mami! ¡O papi! Papi es ingeniero, puede arreglarlo todo.

—¡Pero no una taza, tontaina! —intervino Rube.

Un segundo más tarde los niños se estaban peleando a grito pelado. Jeremy lloraba.

—Luego seguimos hablando —dijo Tim mientras Elaine lo ayudaba a levantarse del sillón. En público insistía en mostrar una autonomía total y solo en caso necesario permitía que Roly le llevara la cartera. Con Elaine, sin embargo, podía manifestar abiertamente sus flaquezas—. Antes tenemos que alimentar a la cuadrilla.

Elaine asintió y con unas pocas palabras llamó al orden.

—Rube, tu hermano no es un tontaina, pídele perdón. Jeremy, con un poco de suerte, papá conseguirá pegarte la taza otra vez y luego podrás volver a meter los lápices de colores. Por lo demás, ya eres mayor y puedes beber en vaso, como todos nosotros. Y tú, Lily, pon las partituras en su sitio antes de comer. Rube, lo mismo te digo, guarda el tren y las vías.

Elaine cogió en brazos al más pequeño y lo sentó en una silla alta en el comedor. Tim cuidaría de él mientras ella servía la comida. En realidad, la sirvienta, Mary Flaherty, tendría que haberse ocupado de eso, pero los viernes tenía la tarde libre. Eso explicaba también por qué Roly no había dado señales de vida desde que Tim lo había despachado. Por lo general no se separaba de buen grado de su patrón y solía preguntar al menos si no podía hacer algo más por él. Eso le daba oportunidad de intercambiar en familia un par de palabras íntimas con Mary.

Elaine suponía que en esa cálida tarde de principios de verano ambos estarían paseando e intercambiando más besos que palabras.

No obstante, Mary había preparado el pastel de carne y Elaine solo tenía que sacarlo del horno. El aroma apartó a Rube de la tarea de ordenar su juguete y también Lilian estaba ya junto a la puerta cuando Elaine se dispuso a llamarla.

El semblante de la niña resplandecía, mientras agitaba la carta de Gwyneira McKenzie que Tim había dejado inadvertidamente sobre la mesilla que había junto al sillón.

—¿Es verdad? —preguntó sofocada—. ¿La abuela Gwyn me envía a Inglaterra? ¿Donde viven las princesas? ¿Y a uno de esos intra... intern... bueno, escuelas donde gastan bromas a los profesores y celebran fiestas de noche y todo eso?

Tim Lambert siempre contaba a sus hijos cómo había pasado el período escolar en Inglaterra y, a tenor de sus narraciones, su pasado en el internado parecía haber sido una sucesión de peleas y aventuras. No era de extrañar que Lily se mostrara impaciente por emular a su padre y brincara de emoción.

—Me dejáis ir, ¿verdad? ¿Mami? ¿Papi? ¿Cuándo nos vamos?

—¿Ya no me queréis con vosotros? —La mirada herida de Gloria iba de un adulto a otro y en sus grandes ojos de un azul porcelana brillaban las lágrimas.

A Gwyneira le resultaba insoportable. También ella se sintió al borde de las lágrimas cuando tomó a la niña entre sus brazos.

—Gloria, eso ni lo pienses —la consoló James McKenzie por su parte, mientras se servía un whisky. Gwyneira había elegido el rato que pasaban juntos después de cenar para comunicar a Gloria la decisión que habían tomado sus padres, con la evidente intención de que «sus hombres» le prestaran ayuda. Sin embargo,

James no se sentía a gusto en el papel de titular de la educación de un descendiente Warden. Jack, a su vez, no había dejado lugar a dudas desde el principio de lo que opinaba sobre las instrucciones de Kura y William.

—Todo el mundo va a la escuela —señaló el joven, no muy convencido—. Yo también pasé un par de años de Christchurch.

—Pero volvías todos los fines de semana —protestó Gloria, sollozando—. ¡Por favor, por favor, no me enviéis tan lejos! ¡No quiero ir a Inglaterra! Jack...

La niña miró a quien durante tantos años había sido su protector en busca de ayuda. Jack se removía en la silla y esperaba apoyo de sus padres. Eso no era culpa suya. Al contrario: Jack había declarado explícitamente su oposición a que enviaran a Gloria al extranjero.

—Espera un poco —había aconsejado a su madre—. A veces las cartas se pierden. Y si vuelven a escribirte les dices sin rodeos que Glory es demasiado pequeña todavía para emprender un viaje tan largo. Si de todos modos Kura insiste, que venga ella misma y la recoja.

—Las cosas no son tan fáciles —respondió Gwyneira—. Tiene obligaciones como concertista.

—Precisamente —señaló Jack—. No renunciará medio año a la admiración de su público solo para forzar a Gloria a que vaya a esa escuela. Y aunque así fuera, se necesita cierta preparación. Al menos un año. Primero el intercambio de correspondencia, luego el viaje... Glory ganaría dos años. Para cuando tuviera que irse a Inglaterra ya casi habría cumplido los quince.

Gwyneira había considerado seriamente la sugerencia, pero no le resultaba tan fácil como a su hijo tomar esa decisión. Jack no tenía ningún miedo en lo tocante a Kura-maro-tini, pero Gwyn sabía que había medios de coacción que también se podían ejercer desde el otro lado del océano. Aunque Gloria era la heredera indiscutible, hasta el momento Kiward Station pertenecía a Kura Martyn. Si Gwyneira se oponía a sus deseos, bastaba una firma en la parte inferior de un contrato de venta y no solo Gloria, sino toda la familia McKenzie se vería forzada a abandonar la granja.

—¡Kura no piensa tanto! —señaló Jack, pero James McKenzie comprendía plenamente los temores de su esposa. Era probable que Kura no tuviera en cuenta la propiedad de la granja, pero William Martyn sí era capaz de actuar al respecto. James se habría dejado presionar tan poco como su hijo, pues para él Kiward Station nunca había sido especialmente importante. Para Gwyneira, sin embargo, representaba la vida entera.

—Pronto volverás —dijo esta a su desesperada bisnieta—. La travesía es rápida y en unas pocas semanas estarás de nuevo aquí.

—¿En las vacaciones? —preguntó Gloria esperanzada.

Gwyneira negó con la cabeza. No se veía con ánimos de mentir a la pequeña.

—No, las vacaciones son demasiado cortas. Reflexiona: aunque la travesía solo dure seis semanas, en los tres meses de vacaciones de verano solo podrías venir aquí para dar los buenos días y a la mañana siguiente tendrías que volver a marcharte.

Gloria gimió.

—Bueno, pero ¿al menos podría llevarme a *Nimue*? ¿Y a *Princess*?

Gwyneira tuvo la sensación de viajar al pasado. También ella había querido saber si podía llevarse a su perro y su caballo cuando su padre le informó de que iba a casarse en Nueva Zelanda. No obstante, la joven Gwyn no lloró, y su futuro suegro, Gerald Warden, la había tranquilizado al instante.

Por supuesto que *Cleo*, la perra, e *Igraine*, la yegua, pudieron viajar con ellos al nuevo país. Sin embargo, Gloria no iba a una granja de ovejas, sino a una escuela para señoritas.

A Gwyneira se le rompía el corazón, pero de nuevo tuvo que decir que no.

—No, cariño. No está permitido tener perros allí. Y caballos..., no sé, pero muchas escuelas que están en el campo tienen caballos, ¿verdad, James? —Miró a su esposo en busca de ayuda, como si el anciano pastor fuera un experto en los internados ingleses de formación femenina.

James se encogió de hombros.

—¿Qué opina, señorita Bleachum? —preguntó a su vez.

Hasta el momento Sarah Bleachum, la profesora particular de

Gloria, había guardado silencio. Era una mujer discreta y todavía joven que llevaba su abundante cabello negro recogido en lo alto como una matrona y parecía mantener siempre baja la mirada de sus ojos azul claro y, de hecho, hermosos. La señorita Bleachum solo florecía cuando estaba con niños. Era una profesora dotada y no solo Gloria, sino también los niños maoríes, la echarían en falta si algún día se iba.

—Creo que sí, señor James —respondió comedida. La familia de Sarah Bleachum había emigrado cuando la muchacha todavía era un bebé, por lo que su experiencia no le permitía dar una respuesta—. Pero las normas cambian de un lugar a otro. Y Oaks Garden está más orientado a la formación artística. Mi primo me ha escrito diciendo que allí las niñas practican poco deporte. —Al pronunciar la última frase, la señorita Bleachum se puso roja como la grana.

—¿Su primo? —replicó James al instante en tono burlón—. ¿Nos hemos perdido algo?

Como era imposible que se sonrojara más, la señorita Bleachum cambió a una palidez con manchas rojas.

—Yo..., bueno..., mi primo Christopher acaba de ocupar su primer puesto como párroco cerca de Cambridge. Oaks Garden pertenece a su parroquia...

—¿Es simpático? —preguntó Gloria. A esas alturas estaba dispuesta a agarrarse a un clavo ardiente. Si al menos hubiera por ahí un pariente de la señorita Bleachum...

—¡Es muy simpático! —aseguró la profesora. James y Jack observaron fascinados que volvía a ruborizarse al decirlo.

—Pero de todos modos no estarás sola del todo —intervino Gwyneira al tiempo que sacaba una carta de la manga. Tim y Elaine Lambert le habían confirmado el día anterior que Lilian también iría a Inglaterra—. Tu prima Lily te acompañará. Te cae bien, ¿verdad, Glory? ¡Os lo pasaréis de maravilla las dos juntas!

Gloria pareció consolarse un poco, aunque le costaba imaginar que fuera a pasárselo bien.

—¿Cómo pensáis que van a viajar en realidad? —señaló de repente Jack. Sabía que no debía expresarse de forma crítica delante de Gloria, pero le parecía todo tan equivocado que no logró reprimirse—. ¿Irán las dos niñas pequeñas totalmente solas en el barco? ¿Con una placa en el cuello? ¿«Entréguense en Oaks Garden, Cambridge»?

Gwyneira miró furibunda a su hijo, pese a que este la había pillado en falso. De hecho no había trazado ningún plan concreto del viaje.

—Claro que no. Kura y William las recogerán allí...

—Ah, ¿sí? —preguntó Jack—. Según el recorrido de la gira, en marzo estarán en San Petersburgo —señaló, al tiempo que toqueteaba un folleto que se hallaba sobre la mesa de la chimenea. Kura y William siempre comunicaban a la familia sus proyectos de viaje y Gwyneira colgaba diligente los carteles de Kura en la pared de la habitación de Gloria.

—¿Estarán...? —Gwyneira se habría dado de bofetadas. Todo esto no debería discutirse en presencia de Gloria—. Tendremos que encontrar a alguien que acompañe a las niñas.

La señorita Bleachum parecía debatirse consigo misma.

—Si yo..., bueno..., yo..., no quisiera ser inoportuna..., me refiero a que yo podría... —De nuevo la sangre se le agolpó en las mejillas.

—Cómo cambian los tiempos —observó James—. Hace cincuenta años la gente todavía viajaba en la otra dirección para casarse.

La señorita Bleachum parecía a punto de desmayarse.

—¿Cómo...? ¿Cómo sabe...?

James sonrió animosamente.

—Señorita Bleachum, soy viejo, pero no ciego. Si desea discreción tendrá que dejar de ruborizarse cada vez que menciona a cierto reverendo.

La señorita Bleachum palideció.

—Por favor, le ruego que no crea ahora que...

Gwyneira estaba desconcertada.

—¿Estoy entendiendo bien? ¿Estaría dispuesta a acompañar a las niñas a Inglaterra, señorita Bleachum? ¿Sabe que el viaje durará al menos tres meses?

La señorita Bleachum no sabía adónde mirar y Jack se compadeció de ella.

—Madre, la señorita Bleachum intenta comunicarnos de la forma más discreta posible que está considerando la posibilidad de ocupar una plaza de esposa de párroco —dijo sonriendo con satisfacción—. Siempre que se confirme la afinidad que, tras largos años de intercambio epistolar con su primo Christopher, residente en Cambridge, ambas partes creen percibir. ¿Me he expresado correctamente, señorita Bleachum?

La joven asintió, aliviada.

—¿Quiere contraer matrimonio, señorita Bleachum? —preguntó Gloria.

—¿Está usted enamorada? —preguntó Lilian.

Una semana antes de la partida a Inglaterra, Elaine y su hija habían llegado a Kiward Station y, una vez más, tuvieron que pasar dos días hasta que Gloria superase su timidez frente a sus familiares. Elaine consoló a Gwyneira. Precisamente teniendo en cuenta la reserva de Gloria para con los niños de su misma edad, no consideraba que fuera tan mala idea que pasara un par de años formándose en un internado.

—¡Tampoco le habría hecho ningún daño a Kura cuando era pequeña! —observó. La relación de Elaine con su prima se había relajado antes del viaje de esta a Europa—. Y en su caso era incluso más necesario. Pero en el fondo se trata del mismo problema: a las niñas no les sienta bien esta educación de princesas, con institutriz y clases particulares. A Kura se le llenó la cabeza de tonterías y Gloria se está asilvestrando. Es posible que le guste estar entre todos esos rebaños, caballos y ovejas, pero es una chica, abuela Gwyn. Y ha llegado el momento de que tome conciencia de ello aunque solo sea para que no se interrumpa la sucesión de Kiward Station.

Hasta entonces no parecía haberse causado perjuicio ninguno. Tras dos días con la vivaracha Lilian, Gloria salió de su reserva y las niñas demostraron entenderse estupendamente. Durante el día rondaban por la granja y hacían carreras a caballo, por las tardes se apretujaban en la cama de Gloria e intercambiaban secretos que al día siguiente Lilian pregonaba a los cuatro vientos.

La señorita Bleachum no sabía adónde mirar ni con qué velocidad pasar del rubor a la palidez cuando la niña abordaba su vida sentimental.

A Lilian, por el contrario, no le daba la menor vergüenza.

—¡Es tan emocionante atravesar todo el océano porque se ha enamorado de un hombre al que nunca ha visto! —parloteaba—. ¡Como en *John Riley*! ¿Lo conoce, señorita Bleachum? John Riley se va a navegar durante siete años y su amada lo espera. Lo quiere tanto que incluso llega a asegurar que se moriría si él perdiera la vida... y luego, cuando finalmente regresa, ¡va y no lo reconoce! ¿Tiene una foto de su ama..., ay..., de su primo, señorita Bleachum?

—¡La hija de la pianista de un bar! —exclamó, James burlándose de su ofendida nieta Elaine, que también se sonrojó. Lilian había acabado eligiendo justo el momento de la cena, cuando se hallaban todos reunidos, para interrogar a la señorita Bleachum—. ¡Seguro que eres tú quien le ha enseñado esa canción!

Antes de casarse con Tim, Elaine había tocado el piano en el Lucky Horse, un hotel y taberna. Poseía sin lugar a dudas más sentido musical que su hija, pero Lilian tenía debilidad por las historias que se escondían tras las baladas y las canciones populares con que Elaine solía entretener por aquel entonces a los mineros. A la niña le encantaba contarlas, añadiéndoles detalles de su propia cosecha.

Elaine paró los pies a su hija.

—¡Lily, esas preguntas no se hacen! Son asuntos privados sobre los que la señorita Bleachum no tiene que darte ninguna explicación. Disculpe, señorita Bleachum.

La joven institutriz sonrió, aunque algo inquieta.

—Lilian tiene razón, en realidad no se trata de ningún secreto. Mi primo Christopher y yo mantenemos una asidua correspondencia desde que éramos niños. En los últimos años esto ha hecho que..., bueno..., que nos hayamos acercado el uno al otro. Tengo una foto de él, Lilian. Te la enseñaré en el barco.

—¡Así podremos reconocerlo las tres juntas! —añadió Gloria. En sus horas de clase, la señorita Bleachum llevaba unas gruesas gafas de las que solía desprenderse avergonzada cuando estaba en sociedad. De ahí que Gloria concluyera que su profesora podía pasar junto al amor de su vida sin verlo.

Gwyneira daba gracias al cielo por el talento pedagógico de la señorita Bleachum. Recientemente, cuando Gloria preguntaba o pedía alguna cosa, su institutriz postergaba la respuesta hasta el viaje a Inglaterra. En el barco, decía, contaría esta o aquella historia, leerían este o aquel libro, e incluso les enseñaría la foto de su amado. Todo esto con objeto de que Gloria se alegrara de la partida. En cuanto a Lilian, ya llevaba semanas soñando con el mar, los delfines que verían y las aguas que surcarían. Además hablaba también de piratas y naufragios: al parecer, para la niña la gracia del viaje estribaba en que pasaran cierto peligro.

No había nada que Gwyneira ansiara más que un encuentro feliz entre Sarah y Christopher Bleachum. Si la joven se casaba con el reverendo de la comunidad a la que pertenecía la escuela de Gloria, la muchacha contaría con un adulto de confianza cerca. Tal vez no fuera todo tan mal como se había figurado en un principio.

Gwyneira esbozó una sonrisa forzada cuando las niñas se subieron al carruaje con que Jack las acompañaba al barco. Elaine también iba con ellas y desde Christchurch regresaría a Greymouth en tren.

—¡Atravesaremos el Bridle Path! —exclamó Lilian, emocionada, y enseguida se puso a contar diez historias de horror sobre ese famoso paso de montaña que unía Christchurch y el puerto de Lyttelton.

Legiones de nuevos colonos habían recorrido ese camino, fatigados tras la interminable travesía y demasiado pobres para poder permitirse el servicio de una mula que los transportara. La misma Gwyneira les había hablado del maravilloso paisaje que se contemplaba desde lo alto de la cuesta: las llanuras de Canterbury a la luz del sol y al fondo la arrebatadora visión de los Alpes Neozelandeses.

Los ojos de la anciana dama resplandecían todavía cuando lo describía, porque en el preciso instante en que ese panorama se ofreció a sus ojos, cayó rendidamente enamorada del país que habría de convertirse en su hogar.

Sin embargo, las niñas partían en el sentido inverso y Gwyneira omitió que su amiga Helen había comparado el paisaje montañoso, inhóspito y yermo que se había mostrado al principio ante sus ojos con la «montaña infierno» de una balada.

3

Nada había resultado tan duro a Jack McKenzie en toda su vida como el viaje a Christchurch con Gloria y Lilian, y la posterior travesía del Bridle Path. Y, sin embargo, hacía años ya que habían mejorado las carreteras, lo cual permitía que el tiro de fuertes yeguas cob avanzara a buen paso. Casi demasiado deprisa para Jack, que en ese momento deseó ser capaz de detener el tiempo.

Seguía considerando un error grave sacrificar a Gloria a los caprichos de sus padres, por más que se repitiera que eso no significaba el fin del mundo. Gloria iría a una escuela en Inglaterra y luego regresaría. A docenas de niños de familias ricas neozelandesas les sucedía lo mismo y la mayoría no guardaba malos recuerdos de su época escolar.

Pero Gloria era distinta, Jack lo sabía por instinto. Todo en él se resistía a dejar a la niña bajo la tutela de Kura-maro-tini. Recordaba muy bien todas las noches en que había tomado al bebé que lloraba en la cuna, mientras la madre dormía al lado, imperturbable. El padre de Gloria, por su parte, únicamente había prestado atención a qué nombre ponerle: «Gloria» debía simbolizar «su triunfo sobre el nuevo país», aunque no quedaba muy claro a qué se refería con eso. Por aquel entonces Jack ya había considerado que el nombre era demasiado grande para una niña tan pequeña, a quien había querido desde el primer instante. En esos momentos sentía que casi traicionaba a Gloria enviándola sola a Inglaterra, a una isla que compartiría con Kura-maro-tini. Jack había suspirado de alivio cuando la hija de su hermanastro había puesto entre ella y los McKenzie un océano.

Fuera como fuese, con el transcurso de los días Gloria se fue animando, se esforzó por contener las lágrimas al abrazar a la abuela Gwyn por última vez y solo lloró cuando se despidió de los animales.

—Quién sabe si todavía podré montar a *Princess* cuando vuelva —gimió. A ninguno de los adultos se le ocurrió una palabra de consuelo. Cuando Gloria concluyera la escuela en Inglaterra tendría al menos dieciocho años, según el curso que se le asignara. En cualquier caso, el menudo poni ya sería demasiado pequeño para ella.

—Haremos que la cubra un semental de cob —intervino Jack—. Su potro te estará esperando cuando vuelvas. Tendrá unos cuatro años y podrás montarlo.

Un sonrisa apareció en el rostro de Gloria al imaginarse la escena.

—No es tanto tiempo, ¿verdad? —preguntó.

Jack sacudió la cabeza.

—No, claro que no.

Durante el trayecto a Christchurch, Gloria volvía a reír con Lilian, mientras Elaine, ya tristísima ante la separación, y la señorita Bleachum, asustada de su propia hazaña, mantenían una viva conversación. Jack se pasó el rato maldiciendo mentalmente a Kura-maro-tini. Los viajeros pasaron la noche en el hotel de Christchurch y cruzaron el Bridle Path al alba. El barco zarparía al amanecer y Gloria y Lilian casi se quedaron dormidas mientras Jack conducía el carro por las montañas. Elaine estrechaba a su hija entre los brazos y Gloria se subió al pescante y se acurrucó contra Jack.

—Si... si lo paso muy mal, vendrás a buscarme, ¿verdad? —susurró adormecida cuando Jack la alzó en volandas y la colocó en el suelo entre los baúles y las cajas.

—¡No lo pasarás tan mal, Glory! —la consoló—. Piensa en *Princess*. Ella también viene de Inglaterra. Allí también hay ponis y ovejas, igual que aquí...

Jack captó una mirada de la señorita Bleachum, quien a ojos

vistas reprimía una observación. Su celo en el cumplimiento de sus deberes casi la había llevado a corregir las palabras de Jack, porque entretanto se había informado más detalladamente y había averiguado que en Oaks Garden no había ovejas ni caballos. Sin embargo, la compasión que le inspiraba la niña la ayudó a guardar silencio acerca de este detalle. También Sarah Bleachum quería a Gloria.

Al final, Jack y Elaine se quedaron en el muelle agitando las manos mientras el enorme barco de vapor abandonaba el puerto.

—Espero que estemos haciendo lo correcto —gimió Elaine cuando terminaron de despedirse. Ya hacía un buen rato que no distinguían a las niñas—. Tim y yo no estamos nada seguros, pero Lily se empeñó...

Jack no respondió. Bastante tenía con reprimir las lágrimas que pugnaban por brotar de sus ojos. Afortunadamente el tiempo apremiaba. El tren de Elaine con destino a Greymouth salía a mediodía, y Jack tuvo que azuzar los caballos para llegar puntuales. Por este motivo no se produjo ninguna gran escena de despedida entre ellos: Elaine se limitó a depositar un beso fugaz en la mejilla de Jack.

—No estés triste —le dijo—. La próxima vez que venga, traeré a los chicos. ¡Les enseñarás a adiestrar un perro! —Desde que el ferrocarril enlazaba las costas Este y Oeste, las distancias se habían reducido. Elaine podía volver de visita en un par de meses; de hecho, incluso la abuela Gwyn y James habían viajado a la costa Oeste en tren.

Jack abandonó la estación y dirigió el carro hacia el Avon. George Greenwood y su esposa Elizabeth eran propietarios de una casa cerca del río, o, para ser más exactos, Elizabeth la había heredado de su madre adoptiva. George solía decirle en broma que ese había sido el único motivo para casarse con ella. En la época en la que estaba pensando en instalarse en Christchurch, la floreciente ciudad carecía de viviendas disponibles, pero con el tiempo se había construido mucho y la casa de los Greenwood había quedado casi en el centro. Jack iba a ver a George para charlar con él acerca de unas cuestiones sobre el comercio de lana. Además, Elizabeth le había invitado a pasar la noche con ellos y él había aceptado, aunque a regañadientes. En realidad todavía no tenía ganas de charlar, habría preferido con mucho regresar a Kiward Station meditando en silencio.

Elizabeth Greenwood, una madre de familia algo entrada en carnes, de tez clara y amables ojos azules, se percató de la expresión triste del muchacho en cuanto le abrió la puerta. Otra dama de su posición habría dejado esa tarea a su criada, pero Elizabeth procedía de una familia sumamente pobre y seguía siendo modesta.

—¡Te levantaremos un poco esos ánimos! —prometió la mujer, tomándolo del brazo para confortarlo.

Dado que ella y Gwyneira McKenzie habían llegado a Nueva Zelanda en el mismo barco, procedentes de Inglaterra, Elizabeth conocía muy bien la historia de Kiward Station, y Jack era para ella como un miembro de su propia familia.

—¡Por Dios, hijo mío, por tu cara se diría que has dejado a la pequeña Gloria en el patíbulo! —Elizabeth le quitó el impermeable a Jack con ademán solícito. Fuera lloviznaba: el día casaba con el estado de ánimo del muchacho—. Las chicas se lo pasan muy bien en Inglaterra. ¡Charlotte no quería volver! Si hasta se quedó allí un par de años más. —Elizabeth sonrió y abrió la puerta del diminuto recibidor.

—¡No es verdad, mamá!

La muchacha, que estaba sentada en la habitación leyendo, debía de haber oído las últimas palabras. Levantó la vista y lanzó a Elizabeth una mirada cargada de reproche.

—Siempre añoraba las llanuras de Canterbury... A veces soñaba con el paisaje que se extiende hasta los Alpes... En ningún lugar es el aire tan diáfano... —La voz era dulce y cantarina, tal vez como habría sido la de la misma Elizabeth si no hubiese procurado controlar tan disciplinadamente su dicción en todo momento. Elizabeth Greenwood, que procedía de uno de los barrios más míseros de Londres, se había esforzado toda la vida para desprenderse del ceceo que delataba sus orígenes.

La muchacha era Charlotte, la menor de las hijas. Jack ya había oído decir que había regresado a Christchurch, en el mismo barco que le arrebataba a Gloria. Sin embargo, cuando la joven se volvió hacia él y se levantó para saludarlo, este se olvidó del penetrante dolor de la separación.

—Aunque me encantó Inglaterra...

Una voz tan dulce como un céfiro que agitara unas campanillas haciéndolas tintinear...

Charlotte seguía hablando a su madre, algo de lo cual Jack casi se alegró, porque le suponía todo un esfuerzo controlarse para no quedarse mirando descaradamente a la joven. Si en ese momento ella se hubiera dirigido a él, no habría conseguido dar ninguna respuesta sensata.

Charlotte Greenwood era la muchacha más hermosa que Jack había visto en su vida. No era de baja estatura, como la mayoría de las mujeres de la familia de Jack, pero su porte era delicado y su piel, blanca como la leche, tenía un brillo transparente similar al de una porcelana fina. Su cabello era rubio, como el de su madre y su hermana Jenny, aunque no tan claro. A Jack le recordó el color de la miel oscura. Charlotte se lo había recogido en una cola de caballo que le caía, pesada y larga, en abundantes bucles sobre los hombros. Pero lo más impresionante eran sus ojos, grandes y de un castaño oscuro. A Jack le pareció ver un hada... o ese ser encantado de la canción *Annabel Lee* que la pequeña Lilian solía entonar tan insistente como desafinadamente.

—¿Puedo hacer las presentaciones? Mi hija Charlotte, Jack McKenzie. —Elizabeth Greenwood arrancó al joven de su silencio embelesado.

Cuando Charlotte le tendió la mano, él reaccionó de forma automática con un gesto que había practicado en las clases pero nunca había realizado frente a una mujer de las llanuras de Canterbury: le besó la mano.

La muchacha sonrió.

—Sí, le recuerdo —dijo afablemente—. Nos conocimos en ese concierto que su..., ¿era su prima...?, dio aquí antes de marcharse a Inglaterra. Me fui en el mismo barco que ella, ¿lo sabía?

Jack asintió. No conservaba más que vagos recuerdos del concierto de despedida de Kura-maro-tini en Christchurch. Solo había escuchado el programa para no perder de vista en ningún momento a Gloria.

—Usted solo tenía ojos para la niña y yo me sentí un poco celosa.

Jack miró incrédulo a Charlotte. Por entonces él tenía casi dieciocho años y ella...

—Yo también habría preferido jugar con un caballito de madera y luego montar un poblado de juguete con los niños maoríes en lugar de estar sentada quietecita y escuchando, aunque ya tenía edad para ello —confesó la muchacha de voz cantarina.

Jack sonrió.

—Así que usted no forma parte de los admiradores de mi... en realidad es mi sobrina nieta...

Charlotte bajó la mirada. Jack se fijó en sus pestañas, largas y de color miel, y se sintió cautivado.

—Bueno, en realidad tal vez no tuviera edad suficiente —se disculpó—. Además...

Levantó los párpados y pareció saltar directamente de la charla trivial a la discusión seria sobre la representación artística.

—Además el trato que la señora Martyn dispensa a la herencia de su pueblo tampoco se corresponde del todo con lo que yo entiendo por conservación de los tesoros culturales. En el fondo, *Ghost Whispering* se sirve solo de los elementos de una cultura para..., bueno, para engrandecer la fama de su intérprete. En mi opinión, en cambio, la música de los maoríes tiene un aspecto comunicativo...

Aunque Jack no acababa de comprender de qué estaba hablando Charlotte, bien podría haber estado escuchándola durante horas.

—Basta, Charlotte. —Elizabeth Greenwood interrumpió a su hija con un tono de impotencia—. Ya vuelves con tus discursos, mientras tus oyentes se mueren cortésmente de hambre. Claro, que nosotros ya hace tiempo que nos hemos acostumbrado. Charlotte permaneció más tiempo en Inglaterra para asistir a un *college*, donde cursó estudios relacionados con historia y literatura...

—Historia Colonial y Literatura Comparada, mamá —puntualizó con dulzura Charlotte—. Siento haberle aburrido, señor McKenzie...

—Llámeme Jack, por favor —se forzó a decir. Aunque sintió la tentación de seguir adorando a la joven en silencio, al final venció su espíritu travieso—. Y más formando parte del reducido círculo de tres o cuatro personas que no adoran a Kura-maro-tini Martyn. Es un club muy exclusivo, señorita Greenwood...

—Charlotte —respondió ella sonriendo—. No era mi intención... desprestigiar la tarea de su sobrina nieta. En Inglaterra disfruté una vez más del placer de escucharla y sin duda es una artista de gran talento, si me permite opinar, pese a que no soy muy versada en música. En cualquier caso, lo que me molesta es que se saquen mitos del contexto y la historia de un pueblo se degrade... En fin, que se convierta en una banal lírica amorosa.

—Ahora ve, Charlotte, y ofrece a nuestro huésped una bebida antes de comer. George estará al llegar, Jack. Ya sabe que vienes a cenar. Y puede que nuestra Charlotte se esfuerce por entablar una conversación algo más agradable. ¡Cariño, si sigues con tanta retórica nunca encontrarás marido!

Charlotte arrugó su lisa y blanca frente como si fuera a replicar algo desagradable, pero se calló y condujo diligente a Jack al salón contiguo. Sin embargo, el joven rechazó el whisky que le ofrecía.

—No antes de la puesta del sol —respondió.

Charlotte sonrió.

—Pero se diría que necesita usted un reconstituyente. ¿Le apetecería un té?

Cuando George Greenwood apareció media hora más tarde se encontró a su hija y Jack McKenzie inmersos en una animada conversación. O al menos eso parecía a primera vista. De hecho, Jack se limitaba a remover el contenido de su taza de té y escuchar con atención a Charlotte, quien en ese momento contaba anécdotas de su infancia en los internados ingleses. En sus labios la situación parecía una experiencia inofensiva y su voz cantarina le liberó, en efecto, de su preocupación por Gloria. Si de los internados ingleses salían seres angelicales como Charlotte, era evidente que a la pequeña no podría pasarle nada malo. Sin embargo, Charlotte había asistido a una escuela que velaba tanto por la educación intelectual de sus alumnas como por la formación física. Charlote hablaba de montar a caballo, de jugar al hockey, del cróquet y de carreras.

—¿Y respecto al desarrollo «artístico y creativo»? —preguntó Jack.

Charlotte frunció de nuevo el ceño..., de una forma encantadora. El joven podría haberse pasado horas mirando el mohín de su interlocutora.

—Pintábamos un poco —respondió—. Y quien quería también podía aprender piano y violín, claro. Además teníamos un coro, pero a mí no me dejaban cantar. Soy totalmente negada para la música.

Jack era incapaz de creer esto último: para él, cada una de las palabras de Charlotte era como una melodía. Aunque la música tampoco era uno de sus fuertes.

—Esperemos entonces que a la pequeña Gloria no le suceda igual —intervino George Greenwood. El hombre alto, todavía delgado pero ya con el cabello completamente cano, había acercado una butaca a la mesa de té, delante de la chimenea, y tomado asiento. Charlotte le sirvió una taza, haciendo gala de exquisitos modales—. Porque no creo que a las muchachas de Oaks Garden se les dispense de la formación musical. Sin lugar a dudas, los Martyn no tendrán las mismas prioridades que nosotros en cuanto a la educación de su hija.

Jack miró a George con aire de desconcierto. Charlotte había hablado de asignaturas optativas, pero tal como se expresaba George sonaba como si las alumnas inglesas tuvieran que sentarse a la fuerza ante un piano.

—Los internados no son todos iguales, Jack —prosiguió George, tras dar las gracias a su hija—. Los padres pueden elegir entre conceptos muy dispares de educación. Por ejemplo, algunos centros dan mucho valor a la educación femenina tradicional, de forma que solo enseñan a las alumnas todo lo necesario para la economía doméstica y suficientes nociones de literatura y arte como para acompañar a su marido a una inauguración o poder charlar animadamente en sociedad sobre el último título publicado sin causar mala impresión. Otros, como el internado donde estudiaron Charlotte y Jenny, proporcionan una educación general más completa. Se consideran en parte escuelas reformistas y se discute acaloradamente si las estudiantes han de aprender latín y adentrarse en disciplinas como la física y la química. Sea como fuere, las alumnas no tienen que casarse justo después de concluir los estudios, sino que asisten a un *college* o una universidad, siempre que se las admita. Como fue el caso de Charlotte.

Guiñó el ojo a su hija.

—Otras instituciones se dedican a esas bellas artes, signifique eso lo que signifique...

Al principio Jack había escuchado con atención, pero cuando oyó la palabra «casarse» se olvidó de Gloria y miró preocupado hacia Charlotte. Por más que en este punto de su relación no era nada inteligente preguntar al respecto, Jack no pudo remediarlo.

—Y ahora que está usted de vuelta aquí, señorita... Charlotte... tiene usted... hum... intenciones... hum... concretas, de... me refiero...

George Greenwood lo observo extrañado. En realidad estaba acostumbrado a que Jack McKenzie formara frases completas.

Charlotte sonrió dulcemente. Al parecer había entendido.

—¿Se refiere a si estoy prometida? —preguntó, parpadeando.

Jack enrojeció. De repente comprendió los sentimientos de Sarah Bleachum.

—Nunca osaría plantear tal pregunta...

Charlotte se rio. No avergonzada, sino alegre y natural...

—¡Pero si no es nada malo! Además, si mi padre me hubiera arrastrado de los pelos desde Inglaterra hasta aquí para casarme con algún caballero rural, ya habría salido en la primera plana de los periódicos.

—¡Charlotte! —la censuró George—. Como si yo alguna vez...

Charlotte se puso en pie y le dio un pícaro beso en la mejilla.

—No te sulfures, papá. Claro que nunca me obligarías, pero te gustaría hacerlo, ¡admítelo! ¡Al menos a mamá seguro que sí!

George Greenwood suspiró.

—Claro que a tu madre y a mí nos alegraría que encontraras al hombre adecuado, Charlotte, en lugar de dártelas de marisabidilla. ¡Estudios de cultura maorí! ¡Habrase visto cosa inútil!

Jack aguzó los oídos.

—¿Se interesa usted por los maoríes, Charlotte? —preguntó diligente—. ¿Habla la lengua?

George hizo un ademán teatral. No cabía duda de que Charlotte había heredado de él los ojos castaños, pese a que los de la muchacha eran del todo marrones y en los del padre brillaban unas chispas verdes.

—Claro que no. Por eso digo que todo el proyecto carece de valor. El latín y el francés no te servirán para eso, Charlotte...

Mientras George seguía quejándose, Elizabeth los llamó a la mesa.

Charlotte se levantó de inmediato. Era evidente que había oído suficientes veces las objeciones de su padre y, al parecer, le faltaban los argumentos adecuados para rebatirlas.

Cuando se sentaron a cenar, Elizabeth Greenwood dominó la conversación en la mesa. Como siempre, la comida era excelente, y la charla divagó por diversos temas, la mayoría en torno a la sociedad dentro y en los alrededores de Christchurch y las llanuras de Canterbury. Jack no prestaba del todo atención. Su interés volvió a despertarse cuando, al final de la comida, la conversación viró hacia las intenciones de Charlotte. La joven tenía el propósito de pedir que el gerente del negocio de su padre en el sector del comercio de la lana, un maorí llamado Reti, le diera clases para aprender la lengua de su pueblo. George protestó enérgicamente.

—¡Reti tiene otras cosas que hacer! —declaró—. Además, se trata de un idioma complicado. Necesitarías años antes de dominarlo hasta el punto de entender las historias que te cuenten y ponerlas por escrito.

—Bueno, tampoco hay para tanto —intervino Jack—. Yo, por ejemplo, hablo maorí con fluidez.

George esbozó un gesto de impotencia.

—Jack, tú prácticamente te criaste en su poblado.

—¡Y los maoríes de Kiward Station hablan inglés con la misma fluidez! —prosiguió Jack en tono triunfal—. Si pasara una temporada con nosotros, Charlotte, podríamos organizar algo. Mi medio cuñada por así decirlo, Marama, es una *tohunga*. Una cantante, en realidad. Seguro que conoce las narraciones más importantes. Y Rongo Rongo, la partera y hechicera de la tribu, también habla inglés.

El semblante de Charlotte se iluminó.

—¿Lo ves, papá? ¡Funciona! ¿Y Kiward Station no es esa granja grande? ¿No pertenece a... a esa leyenda viviente... la señorita... hum...?

—La señorita Gwyn —contestó George, malhumorado—. Pero es probable que ya esté harta de alojar a chicas mimadas y con intereses culturales.

—No, no —objetó Jack—. Mi madre es... —Se interrumpió.

Definir a Gwyneira como promotora de las bellas artes sería sin duda una exageración, pero Kiward Station, como todas las granjas de las llanuras de Canterbury, era una casa hospitalaria. Y a Jack le resultaba inconcebible que Gwyneira no quedara prendada de esa muchacha...

En ese momento Elizabeth intercedió.

—¡Pero George! ¿En qué estás pensando? ¡Seguro que la señorita Gwyn apoyaría a Charlotte en sus investigaciones! ¡Siempre se ha interesado por la cultura maorí!

Era la primera vez que Jack oía algo semejante. En general Gwyneira se entendía bien con los maoríes. Muchas de sus costumbres y puntos de vista cuadraban con su naturaleza pragmática y no solía tener prejuicios. Pero lo que de verdad interesaba a la madre de Jack era la cría de ganado y el adiestramiento de perros.

Elizabeth sonrió a Jack.

—No deberías presentar a los McKenzie como personas incultas —dijo dirigiéndose a su marido de nuevo—. Al fin y al cabo, la señorita Gwyn acude a todas las funciones de teatro y acontecimientos culturales de Christchurch... ¡La señorita Gwyn es un pilar de la comunidad, Charlotte!

—¿Y no estuvo trabajando Jenny en la granja un año? —preguntó Charlotte a su madre.

Jack asintió con vehemencia. No había vuelto a pensar en ello. En efecto, la hija mayor de los Greenwood, Jennifer, había pasado un año en Kiward Station para dar clases a los niños maoríes. O al menos ese era el pretexto...

—¡En ese caso no puede hablarse de «trabajo»! —refunfuñó George Greenwood. Estaba de acuerdo con enviar a sus hijas a escuelas innovadores y permitirles que estudiaran unos años; sin embargo, que desempeñaran una auténtica actividad profesional le resultaba inconcebible.

—¡Sí, por supuesto! —objetó Elizabeth con voz meliflua—. ¡Allí es donde tu hermana conoció a su esposo, Charlotte!

Elizabeth lanzó una mirada significativa a su esposo. Como este seguía sin entender, paseó los ojos alternativamente por Jack y Charlotte.

De hecho, Jennifer Greenwood había conocido a su marido Stephen en la boda de Kura-maro-tini. Steve era el hermano mayor de Elaine y, tras estudiar Derecho, había pasado todo un verano echando una mano en Kiward Station. Buena razón esta para que Jenny visitara el lugar durante un tiempo. En ese momento, Stephen trabajaba de abogado de Greenwood Enterprises.

George por fin pareció comprender.

—Claro que no tenemos nada en contra de que Charlotte haga una visita a Kiward Station —observó—. La llevaré conmigo la próxima vez que vaya a las llanuras de Canterbury.

Charlotte contempló a Jack con los ojos brillantes de emoción.

—¡Lo estoy deseando, Jack!

Jack creyó perderse en la mirada de la joven.

—Yo... yo contaré los días...

4

Lilian Lambert contaba los días que faltaban para que finalizara la travesía en barco. Tras las intensas primeras semanas en alta mar, pronto había empezado a aburrirse. Claro que era bonito que los delfines acompañaran la nave y avistar de vez en cuando enormes barracudas o incluso ballenas, pero a Lilian, en el fondo, le interesaba más la gente, y la tripulación del *Norfolk* no resultaba muy estimulante. Solo había unos veinte pasajeros, sobre todo gente mayor que visitaba su país de origen, así como un par de viajantes de negocios. Los últimos no se interesaban por las niñas; los primeros, aunque encontraron a Lilian graciosa, no le ofrecían ningún tema de conversación especial.

Las descripciones de la abuela Helen y la abuela Gwyn de su viaje a Nueva Zelanda evocaban una emotiva atmósfera de partida, determinada en parte por la añoranza inicial y, en parte, por la alegría anticipada y el recelo de lo que aguardaría a los pasajeros al otro extremo del mundo. Era evidente que en el *Norfolk* no se percibía nada de todo aquello. Además no había, por supuesto, ninguna cubierta inferior repleta de emigrantes pobres. En lugar de ello, el *Norfolk* disponía de un sistema de refrigeración y transportaba a Inglaterra reses vacunas en canal. Los escasos pasajeros viajaban todos en primera clase. La comida era buena, el alojamiento cómodo, pero la vivaracha Lilian se sentía encerrada. Ansiaba que la travesía concluyera y se alegraba de quedarse un tiempo en Londres. La señorita Bleachum pasaría un par de días con sus pupilas en la capital, donde les tomarían medidas para confeccionar los uniformes de la escuela y el resto de su vestimenta.

—Si encargo su vestuario aquí en Christchurch, las prendas ya estarán pasadas de moda cuando lleguen a Londres —había observado la pragmática Gwyneira. Ella misma no se había preocupado mucho por la ropa o la moda, pero todavía recordaba de su infancia que en los círculos ingleses se concedía considerable importancia a ese asunto. Las chicas no debían dar la impresión de ser unas provincianas pasadas de moda, sobre todo Gloria, cuya susceptibilidad no le permitiría encajar bien que sus compañeras de escuela se burlaran de ella.

Al contrario que Lilian, Gloria disfrutó del viaje, en la medida en que podía encontrar bonito algo que no fuera Kiward Station. Le gustaba el mar, se quedaba sentada horas en cubierta y observaba jugar a los delfines. Estaba más que encantada de que los demás viajeros la dejaran tranquila mientras tanto. La compañía de la señorita Bleachum y Lilian le bastaba. Escuchaba emocionada los fragmentos que la profesora les leía sobre ballenas y todo tipo de fauna marina, e intentaba averiguar cómo funcionaba el motor de un barco de vapor. Su insaciable curiosidad por el mar y la navegación la llevó a establecer contacto con los miembros de la tripulación. Los marineros se dirigían a la silenciosa niña e intentaban sacarla de su reserva enseñándole a hacer nudos y permitiendo que les ayudara en pequeñas tareas de cubierta. Entonces, Gloria se sentía casi como en casa, entre los pastores de Kiward Station. El capitán acabó llevándosela al puente, donde, durante un par de segundos, pudo tomar el timón de la enorme embarcación. Le interesaba la navegación tanto como la vida de los animales del mar. Por el contrario, los programas artísticos a los que acudían algunos pasajeros o la música que salía del gramófono para entretener a la gente en el comedor la dejaban totalmente indiferente.

Sarah Bleachum observaba todo eso con preocupación. Su primo —que se declaraba, dicho sea de paso, encantado por el hecho de que Sarah acompañara a las niñas— le había enviado un folleto de Oaks Garden y el programa escolar confirmaba sus peores temores. Allí no se ponía énfasis en las ciencias naturales. En vez de ello, se estimulaba a las niñas a estudiar música, teatro, pintura y literatura. Sarah nunca habría matriculado a su pupila en semejante instituto.

Gloria perdió el habla por vez primera cuando el barco llegó a Londres. Nunca había visto unas casas tan grandes, al menos no en tal cantidad. En los últimos tiempos, también en Christchurch y Dunedin se construían edificios monumentales. La catedral de Christchurch, por ejemplo, no tenía nada que envidiar a la arquitectura religiosa europea. Pero allí, la catedral, la universidad, el Christcollege y otros edificios representativos estaban bastante aislados. Gloria podía admirar cada obra arquitectónica por sí misma. Por el contrario, el mar de casas de la capital inglesa la abrumaba. Además había ese ruido incesante: los estibadores, los charlatanes y la gente que solía discutir a gritos en la calle. En Londres todo era más ruidoso que en casa y todo iba más rápido, la gente siempre tenía prisa.

Lilian se encontró a sus anchas en ese ambiente. Enseguida empezó a hablar tan deprisa como los ingleses, bromeaba con las floristas y tonteaba con los botones del hotel. Gloria, por su parte, había dejado de hablar desde que había pisado los muelles de Londres. Miraba a su alrededor con los ojos abiertos de par en par y ponía atención en no perder de vista a la señorita Bleachum. Esta, que había estudiado en Wellington, se desenvolvía bastante bien en el tumulto de la gran ciudad, aunque entendía bien los problemas de su discípula. Intentaba con delicadeza sacar a Gloria de su caparazón, pero solo la visita al zoo despertó un leve interés en ella.

—Esto a los leones no les gusta —señaló Gloria mientras contemplaban a los animales en sus reducidas jaulas—. Tienen muy poco espacio y tampoco les gusta que los miren de esta manera.

Mientras Lilian se reía de las gracias de los monos, ella se puso en el lugar de los animales y se tapó los ojos con la mano.

Tampoco le interesó el espectáculo musical para el que Kura

y William les habían reservado entradas, el único contacto que habían dejado en Londres a su hija antes de marcharse a Rusia. La niña encontró a los cantantes amanerados, la música demasiado alta y se sentía incómoda con la ropa que tenía que ponerse en Londres.

A Sarah Bleachum eso no la sorprendía. Lilian tenía un aspecto encantador en su vestidito marinero, pero Gloria parecía que llevara un disfraz. La niña incluso rompió a llorar al ponerse el uniforme de la escuela. La falda plisada y el *blazer* no le sentaban bien; se la veía gorda con esa falda larga hasta la rodilla y la chaqueta hasta la cadera, y la blusa blanca confería un tono marchito a su piel. Además, ese atuendo no respondía a la forma habitual de comportarse de la niña. Gloria deseaba tocarlo todo, sentirlo a flor de piel, y cuando había desmontado algo o lo había examinado con las manos, se limpiaba sin el menor cuidado en el vestido. Con los pantalones de montar de Kiward Station esto no planteaba ningún problema, a fin de cuentas los pastores hacían lo mismo; pero la blusa blanca y el *blazer* azul claro no estaban pensados para este trato.

Sarah suspiró aliviada cuando por fin subieron al tren en dirección a Cambridge. La vida campestre resultaba más del agrado de su discípula; al menos no sería tan ruidosa y trepidante. Por lo que Christopher le había comunicado, Sawston, junto a Oaks Garden, era una pueblecito idílico. Sarah esperaba ansiosa el encuentro con su primo. Había alquilado una habitación en casa de una viuda, uno de los pilares de la comunidad; pero si tenía que ser franca, la joven profesora esperaba conseguir un puesto en el internado. No había informado a los McKenzie acerca de sus intenciones para que Gloria no se hiciera ilusiones, pero consideraba mejor salir al encuentro de Christopher no como una pariente más o menos pobre, sino desde la seguridad de un empleo fijo. Había ahorrado, por supuesto, y los McKenzie habían sido muy generosos, pero sin un trabajo no tendría mucho tiempo para conocer adecuadamente a su posible futuro esposo. Además, Sarah prefería tomar decisiones despacio y con discreción. Habría sido ideal disponer de un año escolar para llegar a una resolución definitiva. Y en Sawston no gastaría, podría ahorrar el sueldo y, en el peor de los casos, regresar a Nueva Zelanda sin confesar a los McKenzie su fracaso. Le habría resultado muy vergonzoso aceptar la generosa oferta que Gwyneira le había presentado antes de la partida.

—Si sus expectativas no se ven colmadas, señorita Bleachum, bastará con un telegrama y le enviaremos el dinero para el viaje de vuelta. Estamos muy contentos de que se cuide de las niñas y no podemos recompensarla suficientemente por ello. Por otra parte, conozco muy bien, por propia experiencia, adónde suelen llevar esos matrimonios casi forzados. —La señorita Gwyn le había contado el caso de su amiga Helen, a quien no le quedó otro remedio que casarse con un hombre cuyas cartas la habían atraído al otro extremo del mundo. No había sido una unión feliz.

En cualquier caso, Sarah contemplaba ahora con el corazón palpitante cómo el mar de casas de Londres cedía paso a la campiña de las afueras y luego al amable paisaje de la Inglaterra central. En cuanto vieron los primeros caballos en las praderas verdes, Gloria pareció animarse, y Lilian ya estaba tan excitada que no había quien la calmara, con lo que de nuevo la vida sentimental de la señorita Bleachum ocupó el centro de interés. Sarah llegó lentamente a la conclusión de que las bromas que James McKenzie sobre Elaine Lambert no carecían del todo de fundamento. Sin duda alguna, Lilian había crecido en una atmósfera muy abierta. Debía de ser cierto que camareras y dueñas de hoteles se contaban entre las amigas más íntimas de Elaine.

—Para nosotros solo es una escuela nueva, señorita Bleachum —señalaba la dicharachera Lilian—. ¡Pero para usted será taaan emocionante ver a su amado! ¿Conoce *Trees They Grow High*? Hay una chica que se casa con el hijo de su patrón. Pero él es mucho más joven que ella, y entonces... Pero ¿cuántos años tiene en realidad el reverendo?

Sarah gimió y miró preocupada a Gloria. Cuanto más se acercaban a Cambridge, más taciturna se mostraba la pequeña. Y, sin embargo, el paisaje que recorría el tren se asemejaba cada vez más al de las llanuras de Canterbury. Por supuesto todo era más pequeño, no había pastizales infinitos, y hasta a Sarah, que no tenía ni idea de ganadería, los rediles de ovejas se le antojaban diminutos. Por otra parte, la campiña estaba más densamente poblada, y se veían sin cesar granjas y *cottages* entre los campos y los prados. Las grandes casas señoriales escaseaban, aunque tal vez no se encontraran tan próximas a la línea de ferrocarril. Gloria se mordía las uñas, una mala costumbre que había adoptado durante la travesía, pero Sarah no quería reprenderla: bastante difíciles le resultaban todos esos cambios a la niña como para encima castigarla.

—¿Puedo escribir unas cartas, señorita Bleachum? —preguntó en voz baja Gloria cuando el revisor anunció que Cambridge era la próxima parada.

Sarah le pasó la mano por el cabello.

—Pues claro, Gloria, ya sabes que el reverendo y yo llevamos años escribiéndonos. El correo solo tarda un par de semanas en llegar.

Gloria asintió y se arrancó un padrastro con los dientes.

—Está tan lejos... —susurró. Sarah le alcanzó un pañuelo. A la niña le sangraba el dedo.

El reverendo Christopher Bleachum esperaba en la estación. Había pedido prestada una pequeña calesa, pues normalmente hacía sus visitas a caballo y no tenía vehículo propio. Cuando se casara, tendría que adquirir uno. Christopher suspiró. Si de verdad se unía en matrimonio a una mujer, los cambios serían enormes. Hasta ese momento nunca había pensado en ello. Sin embargo, el incidente con la señora Winter, ocurrido hacía pocos meses..., y el anterior con la chica del seminario de Teología. Aunque Christopher no podía impedir que las mujeres se interesaran por él. Sencillamente, era demasiado apuesto: con sus cabellos oscuros y ondulados, la tez que siempre parecía algo bronceada y que seguramente debía agradecer a algún latino en la familia de su madre, y sus expresivos ojos casi negros. Christopher era de talante sensible, tenía una voz profunda y bien modulada que hacía de él un cantor extraordinario y, además, sabía escuchar. Como decían sus entusiastas parroquianos, parecía mirar en el alma de los seres humanos. Christopher les dedicaba tiempo y se mostraba comprensivo con casi todo. Pero también era un hombre. Cuando una joven le pedía consuelo y necesitaba más ayuda de la que podían ofrecer las palabras, el reverendo apenas si lograba contenerse.

Hasta el momento solo se habían producido dos incidentes desagradables y Christopher debía admitir para sí que todavía había estado de suerte. Se había esmerado en actuar con discreción, algo en lo que también estaban interesadas las mujeres. No obstante, de la señora Winter, una joven esposa algo inestable cuyo marido solía visitar más el pub que el lecho matrimonial, sí se había hablado, y con tanta prodigalidad que el asunto incluso había llegado a oídos del obispo, sobre todo después de que Christopher se viera forzado a pelearse con el marido un domingo, a la salida de la misa. Era evidente que la trifulca la había empezado el otro, pero Christopher no había logrado evitar el enfrentamiento. Todos los testigos estaban a su favor, pese a lo cual el obispo no había dejado la menor duda de lo que opinaba acerca de todo eso.

—Haría usted bien en casarse, reverendo Bleachum, por no decir que le ordeno que lo haga. Será del agrado del Señor y le guardará a usted de otras tentaciones... Sí, sí, lo sé, no tiene usted conciencia de culpa. Ni ahora ni hace dos años, con esa chica del seminario. Pero mírelo así: eso también servirá para contener a las mujeres y que no salgan a cazarlo. Eva desistirá de tentarle...

Pero Christopher tenía poco margen de maniobra. Consideraba a las jóvenes candidatas de su congregación más una condena que una tentación. Y el obispo no le dejaría un par de meses para ir a Londres, por ejemplo, y buscar una pareja adecuada. Después de que un compañero también párroco le hubiera ofrecido a su hija, a cuyo aspecto era difícil acostumbrarse, Christopher había sido víctima del pánico. La última carta de su prima Sarah apareció en el momento justo. Desde que eran niños se escribían y él siempre encontraba divertido que ella reaccionara ante sus pequeños escarceos e indirectas de forma tan inocente y pudorosa. En la fotografía que ella le había enviado daba la impresión de ser un poco sosa, aunque realmente agradable, es decir, sumamente apropiada para ocupar el puesto de esposa del párroco. Así pues, Christopher se había mostrado más claro en su siguiente carta y el azar había intervenido también y enviado a su parroquia a la pupila de Sarah, haciendo factible, además, que la joven viajara gratis. Christopher decidió que Sarah Bleachum era un regalo que Dios le había enviado y tan solo se atrevía a esperar que el Señor de los cielos hubiera sido más diestro con esa criatura que con las otras muchachas solteras de su entorno.

En esos momentos, Christopher paseaba por el andén y volvía a atraer las miradas de las mujeres presentes.

—¡Buenos días, reverendo!

—¿Cómo se encuentra usted, reverendo?

—¡Qué sermón más bonito el del domingo, reverendo! En la Asociación de Mujeres tenemos que estudiar una vez más la parábola...

La mayoría de las señoras eran demasiado mayores para que Christopher cayera en la tentación, pero la menuda señora Deamer, que ahora le sonreía y alababa su sermón, podía llegar a ser de su agrado..., si no estuviera ya casada. Christopher había bautizado en Navidades a su primer hijo.

En ese momento por fin entró el tren en la estación. Christopher apenas lograba contener el nerviosismo.

—Tendría que ponerse las gafas, señorita Bleachum —sugirió Gloria, preocupada. El andén estaba concurrido y sin gafas la profesora casi no veía.

—¡De ninguna de las maneras! —protestó Lilian—. ¡Señorita Bleachum, creo que ya veo al reverendo! Dios mío, ¡qué guapo! ¡No se ponga las gafas, así estará más bonita!

Vacilando entre los distintos argumentos de las niñas y presa de la ansiedad ante la perspectiva de reunirse con su primo, Sarah Bleachum juntó sus maletas y cajas, y salió tanteando. Casi tropezó con la sombrerera y bajó dando traspiés por la empinada escalera hasta el andén. Gloria intentó cogerle algunas de las cosas. El revisor se ocuparía del equipaje de los pasajeros de primera clase, pero la niña estaba contenta de tener algo que hacer. Lilian, por el contrario, brincó al anden ágilmente y enseguida agitó la mano.

—¿Reverendo? ¿Nos busca a nosotras, reverendo?

Christopher Bleachum dio media vuelta. En efecto, eran ellas. Claro, tendría que haberlas ido a buscar directamente a la zona de la primera clase, a fin de cuentas los padres de las niñas eran gente acomodada. Y al menos una de ellas era guapa. El duendecillo vivaracho y pelirrojo se convertiría con toda certeza en una joven hermosa. La otra pequeña se veía un poco desproporcionada, un patito feo que tardaría todavía en convertirse en un cisne y que no se separaba de las faldas de su institutriz. Sarah... Ante la visión de la joven, Christopher casi tuvo que hacer un esfuerzo por recordar el nombre que tan frecuentemente había escrito. Sarah Bleachum no irradiaba nada, ni siquiera personalidad. Era evidente que se trataba de una de esas pobres cornejas sin rostro que se dedicaban a llevar de paseo al parque a los hijos ajenos porque carecían de descendencia propia. Sarah vestía un traje gris oscuro y encima una capa todavía más oscura bajo la cual desaparecían las formas de su cuerpo. Ocultaba el cabello oscuro, que recogía tirante, bajo un feo sombrero que parecía la cofia de una enfermera, y la expresión de su semblante oscilaba entre el desconcierto y el desamparo. Al menos el rostro era armonioso. Christopher suspiró aliviado. Sarah Bleachum carecía de gracia alguna, pero al menos no era fea.

—¡Póngase ya las gafas! —la apremió Gloria. Claro que sin gafas estaba más guapa, pero la profesora tampoco daría ninguna buena impresión si seguía dando tumbos detrás de Lilian, que llevaba la voz cantante y avanzaba con decisión y naturalidad hacia el reverendo.

Christopher decidió tomar la iniciativa. Sin prisa pero sin pausa se dirigió hacia el pequeño grupo.

—¿Sarah? ¿Sarah Bleachum?

La joven esbozó una sonrisa vaga hacia su dirección.

Los ojos los tenía bonitos, como empañados, soñadores, de un verde claro. Tal vez la primera impresión no fuera la determinante.

Pero entonces Sarah sacó del bolso las gafas. Sus agradables rasgos desaparecieron bajo la monstruosa montura. Tras el grueso cristal los ojos parecían canicas.

—¡Christopher! —La joven, con el rostro resplandeciente,

alzó las manos. Luego permaneció indecisa. ¿Cómo había que comportarse en un momento así? Christopher le sonreía, pero parecía estar evaluándola. Sarah bajó la vista al suelo.

—Sarah, cuánto me alegro de que hayáis llegado. ¿Habéis tenido un viaje agradable? ¿Y cuál de estas niñas tan guapas es Gloria?

Mientras hablaba, el reverendo acarició la cabeza de Lilian con dulzura. Gloria se apretujaba contra la señorita Bleachum. Ya había decidido que no le gustaba el reverendo, por muy amable que fingiera ser. Esa expresión que había asomado en su rostro cuando la señorita Bleachum se había puesto las gafas y ahora esa alegría forzada... ¿Por qué la llamaba guapa? Gloria no era guapa y lo sabía.

—Esta es Gloria Martyn —la presentó Sarah, aprovechando la oportunidad para entablar una conversación natural—. Y la pelirroja es Lilian Lambert.

El reverendo pareció algo decepcionado. Había estudiado durante un tiempo en Londres y disfrutado de la posibilidad de ver en el escenario a Kura-maro-tini Martyn. En su opinión, ninguna de las niñas presentaba similitudes de parentesco con ella, pero en cualquier caso habría vinculado a la bonita y extravertida Lilian con la cantante, y no a la pusilánime Gloria. Enseguida recuperó el control.

—¿Y las dos van a Oaks Garden? Entonces os traigo una buena noticia, chicas. Hoy me han prestado una calesa, así que, si queréis, os llevo allí de inmediato.

Esperaba que las niñas estuvieran encantadas, pero era obvio que Lilian no había prestado atención y a Gloria más bien la amedrentaba la perspectiva.

—La..., bueno..., la escuela también enviará un coche... —intervino Sarah. Todo iba demasiado deprisa para ella. Si Christopher acompañaba a las niñas a Oaks Garden, tendría que volver sola con él. ¿Era eso decoroso?

—Bah, ya lo he arreglado. La señorita Arrowstone nos espera. Sabe que llevaré a las niñas. —Christopher sonrió animoso. Gloria estaba al borde de las lágrimas.

—Pero, señorita Bleachum, ¿no deberíamos esperar a mañana...? Dijeron que hasta mañana no esperaban a las alumnas. ¿Qué haremos solas en la escuela?

Sarah la estrechó contra sí.

—Solas del todo no estaréis, cariño. Siempre hay un par de niñas que llegan antes, y a veces incluso algunas se quedan durante las vacaciones...

Sarah hizo un gesto de arrepentimiento. No debería haberlo dicho. A fin de cuentas, ese era el destino que esperaba a las dos niñas.

—¡La señorita Arrowstone está impaciente por conoceros! —añadió el reverendo—. ¡Sobre todo a ti, Gloria!

Tales palabras debían tener un efecto estimulante, pero Gloria no se las creía. ¿Por qué iba a estar impaciente la directora de una escuela inglesa por conocer precisamente a Gloria Martyn de Kiward Station?

La niña siguió inmersa en su silenciosa turbación, mientras Christopher cargaba el equipaje de las pequeñas y las posesiones de la señorita Bleachum en el carruaje y ellas tres se subían al vehículo. El reverendo ayudó galantemente a Sarah a acceder a la calesa y la joven enrojeció cuando sintió la mirada de al menos tres habitantes femeninas de Sawston dirigirse hacia ella. Esa noche estaría en boca de todo el pueblo.

Lilian, por el contrario, parloteó complacida durante todo el camino. Le gustaba el paisaje de los alrededores de Sawston, le regocijaba la vista de los caballos y vacas paciendo a lo largo de la carretera, y también encontró bonitos los *cottages* de piedra que salpicaban el lugar. En Nueva Zelanda solo se construía con piedra arenisca en las grandes ciudades, pueblos como Haldon o incluso ciudades pequeñas como Greymouth estaban formados en su mayor parte por edificios de madera pintados de colores.

—¿Oaks Garden es una casa así? —quiso saber.

El reverendo hizo un gesto negativo.

—Oaks Garden es mucho, mucho más grande. Una antigua casa señorial, casi un castillo. Pertenecía a una familia aristocrática, pero la última propietaria murió sin descendientes y decidió que su mansión y su fortuna sirvieran para fundar una escuela. Y como Lady Ermingarde amaba las bellas artes, Oaks Garden se dedica sobre todo a fomentar la creatividad en sus alumnas.

—¿Hay caballos? —preguntó Gloria en voz baja.

El reverendo volvió a negar con la cabeza.

—No para las alumnas. Supongo que el conserje dispondrá de un tiro, pues deberán hacerse compras y recoger con frecuencia a las alumnas en la estación, pero montar a caballo no figura en el programa educativo. Ni tampoco el tenis...

El reverendo parecía lamentar en especial esto último.

Gloria volvió a guardar silencio hasta que el vehículo pasó por un opulento portalón de piedra y recorrió un parque circundado por unas rejas de hierro forjado. Oaks Garden no llevaba este nombre en vano. No cabía duda de que los jardines habían sido concebidos por un amante de la jardinería que dominaba su profesión. Debían de haber pasado décadas, cuando no siglos, desde que se habían plantado los robles que dominaban el extenso parque. Eran enormes y flanqueaban el acceso que conducía a la casa. En esta, sin embargo, el arquitecto había demostrado menos ingenio. El edificio era una construcción de ladrillo más bien pesada, sin las torrecillas ni miradores que solían encontrarse en las casas señoriales inglesas.

Gloria enseguida se sintió aplastada por ella. Buscó ansiosa con la mirada unas cuadras. ¡Alguna debía de haber! Tal vez detrás de la casa...

Pero en ese momento el reverendo se detuvo frente al imponente portal de doble hoja. Parecía sentirse como en casa y ni siquiera hizo el esfuerzo de pulsar el timbre. Obviamente no era necesario, pues el gran vestíbulo constituía un espacio público. Sarah Bleachum tenía razón: Lilian y Gloria no eran las primeras niñas que llegaban ese día. Había unas cuantas que ya se desplazaban de un lugar a otro con baúles y maletas, bromeaban entre sí y forjaban planes alocados sobre quién ocuparía cada habitación. Unas chicas mayores pasaban revista a las recién llegadas. Lilian les sonrió, mientras que Gloria daba la impresión de querer ocultarse entre las faldas de Sarah.

La joven institutriz la separó con dulzura.

—No seas tan vergonzosa, Gloria. ¿Qué van a pensar de ti las otras niñas?

A Gloria eso no parecía importarle en absoluto, pero se desprendió de su profesora y miró alrededor. El vestíbulo era un espacio agradable. Una mujer mayor y de aspecto maternal situada tras una especie de mostrador contestaba pacientemente las preguntas de las muchachas. Había además butacas y mesitas de té, seguramente para ofrecer un lugar de espera a padres y alumnas. De hecho, se hallaban ahí unos pocos progenitores impartiendo las últimas instrucciones a sus hijas sobre cómo debían comportarse durante el nuevo curso.

—Quiero que te esfuerces más con el violín, Gabrielle —dijo uno de los presentes. Al oírlo, Gloria se sobresaltó. La niña a la que iba destinada la frase no parecía mayor que ella. ¿Acaso se esperaba que ella tocara el violín?

El reverendo entró sonriendo en el vestíbulo y saludó a la señora del mostrador.

—Buenos días, señorita Barnum. ¡Le traigo a sus kiwis! ¿Se dice así en Nueva Zelanda, Sarah? Fueron los mismos inmigrantes los que se pusieron ese mote, el nombre del pájaro, ¿verdad?

Sarah Bleachum asintió avergonzada. Ella nunca se habría denominado a sí misma «kiwi».

—Es un ave casi ciega... —observó Gloria en voz baja—. Y no vuela, pero tiene muy buen olfato. Aunque se la ve pocas veces, en ocasiones emite su grito, se oye durante toda la noche, salvo si hay luna llena. Es bastante... hum... peludita.

Unas muchachas soltaron unas risitas.

—¡Dos pájaros ciegos! —exclamó entre risas la de cabello castaño, a la que sus padres habían llamado Gabrielle—. ¿Cómo habrán llegado hasta aquí?

Gloria se ruborizó. Lilian miró echando chispas a la bromista.

—Al principio nos guiamos por el olor —respondió—. Y luego simplemente seguimos volando hacia donde peor tocaban el violín.

Gabrielle frunció la nariz y las otras muchachas se rieron de ella. La música no era el punto fuerte de Gabrielle.

Sarah sonrió, pero reprendió como era debido a Lilian por su descaro. La señorita Barnum censuró del mismo modo a Gabrielle. Luego se volvió hacia las recién llegadas.

—Bienvenidas a Oaks Garden —saludó a las niñas—. Me alegro de conoceros. Especialmente a ti, Lilian; te hemos asignado la habitación Mozart, en el Ala Oeste, de la que soy la responsable. Suzanne Carruthers, una de tus compañeras, ya ha llegado. Luego os presentaré.

Gloria abrió los ojos de par en par. Lilian expresó lo que estaba pensando.

—¿No podemos compartir habitación, señorita Barnum? ¡Somos primas! —Lilian dedicó a la recepcionista su más ingenua y suplicante mirada.

No obstante, la señorita Barnum sacudió la cabeza.

—Gloria es mucho mayor que tú. Seguro que preferirá estar con chicas de su edad. Te sentirás mejor cuando hayas conocido a las demás. Los cursos medios ocupan el Ala Este, y los más jóvenes la Oeste.

—¿No podría hacer usted una excepción? —preguntó la señorita Bleachum. Percibía casi físicamente cómo Gloria volvía a retraerse—. Las niñas nunca han salido de su casa.

—A las demás alumnas les sucede lo mismo —respondió con firmeza la encargada—. Lo siento, niñas, pero ya os acostumbraréis. Y ahora vais a conocer a la señorita Arrowstone. Lo espera en su despacho, reverendo. Ya sabe dónde se encuentra.

El despacho de la directora se hallaba en el primer piso del edificio principal, junto a la sala de profesores y algunas aulas, al final de una sinuosa y lujosa escalinata flanqueada por escenas de la mitología griega y romana. Lilian miró los cuadros con curiosidad.

—¿Por qué se montan las chicas en una vaca? —preguntó, arrancando casi unas risas de Sarah.

—Es Europa con el toro —respondió la joven profesora.

Por la cara de Gloria se veía que solo unos tontos de remate preferirían una vaca a un caballo como montura. Además, la posición de Europa le parecía poco estable. ¿A quién se le había ocurrido semejante tontería?

—Estoy segura de que os contarán la historia en clase —señaló Sarah, que en esos momentos no tenía ganas de describir a sus pupilas cómo los dioses griegos raptaban a las princesas fenicias. Y mucho menos en presencia de su primo.

En ese momento el reverendo llamó a la puerta del despacho de la directora.

—¡Adelante! —contestó una voz grave, acostumbrada a impartir órdenes.

Sarah se tensó irremisiblemente al tiempo que Gloria intentaba esconderse tras ella. Lilian, en cambio, no pareció sentirse impresionada. Tampoco la intimidó el imponente escritorio de roble tras el cual se hallaba entronizada la rolliza directora. Fascinada, contempló el complicado y severo peinado con que la señorita Arrowstone se había recogido el cabello, castaño y abundante.

—¡La reina! —susurró el reverendo a Sarah con una media sonrisa. En efecto, también a las niñas les recordó la imagen de la reina Victoria, fallecida unos pocos años antes. El rostro de la señorita Arrowstone apenas tenía arrugas, pero sus ojos de color azul pálido eran severos, y sus labios, finos. Seguro que no sería nada placentero acudir ante su presencia por haber cometido una falta. En esos momentos, no obstante, sonreía.

—¿He oído bien? ¿Sois las alumnas de Nueva Zelanda? Acompañadas por... —Miró inquisitiva a Sarah y al reverendo alternativamente.

Sarah se disponía a presentarse cuando Christopher anunció:

—Es la señorita Sarah Bleachum, señorita Arrowstone. Mi prima. Y mi..., hum... —parpadeó turbado, con lo que la sonrisa de la señorita Arrowstone todavía se ensanchó más.

Sarah, por el contrario, tuvo que esforzarse para mantener una expresión afable. Christopher parecía dar por cerrado el asunto de su inminente compromiso. Peor aún, era evidente que ya se había referido a ella como su prometida en el círculo de sus conocidos.

—Soy profesora, señorita Arrowstone —añadió—. Gloria Martyn ha sido hasta ahora mi pupila, y puesto que tengo parientes en Europa... —dirigió a Christopher una breve mirada—, he aprovechado la oportunidad para acompañar a las niñas a Inglaterra y restablecer los lazos familiares.

La señorita Arrowstone emitió algo así como una risita.

—Lazos familiares, vaya... —dijo mordaz—. Bien, en cualquier caso, nos alegramos mucho por el reverendo y la comunidad sin duda agradecerá un toque femenino. —De nuevo esa risita—. Seguro que durante su... visita... le echará una mano en la parroquia.

Sarah iba a contestar que en realidad pensaba más en un empleo de profesora, pero la señorita Arrowstone ya había dirigido su atención hacia otro objeto. La matrona curiosa adoptó el papel de severa directora. Observó a las jovencitas a través de unas gafas cuyos vidrios eran tan gruesos como los de Sarah, y al hacerlo se dibujó en su rostro una expresión de asombro.

Gloria se volvió bajo esa mirada.

Pero la señorita Arrowstone no la confundió con Lilian: la directora se había informado acerca de sus alumnas y sabía que Gloria era la mayor.

—Así que tú eres Gloria Martyn —observó—. Pues no has heredado nada de tu madre.

Gloria asintió. Ya se había acostumbrado a esa afirmación.

—Al menos, no a primera vista —añadió la señorita Arrowstone, moderando su anterior afirmación—. Pero tus padres han insinuado que tienes unas dotes musicales o creativas que hasta el momento han permanecido ocultas.

Gloria la miró pasmada. Tal vez era mejor ser franca desde un principio.

—Yo... yo no sé tocar el piano —susurró.

La señorita Arrowstone rio.

—Sí, ya me han informado al respecto, pequeña. Tu madre está muy triste por ello, pero a fin de cuentas vas a cumplir trece años y todavía no es demasiado tarde para aprender un instrumento. ¿Te gustaría tocar el piano? ¿El violín? ¿O el violonchelo?

Gloria se ruborizó. Ni siquiera sabía exactamente qué era un violonchelo. Y estaba segura de que no quería aprender a tocar nada de eso.

Por fortuna Lilian la ayudó a salir del apuro.

—¡Yo toco el piano! —declaró con presunción.

La señorita Arrowstone la contempló con severidad.

—Esperamos de nuestras alumnas que solo hablen cuando se les pregunte —la censuró—. Salvo por ello, es muy satisfactorio, por supuesto, que te sientas atraída por ese instrumento. Eres Lilian Lambert, ¿verdad? ¿La sobrina de la señora Martyn?

Era evidente que Kura-maro-tini había dejado su huella allí, lo que la señorita Arrowstone aclaró enseguida con más detalle.

—La señora Kura-maro-tini Martyn visitó personalmente nuestro establecimiento para matricular a su hija —les contó a Sarah y Christopher—, y nos obsequió con un pequeño concierto privado. Las niñas quedaron profundamente impresionadas y están deseando conocerte, Gloria.

La niña se mordió los labios.

—También a ti, Lilian, naturalmente. Estoy segura de que nuestra profesora de música, la señorita Tayler-Bennington, apreciará tu interpretación al piano. ¿Desean un té, señorita Bleachum..., reverendo? Las niñas pueden bajar, la señorita Barnum les enseñará sus habitaciones.

Estaba claro que la señorita Arrowstone tomaba el té con los padres y familiares de sus alumnas, pero nunca descendía al nivel de sus pupilas hasta el extremo de ofrecerles también uno a ellas.

—Ah, sí, ¡yo estoy en el Ala Oeste! —señaló Lilian con expresión grave. Ya se había olvidado de que tenía prohibido hablar si no la invitaban a hacerlo—. Soy *Lily of the West.*

—¡Lilian! —la censuró horrorizada Sarah, mientras el reverendo sofocaba ruidosamente una risa. La señorita Arrowstone frunció el ceño. Por fortuna, no parecía conocer la historia de «Lily del Oeste», una pérfida camarera que causaba la perdición de su amado. Esas canciones se oían en las tabernas y no en los salones de buen tono.

Gloria lanzó a su profesora una mirada desesperada.

—Limítate a obedecer, Glory —dijo con dulzura Sarah—. La señorita Barnum te presentará a la responsable de tu zona. Ya verás como estarás bien.

—Despídete ahora de tu profesora —añadió la señorita Arrowstone—. No volverás a verla hasta el domingo, en misa.

Gloria intentó dominarse, pero tenía el rostro inundado de lágrimas cuando se separó con una inclinación de su institutriz. No estaba en manos de la señorita Bleachum hacer nada más, así que abrazó a la niña y le dio un beso de despedida.

La señorita Arrowstone contemplaba la escena con evidente desaprobación.

—Esa pequeña está demasiado apegada a usted —observó una vez que las niñas hubieron abandonado la habitación—. Le sentará bien alejarse un poco y establecer contacto con otras personas. Y además —de nuevo exhibió esa sonrisa ambigua—, seguro que usted no tardará en tener sus propios hijos.

Sarah se puso como la grana.

—De hecho, en principio no me había planteado dejar mi trabajo —dijo, haciendo un intento de mencionar un empleo—. Me gustaría dedicarme algunos años más a la enseñanza y, respecto a esto, quería preguntarle...

—¿Qué idea se ha formado usted, querida? —preguntó la señorita Arrowstone con tono acaramelado, mientas servía el té—. El reverendo la necesita a su lado. No sé cómo se tratará este tema en el otro extremo del globo terráqueo, pero en nuestro sistema escolar las profesoras son básicamente solteras.

Sarah sintió que la trampa se cerraba a sus espaldas. Puesto que la señorita Arrowstone no parecía dispuesta a contratarla, solo cabía la posibilidad de intentar encontrar un empleo como institutriz en la región. Sin embargo, no había tenido la impresión de que ningún lugareño fuera especialmente acaudalado, y seguro que las matronas del pueblo no iban a poner impedimentos a «la dicha de su reverendo». Tendría que hablar en serio con Christopher. En el fondo abogaba en su favor que de forma tan evidente estuviera firmemente decidido a casarse con Sarah solo a causa de un vago vínculo espiritual establecido por correspondencia. Pese a ello, tenía que darle al menos dos semanas para tomar una decisión. Lanzó una tímida mirada de reojo al hombre que estaba a su lado. ¿Bastarían un par de semanas para conocerlo bien?

Cuando presentaron a Gloria a la responsable del Ala Este, la señorita Coleridge, la niña descubrió que esta era mayor que la señorita Barnum y que no se asemejaba en nada a ella, ya que en lugar de ofrecer un aspecto amable y maternal su imagen era seca y severa.

—¿Eres Gloria Martyn? ¡No te pareces en nada a tu madre! —dijo, y en sus labios el comentario sonó claramente peyorativo.

En esta ocasión Gloria renunció a asentir. La señorita Coleridge le lanzó otra mirada, más bien inmisericorde, y se concentró en sus apuntes. A diferencia de la señorita Barnum, no se sabía de memoria las habitaciones asignadas a las niñas a su cargo.

—Martyn... Martyn... Ah, aquí lo tenemos. La habitación Tiziano.

Mientras que los dormitorios del Ala Oeste llevaban nombres de famosos compositores, las del Ala Este tomaban los nombres de pintores. Gloria nunca había oído el de Tiziano; sin embargo, aguzó el oído cuando la señorita Coleridge siguió leyendo de forma mecánica.

—Junto con Melissa Holland, Fiona Hills-Galant y Gabrielle Wentworth-Hayland. Gabrielle y Fiona ya están ahí...

La niña siguió a la responsable a través de los corredores, sombríos por la tarde, del Ala Este. Intentaba convencerse de que en esa escuela habría al menos veinte muchachas que se llamaran Gabrielle, pero probablemente no era cierto. Y, en efecto, cuando la señorita Coleridge abrió la puerta, Gloria distinguió el rostro agraciado, aunque algo anguloso, de la chica de cabello castaño que ya había conocido en recepción. Gabrielle estaba guardando su uniforme escolar en uno de los cuatro pequeños armarios. La otra muchacha —Gloria reconoció a una rubia delgada que había estado en el vestíbulo con Gabrielle— ya parecía haber concluido esa tarea y estaba colocando un par de fotos de su familia sobre la mesilla, bajo las reproducciones más bien lóbregas de opulentas pinturas al óleo que decoraban las paredes de la habitación. Gloria encontró los retratos y pinturas de tema histórico totalmente espantosos. Más tarde se enteraría de que rendían homenaje al artista que daba nombre a su habitación. Todas las imágenes de las paredes eran de Tiziano.

—Fiona, Gabrielle, esta es vuestra nueva compañera de habitación —la presentó la señorita Coleridge—. Viene de...

—De Nueva Zelanda, ya lo sabemos, profesora —dijo Gabrielle con gesto obediente y haciendo una reverencia—. La hemos conocido al llegar.

—Pues bien, ya tenéis de qué hablar —respondió la señorita Coleridge, satisfecha a ojos vistas de no tener que romper el hielo entre las muchachas—. Acompañad luego a Gloria al comedor para la cena.

Y con ello abandonó la habitación, cerrando la puerta a sus espaldas. Gloria se quedó torpemente junto a la puerta. ¿Cuál sería su cama? Fiona y Gabrielle ya se habían quedado con las que estaban junto a la ventana, pero eso a Gloria le daba igual. Lo único que deseaba era esconderse en algún lugar.

Vacilante, Gloria se acercó a la cama que estaba en el extremo más alejado. Parecía la más apropiada para ocultarse, pero las niñas no tenían la intención de dejar en paz a la recién llegada.

—¡Aquí tenemos a nuestro pajarito ciego! —anunció Gabrielle con hostilidad—. Además, he oído decir que canta bien. ¿No es tu madre esa cantante maorí?

—¿De verdad? ¿Su madre es neeegra? —intervino Fiona, alargando la vocal de la última palabra—. Pues no parece negra... —comentó, observando a Gloria con atención.

—Habrá salido de un huevo de cuco —dijo Gabrielle con una risita.

Gloria tragó saliva.

—En nuestro país no hay cucos...

No entendía por qué las otras reían. Tampoco entendió qué había hecho a esas niñas y nunca comprendería que uno pudiera convertirse en objeto de burlas sin haber hecho nada para merecerlo. Pero comprendió que la trampa se había cerrado.

No tenía escapatoria posible.

5

Charlotte Greenwood llegó a Kiward Station con sus padres. Habían transcurrido cuatro semanas desde el encuentro con Jack en Christchurch, tras el cual había recibido una invitación formal de Gwyneira McKenzie. El motivo oficial era una pequeña fiesta para celebrar que las ovejas habían bajado de las montañas sin contratiempos. En marzo, el invierno llegaba a las cumbres y era el momento de conducir a los animales a la granja. Sin embargo, eso ocurría todos los años y no se consideraba indispensable celebrarlo, pero como Jack había insistido tanto en que su madre invitara a los Greenwood, cualquier razón era buena.

Cuando Charlotte bajó del carruaje, el rostro de Jack se iluminó de alegría. Ella llevaba un vestido sencillo marrón oscuro que realzaba la calidez del color de sus cabellos. Los enormes ojos castaños de la muchacha relucían y por un momento Jack creyó ver brillar unas chispas doradas en su interior.

—¿Ha tenido un viaje agradable, Charlotte? —preguntó, sintiéndose algo torpe. Podría haberla ayudado a bajar del vehículo, pero la visión de su belleza lo había dejado petrificado.

Cuando Charlotte sonrió, se le formaron unos hoyuelos junto a las comisuras de los labios. Jack quedó cautivado.

—Las carreteras están mucho mejor de lo que yo recordaba —respondió la joven con voz cantarina.

Él asintió. Ansiaba decir algo inteligente, pero la presencia de Charlotte lo azoraba hasta tal punto que no le resultaba posible pensar con claridad y se sentía embargado por el sentimentalismo. Todo en él deseaba acariciar y proteger a esa mujer, lograr que se uniera a él..., pero si no hacía algo para impresionarla aunque fuera solo un poco, ella siempre lo consideraría un palurdo.

Pese a todo, consiguió presentar con bastante fluidez la muchacha a sus padres, con lo que James McKenzie enseguida pudo hacer alarde de la galantería de la que Jack carecía por entero en su trato con Charlotte.

—De repente se me ocurre que la educación en un internado es algo positivo —observó—, si es que da como resultado criaturas tan encantadoras como usted, señorita Charlotte. Así que ¿se interesa usted por la cultura maorí?

Charlotte asintió.

—Me gustaría aprender la lengua —respondió—. Jack la habla con fluidez... —Dirigió a Jack una mirada que alertó a James. El brillo en los ojos de su hijo no le había pasado desapercibido, pero también Charlotte parecía tener interés.

—Seguramente le enseñará en los próximos tres meses palabras como Taumatawhatatangihangakoauauotamateaturipukakapikimaungahoroukupokaiwhenuakitanatahu —señaló James, guiñando un ojo.

Charlotte hizo un gesto de preocupación.

—¿Tienen palabras tan... largas?

Por la expresión de su semblante, parecía que empezaba a dudar acerca de su propósito. Y de nuevo se le formaron en la frente esas arrugas de inquietud que ya en su primer encuentro habían fascinado a Jack.

El deseo de consolar a la muchacha estimuló en Jack la capacidad de hablar con normalidad.

—Es una montaña de la isla Norte —explicó, sacudiendo la cabeza—. Y esa palabra es un trabalenguas para los mismos maoríes. Lo mejor es que empiece con palabras más sencillas. *Kia ora*, por ejemplo.

—¡Significa «buenos días»! —exclamó Charlotte, sonriendo.

—Y *haere mai*...

—¡«Bienvenida»! —tradujo Charlotte, quien era evidente que había empezado sus estudios—. «Mujer» se dice *wahine*.

Jack sonrió.

—*Haere-mai, wahine* Charlotte.

La joven quiso responder, pero le faltaba una palabra.

—¿Y cómo se dice «hombre»? —preguntó.

—*Tane* —la ayudó James.

Charlotte se volvió de nuevo a Jack.

—¡*Kia ora, tane* Jack!

James McKenzie buscó la mirada de su esposa Gwyneira. También ella había observado cómo se saludaban los jóvenes.

—Al parecer no necesitan el pretexto del estofado irlandés —comentó Gwyneira con una sonrisa, aludiendo al primer brote de su amor por James. Había estado buscando la palabra maorí que designaba el tomillo y James le había conseguido las hierbas aromáticas.

—Pero los versículos tal vez sean importantes en el futuro —se burló, lanzando una expresiva mirada a los jóvenes. Cuando Gwyneira había llegado a Nueva Zelanda había un libro traducido al maorí: la Biblia. Así que si buscaba alguna palabra determinada, solía pensar en qué contexto encontrarla en el libro sagrado—. «Dondequiera que tú fueres, iré yo...»

Mientras Gwyneira y James charlaban con George y Elizabeth Greenwood, Jack mostró a Charlotte la granja, rebosante de vida tras el regreso de las ovejas. Todos los corrales estaban ocupados por gordos y lanudos animales, bien alimentados, sanos y cubiertos de lana limpia y espesa. Los mantendría abrigados durante el invierno y luego contribuiría a la prosperidad de Kiward Station con el esquileo previo a la vuelta a los pastos de las montañas. A Jack le resultaba más fácil hablar de las ovejas que mantener una conversación de salón, así que lentamente fue recuperando la seguridad en sí mismo. Él y Charlotte acabaron paseando hacia el poblado maorí y la naturalidad con que Jack trataba con los indígenas impresionó por fin a la joven. A Charlotte le encantó el idílico asentamiento junto al lago y admiró las tallas de madera de la casa de asambleas.

—Si mañana le apetece podemos ir a caballo hasta O'Keefe Station —sugirió Jack—. Aquí vive solo la gente que cada día va a trabajar en la granja. La tribu en sí se ha mudado a la antigua propiedad de Howard O'Keefe. Los maoríes se han quedado con esas tierras como compensación por las irregularidades que se cometieron al comprarles Kiward Station. Marama, la cantante, vive ahí. Y Rongo, la hechicera. Las dos hablan un inglés aceptable y conocen un montón de *moteateas*...

—Son canciones que cuentan leyendas, ¿verdad? —preguntó dulcemente Charlotte.

Jack asintió.

—Hay lamentaciones, canciones de cuna, historias de venganza y combates tribales... Justo lo que usted está buscando.

Charlotte lo miró con una leve sonrisa.

—¿E historias de amor?

—¡Pues claro, también historias de amor! —se apresuró a responder, pero enseguida captó la intención de la joven—. Entonces, ¿le gustaría... tomar nota de una historia de amor?

—Si las hay —respondió Charlotte turbada—. Pero pienso que... tal vez sea demasiado pronto para tomar apuntes de algo. Quizás haya que... experimentar un poco más. ¿Entiende? Desearía adquirir conocimientos más profundos.

Jack sintió que la sangre se le agolpaba en la cara.

—¿Sobre los maoríes o sobre mí?

Charlotte también se sonrojó.

—¿No lleva una cosa a la otra? —preguntó con una tímida sonrisa.

Los McKenzie y los Greenwood acordaron que Charlotte permanecería tres meses en Kiward Station para iniciar sus investigaciones sobre el objeto de su interés: la cultura maorí. Elizabeth y Gwyneira intercambiaron una mirada de complicidad. Ninguna de las dos tenía dudas acerca de lo que había surgido entre los jóvenes y ambas lo aprobaban. Gwyneira encontró a Charlotte encantadora, aunque no siempre alcanzaba a entender a la primera de qué hablaba, pero a los Greenwood parecía sucederles lo mismo. Cuando la muchacha se ponía a hablar en lenguaje especializado, era imparable. Pero a esas alturas, Elizabeth ya no temía que acabara siendo una de las primeras docentes en la Universidad de Dunedin o de Wellington. Definitivamente, Charlotte había encontrado algo que la seducía más que el mundo de la ciencia.

La muchacha cabalgó con Jack por la granja, dejó que Gwyneira le explicara las sutilezas de las diversas calidades de lana y practicó risueña los diversos y estridentes silbidos con que los pastores dirigían a los collies. Al principio los pastores y los maoríes se mostraron reservados en su presencia: esa joven señorita de Inglaterra, con sus vestidos cortados a la última moda y sus modales perfectos, los intimidaba. Sin embargo, Charlotte supo romper el hielo. Empleó el *hongi*, el saludo tradicional maorí, y aprendió que no se trataba de frotar con la propia nariz la del interlocutor, sino de rozar con la nariz la frente del otro. Su traje de montar, en un principio elegante, pronto reveló señales de uso, y ella no tardó en cambiar la silla de amazona por una más cómoda, la tradicional australiana.

Tras la apariencia mundana de Charlotte se ocultaba una criatura que amaba la naturaleza y una defensora de los derechos de la mujer. Sorprendió a Gwyneira al hablar de los escritos de Emmeline Pankhurst y casi pareció decepcionada al enterarse de que en Nueva Zelanda las mujeres ya disfrutaban del derecho a voto. En Inglaterra había salido a las calles con otras estudiantes para exigirlo, y era evidente que se había divertido a lo grande. James McKenzie quiso ponerla en evidencia invitándola a un habano —fumar era una de las formas de reivindicación de las sufragistas, las feministas radicales—, y Jack y Gwyneira rieron cuando ella, en efecto, se puso a dar bocanadas resueltamente. En el fondo todos estaban de acuerdo en que la joven contribuía a enriquecer la vida de Kiward Station, y poco a poco también Jack consiguió conversar con normalidad en su presencia. De todos modos, su corazón siempre latía más deprisa cuando la veía y los ojos se le iluminaban cuando sus miradas se cruzaban. Una y otra vez sufría accesos de timidez, así que no es de extrañar que al final fuera la misma Charlotte quien lo hizo salir a la luz de la luna, porque necesitaba ver urgentemente los caballos otra vez, y depositó con tiento su mano en la del joven.

—¿Es cierto que los maoríes no se besan? —preguntó en un susurro.

Jack no lo sabía a ciencia cierta. Las chicas maoríes nunca le habían atraído, sus cabellos en general negros y sus rasgos exóticos le recordaban demasiado a Kura-maro-tini. Y en lo relativo a Kura, el antiguo y burlón dicho de James seguía siendo vigente: «Aunque Kura fuera la última mujer sobre la Tierra, Jack preferiría hacerse monje.»

—Se diría que los maoríes han aprendido de nosotros los *pakeha*, a besarse —siguió susurrando Charlotte—. ¿No crees que se puede aprender?

Jack tragó saliva.

—Sin duda —respondió—. Si se encuentra al profesor adecuado...

—Yo todavía no lo he hecho —señaló Charlotte.

Jack sonrió. Luego la tomó cuidadosamente entre sus brazos.

—¿Empezamos frotando la nariz? —preguntó burlón, para disimular su propio nerviosismo.

Pero la muchacha ya había entreabierto los labios. No tenían nada que aprender: Jack y Charlotte estaban hechos el uno para el otro.

Charlotte no abandonó sus estudios pese a hallarse inmersa en el nacimiento de ese amor. Convirtió el hecho de coquetear en maorí con Jack en una diversión y encontró además en James a un paciente profesor. Tras pasar tres meses en Kiward Station, no solo era capaz de pronunciar sin problema el viejo trabalenguas, sino que ya había transcrito los primeros mitos maoríes tanto en inglés como en la lengua original; esto último con ayuda de Marama, por supuesto, quien apoyaba vivamente ese trabajo. Charlotte tenía la impresión de que el tiempo pasaba volando, pero llegó un momento en que se dieron razones de peso para poner término a su estancia.

—Naturalmente me gustaría permanecer más tiempo —dijo a sus padres cuando llegaron a recogerla—, pero me temo que no sea conveniente.

Se ruborizó y dirigió una tímida sonrisa a Jack, quien casi dejó caer el tenedor. Iba a servirse en ese momento un trozo de cordero asado, pero al parecer perdió de pronto el apetito.

El joven carraspeó.

—Sí..., bueno..., los maoríes lo ven de otra manera, pero nosotros queremos conservar las costumbres de los antiguos *pakeha*. Y dado que..., eso, que cuando una chica está prometida no es decente que viva bajo el mismo techo que su futuro marido...

Charlotte acarició tiernamente la mano de Jack mientras él jugueteaba nervioso con una servilleta.

—¡Jack, pero si querías hacerlo bien! —lo censuró con dulzura—. Tendrías que haber solicitado a mi padre una entrevista a solas y haberle pedido mi mano formalmente...

—Resumiendo: se diría que estos jóvenes se han prometido —observó James McKenzie, quien se puso en pie y descorchó una botella de un vino especialmente bueno—. Tengo ochenta años, Jack. No puedo estar esperando hasta que consigas formular de una vez una sencilla pregunta, y además el asunto ya está resuelto. A mi edad, por añadidura, hay que comer el asado cuando está recién hecho, si no se pone duro y cuesta masticarlo. ¡Así pues, un breve brindis por Jack y Charlotte y dediquémonos luego a la cena! ¿Alguien tiene algo que objetar?

George y Elizabeth Greenwood no pusieron objeciones; al contrario, ambos se alegraron de la unión. Por supuesto, los rumores correrían por los círculos selectos de Christchurch y las llanuras de Canterbury. Si bien Jack disfrutaba del respeto general, los barones de la lana no habían olvidado, ni mucho menos, que el joven procedía de la relación de Gwyneira con un ladrón de ganado. Los más chismosos recordaban todavía que entre la boda de los McKenzie y el nacimiento de Jack no habían pasado nueve meses completos y, naturalmente, todo el mundo sabía que Jack no era el heredero de Kiward Station, sino que en el mejor de los casos desempeñaría el cargo de administrador. George Greenwood era un hombre acaudalado y con toda certeza su hija podría haber encontrado mejor partido, pero a George eso le traía sin cuidado. Concedería a Charlotte una dote como es debido y tenía a Jack por un trabajador aplicado y digno de confianza, que además había estudiado algunos cursos de agricultura. Incluso si en algún momento Kura-maro-tini vendía la granja o se enemistaba con los McKenzie, o en caso de que Gloria Martyn quisiera ocuparse ella misma de la dirección, seguro que siempre se encontraría un cargo de capataz para Jack. De ahí que George no se preocupase por el porvenir de su hija. Sobre todo, quería verla feliz... ¡y casada! No cabía duda de que una sufragista en la familia Greenwood habría desencadenado más chismorreos que el lejano pecado del clan Warden-McKenzie.

Finalmente, se decidió que medio año de noviazgo era un período adecuado y se contaron los tres meses que Charlotte ya había pasado en Kiward Station. Así pues, Jack y Charlotte se casaron en primavera, justo después de que se llevaran las ovejas a las montañas. Elizabeth había planeado celebrar una romántica fiesta al aire libre, a orillas del Avon, pero lamentablemente llovió y los invitados prefirieron reunirse en las carpas que se habían instalado por si acaso y en las salas de la casa. Jack y Charlotte pronto se retiraron del festejo y ya al día siguiente se marcharon a Kiward Station. Con el consentimiento general ocuparon las habitaciones que habían sido de William y Kura Martyn al principio del matrimonio. William había elegido para ellas un mobiliario sumamente elegante y costoso, y Charlotte no tenía nada que objetar a vivir rodeada de tales muebles. Jack insistió solo en decorar el dormitorio de forma menos opulenta y encargó a un carpintero de Haldon una cama y un armario sencillos de madera autóctona.

—¡Pero que no sea de kauri! —pidió Charlotte sonriendo—. Ya sabes que Tane Mahuta, el dios de los bosques, obligó a separarse a Papa y Rangi.

En la mitología maorí, Papatuanuku —la Tierra— y Ranginui —el Cielo— habían sido en un principio una pareja que se hallaba estrechamente unida en el cosmos. Los hijos decidieron separarlos y crearon con ello la luz, el aire y las plantas en la Tierra. Rangi, el Cielo, seguía llorando casi cada día, sin embargo, la separación.

Jack rio y tomó a su mujer entre sus brazos.

—A nosotros nada nos separará —declaró con firmeza.

Charlotte introdujo también algunos pequeños cambios en la que antes fuera la sala de música de Kura.

—Sé tocar un poco el piano, pero desde luego no necesito más de uno. —En el salón de los McKenzie seguía estando el espléndido piano de cola de Kura—. Y mucho menos junto a nuestro dormitorio. Allí tendrá que estar... —Se ruborizó. Quien había estudiado en un internado inglés no hablaba abiertamente de tener hijos.

Jack pensaba del mismo modo. No estaba de acuerdo con dejar a los bebés en habitaciones alejadas. Y desde el día de su boda hizo lo que estuvo en su mano para tener descendencia.

Aunque Jack y Charlotte eran felices en Kiward Station, George Greenwood les regaló un viaje de luna de miel.

—¡Ha llegado el momento de que salgas, Jack! —declaró cuando el joven expuso mil razones para no abandonar la granja—. Las ovejas pastan felices en la montaña y tus padres y los trabajadores se las apañarán solos con un par de vacas.

—Un par de «miles» de vacas —observó Jack.

George levantó la mirada al cielo.

—Tampoco tienes que llevarlas personalmente a la cama —respondió—. ¡Toma ejemplo de tu esposa! ¡Está deseando ver las Pancake Rocks!

Charlotte había propuesto emprender un viaje a la costa Oeste. No solo la atraían las maravillas de la naturaleza, sino que también sentía interés por intercambiar pareceres con el estudioso de la cultura maorí más famoso de la isla Sur: Caleb Biller. Desde que se enteró de que la nieta de Jack, Elaine, y su marido no solo vivían en el mismo lugar que Biller, sino que además lo conocían, estaba impaciente por marcharse.

—Por lo que yo sé, los Lambert y los Biller no son especialmente amigos —señaló George, pero tal cosa no amedrentaba a Charlotte.

—Tampoco serán enemigos a muerte —respondió—. Y si lo son, pondremos paz. Además, tampoco tienen que estar todo el tiempo presentes mientras converso con el señor Biller. Basta con que nos presenten. ¡Y tú podrás cavar en busca de oro, Jack! ¡Siempre te ha hecho ilusión!

Jack le había contado que en su adolescencia había fantaseado con la idea de ser buscador de oro. Como todos los jóvenes, había soñado con hacer fortuna en una concesión, y aún más cuando James McKenzie había salido airoso de esa empresa en Australia. Al final, no obstante, resultó que Jack había heredado los gustos de su madre: lo que más le interesaba eran las ovejas. Descubrir oro podía ser muy emocionante y divertido, pero Jack prefería echar raíces.

—Entonces es mejor que visitemos a los O'Keefe en Queenstown —refunfuñó—. En Greymouth se extrae carbón, y no es un material que me atraiga especialmente.

—¡A Queenstown viajaremos el año próximo! —determinó Charlotte—. Tengo muchas ganas de conocer a tu hermana. Pero ahora toca Greymouth, y además es más fácil: ¡tenemos el ferrocarril!

Jack no tenía nada que objetar al respecto. Solo unas pocas horas de tren lo separarían de sus queridas vacas y, por añadidura, George Greenwood ponía a su disposición su coche salón. El vagón de lujo se enganchaba al tren regular y los recién casados podrían disfrutar del viaje en butacas afelpadas o incluso en la cama con una copa de champán. A Jack eso no le atraía mucho, prefería viajar a caballo que en tren y habría encontrado más romántico un lecho para los dos bajo el cielo estrellado que una cama rodante. Pero como Charlotte estaba entusiasmada, accedió.

Menos entusiasmados se sintieron Tim y Elaine Lambert.

—¿De verdad quieres invitar a Florence Biller? —preguntó Tim horrorizado—. ¿Para hacer los honores a la mujer de tu tío? ¡Es demasiado!

—Charlotte quiere conocer a Caleb Biller —respondió Elaine apaciguadora—. Y no puedo invitarle a él solo a cenar. ¿Qué impresión causaría? Únicamente tendremos que comportarnos con amabilidad una velada y hablar sobre... ¿sobre qué se puede hablar con Florence que no esté relacionado con las minas?

Tim se encogió de hombros.

—Prueba quizá con los temas que suelen agradar a las mujeres. ¿Familia? ¿Hijos?

Elaine soltó una risita.

—No sé si conviene hablar mucho de eso. ¿No vuelve a estar embarazada y ha conseguido que el guapo secretario se marchara a Westport con un ascenso?

Tim esbozó una mueca irónica.

—Un tema muy interesante. Tal vez logres que se ruborice. ¿Lo ha conseguido alguien en alguna ocasión? —Dobló la servilleta. Los Lambert habían concluido la cena familiar y a los niños ya se les cerraban los ojos. No era habitual que solo estuvieran los pequeños a la mesa y que no tuvieran que poner tanta atención en lo que hablaban. En presencia de la vivaracha Lilian, Elaine habría tratado con mayor prudencia el asunto de los hijos de Florence Biller.

—Es probable que Caleb, cuando le contó la pura verdad. ¿Utilizó realmente la palabra «pisaverde»?

—¡Lainie! —A Tim se le escapó la risa.

En efecto, Caleb había utilizado este término cuando unos años atrás había confesado a Kura sus inclinaciones. En realidad no quería casarse, pero tampoco había tenido valor para independizarse en calidad de artista y realizar simplemente sus deseos. Al final había accedido a contraer matrimonio con Florence y ambas partes parecían más o menos satisfechas.

—Bastará con que invitemos también a los niños —decidió Elaine—. Al menos a los dos mayores. Así no se quedarán tanto tiempo y en caso de necesidad hablaremos de los internados ingleses. Benjamin es aproximadamente de la misma edad que Lily, ¿verdad?

Tim asintió.

—Este año se marcha a Cambridge. Buena idea. Y si todo esto falla, hablaremos de la cría de ovejas. Seguro que Jack es capaz de explayarse durante horas y apuesto que es un tema que Florence no domina.

En realidad, Tim Lambert había estado firmemente decidido a no simpatizar con Charlotte, la joven esposa de Jack, justo porque le había forzado a organizar una reunión con Florence Biller. Sin embargo, la muchacha conquistó su corazón con el mismo ímpetu que el de Elaine y los niños. Charlotte consiguió no «pasar por alto» directamente la discapacidad de Tim, sino comportarse con él con entera naturalidad. Rio con Elaine y encontró en ella otra interlocutora abierta sobre su aventura como sufragista. No solo jugó encantada con los niños al tren, sino que les llevó una selección de instrumentos maoríes sencillos y les contó historias de *haka* que interpretaron enseguida en voz alta.

—¡Supongo que Kura-maro-tini no ha de temer que esta banda le haga la competencia! —dijo Elaine entre risas y tapándose los oídos—. Tampoco si estuviera Lilian y tocara el piano. ¡Mis hijos han heredado el escaso oído musical de los Lambert!

—¿Cómo está Lilian? ¿Escribe? —Jack aprovechó la oportunidad para plantear una de las cuestiones que le urgían desde hacía tiempo.

Pese a que el matrimonio y el trabajo en la granja le satisfacían sumamente, se sentía preocupado por Gloria. Las cartas que recibía de forma periódica no acertaban a confirmar que la niña estaba bien, y le desconcertaban. Aunque a Gwyneira y James no les inquietaba que Gloria les hablara anodinamente sobre las clases de música, las rondas de lectura en el jardín y las comidas campestres de verano a orillas del Cam, para Jack todo eso no eran más que trivialidades. No encontraba nada del carácter de Gloria en esas cartas. Casi parecía que las hubiera escrito otra persona.

Elaine asintió sonriente.

—Claro que escribe. Se anima a las niñas a que lo hagan. Todos los sábados por la tarde tienen que escribir a casa, lo que a Lily no le cuesta esfuerzo porque siempre tiene mucho que contar. Lo que me lleva a preguntarme cómo consigue que las cartas pasen por la censura. Seguro que las profesores deben filtrarlas, ¿no?

Se volvió hacia Charlotte, que hizo un gesto de ignorancia.

—En realidad respetan el secreto epistolar. Al menos entre las mayores y en la escuela en la que yo estudié —informó—. Pero entre las más pequeñas se corrige la ortografía.

—¿Qué es lo que escribe Lilian de subversivo? —preguntó Jack intranquilo—. ¿No está contenta?

Elaine rio.

—Sí, pero me temo que la idea que tiene Lily de la felicidad no coincide del todo con la de su profesora. Mira, lee tú mismo.

Sacó la última carta de Lilian del bolsillo de su vestido, prueba de lo mucho que añoraba a su hija. Elaine solía llevar consigo las cartas de la niña y las leía una y otra vez hasta que llegaba la siguiente.

Querida mamá, querido papá —leyó Jack—. Me han puesto una mala nota en el trabajo de inglés en el que teníamos que contar un cuento del señor Poe. Era tan triste que yo le he puesto otro final. Mal hecho. El señor Poe escribía a veces cuentos muy tristes y otros que daban mucho miedo. Pero no hay fantasmas. Lo sé porque el último fin de semana estuve con Amanda Wolveridge en Bloomingbridge Castle. Su familia tiene un castillo de verdad y anda por ahí un fantasma, pero Amanda y yo nos quedamos toda la noche despiertas y no vimos ninguno. Solo al tonto de su hermano con una sábana encima. También montamos en los ponis de Amanda y nos lo pasamos muy bien. Mi poni era el más rápido. Rube, ¿podrías enviarme un weta? La semana pasada escondimos una araña en el mapa que la señorita Comingden-Proust tenía que desenrollar. Se llevó un susto tremendo y se subió de un salto a una silla. Le vimos las bragas. Con un weta seguro que sería más divertido, porque los weta a veces saltan detrás...

Charlotte se rio como si ella misma todavía fuera una niña que gastara jugarretas a sus profesoras. Seguro que los enormes insectos neozelandeses producirían un interesante efecto en las aulas inglesas.

También Jack rio, aunque algo angustiado. Esa carta era encantadora, uno hasta tenía la impresión de oír parlotear a la pequeña Lilian. En comparación, las misivas de Gloria resultaban casi tétricas. Unos informes secos de expediciones que a la niña no le habrían hecho la menor gracia en casa. Jack se propuso averiguar qué sucedía, aunque no tenía ni idea del mejor modo de hacerlo.

6

Gloria odiaba cada segundo que pasaba en Oaks Garden, donde todo parecía haberse confabulado en su contra.

Había empezado con las terribles compañeras de habitación, que le hacían la vida imposible. Quizá la envidiaban porque su madre era famosa, aunque era probable que solo buscasen un chivo expiatorio con el que desahogarse. Gloria lo ignoraba y tampoco reflexionaba sobre ello en profundidad, pero de lo que no era capaz, en absoluto, era de pagar con la misma moneda las burlas e insultos de las chicas o hacer al menos caso omiso. A fin de cuentas, ella era muy consciente de que no era guapa y de que el uniforme no le sentaba bien, y en la escuela cada día se le demostraban, sin la menor piedad, su estupidez y falta de talento.

Pero el internado —si bien tenía como punto fuerte de su pedagogía el fomento de las bellas artes— no era precisamente un baluarte de talentos creativos. La mayoría de las demás alumnas pintarrajeaban sobre la tela con tanta torpeza como Gloria, y solo con mucha ayuda conseguían trazar una perspectiva más o menos correcta de una casa o un jardín. Gabrielle Wentworth tocaba el violín fatal y Melissa no le iba a la zaga con el violonchelo. Las muchachas con auténtica vena artística eran las menos; en el mejor de los casos sentían cierta afición por la música o la pintura. Lilian Lambert, por ejemplo, no tenía el menor reparo en tocar *Annabel Lee* a su profesora de piano y se sorprendía de que la señorita Tayler-Bennington no saltara loca de entusiasmo después. Lily no tenía mucho más talento que Gloria, pero se divertía en las clases de música tanto como la mayoría de las otras niñas. De acuerdo, las lecciones individuales para dominar un instrumento musical eran un fastidio, pero cantar en el coro, por ejemplo, les gustaba a todas menos a Gloria. No obstante, ninguna otra discípula había sido sometida en la primera clase a una tortura comparable a la que había padecido la hija de Kura-maro-tini Martyn.

Gloria ya vaciló un poco cuando la señorita Wedgewood, la directora del coro, la llamó a la tarima para que fuera de las primeras en cantar delante de la clase.

—¡La hija de la famosa señora Martyn! —Los ojos de la señorita Wedgewood resplandecieron—. Te estaba esperando. Nos faltan contraltos y, con que aportes la mitad de la voz de tu madre, ya nos serás de gran ayuda. ¿Nos cantas un la?

Tecleó la nota en el piano y Gloria intentó cantarla. Lo habían probado tres niñas antes que ella con un éxito moderado, tras lo cual la señorita Wedgewood les había adjudicado con un leve gemido distintas voces del coro. Sin embargo, ninguna voz había sonado tan angustiada como la de Gloria, a quien ya le resultaba de por sí horroroso tener que cantar sola delante de la clase y junto a un piano. La alusión a su madre había hecho el resto. La muchacha no logró emitir nota alguna, y en todo caso ninguna correcta, desde luego, pese a tener una voz bien modulada y agradable; era incapaz de cantar bien ni la canción más sencilla y allí sola, sobre la tarima, deseó que la tierra se la tragase.

—¡Realmente no te pareces en nada a tu madre! —observó decepcionada la señorita Wedgewood, y envió a Gloria a la última fila.

También había ido a parar allí Gabrielle, quien a partir de ese momento aprovechó cualquier oportunidad para hacer responsable de los errores a Gloria. Cuando las contraltos desafinaban se suponía que era porque Gloria confundía a las demás, y eso a pesar de cantar tan bajo que sus compañeras apenas si la oían. La única que tal vez la habría defendido era Lilian, pero ella cantaba a grito pelado entre las primeras voces.

A Gloria ya no le servía de consuelo que Lilian fuera con ella a la escuela. Ambas acudían a distintas aulas y cursos, y solo se encontraban en el coro y en el jardín durante el descanso. Allí, sin embargo, Lilian se vio rodeada de otras niñas ya en los primeros días. Pronto hizo amigas con las que cometía travesuras, y aunque no excluía a Gloria, sino que amistosamente la llamaba para que se uniera a su grupo, la mayor se encontraba desplazada entre ellas. Las alumnas de los niveles inferiores la trataban, como representante de los cursos medios, con una mezcla de admiración, envidia y distancia. Entre las distintas casas de Oaks Garden reinaba la rivalidad; no se realizaban visitas entre sí a no ser que se estuviera tramando alguna travesura. Gloria lo ignoraba, por supuesto, cuando Lilian la invitó a una fiesta de medianoche. Conforme a las instrucciones, Gloria salió a hurtadillas y casi disfrutó tomando pasteles y limonada con las niñas más jóvenes. Lilian la entretuvo con las mismas historias locas que ya la habían fascinado en Kiward Station y al final Gloria rio y parloteó casi con normalidad con las amigas de Lilian. Sin embargo, Gabrielle y las otras compañeras de habitación la sorprendieron al volver, la obligaron a confesar y delataron de inmediato a Lilian a la responsable del ala. La señorita Barnum pilló a las niñas cuando ponían orden al terminar la reunión e impuso medidas de castigo. Así que, naturalmente, culparon a Gloria del triste desenlace de la fiesta.

—¡Yo te creo! —afirmó Lilian, compadeciéndola, durante los «ejercicios correctivos» en el jardín. En Oaks Garden los castigos constituían paseos de horas, habitualmente bajo la lluvia. En realidad no se podía hablar, pero conseguir que Lily mantuviera la boca cerrada era algo imposible—. ¡Esa Gabrielle es mala! Pero ahora las demás no quieren que vengas con nosotras. ¡De verdad que lo siento mucho!

Así pues, Gloria siguió estando sola y su vida quedó limitada al internado. A Lilian le iba mejor. Casi todos los fines de semana una de sus amigas la invitaba a que pasara los días festivos con su familia. Si bien las alumnas de Oaks Garden procedían de toda Inglaterra, más o menos la mitad vivía cerca y solía invitar a las de fuera. De ahí que solo un puñado de infelices permanecieran también el fin de semana en el internado y para ellas no había pasatiempos especiales. Las muchachas solían estar malhumoradas y al menos Gabrielle y Fiona —quienes eran muy amigas, pero venían de lejos— descargaban su malestar contra Gloria.

En cualquier caso, las muchachas tenían que acudir los domingos a misa, donde Gloria se encontraba con la señorita Bleachum. Era el único momento feliz de toda la semana. No obstante, tampoco la joven institutriz parecía especialmente dichosa. Gloria se quedó perpleja cuando el primer domingo la vio al órgano en Sawston.

—No sabía que tocara —dijo con timidez, cuando por fin se reunieron tras el servicio—. ¿No le dijo a la abuela Gwyn que no daba clases de música?

Sarah Bleachum asintió.

—Glory, tesoro, si tuvieras un poco de oído tú misma sabrías por qué —bromeó, pero se contuvo cuando vio que el rostro de la niña se contraía en una mueca de dolor.

En Kiward Station, la falta de dotes musicales de Gloria se había aceptado como un hecho indiscutible, incluso había sido bien recibida. A nadie se le había ocurrido burlarse de ella por esa razón y Gloria había sido la primera en reírse con los demás. Pero ahora, la divertida autocrítica de Sarah parecía herir a la muchacha más que cualquier otro reproche que le hubieran lanzado antes por una tarea mal cumplida.

—No quería ofenderte, Glory —se disculpó de inmediato Sarah—. ¿Qué te sucede? ¿Tienes problemas en la escuela porque careces de talento, como yo?

Gloria se esforzaba por contener las lágrimas.

—¡A usted no le falta talento! ¡Hasta toca en la iglesia!

Sarah suspiró. Había discutido varias veces con Christopher acerca de si debía intervenir en la iglesia del pueblo. Hasta el momento, la señorita Tayler-Bennington, la profesora de música de Oaks Garden, había tocado los domingos el órgano y, cómo no, lo hacía mucho mejor que Sarah, a quien eso no se le daba bien. Sin embargo, Christopher insistió en que Sarah «se integrara», como decía él, en la congregación. En general la presentaba como su prima, pero, naturalmente, no faltaban rumores sobre su inminente enlace. Casi todas las mujeres con quienes hablaba Sarah se referían de forma más o menos directa a ello, y a esas alturas ya se habían formado una idea del papel que desempeñaría en la comunidad la futura esposa del pastor. Sarah se hizo cargo dócilmente de las reuniones para estudiar la Biblia y de la escuela dominical, pero pese a su indiscutible talento pedagógico, su entrega no fue correspondida.

—Sarah, querida, las señoras se quejan —señaló Christopher apenas pasadas dos semanas—. Haces de la lectura de la Biblia un estudio científico. Todas esas historias del Antiguo Testamento..., ¿tiene que ser así?

—Pensé en leerles fragmentos de la Biblia en que aparecen mujeres —se disculpó Sarah—. Y los del Antiguo Testamento son los más bonitos.

—¿Los más bonitos? ¿Como el de Débora, que entra en combate con un general? ¿O el de Jael, que mata a su rival con un mazo? —Christopher meneó la cabeza.

—Bueno, las mujeres del Antiguo Testamento eran un poco..., hum..., algo más enérgicas que las del Nuevo —reconoció Sarah—. Pero alcanzaron grandes metas. Ester, por ejemplo...

Christopher frunció el ceño.

—Dime, Sarah, ¿simpatizas con las sufragistas? Lo que dices suena un poco subversivo.

—Es la Biblia —señaló Sarah.

—¡Pero hay fragmentos más bonitos!

Christopher colocó con énfasis las manos sobre el Nuevo Testamento y al domingo siguiente se apresuró a demostrar a su prima cómo imaginaba él que debía tratarse el tema «Mujer y Biblia».

—¡Más preciosa que la más costosa de las perlas es una mujer buena y virtuosa! —comenzó el sermón. Luego trató someramente los pecados de Eva, para alabar después al hombre que podía calificar de propia a una buena esposa—. ¡El encanto de la mujer conforta al hombre, su inteligencia es el alivio de sus miembros!

Las mujeres de la congregación se ruborizaron como cumpliendo una orden secreta, pero paladearon la alabanza y se dejaron cautivar después por la sumisión de María a la voluntad del Señor y por las virtudes maternales de esta. Christopher acabó ganándose el aplauso general.

—En la próxima reunión leerás con ellas el Magnificat y les contarás cómo se bendijo a la Virgen —indicó animoso a Sarah—. Tampoco es un fragmento tan largo como esas historias bíblicas. A las mujeres les gusta hablar de otras cosas.

En efecto, en las reuniones de lectura de la Biblia se charlaba más que rezaba, y el reverendo era uno de los temas favoritos. Todas las mujeres soñaban con él y lo ponían por las nubes a causa de las buenas obras que había realizado para la comunidad.

—Aunque seguro que será usted una buena esposa para el reverendo —concluyó la señora Buster, la casera de Sarah, con cierta insolencia.

Christopher había alojado a su prima en casa de la anciana viuda, en una habitación cómoda y limpia. Sin embargo, la señora Buster dejaba a sus huéspedes poco espacio para la privacidad. Cuando le apetecía hablar, Sarah siempre tenía que estar a su disposición. La joven, al final, se libraba de ella dando largos paseos, la mayoría bajo la lluvia.

Pero las diferencias graves entre Sarah y la comunidad surgieron cuando Christopher le encomendó la dirección de la escuela dominical. Sarah amaba las ciencias naturales, y responder a las preguntas de sus escolares siempre conforme a la verdad constituía uno de sus principios pedagógicos más sólidos.

—Pero ¿se puede saber en qué estabas pensando? —preguntó Christopher iracundo, después de que la primera clase de Sarah a los niños levantara furibundas protestas entre los padres—. ¿Les has contado a los niños que descendemos del mono?

Sarah se encogió de hombros.

—Billy Grant quería saber si Dios realmente creó a todos los animales en seis días, una teoría que Charles Darwin ha rebatido. Le he explicado que en la Biblia se ofrece una historia muy bonita que nos ayuda a comprender mejor el milagro de la creación. Pero luego he contado a los niños lo que sucedió de verdad.

Christopher se tiraba de los pelos.

—¡Eso no está en absoluto demostrado! —exclamó indignado—. Y por mucho que tú estés convencida de ello, no es materia para una clase cristiana de domingo. ¡A ver si en el futuro eres más prudente con lo que cuentas a los niños! Aquí no estamos en el otro extremo del mundo, donde tal vez se toleran tales deprimentes teorías...

Sarah no quería reconocerlo, pero cuanto más se imaginaba como futura esposa del párroco, más anhelaba regresar precisamente a ese otro extremo del mundo. Hasta el momento siempre se había tenido por una buena cristiana, pero de forma paulatina iba creciendo en ella el temor de que eso no fuera suficiente. Parecía como si su fe careciera de firmeza y estaba segura de que tampoco le bastaba con amar al prójimo para andar ocupándose cada día de asuntos que en parte eran solo nimiedades y que a menudo no eran más que preocupaciones sin fundamento de los miembros de la comunidad. Le había resultado más satisfactorio el trato con niños, y se diría que la pequeña Gloria padecía auténticos problemas.

Pese a la impaciencia, en absoluto disimulada, de Christopher —tras el servicio de los domingos algún miembro de la comunidad solía invitarlos a él y a Sarah a comer y al reverendo no le gustaba llegar tarde—, la institutriz se retiró al menos por unos minutos con la niña y la escuchó. Ambas coincidieron en dirigirse al cementerio situado tras la iglesia. No era un lugar que invitara, pero al menos allí podrían disfrutar de cierta intimidad. Sarah no quería admitir lo que Gloria bien sabía: las dos buscaban desesperadamente lugares así donde retirarse.

—Solo saco malas notas, señorita Bleachum —se lamentó Gloria, pensando en que eso interesaría más a la profesora que las diarias vejaciones de la perversa Gabrielle—. No sé cantar ni leer las partituras. Para mí, todo suena igual. El dibujo tampoco se me da bien, aunque... hace un par de días vi una rana, una de color verde hierba, señorita Bleachum, con unas ventosas diminutas en las patas, y la dibujé. Como hacía mi bisabuelo Lucas: primero un dibujo grande de la rana y luego otro pequeño de las patas. ¡Mire, señorita Bleachum! —Gloria mostró orgullosa un dibujo al carboncillo, ya algo emborronado, que dejó impresionada a Sarah. Las clases de perspectiva parecían haber dado fruto: la niña había plasmado al animal con una fidelidad sorprendente.

»Pero la señorita Blake-Sutherland dice que es asqueroso, que no tengo que dibujar cosas asquerosas, e insiste en que el arte tiene que reflejar la belleza. A Gabrielle le han puesto un sobresaliente porque ha dibujado una flor, pero no parecía una flor de verdad...

Sarah Bleachum gimió. Gloria no carecía de talento, ni mucho menos, pero la distancia artística le resultaría siempre incomprensible.

—Aunque es probable que la señorita Blake-Sutherland no lo sepa —siguió Gloria—. Es que en Inglaterra no se enseña botánica, ni tampoco zoología, o en cualquier caso, no mucho. La geología es aburrida, para bebés. Y no hay latín; en cambio el francés...

—Pero sí te di clases de francés —la interrumpió Sarah con mala conciencia. Hacía un año largo que había empezado a enseñarle a Gloria esa lengua, pero tal vez en Oaks Garden las niñas lo aprendieran desde los primeros cursos.

Gloria se lo confirmó. Ella iba muy atrasada y tenía pocas perspectivas de ponerse al nivel del resto, sin embargo, eso le dio una idea a Sarah Bleachum.

—A lo mejor podría darte clases particulares —sugirió—. El sábado o el domingo por la tarde. ¿Te gustaría o te resultaría excesivo?

Gloria resplandeció.

—¡Sería maravilloso, señorita Bleachum! —Escapar de Gabrielle y Fiona una tarde los fines de semana le parecía fantástico—. Escriba a la abuela Gwyn para que le pague.

Sarah se negó.

—Lo haré con mucho gusto, Glory. Solo tenemos que hablar con la señorita Arrowstone. Si ella se niega...

Pese a que Christopher se lo desaconsejó, al día siguiente Sarah se puso en camino hacia el internado dispuesta a plantar cara a la señorita Arrowstone. La directora del internado no se había mostrado nada entusiasmada con la sugerencia.

—Señorita Bleachum, creí entender que estábamos de acuerdo en que la niña tenía que independizarse. Gloria se comporta como una solitaria, no se lleva bien con sus compañeras de clase y se niega a estudiar. Seguramente algunos de los contenidos del

curso le son ajenos, ¡pero otras veces simplemente se niega a obedecer! ¡La profesora de historia sagrada la trajo a mi presencia
hace poco porque en una redacción defendió las tesis darwinis-
tas! ¡En lugar de escribir sobre el pecado original, se enzarzó en
no sé qué sobre el origen de las especies! La reprendí severamente y la castigué.

Sarah se ruborizó.

—¡Esa niña ha crecido totalmente fuera de este mundo! —declaró la señorita Arrowstone, indignadísima—. Y sin duda usted
es en parte culpable de ello. Aunque, claro, seguro que la pequeña se asilvestró en esa granja de ovejas y probablemente unas
cuantas clases particulares no fueran suficientes. Por añadidura,
las relaciones familiares ahí en Nueva Zelanda..., ¿es cierto lo que
cuenta Lilian? ¿Que su abuelo era de hecho un ladrón de ganado?

Sarah Bleachum no pudo contener una sonrisa.

—El bisabuelo de Lilian —corrigió—. Gloria no está empa-
rentada con James McKenzie.

—Pero ha crecido en la familia de ese cuestionable héroe popular, ¿no es así? Todo es demasiado turbio... ¿Y quién es ese tal
Jack? —Mientras hablaba, la señorita Arrowstone sacó del cajón
de su escritorio una hoja de papel de carta.

Sarah reconoció la caligrafía grande y algo picuda de Gloria y
enseguida se puso furiosa.

—¿Acaso lee usted la correspondencia de las niñas? —preguntó ofendida.

La señorita Arrowstone se la quedó mirando con severidad.

—No a fondo, señorita Bleachum. Pero esta...

En Oaks Garden se animaba a las alumnas a escribir a sus ho-
gares de forma periódica y a tal actividad se reservaba la última
hora de clase de la tarde del viernes. Se repartía papel de carta y
había una encargada de vigilar que no solo mantenía el silencio,
sino que respondía preguntas acerca del modo correcto de escribir palabras complicadas. Eso era necesario en los cursos inferiores: las niñas de la edad de Lilian Lambert lo escribían todo seguido, sin puntos ni comas. En la clase de Gloria, en cambio, la hora

de escritura solía transcurrir de forma tranquila. Las muchachas escribían sosegadamente. Muy pocas tenían grandes cosas que contar, aunque, eso sí, habían aprendido a hinchar al máximo los acontecimientos más nimios: una buena nota por un dibujo, un nuevo ejercicio en clase de violín...

Gloria, por su parte, se quedaba en blanco frente a la hoja de papel. Por mucho que se esforzara, en su mente no se formaban palabras que describieran su pena. A lo sumo se reconstruían las imágenes que habían definido la semana: el lunes por la mañana, cuando encontró la blusa de la escuela que el día anterior había planchado con esmero, arrugada debajo de todos los vestidos que se había quitado Gabrielle por la noche. La niña había recibido la visita de sus padres y había regresado tarde de una excursión a la habitación compartida: estaba cansada, pero no tan agotada como para no idear una broma pesada. Gloria ya se había ganado una reprimenda de la responsable de su zona. Nunca pasaba la inspección del vestuario. Las blusas blancas parecían arrugarse en contacto con su cuerpo pese a haberlas planchado justo antes de ponérselas. Tal vez se debiera al *blazer*, que nunca acababa de ajustársele bien. ¿O simplemente era que Gloria se movía más o de otro modo que las otras niñas? Tal vez la responsable se fijaba especialmente en ella. Un par de alumnas más jóvenes, entre las que se contaba Lilian, tampoco daban la impresión de vestir de modo impecable, pero ofrecían un aspecto agradable o al menos divertido. Gloria, por el contrario, veía en la mirada de la señorita Coleridge la impresión tan fea y desgarbada que causaba.

—¡Una vergüenza para esta casa! —afirmaba la señorita Coleridge, y ponía a Gloria unos puntos de castigo. Gabrielle reía satisfecha.

O el martes, cuando tocaba cantar en el coro. La directora se había presentado en la clase y había insistido en que hicieran cantar en público a un par de las nuevas. Entre ellas se encontraba, claro está, Gloria (probablemente el evento se había organizado a causa de ella). La señorita Arrowstone quería saber si la hija de la famosa señora Martyn tenía tan pocas expectativas como afirmaba la señorita Wedgewood. Como era de esperar, el fracaso de Gloria fue rotundo, y también esta vez la riñeron por su mala postura en la tarima.

—¡Gloria, una jovencita debe comportarse como una dama! ¡Enderézate, levanta la cabeza, mira a los espectadores! De este modo también la voz adquiere un sonido más melodioso...

Gloria escondió la cabeza entre los hombros. No quería que la vieran. Y tampoco era una dama.

Al final se interrumpió en medio de la canción, bajó llorando de la tarima y fue a esconderse en el jardín. Cuando volvió a aparecer en la cena se ganó otros puntos de castigo.

Luego llegó el miércoles y la historia indecible del pecado original, una herencia que habían dejado Adán y Eva a toda la humanidad y de la que había oído hablar en Haldon, en la escuela dominical, sin prestar demasiada atención. Para Gloria la «herencia» se refería a la calidad de la lana de las ovejas, al instinto de pastoreo de los perros y a las características como monturas de los caballos. Todo ello podía mejorarse con el apareamiento adecuado, pero era evidente que Adán y Eva no habían tenido mucho donde elegir. Y puesto que cuando se hablaba del «paraíso» lo que acudía a su mente era el paisaje sin límites de Kiward Station y todo lo que le habían contado la señorita Bleachum y James McKenzie de las plantas y animales autóctonos, trató ligeramente el Génesis y se introdujo en la evolución de las distintas especies animales en diferentes hábitats. «El ser humano —así concluía— no se desarrolló en Nueva Zelanda. Los maoríes llegaron de Hawaiki, y los *pakeha* proceden de Inglaterra. Pero tampoco hay ahí monos, así que es probable que los primeros humanos fueran oriundos de África o la India. Sin embargo, el paraíso no estaba ahí, pues no hay manzanas.»

Gloria no alcanzaba a entender por qué la habían enviado al despacho de la directora a causa de esta frase y la habían reñido tan severamente. Como castigo tenía que copiar tres veces la historia de la creación, con lo que aprendió que el paraíso se hallaba entre el Éufrates y el Tigris y que en la Biblia no se hablaba de monos. Gloria lo encontró todo un poco raro.

Al final, el jueves, tuvo lugar una clase de piano horrible que

Gabrielle empeoró cambiando la partitura de Gloria. Con los apuntes para estudiantes avanzados no tenía nada que hacer y la señorita Tayler-Bennington la castigó por su negligencia haciéndola tocar de memoria. Todas las horas que había estado practicando laboriosamente durante la semana no sirvieron de nada. Sin partitura Gloria no podía tocar. Por la tarde, tuvo que «cumplir» el castigo con un largo y silencioso paseo. Volvía a llover, claro, y Gloria se murió de frío con el uniforme mojado.

Era imposible contar todo esto a su familia. Ni siquiera podía ponerlo por escrito sin echarse a llorar. Gloria pasó la hora, durante la cual estuvo mirando fijamente al frente, sin ni siquiera ver el pupitre del profesor, la pizarra ni a la señorita Coleridge, que se encargaba de la vigilancia.

Cuando al final cogió la pluma, la sumergió de tal modo en la tinta que las gotas cayeron en el papel de carta como lágrimas. Y entonces solo escribió las únicas palabras que tenía en su mente.

«¡Jack, por favor, por favor, llévame a casa!»

—Ya lo ve usted, señorita Bleachum —dijo sin piedad la señorita Arrowstone—. ¿Cómo íbamos a enviar esta «carta»?

Sarah contempló el desconsolado grito de socorro de Gloria. Se mordió los labios.

—Comprendo que tenga usted que ser severa —respondió entonces—. Pero lo único que le pido son unas pocas horas suplementarias de francés. Si mejora en los estudios se integrará más fácilmente. Y el fin de semana no pierde nada.

Sarah estaba decidida a encontrarse en secreto con Gloria si la señorita Arrowstone no daba su consentimiento, pero la directora acabó accediendo.

—Está bien, señorita Bleachum, si el reverendo no tiene nada que oponer...

Sarah estuvo a punto de encolerizarse de nuevo. ¿Qué tenía que ver Christopher con que ella diera clases a Gloria? ¿Desde cuándo necesitaba permiso para recibir a una alumna? Pero se dominó. No ganaría nada poniéndose a la señorita Arrowstone todavía más en contra de ella.

—Por cierto, ¡qué sermón más bonito sobre la posición de la mujer en la Biblia! —observó la directora cuando acompañó a la puerta a la visita—. Si no le importa decírselo... Todas estábamos muy conmovidas...

Gloria llegó demasiado tarde, asustada y llorosa a su primera clase del sábado por la tarde.

—Lo siento, señorita Bleachum, pero antes tenía que escribir una carta —se disculpó—. Hoy por la tarde tengo que entregársela a la señorita Coleridge. Pero yo...

Sarah suspiró.

—Pues entonces vamos primero a por ello —dijo—. ¿Has traído papel de carta?

Querida abuela Gwyn, querido abuelo James, querido Jack:

Saludos desde Inglaterra. Os habría escrito antes, pero tengo mucho que estudiar. Tengo clase de piano y canto en el coro. En la clase de inglés leemos poemas del señor Edgar Allan Poe. También aprendemos poemas de memoria. Hago bastantes progresos en la clase de dibujo. Los fines de semana veo a la señorita Bleachum. El domingo vamos a misa.

Se despide con mucho cariño, vuestra

GLORIA

7

Las «lecciones particulares» de las tardes de los sábados no tardaron en convertirse en el broche de oro de la semana. Gloria las esperaba con ilusión desde el lunes mismo y, aunque su vida cotidiana era bastante horrible, se imaginaba junto a su joven profesora y le contaba sus penas mentalmente. La señorita Bleachum, por supuesto, no se limitaba a dar clases de francés, pese a que se concentraba en esta materia durante la primera hora: al fin y al cabo, la señorita Arrowstone y Madame Laverne, la profesora de esa lengua, tenían que ver los progresos. Gloria también le contaba cómo la martirizaban Gabrielle y las otras niñas, y Sarah le daba consejos útiles para aprender a desenvolverse.

—¡No debes aguantarlo todo, Gloria! —le decía, por ejemplo—. No debes avergonzarte de pedir ayuda de vez en cuando a la responsable del ala donde estás. En especial cuando te gastan bromas pesadas como la de la tinta.

Gabrielle había echado a perder la blusa del uniforme de Gloria manchándola con tinta.

—Y si no quieres delatar a tus compañeras, pide a la responsable que tome en depósito las cosas. O levántate por la noche y mira si esa niña ha vuelto a hacer algo y cambia la ropa. Gabrielle quedará como una tonta cuando al día siguiente se encuentre con la mancha en su propia blusa, cuando tú ya te hayas vestido y salido. Tenéis la misma talla aproximadamente. O endósale la ropa sucia o arrugada de otra compañera de habitación. Así se las cargará Gabrielle. No te importe gastarle tú también alguna jugarreta a ella...

Gloria asentía desanimada. No tenía imaginación para fastidiar a los demás. Ni se le ocurría, simplemente, cómo meterse con Gabrielle. Pero entonces se le ocurrió hablar con Lilian al respecto. Esta y sus amigas siempre estaban haciendo travesuras a los profesores y sus compañeras: lo de la araña en el mapa corría en boca de todo el mundo.

El duendecillo pelirrojo escuchó pacientemente las cuitas de Gloria y le sonrió con dulzura.

—Esa es la mema que se chivó después de la fiesta, ¿verdad? —preguntó—. No te preocupes, seguro que se me ocurre algo.

En la siguiente clase de violín, Gabrielle comprobó que su instrumento estaba desafinado. Eso no suponía ningún problema para las chicas que tenían dotes musicales, pero el oído de Gabrielle no era mejor que el de Gloria, así que solía comprar con dulces a una pequeña violinista muy dotada de la clase de Lilian para que le afinara el violín antes de la clase. Esa vez, sin embargo, tuvo que arreglárselas sola ante los ojos y oídos de la señorita Tayler-Bennington. Fue un desastre y Lilian, complacida, se rio de la jugarreta.

Gloria experimentó cierto sentimiento de victoria con la travesura, pero no una auténtica alegría. No le producía satisfacción ver sufrir a los demás y no le gustaba pelearse. Gwyneira habría atribuido su necesidad de armonía a la herencia maorí: la abuela Marama era igual. En Oaks Garden, sin embargo, el talante pacífico de Gloria se consideraba apatía. Las profesoras la calificaban de «desmotivada» y las alumnas la seguían torturando cuanto podían.

Solo las tardes con la señorita Bleachum despertaban a la antigua Gloria, feliz e interesada por todo lo que había en el mundo. Para que no las espiasen ni Christopher ni la señora Buster, ambas emprendían largos paseos tras las clases de francés. Gloria pescó emocionada unas huevas de rana de una charca y Sarah encontró un escondite en el jardín de la señora Buster para que madurasen en un frasco. Gloria observaba fascinada la evolución de los renacuajos y la patrona casi se murió del susto cuando, un día, veinte animosas ranitas salieron brincando por su parterre de flores. Sarah necesitó horas para recogerlas todas y llevarlas a la charca, lo que le valió otra benévola regañina del reverendo.

—Eso no ha sido muy propio de una dama, querida. Tendrías que pensar más en ser un ejemplo para las mujeres de la congregación.

—Y entonces, ¿se casará pronto con el reverendo? —preguntó Gloria un día de verano. Eran las vacaciones de la escuela y, naturalmente, no había podido regresar a Nueva Zelanda. Por otra parte, sus padres volvían a estar de gira por lugares del mundo a donde era imposible que los acompañara su hija. En esta ocasión viajaban por Noruega, Suecia y Finlandia. En la escuela, la vigilancia de las alumnas que se quedaban no era tan severa, así que Gloria iba casi cada día al pueblo para visitar a la señorita Bleachum. Colaboraba en los preparativos de la tómbola de la comunidad y en la fiesta de verano, aliviando de este modo a Sarah de algunas tareas que no eran de su agrado.

Para sorpresa de la institutriz, Gloria se entendía bien con las mujeres de la congregación. Los habitantes del pueblo eran gente sencilla, similar en general a la de Haldon o a las familias de los pastores con los que la jovencita solía tratar con anterioridad. Ahí nadie había oído hablar de Kura-maro-tini Martyn y su voz sensacional. Gloria no era más que otra alumna del internado. Cuando la gente descubría que no era arrogante ni vanidosa, como muchas de las chicas de Oaks Garden, la trataban como a las jóvenes del pueblo. Además, a ella se le daba mejor trenzar guirnaldas, colgar farolillos y vestir la mesa que tocar el piano y recitar poemas. Era útil, la elogiaban y acabó sintiéndose algo mejor consigo misma. En el fondo, a ella le iba mejor en la comunidad que a Sarah, quien todavía se sentía incómoda entre los habitantes del pueblo. De ahí que no respondiera de inmediato a la pregunta de Gloria.

—No lo sé —contestó—. Todos lo dan por supuesto, pero...

—¿Lo ama, señorita Bleachum? —Esta pregunta indiscreta procedía, cómo no, de Lilian. También ella pasaba una parte de las vacaciones en el internado y se aburría como una ostra. A la semana siguiente, no obstante, viajaría a Somerset invitada por una amiga, y Lilian ya se entusiasmaba solo de pensar en los ponis y las fiestas en el jardín.

Sarah volvió a ruborizarse, aunque ya no con la misma intensidad que unos meses antes, pues a esas alturas ya se había acostumbrado a que le preguntaran sin cesar por su inminente enlace.

—Creo que sí... —susurró, y se sintió de nuevo insegura.

La respuesta sincera habría sido que Sarah no lo sabía porque todavía no podía definir con precisión el concepto de «amor». Antes le había parecido sentir una unión espiritual con Christopher, pero desde que se hallaba en Inglaterra la asaltaban las dudas. En realidad, y eso lo notaba cada vez con mayor claridad la joven profesora, el reverendo y ella tenían pocos puntos en común. Sarah ansiaba la verdad y la certeza. Cuando daba clases quería explicar el mundo a sus alumnos. En el ámbito religioso eso se habría correspondido con el fervor evangelizador, pero la profesora apenas lo sentía. Para su vergüenza cada vez veía con mayor nitidez que le daba igual lo que los seres humanos creyeran. Tal vez esa era la razón por la que nunca había sufrido conflictos con los alumnos maoríes. Por supuesto, les había leído la Biblia, pero el que los niños contrapusieran leyendas maoríes no la inflamó de cólera divina. Simplemente les corrigió el inglés cuando se les escapó algún error gramatical.

Lo que a Sarah la enardecía era la ignorancia, y en Sawston se topaba con ella con demasiada frecuencia. También Christopher le pareció en un principio propenso a sufrirla, pero luego comprobó que su primo no siempre compartía las opiniones que defendía a voz en cuello. El reverendo era inteligente y cultivado, pero no le importaba tanto la verdad como su renombre en la congregación. Quería ser amado, admirado y respetado, y para ello apuntaba al viento que mejor soplaba. Las lecturas de la Biblia de Christopher eran sencillas y no dejaban espacio alguno para la duda. Halagaba a los miembros femeninos de su comunidad y criticaba tibiamente los pecados de los varones, algo que a veces hacía montar en cólera a Sarah. Habría deseado que hablase con mayor claridad cuando una mujer le contaba sus penas porque su esposo se gastaba el dinero en el pub y la pegaba cuando protestaba por ello. Sin embargo, en tales ocasiones Christopher se limitaba a tranquilizarlas. Sarah no pensaba que ella lograra mejorar la situación cuando se convirtiera en la esposa del párroco.

Todo lo contrario: entonces las mujeres acudirían a ella, así que no quería ni pensar en las diferencias de opiniones que ello generaría.

A pesar de todo, Christopher Bleachum atraía a la joven más que antes. Después de resignarse prácticamente a estar comprometida de modo oficial con él, le permitía que la recogiera para asistir a comidas campestres y excursiones. Aunque fuera para combatir el agobiante tedio del pueblo. Y en cuanto estaba a solas con él, sucumbía al encanto con que también fascinaba a las mujeres de la congregación. Christopher daba la impresión de estar allí solo para ella y de no interesarse en el mundo por nada más que por Sarah Bleachum. La miraba a los ojos, asentía gravemente a lo que ella decía y a veces..., a veces la tocaba. Empezó con un suave roce, se diría que casual, de la mano de ella cuando ambos cogían al mismo tiempo un muslo de pollo del mantel del picnic. Se convirtió luego en un roce consciente de los dedos de él con el dorso de la mano de la muchacha, como para subrayar una observación que estaba haciendo.

Sarah se estremecía con estos acercamientos, se sofocaba cuando sentía la tibieza de los dedos del hombre. Y más adelante la tomó de la mano para ayudarla a evitar un charco mientras paseaban. Ella sentía la seguridad y fuerza de Christopher. Al principio esto la ponía nerviosa, pero él la soltaba enseguida cuando ya habían superado el tramo difícil del camino y, al final, Sarah cedió al sentimiento de placer que le producía el contacto con él. Christopher parecía percatarse de ello por instinto. Cuando Sarah se relajaba, él no abandonaba la mano de la mujer y la acariciaba con los dedos al tiempo que le decía lo bonita que era. Sarah se sentía insegura, pero tenía demasiadas ganas de creerle y ¿cómo iba a mentir alguien que le daba la mano de ese modo? En su interior temblaba, pero luego empezó en alegrarse de sus acercamientos. Ya no se estremecía de nervios, sino de alegría al pensar que Christopher la rodearía con su brazo y le diría cosas hermosas.

Un día la besó, en el cañizal junto al estanque donde había cogido las huevas de rana con Gloria, y la sensación de los labios de él sobre los suyos primero la dejó sin aliento y luego sin razón.

No podía pensar cuando Christopher la tocaba, era solo sensualidad y placer. Ese desvanecerse y volar en los brazos del otro tenía que ser amor. La unión espiritual era amistad, pero eso..., eso era amor..., seguro.

Claro que Sarah Bleachum también conocía la palabra «deseo», pero en relación con Christopher o incluso con ella misma le parecía inconcebible. Lo que ella sentía tenía que ser algo bueno, algo santo, amor justamente, como era bendecido cuando una pareja se comprometía.

Para Christopher Bleachum los cautelosos acercamientos a Sarah representaban un esfuerzo más que un placer. Había dado por supuesto que ella sería una mojigata: los seminarios de profesoras no eran mucho más mundanos que los claustros de monjas. De las maestras se esperaba continencia, y en ese ámbito las jóvenes estaban sometidas a una estrecha vigilancia. Sin embargo, había esperado estimularla más deprisa, en especial porque no le gustaban los cortejos largos. A Christopher le gustaba que lo sedujeran. Estaba acostumbrado a que las mujeres lo mimaran y sabía distinguir sus señales más ínfimas. Un parpadeo, una sonrisa, una inclinación de cabeza... Para inflamar a Christopher no se necesitaba mucho, sobre todo si la mujer era bonita y poseía unas curvas seductoras. Entonces empezaba un juego prohibido que él dominaba como un virtuoso. El reverendo se deshacía en insinuaciones y caricias, sonreía cuando las mujeres se sonrojaban, al parecer avergonzadas, aunque luego le tendían la mano y experimentaban un placentero estremecimiento cuando él, primero con los dedos, luego con los labios, las acariciaba. Al final siempre eran ellas las que querían más y por eso solían escoger lugares discretos. Los disimulos que conllevaba todo ello todavía excitaban más a Christopher y ellas le permitían ir al grano deprisa. También por eso prefería a mujeres con experiencia. No le deparaba ningún placer la lenta iniciación de una virgen en los placeres del amor.

Y era justo eso lo que parecía reclamar Sarah. Al parecer, ya entendía tanto del amor físico que lo temía, aunque al mismo tiempo sabía que el placer se hallaba vinculado a él. Ella no se limitaría a yacer debajo de él tensa y sin quejarse. Tampoco le había dado el sí expresamente. ¡Había que descartar que pudiera cambiar de opinión una vez que él la había presentado ante toda la parroquia como su futura esposa! Él seguía convencido de que su prima encajaba en el papel de esposa de pastor, si bien al principio habían tenido sus diferencias.

Sarah era lista y muy cultivada; si la formaba un poco más, ella lo aliviaría de mucho trabajo en la congregación. Por desgracia, a veces se mostraba un poco renuente. A Christopher no le gustaba nada que anduviera con la pequeña Martyn en lugar de participar activamente en la comunidad. Sea como fuere, se mostraba dispuesta a llegar a acuerdos. Desde la discusión sobre el darwinismo, había dejado de comentar en profundidad las historias bíblicas, y había rehusado de buen grado a la educación religiosa de los escolares del domingo. En lugar de ello, paseaba con los niños por la naturaleza para mostrarles el hermoso mundo creado por Dios y les enseñaba más sobre animales y plantas que sobre el amor al prójimo y la penitencia. Hasta el momento nadie se había quejado y, de todos modos, el invierno se ocuparía de acabar con esos devaneos científicos.

En general Christopher se mostraba optimista en cuanto a la conversión de la marisabidilla de su prima en una excelente esposa de párroco. Respecto a las expectativas del obispo, que la veía más bien como un baluarte para salvar la virtud de su apuesto párroco, el reverendo se hacía pocas ilusiones. Por supuesto que intentaría ser fiel, pero ya ahora le aburrían Sarah y el constante cortejo que le exigía. No le resultaba difícil contenerse. Sarah no era fea, pero carecía de los seductores y excitantes movimientos de mujeres como la señora Winter. Por añadidura, bajo los recatados vestidos, su prima parecía ser tan plana como una tabla de planchar. Casarse con Sarah Bleachum era una decisión de la razón. Christopher no sentía amor, ni siquiera cierta inclinación.

—Yo no creo que el reverendo esté enamorado de la señorita Bleachum —dijo Lilian mientras regresaba al colegio con Gloria. Esta se alegraba de ir acompañada, pues con los preparativos de la fiesta de la comunidad se había retrasado y la puerta de la escuela ya estaría cerrada. Habría tenido que llamar al timbre y ganarse una reprimenda, pero Lilian había asegurado que conocía como mínimo dos sitios estupendos donde se podía saltar la valla sin que nadie se diera cuenta.

—¿Por qué dices eso? —preguntó Gloria—. ¡Seguro que la quiere! —La jovencita no podía ni imaginarse que existiera alguien en el mundo que no quisiera a Sarah Bleachum.

—No la mira como si la amara —respondió Lilian—. No como si... Bueno, no como..., no sé. Pero sí mira así a la señora Winter. Y a Brigit Pierce-Barrister.

—¿A Brigit? —preguntó Gloria—. Pero ¡qué chaladuras se te ocurren!

Brigit Pierce-Barrister era una alumna de Oaks Garden. Iba al último curso y era mayor que las demás. Como a Gloria, la habían enviado tarde al internado y durante mucho tiempo había recibido clases particulares. Ya había cumplido diecisiete años y estaba totalmente desarrollada. Las niñas se reían de los «pechos turgentes» de Brigit, que quedaban presionados bajo el ceñido uniforme de la escuela.

—¡El reverendo no puede estar enamorado de Brigit!

Lilian soltó una risita.

—¿Y por qué no? Pues Brigit sí que está enamorada de él. Y también Mary Stellington; las he espiado y sé que las dos suspiran por él. Mary le hizo un punto de lectura de flores prensadas y se lo regaló en el solsticio de verano. Ahora siempre está mirando la Biblia y espera que él lo utilice y así se acuerde de ella. Y Brigit dice que la semana próxima ha de cantar en la misa y tiene miedo a que no le salga ninguna nota delante de él...

Gloria comprendía perfectamente esto último.

—Hasta las niñas de mi clase están enamoradas de él. Y Gabrielle. ¡Caray, tienes que haberte dado cuenta!

Gloria suspiró. Hacía ya tiempo que no prestaba atención a los cotilleos de Gabrielle y sus amigas. Y escapaba a su entendimiento que alguien pudiera beber los vientos por el reverendo Bleachum. En primer lugar era demasiado mayor para esas chicas, y además... Gloria no podía remediarlo, pero no le caía bien el reverendo. Había en él algo que le resultaba falso. Gastaba cumplidos con ella cuando se encontraban, pero nunca la miraba a los ojos. Además, no le gustaba que él la tocara. El reverendo Bleachum tenía la costumbre de acercarse demasiado a su interlocutor, sobre cuyos dedos o espalda solía posar la mano para confortarlo o apaciguarlo. Gloria odiaba ese gesto.

—Yo, personalmente, no me casaría con él —seguía parloteando Lilian—. Ya solo por cómo toquetea a todo el mundo. Si me caso un día, mi marido solo me tocará a mí y solo me dirá cosas bonitas a mí, y no a todas las mujeres con que se cruce. Y únicamente bailará conmigo. ¿Qué te juegas a que el reverendo Bleachum baila con Brigit en la fiesta de verano? Mira, ahí está el árbol. ¿Puedes encaramarte a la rama más baja? Si llegas ahí, se puede trepar fácilmente y pasar por encima de la verja.

Gloria la miró ofendida.

—Claro que puedo. Pero ¿hay también una rama en el otro lado?

Lilian asintió.

—Claro. Es muy fácil. Tú sígueme.

Dos minutos más tarde, las dos niñas estaban sanas y salvas en el jardín de la escuela. Era, en efecto, un camino sencillo que podría haber descubierto Gloria por sí misma. Como de costumbre, se censuró a sí misma por su falta de destreza. ¿Cuándo aprendería a pensar de una vez de otra forma que no fuera lineal? Y por añadidura, Lilian le había dado un motivo de inquietud. Si el reverendo no amaba a la señorita Bleachum, tal vez no se casaría con ella. La profesora volvería a Nueva Zelanda y se buscaría otro empleo. ¿Y qué sería entonces de Gloria?

Sarah Bleachum estaba muy lejos de disfrutar de la fiesta de verano de la congregación. No se hallaba sentada en compañía de las muchachas jóvenes, sino que la señora Buster la había arrastrado a la mesa de las matronas del lugar. Ahí conversaba aburridamente después de haber supervisado la tómbola para los pobres y la venta de pasteles. Naturalmente, ella misma había tenido que comprar algo. Adquirió sin ganas una bolsa para mantener los huevos duros calientes tricotada por la patrona y una funda de ganchillo para la tetera.

—¡Se necesitan tantas cosas cuando se crea un hogar! —exclamó la señora Buster. Daba por supuesto que las labores que ella había confeccionado y Sarah había comprado pronto decorarían la mesa del reverendo, y eso la hacía feliz. Sarah asintió vagamente. En realidad encontraba horrible todo lo que se ofrecía, pero se decía que tanto daba una funda para la tetera como otra.

Esa tarde solo veía al reverendo de lejos. Al principio él había estado charlando con unos hombres y luego pasó a mantener una animada conversación con la señorita Arrowstone. La directora había asistido a la fiesta con las nueve alumnas y las dos profesoras a las que no se les había ocurrido nada mejor que hacer que pasar las vacaciones en Sawston. Las niñas se entretuvieron tejiendo coronas de flores. Lilian, con su vestidito blanco de fiesta y la corona, parecía una diminuta hada de los bosques. Gloria volvía a presentar una expresión sombría. Alguien debía de haberse metido con ella o haberle tomado el pelo, porque su pupila se había quitado la corona y la había tirado. Tampoco se le aguantaba en los rizos hirsutos, que ese día llevaba resignadamente sueltos. Por lo general intentaba hacerse trenzas con ellos, una ardua tarea, e incluso cuando lo conseguía se le separaban de la cabeza como si llevaran un alambre para ponerse tiesas. Sarah la consolaba diciéndole que todavía tenía que crecerle el pelo y que en algún momento la fuerza de la gravedad saldría ganando y las trenzas le colgarían como a las demás niñas. Pero Gloria no se lo creía.

En esos momentos Brigit Pierce-Barrister, con el aspecto de una ninfa regordeta debido al vestido demasiado infantil para su silueta ya desarrollada, se desvivía por el reverendo. Sarah se preguntaba por qué la señorita Arrowstone no le había pedido al menos que se recogiera el cabello.

Brigit le dijo algo a Christopher y este le respondió sonriente. Sarah sintió una punzada de celos, lo que naturalmente era absurdo. Ya podía aquella jovencita descarada suspirar por el reverendo, que él nunca alimentaría las esperanzas de una niña de diecisiete años.

Sarah dudaba si levantarse y dirigirse a la mesa de Oaks Garden. La conversación con las profesoras seguramente sería más interesante que los chismorreos que intercambiaban la señora Buster y sus amigas. Sin embargo, Christopher volvería a censurarla por ello, y Sarah odiaba enojarle. Esto la confundía, pues al principio no le había importando demasiado discutir con él. No obstante, desde que ambos se habían declarado su amor, Christopher le hacía menos reproches pero la «castigaba» de forma más sutil. Si Sarah lo enojaba con alguna palabra o acción, él pasaba días sin prestarle atención, no la cogía de la mano de esa forma dulce y cordial y, naturalmente, tampoco la abrazaba ni la besaba.

Antes Sarah nunca pensaba en caricias. No soñaba con hombres, como sí les ocurría en cambio a otras chicas del seminario, a juzgar por sus discretas confesiones, y pocas veces ocurría que se acariciara el cuerpo bajo las sábanas. Pero ahora sentía un deseo ardiente y sufría cuando Christopher se distanciaba de ella. Durante el día estaba inquieta y por la noche no conciliaba el sueño pensando en por qué le había irritado y cómo podía reconciliarse con él. En su imaginación revivía sus besos y volvía a escuchar su voz grave pronunciando tiernas palabras.

A veces pasaba por su mente la palabra «poseída», pero se asustaba solo de pensar en aplicar tal concepto en relación a su amor hacia Christopher. Prefería con mucho los términos «cautivada» o «arrebatada». Sarah ansiaba encontrar la satisfacción plena en brazos de Christopher y deseaba llegar a mostrárselo mejor. Pero después de la rigidez inicial cuando él la tocaba, ahora se deshacía. No conseguía acariciarlo ella, sino que se quedaba inerte en brazos de él. En esos momentos la dominaba la impaciencia por fijar de una vez la fecha de la boda. Christopher ya daba por seguro el sí y era evidente que no consideraba necesario pedirle de forma romántica que se casara con él. Había momentos en que Sarah se enojaba por ello, pero lo olvidaba cuando lo veía o él la acariciaba. Pensaba que tal vez debería simplemente hablarle de comunicar la noticia. Sin embargo, en cada ocasión vencía de nuevo su orgullo sobre su flaqueza.

Eso mismo sucedió cuando la banda se formó y empezó el baile. Sarah esperaba que Christopher se dirigiera a ella, pero lo que ocurrió en cambio fue que sacó a bailar a la señorita Wedgewood, con quien para sorpresa general bailó un vals. La siguiente de la fila fue la señora Buster.

—¿Lo ves? ¡No baila con la señorita Bleachum! —susurró en tono triunfal Lilian a Gloria—. No le hace caso.

Lo último que Gloria quería escuchar ese día eran más malas noticias. Acababa de recibir una carta de sus padres donde la informaban de que irían a verla en las vacaciones de otoño. En realidad, podrían haberlo hecho ese verano, pero Kura y William habían preferido permanecer un poco más en París, donde se encontraban por el momento.

—¡Podrías viajar tú allí! —exclamó emocionada Lilian, expresando así lo que la misma Gloria pensaba. A los Martyn no les había importado que su hija viajara sola desde Nueva Zelanda. Era imposible que ahora no la creyeran capaz de desplazarse de Londres a París.

—Pues sí, si es que tienen ganas de que su querida Gloria esté a su lado —se mofó Fiona Hills-Galant. La muchacha había oído a Lilian y aprovechaba la ocasión para herir a Gloria—. Pero tal como tocas el piano, Glory, no harías gran cosa en un escenario. ¡Si al menos se te aguantara la corona de flores! Entonces podrías salir dando brincos con los bailarines negros y una faldita de paja.

Gloria había tirado a continuación la corona. Por mucho que intentara adornarse, nadie la quería. No deseaba ni pensar que a la señorita Bleachum le pasara lo mismo. ¡El reverendo tenía que amarla, y punto!

—¡Bueno, de la señora Buster no creo que esté enamorado! —observó Gloria. Se sintió aliviada cuando el reverendo hizo girar a la matrona al ritmo de una polca y no a la hermosa señora Winter.

—Claro que no. Pero no puede elegir solo a las que le gustan. Llamaría la atención —objetó Lilian en tono impertinente—. Fíjate, ahora bailará con un par de señoras mayores y luego con Brigit.

En efecto, Christopher sacó a bailar a otros «pilares de la comunidad» antes de volver a la mesa de Oaks Garden. Al lado habían colocado el té frío con zumo de fruta, una bebida refrescante para los bailarines. Brigit Pierce-Barrister le llenó un vaso con gesto solícito.

—Baila usted muy bien, reverendo —le elogió, sonriéndole con picardía—. ¿Es eso propio de un sacerdote?

Christopher rio.

—También el rey David bailaba, Brigit —señaló—. Dios ha regalado la música y la danza a sus criaturas para que las disfruten. ¿Por qué no iban a participar de ello sus ministros?

—¿Bailará entonces una vez conmigo? —preguntó la joven.

Christopher asintió, y esa vez hasta Gloria distinguió el centelleo de sus ojos.

—¿Por qué no? Pero ¿sabes? Ignoraba que en Oaks Garden enseñaran danza.

Brigit rio y parpadeó.

—Un primo me enseñó en Norfolk, en casa...

Descansó suavemente la mano en el brazo del reverendo mientras él la conducía a la pista de baile.

Gloria dirigió una mirada a Sarah. También la joven profesora observaba a su casi prometido. Parecía tranquila, pero Gloria la conocía lo suficiente para saber que estaba enfadada.

Brigit se amoldó con toda naturalidad a los brazos de Christopher y siguió con destreza su dirección. Naturalmente, no había nada de indecente en su forma de tocarse, pero se reconocía que para él no era una obligación lo que estaba haciendo.

—¡Qué bonita pareja! —observó también la señora Buster—. Aunque desde luego la muchacha es demasiado joven para él. ¿No baila usted, señorita Bleachum?

Sarah habría querido replicar que le gustaba mucho bailar cuando la invitaban a hacerlo, pero se contuvo. En primer lugar habría sido improcedente, y en segundo lugar no era cierto. Sarah no era una buena bailarina. Con las gafas le daba vergüenza exhibirse en la pista, y sin ellas era casi ciega. Por añadidura, hasta entonces había tenido pocas oportunidades de disfrutar de la danza. En el fondo, no le habría costado renunciar al baile, de no haber sentido la imperiosa necesidad de dejarse rodear por los brazos de Christopher, como esa impertinente Brigit, en la pista.

—¿Todavía conserva el punto de lectura de Mary Stellington? —preguntaba Brigit en ese momento—. ¡La pequeña y dulce Mary! Todavía es muy infantil, llevó las flores junto al pecho. Y ahora cada día mira a ver si emplea usted el punto de lectura...

Christopher sonrió y estrechó a Brigit un poco más contra sí. No resultaba improcedente, ya que la polca había dado paso a un vals.

—Puedes decirle que lo guardo con respeto —respondió—. Y tienes razón, Mary es una niña deliciosa... —Sus dedos jugaron livianamente con la mano de ella.

—Pero usted prefiere a una mujer, ¿no es cierto, reverendo? —susurró Brigit en tono conspirador—. Me pregunto si yo le gusto...

La expresión de Christopher reveló su esfuerzo por contenerse. Ahora empezaba el juego que le gustaba, la cuestión de quién ofrecía antes su virginidad: la muchacha al clérigo o el clérigo a la mujer. Al principio se limitaría a inocentes escarceos, una palabra aquí, un roce allá. Pero con una chica tan joven como Brigit la relación no pasaría de un beso. Aunque... parecía más experimentada de lo que él había pensado...

Bailar más de una pieza con la misma pareja no convenía al reverendo, y aún menos con una muchacha tan joven. Esa fue la razón por la que Christopher se separó de Brigit tras el vals. No lo hizo del todo con desgana, pues eso formaba parte del juego. Se inclinó de modo impecable ante ella y la condujo de vuelta a la mesa. Mientras le acomodaba la silla, oyó susurrar a dos muchachas en la mesa vecina.

—¿Lo ves? ¡Está enamorado de ella! —afirmaba Lilian, satisfecha—. Ya te lo había dicho. Baila con ella pero le gustaría más besarla. Y ni siquiera ha mirado a la señorita Bleachum...

Christopher volvió la vista. ¡El duendecillo pelirrojo! ¡Dichosa cría! ¿Era de verdad tan evidente su inclinación hacia Brigit Pierce-Barrister o tenía esa niña simplemente olfato para los enredos? En cualquier caso, estaba siendo indiscreta. Si no quería caer en descrédito, tenía que pensar algo rápido. Christopher recordó el último rapapolvo del obispo y se sintió desdichado. Si volvían a llegar rumores a oídos de su superior, su puesto peligraría. Y Christopher se encontraba tan bien en Sawston... Hizo un esfuerzo, sonrió a las alumnas y profesoras de Oaks Garden otra vez y se dirigió hacia Sarah.

—¿Quieres bailar, querida? —preguntó cortésmente.

Sarah asintió con una sonrisa resplandeciente. Poco antes tenía aspecto de estar enfadada. ¿Sospechaba ella también algo? Christopher la cogió de la mano. Tenía que pasar por eso. ¿Acaso no había decidido hacía ya tiempo que Sarah era la esposa que Dios le había enviado? Había llegado el momento de acelerar el asunto.

Sarah se quitó las gafas y siguió a su primo casi a ciegas hasta la pista de baile. Era agradable sentirse rodeada por los brazos de él, abandonada a su fuerza. Pero Christopher tenía la sensación de estar sosteniendo un saco de harina. O bien tenía que tirar de ella o ella le pisaba. A pesar de ello, hizo un esfuerzo por sonreír con ternura.

—Qué fiesta tan bonita, cariño —observó—. Y tú has participado mucho en la preparación. ¿Qué habríamos hecho sin tu ayuda?

Sarah levantó la cabeza y lo miró, aunque veía el rostro borroso.

—Pero disfruto tan poco de ti... —se quejó con dulzura—. ¿Tienes que bailar con todas estas mujeres? La señora Buster ya ha hecho un comentario...

A Christopher le recorrió un escalofrío. Así que la vieja bruja también se había percatado de algo. No quedaba más remedio: no debía andarse con chiquitas.

—Sarah, cariño mío, la señora Buster aprovechará cualquier oportunidad para divulgar habladurías. Pero si te parece bien, le daremos una buena noticia para que también la propague. ¡Quiero casarme contigo, Sarah! ¿Tienes algo en contra de que hoy lo comuniquemos a todo el mundo?

Sarah se ruborizó al instante y no pudo seguir bailando. ¡Por fin! ¡Por fin se lo había preguntado! Una vocecita protestaba en su interior todavía: para Sarah una petición de mano era un asunto más íntimo. Y en el fondo también había esperado que Christopher quisiera oír el sí en labios de ella antes de pregonarlo. Pero esas quejas pertenecían a la antigua Sarah, a la mujer que había sido antes de amar realmente. Sarah se esforzó en sonreír.

—Por favor..., deseo... Bueno, yo... no tengo nada en contra.

—Parece como si la señorita Bleachum quisiera salir corriendo —observó Lilian con insolencia.

El reverendo acababa de pedir silencio a la orquesta y se había subido a la tarima para informar a toda la congregación de que acababa de comprometerse oficialmente con la señorita Sarah Bleachum. Daba la impresión de que la profesora quería que la tierra se la tragara: estaba pálida, pero tenía manchas rojas en las mejillas.

Gloria la comprendía perfectamente. Tenía que ser horrible estar ahí subida a la vista de todo el mundo. Y más cuando Brigit y la señora Emily Winter no la miraban con cara de buenas migas. La señorita Wedgewood había tenido un aspecto más dichoso poco antes, seguramente se había hecho ilusiones respecto al reverendo. En realidad los dos habrían hecho muy buena pareja. La señorita Wedgewood tocaba mucho mejor el órgano que la institutriz. Pero Gloria, naturalmente, se alegraba de que él se hubiera decidido por su antigua profesora. De este modo la señorita Bleachum se quedaría ahí, la consolaría y le dictaría las cartas que enviaba a casa para que nadie se percatara de lo desdichada que era.

—En cualquier caso, no parece feliz —aseguró Lilian.

Gloria decidió no hacer caso de su prima.

8

Charlotte encontraba exagerada la preocupación de Jack por Gloria.

—Por Dios, de acuerdo que las cartas son insípidas —convino—. Todo lo contrario de las de Lilian, que parece un torbellino. Pero Gloria tiene trece años, tendrá otras cosas en la cabeza y no estará para plasmar en el papel pensamientos profundos. Es probable que quiera acabar pronto y no piense en el contenido.

Jack frunció el ceño. La pareja se hallaba sentada en el tren que conducía desde Greymouth hasta Christchurch y habían vuelto a recordar los puntos álgidos de su viaje de luna de miel. Había sido precioso. Caleb Biller había demostrado ser un interlocutor sumamente estimulante para Charlotte y además les había dado sugerencias diversas acerca de excursiones y otras actividades. Elaine y Timothy salían poco, porque aunque él no quisiera reconocerlo, la jornada laboral en sí lo dejaba a veces agotado. Tras el accidente, la cadera no se había soldado bien y le dolía horrores cuando caminaba más de un par de pasos o permanecía sentado demasiado tiempo en un silla dura. Los fines de semana y días de fiesta se alegraba de reposar en su sillón al tiempo que se dedicaba a la familia. Excursiones para contemplar maravillas de la naturaleza, como las Pancake Rocks, ni siquiera eran objeto de consideración.

Elaine, quien en realidad disfrutaba del contacto con la naturaleza, salía periódicamente a caballo, pero solo por los alrededores del lugar. De todos modos, prestó de buen grado a Jack y Charlotte la calesa y uno de sus caballos, gracias a lo cual ambos exploraron con curiosidad la costa Oeste. A ese respecto, Caleb Biller era un consejero extraordinario. Incluso acompañó a la joven pareja un par de veces a visitar tribus maoríes que él conocía y que les brindaron su hospitalidad. Charlotte disfrutó de un *haka* de boda que cantaron expresamente para ellos y resplandeció con sus conocimientos recién adquiridos de la lengua.

—Triunfará como investigadora —concluyó Caleb—. Hasta ahora nadie se ha preocupado por las sagas y los mitos. Kura y yo estábamos más interesados por la música, y a mí me encantan también las tallas de madera. Pero obtendrá reconocimiento por su trabajo si conserva las antiguas historias antes de que se mezclen con nuevos acontecimientos. Y no digo «antes de que se adulteren» de forma consciente, pues pertenece a la esencia misma de la cultura oral el hecho de que la tradición se amolde al paso del tiempo. Los maoríes, precisamente, son maestros en el arte de amoldarse. Casi me da pena la rapidez con que se desprenden de sus propias formas de vida cuando las de los *pakeha* les resultan más cómodas. En algún momento lo lamentarán y entonces será bueno que se hayan conservado las antiguas leyendas.

Charlotte se enorgulleció del elogio y se entregó todavía con más celo a los estudios. Jack le dejaba de buen grado tiempo para ello y se dedicaba a recuperar su antigua amistad con Elaine saliendo a cabalgar en su compañía y ayudándola a adiestrar a los perros. Entretanto, la conversación siempre acababa girando inevitablemente en torno a las dos niñas en el internado inglés, y la preocupación de Jack por Gloria crecía cuanto más le contaba Elaine lo alegres que eran las cartas de Lilian.

—Gloria no es una chica superficial —respondía a su esposa—. Al contrario, piensa demasiado cuando un asunto la inquieta. Y en Kiward Station rebosaba de vida. Pero ahora... No pregunta por las ovejas ni por los perros. Estaba muy apegada a su poni, y ahora, ¡es que ni lo menciona! ¡Me resulta inconcebible que hayan pasado a entusiasmarle el piano y la pintura!

Charlotte sonrió.

—Los niños cambian, Jack. Tú mismo te darás cuenta cuando tengas uno. Espero que pronto, ¿u opinas distinto? Primero quiero una niña y después un niño. ¿Y tú? ¿O mejor un niño primero? —Se tocaba el cabello con la intención de soltarse la trenza, al tiempo que lanzaba expresivas miradas a la amplia cama que dominaba el vagón de lujo de George Greenwood. A Jack le ponía nervioso hacer el amor al ritmo del tren en marcha, pero para Charlotte había sido el punto más importante del viaje.

Jack la besó.

—¡Aceptaré lo que me des! —dijo tiernamente, la cogió en brazos y la llevó a la cama: Charlotte era ligera como una pluma. Justo lo contrario que Gloria, que ya de pequeña había sido robusta... No podía imaginar que de repente y sin más se hubiera amoldado a la vida de un internado como Oaks Garden.

—Si tanto te preocupa, ¿por qué no le escribes? —preguntó Charlotte, que parecía leerle los pensamientos. En cualquier caso, le llamó la atención que Jack no estuviera por la labor. Y la razón de ello era Gloria, seguro. Charlotte lamentaba no haber conocido mejor a la niña. Era casi como si hubiera pasado por alto una faceta importante de la personalidad de su marido—. Escríbele una carta personal, no los largos inventarios que la señorita Gwyn le dedica cada dos días. Ella tampoco escribe de forma muy sentida. En el fondo, sus descripciones suenan casi tan insípidas como las de Gloria: «Según los últimos recuentos, Kiward Station posee en la actualidad un número de once mil trescientas sesenta y una ovejas.» ¿A quién le interesa eso?

Seguramente a Gloria, pensó Jack, que se sentiría reconfortada al saberlo. En cualquier caso, decidió escribir a la niña. Pero ahora debía prestar atención a otros menesteres...

Todo el pueblo de Sawston parecía entregarse a los preparativos de la boda de su honrado reverendo. Se había fijado la fecha del evento para el 5 de septiembre y el mismo obispo se encargaría de casar al párroco y a la joven señorita Bleachum. Había invitado a la pareja a cenar en su casa cuando se había enterado del compromiso, y Sarah había conseguido causar una impresión óptima. La esposa del obispo habló con ella acerca de los deberes de una buena esposa de un pastor y comprendió a la perfección que Sarah sintiera a veces que se le exigía demasiado.

—Al final una se acostumbra, señorita Bleachum. Y su futuro esposo está al principio de una carrera que, si he entendido bien a mi marido, está cursando de forma excepcional. Seguro que le esperan tareas todavía más importantes, y cuando disponga de un vicario como ayudante, usted podrá dedicarse por entero a las tareas que le están especialmente destinadas.

Sarah se preguntaba a qué tareas se referiría. Por el momento no encontraba el menor interés en el trabajo en la iglesia. Sin embargo, cuando la atormentaban las dudas, le bastaba con mirar los fascinantes ojos castaños de Christopher o sentir el roce casual de su mano para convencerse de su vocación de esposa del reverendo.

Por este motivo no se alteró cuando la señora Buster insistió en tomarle las medidas para un vestido de novia al estilo de los que estaban de moda veinte años antes. Escuchó pacientemente las opiniones de las madres de la clase de los domingos, que le ofrecieron a todos sus hijos para llevar la cola del vestido y esparcir flores, e intentó ser lo más diplomática posible cuando señaló que Gloria Martyn y Lilian Lambert eran quienes tenían el derecho de hacerlo por antigüedad. Aunque Gloria habría estado dispuesta a renunciar a tal tarea.

—Yo no soy guapa, señorita Bleachum —murmuraba—. La gente se reirá si yo soy su dama de honor.

Sarah movió la cabeza en un gesto negativo.

—También se reirán cuando me ponga las gafas con los vidrios tan gruesos —respondió—. Algo sobre lo que todavía no he tomado una decisión. A lo mejor no me las pongo.

—Pero entonces no verá el camino hasta el altar —objetó Gloria—. Y en el fondo... En el fondo el reverendo también debe de quererla con gafas, ¿no?

Gloria puso el énfasis en el «¿no?», dando por supuesta la contestación. Ya hacía tiempo que había perdido la esperanza de que la quisieran por sí misma. Claro que leía las cartas que la abuela Gwyn le escribía y creía que los McKenzie añoraban a su bisnieta. Pero ¿querían de verdad a Gloria? ¿O se trataba más bien de la herencia de Kiward Station?

La niña se pasaba noches enteras cavilando por qué la abuela Gwyn se había doblegado sin protestar a la voluntad de sus padres.

Creía recordar que Jack se había mostrado contrario. Pero él no contestaba a sus cartas, y desde luego no iría a buscarla. Incluso era probable que también la hubiese olvidado.

—El reverendo me quiere con o sin gafas, Glory, igual como yo te quiero a ti, sin importar si te quedan bien o mal esos feos vestidos de florecitas. Y tu abuela te quiere, y también tus padres... —La señorita Bleachum se esforzaba, pero Gloria sabía que estaba mintiendo.

Lilian, por el contrario, estaba entusiasmada con la tarea que desempeñaría en la boda y no hablaba de otra cosa. Si por ella fuera, habría tocado encantada también el órgano, pero de eso se encargaría la señorita Wedgewood, si bien en los ensayos siempre parecía un poco ofendida.

Christopher Bleachum estaba satisfecho con el modo en que se desarrollaban los acontecimientos, aunque siempre se ponía algo triste cuando veía a Brigit Pierce-Barrister en misa. No había reanudado los tiernos vínculos recientemente establecidos con la muchacha. Ahora que estaba oficialmente comprometido quería ser fiel. Por difícil que fuera, estaba firmemente resuelto a convertirse en un esposo bueno y leal para Sarah, por más que la señora Winter volvía a mirarlo últimamente con interés y casi con algo de pena. Sin duda sabía que Sarah no era la mujer con la que él había soñado toda su vida. Por otra parte ni Emily Winter ni Brigit Pierce-Barrister estaban ni remotamente especialmente dotadas para cumplir las tareas de la esposa de un pastor. Christopher consideraba muy cristiano y sumamente heroico no volver a ver a ninguna de esas mujeres, sino estar cada vez más pendiente de Sarah.

Ya hacía tiempo que ella bailaba al compás que él marcaba: todo estaba resultando demasiado fácil para estimularle, ni siquiera un poco.

Por fin se acercaba el gran día y la comunidad ardía de emoción. Sarah se probó el vestido y derramó lágrimas, hasta el punto de no querer ponérselo. Los volantes, distribuidos con tanta generosidad, le daban un aspecto infantil. Sus formas, ya escasas, se perdían en ese mar de satén y tules que se inflaba y estiraba en los lugares equivocados.

—¡No soy vanidosa, pero así no puedo plantarme delante del obispo! —se lamentó a Christopher—. Con todo el respeto hacia la buena voluntad de la señora Buster y la señora Holleer, pero no saben coser. Ahora quieren corregirlo, pero no hay nada que hacer...

Hasta entonces, Christopher no se había preocupado por esas cuestiones, pero consideraba importante que Sarah llegara al altar adecuadamente vestida. Claro que halagaba a las matronas de la comunidad haber vestido a la joven novia, y hasta el momento Christopher siempre había tranquilizado a la inquieta Sarah, pero si el vestido no era el adecuado...

—La señora Winter es muy buena costurera —observó—. Podría arreglarlo. Mañana hablaré con ella.

—No carece de cierta ironía —observó Emily Winter cuando Christopher acudió a ella en busca de ayuda—. Precisamente yo cortando el vestido blanco de tu virginal novia... Porque será virgen, ¿no?

Emily y el párroco estaban a la puerta de la casa de esta. Aunque no se encontraban a solas, ella consiguió tratarlo de tal modo que a Christopher su actitud le resultó excitante.

Emily era una mujer menuda pero atractiva, con suaves curvas y un rostro de muñeca de tez suave y blanca como la leche. Las pestañas le caían espesas sobre los ojos de un verde pardo y el cabello castaño se derramaba en abundantes bucles sobre la espalda si no lo llevaba recogido en un moño en la nuca, como en esa ocasión.

—¡Claro que no la he tocado! —respondió Christopher—. Y por favor, Emily, no me mires así. Soy un hombre casi casado y nuestra relación ya nos ha causado suficientes problemas...

Emily soltó un risa ronca.

—Pese a ello darías años de tu vida por tenerme a tu lado el día de tu boda y escuchar un virtuoso sí. ¿O es que ya no me deseas?

—No se trata de deseo, Emily, sino de mi buena reputación. Y de la tuya, no deberías olvidarte. Y bien, ¿ayudarás a Sarah? —insistió Christopher, intentando desesperadamente ocultar su excitación.

Emily asintió.

—Haré lo que pueda por ese ratoncito. Deberíamos cubrir a Sarah con un tupido velo, ¿verdad? —Volvió a reírse—. Envíamela cuanto antes, conozco a la señora Buster y habrá que volver a empezar con el vestido desde el principio.

Sarah acudió esa misma tarde y rompió a llorar cuando repitió la prueba delante del espejo de la señora Winter. Emily alzó la vista al cielo. ¡Otra llorona! Pero ella cumpliría su palabra. Firmemente decidida, desprendió todos los tules y volantes del traje y encargó a Sarah, que solía llevar ropa hecha a medida y en verano muy holgada, un ceñido corsé *sens-ventre*.

—¡No puedo respirar ahí dentro! —gimió Sarah, pero Emily sacudió la cabeza.

—Un poco de ahogo sienta bien a las novias —afirmó—. Y el corsé le levanta el pecho y acentúa las caderas. ¡Es lo que necesita! Tendrá una silueta totalmente distinta, ¡hágame caso!

En efecto, Sarah contempló fascinada el espejo y vio cómo la señora Winter definía el ahora sobrio vestido siguiendo la silueta del cuerpo, ciñendo más la falda y abriendo más el escote.

—¡Es demasiado pronunciado! —protestó Sarah, pero Emily creó una pechera de tul que pese a cerrar el escote, atraía de todos modos la mirada hacia los pechos, por fin perceptibles, de Sarah. La joven estaba mucho más ilusionada cuando Emily hubo terminado. Había insistido en un velo sencillo, pese a que la señora Winter le aconsejaba una creación más complicada.

—¡Pues entonces arréglese al menos el pelo! —dijo Emily—. Podría llevarlo muy bonito si no se lo peinara tan tirante hacia atrás...

Sarah apenas si se reconocía cuando el día de la boda se puso ante el espejo. Emily Winter había acabado el vestido en el último minuto, pero ahora le sentaba como un guante. Claro que Sarah apenas podía moverse en el corsé, pero la imagen del espejo era increíble.

Lilian y Gloria apenas lograron contener su entusiasmo.

—A lo mejor, si pudiera cortarme un vestido para mí... —comenzó a decir Gloria, vacilante.

Las dos niñas no presentaban su mejor aspecto con los vestidos de damas de honor. La señora Buster se había obstinado en que fueran de color rosa y el diseño, tipo floripondio, ni siquiera le quedaba bien a Lilian. El color no armonizaba con sus rizos rojos y a Gloria la engordaba.

—Todavía tienes que crecer un poco más —dijo la señora Winter—. Cuando llegue el momento ya verás como das el estirón. Por otra parte necesitas vestidos amplios. Ese fajín alrededor de la cintura no tendría que estar ahí, pero no nos preocupemos por eso ahora. Los vestidos de las damas de honor han de ser feos. No se trata de que las doncellas superen en belleza a la novia.

Lo que en ese caso no era difícil, pensaba Emily. Estaba realmente satisfecha del trabajo que había realizado, pero hacer una beldad de Sarah Bleachum requería otros menesteres. Para empezar, el color blanco no le sentaba bien, daba palidez a su tez y restaba expresión a su semblante. Un velo diestramente colocado habría podido mejorar el aspecto, pero Sarah había insistido en esa cosa sencilla...

Emily plegó la tela de forma tan artística como era posible alrededor del cabello de Sarah, que ella se negó rotundamente a llevar suelto. Emily lo había recogido de forma más refinada, y con las flores de colores, que Lilian había recogido y utilizado para hacer una corona, Sarah estaba realmente hermosa.

En cualquier caso, Emily Winter lo había hecho lo mejor posible. Y exigiría su recompensa a Christopher.

Christopher Bleachum esperaba a la novia en la sacristía, aliviado de poder recogerse antes de dar el paso decisivo. El obispo charlaba en el exterior con sus feligreses y las mujeres todavía tenían que preparar a Sarah. Eso llevaría su tiempo. Christopher iba de un lado a otro, nervioso.

De repente oyó la puerta lateral que conducía del cementerio a una antesala de la sacristía, donde el reverendo dejaba el abrigo y las botas en los días lluviosos. Pero era un día de otoño sin lluvia, y la visitante que acababa de entrar solo llevaba un vestido de fiesta de color verde manzana y por encima un chal verde oscuro. Se había recogido en la nuca el abundante cabello con un pasador y lo había peinado en unos elegantes bucles que se derramaban suavemente sobre sus hombros. Un atrevido sombrerito verde resaltaba el color castaño oscuro de la melena.

—¡Emily! ¿Qué estás haciendo aquí? —El reverendo miró sorprendido y ligeramente desazonado a la acicalada recién llegada.

Emily Winter observó su figura delgada pero fuerte en la elegante levita que había pedido en préstamo para la boda.

—Bueno, ¿qué pasa? Te presento los frutos de mi trabajo. He aquí... —Se volvió hacia la pequeña ventana de la sacristía y señaló hacia el exterior. Desde allí se distinguía bien una parte de la escalera de la iglesia y Emily debía de haber dicho a Sarah que se colocase allí. La joven novia charlaba con Gloria y Lilian, que parecían enanitos de azúcar. Sarah, por el contrario, estaba totalmente cambiada. Christopher miró pasmado su figura suave aunque voluptuosa en el sencillo vestido de satén. Sarah se mantenía erguida. El cabello dispuesto en complicadas trenzas le hacía el rostro un poco más lleno.

—¿Te gusta? —Emily se acercó a Christopher.

El joven tomó aire.

—Emily... Señora Winter... claro que me gusta. Tú... usted... ha hecho milagros...

Emily rio.

—Solo un par de trucos de magia. Hoy por la noche la princesa volverá a convertirse en Cenicienta. Pero entonces no habrá vuelta atrás.

—¡Ni ahora tampoco! —De mala gana, Christopher intentó rehuir el acercamiento de Emily. Notaba nacer en él la excitación, la atracción por lo prohibido. ¿Qué pasaría si volvía a poseer ahora a Emily? Allí mismo, junto a su iglesia, a un par de metros del obispo... y de Sarah.

—Pero no es demasiado tarde para rememorar unos recuerdos bonitos —le reclamó Emily—. Ven, reverendo... —lo invitó, pronunciando esa palabra con lentitud y lascivia—. Mi marido se está bebiendo un trago a la salud de la feliz pareja. El obispo bendice a todas las criaturas del pueblo y Sarah consuela a la pequeña y fea Gloria por tener el aspecto de un flamenco gordo. Nadie nos molestará... —Dejó caer su chal. Christopher solo tenía el deseo de abandonarse al placer.

»Ven, Christopher, solo una vez más...

Sarah no se decidía. Estaba tan guapa... ¡por primera vez en su vida! Ya se imaginaba el brillo en los ojos de Christopher al entrar en la iglesia. Él no podría creer en su transformación. «Tenía» que amarla ahora más que antes...

«He aquí que tú eres hermosa, amiga mía.» El Cantar de los Cantares adquiriría un significado totalmente nuevo tanto para él como para Sarah. Pues estaba hermosa, resplandecía de amor.

¡Si no fuera por las gafas! Sarah era consciente de que, tras los vidrios, los ojos parecían tan redondos y grandes como los de una vaca y que la montura ocultaba toda la delicadeza de sus rasgos. Sentía la tentación de librarse de ese objeto, pero en ese caso se privaría de la ansiada visión de los ojos relucientes de su amado delante del altar. Y tendría que tantear la alianza... Gloria tenía razón, podía ocurrir que se llevara al obispo por delante. Y eso sí que no. Sarah ni podía ni quería ir dando traspiés en la ceremonia de su boda. Un par de minutos sin gafas, guiada por su amado, todavía podía pasar, pero no toda la ceremonia.

Pero quizás aún se podía hacer algo al respecto. Christopher tenía que verla aunque solo fuera una vez en todo su esplendor, por más que eso supuestamente acarreara mala suerte. Tan malo no sería que le lanzara un vistazo antes de entrar en la iglesia. Le haría una corta visita a la sacristía, le explicaría el estupendo trabajo que había realizado Emily y tal vez él la besaría. Seguro que la besaba, ¡no podía ser de otra manera! Sarah se recogió precipitadamente el vestido y el velo.

—Enseguida vuelvo, niñas. Decídselo al obispo si os pregunta. En cinco minutos podemos empezar, pero ahora tengo que... —Se ajustó las gafas y rodeó dándose prisa la iglesia hasta llegar a la pequeña entrada de la sacristía. No estaba cerrada. Claro que no, a fin de cuentas, Christopher había entrado ahí.

Sin aliento a causa del corsé, pero también por la emoción, Sarah se quitó las gafas y cruzó a tientas la antesala. La puerta de la sacristía estaba abierta. Y ahí... ahí se movía un cuerpo extraño y compacto, medio acostado en un sillón... Algo verde y negro..., y algo de color rosa. ¿Era piel desnuda?

—¿Christopher? —Sarah buscó las gafas entre los pliegues de su vestido recogido.

—¡No, Sarah! —Christopher Bleachum intentó evitar lo peor, pero Sarah ya se había puesto las gafas.

De todos modos, Emily no habría conseguido bajarse el vestido tan deprisa... y los pantalones de Christopher...

La escena era humillante. Repulsiva.

Y permitió que Sarah Bleachum, la poseída, la seducida, la enamorada, volviera a convertirse en la joven inteligente que no se acobardaba por cuestionar el mundo.

Durante unos instantes se quedó mirando perpleja los cuerpos medio desnudos en la habitación junto a la casa del Señor. Luego sus ojos centellearon de ira y decepción.

A Christopher debió de recordarle a sus heroínas preferidas de la Biblia. Era fácil imaginar lo que habrían hecho con él Dafne, Ester y Jael.

Pero Sarah no lo atacó. Ni siquiera habló. Pálida, con los labios apretados, se arrancó el velo de la cabeza.

Emily casi temía que fuera a soltarse el corsé, pues Sarah ya se llevaba las manos al cierre del vestido, pero entonces se contuvo. Sin volverse a mirar a los dos amantes sorprendidos en flagrante delito, salió...

—Tienes que vestirte, el obispo... —Emily fue la primera en volver a la realidad. Pero ya era demasiado tarde.

Christopher no creía que en el estado en que se encontraba

Sarah hubiera informado al obispo de lo sucedido, pero poco antes su superior ya se hallaba delante de la iglesia. Debía de haber visto cómo la joven salía de la sacristía precipitadamente.

El reverendo agachó de modo instintivo la cabeza y se protegió. La ira de Dios caería sobre él...

—Lo siento, Gloria, lo siento de verdad. —Sarah Bleachum mecía entre sus brazos a la niña, que sollozaba—. Pero tienes que entender que no puedo quedarme en estas circunstancias. ¿Qué pensaría la gente de mí?

—A mí me da igual —gimió Gloria—. Pero si ahora vuelve a Nueva Zelanda... ¿Se lo ha permitido la abuela Gwyn? ¿Le ha enviado de verdad el dinero?

El día en que debía celebrarse su boda, Sarah Bleachum había huido aturdida, pero incluso mientras pasaba corriendo junto a los sorprendidos asistentes, su cerebro había vuelto a ponerse en marcha. Tenía que irse de ese lugar lo más deprisa posible. Primero de Sawston y luego de Inglaterra, o se volvería loca.

Sarah llegó a su habitación, en casa de la señora Buster, sin que nadie la detuviera, se arrancó el traje de novia y, sobre todo, el incómodo corsé, y se puso el primer vestido que encontró. Amontonó toda la ropa y emprendió el camino a Cambridge.

Tenía que recorrer algo más de once kilómetros. Al principio corría, luego refrenó la marcha y al final fue arrastrando los pies. Pero al menos se había desvanecido la cólera que la devoraba y el agotamiento había disipado la vergüenza inicial. En Cambridge había hoteles. Sarah solo esperaba no tener que pagar demasiado de anticipo. Al final encontró una pensión modesta pero acogedora y llamó a la puerta. Por primera vez en ese día horrible, tuvo suerte. La propietaria, una viuda llamada Margaret Simpson, no le preguntó nada.

—Puede contarme más tarde lo que ha sucedido..., si así lo desea —dijo con dulzura y poniendo una taza de té delante de la joven—. Primero tiene usted que descansar.

—Necesito una oficina de correos —susurró Sarah. Ahora que hallaba la calma, todo su cuerpo empezó a temblar—. Tengo que enviar un telegrama... a Nueva Zelanda. ¿Cree que desde aquí es posible?

La señora Simpson volvió a llenarle la taza y cubrió los hombros de su extraña huésped con una chaqueta de lana.

—Claro que sí, pero ya lo hará mañana...

Sarah nunca habría creído que ese día lograría conciliar el sueño, pero para su sorpresa durmió profundamente y a la mañana siguiente se despertó con la sensación de estar liberada. Por supuesto sentía vergüenza y miedo ante el futuro, sin embargo, lo principal era que se había quitado un peso de encima. En el fondo se alegraba de regresar a casa. Si no fuera por Gloria...

—Tu abuela no tiene que «permitirme» volver a Nueva Zelanda, cariño —objetó a la niña amablemente pero con determinación—. Yo misma decido dónde quiero vivir. Pero me prometió pagarme el viaje si mis... Bueno..., si mis expectativas no se cumplían aquí. Y mantendrá su promesa, ya lo ha confirmado.

En efecto, Gwyneira McKenzie había recibido el telegrama de Sarah ese mismo día —Andy McAran lo había llevado de Haldon a Kiward Station— y le había enviado el dinero de inmediato a través de Greenwood Enterprises. En los días siguientes, Sarah viajaría a Londres y luego tomaría el primer barco hacia Lyttelton o Dunedin. Pero antes tenía que contárselo a Gloria. Apesadumbrada pidió un coche de alquiler para Oaks Garden y pasó con la cabeza erguida junto a las profesoras y madres de familia que la miraban con semblante hostil.

Como era de esperar, Gloria estaba inconsolable.

—¿No puede quedarse al menos en Inglaterra? —preguntó afligida—. A lo mejor hasta la señorita Arrowstone le daba un empleo...

Sarah sacudió la cabeza.

—¿Después de lo que ha sucedido, Glory? No, imposible. Imagínate que tuviera que ver a Christopher todos los domingos en misa...

—Pero ¿no van a trasladar al reverendo? —preguntó la niña—. Lily dice que tendrían que echarlo.

Sarah pensaba qué habrían oído o incluso presenciado las pequeñas. Habían estado junto a la sacristía y habían visto huir a Sarah. Al menos la curiosa Lily sin duda habría corrido a comprobar qué había pasado. Era probable que el obispo siguiera a las dos niñas... Pero daba igual lo que Lilian Lambert contara y Gloria Martyn supiera: al parecer, Christopher Bleachum no perdería su empleo. Por más que el obispo hubiera sido testigo de su indigno comportamiento, no lo pondría en ridículo delante de la congregación y de toda la dirección de la Iglesia. Obviamente, se ganaría una severa reprimenda, pero la vergüenza de la ruptura recaería sobre Sarah. Probablemente explicarían la huida por el temor a no encontrar marido o por una acceso de histeria, mientras intentaban consolar al «pobre reverendo» por todos los medios.

—No sé qué pasará con el reverendo, pero yo, en cualquier caso, me voy —dijo Sarah con determinación—. Me gustaría poder llevarte conmigo, pero como bien sabes eso es imposible. Pronto volverán tus padres, Glory, y te sentirás mejor...

Gloria tenía sus dudas. Por una parte estaba impaciente por verlos, pero por otra temía el encuentro. Fuera como fuese, no esperaba amor ni comprensión por parte de ellos.

—Le contaré a la abuela Gwyn lo desdichada que eres aquí —propuso Sarah sin mucho entusiasmo—. Tal vez pueda hacer algo...

Gloria apretó los labios y se irguió.

—No es necesario que se moleste —respondió en voz baja.

Gloria no creía en milagros. No había nadie en Kiward Station que realmente la echara en falta y era seguro que Jack no iría a recogerla.

En ese momento jugueteaba con la carta que había recibido por la mañana y que llevaba en el bolsillo. En ella Gwyneira McKenzie le contaba, con su habitual estilo objetivo, que se había celebrado una boda. Jack se había casado con Charlotte Greenwood. Sin duda pronto tendrían hijos y Gloria quedaría entonces relegada al olvido.

—Resulta extraordinariamente alentador que se presente usted justo ahora.

La señorita Arrowstone saludó eufórica a William Martyn,

aunque era muy probable que su entusiasmo no se debiera tanto al momento de su llegada como al encanto que él desprendía. Salvo escasas excepciones, William siempre había conseguido meterse en el bolsillo a las mujeres. La oronda directora ronroneaba como una gata y casi alzaba la vista enamorada hacia el hombre alto y apuesto. William Martyn era de mediana edad, pero seguía siendo delgado y elegante. En su cabello rubio y ondulado apenas se advertían unas pocas hebras grises, y el brillo de sus ojos azul claro y la sonrisa en su semblante siempre ligeramente bronceado lo hacían irresistible. Con su esposa Kura, de cabello oscuro y de aspecto exótico, formaba una pareja cuya belleza llamaba la atención. La señorita Arrowstone se preguntaba cómo era posible que dos seres tan atractivos y carismáticos hubieran podido traer al mundo a un ser tan mediocre como Gloria.

—Hemos retenido una carta para su hija que, para decirlo suavemente, nos ha preocupado un poco... —La señorita Arrowstone sacó un sobre del cajón de su escritorio.

—Pero ¿cómo le va a Gloria? —preguntó William con su seductora voz—. Espero que se haya integrado y las profesoras estén contentas con ella.

La señorita Arrowstone se esforzó por esbozar una sonrisa.

—Bueno... Su hija todavía está en pleno proceso de adaptación. Ha crecido un poco asilvestrada en ese extremo del mundo...

William asintió e hizo un gesto con la mano.

—Caballos, vacas y ovejas, señorita Arrowstone —declaró con un deje dramático—. Es lo único en lo que piensa la gente de por allí. Las llanuras de Canterbury... Christchurch, que ahora se autodenomina metrópoli... Edificios catedralicios... Todo suena muy prometedor, pero cuando has vivido allí... Lo dicho: ¡caballos, vacas y ovejas! Tendríamos que haber proporcionado a Gloria un ambiente más estimulante mucho antes, pero las cosas van como van. Un gran éxito también conlleva, precisamente, mucho esfuerzo.

La señorita Arrowstone sonrió con aire comprensivo.

—Esta es la razón de que su esposa no lo haya acompañado para recoger a Gloria —observó—. Y sin embargo a todos nos habría alegrado sobremanera volver a verla.

Y disfrutar de otro concierto gratis, pensó William, aunque en realidad contestó con amabilidad:

—Kura se encontraba algo indispuesta tras la última gira y, como usted comprenderá, una cantante ha de cuidarse incluso el más ínfimo de los resfriados. Esta es la causa de que hayamos considerado mejor que permaneciera en Londres. Tenemos una suite en el Ritz...

—¿No disponen de residencia en la ciudad, señor Martyn? —preguntó asombrada la señorita Arrowstone. Sus ojos centellearon al oír mencionar el famoso hotel, cuya inauguración había sido festejada pocos años atrás, y que se hallaba bajo los auspicios del príncipe de Gales.

William meneó la cabeza con ademán apesadumbrado.

—Ni tampoco en el campo, señorita Arrowstone. Si bien he sacado con frecuencia el tema de adquirir una residencia, a mi esposa no le gusta establecerse. Supongo que es a causa de su herencia maorí. —Mostró su cautivadora sonrisa—. Pero ¿qué sucede con la carta que ha mencionado, señorita Arrowstone? ¿Acaso alguien incordia a nuestra hija? Tal vez sea otra cosa más a la que Gloria tenga que acostumbrarse. Los artistas con éxito siempre son objeto de envidia...

La señorita Arrowstone sacó la carta del sobre y la desplegó.

—Yo no hablaría de «incordio». Y me resulta un poco incómodo que hayamos abierto la correspondencia. Pero tiene que entenderlo... Como padre de una hija sin duda tomará a bien que nos ocupemos de la virtud de las pupilas. Por razones de seguridad abrimos aquellas cartas de un emisario varón que no guarda un vínculo de parentesco con las muchachas. Si se trata de algo inofensivo, como suele ser el caso, volvemos a cerrar la carta como si no hubiera pasado nada. En caso contrario, la joven es sometida a un interrogatorio. Pues sí, y esta vez... Pero lea usted mismo.

Queridísima Gloria:

No sé exactamente cómo empezar esta carta, pero estoy demasiado inquieto para seguir esperando. Mi querida esposa Charlotte me ha animado por ello a escribirte, simplemente, y comunicarte mi preocupación por ti.

¿Cómo estás, Gloria? Tal vez esta pregunta te resulte fastidiosa. Por tus escritos deducimos que siempre estás muy ocupada. Cuentas que tocas el piano, dibujas y haces muchas cosas con tus nuevas amigas, pero a mí tus cartas me parecen extrañamente breves y concisas. ¿Es posible que hayas olvidado a todos los de Kiward Station? ¿No quieres saber cómo están tu perro y tu caballo? Puede que sea absurdo, pero nunca leo una risa entre líneas ni escucho jamás una opinión personal. Por el contrario, esas pocas y breves líneas a veces despiden tristeza. Cuando pienso en ti, no dejo de escuchar las últimas palabras que me dijiste antes de partir: «Si lo paso muy mal, vendrás a buscarme, ¿verdad?» Entonces te consolé, no sabía qué tenía que decirte, pero por supuesto que la respuesta correcta es sí, no podía ser de otro modo. Si te sientes realmente triste, Gloria, si te sientes sola y has perdido toda esperanza de que algo cambie allí, escríbeme y yo iré. No sé cómo lo haré, pero me tendrás a tu lado.

Tu tío abuelo, que te quiere por encima de todo,

JACK

William pasó la vista por las líneas con el ceño fruncido.

—Tenía usted toda la razón al retenerla, señorita Arrowstone —señaló—. La relación entre mi hija y ese joven siempre ha sido algo enfermiza. Tire la carta.

Gloria estaba sola. Completamente sola.

LOS PARAÍSOS PERDIDOS

Llanuras de Canterbury, Cambridge, Auckland,
Cabo Reinga, Estados Unidos, Australia, Greymouth

1914 - 1915

1

—Aun corriendo el riesgo de parecerme al viejo Gerald Warden, aquí hay algo que no anda bien.

James McKenzie caminaba fatigosamente por lo que en el pasado habían sido las rosaledas de Kiward Station, dejando caer el peso sobre el bastón y apoyándose ligeramente en el brazo de su esposa, Gwyneira. En los últimos tiempos, desplazarse se había convertido en una tortura, pues las articulaciones le dolían por el reuma, un legado de las incontables noches que había pasado al raso. Para que James saliera de casa debía haber un motivo especial, como la llegada de los rebaños de ovejas y su bajada de las montañas. Si bien su hijo Jack hacía tiempo que llevaba la dirección de la granja de facto, el viejo capataz no se privaba de echar un vistazo a las bien alimentadas ovejas madre y las crías. Como orondos copos de algodón, los animales se agrupaban en los pastizales y los corrales de Kiward Station, balando indignados cuando en el descenso se separaban de otros ejemplares a los que se sentían unidos por parentesco o afinidad. Gwyneira y James podían estar satisfechos. Las ovejas se encontraban en un estado óptimo y las bajas habían sido muy reducidas.

Jack, que había dirigido el regreso del rebaño desde las montañas, bromeó con los pastores maoríes y abrazó a su esposa, Charlotte. Estaba seguro de que ella no se había aburrido en su ausencia. Probablemente había utilizado ese tiempo, en que también los asentamientos maoríes se quedaban sin población masculina, para intercambiar historias con las mujeres. Había descubierto que ellos y ellas contaban de forma muy distinta las mismas leyendas, las cuales aderezaban además con elementos de cosecha propia. A esas alturas, Charlotte reconocía con exactitud esos matices. Tras haber pasado más de cinco años en Kiward Station, dedicada al estudio continuo de las tradiciones de los maoríes, hablaba la lengua con fluidez y, como su marido Jack señalaba a veces en broma, casi lo superaba en el dominio del idioma.

También en esos momentos bromeaba con los hombres y saludaba a sus mujeres en su lengua, mientras se estrechaba cariñosamente contra Jack. Esas muestras de cariño en público no turbaban a los maoríes, solo les resultaba extraña la costumbre de besarse en lugar de frotarse la nariz.

Pero los ojos castaños de James McKenzie, todavía penetrantes, no solo habían evaluado el estado de las ovejas, sino que también habían paseado la mirada por la esbelta silueta de Charlotte. Esto le indujo a compartir con su esposa un asunto que le inquietaba desde hacía tiempo. Si bien los viejos McKenzie habían comprado comida y whisky, no participarían en la fiesta que se celebraba como colofón de la llegada de los rebaños. Se encaminaban tranquilamente por el jardín hacia la entrada posterior de la casa. Después de tanto tiempo, ambos seguían prefiriendo la entrada por la cocina, junto a los establos, al noble vestíbulo principal.

—Cinco años de matrimonio y la muchacha sigue tan delgada como una brizna de hierba. Aquí falla algo.

Gwyneira asintió afligida. La pareja siempre acababa hablando de este tema, pero ninguno deseaba tratarlo directamente con Jack y Charlotte. Aún recordaban vivamente el martirio que había sufrido Gwyneira cuando Gerald Warden, su suegro, le echaba en cara a diario su delgadez y le reprochaba que fuera estéril.

—No será por falta de práctica, en este caso —dijo Gwyn bromeando—. Los dos continúan tan cariñosos el uno con el otro como al principio. Y es inconcebible que no sigan igual en el dormitorio...

James sonrió satisfecho.

—Y a diferencia de una tal señorita Gwyn, medio siglo atrás, nuestra Charlotte da la impresión de ser muy feliz —se burló el hombre de su esposa. En efecto: cincuenta años antes, Gwyneira se había dirigido a James para que la sacara del apuro. Era obvio que su primer esposo, Lucas, era incapaz de tener descendencia y el capataz tuvo que sustituirlo. Durante meses, la joven había procurado convencerse a sí misma de que su «intento de reproducción» nada tenía que ver con el amor.

Gwyneira frunció el ceño.

—Respecto a su relación con Jack, de acuerdo —señaló—. Y es evidente que disfruta de su trabajo con los maoríes. Pero por otra parte... ¿No encuentras que está demasiado delgada, James? No cabe duda de que es una beldad, pero quizá su delgadez es excesiva, ¿o me equivoco? Y esos constantes dolores de cabeza...

Según explicaba ella misma, Charlotte sufría migrañas desde que tenía uso de razón. De hecho, durante los primeros años de su matrimonio incluso se había visto obligada a permanecer de vez en cuando una semana en cama con las cortinas corridas, tras lo cual reaparecía pálida y abrumada. Ni los remedios del médico de Haldon ni las hierbas de la partera Rongo Rongo le servían de ayuda. De todos modos, antes eso ocurría esporádicamente, mientras que en los primeros tres meses de ese año Gwyneira había contando ya cuatro accesos.

—A lo mejor está preocupada. Siempre ha deseado tener hijos —observó James—. ¿Qué dice Rongo? ¿No la enviaste una vez con ella?

Gwyneira se encogió de hombros.

—Solo puedo hablarte de lo que dice el doctor Barslow —respondió—, porque la misma Charlotte me lo contó, probablemente por el alivio que sintió al saber que, en opinión del especialista, todo estaba en orden. A Rongo me cuesta preguntarle por el estado de salud de Charlotte, pero están muy unidas a causa de esas viejas leyendas. Eso me tranquiliza un poco. Si le pasara algo grave, Rongo se daría cuenta.

James asintió.

—Pensándolo bien —añadió—, creo que ha llegado también el momento de que vaya a ver a Rongo Rongo. Este reuma me está matando. Pero no puedo ir a caballo a O'Keefe Station. ¿Crees que Rongo accedería a visitarme en casa? —preguntó con una sonrisa.

—¿Para que taimadamente y sin que se dé cuenta le sonsaques los secretos más íntimos de Charlotte? —bromeó Gwyn—. ¡Hazlo, yo siento la misma curiosidad! Pero ten cuidado, no vaya a descubrirte. Después ya me cuidaré yo de que te tomes todas las infusiones que te recete, por amargas que sean.

Por supuesto, Rongo Rongo fue a Kiward Station y encontró a James en cama. Las últimas lluvias habían empeorado tanto su reuma que era incapaz de levantarse y a duras penas se arrastraba hasta la poltrona del mirador.

—Son los años, señor James, que corroen los huesos —gimió Rongo, una mujer de cabello casi blanco, bajita pero sumamente ágil. Siguiendo la tradición de las mujeres de su familia practicaba y enseñaba la medicina. Desafortunadamente tenía solo tres hijos varones y ninguna hija a la que formar como partera. Rongo llegaba acompañada de una sobrina, pero no parecía una muchacha especialmente despierta. Siguiendo con desgana las instrucciones de su tía, la joven buscaba hierbas y amuletos—. Podemos aliviar un poco el dolor, pero no curaremos el reuma. Sobre todo no pase frío, no luche contra las flaquezas. De nada sirve que se levante e intente forzar los huesos. Eso solo empeorará su estado. Aquí tiene... —Tomó un par de hierbas que le tendía su ayudante—. Que lo pongan a macerar esta noche en la cocina y que Kiri lo filtre mañana. Bébaselo todo de un trago. Por amargo que esté. Pregunte a Kiri: toma lo mismo que acabo de darle a usted y se mueve mucho más.

Kiri llevaba decenios trabajando de cocinera en Kiward Station y se negaba rotundamente a ceder su puesto a una persona más joven.

—¡Comparada conmigo, Kiri es una criatura! —protestó James—. A su edad yo ni siquiera conocía la expresión «dolor articular».

Rongo sonrió.

—Los dioses tocan a unos antes que a otros —respondió con serenidad, pero con una nota de tristeza—. Alégrese usted de que le hayan concedido una larga vida... y muchos descendientes.

—En eso estamos, justamente... —James adoptó con esfuerzo una postura más cómoda e inició sus pesquisas. Era más ducho en tal materia que su esposa, no solo porque tenía una actitud más diplomática, sino porque, a diferencia de Gwyneira, hablaba el maorí con fluidez. Aunque Rongo Rongo conocía bien el inglés (había sido una de las primeras alumnas de Helen O'Keefe), le resultaba más fácil conversar en su lengua materna. Si tenía que desvelar algún secreto, mejor lo haría en su propio idioma—. ¿Qué le pasa a mi nuera Charlotte? ¿Tendrá hijos?

James esbozó una leve sonrisa conspiratoria, pero Rongo Rongo permaneció seria.

—Señor James, la maldición de la *wahine* Charlotte no es su falta de descendencia —contestó en un susurro—. Mi abuela me aconsejó, en casos como el de ella, ejecutar un exorcismo, y así lo he hecho...

—¿Con el consentimiento de Charlotte? —preguntó James, perplejo.

Rongo asintió.

—Sí, aunque no se lo tomó en serio. Quería saber simplemente cómo se formula tal conjuro...

—Así que no sirvió de mucho —intervino James divertido. Había oído hablar de muchos rituales en que el conjuro había obrado efecto, pero solo eran efectivos si la persona afectada creía en su acción.

Rongo sacudió la cabeza con gravedad.

—Señor James, poco importa que la señorita Charlotte crea en los espíritus. Son ellos lo que deben temer el poder de la *tohunga*...

—¿Y? —preguntó James—. ¿Hay en este caso suficientes espíritus miedosos?

Rongo frunció el ceño, abatida.

—Yo no soy muy poderosa —admitió—. Y son espíritus fuertes. He sugerido a la señorita Charlotte que pida consejo a una *pakeha tohunga* de Christchurch. El doctor Barslow, de Haldon, no es más poderoso que yo...

James se inquietó. Era la primera vez que Rongo Rongo enviaba un paciente a un médico inglés. Con el doctor Barslow, el médico del pueblo de Haldon, cultivaba una cordial rivalidad: a veces era uno el que conseguía la mejora inmediata de un mal menor, a veces el otro. Y los diagnósticos, «la maldición no es su falta de descendencia» y «debe seguir intentándolo, no hay ninguna razón médica para que no se produzca un embarazo», se semejaban de forma alarmante.

—¡He contado los días! —dijo Charlotte a su marido.

Acababa de cepillarse el cabello y Jack se inclinó sobre ella para inspirar el aroma de la abundante melena color miel, sorprendido y dichoso de que tanta belleza le perteneciera.

—Si lo intentamos hoy, a lo mejor me quedo embarazada.

Jack besó el cabello y la nuca de su esposa.

—Estoy abierto a cualquier propuesta. —Sonrió—. Pero ya sabes que no me enfadaré si no tenemos hijos. No necesito herederos, solo te quiero y te necesito a ti.

Charlotte contempló el rostro del hombre en el espejo de su dormitorio y disfrutó de sus caricias. Sabía que era sincero. Jack nunca ponía en duda la dicha que ella le proporcionaba.

—¿Cómo sabes de qué manera hay que contar los días? —preguntó Jack.

—Me lo ha dicho Elaine —respondió—. Y a ella se lo contó... —soltó una risita y se ruborizó—, se lo contó una vez una mujer de vida alegre. En su caso se trataba de evitar un embarazo, pero el principio es el mismo, salvo que al revés.

—¿Has hablando con Elaine de nuestro problema? —preguntó atónito—. Pensaba que esto solo nos incumbía a nosotros.

Charlotte hizo un gesto de resignación.

—Ya conoces a Lainie, no se anda con rodeos. La última vez que estuvo aquí me lo preguntó directamente. Así que hablamos de lo que sucede. ¡Ay, Jack, tengo tantas ganas de tener un niño! Los hijos de Lainie son tan monos... Y las cartas de su pequeña Lilian...

—Ya no es tan pequeña —farfulló Jack—. Gloria ha cumplido los dieciocho, así que Lilian debe de tener catorce o quince.

—Es encantadora. Estoy impaciente por conocerla. Dentro

de dos años dejará la escuela, ¿verdad? ¡Y a Gloria solo le queda un año! ¡Qué rápido crecen los niños!

Jack asintió enfurruñado. Incluso después de tantos años, el comportamiento de Gloria seguía sorprendiéndolo. Sus cartas breves y sin contenido, su falta de respuesta a las tres preguntas desesperadas que se había ido formando con el paso de los años... Algo no andaba bien, pero él no conseguía acceder a su mente. El verano siguiente acabaría por fin la educación en el internado, pero en sus misivas ella nunca mencionaba que tuviera intención de regresar.

«Cuando termine el colegio, viajaré con mis padres al norte de Europa.» Una frase concisa en la última carta de Gloria. Nada acerca de si se alegraba de ello o si habría preferido volver directa a casa. Ni una palabra acerca de si echaría de menos la escuela, sobre si pensaba estudiar una carrera... Las cartas de Gloria no eran más que unos sucintos informes. Cuando no pasaba las vacaciones en el internado, sino con sus padres, lo que había sucedido tres veces en cinco años, no escribía nada.

—Te alegrarás de que regrese, ¿verdad? —preguntó Charlotte. Acabó de cepillarse el cabello, se levantó y dejó que la bata de seda se deslizara por sus hombros. Debajo llevaba un camisón con delicados bordados. Jack advirtió que estaba más delgada.

—Si quieres tener niños, primero tendrás que comer un poco más —dijo cambiando de tema, al tiempo que abrazaba a su esposa.

Ella rio suavemente cuando él la tomó en brazos y la depositó sobre el lecho.

—Eres demasiado frágil para llevar además a un bebé.

Charlotte se estremeció ligeramente cuando él la besó, pero luego reanudó el tema de Gloria. No quería hablar de su figura, las mujeres maoríes ya le tomaban demasiado el pelo diciéndole que pronto dejaría de gustarle a su marido. Los hombres maoríes tenían debilidad por las mujeres gorditas.

—Pero sufrirás una decepción —advirtió a Jack—. Es probable que la Gloria que regrese no tenga nada que ver con la niña que conociste. Ya no se interesará por perros y caballos. Le gustarán los libros y la música. Tendrás que practicar conversaciones más refinadas.

Jack pensaba lo mismo cuando leía las cartas, pero su corazón no daba crédito a esas conclusiones.

—¡Eso tendrá que decírselo ella misma a *Nimue*! —replicó lanzando una mirada a la perra de Gloria, que solía dormir en el pasillo, delante del dormitorio, al igual que el perro pastor de Jack—. Y es la heredera de Kiward Station, o sea que tendrá que interesarse por la granja quiera o no quiera.

Charlotte sacudió la cabeza.

—¿Llegará a reconocerla la perra?

Jack hizo un gesto afirmativo.

—*Nimue* la recuerda. Y Gloria... no puede haberse transformado en otra persona. Es imposible.

Gloria se recogió el cabello en la nuca. Seguía siendo difícil de domar, los rizos eran demasiado gruesos para dejarse moldear. No obstante, la melena había crecido y le cubría la espalda, y al menos las otras chicas ya no se burlaban de su peinado de chico. Por lo demás, ya hacía tiempo que le daba igual lo que Gabrielle, Fiona y las otras dijeran de ella. No era que el cabello al crecer la protegiese como una coraza, pero de alguna forma había logrado tejer a su alrededor una especie de capa de protección. Gloria ya no permitía que la hiriesen las burlas e intentaba privar a las palabras de su significado cuando Gabrielle o alguna otra pesada se dirigía a ella. Y lo mismo hacía con las observaciones de la mayoría de las profesoras, en especial las de la nueva maestra de música, la señorita Beaver. La señorita Tayler-Bennington se había casado tres años atrás con el reverendo Bleachum y había abandonado la escuela. Y con la señorita Beaver llegó una ardiente devota de Kura-maro-tini Martyn. La mujer ardía en deseos de conocer a Gloria, de quien esperaba proezas musicales, pero como la muchacha no las realizaba, quería al menos conocer los detalles de todas las giras en las que había participado en los últimos años.

Gloria poco podía contarle al respecto: odiaba las vacaciones con sus padres. Ya solo las miradas de los componentes de la compañía cuando veían a la chica por vez primera la herían en lo más hondo. Sus padres reunían continuamente a su alrededor nuevos bailarines y cantantes. La mayoría de los maoríes era gente apegada a su tierra y por lo general no se quedaban más de una temporada en la compañía. Además solían producirse conflictos entre los artistas cuando los Martyn contrataban auténticas *tohunga*, mujeres que conocían bien la música y que, por su talento, disfrutaban de una reputación incuestionable en su país.

Las interpretaciones que Kura realizaba de los *haka* se apartaban cada vez más de la ejecución tradicional en un intento de responder a los patrones occidentales, y exigía lo mismo de los artistas maoríes. Los mejores intérpretes eran precisamente los que con más empeño se negaban a ello, discutían a voz en grito y acababan arrojando la toalla. Debido a ello, Kura y William ya no empleaban a auténticos maoríes, sino a mestizos que también respondían más a los cánones de belleza occidentales. Esto se convirtió en el criterio principal de selección de personal. En el ínterin había profesores de danza y empresarios que formaban y contrataban a artistas noveles para el espectáculo. Kura y William viajaban con un importante convoy que ocupaba cinco coches cama y coches salón que se enganchaban a los trenes de línea que se dirigían a distintos destinos de Europa.

Cuando Gloria viajaba con la compañía tenía que compartir el vagón con otras cinco chicas, lo cual le obligaba a convivir con ellas en un espacio todavía más reducido que en el internado. A veces tenía suerte y las jóvenes bailarinas se ocupaban solo de sí mismas. Pero había también entre ellas caracteres conflictivos que envidiaban a Gloria por tener unos padres ricos y famosos, y así se lo manifestaban. Entonces Gloria se recluía de nuevo tras su muro de protección mental y se quedaba con la mirada perdida durante horas. Si en el internado consideraban que estaba «absorta en sus pensamientos», en las giras tenía que oír que la tomaban por tonta.

—¡Eh, Glory, despierta! ¿Todavía no estás lista? —Lilian Lambert se precipitó en la habitación, como siempre sin llamar, y arrancó a Gloria de sus sombríos pensamientos—. Pero ¿cómo?, ¿te has vestido otra vez? —preguntó impaciente—. ¡No tienes que ponerte el uniforme, es una comida campestre! Veremos el entreno de las regatas y celebraremos luego la victoria de los remeros del ocho de Cambridge que haya ganado. ¡Vamos a divertirnos, Gloria! ¡Y conoceremos a chicos! Por una vez al año que salimos de este convento de monjas y tú...

—De todos modos en mí no se fija nadie —respondió Gloria, enfurruñada—. Preferiría quedarme aquí o ponerme a remar yo misma. ¡Debe de ser divertido!

Lilian puso los ojos en blanco.

—Venga, ponte el vestido azul que te compró tu madre en Amberes. Es bonito y te queda bien porque es holgado.

Gloria suspiró y lanzó una mirada a la cintura de avispa de Lilian. Seguro que llevaba un corsé a la moda, aunque no lo necesitaba. Ya ahora era evidente que la quinceañera había heredado la silueta de su madre y su abuela: menuda, delgada, pero con curvas en los lugares convenientes. Gloria, por el contrario, tenía que embutirse en el corsé y padecer un verdadero martirio si intentaba ajustar su volumen a los vestidos de temporada. El ancho vestido suelto de Amberes le quedaba, de hecho, mucho mejor, pero más que responder al último grito, era un emblema de feministas y mujeres doctas. Lo mismo podía decirse de los trajes pantalón que se veían recientemente en las grandes ciudades. A Gloria le habían encantado, pero Kura se había negado a que los llevara. Y no quería ni pensar en lo que habría tenido que escuchar en el internado.

Por fin Gloria estuvo lista al gusto de Lilian. La joven había dado forma a las cejas de su prima y las había retocado un poco con una cerilla quemada y ennegrecida con hollín de la chimenea.

—¡Así está mucho mejor! —exclamó complacida—. Y tendrías que pintarte una línea muy delgada alrededor del ojo. Te quedaría mejor algo más gruesa, pero la señorita Arrowstone lo notaría y le daría un ataque.

En efecto, el improvisado maquillaje agrandaba los ojos de Gloria. El color acentuaba su piel clara y las cejas poco tupidas permitían que los ojos resaltaran mejor. Estaba lejos de ser bonita, pero no se encontraba tan repulsiva. Probablemente ningún chico se interesaría por ella, aunque eso le importaba poco. Su principal preocupación era no llamar la atención, ni para bien ni para mal.

2

—¡Date prisa, el coche saldrá enseguida! —urgió Lilian a su prima.

La muchacha pelirroja seguía siendo una buena amiga para Gloria, quien a menudo se preguntaba cómo ese torbellino seguía siéndole fiel. Desde que ambas estaban en el grado superior, la diferencia de edad tampoco se notaba tanto. Para Gloria, bajar al nivel de Lilian había significado una nueva humillación. En el segundo año que pasó en Oaks Garden la habían colocado en un curso inferior. Sin la ayuda de la señorita Bleachum no conseguía ponerse al nivel de las demás en las disciplinas artísticas. Lilian no tenía problemas en ese punto y regañaba a Gloria por su inseguridad.

—Glory, da totalmente igual lo que el señor Poe o cualquier otro poeta quisieran decir con sus garabatos; seguro que ni ellos mismos lo sabían. Así que invéntate algo, cuanto más raro mejor. En eso nadie puede equivocarse...

Lilian no quería ser artista, pero era despierta y tenía encanto. La señorita Beaver incluso disculpaba que tocara el piano con torpeza cuando la joven le sonreía amablemente y esgrimía una ingeniosa excusa por no haber hecho los ejercicios. En cambio, cuando Gloria se encontraba en alguna situación similar solo conseguía enmudecer, y nadie perdonaba un silencio huraño.

Oaks Garden tenían un convenio con el *college* de Cambridge que preveía encuentros ocasionales entre las muchachas mayores del internado y los estudiantes más jóvenes del *college*. Eso sucedía, por supuesto, bajo vigilancia, pero si incluso así dos estudiantes se enamoraban, la relación era, prácticamente siempre, conveniente. En cualquier caso, las muchachas tenían que estar preparadas para su futuro papel en la sociedad, y en ello se incluía el trato más o menos natural con el sexo opuesto. Esa era la razón de que el coche de la escuela transportara a quince excitadas alumnas de los últimos cursos a Cambridge, donde se celebraba la última carrera eliminatoria de la legendaria Boat Race en el río Cam. En realidad, la regata de ochos en la que todos los años competían Oxford y Cambridge, punto culminante de la temporada de remo, se realizaba una semana después en Londres. En su fuero interno, Gloria opinaba que los equipos ya tenían que estar determinados con anterioridad: era imposible que los entrenadores hicieran depender la composición del equipo de una sola carrera eliminatoria, tan próxima al campeonato. Pero en el fondo daba igual. Esa soleada tarde de domingo todos se divertirían. Cualquier oportunidad de dejar el internado era bien recibida.

El jardinero, que en Oaks Garden también trabajaba de cochero, puso al trote los dos pesados caballos de sangre caliente por la carretera que conducía a Cambridge. Gloria se alegró de contemplar la verde frescura de los prados. Se veían caballos, ovejas y vacas aislados, y ella seguía comparando la calidad de esos animales con los que se criaban en Kiward Station. ¡Qué refrescante le resultaba contemplar un paisaje que no estaba recortado por muros y vallas! El parque de Oaks Garden era precioso, pero los ojos de Gloria siempre buscaban el horizonte. El verde de las colinas que rodeaban Cambridge la serenaba y alegraba, aunque todavía seguía esperando que tras los prados asomaran los Alpes Neozelandeses y aun en la actualidad el aire de Inglaterra le parecía menos diáfano, la vista más limitada y la luz del sol más velada que en las llanuras de Canterbury.

Las cocineras de Oaks Garden habían preparado una comida campestre y las dos profesoras que dirigían la excursión vigilaban las cestas como si contuvieran, como mínimo, el tesoro de la nación. También la elección del lugar ideal donde comer junto a la orilla del río parecía ser un asunto de suma importancia. Lilian y sus amigas lo discutían minuciosamente y en voz alta, incluso a veces a gritos..., y Gloria deseaba estar lejos de todo eso. Habría preferido con mucho vagar en solitario junto al Cam en lugar de estar viendo regatas de botes. Así habría contemplado los pájaros y asustado ranas y sapos, que habrían escapado dando un grácil brinco y zambulléndose de cabeza en el agua. Seguía interesándole la historia natural y continuaba dibujando los animales que encontraba en las campiñas inglesas. No obstante, ya no mostraba los dibujos a las profesoras, sino que se los enviaba, como mucho, a la señorita Bleachum a Dunedin. La joven profesora había ocupado allí un puesto en una escuela para niñas y escribía a Gloria con regularidad. Era con ella con quien hacía prudentes proyectos para el período posterior a la escuela. Dunedin tenía una universidad que aceptaba un número limitado de muchachas. Tal vez pudiera seguir allí por fin sus inclinaciones y estudiar una carrera de ciencias naturales. Seguro que tendría que ponerse al día en alguna materia, pero la señorita Bleachum estaba convencida de que le resultaría fácil. Ya hacía tiempo que Gloria había abandonado los sueños de regresar a Kiward Station. Le resultaba demasiado doloroso recordar ese mundo perdido, y pensaba que tampoco allí se sentiría segura. Sus padres la habían arrancado una vez de ese lugar, y no había garantías de que no volvieran a hacerlo.

Lilian y las demás se habían decidido de una vez por un lugar junto al río, más cercano a la meta que a la salida de la carrera. Había triunfado, pues, el grupito de chicas que mostraban más interés por los jóvenes que ya habían competido. Tal vez estuvieran rendidos, pero al menos tendrían tiempo que dedicar a las damiselas. Otras habían objetado que seguramente los remeros buscarían alguna hada madrina antes de empezar la competición, pero se contentaron con la perspectiva de dar un inocente paseo antes de la comida hasta la línea de salida de los participantes.

Lilian y unas cuantas jóvenes más se marcharon enseguida, mientras Gloria se quedaba ayudando a las profesoras a vaciar las cestas de la comida y distribuir los manteles y servilletas sobre la hierba. Después se marcharía sin que nadie se percatara. Ese día sin duda todos los pájaros habían huido del Cam, pero había cerca un bosquecillo y tal vez encontrara allí una ardilla o una marta. En Nueva Zelanda no había ninguno de esos animales y Gloria esperaba entusiasmada que llegara el momento de contemplar esas criaturas para ella exóticas.

Lilian Lambert, por el contrario, seguía encontrando su propia especie más interesante que cualquier otra, fuera cual fuese el continente del que procediera. También a ella le gustaban los animales y habría encontrado los estudios de ciencias naturales más interesantes que las asignaturas de Oaks Garden, pero cuando se trataba de la cuestión «chicos o ardillas» no dudaba en sus prioridades. Y el embarcadero que había delante de los atracaderos de Cambridge era un hervidero de chicos que no estaban nada mal. Todos llevaban el típico pulóver o las camisas del *college,* y todos estaban musculados gracias a los ejercicios diarios de remo. Al igual que las otras jóvenes, Lilian se asomaba con afectación desde debajo de la sombrilla y osaba sonreír con timidez cuando su mirada se cruzaba fugazmente con la de un joven. De lo contrario, charlaba con tanta despreocupación con sus amigas como si no tuviese el menor interés en el otro sexo, si bien ese día había dedicado horas a arreglarse. Lilian llevaba un vestido verde mate con puntillas marrones en el escote y el dobladillo. Se había dejado el cabello suelto, pero lo llevaba cubierto por un ancho sombrero también de color verde claro, lo cual le permitía prescindir de la sombrilla si así lo deseaba. A mediados de marzo, pese a que la climatología había sido extraordinariamente amable con los jóvenes, una chaqueta habría sido más útil que la protección contra el sol. Sin embargo, la sombrilla era una buena herramienta para coquetear y, en cuanto a la chaqueta, Lilian prefería pasar un poco de frío que ocultar su precioso escote.

Los chicos, a su vez, contemplaban a las muchachas y sabían que al final de la carrera les esperaba una comida campestre que ellas estaban dispuestas a compartir. Así pues, ya ahora era factible proceder a una selección previa. Para la mayoría de los jóvenes esa no era la primera regata y casi todos sabían muy bien que a la salida solo acudían las chicas más atrevidas. Las tímidas esperaban más adelante, junto al río. Así pues, en el inicio de la carrera se podía entablar una breve conversación e incluso coquetear un poco si se era diestro en la materia. Los pocos chicos con hermanas o primas entre las alumnas del internado jugaban con ventaja, claro. Una amiga de Lilian localizó a su hermano y al instante le presentaron a varios estudiantes del *college*. Ella, por su cuenta, introdujo en el círculo a Lily y las otras chicas, rompiendo de este modo el hielo. Sin embargo, todavía no consiguieron tener una charla animada, en la que habría participado de buen grado la vivaracha Lily. A fin de cuentas, no solo las muchachas, sino también los jóvenes se sentían intimidados, así que unos hablaron del tiempo —«¡Maravilloso, una auténtica suerte!»— y otros sobre la composición de los equipos. Todavía estaba pendiente designar a uno o dos chicos y los remeros discutían a voz en grito.

—¡Por favor, ese niñato de Ben! Claro que da el pego, pero todavía le quedan tres años para hacerse famoso. El que todavía tiene que participar es Rupert. Es su última oportunidad y para mí también es mejor...

—Ben entrena más...

—¡Ben es un empollón!

Lilian escuchaba aburrida mientras se preguntaba quiénes serían los chicos por los que discutían con tanta vehemencia. Ben parecía más interesante. Se diría que era de los más jóvenes, así que era un buen candidato para Lilian. Los demás chicos de ese grupo tenían al menos dieciséis años, la mayoría diecisiete o dieciocho. La diferencia de edad la asustaba un poco.

Al final, uno de los remeros señaló a Rupert, un muchacho de pelo castaño, alto y rechoncho, que en esos momentos flirteaba con una chica. Lily confirmó al momento que, desde su punto de vista, ese chico no merecía la pena. Ya desde lejos se notaba que era un fanfarrón. Además, sin duda era demasiado mayor. Luego su vista se posó sobre un joven rubio que realizaba estiramientos, apartado de los otros en una cala cubierta de cañas. Le pareció joven y digno de confianza. Se separó del grupo con discreción y se dirigió hacia él, con el corazón palpitante. Por supuesto, se suponía que no debía alejarse de las demás y actuar por su cuenta, pero la cala era un lugar más bonito y tranquilo que el embarcadero. Oyó la pesada respiración del chico e intuyó su fuerte musculatura bajo la fina camisa. Y sin embargo era de complexión esbelta, musculoso pero delgado. Solo los músculos de los brazos y las piernas delataban el duro y prolongado entrenamiento en el banco de remos.

—¿De verdad cree que esto sirve de algo? —preguntó Lilian.

Sobresaltado, el joven dio media vuelta. Por lo visto había estado totalmente ensimismado en la tarea. Lilian contempló su rostro franco y alargado, dominado por unos ojos despiertos de color verde claro. Aunque la tez acaso resultara algo desprovista de color, sus rasgos se perfilaban delicados y los labios eran carnosos, si bien en esos momentos estaban apretados debido a la concentración.

—¿Qué? —preguntó.

—Me refiero al entrenamiento —respondió Lilian—. En fin, lo que ahora ya no sepa tampoco lo aprenderá antes de la carrera.

El joven rio.

—Esto no es un entrenamiento, sino ejercicios de precalentamiento. Así estás preparado en cuanto sales. Los auténticos deportistas lo hacen así.

Lilian esbozó un gesto de indiferencia.

—No entiendo mucho de deporte —admitió—. Pero si es tan conveniente, ¿por qué no lo hacen también los demás?

—Porque prefieren charlar con las chicas —respondió el joven con una expresión desdeñosa en el rostro—. No se toman la competición en serio.

Lilian recordó el comentario del otro chico respecto a que Ben era un empollón.

—¿Es usted Ben? —preguntó.

El joven volvió a reír. Definitivamente, estaba más guapo cuando desaparecía de su rostro esa expresión severa.

—¿Qué le han dicho de mí? —inquirió a su vez—. Deje que adivine: «Ben es un empollón.»

Lilian también rio con cierta complicidad. Todavía conservaba esa risa de duendecillo. El joven la contempló con algo de interés.

—Pero no es verdad —observó—. Por lo que veo, Ben está charlando con una chica. ¡Su bote perderá la carrera! —Le guiñó el ojo y movió la sombrilla con coquetería. Sin embargo Ben no pareció darse cuenta: el recuerdo de la carrera volvió a sumergirlo en su mundo.

—De todos modos, da igual, porque seguro que acaban eligiendo a Rupert Landon —señaló—. Lleva años haciendo méritos entre los remeros de los ocho. Aunque siempre que él es timonel perdemos. Ese tipo es un fanfarrón. Se vende bien. Y ahora resulta que en el último curso le van a dar otra oportunidad.

—¿Y no pueden participar los dos? —preguntó Lilian—. Me refiero a que hay ocho sitios, ¿no?

—Pero solo un timonel. Es decir, o Rupert o yo. —Ben reemprendió sus ejercicios de estiramiento.

—El timonel es el que marca el compás, ¿no? —insistió Lilian. Ben asintió.

—Es el que se ocupa de que los remos se hundan todos al mismo tiempo. Para eso se necesita un buen sentido del ritmo. El de Rupert es algo así como nulo. —Se estiró.

Lilian se encogió de hombros.

—Mala suerte para Cambridge —dijo—. Pero está usted en el primer semestre, ¿verdad? El año que viene podrá ser elegido. —Se sentó en la hierba y observó a Ben mientras este hacía los ejercicios. Sus movimientos eran elásticos, parecidos a los de un bailarín. A Lilian le gustó la imagen.

Ben contrajo el rostro.

—Si es que hay una próxima vez. Pero según el señor Hallows, nuestro profesor de historia, la guerra es inminente.

Lilian lo miró sorprendida. Era la primera vez que oía que fuera a estallar una guerra. La historia que se enseñaba en Oaks Garden concluía con la muerte de la reina Victoria. La guerra estaba relacionada con Florence Nightingale, Kipling escribió algo al respecto; salvo por eso se trataba de una cuestión heroica con caballos y uniformes almidonados.

—¿Con quién? —preguntó asombrada.

Ben hizo un gesto de ignorancia.

—Yo tampoco lo he entendido del todo. Claro que el señor Hallows no está completamente seguro. Pero podría ser. Y en la guerra no se rema.

—Sería una pena, desde luego —opinó Lilian—. ¿Puede usted ganar hoy al menos?

Ben asintió y sus ojos centellearon.

—Hoy mi ocho va contra el suyo.

Lilian sonrió.

—Entonces le deseo mucha suerte. Por cierto, soy Lily, de Oaks Garden, y hemos organizado una comida campestre junto a la meta. ¿Le apetecería venir, incluso aunque no gane?

—Ganaré —afirmó Ben. Con expresión obstinada volvió a sus ejercicios de precalentamiento.

Lily se quedó unos pocos minutos más, pero luego tuvo la sensación de que molestaba.

—¡Hasta luego, entonces! —se despidió.

Ben ni siquiera la oyó.

Lilian siguió la carrera sentada en una manta con Gloria, quien no había podido escapar del área de influencia de las profesoras. La señorita Beaver no cejaba en sus intentos de que hablara sobre la cultura maorí en general y la música de ese pueblo en concreto, asunto del que Gloria no tenía ni la menor idea, y la señorita Barnum necesitaba ayuda para abrir una cesta de comida cuyo cierre, al parecer, se había deformado. Gloria lo solucionó con destreza. Resolvía los problemas técnicos enseguida, aunque solo excepcionalmente la elogiaban por ello. Fuera como fuese, ya podía olvidarse de su paseo para observar la naturaleza. Entretanto, Lilian y las otras muchachas habían regresado, charlaban sin cesar de chicos y se peleaban por ocupar el mejor sitio para ver la carrera.

También Lilian tenía algo que contar. Su nuevo amigo Ben capitaneaba uno de los ocho, y Lilian ya hablaba del gobierno de los botes de remos como si hubiera pasado los tres últimos años en alta mar.

Por fin empezó la carrera y las jóvenes animaron a sus favoritos. A Gloria el resultado le traía sin cuidado, pero enseguida se percató de que en el ocho de Ben reinaba mayor disciplina que en las embarcaciones de sus contrincantes. Los remos golpeaban de forma regular y más deprisa el agua, de ahí que la embarcación se deslizara como un delfín sobre las olas. Además, el timonel parecía ser un buen estratega. Al principio mantuvo el ocho al mismo nivel que sus rivales, pero al llegar al último tercio de la carrera los adelantó con brío. El bote de Ben ganó con una ventaja considerable.

Lilian brincaba de entusiasmo.

—¡Ha ganado! Ahora no les quedará más remedio que dejarle ir a Londres. ¡Tienen que hacerlo! ¡Si no, sería una injusticia!

Gloria se preguntaba cómo, tras pasar cinco años en Oaks Garden, Lilian todavía creía en la justicia. Incluso en el caso de muchachas tan populares como ella, siempre resultaba un misterio el modo en que se adjudicaban las notas y se realizaban las valoraciones críticas. Con los años, la orientación «creativa y artística» de la escuela había cobrado mayor relevancia aún si cabe, y muchas profesoras eran algo maniáticas y valoraban los trabajos a partir de criterios indefinidos.

En cualquier caso, el genial timonel Ben no tuvo suerte ese día. Parecía deprimido cuando se dirigía lentamente hacia las muchachas.

Lilian lo miró con el semblante resplandeciente, decidida a salir a su encuentro. A fin de cuentas no parecía haberle causado una impresión tan fuerte, pues el joven se había concentrado más en la carrera que en la conversación con ella. Sin embargo, algo en el duendecillo pelirrojo debía de haberlo cautivado... O tal vez necesitara simplemente un hombre sobre el que llorar.

—Ya le dije que nombrarían a Rupert —anunció, y Lilian creyó ver un asomo de lágrimas en los expresivos ojos del muchacho—. No importa que yo haya ganado. Y exactamente igual es...

Lilian lo miró compasiva.

—Pero la carrera ha sido fantástica. Y si ahora Cambridge pierde en Londres todo el mundo sabrá por qué —lo consoló—. Venga, coma algo. ¡Estos muslitos de pollo están muy ricos y puede cogerlos con los dedos! Y eso es vino de uva espina del huerto. Bueno, más que vino es zumo, ¡pero está muy rico!

Lilian sirvió al chico con toda naturalidad al tiempo que reía. Gloria se preguntaba cómo era capaz de charlar con él tan despreocupadamente. Aunque Ben no la intimidaba demasiado —sin duda era más joven—, no habría sabido de qué hablar con él.

—¿Qué tal el *college*? —preguntó por el contrario Lilian, y encima con la boca llena—. ¿De verdad es tan difícil? Todos dicen que hay que ser pero que muy listo para entrar en Cambridge...

Ben puso los ojos en blanco.

—A veces solo se trata de llevar el apellido adecuado —respondió—. Si el padre y el abuelo estudiaron en Cambridge todo resulta más fácil.

—¿Y? —inquirió Lilian—. ¿Estudiaron? ¿Su padre y su abuelo? Y por cierto, ¿qué está estudiando usted?

—¡No tiene usted en absoluto el aspecto de estudiante! —se inmiscuyó Hazel, la amiga de Lilian. Dado que hasta el momento no había conseguido que ningún chico se sentara en su manta, estaba deseosa de participar de la conquista de Lilian. Aunque no había sido demasiado hábil. Ben de inmediato se ruborizó.

—Me salté un par de cursos escolares —admitió, dirigiendo a Lilian una sonrisa torcida—. Lo dicho, soy un empollón... Y entonces Cambridge me ofreció una beca. Literatura, lenguas e historia inglesa. Mis padres no están demasiado entusiasmados.

—¡Pues es la mar de tonto por parte de sus padres! —exclamó Lilian sin pensárselo dos veces, lo que a ojos vistas le llegó a Ben al corazón pero provocó que la señorita Beaver amonestara con severidad a la muchacha.

El muchacho, que de repente se había convertido en el centro de atención femenina, carraspeó.

—Yo... Bueno..., tengo que volver... Me refiero a que he de reunirme con mis amigos. Pero quizá..., ¿desearía usted, señorita Lilian, acompañarme un trecho? Solo hasta los embarcaderos, claro...

Lily resplandeció.

—¡Encantada! —respondió. Hizo el gesto de levantarse, pero en el último momento cambió de parecer. Con una expresión dulce en el rostro, tendió la mano a Ben para que él la ayudara a erguirse y, grácilmente, abandonó la manta—. Enseguida vuelvo —se despidió de la señorita Beaver, Hazel y de una Gloria totalmente indiferente. Se echó al hombro la sombrilla adornada de encajes y se alejó de allí contoneándose.

Ben suspiró aliviado. ¿Y ahora qué había de hacer con esa chica? Imposible llevarla con los muchachos alborotadores e impertinentes cuyo ocho él había conducido a la victoria. Era más que posible que alguno de ellos se la arrebatara.

Por fortuna, en cuanto perdieron de vista a las profesoras, Lilian se metió en el bosquecillo.

—Venga por aquí, hay sombra. Qué día tan caluroso, ¿verdad?

Lo último era verdad hasta cierto punto —para ser marzo, hacía un día bonito, pero en general se agradecía más la calidez del débil sol primaveral que las sombras refrescantes—, sin embargo, Ben estuvo totalmente de acuerdo. A continuación recorrieron un sendero del bosque y ambos se sintieron libres como hacía tiempo no se sentían. Ben no experimentaba la sensación de tener que hablar a la fuerza. Se encontraba extraordinariamente bien con esa joven tan guapa y sonriente al lado. De todos modos, era imposible hacerla callar. Con su voz clara y cantarina, Lilian le habló de Oaks Garden y de que ella también había sido una de las alumnas más jóvenes al llegar.

—Me enviaron con mi prima Gloria. Sus padres querían que estudiara en el internado a toda costa, pero ella es tímida y nosotros vivimos muy lejos. Por eso me enviaron con ella, para que no se sintiera del todo sola. Pero es inevitable, algunas personas siempre se sienten solas...

Ben asintió lleno de comprensión. Lilian parecía entender de forma instintiva el modo en que él se sentía: solo. Si con sus compañeros de escuela había tenido pocas cosas en común, la distancia con los alumnos del *college,* mucho mayores, era abismal. Ben tenía la suerte de que la materia de estudio le resultaba fácil y le gustaba, aunque no le fascinaba la geología, como a su padre, ni tampoco la economía, disciplina que prefería su madre. Ben se veía más bien como poeta. Y se sorprendió a sí mismo confesándolo por vez primera a alguien. Lilian escuchaba cautivada.

—¿Se sabe algún poema de memoria? —preguntó con curiosidad—. Por favor, ¡recite uno!

Ben se ruborizó.

—No sé, nunca antes... No, no lo haría bien. Me olvidaría de las palabras...

Lilian fingió enfado.

—¡Qué va! Si realmente quiere ser poeta, tendrá que dar clases en la universidad. Ahí no se quedará sin saber qué decir. ¡Adelante!

A Ben todavía se le agolpó más sangre en el rostro cuando, con la mirada baja, recitó.

—«Si fueras una rosa, por el rocío a ti me acercaría. Si en la tempestad fueras hoja, con el viento para ti cantaría. Te reconocería fueras lo que fueses, y versos te escribiré, hasta que en un sueño me beses.»

—¡Oh, qué bonito! —gimió Lilian—. ¡Y qué emotivo!

El joven la miró temeroso, pero no descubrió burla ninguna en su rostro, en esos momentos soñador.

—¡Qué bien suena!

Ben asintió. Le brillaban los ojos.

Lilian pareció despertar de su sueño.

—¡Pero acaba de tutearme! —añadió pícaramente—. ¿Cuántos años tiene en realidad?

Ben volvió a enrojecer.

—Casi quince —respondió.

Lilian sonrió.

—¡Yo también! ¡Es una señal!

Ben así lo pensaba también.

—Es una señal. ¿Quiere... quieres... volver a verme?

Lilian bajó la vista púdicamente.

—Tendría que ser en secreto —respondió titubeante—. Vosotros quizá podáis salir del *college*, pero yo...

—¿No conoces alguna forma? —preguntó Ben con timidez—. Quiero decir que si no hay forma... Podría recogerte el sábado y decir que soy un primo tuyo o algo así.

Lilian rio.

—Nadie se lo creería.

Pensó si tenía que contarle que procedía de Nueva Zelanda, pero de momento se abstuvo. No tenía ganas de ponerse a hablar de minas de carbón y de oro, pesca de ballenas, cría de ovejas y otros lugares comunes que siempre salían a relucir cuando se mencionaba su país. Sobre todo no le apetecía hablar de su parentesco con Kura-maro-tini. Al igual que Gloria, también Lilian había descubierto largo tiempo atrás que la mención de esa celebridad reducía cualquier interés por su propia persona. Se había acostumbrado a evitar con habilidad el tema, algo que Gloria nunca había conseguido.

—Pero se me ocurre una manera, no te preocupes. Si desde el portal de nuestra escuela giras hacia el sur y caminas un kilómetro junto a la valla, llegas a un roble enorme. Las ramas pasan por encima de la cerca y se puede trepar por ellas fácilmente. Me esperas ahí. Me ayudarás a bajar —añadió, coqueta—. ¡Pero no tienes que mirar por debajo de la falda!

Ben volvió a ruborizarse, pero no cabía duda de que estaba fascinado.

—Iré —dijo él sin aliento—. Pero tardaré un poco. Primero tengo que ir a Londres, seguro que me llevan como reserva...

Lilian estuvo conforme.

—Puedo esperar —asintió con gravedad, considerando que eso era especialmente romántico—. Pero ahora será mejor que volvamos. Hazel me echará en falta y con la envidia que tenía seguro que le hace notar a la señorita Beaver que me estoy retrasando. —Dio media vuelta con determinación, pero Ben la retuvo.

—Espera un momento. Sé que no suele hacerse, pero... Tengo que mirarte una vez más a los ojos. He estado intentándolo toda la tarde, pero no quería quedarme mirando fijamente y no he podido distinguirlos bien. ¿Son verdes o castaños?

Ben puso las manos torpemente sobre los hombros de la joven y la acercó un poco hacia sí. Nunca le habría confesado que llevaba gafas.

Lily sonrió y deslizó el ancho sombrero hacia atrás.

—A veces son verdes, a veces castaños, moteados en cierto modo, como los huevos de paloma. Cuando estoy contenta, están verdes; cuando estoy triste, castaños...

—¿Y cuando estás enamorada...? —preguntó Ben.

Esta cuestión habría de quedar para otro momento, porque Lilian cerró los ojos cuando él la besó.

3

—¡Esto no puede seguir así, Charlotte! Hasta Rongo Rongo considera que deberías acudir a un médico en Christchurch.

Jack llevaba tiempo dudando sobre si hablar con Charlotte acerca de sus continuas migrañas, pero ese día, cuando regresó a casa tras una larga jornada, se la encontró de nuevo en la habitación a oscuras y atormentada por el dolor. Se había envuelto la cabeza con un pañuelo de lana y tenía el rostro pálido, consumido y contraído.

—Es migraña, querido —dijo extenuada—. Ya sabes, lo de siempre...

—Ya va la tercera vez en un mes —respondió Jack—. ¡Es demasiado frecuente!

—El clima, cariño... Pero puedo levantarme. Seguro que bajo a comer. Solo que... me mareo enseguida. —Charlotte intentó ponerse en pie.

—¡Quédate acostada, por el amor de Dios! —Jack la besó y la forzó con dulzura a tenderse—. Te traeré la comida a la cama. Pero hazme un favor y no lo atribuyas al tiempo, el cambio de estación o lo que sea. El clima de las llanuras de Canterbury lleva siglos siendo el mismo. Continúa lloviendo prácticamente cada día tanto en inverno como en verano. Si esta fuera la causa de la migraña, todo Canterbury estaría enfermo. Descansa ahora y luego iremos a Christchurch. Hacemos una visita a tus padres, pasamos un par de días de vacaciones y vamos a un doctor que sepa más de dolores de cabeza que nuestro médico de pueblo. ¿De acuerdo?

Charlotte no se opuso. En el fondo, lo único que quería era que la dejaran tranquila. Amaba a Jack y su cercanía la calmaba y aliviaba sus dolores, pero el mero hecho de hablar la fatigaba. Ya se sentía mal solo de pensar en la comida, pero haría un esfuerzo y tomaría un par de bocados. Jack no tenía que preocuparse. Bastaba con que lo hiciera ella.

Hubo de transcurrir un largo tiempo antes de que Lilian y Ben volvieran a verse. La muchacha estaba como loca ante su primera cita. Además, el día después de la regata cayó en la cuenta de que no habían fijado ninguna fecha en concreto. No sabía, pues, cuándo la esperaría Ben junto a la valla del jardín... o si había olvidado el acuerdo. Cuando empezó el verano sin que sucediera nada, Lilian se inclinó por pensar esto último. Sin embargo, su amiga Meredith Rodhurst se marchó el fin de semana a casa, donde vio a su hermano Julius, el estudiante de Cambridge al que Lily había conocido el día de la competición. Ya de vuelta en Oaks Garden apenas si lograba contener su emoción.

—Lily, ¿te acuerdas todavía del chico al que invitaste a la comida campestre? ¿Ben?

El corazón de Lilian empezó a latir más deprisa, pero antes de que llegara a responder, Meredith la llevó al rincón más apartado del pasillo que conducía a las aulas. Nadie debía enterarse de esa conversación.

—¡Claro que me acuerdo de Ben! Desde que el destino nos separó, no ha pasado ni un minuto sin que dejara de soñar con él.

Meredith resopló.

—¡Desde que el destino os separó! —se burló—. Estás chiflada...

—¡Estoy enamorada! —replicó Lilian con solemnidad.

Meredith asintió.

—¡Pues él también! —señaló—. Mi hermano dice que se pasa todos los días acechando el jardín como un gato enamorado. Pero claro, así no llegará a ningún sitio, necesita algo más que suerte si pretende verte por azar.

La mente de Lilian trabajaba febrilmente.

—¿Y si nos escribiéramos? Tu hermano sabe sus apellidos, y...

Meredith la miró resplandeciente.

—No es preciso que le escribas. ¡Tienes una cita! Le he dicho a Julius que te encontrarás con Ben. En el «roble de la huida» el viernes a las cinco.

Lilian se echó espontáneamente en brazos de su amiga.

—¡Oh, Meredith, nunca lo olvidaré! Aunque el viernes no es un día ideal, tengo coro. Pero tanto da, ya se me ocurrirá algo. ¿Qué me pongo? Tengo que... ¡He de preparar tantas cosas...!

Lilian no vivía para otra cosa. El resto de la semana lo pasaría haciendo planes y contando las horas. Eran las ocho y media del lunes...

La pregunta de con cuál de sus amigas iba a compartir Lilian su gran secreto la tuvo ocupada durante los dos primeros días. Podría haber pasado horas hablando de Ben y de su cita, pero el riesgo de que la descubrieran aumentaba con cada persona implicada. Al final, solo puso al corriente a Hazel y Gloria, pese a que a la última el asunto no pareció interesarle en absoluto. Hazel, en cambio, se puso tan nerviosa como Lily y la ayudó en la esmerada selección del vestido y los accesorios. Hasta el viernes a las cuatro habían desestimado cinco indumentarias distintas y el sexto vestido, que Lilian por fin consideró adecuado, tenía una mancha. Lilian estaba a punto de romper a llorar.

—¡Pero si la puedes quitar con un cepillo! —dijo Hazel—. ¡Déjame a mí! ¿Sabes ya lo que vas a contarle a la señorita Beaver? ¡Pondrá el grito en el cielo si te saltas la clase del coro!

—Diré que me duele la cabeza —respondió Lilian indiferente—. O lo mejor es que se lo digas tú. Últimamente tengo migrañas. Es una enfermedad práctica, llega como caída del cielo siempre que conviene. Es cosa de familia.

—¿En serio? —preguntó Hazel.

Lilian se encogió de hombros.

—No que yo sepa. Aunque la esposa de tío Jack las sufre, así que no es una mentira del todo. En cualquier caso, la hora del coro es el momento ideal para escapar sin ser vista. Todo el mundo está ocupado, incluso Mary Jaine.

Mary Jaine era la enemiga declarada de Lilian y Hazel. Estas no tenían la menor duda de que aquella arpía se apresuraría a delatar los planes secretos de Lilian a las profesoras. Así que Lilian ya se temió lo peor cuando precisamente Alison, la amiga del alma de Mary Jaine, llamó a la puerta a las cuatro y diez.

Lilian acababa de ponerse el vestido elegido para la ocasión, uno de verano, ligero y con estampado de flores.

—¿Podrás trepar por el árbol con él? —preguntó Hazel cuando ayudó a una quejumbrosa Lilian a ceñirse el corsé. Estaban ya en pleno verano y hacía tanto calor que tal prenda por fuerza había de resultar sofocante.

—¡Son las alas del amor las que me llevan! —declaró Lily.

En ese momento llamaron a la puerta.

—Tienes que ir a ver a la señorita Arrowstone, Lily —informó Alison—. Ahora mismo.

Lilian miró alrededor.

—¿Os habéis chivado? ¿Cómo lo han averiguado? No habrás dicho nada, ¿verdad, Hazel? Y Gloria... —A Lilian le resultaba inconcebible que su prima la hubiese traicionado, pero era evidente que la señorita Arrowstone algo sabía. Por más que Alison fingiera estar sorprendida.

—A mí nadie me ha contado nada —dijo sinceramente ofendida—. Pasaba por casualidad por el corredor, la señorita Arrowstone me ha visto y me ha encargado que viniera a buscarte. Puede que tengas visita...

Lilian enseguida se ruborizó. ¿Visita? ¿Ben? ¿No había aguantado y había recurrido al «recurso primo»? ¿O lo había visto alguien junto a la valla y sacado sus conclusiones? Mary Jaine era capaz...

—Como no vayas ahora mismo, vas a ganarte una buena —señaló Alison—. Oye, ¿a qué viene tanta elegancia? ¿Para el coro? Hasta la última semana es obligatorio llevar el uniforme...

Lilian vacilaba. ¿Se cambiaba o no? Si la señorita Arrowstone no quería nada especial de ella, lograría llegar a la cita después de la entrevista. Por otra parte, seguro que la directora se enfadaría si la veía aparecer con el vestido de los domingos.

—¡Date prisa! —insistió Alison.

Lilian se decidió. Si tenía alguna probabilidad de ver a Ben todavía, habría de aguantar un poco a la señorita Arrowstone. Hazel se santiguó nerviosa cuando su amiga salió.

De hecho, la directora no estaba sola en su despacho ni tampoco se hallaba especialmente de buen humor, sino que conversaba con expresión avinagrada con un señor mayor que parecía empeñado en convencerla.

Se dio media vuelta cuando Lilian entró.

—¡Lily! ¡Cielos, qué guapa te has puesto! ¡Tan guapa como tu madre a tu edad! Pareces mucho mayor que en las fotos.

—Lo que probablemente obedezca a que en las fotos nuestras alumnas aparecen con el uniforme de la escuela —observó la señorita Arrowstone con sequedad—. ¿A qué debemos el dudoso placer de verte engalanada como para ir al baile?

Lilian no le hizo caso.

—¡Tío George! —La jovencita se echó a los brazos de George Greenwood sin demasiadas ceremonias.

En Greymouth el accionista mayoritario de Mina Lambert era invitado con frecuencia a casa de sus padres, y Elaine, su madre, ya lo llamaba «tío» desde que era niña. También para Lilian y sus hermanos era como de la familia y siempre lo recibían con los brazos abiertos, aún más por cuanto el anciano caballero solía comprarles juguetes. Siempre que regresaba de un viaje por Europa, les llevaba pequeñas maravillas, como máquinas de vapor en miniatura o muñecas con pelo auténtico.

—¡Cuánto me alegro de que hayas venido a verme! —Lilian miró entusiasmada a su «tío» e incluso le sobró encanto para dirigirse a la señorita Arrowstone—. Alison me ha dicho que tenía una visita especial y me he cambiado deprisa y corriendo —afirmó.

La señorita Arrowstone resopló, incrédula.

—¡En cualquier caso, tienes una aspecto encantador, pequeña! —dijo George—. Pero siéntate antes de que hablemos de la razón de mi vista, que, lamentablemente, no te complacerá...

Lilian empalideció. No sabía realmente si debía sentarse en el sanctasanctórum de la señorita Arrowstone, pero si era así, no cabía duda de que la noticia había de ser espantosa.

—Mamá... Papá... ¿Les ha pasado...?

George hizo un gesto negativo.

—No, se encuentran perfectamente. Lamento haberte asustado, Lily. También tus hermanos están bien. Es solo que estoy muy inquieto... Creo que no estoy expresándome de forma coherente —se disculpó con una sonrisa.

—Pero ¿entonces qué...? —Lilian seguía de pie, balanceando el peso de un pie al otro.

—Puedes tomar asiento, hija —indicó la señorita Arrowstone con benevolencia.

Lilian se dejó caer en el borde de una silla para las visitas.

George Greenwood hizo un gesto de aprobación.

—Aunque, por otra parte, también es posible que te alegres al saber lo que vengo a decirte —observó—. Pese a que tus padres me cuentan que eres muy feliz aquí. Esto habla en favor de tu deseo de aprender y de la escuela... —Volvió a mover la cabeza con reconocimiento en dirección a la señorita Arrowstone. En el rostro de la directora apareció la misma expresión de un gato cuando lo acarician—. Aunque tengo el encargo de llevarte a casa en el próximo barco...

—¿Qué? —exclamó Lilian—. ¿A casa? ¿A Greymouth? ¿Justo ahora? Pero ¿por qué? Yo... quiero decir que todavía no ha terminado el curso... —Y sobre todo estaba Ben. A Lilian le parecía que la habitación daba vueltas a su alrededor.

—¿No has tenido noticias del atentado de Sarajevo, Lilian? —preguntó George Greenwood, y cuando la joven negó con la cabeza miró con desaprobación a la señorita Arrowstone—. El veintiocho de junio asesinaron al sucesor al trono austrohúngaro.

Lilian se encogió de hombros.

—Lo siento mucho por el Imperio austrohúngaro —dijo educadamente pero sin el menor interés—. Y por la familia de su alteza el emperador, claro.

—También dispararon contra su esposa. Si bien de forma incidental. Esto te resultará extraño, pero círculos bien informados de toda Europa temen que tales acontecimientos provoquen el estallido de la guerra. A día de hoy, el gobierno austrohúngaro ha presentado al serbio un ultimátum para que lleve ante los tribunales al autor del atentado. Si esto no ocurre, se declarará la guerra a Serbia.

—¿Y? —preguntó Lilian. Tenía tan solo una vaga idea del lugar que ocupaban Serbia y Austria en el mapa, pero por lo que ella sabía, ambos países estaban muy lejos de Cambridge.

—Como consecuencia de ello se establecerán diversas alianzas, Lilian —respondió George Greenwood—. En este momento no puedo explicártelo en detalle, pero muchos países están a la espera. En cuanto se encienda la mecha, Europa arderá, y es posible que todo el mundo sufra las consecuencias, aunque es poco probable que se produzcan conflictos en Australia y Nueva Zelanda. Sea como fuere, ni tus padres ni yo consideramos que Inglaterra sea un lugar seguro, y el mar ni mucho menos. Cuando estalle la guerra se producirán también combates navales. De ahí que quiera llevarte a casa antes de que suceda algo. Tal vez sea exceso de celo, como opina la directora... —George señaló con el mentón a la señorita Arrowstone—, pero no queremos tener nada que reprocharnos después.

—¡Pero yo quiero quedarme! —replicó Lilian—. Aquí están mis amigas, aquí está... —Se sonrojó.

George Greenwood esbozó una sonrisa de complicidad.

—¿Ya tenemos un amiguito? ¿Otra razón quizá para llevarte a casa cuanto antes?

Lilian no respondió.

—Bueno, en cualquier caso, tu opinión no cuenta —observó la señorita Arrowstone con los labios apretados—. Como al parecer tampoco cuenta la mía sobre el hecho de concluir una formación escolar. Si he entendido bien al señor Greenwood, el veintiocho de julio parte un barco de Londres rumbo a Christchurch. Ya se ha reservado un pasaje para ti. Esta misma tarde viajarás con el señor Greenwood a Londres. Ya no es necesario que asistas a la hora de coro. Tus amigas pueden ayudarte a hacer las maletas.

Lilian se dispuso a protestar, pero enseguida vio que no serviría de nada. De pronto sintió un estremecimiento.

—¿Y... Gloria?

—¿Qué significa que hay guerra? —Elizabeth Greenwood sostenía delicadamente la taza de té con dos dedos, tal como correspondía a toda una dama, por más que las nociones de urbanidad de Helen O'Keefe se remontaran a sesenta años atrás.

Charlotte, su hija, no era tan puntillosa. La joven estaba pálida e inquieta. Como si quisiera calentarse, cerró la mano en torno a la fina porcelana. No le interesaba la guerra en la lejana Europa. Le importaba mucho más su cita con el doctor Alistar Barrington, un internista todavía joven pero ya conocido más allá de Christchurch. La joven había pedido a su madre que concertara una hora de visita y el día antes había llegado con Jack a la ciudad procedente de Kiward Station. Ambos se habían alojado en casa de los padres de la joven, unidos por una desazón común que, sin embargo, se resistían a compartir hasta el punto de que cada uno fingía despreocupación ante el otro. Sin embargo, en esos momentos Jack se mostraba inquieto. La noticia de que en Europa había estallado la guerra cambió el rumbo de sus pensamientos, al menos a corto plazo. Dejó que el té se enfriara como si ya no le apeteciese el desayuno.

—El Imperio austrohúngaro ha declarado la guerra a Serbia —respondió a la pregunta de Elizabeth—. Esto significa que el Imperio alemán también se ve afectado. Se supone que ya se están movilizando. Por su parte, Rusia se ha aliado con Serbia, Francia con Rusia...

Elizabeth hizo un gesto de impotencia.

—Bueno, al menos Inglaterra no está implicada —observó con cierto alivio—. Bastante hay con que los otros se tiren los platos a la cabeza.

Jack discrepó.

—George no opina lo mismo —objetó—. Hace poco hemos hablado al respecto. Gran Bretaña tiene acuerdos con Francia y Rusia. Tal vez se mantenga apartada al principio, pero a la larga...

—¿Durará mucho la guerra? —Charlotte no estaba realmente interesada, pero tenía la sensación de que debía decir algo. Cualquier cosa era mejor que permanecer en silencio hasta que llegara el momento de partir.

Jack hizo un gesto de ignorancia, pero le acarició la mano en un gesto apaciguador.

—Ni idea. No sé nada de la guerra, cariño. Pero hasta aquí no llegará, no te preocupes.

Charlotte volvió hacia él su rostro afligido. La situación en Europa era lo último que la preocupaba en ese momento.

—¿Cuándo tenéis que estar en la consulta del doctor Barrington? —preguntó Elizabeth—. ¡Te gustará, Charlotte, es un hombre encantador! Además llegamos a Nueva Zelanda en el mismo barco en que viajaba su padre. Tú también conoces a los Barrington, ¿verdad, Jack? Antes todavía empleaban el tratamiento de lord y lady, pero el vizconde fue el primero en abandonar el título. Por entonces era un joven decidido, algo enamorado de Gwyneira Silkham. Y nuestra Daphne era incapaz de apartar los ojos de él...

Charlotte y Jack escucharon pacientemente mientras Elizabeth iba desgranando otras anécdotas de su viaje a Nueva Zelanda. Para ella, la expedición casi forzada a una nueva tierra había significado el milagro de su vida. Niña perdida y sin oportunidades en un orfanato londinense, la habían enviado para que trabajara de criada a Nueva Zelanda. En realidad era todavía muy joven para ocupar un puesto así y, sobre todo, tan ingenua que ninguna casa londinense la habría querido. Sin embargo, primero Helen O'Keefe se había encargado de ella y luego la «patrona» de Elizabeth se reveló como una amable dama que más bien buscaba una compañía que una criada. Acabó adoptando a la muchacha y de ese modo le allanó el camino hacia mejores círculos sociales. El matrimonio con George Greenwood acabó convirtiendo a Elizabeth en uno de los pilares más respetados de la sociedad de Christchurch.

Jack consultó el reloj de bolsillo.

—Ya es la hora, cariño. ¿Estás lista?

Charlotte asintió. A juzgar por su aspecto, Jack se sentía tan desdichado e intimidado como ella.

—Claro —respondió con una sonrisa forzada—. Espero que el médico no nos retenga mucho rato. ¿No te importa que después vayamos a una modista...? —preguntó. Pese a lo banal del tema, se percibía la angustia en su voz.

Jack hizo un gesto negativo y se obligó, a su vez, a mostrar una sonrisa.

—También he prometido a mi padre que veré si encuentro whisky escocés. En su vejez recuerda sus raíces. Dice que nada alivia más el dolor de las articulaciones que frotarse con un buen *scotch*. Ni qué decir del uso interno.

Todos rieron, pero solo Elizabeth parecía realmente despreocupada. El deseo de su hija de consultar al doctor Barrington no la inquietaba demasiado. Charlotte había sufrido migrañas toda su vida. También esos dolores de cabeza resultarían inofensivos.

—¡Gloria! —George Greenwood se quedó perplejo. La camarera del pub en el que había comido antes de su visita a Oaks Garden y donde ahora leía el diario mientras esperaba le había informado de la presencia de una señorita, pero él había dado por supuesto que se trataba de Lilian. Algo pronto, pero tal vez había acabado alegrándose de la decisión que habían tomado sus padres.

En lugar de la delicada pelirroja con traje de viaje, ante él se encontraba una acalorada y corpulenta muchacha de cabello castaño a quien no le sentaba nada bien el uniforme azul pálido. Desde que la había visto por última vez, Gloria Martyn había crecido, pero no se había estirado del todo. Seguía siendo de complexión fuerte, si bien a George Greenwood nunca le había parecido fea. La conocía como una niña feliz, querida e idónea como futura heredera de Kiward Station, que estaría sumamente orgullosa de ser «el hombre» de la granja de ovejas, como había declarado riendo Gwyneira. George, que había visto a la joven a caballo, la consideraba una intrépida amazona. Había contemplado fascinado cómo había ayudado a su tío abuelo Jack en el esquileo e incluso cómo se le había confiado que anotara los resultados mientras el mismo Jack participaba en el concurso del mejor esquilador. Gloria Martyn no había cometido el menor error en los cálculos y en ningún momento había tenido la tentación de hacer trampa en favor de Jack. Era una persona despierta y hábil a la hora de cumplir sus tareas. George le disculpaba de buen grado su timidez frente a los desconocidos y sus maneras a veces algo torpes durante los acontecimientos sociales.

La joven que ahora se hallaba frente a él nada tenía en común con la pequeña amazona y adiestradora de perros segura de sí misma. Gloria estaba pálida y acalorada. El uniforme de la escuela no solo le sentaba mal, sino que estaba arrugado y manchado. Y sus ojos mostraban la expresión de un animal herido, acorralado.

Gloria se esforzaba por contener no el llanto, sino la furia que la había empujado a realizar ese acto voluntario. Lilian le había hablado de la llegada de Greenwood, de su tristeza ante la decisión de sus padres y del fastidio que le producía esa «estúpida guerra» que había echado a perder la cita con Ben: todo ello había colmado el vaso. Por primera vez desde los días en que salió a encontrarse con la señorita Bleachum, Gloria abandonó el internado sin permiso. Sin tener en cuenta el uniforme, corrió a través del parque y se subió al árbol del que Lily y otras alumnas aventureras solían servirse como «cómplice de fuga». Al otro lado aguardaba el joven rubio por el que Lilian tanto suspiraba. También él debía de sentirse angustiado: ya hacía un buen rato que habían dado las cinco.

—¿Sabes algo de Lily? —inquirió ansioso cuando vio a Gloria deslizarse ante él—. ¿Por qué no ha venido?

Gloria no tenía ningunas ganas de entretenerse.

—Lilian vuelve a casa —respondió concisa—. Es por la guerra.

Ben la asaltó con miles de preguntas, pero ella salió corriendo en dirección el pueblo sin hacerle el menor caso. No había preguntado a Lilian dónde encontraría a Greenwood, pero tampoco es que hubiera muchas opciones. Si el tío George no se hospedaba en la única pensión de que Sawston disponía, solo podía esperar en uno de los dos pubs. Gloria lo encontró en el primero.

—¡Es injusto! —exclamó sin lograr reprimirse—. ¡Tienes que llevarme, tío George! ¡A lo mejor Jack ya no me quiere, ahora que está casado, pero tengo derecho a estar en Kiward Station! No puedes llevarte a Lilian y dejarme a mí aquí. No es posible...

Los ojos de Gloria se anegaron en lágrimas.

George se sentía superado por la situación. Sabía cómo manejarse en las duras negociaciones con comerciantes de todo el mundo, pero nadie le había enseñado cómo tratar a una joven llorosa.

—Siéntate primero un momento, Gloria. Voy a pedirte un té. ¿O prefieres un refresco? Pareces acalorada.

Gloria sacudió la cabeza y sus indómitos rizos se desprendieron del desaliñado lazo con que los había recogido.

—¡No quiero té ni refrescos, quiero ir a Kiward Station!

George asintió con dulzura.

—Pues claro que irás, Gloria —intentó tranquilizarla—. Pero primero..., ¿qué es esa tontería sobre Jack, Gloria? Por supuesto que todavía te quiere, y cuando la señorita Gwyn oyó que los Lambert querían que Lilian volviera a casa, enseguida me pidió expresamente que hablara con tus padres. Puedo enseñarte su telegrama...

Los rasgos ya tensos de Gloria se crisparon aún más. Se mordió los labios.

—¿Mis padres se han negado? ¿Les da igual lo que me suceda si estalla la guerra?

Hasta el momento, Gloria no había dedicado ni un solo pensamiento al hecho de que fuera a estallar la guerra en el pacífico Cambridge. Ahora, sin embargo, presentía que los padres de Lilian tal vez no actuaban de forma caprichosa, sino que su preocupación estaba justificada.

Greenwood sacudió la cabeza.

—Claro que no, Gloria. Al contrario, tu padre ve la situación política quizá más claramente que yo. A fin de cuentas hace ya tiempo que vive en Europa y gracias a sus constantes viajes la conoce más a fondo. William y Kura habrán extraído sus conclusiones del desdichado estallido de la guerra, si bien distintas a las de los padres de Lily. Por lo que sé, tú también dejarás la escuela. Al menos en un principio. William espera que el conflicto concluya pronto, de modo que puedas terminar tu formación. Pero este verano irás con tus padres a América. Ya hace tiempo que se ha planificado la gira y no se espera que Estados Unidos entre en la conflagración. El viaje durará medio año. Las distancias entre los lugares donde se celebrarán las funciones son enormes, así que no habrá espectáculo cada día. Kura tendrá más tiempo para ti que de costumbre y se alegra de poder conocerte por fin mejor.

George sonrió a Gloria como si le hubiera dado una buena noticia. Pero la muchacha seguía embargada por la pena.

—¿A América? ¿Todavía más lejos? —A la joven no le gustaba demasiado viajar. ¿Y qué querría ahora su madre de ella? En los últimos años, Gloria había viajado tres veces con su convoy, pero no había intercambiado más de un par de palabras al día con la famosa cantante. Y la mayoría de las veces habían sido bastante poco edificantes. «¡Por favor, quítate de en medio, Gloria!» «¿No podrías vestirte un poco mejor?» «¿Por qué no tocas el piano más a menudo?»

Gloria era incapaz de imaginar que estando más tiempo con su madre fuera a sentirse más próxima a ella. Estaba totalmente dispuesta a admirar a Kura, pero no tenían nada en común.

—¿Y luego tendré que volver a la escuela? —Gloria, que pronto cumpliría los diecinueve años, era mayor que gran parte de las alumnas de Oaks Garden. Ya estaba harta del internado.

—Ya se verá —le respondió George Greenwood—. Todo a su debido tiempo. Lo único que puedo decirte es que no depende de tus parientes de Nueva Zelanda. Si por la señorita Gwyn fuera, regresarías mañana mismo.

George pensó en ofrecerse para acompañar a la joven al internado en su coche de alquiler, pero en esos momentos parecía tan extenuada y abatida que no se atrevió a proponérselo, temiendo que se le arrojara al cuello llorando amargamente, una escena de la que no tenía la menor necesidad.

Decidió volver a hablar con la señorita Gwyn, James y Jack en cuanto regresara a casa. Algo tenían que hacer para convencer a William y Kura. La joven era sumamente desdichada allí, y un viaje por América era lo último que le convenía para sentirse mejor.

—En realidad no puedo diagnosticarle nada, señora McKenzie —afirmó el doctor Alistar Barrington. Acababa de examinar a Charlotte en profundidad, la había pesado, percutido y medido, todo lo cual había redundado en un nuevo dolor de cabeza—.

Pero estoy sumamente preocupado. Claro que todavía es posible que solo padezca usted migrañas. Puede ocurrir que aumenten. Pero en relación con los mareos y la pérdida de peso, su... bueno... período variable... —Charlotte había dado a entender ruborizada que su deseo de tener hijos, pese a su constante dedicación, no se cumplía.

—¿Podría ser algo grave? —preguntó Jack preocupado.

El joven médico le había pedido que volviera a entrar en la consulta. Se había pasado la última hora sentado en una dura silla de la sala de espera, rezando y temblando de inquietud, aunque consideraba normal que Charlotte se quedara a solas con el doctor Barrington. El médico se mostró simpático, muy relajado y cordial. Su fino rostro de estudioso con una barba bien cuidada, el cabello castaño claro y abundante, y sus serenos ojos castaños infundían confianza a los pacientes y a los allegados de estos.

El doctor Barrington hizo un gesto de impotencia.

—Desgraciadamente, sí —respondió.

Jack tenía los nervios a flor de piel.

—Tal vez sea preferible que no nos tenga más en vilo y que nos diga de qué se trata.

Charlotte, pálida y frágil, en su sobrio vestido azul marino, daba la impresión de no querer saber nada. Sin embargo, Jack era un hombre que prefería enfrentarse a la adversidad cara a cara.

—Como les he dicho, no me hallo en disposición de dar un diagnóstico —contestó Barrington—. Pero hay un par de síntomas..., solo un par, señora McKenzie, no puedo ni mucho menos estar seguro..., que apuntarían hacia un tumor cerebral... —El médico parecía tan desdichado como Jack.

—¿Y qué implicaría eso? —siguió preguntando Jack.

—Tampoco puedo decirlo, señor McKenzie. Depende de dónde se localice el tumor..., si es que es posible determinar este extremo..., y de lo deprisa que crezca. Todo esto debería averiguarse. Y yo no puedo hacerlo.

Al menos era un hombre honesto. Charlotte buscó la mano de su esposo.

—¿Significa que... que voy a morir? —preguntó en un susurro.

El doctor Barrington sacudió la cabeza.

—En principio todo esto no significa nada. Si desean saber mi opinión, tienen que acudir lo antes posible al doctor Friedman de Auckland para que él la examine. Es un especialista en enfermedades cerebrales, estudió con el profesor Bergmann en Berlín. Si en este rincón del mundo hay un especialista en el cerebro y un buen cirujano en ese campo es él.

—¿Quiere decir que tendría que extirparme el... tumor? —inquirió Charlotte.

—Si es posible, sí —respondió Barrington—. Pero ahora es mejor que no piense en ello. Vaya a Auckland y consulte al doctor Friedman. Tómeselo con calma. Considérelo una especie de viaje de vacaciones. Visite la isla Norte..., es preciosa. E intente olvidar mis temores. ¡Tal vez dentro de cuatro semanas ya esté de vuelta y embarazada! Tanto en los casos de infertilidad como en los de migrañas suelo recomendar un cambio de aires.

Cuando salieron de la consulta Charlotte agarró la mano de Jack con fuerza.

—¿Todavía quieres que vayamos a la modista? —preguntó él en voz baja.

La joven iba a responder con una vehemente afirmación, pero luego vio la expresión del joven y se negó.

—¿Y tú? ¿Quieres ir a comprar el whisky?

Jack se acercó más ella.

—Voy a comprar los billetes a Blenheim. Y luego para las excursiones a la isla Norte. Para nuestras... vacaciones —dijo con voz ronca.

Charlotte se estrechó contra él.

—Siempre quise ir a Waitangi —susurró.

—Y ver los bosques de lluvia... —completó Jack.

—El Tane Mahuta —añadió Charlotte con una leve sonrisa. El enorme árbol kauri del bosque de Waipoua era venerado por los maoríes como dios del bosque.

—No, eso no —susurró Jack—. No quiero saber nada de dioses que se dedican a separar a quienes se aman.

4

Al principio la contienda pasó desapercibida en Oaks Garden, aunque desde comienzos de agosto hubo movilizaciones en Gran Bretaña. El 5 de ese mismo mes, Inglaterra declaró la guerra al emperador alemán y el ministro en funciones, Horatio Kitchener, consideró que era posible que las operaciones militares se prolongaran varios años. Sin embargo, en general la gente se limitaba a hacer un gesto de incredulidad ante tal posibilidad, más bien se pensaba que la guerra sería breve y los jóvenes acudían en tropel a alistarse como voluntarios. Era necesario, pues Inglaterra contaba con un ejército relativamente pequeño que se hallaba sobre todo emplazado en las colonias. No había servicio militar obligatorio, pero en vista de la manifiesta fascinación que demostraban Alemania y Francia por la guerra, los británicos no querían quedarse atrás, así que se crearon rápidamente seis nuevas divisiones y la Marina de guerra despachó a cien mil soldados rumbo a Francia.

En Oaks Garden se leía poesía bélica y se pintaban banderas. La clase de ciencias naturales se hizo más práctica, ya que se pidió a las enfermeras que impartieran nociones de primeros auxilios a las alumnas.

Todo ello pasó a mucha distancia de Gloria. A esas alturas, la fecha de su partida ya se había fijado: el 20 de agosto zarpaba el barco que había de llevar a los Martyn y a una pequeña compañía de Londres a Nueva York. Una vez en Estados Unidos contratarían a otros bailarines, prescindiendo del requisito de que fueran de origen maorí. Los pocos cantantes y bailarines que participaban en el viaje ya llevaban años en la compañía y sabían cómo instruir a nuevos artistas. Una de ellos, Tamatea, una anciana maorí, se presentó el 19 de agosto en Oaks Garden para recoger a Gloria.

La señorita Arrowstone estaba sumamente indignada cuando llamó a la joven a su despacho. Aunque en esta ocasión no hizo servir ningún té a la menuda mujer de tez oscura, igualmente pronunció el mismo discurso que George Greenwood ya había tenido que escuchar: la formación femenina, sobre todo en el ámbito artístico, era en tiempos de guerra un objetivo más importante que la seguridad de las pupilas, sobre todo teniendo en cuenta que Inglaterra no estaba en absoluto amenazada, y mucho menos Cambridge. Para la señorita Arrowstone era un claro signo de cobardía marcharse «a las colonias». Tamatea, que solo hablaba un inglés rudimentario, lo escuchó todo pacientemente y recibió a Gloria con los brazos abiertos en cuanto esta entró en el despacho.

—¡Gloria! *Haere mai!* Me alegro de verte.

El rostro de la mujer resplandecía de emoción y Gloria se echó en sus brazos igualmente conmovida.

—¡También yo me alegro, *taua*!

Su maorí estaba algo oxidado, pero se sentía orgullosa de recordar todavía las fórmulas de saludo y, a juzgar por la reacción de Tamatea, la mujer se sintió complacida por el tratamiento. Pertenecía a la misma generación que la madre de Kura, Marama, y procedía de la misma tribu. Para los niños maoríes formaba parte, pues, de los «abuelos», tanto si eran parientes como si no. Tamatea era la *taua* de la joven, la abuela. En los últimos años, además, Tamatea había sido para Gloria lo más parecido a un familiar que había tenido. La anciana bailarina maorí siempre la había consolado durante las giras, se había preocupado por ella cuando la aquejaba alguno de los frecuentes mareos que le producían los viajes, y la protegía cuando las jóvenes bailarinas se burlaban de ella.

—Tus padres no tenían tiempo de venir a buscarte —observó la señorita Arrowstone en tono mordaz.

Tamatea asintió sonriente.

—Sí, tienen muchos preparativos. Por eso me envían. En tren y luego en coche. ¿Lista, Gloria? ¡Entonces nos vamos!

Gloria disfrutó de la expresión agria que se adueñó del semblante de la señorita Arrowstone. De sobra sabía que Tamatea nunca permitía que la pusieran nerviosa. Aunque de natural bondadoso, la anciana podía mostrarse muy severa cuando las bailarinas y bailarines no respetaban las reglas. Incluso osaba criticar la interpretación, a veces demasiado occidentalizada, que hacía Kura-maro-tini de las canciones maoríes. La mayoría de las ocasiones, Gloria no entendía lo que decían, pues Kura y Tamatea discutían hablando muy deprisa en maorí; pero sí se daba cuenta de que Tamatea solía imponer su criterio. Era la única *tohunga* maorí que había permanecido con la compañía desde su formación. La razón de que se sometiera a esa larga separación de su tribu era un enigma para todos. No obstante, en las peleas con Kura se mencionaba con mucha frecuencia el nombre de Marama. ¿Era posible que Tamatea representara a la madre de Kura, a la música famosa en toda Aotearoa? ¿Era ella la última guardiana de la tradición? Gloria lo ignoraba, pero se alegraba de que estuviera ahí.

El viaje con Tamatea sería sin lugar a dudas más relajado que con William o Kura. Las últimas veces, el primero había recogido a la joven y la conversación se había limitado a un examen de las asignaturas de los últimos cursos en Oaks Garden, así como a una detallada descripción de los éxitos de Kura, sin olvidar las quejas por los elevados costes de los bailarines y el transporte.

—¿Te alegras de ir a América, *taua*? —preguntó Gloria cuando se instaló en el coche de alquiler que había de llevarlas a Cambridge. A sus espaldas se desvanecía el parque de Oaks Garden. Gloria no volvió la vista atrás.

Tamatea esbozó un gesto de indiferencia.

—Para mí tanto da un país como el otro —respondió—. Ninguno es como el de los ngai tahu.

Gloria asintió con tristeza.

—¿Volverás algún día? —inquirió.

La anciana respondió afirmativamente.

—Claro. Tal vez pronto. Soy demasiado vieja para subir a un

escenario. Al menos esto es lo que piensan tus padres. En casa no es extraño que las abuelas canten y bailen, pero aquí solo lo hacen los jóvenes. Ahora casi no actúo. La mayoría de las veces maquillo a las muchachas y las instruyo, claro. El maquillaje es lo más importante. Les dibujo los antiguos tatuajes en el rostro. Así no se nota tanto que los bailarines no son auténticos maoríes.

Gloria sonrió.

—¿Me maquillarás un día a mí, *taua*?

Tamatea la observó con atención.

—En tu caso parecerá auténtico —declaró—. Por tus venas corre sangre de los ngai tahu.

Gloria ignoraba por qué esas palabras la llenaban de orgullo, pero tras hablar con Tamatea se sentía mejor de lo que se había sentido en mucho tiempo.

Cuando Tamatea y Gloria se detuvieron frente al Ritz, encontraron a William Martyn supervisando la descarga de algunas cajas de accesorios. Los Martyn se encontraban hospedados de nuevo en el hotel más mundano de Londres y Tamatea había contado a la joven que también allí habían programado un concierto de despedida antes de que Kura y su compañía partieran hacia Estados Unidos.

—Pero no se quedan con el dinero de las entradas —explicó Tamatea, que en realidad no acababa de entender el motivo de ello—. Lo recogen para los soldados ingleses, las viudas de guerra o algo así... Aunque todavía no están luchado de verdad. Nadie sabe si al final habrá muertos.

A Gloria casi se le escapó la risa. Esa anciana maorí, que había viajado por medio mundo, seguía pensando según el criterio de las tribus, entre las que ninguna pelea había acabado en un combate cruento desde hacía muchísimo tiempo, ni siquiera los enfrentamientos que se calificaban como graves. Con frecuencia se producían amenazas, se cantaban un par de *hakas* de guerra y se blandían las lanzas, pero luego siempre se llegaba a un acuerdo.

En esta guerra no cabía aplicar tal supuesto. Aunque los ingleses no deseaban verse envueltos todavía en la conflagración, las atrocidades de los alemanes en Bélgica ya ocupaban las páginas de los periódicos en media Europa.

—¡Cuidado con las cajas! ¡Contienen instrumentos de valor!

La sonora voz de tenor de William Martyn sobresaltó a Gloria, si bien esta vez no era a ella a quien interpelaba, sino a los transportistas. Los accesorios para el espectáculo de Kura-maro-tini ya no se limitaban a un par de flautas y un piano. Los pocos miembros fijos de la compañía, como Tamatea, también tocaban instrumentos maoríes más grandes, y el decorado de fondo de las danzas constituía un poblado estilizado con auténticas tallas de madera.

—Aquí estás, Tamatea. ¡Y tú también, Gloria! Estoy contento de volver a verte, has crecido un poco. Como tenía que ser. Ya va siendo hora de que des el estirón... —William depositó un beso fugaz en la mejilla de su hija—. Llévala corriendo arriba con su madre, Tamatea. Kura se alegrará de verte, seguro que necesita tu ayuda... —Y dicho esto volvió a concentrarse en sus quehaceres.

El corazón de Gloria latía desbocado. ¿En qué tendría que ayudar a su madre?

Con un conciso gesto, William había indicado a un sirviente que se ocupara del equipaje de Gloria. Mientras el hombre llevaba las maletas al hotel, Gloria siguió a Tamatea por el elegante vestíbulo. En realidad ya tendría que estar acostumbrada, pero los hoteles cosmopolitas en los que solían hospedarse sus padres siempre intimidaban a la joven. Tamatea, por su parte, se desenvolvía con toda naturalidad en ese mundo de ricos y famosos. La anciana maorí se desplazaba con el mismo aplomo por los parqués y alfombras orientales del Ritz como por los pastizales de las llanuras de Canterbury.

—La llave de Gloria Martyn, por favor. Es la hija de Kura-ma-ro-tini.

Tamatea no vacilaba en dar instrucciones al conserje, que a todas luces carecía de experiencia en su puesto. Al menos Gloria nunca lo había visto ahí. Como era inevitable advirtió su mirada perpleja de «¡Esta es la hija de...!». La muchacha se ruborizó.

—La señora Martyn ya la está esperando —señaló el conserje—. Pero lamentablemente no tengo una llave especial para usted, señorita Martyn. Su familia ha reservado una suite en la que hay una habitación de la que puede disponer.

Gloria asintió. En el fondo prefería una habitación individual. Tras el período en el internado, le seducía de la posibilidad de estar sola y de cerrar la puerta tras de sí. Aunque de todas formas sus padres no solían retirarse temprano, porque o bien acudían a conciertos o bien había alguna recepción o fiesta a la que estaban invitados.

La suite se encontraba en el piso superior del hotel. Gloria entró en el ascensor con un ligero estremecimiento, como siempre. A Tamatea parecía sucederle igual.

—Si los dioses hubieran querido que los seres humanos se dirigieran a los brazos de Rangi, les habrían dado alas —susurró a Gloria cuando el ascensorista les mostró de modo rutinario la maravillosa vista de ese rellano. La anciana maorí no concedió a Londres ni una sola mirada, sino que enseguida llamó a la puerta de la suite.

—¡Pasen! —dijo Kura-maro-tini como si cantara también esta palabra tan sencilla con su voz clara y melodiosa.

Aunque en realidad era *mezzosoprano*, alcanzaba a interpretar la mayoría de los papeles de soprano. Por otra parte, la amplitud de su registro llegaba hasta las notas de una contralto. Tenía una voz privilegiada que aprovechaba en sus interpretaciones de la música maorí. Además, las canciones tribales no solían ser complicadas, tal vez porque el arreglista de Kura también había acabado utilizándolas más como fuente de inspiración de sus propias composiciones que como base de arreglos especiales.

—¡Gloria! ¡Ven aquí conmigo! ¡Llevo horas esperándote! —Kura Martyn estaba sentada al piano repasando unas partituras, pero enseguida se levantó y se dirigió a Gloria con gesto de impaciencia. Su aspecto era jovial y ágil, en absoluto se habría dicho que tenía una hija de diecinueve años. Kura, que había tenido a Gloria siendo muy joven, tenía treinta y tantos años.

La muchacha saludó con timidez y esperó los comentarios habituales sobre lo alta que estaba y qué mayor se había hecho. Kura-maro-tini siempre parecía sorprenderse de que su hija creciera. Entre los escasos encuentros no participaba en absoluto de la vida de Gloria y no temía estar perdiéndose nada importante con esa conducta. En realidad, el tiempo no parecía hacer mella en ella, salvo para embellecerla. Seguía llevando el cabello largo hasta la cintura y su melena seguía siendo de un negro profundo, si bien en esos momentos se la había recogido: era probable que tuviera una invitación para la noche. Su tez era de un tono crema, como café con leche, y sus ojos, de color azul celeste, resplandecían. Las pestañas parecían pesarle un poco, pero le conferían un aire soñador; los labios eran carnosos y de un rojo suave. Kura-maro-tini no llevaba corsé, pero en ningún caso podía decirse que el suyo fuera un «vestido reforma». Desde que disfrutaba de cierta reputación, se hacía confeccionar la ropa a partir de diseños propios, sin tener en cuenta la moda vigente. El corte de sus modelos realzaba las formas del cuerpo, pero era tan holgado que las telas parecían juguetear y ondear en torno a ella. Las curvas femeninas se dibujaban de todos modos bajo del tejido, así como la cintura fina, el talle esbelto y las piernas delgadas. En el escenario, Kura nunca llevaba las ridículas «falditas de lino» del principio, cuando William sugería que tenía que aparecer con la indumentaria más tradicional posible. Pero tenía tan poca vergüenza de mostrar su cuerpo como una mujer maorí bailando con los pechos al descubierto.

Esa tarde Kura llevaba un vestido de estar por casa relativamente sencillo de seda en tonos azul claro y esmeralda. En esa ocasión no se manifestó acerca del aburrido vestido de viaje azul marino de Gloria, y también renunció a mencionar cualquier cambio exterior.

—Tienes que ayudarme un poco, cariño. ¿Lo harás, verdad? Imagínate, Marisa se ha puesto enferma. Justo ahora, antes del concierto de despedida de Inglaterra. Una gripe fuerte de verdad, casi no consigue ponerse en pie...

Marisa Clerk, una mujer rubia y de una delicadeza casi etérea, era la pianista de Kura-maro-tini. Su talento era extraordinario y además formaba en el escenario un sugerente contraste tanto con la exótica cantante como con las danzas de los maoríes, que con frecuencia producían un efecto salvaje. Gloria se temía lo peor.

—No, no te asustes, no tendrás que acompañarme en el escenario. Ya sabemos que tienes dificultades para ello... —Gloria pensó que casi podía leer en la mente de su madre: «Sin contar con que no quedarías lo suficiente decorativa...» Kura prosiguió—: Pero acabo de recibir un nuevo arreglo. Caleb se ha superado a sí mismo, y eso que yo ya había perdido la esperanza de que las partituras llegaran a tiempo.

Caleb Biller, con quien Kura había planeado hacer las primeras apariciones en público, todavía seguía encargándose en Greymouth de los arreglos para las piezas musicales del espectáculo. El heredero de la mina era un músico de talento, pero demasiado tímido para atreverse a pisar un escenario. En lugar de acompañar a Kura en sus viajes por el mundo, había preferido la vida como estudioso en la monótona Greymouth, decisión esta que Kura era incapaz de compartir. Él seguía interesándose en la carrera de la cantante y entendía de forma casi instintiva qué buscaba ella y qué pedía el público, de forma que desde hacía tiempo entregaba más composiciones propias que arreglos.

—Y esta es maravillosa, una especie de balada. En segundo plano se interpreta el *haka*, una danza sencilla. Tamatea solo tardó cinco minutos en enseñársela a los bailarines. Y en primer plano los espíritus cuentan la historia en que se basa la balada. Primero una pieza para piano y *putorino* (solo la voz de los espíritus, muy etérea), y luego piano y voz. Me encantaría presentarla mañana mismo en el recital. Sería algo así como una clausura digna, pero que despertara el apetito por algo nuevo. La gente tiene que querer asistir a mis funciones cuando regresemos de Estados Unidos. Sin embargo, justo ahora Marisa no está disponible. Y eso que al menos tendría que practicar un par de veces la parte de la flauta, casi siempre hay algo que acabar de pulir, entiendes a qué me refiero, ¿verdad, Glory?

Gloria no entendía prácticamente nada, salvo que al parecer su madre esperaba que sustituyera a Marisa como mínimo en los ensayos.

—¿Me tocas la parte del piano, Glory? Aquí están las notas. Siéntate. Es muy fácil.

Kura le enderezó el taburete del piano y ella misma cogió una pequeña flauta que reposaba sobre el piano. Gloria hojeó algo desvalida las partituras escritas a mano.

A esas alturas llevaba cinco años estudiando piano y no carecía de habilidad para interpretar una pieza sencilla. Si practicaba el tiempo suficiente incluso conseguía tocar fragmentos realmente complicados, aunque con esfuerzo. Sin embargo, Gloria todavía no había tocado nunca leyendo directamente las partituras, porque la profesora de música solía realizar antes los ejercicios, le señalaba los pasajes más difíciles y luego analizaba con ella cada uno de los compases. Tardaba semanas hasta que la melodía sonaba igual que cuando tocaba la señorita Beaver.

Sin embargo, no se atrevió a negarse, simplemente. Empujada por el deseo desesperado de complacer a su madre, empezó a debatirse con la composición. Kura escuchaba bastante desconcertada, pero no la interrumpió antes de que se equivocara por tercera vez en un compás.

—¡Es un fa sostenido, Gloria! ¿No ves el signo delante del fa? ¡Es un acorde la mar de corriente, alguna vez debes de haberlo tocado! Dios mío, ¿te haces pasar por tonta o es que realmente eres tan torpe? ¡En comparación, hasta tu tía Elaine era una superdotada!

Elaine había acompañado a Kura en el debut de esta en Blenheim y también ella había tenido que practicar mucho para cumplir, aunque fuera a medias, las expectativas de la cantante. Y eso que Elaine tenía buen oído, al contrario que Gloria, que era un caso perdido.

—¡Inténtalo otra vez!

La joven, ahora totalmente insegura, empezó desde el principio, pero esta vez solo acertó a interpretar vacilante los primeros compases antes de quedarse de nuevo atascada.

—Quizá si me lo tocaras tú una vez... —sugirió suplicante.

—¿Se puede saber por qué? ¿Es que no sabes leer? —Kura, verdaderamente enfadada, señaló la partitura—. Por todos los cielos, hija, ¿qué vamos a hacer contigo? Pensaba que podría utilizarte en esta gira como maestro concertador. Marisa no puede ocuparse de todo sola. Para la presentación de nuevos bailarines, por ejemplo, está también más que cualificada. Pero así... Ve a tu habitación. Llamaré a recepción. Esto es Londres, la ciudad tiene una ópera, miles de auditorios... Algún pianista encontraremos que me eche una mano. ¡Y tú prestarás atención, Gloria! Es evidente que en el internado tus profesores han descuidado tu formación. Y nunca te ha gustado hacer los ejercicios...

Kura había olvidado que todavía no habían adjudicado ninguna habitación a Gloria. Mientras la cantante marcaba un número y hablaba excitada por teléfono, la joven vagó por la suite hasta encontrar una habitación con una cama individual. Se tendió encima y se puso a llorar. Era fea, inútil y tonta. Gloria no sabía cómo iba a soportar los siguientes seis meses.

Charlotte McKenzie precisó dos días para reponerse del viaje de Blenheim a Wellington. Jack hizo cuanto pudo por convertir el trayecto en una experiencia bonita y Charlotte se esforzó por disfrutar de los entretenimientos que él proponía. Comió bogavante en Kaikoura y fingió interesarse por las ballenas, focas y delfines que se observaban desde unas pequeñas embarcaciones. Atribuyó los dolores de cabeza que sufrió en Blenheim al alcohol, al que no estaba acostumbrada y que habían tomado en una cata de vino, invitados por una familia amiga. Muchos años antes, Gwyneira McKenzie había vendido a los Burton un rebaño de ovejas y Jack, que por entonces todavía era un niño, había ayudado a conducir los animales hasta allí. Esa experiencia formaba parte de sus recuerdos más hermosos y nunca se cansaba de evocarla. Charlotte escuchó sonriente y tomó la tintura de opio que le había recetado el doctor Barrington. No se sentía a gusto con este medicamento. A la larga no acababa de servirle de ayuda, solo cuando aumentaba el consumo. Charlotte detestaba los efectos de la droga, la dejaba cansada y apática. Deseaba percibir el mundo con los cinco sentidos y no quería perderse ni un solo segundo con Jack.

No obstante, la travesía a la isla Norte fue demasiado para ella. En el estrecho de Cook causaban estragos de nuevo los temidos «cuarenta bramadores», el mar estaba encrespado a causa de esos vientos y Charlotte no estaba acostumbrada a navegar. Intentó explicar animadamente lo mal que se había sentido en los viajes hacia Inglaterra y de vuelta, pero en algún momento se dio por vencida y se resignó a no dejar de vomitar. Al final estaba tan mareada que ni siquiera podía andar. Jack casi tuvo que llevarla desde el embarcadero al coche de alquiler y luego a la habitación del hotel.

—En cuanto te encuentres mejor, deberíamos marcharnos enseguida a Auckland —dijo preocupado mientras ella volvía a cerrar las ventanas y a sacar el chal de lana. Sin embargo, ya hacía tiempo que la oscuridad y el calor no la aliviaban tanto como en los anteriores accesos de migraña. En realidad, lo único que la ayudaba era el opio, pero este no solo le aliviaba el dolor de cabeza, sino que también amortiguaba sus sentimientos y sensaciones.

—Pero todavía tenías ganas de ver tantas cosas... —protestó ella—. El bosque de lluvia. Y Rotorua, las aguas termales. El géiser...

Jack sacudió la cabeza, enfadado.

—Al diablo con los géiseres y los árboles y toda la isla Norte. Hemos venido aquí para visitar al doctor Friedman. Todo lo demás son tonterías, lo dije solo porque...

—Porque tenía que ser un viaje de vacaciones —prosiguió ella con dulzura—. Y porque no querías que me asustara.

—Pero pasaremos junto a Waitangi, adonde querías ir... —sugirió Jack, intentando calmarse.

Charlotte movió negativamente la cabeza.

—Lo dije por decir —susurró.

Jack la miró desvalido. Pero entonces se le ocurrió una idea.

—¡Lo haremos a la vuelta! Primero iremos a ver al médico y cuando haya dicho... cuando haya dicho que todo está bien, viajaremos por la isla. ¿De acuerdo?

Charlotte sonrió.

—De acuerdo, lo haremos así —murmuró.

—Dicho de paso, se llama Te Ika a Maui, «el pez de Maui». Me refiero a la isla Norte. —Jack era consciente de que hablaba por hablar, pero en esos momentos no habría soportado el silencio—. El semidiós Maui la sacó del mar como un pez...

—Y cuando sus hermanos lo picotearon para descuartizarlo, se formaron las montañas, las rocas y los valles —prosiguió Charlotte.

Jack se censuró por su torpeza. Ella probablemente conocía la leyenda maorí mejor que él.

—De todos modos, era un tipo listo, ese Maui... —siguió hablando ella ensimismada—. Podía detener el sol. Cuando vio que los días transcurrían demasiado deprisa para él, lo agarró y lo forzó a ir más despacio. Yo también desearía...

Jack la tomó entre sus brazos.

—Mañana nos vamos a Auckland.

Se tardaba más de un día en llegar a Auckland, pese al enlace ferroviario construido unos años atrás. El North Island Main Trunk Railway ascendía y descendía por las montañas recorriendo paisajes con frecuencia de una belleza arrebatadora. Al principio avanzaba a lo largo de la costa, después por terrenos volcánicos y al final a través de granjas. Sin embargo, el viaje en el tren de vía estrecha por caminos irregulares no resultó menos agotador para Charlotte que la travesía por mar. También en esta ocasión fue víctima del malestar y el mareo.

—De vuelta iremos más despacio —prometió Jack al final del recorrido.

Charlotte asintió indiferente. Lo único que deseaba era salir de ese tren y tenderse en una cama que no se agitara bajo ella. Parecía increíble que hubiera disfrutado de su viaje de luna de miel en el vagón privado de George Greenwood. En aquella ocasión habían bebido champán y reído sobre la cama, que se movía. Ese día apenas si lograba tomar un sorbo de té.

Ambos se alegraron de llegar a Auckland, pero ninguno estaba en disposición de admirar la belleza de esa ciudad edificada sobre tierra volcánica.

—Tendremos que subir al monte Hobson o al Eden... dicen que la vista es fantástica —señaló Jack sin mucho entusiasmo.

Las montañas cubiertas de terrazas brillaban con un intenso color verde por encima de la ciudad. El mar, salpicado de docenas de islas volcánicas, tenía un atractivo color azul, y el puente Grafton, cuya construcción había concluido pocos años antes y que era el puente de arcos más largo del mundo, se tendía trazando una elegante curva por encima del barranco Grafton.

—Más tarde —dijo Charlotte. Se había tendido en la cama del

hotel y no quería ver ni oír nada más, solo deseaba sentir los brazos de Jack a su alrededor e imaginarse que todo eso no era más que una pesadilla. A la mañana siguiente se despertaría en el dormitorio de Kiward Station y no recordaría el nombre del doctor Friedman. Y Auckland..., algún día visitarían la isla Norte, cuando ella se sintiera mejor..., cuando tuvieran hijos... Charlotte se durmió.

A la mañana siguiente Jack salió en busca de la consulta del doctor Friedman. El especialista en el cerebro residía en la distinguida Queen Street, una calle que había sido concebida como un elegante paseo antes de que Auckland tuviera que ceder el honor de ser la capital de Nueva Zelanda a Wellington. En esa época la ciudad había atraído a nuevos colonos procedentes de la metrópoli del Viejo Mundo y en Queen Street las suntuosas residencias victorianas se sucedían unas a otras.

Jack recorrió la calle en el tranvía, un medio de transporte que en Christchurch siempre le había producido un placer infantil. Sin embargo, ese soleado día de verano en Auckland le atenazaban el miedo y los malos presagios. Aun así, la señorial mansión del profesor inspiraba confianza. Debía de ganarse bien la vida si podía permitirse una residencia y consulta tan lujosa en medio de Auckland. Por otra parte, también eso inspiró temor en Jack. ¿Accedería a recibirlo el famoso cirujano?

Tal inquietud carecía de fundamento. Al parecer el doctor Barrington ya había escrito a su célebre colega y el profesor Friedman demostró no ser un hombre arrogante. Un secretario anunció a Jack y le pidió que esperase unos momentos hasta que el médico hubiera concluido con otro paciente. Luego lo llamó al despacho, que más parecía un estudio que un consultorio médico.

El profesor Friedman era un hombre de baja estatura, más bien menudo y de barba frondosa. Ya no era joven, Jack calculó que habría superado los sesenta años, pero sus ojos azul claro eran tan despiertos y curiosos como los de un veinteañero. El cirujano escuchó con atención los síntomas que Jack describía en su esposa.

—Así pues, ¿ha empeorado desde que visitaron al doctor Barrington? —preguntó con un tono tranquilo.

Jack asintió.

—Mi esposa lo atribuye al viaje. Cada vez se mareaba más en el barco y encima luego tuvo que soportar ese peligroso trayecto en tren. Sufre sobre todo mareos y náuseas.

El profesor Friedman sonrió de modo paternal.

—Tal vez esté embarazada —señaló.

Jack no pudo responder a la sonrisa.

—Si Dios nos concediera ese favor... —susurró.

El profesor Friedman suspiró.

—Hoy en día Dios no concede favores a manos llenas —murmuró—. Solo esa guerra absurda a la que Europa se precipita... Cuántas vidas se verán truncadas, cuánto dinero, que la ciencia precisa con urgencia, se derrochará... La medicina está avanzando muy velozmente en los últimos años, joven, pero en el futuro inmediato todo se detendrá y las únicas prácticas que mejorarán los médicos serán las amputaciones de miembros y el cuidado de heridas causadas por armas de fuego. Aunque, en su situación actual, poco le importa a usted este asunto. No perdamos pues más tiempo en hablar. Tráigame a su esposa en cuanto ella haya recuperado un poco las fuerzas. No me gusta hacer visitas domiciliarias, todos mis instrumentos de diagnóstico están aquí. Y espero de todo corazón que no haya motivo de alarma.

Charlotte precisó de un día más para armarse de valor e ir a la consulta, y a la mañana siguiente estaba sentada junto a Jack en la sala de espera del profesor Friedman. Jack le había pasado un brazo por los hombros y ella se estrechaba contra su marido como un niño asustado. A él se le ocurrió que últimamente parecía más pequeña. Su rostro siempre había sido fino, pero esos días parecía no tener más que un par de ojos castaños enormes. Seguía teniendo el cabello abundante, pero ahora sin brillo. En esta ocasión le costó separarse de ella cuando el doctor Friedman la llamó para el examen.

Pasó una angustiosa hora demasiado tenso para rezar o simplemente para pensar. La temperatura de la sala de espera era acogedoramente cálida, pero Jack sentía un frío en su interior que ni el más ardiente rayo de sol habría conseguido aliviar.

Al final, lo llamó el secretario del doctor Friedman. El profesor se hallaba de nuevo sentado a su escritorio, mientras Charlotte, delante de él, estaba prendida a una taza de té. Respondiendo a una señal del médico, el secretario sirvió otra taza de té para Jack antes de abandonar discretamente la habitación.

El profesor Friedman no se entretuvo en rodeos.

—Señores McKenzie..., Charlotte..., lamento tener que comunicarles una mala noticia. Ya hablaron con mi competente y joven colega en Christchurch, sin embargo, quien no les ocultó sus temores. Desafortunadamente, el diagnóstico que sospechaba se ha confirmado en mi examen. Según mi opinión, Charlotte, padece usted de un tumor en el cerebro que provoca los dolores de cabeza, los mareos, malestar y demás síntomas. Y al parecer, crece, señor McKenzie... Los síntomas son a día de hoy mucho más acusados que cuando se los describió, poco tiempo atrás, al doctor Barrington.

Charlotte tomó unos sorbos de té con aire de resignación. Jack temblaba de impaciencia.

—¿Y ahora qué hacemos, profesor? ¿Puede... puede usted sacarle esa cosa?

El profesor Friedman jugueteaba con la valiosa pluma que reposaba junto a él en el escritorio.

—No —respondió en voz baja—. Se encuentra en el fondo del cráneo. He operado un par de tumores, aquí en Nueva Zelanda y también en mi país, con el profesor Bergmann. Pero se trata de una intervención de riesgo. El cerebro es un órgano delicado, señor McKenzie, es el responsable de todos nuestros sentidos, de nuestros pensamientos y sentimientos. No sabemos qué estamos destruyendo cuando seccionamos alguna parte. Es cierto que ya los antiguos abrían el cráneo y manipulaban el interior. De forma esporádica, por supuesto, y no sé cuántos enfermos sobrevivían. En la actualidad, puesto que conocemos el peligro de las infecciones y trabajamos con mucha higiene, conseguimos que algunos pacientes conserven la vida. Pero los hay que tienen que pagar un precio muy elevado. Algunos se quedan ciegos o paralíticos. Otros experimentan un cambio radical...

—A mí me daría igual que Charlotte se quedara paralítica. Y

yo tendría mis dos ojos si ella se quedara ciega. Lo único que deseo es que permanezca a mi lado. —Jack buscó a tientas la mano de su esposa, pero ella se la retiró.

—A mí no me daría igual, cariño —susurró ella—. No estoy segura de querer seguir viva si me encuentro privada de la vista o de la facultad de moverme... sobre todo si continúo sintiendo dolores. Y todavía peor sería que dejara de amarte... —gimió.

—¿Cómo iba a ocurrir? ¿Cómo ibas a dejar de quererme solo porque...? —Jack se volvió compungido hacia ella.

—Se producen cambios de personalidad —explicó el profesor Friedman con voz ronca—. A veces, el bisturí parece apagar todos los sentimientos. Se está pensando en aplicarlo en el cuidado de las enfermedades mentales. Las personas dejan de ser peligrosas y ya no es necesario encerrarlas en asilos. Sin embargo, también dejan de ser propiamente seres humanos...

—¿Y hay mucho peligro de que ocurra algo así? —preguntó Jack desesperado—. ¡Algo podrá hacer usted!

El profesor Friedman sacudió la cabeza.

—En este caso, yo no recomendaría la operación. El tumor está demasiado hundido, incluso si lograra seccionarlo, destruiría demasiada masa cerebral. Es posible que hasta llegara a matar a su esposa. O que anulase su mente. No debemos hacerle esto, señor McKenzie..., Jack... No debemos robarle el tiempo que todavía le queda.

Charlotte permanecía sentada y con la cabeza gacha. El profesor ya había hablado antes con ella.

—Esto no significa que vaya a morirse sin remedio, ¿verdad? ¿Aunque no la opere? —Jack se aferraba a cualquier esperanza.

—No enseguida... —Fue la vaga respuesta del médico.

—¿Así que no lo sabe? —preguntó Jack—. ¿Quiere decir que podría vivir todavía bastante tiempo? Que podría...

El profesor Friedman dirigió una mirada desmoralizada a Charlotte, quien agitó la cabeza casi imperceptiblemente.

—Solo Dios sabe cuánto tiempo de vida le queda a su esposa —dijo el médico.

—¿Y no podría ocurrir que mejorara? —susurró Jack—. ¿Sería posible que el... que el tumor dejara de crecer?

El profesor Friedman alzó los ojos al cielo.

—Todo está en manos del Señor...

Jack tomó una profunda bocanada de aire.

—¿Qué hay de los demás tratamientos, profesor Friedman? —inquirió—. ¿Hay medicamentos que sirvan de ayuda?

El médico movió la cabeza impotente.

—Le puedo dar algo contra el dolor. Una medicina que al menos durante un tiempo tenga efectos positivos. Pero en cuanto a otros tratamientos... Algunos experimentan con esencias extrañas, he oído decir que en Estados Unidos están probando con mercurio. Pero no creo en todo eso. Al principio tal vez ayude un poco, porque da esperanzas a los pacientes. Sin embargo, a la larga, todavía empeora su estado.

Charlotte se irguió lentamente.

—Se lo agradezco mucho, profesor —dijo con dulzura, estrechando la mano del médico—. Es mejor saber.

El profesor Friedman asintió.

—Piense con calma cómo quiere proceder —recomendó amablemente—. Como les he dicho, yo no les aconsejo una operación, pero si pese a ello usted quiere probarlo, podría intentarlo. Por lo demás...

—No quiero operarme —declaró Charlotte.

Había abandonado la casa del médico apretada contra Jack. En esta ocasión no tomaron el tranvía, sino que Jack detuvo un coche de caballos de alquiler. Charlotte se recostó en el asiento como si quisiera hundirse en él. Jack le cogió la mano. No pronunciaron ni una palabra hasta que llegaron a la habitación del hotel. Entonces, no obstante, Charlotte no se tendió de inmediato, sino que contempló el panorama a través de la ventana. El hotel ofrecía una vista maravillosa sobre el puerto de Auckland: Waitemata, un nombre que se ajustaba a la bahía natural que ofrecía protección a los barcos contra las tormentas, con frecuencia violentas, del Pacífico.

Charlotte observó los destellos azul verdosos del agua.

—Cuando ya no pueda volver a verlo... —dijo en voz baja—.

Cuando ya no pueda entender el significado de las palabras... Jack, no quiero convertirme en un ente sin movimiento y ser una carga para ti. No vale la pena. Y toda esa operación... Tendrían que raparme el pelo, estaría fea...

—Tú nunca estarás fea, Charlotte —contestó Jack, quien se acercó a su espalda, le besó el cabello y contempló a su vez el mar.

En su interior encontraba que tenía razón. Tampoco él querría seguir viviendo cuando no fuera capaz de percibir toda la belleza que lo rodeaba. Y sobre todo, le faltaría la visión de Charlotte: su sonrisa, sus hoyuelos, sus ojos castaños e inteligentes.

—Pero ¿qué vamos a hacer entonces? —preguntó con una terquedad atormentada—. No podemos quedarnos ahí sentados y esperar... o rezar... —La miró infeliz.

Charlotte sonrió.

—No lo haremos. Eso no tendría ningún sentido. Los dioses no se dejan ablandar tan deprisa. Tendríamos que engañarlos, como Maui al sol... a la diosa muerte...

—No tuvo mucho éxito —objetó Jack, recordando la leyenda. El semidiós maorí había intentado vencer a la diosa muerte mientras estaba dormida. Pero la risa de su acompañante lo delató y murió.

—De todos modos lo intentó —replicó Charlotte—. Y nosotros también lo probaremos. Mira, Jack, ahora tengo la medicina del doctor Friedman. No sufriré más dolores. Así que haremos todo lo que nos habíamos propuesto. Mañana nos vamos a Waitangi y visitamos las tribus maoríes locales; seguro que hay leyendas sobre el tratado... A fin de cuentas, entre los *pakeha* también las hay.

En el tratado de Waitangi los jefes de distintas tribus locales se sometieron a la soberanía de la Corona británica. Sin embargo, esos jefes no sabían del todo lo que allí firmaban, porque en 1840 ninguno de los indígenas sabía leer ni escribir. De hecho, algunos cabecillas maoríes, como Tonga, el vecino de Gwyneira en Kiward Station, seguían impugnando el compromiso de la población autóctona con el tratado. Esto era válido en especial para tribus como los ngai tahu, cuyos representantes no habían hecho acto de presencia en Waitangi.

—Y luego quiero ir a cabo Reinga, cuando ya estemos en la isla Norte. Y a Rotorua; allí hay más tribus maoríes que apenas tienen contacto con los *pakeha*. Sería interesante hablar con ellos, escuchar si cuentan las historias de otro modo... —Charlotte se volvió hacia Jack con los ojos brillantes.

Jack alimentó de nuevo esperanzas.

—¡Eso haremos! —exclamó—. Es justamente el truco que habría utilizado Maui: nos limitaremos a no hacer caso del tumor que hay en tu cabeza. Lo olvidaremos y desaparecerá.

Charlotte sonrió débilmente.

—Basta con que creamos en ello... —susurró.

5

Las penas de amor de Lilian Lambert sobrevivieron apenas unos cuantos días a la partida de Oaks Garden. En Londres todavía estaba callada y se deleitaba en su papel de infeliz enamorada. En sus fantasías imaginaba cómo Ben, desesperado, intentaba averiguar su paradero y pasaba años buscándola hasta que al final la encontraba. Recordaba conmovida a todos los enamorados de las canciones y leyendas que se habían quitado la vida a causa de la desdicha o la pérdida de sus seres amados y que luego fueron enterrados con una paloma blanca sobre el pecho. En la práctica, no obstante, Lilian consideraba altamente improbable que a ella le buscasen un pájaro así, sin contar con que le horrorizaba cualquier forma de perder la vida. De ahí que no tardara en resignarse y enseguida volviera a recuperar su habitual actitud vivaracha. Pese a todas las preocupaciones causadas por la contienda y que los pasajeros del *Prince Edward* gustaban de compartir en sus conversaciones, George Greenwood debía a Lilian la travesía más placentera de su vida. La joven les acompañaba a él y a otros pasajeros en sus paseos por cubierta charlando alegremente. Ya hacía mucho tiempo que los viajes a Nueva Zelanda habían dejado de ser una aventura peligrosa y para entonces más bien se asemejaban a los elegantes cruceros para pasajeros de primera clase. Lilian sugería participar en cubierta en juegos que, debido a la deprimente atmósfera de ese período de guerra, casi no se jugaban, y ya en el desayuno estaba de buen humor. George dejaba a un lado los telegramas que también en alta mar le informaban del estado de las operaciones militares y prefería preguntar a Lilian qué había soñado la noche interior y cuáles eran sus proyectos de futuro. En tales proyectos no aparecía, por supuesto, la guerra. Por el momento, la muchacha no alcanzaba a imaginar que los seres humanos pudieran matarse entre sí. Claro que en las canciones y leyendas se hablaba de la guerra. En su fantasía favorita del momento imaginaba que Ben se perdía en algún escenario bélico, por lo que Lilian se disfrazaba de hombre y salía a buscarlo... ¡Pero no por la Europa del todavía joven siglo XX!

—No sé si me casaré... —decía Lilian con aire dramático. La pérdida de Ben no la había afectado mortalmente, pero tenía el corazón roto, al menos en principio—. El auténtico gran amor tal vez sea excesivo para un simple corazón humano.

George Greenwood se esforzaba por mantenerse serio.

—¿A quién se le ha pasado esto por la cabeza? —preguntó sonriendo.

Lilian se ruborizó levemente. No podía confesar que tal afirmación procedía de los poemas que Ben le había recitado tras el primer beso en el bosquecillo junto al Cam.

George pidió que le sirvieran café y agradeció el servicio con un escueto movimiento de cabeza. Lilian dirigió al apuesto camarero una sonrisa que más bien desmentía su aversión al matrimonio.

—¿Y qué harás si no te casas? —preguntó interesado George—. ¿Quieres convertirte en una sabihonda y ponerte a estudiar como había planeado Charlotte?

—¿Antes de que siguiera la dulce llamada del corazón?

George alzó la vista al cielo. No sabía demasiado sobre escuelas femeninas que pretendieran dar una formación creativa y artística, pero si ese horroroso lirismo formaba realmente parte del plan de estudios de Oaks Garden, la calidad de las clases dejaba bastante que desear.

—Antes de que conociera a quien después fue su marido —corrigió George—. Y debo decirte que todavía sigue muy interesada por la cultura maorí. ¿Hay alguna materia que te guste especialmente? ¿Por la que experimentes un interés científico?

Lilian reflexionó.

—En realidad, no —respondió, y mordió un bollito con miel. La embarcación de vapor todavía surcaba el Atlántico y el oleaje era bastante fuerte, pero eso no le quitaba el apetito—. Podría dar clases de piano. O pintar. Pero en el fondo no se me da especialmente bien ninguna de las dos cosas.

George sonrió. Al menos era sincera.

Lilian se lamió la miel de sus labios rosados.

—A lo mejor podría ayudar a mi padre en la mina —dijo a continuación—. Esto le pondría muy contento...

George estuvo de acuerdo. Tim siempre había mimado a la primogénita, y la perspectiva de volver a verlo era lo único que la había consolado por el hecho de abandonar Inglaterra.

—¿En el fondo de la mina? —preguntó George, burlón.

Lilian lo miró con severidad, pero en sus ojos pardos había un brillo pícaro.

—Allí las chicas no son bien recibidas —aclaró—. Los mineros dicen que una mujer dentro de la mina trae mala suerte, lo que por supuesto es una tontería. Pero lo creen de verdad. ¡Ni siquiera la señora Biller baja ahí!

Algo que para Florence seguramente representaba un sacrificio. George sonrió satisfecho. Era evidente que Tim y Elaine habían informado a su hija de la rivalidad entre las Minas Lambert y Biller. Aun así, todo Greymouth había comentado largo y tendido la intención de Florence Biller de supervisar las galerías. Los mineros habían decidido amenazar con marcharse si lo hacía, alegando que la presencia de mujeres en las galerías provocaba repentinos escapes de agua, derrumbamientos y fugas de gases. Al principio Florence Biller había protestado con vehemencia, pero los mineros se mantuvieron firmes en su postura. La activa directora de la mina había acabado resignándose: un «acontecimiento histórico», como había observado Tim Lambert. A cambio, Florence obligó a su esposo Caleb a meterse en la mina. Dada su formación como geólogo, no tardó en abordar unos temas de conversación sumamente fascinantes con el capataz, quien también sentía interés por la geología. Al final, ambos sabían más sobre las extraordinarias formas en que se desarrollaban los estratos de carbón en el ámbito de Asia oriental, sobre todo, pero la visita de Caleb no influyó en que aumentara la eficacia de la explotación en Greymouth. Florence rabiaba.

—Se me da bien la contabilidad —prosiguió Lilian—. Y no tolero ciertas cosas... de otras chicas. ¡A veces hay que ser intransigente cuando uno se enfrenta a arpías como Mary Jaine Lawson! Y esa señora Biller también es una de ellas...

George tuvo que contener la risa de nuevo. ¡La pequeña Lilian Lambert enzarzada en una pelea con Florence Biller! Al parecer se anunciaba un período interesante en Greymouth.

—En el futuro, tu padre y la señora Biller se llevarán mejor —intervino apaciguador—. En la guerra no hay espacio para rivalidades. Se extraerá la máxima rentabilidad de todas las minas. Europa necesita carbón para la producción de acero. Es posible que durante años se trabaje al máximo rendimiento. —Suspiró. George Greenwood era un hombre de negocios, pero siempre había sido honesto. Le repugnaba enriquecerse a causa de tantas muertes. Pero al menos no se le podía reprochar que tuviera malas intenciones. Cuando adquirió una parte de Mina Lambert, no había ni pensado en los beneficios que obtendría en tiempos de guerra.

»En cualquier caso, te convertirás en un buen partido, Lily —añadió, burlándose de su pequeña amiga—. Las pocas acciones que Tim tiene en la mina volverán a hacer ricos a los Lambert.

Lilian puso una expresión de indiferencia.

—Si me caso alguna vez será porque me quieran por mí misma. Ya sea mendigo o príncipe, todo dependerá del dictado de nuestros corazones.

Esta vez George no reprimió la risa.

—¡Al menos el mendigo sabría valorar tu dote! —indicó—. Pero has despertado mi curiosidad. Estoy profundamente interesado por saber quién será el dueño de tu corazón.

Jack observaba dichoso el brío con que Charlotte ascendía por el escarpado camino que conducía al faro del cabo Reinga. El medicamento del profesor Friedman había obrado milagros. Charlotte llevaba tres semanas sin padecer dolores y era evidente que se hallaba con fuerzas renovadas. Así pues, su visita a Waitangi había sido todo un éxito. Los McKenzie admiraron el lugar donde, en 1840, el gobernador Hobson había recibido a los jefes maoríes en una carpa improvisada y a continuación visitaron las tribus asentadas en los alrededores. Jack elogió sus casas de asambleas decoradas con elaboradas tallas. Conocía, naturalmente, el estilo de los ngai tahu, pero las tribus de la isla Sur no parecían dedicar tanta atención a la forma de sus *marae*, tal vez porque solían migrar con más frecuencia. Los habitantes de la isla Norte, por el contrario, parecían ser más sedentarios. Charlotte, por su parte, no mostraba tanto interés en la arquitectura. Hablaba durante horas con los ancianos de las tribus que todavía recordaban lo que les habían contado sus mayores. Charlotte dejó escrita la visión maorí del tratado de Waitangi y anotó las interpretaciones de la segunda generación de los afectados, en especial las distintas opiniones de hombres y mujeres al respecto.

—¡Los *pakeha* tenían una reina! —contaba una anciana todavía ahora emocionada—. A mi madre eso le gustó mucho. Pertenecía a los más ancianos de la tribu y ella misma habría acudido al encuentro. Pero los hombres querían arreglar el asunto entre ellos. Bailaron los *haka* de guerra para cobrar ánimos. Y luego el enviado de las tribus habló de la reina Victoria. ¡Nos impresionó mucho! Para él era algo así como una diosa. En cualquier caso, prometió que nos protegería, ¿y cómo, si no fuera una diosa, lo habría conseguido desde tan lejos? Pero luego hubo peleas... ¿Es verdad que de donde venís se cantan canciones de guerra?

Charlotte confirmó el inicio de la guerra en Europa.

—Pero nosotros no venimos de allí —corrigió—. Sino que hemos llegado de la isla Sur, de Te Waka a Maui.

La anciana sonrió.

—Lo importante no es dónde habéis nacido, sino de dónde son vuestros ancestros. De ahí venís y ahí vuelven vuestros espíritus cuando se liberan.

—Pues a mí no me gustaría nada que mi espíritu acabara vagando hacia Inglaterra —bromeó Jack, cuando abandonaron el poblado—. O hacia Escocia o Gales. Al menos tus padres vienen los dos de Londres.

Charlotte esbozó una sonrisa.

—Pero Londres es un mal sitio para los espíritus —objetó con dulzura—. Demasiado ruido, demasiado bullicio. Hawaiki se me antoja más agradable... Una isla en medio del mar azul, ninguna preocupación...

—Con cocos que llegan a tu boca si no se te han caído antes en la cabeza —añadió Jack burlón, aunque sintiéndose un poco angustiado. Era demasiado pronto para hablar de la muerte con tanta naturalidad, aunque solo se tratara de la mitología de los maoríes. Los indígenas neozelandeses procedían de una isla polinesia llamada Hawaiki. Desde allí, habían llegado en canoas a Nueva Zelanda, a Aotearoa, y hasta ese momento todas las familias conservaban el nombre de la canoa que había transportado a sus antepasados. Según la leyenda, tras la muerte de un individuo, el espíritu de este regresaba a Hawaiki.

Charlotte tomó a Jack de la mano.

—No me gustan los cocos —dijo sin pensárselo demasiado—. Pero aquí en Waitangi ya he acabado. ¿Nos vamos mañana hacia el norte?

Los acantilados de la playa de las Noventa Millas y el cabo Reinga, unos de los lugares más septentrionales de Nueva Zelanda, ofrecían unas vistas fantásticas de un mar bravío. Ahí coincidían el océano Pacífico y el mar de Tasmania. Para los *pakeha* era un mirador espectacular y una parada obligada en cualquier viaje por la isla Norte; para los maoríes, en cambio, era una especie de santuario.

Jack hizo un gesto de despreocupación.

—¿No te resultará demasiado cansado, cariño? La subida es escarpada y hay que recorrer a pie los últimos kilómetros. ¿Crees que lo conseguirás? Ya sé que no has tenido ninguna... migraña en tres semanas, pero...

No expuso sus preocupaciones, pese a la evidente energía de Charlotte. Ella seguía delgada, parecía incluso haber perdido más peso, lo que no era de extrañar, ya que apenas comía. Percibía las manos de ella en las suyas como si fueran los dedos de un hada, y cuando por las noches se estrechaba contra él, su cuerpo emitía un calor febril. Subir una abrupta montaña era lo último que deseaba para su esposa, pero ella había expresado varias veces el deseo de visitar el cabo Reinga en especial.

Charlotte sonrió.

—Entonces tendrás que llevarme en brazos. A lo mejor podemos alquilar caballos o mulas. Allí debe de haber caballos salvajes, así que también deben llegar monturas. El farero seguro que tiene una bestia de carga para las provisiones...

Jack estrechó a su mujer.

—Bien, entonces te llevo en brazos. Da igual lo que diga la gente. Además, ¿te cogí en brazos para cruzar el umbral la noche de bodas? Ya no me acuerdo... No recuerdo esos detalles insignificantes.

El último asentamiento *pakeha* antes de llegar a cabo Reinga era Kaitaia, una pequeña población a la que solo acudían los forasteros que se proponían explorar la parte más septentrional de la isla. La tierra allí era de un verde más exuberante todavía, lo que asombró a Jack, que había contado con encontrar un paisaje de montaña gris. Tampoco los caminos que rodeaban el lugar parecían dignos de preocupación. Jack cogió una habitación en una pensión y habló con el propietario sobre la posibilidad de alquilar caballos o, mejor aún, un carro de tiro.

—Todavía quedan casi cuarenta kilómetros hasta los acantilados —señaló el hombre con escepticismo—. No estoy seguro de que su esposa aguante tanto rato a lomos de un caballo. Es mejor que coja un coche, aunque tampoco podrá subir los últimos kilómetros. Es muy cansado, señor, tendría que meditar si vale la pena hacer ese esfuerzo por unas pocas vistas.

—¡Es más que unas pocas vistas! —exclamó Charlotte pensativa cuando Jack le comunicó el parecer del patrón—. ¡Jack, nunca más llegaremos tan al norte! ¡No te preocupes por mí, lo conseguiré!

Y ahí estaba, tras un largo recorrido a través de un aburrido paisaje rocoso que, no obstante, se veía interrumpido por unas impresionantes vistas sobre calas o largas playas de arena.

—La playa de las Noventa Millas —señaló Jack—. Precioso, ¿verdad? La arena... He oído decir que se utiliza para obtener vidrio. No me extraña, brilla como el cristal.

Charlotte sonreía, aunque se mostraba poco locuaz. Prefería dejar que ese paisaje imponente, el mar y las montañas obraran su efecto en ella.

—Ha de haber un árbol, un *pohutukawa*. Tiene un papel en las leyendas...

Jack frunció el ceño.

—¿Estás segura? No se puede decir que el entorno sea arbolado.

El *pohutukawa* —al que los *pakeha* también llamaban árbol de Navidad de Nueva Zelanda— era un árbol de flores carmesíes y hojas perennes típico de la isla Norte. Jack y Charlotte ya habían admirado en Auckland especímenes de este tipo.

—En el cabo... —dijo vagamente Charlotte. Luego volvió a quedarse callada. Y así permaneció también mientras subían a los acantilados. El patrón de la pensión estaba en lo cierto: con el tiro no se llegaba hasta el faro, había un fatigoso trecho. Sin embargo, eso no parecía importar a Charlotte. Jack distinguía en el rostro de la mujer gotas de sudor, pero ella sonreía.

Solo varias horas después apareció ante la vista el faro, el símbolo del cabo. Jack esperaba que el guardián se alegrara de la compañía y, en efecto, este invitó a los visitantes a un té. Charlotte, empero, rechazó al principio el ofrecimiento.

—Desearía ver el árbol —dijo en voz baja pero con determinación. El farero sacudió la cabeza pero señaló hacia los acantilados.

—Allá a lo lejos. Una cosa bastante raquítica, no entiendo por qué los indígenas meten tanto ruido por eso. Hablan de no sé qué espíritus y al parecer ahí está la entrada al submundo...

—Ah, ¿sí? ¿Y usted ha visto algo? —bromeó Jack.

El guardián del faro, un hombre adusto y con barba, hizo un gesto de ignorancia.

—Yo soy un buen cristiano, señor, mis abuelos vinieron de Irlanda. En *samhain* dejo las puertas cerradas. Pero en primavera el tiempo es tan tormentoso que nadie querría andar por ahí fuera, si sabe a qué me refiero, señor.

Jack rio. Su madre le había atemorizado a veces con el *samhain*, el día de difuntos. Entonces se suponía que las puertas que separan el mundo de los espíritus del de los seres humanos no estaban del todo cerradas y a veces era posible ver fantasmas. Su amigo maorí Maaka, que había oído hablar de tales leyendas pero no las creía, había intentado en una ocasión despertarlo con un susto tocando la flauta *putorino*, pero, obviamente, el muchacho no había conseguido invocar la voz de los espíritus. Jack no se sobresaltó, sino que más bien se enojó a causa de esos acordes tan poco melodiosos. Todo acabó cuando Gwyneira vació un cubo de agua sobre el lúgubre músico.

Charlotte contemplaba ensimismada el mar mientras Jack conversaba con el farero.

—¿Hay aquí arriba poblaciones maoríes? —preguntó ella al cabo de un rato.

—Mi esposa estudia la mitología indígena —explicó Jack.

El guardián movió la cabeza negativamente.

—No hay ninguna estable en las cercanías. Aquí no crece nada. ¿De qué iba a vivir la gente? Pero en la playa siempre acampan tribus: pescan, tocan música... Ahora hay algunos ahí. Los maoríes nunca llegan por el camino interior, sino que suben por el sendero de la playa. En realidad también es más bonito, aunque tan abrupto que exige escalar. ¡No es para usted, señora! —dijo con una sonrisa que expresaba su consternación.

—Pero podrá llegarse al campamento de otro modo, ¿no? —quiso saber Jack.

El farero respondió afirmativamente.

—Entren, tomen un té y les explico el camino —les invitó.

Charlotte los siguió de mala gana. Parecía no poder apartarse de la visión de las aguas turbulentas. Jack también quedó fascinado por el encuentro de los mares, pero entretanto se había levantado un fuerte viento y había bajado la temperatura.

—Lamentablemente no puedo ofrecerles alojamiento —dijo el hombre, apesadumbrado—. ¿Tiene una tienda o algo parecido en el coche? Hoy no pueden volver a Kaitaia...

—Los maoríes nos darán asilo —señaló Charlotte, y Jack le dio la razón. El farero parecía más bien escéptico.

—Hemos pernoctado a menudo con ellos —explicó Jack—. Son muy hospitalarios. Sobre todo si se habla su lengua. ¿Cómo llegamos hasta allí?

Ya estaba oscuro cuando alcanzaron el campamento tribal. Se componía de unas pocas tiendas, muy básicas. En medio ardía una hoguera en la que estaban asando un pescado grande.

—Deberían ser nga puhi —señaló Charlotte, quien evidentemente se había familiarizado con las tribus de la región—. O aupouri o rarawa. Aquí hubo muchas luchas entre las tribus por la propiedad de la tierra.

Aun así, esa tribu daba la impresión de ser pacífica. Cuando Jack saludó en maorí a los niños, que enseguida se acercaron curiosos al carro, todos los acogieron de buen grado. Los niños se ocuparon voluntariamente de los caballos y los adultos invitaron a Jack y Charlotte a sentarse junto al fuego.

—¿Estáis aquí por los espíritus? —quiso saber Jack, vacilante, después de que les hubieran servido boniatos asados y un pescado fresco y sumamente sabroso—. Me refiero a que... entre los *pakeha* pasa así. Cuando hay un lugar sagrado, la gente peregrina allí.

Tipene, el jefe, frunció el ceño.

—Estamos aquí por los peces —respondió con el pragmatismo habitual de los maoríes—. En esta época del año abundan, y nos divertimos pescando. Si te apetece puedes pescar con nosotros mañana.

Jack asintió con entusiasmo. Los maoríes pescaban ahí en el rompiente y esto le interesaba. Hasta entonces solo había pescado en los ríos.

—Las mujeres charlarán durante días —señaló.

Tipene rio.

—Conjuran a los dioses —dijo—. Irihapeti es una *tohunga*, nadie habla de Hawaiki con tanto sentimiento como ella.

Señaló a una anciana que llevaba un buen rato conversando con Charlotte. A Jack le preocupaba que todo eso fuera demasiado para su esposa, pero las mujeres ya se habían protegido del frío de la noche con mantas y en ese momento Irihapeti cubría con otra más los hombros de la joven. Charlotte daba sorbos a un cuenco humeante. Era obvio que estaba contenta. Sin embargo, en sus rasgos había una tensión que a Jack no le gustó.

—¿Te has tomado la medicina, cariño? —preguntó.

Charlotte asintió, pero por su aspecto se diría que sufría al menos un leve dolor. Jack recordó lleno de desazón las palabras del doctor Friedman: «El remedio evita los dolores al principio...» Pero tras ese día tan agotador seguro que era normal que Charlotte diera la impresión de estar fatigada.

—Habla de los espíritus, Irihapeti —pidió la joven a la anciana—. *Te Rerenga Wairua* significa «lugar donde bajan los espíritus», ¿verdad?

Te Rerenga Wairua era el nombre maorí del cabo Reinga.

Irihapeti asintió y le hizo sitio junto a la hoguera, cuando también un grupo de niños se apretujaron junto a ella para escuchar las leyendas.

—Cuando en algún sitio muere uno de los nuestros —dijo la *tohunga* en voz baja y evocadora—, su espíritu viaja hacia el norte. Baja hacia el mar, a esta playa... Si cerráis los ojos, tal vez sintáis una suave ráfaga de aire cuando uno cruza nuestro campamento... No, no tienes que asustarte por ello, Pai, simplemente da la bienvenida al alma —le dijo a una niña a quien el tema de los espíritus le producía miedo, al tiempo que la estrechaba entre sus brazos. La luna ascendió por encima del mar y bañó la playa con una luz irreal—. Desde aquí los espíritus escalan por el acantilado..., justo por el camino que esta mañana hemos tomado, Hone...

Un niño asintió con solemnidad.

—Y luego preparan cuerdas con las algas y desciende al árbol *pohutukawa*, en el extremo noreste de la costa... ¿Lo has visto, Charlotte? Tiene cientos de años. Tal vez sus semillas llegaron con nuestros antepasados desde Hawaiki. Los espíritus saltan del árbol, bajan a las raíces y se deslizan al fondo, hacia Reinga...

—Es una especie de submundo, ¿verdad? —preguntó Charlotte. Jack advirtió que no estaba tomando notas.

La anciana asintió.

—El camino conduce luego hacia Ohaua, donde los espíritus

salen de nuevo a la luz para despedirse de Aotearoa. Y luego...

Ohaua era el punto más elevado de las tres pequeñas islas que había frente a la costa.

—Luego no regresan jamás —concluyó Charlotte en un murmullo.

—Luego se dirigen hacia Hawaiki, a su hogar... —La anciana sonrió—. Estás muy cansada, pequeña, ¿no es así?

Charlotte asintió.

—¿Por qué no te acuestas y duermes, cariño? —preguntó Jack—. Tienes que estar agotada. Mañana te contarán más cosas sobre los espíritus.

Charlotte volvió a asentir. Su rostro casi carecía de expresión alguna.

—¡Te ayudo a montar la tienda!

Jack tenía una tienda sencilla y mantas en el coche. Mientras Charlotte contemplaba la hoguera, él fue a buscar todo ello. Irihapeti le señaló un lugar donde acampar. Estaba junto al mar y las olas acompañarían el sueño de los visitantes.

Con la esperanza de encontrar compañía en una tribu maorí, los McKenzie también habían llevado un par de regalos. Semillas para las mujeres y una botella de whisky para crear un poco de ambiente en torno a la hoguera. Jack la llevó consigo y dejó que circulara. Charlotte se retiró.

—¡Voy enseguida! —dijo Jack con ternura, besándola cuando se despidieron.

Irihapeti le acarició suavemente la mejilla.

—*Haere mai* —susurró—. Sé bienvenida.

Jack se quedó desconcertado. Debía de haber entendido algo mal. Preocupado, se tomó un buen trago de whisky y pasó la botella a la anciana. Ella le sonrió. Tal vez solo estaba un poco bebido.

Mientras los hombres bebían, Irihapeti y un par de mujeres más cogieron sus flautas, lo que de nuevo asombró a Jack. Los maoríes raras veces acompañaban las conversaciones con música y casi nunca empezaban a tocar en mitad de la noche. Sin embargo, las mujeres entonaban una melodía tenue, estaban ensimismadas y más de una vez Jack percibió la famosa «voz de los espíritus» de la flauta *putorino*. Tal vez las costumbres de la isla Norte fueran distintas o acaso se tratara de un ritual que se celebraba ahí en especial para los espíritus que se marchaban.

Cuando Jack se deslizó dentro de la tienda estaba cansado del whisky, del monótono sonido de la flauta y de las largas historias de los hombres. Había crecido con los maoríes, pero todavía le resultaba difícil comprender el sentido profundo de lo que contaban. Se sintió un poco raro yéndose a dormir con la voz de los espíritus de fondo..., pero a Charlotte eso no parecía molestarla: en apariencia dormía profundamente, bien cerca de él. El corazón de Jack se colmó de ternura al verla en ese campamento primitivo, con el cabello suelto y extendido sobre la manta que le servía de almohada; el rostro, sin embargo, no estaba del todo relajado. ¿Cuánto tiempo había pasado desde que la había visto dormir realmente tranquila, libre de dolor y miedos? Apartó esos pensamientos de su mente. Charlotte estaba mejor, se recuperaría... La besó con sigilo en la frente cuando se tendió junto a ella. Luego se durmió.

Charlotte escuchaba las voces de los espíritus. La habían llamado toda la noche, pero hasta entonces no había sido más que un suave reclamo. En ese momento, no obstante, se hacían más suplicantes, más invitadoras. Había llegado el momento.

Charlotte se levantó sin hacer ruido y tanteó en busca de la salida de la tienda. Jack dormía profundamente. Mejor. Le dirigió una última mirada llena de amor. Un día..., una isla a la luz del sol en algún lugar del mar...

Charlotte se apartó el cabello y buscó su abrigo, pese a saber que no iba a necesitarlo: aunque todavía hiciera frío, ya entraría en calor durante la subida. Siguió el camino que Irihapeti le había mostrado y que no tardó en convertirse en un sendero abrupto. Afortunadamente, la luna arrojaba luz suficiente para reconocer los apoyos en la roca. Charlotte avanzaba con rapidez pero sin prisas. No se sentía sola: otras almas la acompañaban en el ascenso e incluso le pareció oírlas murmurar y reír con alegría anticipada. Ella estaba triste, pero no asustada. La ascensión era larga, pero para Charlotte el tiempo pasaba volando. De vez en cuando se detenía y miraba abajo, al mar, que a la luz de la luna emitía destellos cristalinos. En algún lugar de ahí abajo estaba Jack... Tuvo la tentación de penetrar en sus sueños, pero no, era mejor que lo dejara dormir. Y el campamento de los maoríes hacía ya rato que había quedado atrás. Charlotte seguía senderos cada vez más abruptos, más complicados, pero no se perdía, avanzaba con los espíritus. Al final ante ella apareció el faro. Debía prestar atención ahí, volver al mundo real y buscar con cuidado su camino entre las sombras. Si bien era improbable que el farero no estuviera durmiendo en esos momentos, Charlotte quería evitar a toda costa que la descubriese y que la forzara a abandonar sus planes. Aunque tampoco quería precipitarse. Su acción era algo bien meditado, casi sagrado. No debía ocurrir con prisas.

El *pohutukawa* sacudido por las tormentas no se veía desde el faro. Charlotte se relajó. Solo tenía que hacer una cuerda de algas para atarse a él, pero ahí no había algas. Ya le había parecido extraño cuando Irihapeti contó la historia. Tendría que consultarlo con alguien.

Charlotte sonrió. No, ya no transcribiría más leyendas. Ella se convertiría en parte de una de ellas...

Un poco más allá del árbol, el acantilado caía en vertical. Charlotte se acercó a borde. A sus pies el mar rompía en una pequeña playa. El océano se extendía ante sus ojos como un mar de luz.

«Hawaiki», pensó Charlotte. El paraíso.

Y entonces saltó.

Cuando Jack despertó reinaba un silencio de muerte. Era inusual; a fin de cuentas habían dormido en medio de un campamento de maoríes y lo normal era que la playa estuviera llena de risas, charlas, voces de niños y el crepitar del fuego en que las mujeres cocían el pan.

Jack tendió la mano y confirmó que Charlotte no estaba. Qué raro... ¿por qué no lo había despertado? Se rascó la frente y se deslizó fuera de la tienda.

Arena y mar. Huellas de pies, pero ni una sola tienda. Solo una anciana, Irihapeti, por lo que él recordaba, estaba sentada en la playa y observaba el rompiente.

—¿Adónde han ido todos? —El miedo se adueñó de Jack. Era como si hubiera despertado en medio de una pesadilla.

—No han ido lejos, pero hoy te conviene estar solo. Tipene dijo que a lo mejor te enfadarías con nosotros. Y no debes hacerlo. Debes encontrar la paz. —Irihapeti hablaba despacio, sin mirarlo.

—¿Por qué iba a enfadarme con vosotros? —preguntó Jack—. ¿Y dónde está Charlotte? ¿Ha ido con los demás? ¿Qué está sucediendo aquí, *wahine*?

—Quería mostrarle el camino a su espíritu. —Irihapeti por fin volvió el rostro hacia él. Era grave y estaba surcado de arrugas—. Me dijo que temía separarse de su cuerpo porque no había Hawaiki para él. Pero aquí solo tiene que seguir a los demás. No habrías podido ayudarla.

La anciana volvió a contemplar el mar.

Una vorágine se adueñó de la mente de Jack. Los espíritus..., los acantilados..., las vagas palabras del médico... Él no había querido entenderlo, pero Charlotte sabía que iba a morir.

¡Pero no así! ¡No sola!

—No está sola —dijo Irihapeti. Jack no supo si la anciana le había leído los pensamientos o si él había pronunciado las últimas palabras en voz alta.

—¡Tengo que ir a buscarla!

Un abrumador sentimiento de culpa abrumó a Jack mientras corría hacia el camino de piedras. ¿Cómo había podido dormirse? ¿Por qué no se había dado cuenta ni sentido nada?

—También puedes esperarla aquí.

Jack no lo oyó. Ascendía por el empinado camino como alma que lleva el diablo, y solo se detenía para coger aire. No le interesaba la belleza de las piedras ni la del mar. Además, el cielo estaba cubierto y todo parecía impregnado de un extraño azul crepuscular. ¿La luz de los espíritus? Jack se esforzó en acelerar la marcha. Quizá todavía la alcanzaría. Tendría que haber preguntado a la anciana cuándo se había marchado Charlotte, pero era posible que tampoco lo supiera. Para una *tohunga* maorí el tiempo transcurría de otra manera.

Cuando Jack por fin alcanzó el faro, era mediodía, pero el sol todavía no había alcanzado su cenit. El guardia lo saludó alegremente, hasta que se percató del estado en que se encontraba. Ni rastro de Charlotte.

—Hay docenas de lugares posibles —señaló el farero con aire compasivo, cuando Jack le hubo comunicado su temores en unas pocas e incoherentes palabras—. Yo no saltaría directamente desde donde está ese árbol. Ahí el corte de la piedra no es vertical. Pero desde más arriba y algo a la izquierda... Lo dicho, como mucho puede buscar huellas de pisadas. La abuelas maoríes cuentan muchas cosas cuando los días son largos. Tal vez la joven señorita está sana y salva con sus amigos. Con su apariencia delicada y frágil parece mentira que haya podido subir por esta difícil pendiente.

Jack se dirigió a los acantilados, pasado el árbol *pohutukawa*. Tenía que haber sucedido allí, todavía creía notar la presencia de Charlotte. Pero no, era imposible. Su alma ya había alcanzado Ohaua...

Jack dirigió a la isla un saludo silencioso. Ignoraba por qué no sentía desesperación, sino tan solo un vacío, un vacío horroroso y gélido.

Como en trance volvió a desandar el camino. Si ahora tropezaba... Pero Jack no tropezó, todavía no estaba preparado para Hawaiki, todavía no. ¿La abandonaba entonces? Jack ni siquiera conseguía articular sus pensamientos. En su mente solo había frío y oscuridad, pese a que sus ojos por fin veían salir el sol tras las nubes y su pies se asentaban con firmeza en el camino.

Cuando Jack llegó de nuevo a la playa, Irihapeti seguía esperando. Justo en ese momento la anciana pareció distinguir algo.

—¡Ven, *tane*! —dijo con calma, adentrándose en el agua.

Le resultaba difícil avanzar con las olas, Jack era más fuerte. Enseguida la alcanzó y entonces también él percibió algo. Un vestido azul y amplio, hinchado por las olas. Un cabello largo y castaño con el que la corriente jugueteaba.

—¡Charlotte! —gritó Jack, aunque sabía que ella no podía oírle. Dejó de tocar fondo y empezó a nadar.

—Puedes simplemente esperar —dijo Irihapeti. La mujer permaneció en el agua.

Jack cogió el cuerpo de su esposa, se debatió con la corriente para llevarlo a tierra. Jadeaba y estaba en el límite de sus fuerzas cuando llegó junto a Irihapeti. Sin pronunciar palabra, la anciana lo ayudó a arrastrar el cuerpo de Charlotte a la playa y a acostarlo sobre una manta que Irihapeti había extendido.

Jack apartó el cabello del rostro de su esposa y por primera vez en mucho tiempo vio una expresión de completa paz. El cuerpo de Charlotte se había librado de los dolores y su alma seguía el camino de los espíritus...

Jack temblaba.

—Tengo mucho frío —dijo en voz baja, pese a que el día era cálido y el sol estaba secando ya su ropa.

Irihapeti asintió.

—Pasará mucho tiempo hasta que dejes de sentirlo.

6

—¿Así que esto es un *haka*?

Gloria estaba junto a Tamatea, detrás del escenario improvisado en el Ritz, y escuchaba el concierto de despedida de la vieja Europa que ofrecía Kura-maro-tini. William ya había anunciado a la artista por todo lo alto y había insistido una vez más en que los beneficios estaban destinados a las huérfanos de guerra. Gran Bretaña ya había sufrido algunas bajas, mientras que en principio Estados Unidos se mantenía neutral.

Marisa se encontraba algo recuperada y había acompañado incluso con virtuosismo a Kura en la balada que Gloria había intentado tocar con tan poco acierto. La muchacha apenas había reconocido la pieza: Marisa hacía que el piano sonara como un susurro junto a la voz de los espíritus del *putorino* y se deslizara entre el ritmo insistente de la danza de guerra en el fondo y la balada que Kura interpretaba en un primer plano. La composición, una afiligranada obra maestra, mereció una ovación proporcionalmente entusiasta. Sin embargo, Gloria nunca había oído algo similar en los poblados maoríes que rodeaban Kiward Station y el *haka* que siguió tampoco se le antojaba auténtico. Si bien nunca habría afirmado de sí misma que entendiera algo de música, siempre le había parecido que los *haka* de los maoríes tenían una melodía pegadiza. De niña había bailado risueña con los demás cuando su abuela Marama la introducía en un corro o había tocado contenta los tambores. Ahí no se cometían errores: también las personas con poco talento musical eran capaces de seguir ese ritmo. En el espectáculo, sin embargo, veía elaborados pasos de baile y escuchaba melodías e instrumentos complicados que sin duda se inspiraban en los maoríes, pero que distaban mucho de los originales. En algún momento se atrevió a preguntar cautelosamente, con la esperanza de que Tamatea no se burlara de ella.

—Es... arte —respondió la anciana con un gesto de indiferencia, recurriendo a la palabra inglesa para referirse a tal concepto—. «Artístico» y «artificial» tienen la misma raíz.

Tamatea elegía con esmero sus palabras, pero por su expresión se deducía que no aprobaba del todo el modo en que Kura interpretaba la música maorí.

William Martyn, quien también había oído la pregunta de Gloria e incluso la había entendido, lanzó a la anciana una mirada desdeñosa. Solo sabía un par de palabras en maorí, pero con ayuda de las dos palabras inglesas logró sacar conclusiones sobre la respuesta.

—No somos tan puristas, Gloria —intervino—. ¿A quién le interesa si es música maorí original o no? Lo principal es que la sigan, incluso estamos pensando en traducir los textos de las canciones al inglés. Esto nos lo han recomendado mucho para América, a la gente de allí no le interesa mucho el folclore...

—Pero en el programa pone que es auténtico...

Gloria no sabía con exactitud qué era lo que la molestaba, pero tenía la sensación de que la estaban traicionando en algo que para ella era importante. Tal vez fuera demasiado susceptible. De hecho, un momento antes se había sorprendido pasando la mano con ternura por las cuerdas del *tumuturu* y acariciando la madera de las ventrudas flautas. Sentir esos objetos la consolaba. A veces Gloria tenía que convencerse de que todavía existía su país al otro lado de la esfera terrestre.

—En los programas se ponen muchas cosas —respondió William, exasperado—. En París vimos una función de esa Mata Hari. Muy bonito, muy artístico; pero esa mujer nunca ha visto un templo indio por dentro y aún menos aprendido a bailar allí. La observé con lupa. Ni siquiera es india, y en absoluto procede de origen noble o lo que sea que ella afirma. Pero a la gente no le importa: lo principal es el exotismo y que se vea carne. En eso también trabajaremos, nuestro espectáculo tiene que ser más atractivo.

—¿Todavía más? —preguntó Gloria. Los vestidos de las bailarinas ya eran bastante escotados. Sus *piupiu*, faldas marrón claro de hojas de lino secas, terminaban mucho más arriba de la rodilla y dejaban a la vista las piernas desnudas de las chicas. Las prendas superiores, igual de escuetas, tampoco plasmaban la realidad: las mujeres maoríes solían bailar con el busto descubierto. Gloria nunca había reflexionado sobre esta costumbre; en Kiward Station la había encontrado totalmente natural. En cambio allí... la gente ya se quedaba atónita mirando a las bailarinas tal como iban vestidas ahora.

—¡No seas tan ñoña, hija! —exclamó William, riendo—. Estamos pensando en acortar todavía más las faldas, y en cuanto a los dibujos del rostro... —Lanzó una mirada casi insolente a Tamatea—. No queremos seguir haciéndolo, sobre todo en el caso de las mujeres. Los hombres tienen que inspirar miedo. El efecto atemorizador es casi tan importante como el exotismo. Precisamente en América... —William empezó un nuevo discurso sobre lo que había que tener en cuenta en el Nuevo Mundo cuando se hablaba de espectáculos.

Entretanto había salido al escenario un grupo de hombres que avanzaban de forma marcial. De hecho se trataba del *haka* de guerra, lo único auténtico que era capaz de ofrecer el espectáculo de Kura. Los hombres iban pintados de colores, gritaban amenazas a los enemigos y agitaban las lanzas. A los bailarines parecía causarles un gran placer y, por lo que se veía, la representación de la guerra no era algo innato solo en los polinesios. Ninguno de los bailarines procedía realmente de Nueva Zelanda.

William prosiguió enumerando los cambios que tenía pensados para el futuro, pero Gloria ya no lo escuchaba. En el fondo, el trabajo de su madre le resultaba bastante indiferente. Sentía una pena indefinida. El diminuto trocito de Nueva Zelanda que hasta el momento había encontrado en los espectáculos también había desaparecido. A la larga, Tamatea regresaría; ya no quedaba nada que valiera la pena conservar... Pero Gloria tendría que quedarse... ¡Cuánto odiaba América, aun sin conocerla!

Así pues, cuando subió a bordo del barco de vapor, el principal sentimiento que embargaba su ánimo era la desgana. Embarcar todos los accesorios teatrales de Kura, guardados en cajas, había sido un proceso largo y tedioso, pero la cantante insistía en supervisarlo todo ella misma. Mientras, el clima londinense volvió a mostrar su peor faceta. Lloviznaba sin cesar y Gloria parecía un pato remojado cuando por fin llegó a su camarote en primera clase. Lo compartía con Tamatea, lo que al menos resultaba un alivio. Esta vez no viajaban bailarinas jóvenes con la compañía, ya que William había despedido al grupo tras el último concierto y en Nueva York formaría otro cuerpo de baile.

—¿Subes al puente, Gloria?

La muchacha había esperado que la dejaran tranquila en el camarote, pero al parecer el capitán no quería renunciar a dar de inmediato y personalmente la bienvenida a bordo a Kura-marotini y su familia. Como había estado ocupado hasta poco antes de la partida, los recibió en el puente, donde abrumó a las mujeres con miles de datos sobre la navegación de altura. Gloria recordó que pocos años atrás eso la había interesado vivamente, pero ahora solo veía que el capitán no le dirigía ni una mirada. Se limitaba a hablar con Kura-maro-tini, quien con toda certeza se aburría, pero que lo escuchaba como si fuera una reina. La lluvia y el viento no empañaban para nada su belleza. Por el contrario, la tormenta revolvía sus cabellos haciéndola más conmovedora, pero también más excitante.

—¿Y esta es su hija?

La observación de costumbre, el asombro habitual en el rostro del capitán. Gloria bajó la vista al suelo y deseó estar muy lejos...

La travesía de Londres a Nueva York transcurrió sin contratiempos, aunque un par de pasajeros tenían miedo a causa de la guerra y la imagen de los puertos estaba dominada por hombres en uniforme de la Marina. En alta mar, sin embargo, no se cruzaron con ningún barco de guerra. Así pues, el ambiente abatido que había reinado en Londres poco después de estallar la guerra pronto cedió lugar a la vida a bordo, despreocupada y alegre. Al menos en primera clase, donde se celebraban fiestas. Gloria ignoraba lo que sucedía en la entrecubierta, donde emigrantes pobres y desertores hacinados como sardinas estaban impacientes por que el viaje llegara a su fin. La *first class* y la entrecubierta se hallaban estrictamente separadas, lo que contradecía aquello que la abuela Gwyn y Elizabeth Greenwood contaban de su propio viaje a Nueva Zelanda. En esas travesías que duraban meses en embarcaciones de vela, todavía no demasiado seguras, era inevitable que se produjera algún tipo de contacto entre ambos grupos de pasajeros. La abuela Gwyn había hablado de misas e incluso entretenimientos compartidos.

Gloria disfrutó del viaje por mar todo lo que fue capaz de disfrutar y estuvo dispuesta a hacerlo. Los banquetes nocturnos, los juegos en cubierta y otros entretenimientos la aburrían, pero ya en el viaje de Lyttelton a Inglaterra la había serenado contemplar la infinitud del océano. Durante horas se quedaba sentada a solas en cubierta mirando las olas y se alegraba cuando los delfines o ballenas acompañaban la nave.

Los padres de Gloria solían dejarla tranquila. Kura disfrutaba de su fama de estrella entre los pasajeros y William bebía con los lores y bailaba con las ladies como si fueran sus iguales. El capitán asedió a Kura para que cantara para los pasajeros y los oficiales, y ella acabó cediendo a sus ruegos. Por supuesto, el concierto fue todo un éxito y Gloria tuvo que sufrir las mortificaciones habituales.

—¿Y la hijita también se dedica a la música? ¿No? ¡Qué lástima! ¡Pero debe de estar usted orgullosa de su madre, señorita Martyn!

Otra frase más que Gloria aprendió esos días a odiar era: «Gloria todavía es muy joven.» Kura y William se disculpaban así por la escasa participación de Gloria en las conversaciones de mesa y por que no quisiera bailar cuando la orquesta del barco tocaba por las noches.

Al final, durante la cena con el capitán, tuvo que acceder a los ruegos de un joven marinero al que acabó pisando. Si bien recientemente había clases de bailes de sociedad en Oaks Garden, estas se impartían en el último año escolar: demasiado tarde para Gloria.

—¿Cómo puede la gente vivir aquí? —preguntó Tamatea cuando el barco pasó junto a Ellis Island y Nueva York surgió por fin ante la vista—. Las casas son demasiado altas para ver el cielo. El suelo está sellado y la luz es artificial. Y qué ruido... La ciudad está llena de ruido, lo oigo desde aquí. Esto espanta a los espíritus. Los seres humanos deben de estar inquietos, desarraigados...

En realidad, era la misma impresión que Gloria había tenido de Londres, pero la anciana estaba en lo cierto. Nueva York todavía era más grande, más ruidosa, más intrincada, y si la muchacha hubiese sido un espíritu habría huido sin dudarlo un momento.

—Hay un parque inmenso en el centro de la ciudad, allí hay hasta árboles altos —intervino Kura, impaciente.

La artista ardía en deseos de abandonar el barco y tomar posesión de esa nueva y singular ciudad, algo que no dudaba conseguir. A juzgar por los telegramas que su agente de conciertos había ido enviando al barco, su espectáculo despertaba un enorme interés. Las entradas para las primeras funciones ya estaban agotadas. Pero antes de nada había que solucionar algunas cosas, y Kura estaba sedienta de actividad. Los Martyn se dirigieron en uno de los nuevos automóviles, naturalmente, al hotel, el Waldorf Astoria. A Gloria no le gustaron ni el estrepitoso vehículo, en el que Tamatea parecía estar verdaderamente asustada, ni la intimidante elegancia del vestíbulo del hotel. Como siempre, pasó desapercibida. Si bien los empleados del establecimiento rindieron homenaje a la espectacular belleza de Kura, todavía no conocían a la celebridad europea y al principio no preguntaron si su hija se parecía a ella. Gloria ocupó una habitación en la suite de sus padres, pero para su alivio constató que los nuevos miembros de la compañía no tendrían que demostrar allí sus dotes artísticas. William había alquilado para ello una sala en el cercano distrito de los teatros.

Tamatea tenía que estar presente durante la selección de los jóvenes bailarines, de modo que Gloria pasó sola los primeros días en Nueva York. William y Kura le sugirieron que fuera a los museos y galerías. Siendo una joven sin compañía, sería más conveniente que pidiera un coche en el hotel para los desplazamientos. Dócilmente, Gloria se hizo conducir al Metropolitan Museum of Art, donde contempló sin interés las mismas pinturas el amor por las cuales intentaban inculcarle desde hacía seis años pero que seguían suscitándole las preguntas equivocadas. Más interesantes le resultaron las armas e instrumentos musicales de distintos países del mundo. Los utensilios de las islas del Pacífico le recordaron las obras de los maoríes y verlos casi le recordaba a su hogar. No obstante, todo eso superaba a Gloria. No sabía qué estaba haciendo en esa ciudad, allí no se le había perdido nada. Al final se marchó, descubrió la entrada de Central Park y vagó por el extenso parque. Al menos allí se veía la tierra y el cielo. Sobre Nueva York reposaba una campana de vapor. Era otoño y el viento agitaba unas hojas de color rojo rubí por el parque. En Kiward Station sería primavera. Cuando Gloria cerraba los ojos, veía las ovejas recién esquiladas sobre verdes pastizales húmedos de lluvia, listas para ser conducidas a las montañas, en dirección a los Alpes Neozelandeses; se imaginaba las cimas de estos cubiertas de nieve que saludaban a las granjas a través de un aire transparente como el cristal. Jack acompañaría el ganado a caballo, tal vez con su esposa Charlotte. La abuela Gwyn contaba en sus cartas que era un matrimonio feliz. Pero ¿cómo iba a ser alguien desdichado en Kiward Station?

Cuando Gloria regresó al museo, ya la esperaba su coche. El conductor estaba sumamente inquieto por el retraso de la joven. William se lo reprochó cuando entró en el hotel, pese a que con toda certeza los Martyn no se habían preocupado por si su hija se había extraviado. Estaban demasiado ocupados con los ensayos del día. En ese momento se hallaban en plena discusión a causa de dos o tres bailarinas que o bien se negaban a actuar con poca ropa, según el parecer de William, o carecían de sentido del ritmo, según Kura. Por su parte, Tamatea encontró a las chicas en general demasiado delgadas para representar a las mujeres maoríes, algo que Gloria encontró raro: a fin de cuentas, la mayoría de las muchachas maoríes eran delgadas.

El día después, no obstante, cuando presenció los ensayos, comprendió a qué se refería la anciana. Las aspirantes al empleo tenían todas el cuerpo fibroso de las bailarinas de ballet y eran altas y de miembros largos. Las mujeres maoríes eran más compactas, tenían las caderas más anchas y los pechos voluminosos. Pero esas muchachas se movían sin cesar, como también hacía Mata Hari en sus espectáculos, y esa era la orientación que querían tomar los Martyn. Enseguida pusieron a Tamatea como ayudante una profesora de ballet neoyorquina y ese fue el cargo que le asignaron. La mujer maorí se enfadó y el ambiente en la compañía se enrareció.

Gloria pasó casi todo el día siguiente en su habitación. Estaba harta de peleas y de que todos intentaran que ella tomara partido. En eso no tenía opinión. Ya había pasado mucho tiempo desde que la abuela Gwyn la llamara su «pequeña *tohunga*», refiriéndose a los conocimientos de Gloria sobre ovejas y caballos. Escribió con desgana una carta a Kiward Station.

> Nueva York es inmenso. Nuestro hotel es moderno y muy bonito. Tenemos a nuestra disposición un coche que me lleva a todos los sitios adonde quiero ir. Mis padres trabajan mucho. Suelo estar sola.

Gloria leyó una vez más la carta y tachó la última frase.

George Greenwood no podía acompañar a Lilian hasta Greymouth, pues le esperaban asuntos urgentes en Christchurch... y la noticia de la muerte de su hija Charlotte. Gwyneira McKenzie, que había ido a Lyttelton para recoger a su bisnieta, le comunicó con expresión grave que Elizabeth lo esperaba en el hotel. Lyttelton, que sesenta años atrás, cuando llegó Gwyn, todavía era una población diminuta, se había convertido en una auténtica ciudad con todas sus ventajas.

George se despidió con prisas de su compañera de viaje y corrió a reunirse con su esposa. Gwyneira lo miró apenada. También ella estaba de duelo, pero no quería echar a perder la llegada de Lilian. Ni siquiera llevaba vestidos de luto, solo colores oscuros.

La muchacha no se percató de su voz ronca. Estaba emocionada y feliz de volver a casa, y no pudo ocultar su entusiasmo cuando Gwyn le comunicó que ese mismo día vería a su madre. Elaine no había soportado más la espera. Llegaba a Greymouth en el tren nocturno y Lilian y Gwyn la recogerían enseguida. Después, madre e hija pasarían un par de días en Kiward Station.

—¿Y papá? —preguntó Lilian—. ¿No viene?

—Al parecer está muy ocupado —respondió Gwyn—. Es la guerra. Pero ven, dejaremos que el servicio del barco lleve tu equipaje a Christchurch.

—¡No voy a decir lo mucho que has crecido! —dijo burlona Elaine a su hija después de que la muchacha se desprendiera de sus brazos. Lily y Gwyn habían llegado a tiempo a la estación y aguardado impacientes la llegada del tren—. A fin de cuentas, eso era previsible.

—¡No soy alta! —protestó Lilian—. Ni siquiera igual de alta que tú.

Era cierto. Lilian seguía siendo de baja estatura y encantadora, pero se parecía mucho a su madre. También Gwyn tenía la impresión al verla de estar mirando un espejo mágico. Exceptuando el color de los ojos y que el cabello era más liso y de otro tono rojizo, Lilian era idéntica a ella cuando tenía quince años.

—¡Espero altura intelectual! —bromeó Elaine—. Después de tantos años de internado inglés... ¡Debes de ser una enciclopedia andante!

Lilian esbozó una mueca. Al parecer se habían hecho falsas ideas de la educación femenina en Oaks Garden, aunque eso al fin y al cabo daba igual. Nadie la sometería a ningún examen.

—En cualquier caso, todavía sabe montar —intervino la abuela Gwyn con fingida alegría.

La anciana parecía cansada y muy envejecida desde la última visita de Elaine. Esta le apretó la mano en silencio, pues poco antes de su partida se había enterado de la tragedia de Jack y Charlotte.

—¿Jack todavía está en el norte? —preguntó en un susurro. Gwyn asintió.

—Elizabeth quería que trajeran a Charlotte, pero ninguno de los dos sabía cómo hacerlo. Han esperado a George... ¡Qué trágico regreso a casa!

—¿No han enviado ningún telegrama al barco?

—¿Y de qué habría servido? Elizabeth quería decírselo en persona... —Gwyneira miró de reojo a Lilian.

—¿Ocurre algo? —preguntó la muchacha.

Elaine gimió.

—Tu tío Jack está de luto, Lily, y también a tío George le espera una mala noticia. Su hija Charlotte, la esposa de Jack, ha muerto...

Gwyneira rezaba para que Lilian no preguntara por las circunstancias en que se había producido el acontecimiento, pero en realidad a la joven no parecía incumbirle la pérdida de Charlotte. Lily solo conocía a Jack de forma superficial y nunca había visto a su esposa. Dijo brevemente que lo lamentaba y empezó de nuevo con su alegre parloteo. Le habló a Gwyn de los caballos de sus amigas inglesas, a Elaine del viaje en barco y, cómo no, de sus planes de ayudar a Tim Lambert en la dirección de la mina.

Elaine sonrió.

—Te necesitará: las minas trabajan al máximo rendimiento. Es la guerra. Tim ya lo predijo cuando estalló la contienda, pero que fuera a ser todo tan rápido... Inglaterra pide acero a gritos y, en consecuencia, también carbón. Eso significa, claro está, que la industria debe despabilarse para obtener provechos lo más deprisa posible por si la guerra termina pronto. Florence Biller, que parece compartir esta opinión, está ampliando considerablemente la mina. Los otros tienen que procurar mantener su ritmo... ¿De verdad cabrá todo el equipaje en este pequeño carruaje, abuela?

Las mujeres habían abandonado la estación y subían al vehículo de Gwyn, delante del cual había enganchada, a la espera, una elegante yegua cob.

Gwyneira hizo un gesto negativo.

—No, tenemos otro coche para transportar el equipaje. Pero pensé que te apetecería un viaje relajado. Y tampoco quiero dejar solo a James mucho tiempo. La muerte de Charlotte le ha afectado de verdad. Todos la queríamos mucho. Y él... me preocupa de verdad...

James McKenzie estaba lleno de inquietud. Tendría que haber sentido pena, pero lo que experimentaba era más bien rabia. ¡Charlotte era tan joven, tan vivaz! Y Jack la amaba infinitamente. James sabía lo que se sentía cuando se amaba tanto... Gwyn... ya era hora de que volviera. ¿Adónde había ido esta vez? En los últimos tiempos, los recuerdos de James se confundían. A veces esperaba a la joven que como un torbellino montaba el poni marrón por las llanuras de Canterbury, y creía ver trotar tras ella a la perra *Cleo* o a su *Friday*, el legendario perro pastor del bandido de ganado McKenzie. Luego casi se sobresaltaba al ver arrugas en el rostro de Gwyn y su cabello prácticamente blanco; al descubrir que no salía a su encuentro ningún perro que moviera alegremente el rabo, sino solo *Nimue*, siempre un poco malhumorada, que seguía obstinada en no dormir en su cesta sino en el pequeño pórtico que se había pensado como recibidor mirando a la puerta de la casa. El animal esperaba a Gloria. Si era necesario, esperaría toda su vida.

James decidió bajar a recibir a Gwyn delante de los establos. Ese día le latía el corazón con fuerza y no le dolían las articulaciones. Casi se atrevería a montar a caballo. Sí, sería bonito dar un paseo a caballo...

James se apoyó solo levemente en el bastón al bajar las escaleras. Era realmente un buen día. Los caballos relincharon cuando entró en el establo. Había dejado de llover, tenía que decirle a Poker que ya podían salir. ¿O era Andy...? Porque Poker..., Poker estaba... No, era imposible que su viejo amigo y compañero de tragos hubiera fallecido un año atrás.

En el establo se afanaba Maaka, un trabajador maorí y el mejor amigo de Jack, que sustituía a este como capataz durante su ausencia.

—¡Muy buenos días, señor James! —saludó el hombre, sonriendo—. Qué, ¿está impaciente por ver a la señorita Lily? Pero la señorita Gwyn todavía no puede haber llegado. Aunque hayan salido temprano...

—Creo que iré a su encuentro —dijo James—. ¿Me ensillas un caballo?

—¿Un caballo, señor James? Pero si hace meses que no monta —objetó Maaka, vacilando.

—Entonces ya va siendo hora, ¿no crees? —James se acercó a su caballo castrado marrón y le dio unos golpecitos en el cuello—. ¿Me has echado en falta? —preguntó amistosamente—. En otros tiempos, cuando la señorita Gwyn regresaba a casa, yo siempre montaba un caballo blanco... —Sonrió al recordar.

Maaka se encogió de hombros.

—Si tiene que ser un caballo blanco... Uno de los pastores nuevos tiene un caballo así. A él no le importará que lo monte usted, es un buen tipo...

James dudó. Luego se echó a reír.

—¿Por qué no? Otra vez un caballo blanco.

Esperó hasta que Maaka hubo ensillado un animal de pelaje blanco mezclado con hebras grises. Luego él mismo lo embridó.

—Muchas gracias, Maaka. La señorita Gwyn se llevará una sorpresa.

James se sentía presa de entusiasmo juvenil cuando sacó al caballo. De forma excepcional no le fallaban los huesos... Si el corazón no le brincara de ese modo tan extraño... Había algo que no acababa de ir bien, porque también le hacía un poco de daño..., un ligero dolor que se extendía por el brazo. James pensó que tal vez no tendría que montar. Pero ¡qué demonios! ¿Qué decía siempre Gwyn? Si uno no podía montar es que estaba muerto.

James animó al caballo a ponerse al trote y el animal obedeció sus indicaciones con brío, siguiendo el camino que conducía a Christchurch.

—¿De verdad? ¿Puedo llevar las riendas?

En efecto, Lilian no había olvidado cómo manejar un caballo. A fin de cuentas, casi cada fin de semana la invitaba una de sus muchas amigas, que en gran parte pertenecían a la nobleza rural y por supuesto tenían caballos. El otoño anterior incluso había participado en dos cacerías de zorro. De todos modos, nunca había guiado un carro y la yegua que tiraba del carruaje no era, en modo alguno, un aburrido jamelgo. El viaje no prometía ser muy «relajado».

—Pues claro, es igual que al montar a caballo. Lo único que no tienes que hacer es caer en la tentación de tirar, porque entonces las riendas parecen alargarse, pero eso no lo nota el caballo —explicó Gwyn, alegrándose del interés de Lilian—. Últimamente muchos se compran un automóvil —advirtió a Elaine, mientras Lily se concentraba en llevar las riendas—. Pero esa idea no acaba de gustarme. Por supuesto lo he probado. En realidad no son muy difíciles de conducir...

—¿Has conducido un coche? —preguntó Elaine, riendo—. ¿Tú misma?

Gwyn le lanzó una mirada de reproche.

—¿Y por qué no? ¿Pues no he conducido siempre mis carruajes? Y oye bien lo que te digo: ¡comparado con un semental cob, un automóvil es un pato cojo!

Elaine se echó a reír de nuevo.

—Desde hace poco también nosotros tenemos uno —le comunicó—. Después de que Florence Biller se paseara arrogantemente al volante de uno de esos cacharros, Tim fue incapaz de resistir la tentación. Una completa tontería. Él mismo no puede conducir con la pierna entablillada, incluso el simple hecho de subir al vehículo le resulta difícil, y ni qué decir de la suspensión... Para su cadera es puro veneno. Pero jamás lo reconocerá. Roly está totalmente encantado con el automóvil (siempre le han dado un poco de miedo los caballos), y los chicos también. Un juguete para hombres, aunque si va a imponerse, habrá que construir mejores carreteras.

Entretanto, Lilian ya tenía al caballo bajo control y lo dejaba trotar alegremente, mientras los kilómetros iban deslizándose bajo los cascos de la yegua canela.

James vio llegar la yegua al trote. Parecía Gwyn... Siempre a toda velocidad e *Igraine* le seguía gustosa el ritmo. Un momento, ¿era *Igraine...*? Por su cabeza pasó difusamente la idea de que ese caballo había de tener otro nombre. La yegua *Igraine* había llegado, procedente de Gales, con Gwyn. Era imposible que siguiera viva...

Pero lo era... Esa cabeza bien perfilada, el gesto marcado al trotar, las crines largas ondeando al viento. Y Gwyn en el pescante... Una muchacha tan bonita... ¡Qué joven era! Y ese cabello rojo, la expresión despierta, el resplandor de su rostro, el puro placer por la velocidad del viaje y la docilidad del animal.

Enseguida lo vería. Enseguida brillarían sus ojos, como siempre habían hecho. Incluso en el tiempo en que ella se negaba a amarlo, durante los muchos años en que educó a su hija como si fuera la de otro, a quien no quería engañar. Sus ojos siempre la habían traicionado...

James levantó el brazo para saludar. Al menos esa era su intención. Pero el brazo no obedecía... Y ese mareo...

Gwyn vio acercarse al jinete y al principio pensó que se trataba de un espejismo. James a lomos de su viejo caballo. Como entonces, cuando salía al encuentro de ella y Fleurette porque habían tardado más de lo esperado. Siempre se preocupaba. Pero ahora... no debería montar, él...

La anciana vio que James vacilaba. Gritó a Lilian que detuviera el carruaje, pero él se desplomó antes de que la joven consiguiera frenar a la yegua. El caballo permaneció dócilmente junto al hombre.

Elaine quería ayudar a su abuela, pero Gwyneira la rechazó. Saltó a toda prisa de la calesa y se precipitó hacia su esposo.

—¡James! ¿Qué pasa, James? —A su sobresalto se añadía también el miedo.

—Gwyn, mi preciosa Gwyn...

James McKenzie murió en los brazos de su casi octogenaria Gwyneira, pero ante sus ojos se hallaba la imagen de la princesa galesa que había conquistado su corazón tantos años atrás.

Gywneira solo susurraba el nombre de su marido.

7

Gloria no se enteró de las pérdidas que se habían producido en su familia hasta unas semanas más tarde. El correo desde Nueva Zelanda hasta Estados Unidos era complicado y, por añadidura, las cartas pasaban previamente por la agencia de conciertos de Kura en Nueva York, que tenía que localizar primero a la compañía de artistas y enviar de nuevo las cartas a donde esta se encontrara. En esa ocasión, el correo les llegó en Nueva Orleans, una ciudad bulliciosa que había conquistado el corazón de Kura-maro-tini. En las calles, individuos de piel oscura interpretaban una desconcertante y singular música, y cuando Kura no tenía función salía con William a los clubes nocturnos del Barrio Francés, escuchaba esas extrañas melodías que llamaban jazz y bailaba.

Las tristes noticias procedentes de su hogar, por el contrario, no la conmovían. Ni William ni Kura habían conocido a Charlotte, y ninguno de los dos había experimentado una especial simpatía por James McKenzie, un sentimiento que era recíproco. De ahí que no les afectara el contenido de la carta de Elaine. Tras la muerte de su marido, Gwyneira no había estado en condiciones de comunicar la noticia, por lo que fue Elaine quien escribió a sus parientes, dirigiendo la misiva a la «familia Martyn». Le pareció superfluo escribir a Gloria por separado, por lo que la muchacha ignoraba los detalles. Kura informó a su hija casi como de paso de que su bisabuelo había muerto y se extrañó de que se entristeciera tanto.

—¿Estás llorando, Glory? Ni siquiera era tu auténtico bisabuelo. Y era muy viejo, tenía más de ochenta años. Es la vida... Pero cantaré esta noche ese *haka* de duelo. Sí, también encaja con Nueva Orleans... Un poco lúgubre...

Gloria dio media vuelta. Así que Kura también aprovecharía la muerte de su abuelo para aumentar su fama. Aunque el *haka* era bonito. Pertenecía al primer programa de Kura y sonaba bastante auténtico, casi como si maoríes y *pakeha* llorasen juntos a un ser amado. Tamatea expresó a Gloria sus condolencias.

—Era un buen hombre. Las tribus siempre lo apreciaron.

Gloria le dio las gracias con la mente ausente. Solo se abandonaba a su pena cuando estaba sola, lo que sucedía pocas veces. Durante la gira, el contacto con los demás era más constante, y si de hecho ya compartía las suites de los hoteles con sus padres estando en una ciudad, durante los interminables viajes en tren la instalaban con las jóvenes bailarinas. Cada una era más bonita que las otras, y todas eran «chicas modernas», orgullosas de ganar su propio sueldo, ser independientes y libres. La tímida y torpe Gloria les parecía una reliquia de otros tiempos y se burlaban de su educación en un internado inglés y de su mojigatería.

En relación a eso último, Gloria ni siquiera sabía con exactitud qué le echaban en cara, pero lo cierto era que, tal como las muchachas señalaban burlonas, la joven siempre evitaba a los hombres y bajaba la vista con timidez. Gloria evitaba el contacto visual con ambos sexos y no dirigía la palabra a nadie. Si alguien le hablaba, se sobresaltaba, sin importar que se tratara de un hombre o de una mujer. Solo se sentía segura con Tamatea, pero era evidente que también ella la ponía nerviosa.

—¡Mira el paisaje, *mokopuna*! El río... ¿cómo se llama? ¿Misisipí? Una palabra extraña. Pero mira cómo fluye, escucha su voz...

La anciana maorí nunca se cansaba de admirar y tocar las plantas, para ella singulares, que brotaban en ese clima cálido y húmedo. Se quedaba atónita ante los extensos campos de algodón y de caña de azúcar e intentaba que Gloria sintiera el mismo entusiasmo por ellos. En Nueva Orleans incluso encontró a una amiga, una negra gorda con la que conjuró espíritus mediante el vudú y con quien cantó canciones cuyos compases se asemejaban más a los *haka* originales que los afiligranados arreglos de Kura. Pese a todo ello, ya hacía tiempo que la muchacha había decidido no amar nada de ese país ajeno. Prefería leer un libro que mirar por la ventanilla del tren a medida que dejaban atrás Luisiana y los otros estados sureños para internarse en las vastas praderas occidentales. Tamatea observaba preocupada que la joven se hundía cada vez más en una espiral de odio y autocompasión. Sin embargo, esa tierra podría haber sido de su agrado. De acuerdo, no era verde como las llanuras de Canterbury y la hierba estaba más bien agostada, pero al fondo resplandecían montañas rojas y azules, había caballos y vacas, y las modestas casas de madera recordaban más a Haldon que a Nueva York o Nueva Orleans.

También la gente era totalmente distinta a la de las grandes ciudades. El público que asistía a las representaciones de Kura en lugares como Dallas y Santa Fe —los hombres, con sus pantalones de montar, las camisas a cuadros y los sombreros de ala ancha, y las mujeres con vestidos estampados— tenían más del espíritu pionero de Gwyneira que de las costumbres mundanas de Kura y William. A menudo no entendían la música y se escandalizaban ante la descocada indumentaria de las bailarinas. Les habría complacido la personalidad de Gloria: taciturna, pero directa y pragmática.

Sin embargo, la muchacha apenas si se atrevía a pasear sola por las calles polvorientas y ver los caballos que los automóviles todavía no habían sustituido en tan gran número como en Nueva York y Londres. Enseguida la reconocían como miembro de la compañía y la miraban como si fuera un animal exótico. Gloria anhelaba con todas sus fuerzas que concluyera la gira, pero todavía faltaba mucho. El trayecto cruzaba el continente en diagonal, desde Nueva York hasta San Francisco, por supuesto dando rodeos, recalando en las principales ciudades y viajando en zigzag a través de enormes extensiones. La *tournée* debía finalizar en la costa Este de Estados Unidos. William y Kura querían regresar a Nueva York por el camino más corto, que implicaba solo siete días de viaje en tren.

Gloria deseaba un pasaje directo hacia Nueva Zelanda. A esas alturas, sus padres ya debían de haber comprobado que no iban a hacer nada con ella. Si bien se esforzaba en sus tareas de maestro concertador y acompañaba en los ensayos al piano a las bailarinas, incluso eso hacía mal. Las chicas no dejaban de quejarse de que el piano les hacía perder el compás y se burlaban de la «completa falta de oído» de Gloria. Había entre ellas al menos dos que tocaban un poco ese instrumento y que podrían haber hecho el trabajo de Gloria tan bien como ella o aun mejor. Cuando no tocaba el piano, ayudaba a Tamatea con el vestuario y el maquillaje, y esto último era lo que mejor se le daba. Tamatea se sorprendía de lo deprisa que se había familiarizado con las formas y el significado de los *moko* tradicionales cuando dibujaba sobre la piel de los bailarines los delicados signos que evocaban helechos estilizados y que solían tatuarse en tiempos remotos. En una ocasión se pintó a sí misma por aburrimiento y dejó pasmada no solo a Tamatea, sino también a su madre.

—¡Pareces una maorí de pura cepa, Gloria! —exclamó maravillada Kura—. ¡Ponte uno de los vestidos! No, no de los nuevos, de los viejos que diseñó Tamatea...

Las antiguas *piupiu* se basaban en el atuendo tradicional de las mujeres maoríes y como entonces todavía participaban auténticas indígenas neozelandesas, los vestidos eran más anchos.

Gloria contempló sorprendida la imagen que le devolvía el espejo. De hecho, si no hubiera sido por el cabello castaño y crespo, podría haber pasado por una mujer de la tribu.

—Basta con que te recojas el cabello en la nuca o que utilices una cinta ancha y bordada —sugirió Tamatea. En efecto, causaba una impresión asombrosa.

—¡Así podría actuar fácilmente con nosotros! —dijo riendo Kura, y Gloria se lavó las pinturas de inmediato. Tener un papel en el espectáculo era una de las últimas pesadillas que todavía no se habían hecho realidad.

Pero tampoco necesitaban a Gloria como maquilladora de máscaras, porque las bailarinas apenas se pintaban de forma tradicional. Los escasos arabescos que discurrían de forma decorativa alrededor de los ojos y en las mejillas no tenían nada que ver con la costumbre maorí y las chicas se acicalaban ellas mismas.

Tamatea pintaba a un par de bailarines. Se aceptaba amablemente la ayuda de Gloria, pero de hecho no era imprescindible.

La joven ansiaba con toda su alma que sus padres se dieran cuenta de una vez. En seis años ya había visto mundo suficiente, ¡ella pertenecía a Kiward Station!

San Francisco era una ciudad floreciente y reposaba en una extensión cubierta de colinas junto al mar. Fascinada y llena de ilusión contemplaba el horizonte del Pacífico, ¡el océano que la llevaría a casa! Además, esa ciudad le gustaba un poco más que Nueva York y Nueva Orleans. Los numerosos edificios de estilo victoriano y los *cable cars*, que allí causaban tanta sensación como los históricos tranvías en su hogar, le recordaban a Christchurch.

Kura y su compañía triunfaron en el Great American Music Hall, los bailarines admiraron Fisherman's Wharf y Tamatea se llevó consigo a Gloria para que viera los leones marinos y las ballenas que permanecían indolentes junto a los embarcaderos.

—¡En casa también hay! —exclamó Gloria con alegría anticipada, aunque hasta el momento no había visto ninguno. Nunca había viajado a la costa Oeste de Nueva Zelanda, pero por supuesto conocía la existencia de tales animales marinos. Tamatea se alegró de volver a oír reír a la muchacha por primera vez en meses, y le contó sagas maoríes que se referían a focas y peces enormes.

Nadie hablaba todavía de partir, aunque las bailarinas estaban impacientes. El contrato con Kura era de su agrado y a la mayoría le gustaba viajar. En Nueva York tendrían que volver a hacer pruebas de baile y habrían de preocuparse por hallar un medio de subsistencia. Pero entonces, tras el penúltimo concierto, William reunió a toda la compañía.

—Tengo que comunicaros algo —anunció en tono solemne—. Como sabéis, en un principio habíamos planeado finalizar nuestra colaboración dentro de dos días. Mi esposa y yo queríamos volver a Europa, pues teníamos otras obligaciones allí. Pero, como también sabéis, la guerra todavía no ha concluido. Nuestros planes originales de viajar a Francia, Bélgica, Alemania, Polonia y

Rusia con el nuevo programa ya no tienen razón de ser. Allí no hay quien piense en la música...

Entre los bailarines, que hasta el momento habían estado murmurando, reinó de repente un silencio sepulcral.

—Por eso hemos aceptado complacidos la oferta de la agencia de Kura de prolongar nuestra estancia en Estados Unidos. De qué modo preciso esto ocurrirá, depende de vosotros. Si queréis prolongar vuestros contratos, nos iremos de aquí a Sacramento, Portland, Seattle y, más tarde, a Chicago y Pittsburg. La agencia se ocupará de elaborar el plan. En caso de que quisierais marcharos, deberíamos volver a Nueva York, contratar a nuevos bailarines y volver a empezar desde allí. Así que ¿qué opináis? ¿Queréis continuar?

Los bailarines expresaron su conformidad con gritos de entusiasmo. Solo dos o tres tenían, por razones familiares o de otro tipo, que volver a la costa Este. Los demás suspiraron aliviados y se alegraron de seguir otros meses de gira.

—¿Y yo?

Las palabras que William había pronunciado ante los bailarines habían dejado a Gloria perpleja y muda. Jamás habría alzado la voz ante toda la gente ni llamado la atención. En esos momentos, no obstante, en la suite del hotel de sus padres, que estaban sentados descansando —William con un vaso de whisky y Kura con una copa de vino blanco en la mano—, consiguió expresar el temor que la atenazaba.

El padre la miró sorprendido.

—¿A qué te refieres? —preguntó—. Por supuesto, te vienes con nosotros, ¿qué otra cosa ibas a hacer?

—¡Pero aquí no sirvo de nada! Nadie me necesita... y... —Gloria habría querido decir miles de cosas, pero solo consiguió formar un par de frases.

Kura rio.

—Tontita, pues claro que sirves. ¿Y qué vas a hacer, si no? Si lo que quieres es estudiar, no puedes regresar a Europa. Están en guerra, se matan unos a otros. Aquí estás segura.

«¡En Kiward Station no hay guerra!», quería gritar Gloria, pero no emitió más que un mero murmullo.

—Ah, se trata de eso... Quieres volver a esa granja de ovejas... —William sacudió la cabeza—. Gloria, cariño, viajar de aquí a Nueva Zelanda es dar la vuelta al mundo. No vamos a enviarte allí sola. ¿Y para qué? Hija, ¡aquí ves mundo! Ya sabes suficiente de esquilar ovejas, si es eso lo que quieres. ¡Pero no lo dirás en serio! Imagínate cuando volvamos después de la guerra: verás Francia, España, Portugal, Polonia, Rusia... No hay país de Europa donde hayamos estado y que no esté deseando ver todavía más espectáculos. Tal vez acabemos comprando una residencia en Londres... Sí, ya lo sé, Kura, no te gusta la idea de asentarte en un lugar fijo, pero piensa por una vez en la pequeña: tendrá que presentarse en sociedad como es debido. En algún momento aparecerá un hombre adecuado, te casarás..., ¡te han educado para convertirte en una dama, Gloria! ¡No en una campesina!

Gloria no respondió. Su rostro estaba blanco como la nieve y pensaba que nunca recobraría el habla. Una gira por Europa, una residencia en Londres, bailes de presentación... Cuando Kura y William habían llevado a su hija a Inglaterra lo habían hecho con la idea de que no regresara nunca más. Debería permanecer ahí con ellos y... en algún momento heredaría Kiward Station, si Kura no lo vendía cuando la abuela Gwyn falleciera...

Gloria se sorprendió a sí misma deseando la muerte de sus padres. En un accidente, tal vez, o en el atentado de un loco. Pero eso era una mera fantasía. Kura se hallaba en la mitad de la treintena, todavía podía vivir cuarenta años más.

¿Vivir otros cuarenta años más lejos de Kiward Station? Gloria veía ante sí una serie infinita de humillaciones: «¿Es esta la criada de la señora Martyn?» «No, no se lo va a creer: ¡es su hija!» «¿Esta chaparra? Pues no se parece en nada a la madre...»

Gloria había oído esta breve conversación esa mañana en la recepción del hotel. A veces ya ni siquiera sentía dolor. Se había acostumbrado. Pero ¿cuarenta años más?

La muchacha pensó en Alcatraz, la prisión en la isla de la bahía de San Francisco que había contemplado el día antes con un leve escalofrío. Sin embargo, comparada con su vida diaria, una estancia allí tenía que ser un puro placer. Gloria tomó aire. Algo tenía que decir. Pero volvió a callar. No habría nada que hiciera cambiar a sus padres de opinión. Hablar no servía de nada. Tenía que actuar, pero sola.

Al día siguiente, Gloria se encaminó hacia el mar, ciega a la belleza de la ciudad. Era primavera en California, el sol relucía dorado en el firmamento y en los jardines que flanqueaban las avenidas florecía la vegetación. Ahí, en la costa Oeste de Estados Unidos ya hacía un calor estival, una sensación desconcertante para una joven a quien el concepto de «costa Oeste» remitía a un clima lluvioso y desapacible. En las calles de San Francisco reinaba la animación. Se veían personas de todos los colores de piel y nacionalidades. A Gloria le llamaron la atención sobre todo los chinos o japoneses de ojos rasgados. En su mayoría daban la impresión de ser tan tímidos y pusilánimes como ella. La muchacha casi creyó sentir su naturaleza de extraños. Por otra parte, contaban con su propio barrio: Chinatown. Unas bailarinas habían ido a comer allí y se habían ufanado de no haberse asustado ni ante un perro asado. Gloria se sentía mal solo de pensarlo.

Al final, llegó al barrio portuario, que por fortuna no era tan oscuro ni tortuoso como el de Londres o Nueva York, sino espacioso y moderno. La bahía de San Francisco y el Golden Gate ofrecían a la ciudad una dársena natural y los muelles, edificios portuarios y atracaderos habían sido rehabilitados tras el terremoto y el gran incendio de 1906 y, en muchos casos, se habían reconstruido del todo. Había enlaces ferroviarios y un gran puerto comercial al que llegaban mercancías de todo el mundo que eran descargadas por personas de todo el mundo. Un viajero abierto a nuevas sensaciones lo habría encontrado emocionante, pero a Gloria eso la asustaba. ¿Cómo iba a encontrarse a gusto ahí? ¿A quién se dirigiría, si esas personas de piel negra o amarilla tal vez ni siquiera hablaran inglés?

Pero luego distinguió vapores de pasajeros. Esos debían de ser los muelles a los que llegaban los barcos de inmigrantes, ya que ahí se encontraban los despachos de las autoridades competentes. Gloria había oído decir que a San Francisco solían llegar franceses e italianos, aunque antes, en los tiempos de la fiebre del oro, también muchos irlandeses y otros habitantes de Gran Bretaña habían navegado hacia el Golden Gate. Pera daba igual quién inmigrara ahí, porque lo que deseaba Gloria era emigrar. Y los vapores eran su primer objetivo. Ahí había siempre una lujosa primera clase con docenas de criados. La mayoría de ellos solían ser hombres, pero Gloria no podía imaginarse que los camareros hicieran camas y pelaran patatas. ¡También había de haber empleadas que limpiaran las habitaciones o que trabajaran en la cocina!

La muchacha esperaba que la contratasen en uno de esos vapores y costearse así el viaje. Si tan solo supiese cuál era el barco que zarpaba hacia Nueva Zelanda... Recorrió vacilante los muelles, llenos de hombres ocupados en diversas faenas, incapaz de superar su timidez para dirigirse a alguien. De repente, un joven flaco y vestido de marinero se detuvo ante ella y se la quedó mirando.

—¿Qué pasa, preciosa? ¿Te has perdido? Aquí no ganarás nada y si la policía te detiene tendrás problemas. Es mejor que pruebes en Fisherman's Wharf.

—Yo... Cuál..., esto... ¿Cuál es el barco que va a... Nueva Zelanda? —Gloria se obligó a mirar al hombre. Las palabras, amables aunque algo insolentes, la animaron.

Vio un rostro irónico y algo puntiagudo que le recordó al de un roedor.

—¿Te gustan los kiwis? Pues guapa, lo tienes difícil.

Gloria se mordió el labio. Lo mismo había dicho su padre. ¿Es que no había manera de ir de América a Polinesia?

—Mira, pequeña, nosotros estamos aquí... —El marinero se puso de cuclillas y dibujó una especie de mapa en el polvo de la calle—. Y ahí, al otro lado del mundo, está Australia...

—Pero yo quiero ir a Nueva Zelanda —repitió Gloria.

El hombre asintió.

—Nueva Zelanda está justo al lado —aseveró.

—Bueno, a unos dos mil kilómetros —puntualizó Gloria. A ella personalmente le parecía una distancia bastante grande.

El marinero hizo un gesto de rechazo con la mano.

—Eso es un paso, comparado con la distancia entre aquí y Australia. Para llegar ahí tienes que ir primero a China. Eso no es difícil, prácticamente todas las semanas zarpa un barco. Pero luego: Indonesia, Australia y desde ahí al País de los Kiwis. ¡No vale la pena, bonita! Hazme caso, estuve una vez allí, en la llamada isla Sur. Hay un par de sitios que recuerdan a Inglaterra, unos cuantos prados y ovejas. Esto por una parte; por la otra hay minas y pubs. Ahí llegarías a ganar algo. Pero, sin ánimo de ofender: como tú las hay a montones...

Gloria asintió con gravedad, lejos de sentirse herida.

—Vengo de allí.

El marinero soltó una sonora carcajada.

—Vaya, entonces has viajado mucho y espero que también hayas aprendido mucho por el camino. —La estudió con la mirada—. Deberíamos darnos prisa en probarlo. Pareces limpia y cariñosa. ¿Un poco polinesia, no? Siempre me han gustado las chicas de allí, más que esas pollitas delgadas que se venden por aquí. Bueno, ¿qué me dices? ¿Cuánto pides por una horita a eso del mediodía?

Gloria miró al hombre, desconcertada. No tenía que alzar la vista, era de su misma altura. También eso le gustó, lo hacía menos amenazador que su padre o el reverendo Bleachum. Y él la encontraba «cariñosa»... Gloria tenía la sensación de que le reconfortaba el corazón. Pero ese hombre era raro. ¿Por qué iba a estar sucia? Esa mañana se había puesto su vestido más bonito, un modelo holgado con grandes flores de colores, más al estilo de la tradición maorí que a la última moda. Y en cuanto a su cabello, había seguido el consejo de Tamatea y lo sujetaba apartado del rostro con una cinta más ancha de lo normal. Todo ello estaba pensado para causar una buena impresión en cualquier sobrecargo que quisiera contratar a una criada. Y Gloria tampoco quería perder de vista ese objetivo, sin importar lo que el hombre le ofreciera.

—Primero... primero he de encontrar un barco. Y trabajo, porque... no tengo mucho dinero. ¿Y cree usted que primero debo ir a China? A lo mejor puede usted ayudarme. Pensaba en un vapor de pasajeros. Seguro que necesitan personal... —Gloria miró con gravedad a su nuevo amigo.

—Tesoro, nadie en sus cabales hace un crucero a China —respondió el marinero con un gesto de impaciencia—. Ahí solo circulan los vapores de carga. Yo, por ejemplo, viajo en uno de la Pacific Mail Steamship Company. Llevo a Cantón abulones y traigo té y seda. Pero mi capitán no contrata chicas.

—Soy fuerte —aseguró Gloria, esperanzada—. También trabajaría en la cubierta, descargando mercancías o algo así.

El marinero sacudió la cabeza.

—Nena, lo malo es que la mitad de la tripulación considera que trae mala suerte tener una mujer a bordo. ¿Y dónde ibas a dormir? De acuerdo, los chicos se pelearían por compartir camarote contigo, pero...

El hombre se detuvo. Luego exploró con la mirada el rostro y el cuerpo de la joven.

—Vaya, se me acaba de ocurrir una idea... ¿Es cierto que no tienes dinero, tesoro?

Gloria se encogió de hombros.

—Unos cuantos dólares —respondió—. Pero no mucho.

El hombre se mordisqueó el labio inferior, lo que no hizo sino incrementar su aspecto de roedor. Un hurón, pensó Gloria, y se avergonzó de esa ocurrencia tan poco amable. Tal vez más una ardilla...

El hombre parecía haber tomado una decisión y habló como si fuera un comerciante.

—Es una pena. Tendrías que compensarme por el riesgo. Si hiciéramos lo que se me acaba de ocurrir y se descubriera..., me quedaría sin trabajo en Cantón. Si es que el capitán no me tira de inmediato por la borda.

La inquietud nubló la mirada de Gloria.

—¿Lo haría? Me refiero a que... ¡podría usted ahogarse!

El marinero contrajo la cara como si contuviera la risa, pero permaneció serio.

—En el barco solo manda él, eso tienes que saberlo. Si te descubre, te pasará por la quilla y a mí contigo. Así pues, ¿te corre mucha prisa ir a China?

—Quiero volver a casa —respondió Gloria con un lamento—. Es lo que más deseo en el mundo. Pero ¿cómo hay que hacerlo? ¿Tengo que esconderme? ¿Como un polizón?

El hombre negó con la cabeza.

—¡Qué va, pequeña, en el barco no hay tantos escondites como para que nadie te encuentre! Y con los pocos víveres que llevamos se notaría que hay uno de más. Más bien pensaba en camuflarte. Nuestro cocinero busca pinche...

El rostro de Gloria resplandeció.

—¿Opina que tengo que disfrazarme? ¿De chico? Lo haré, no hay problema. Antes siempre llevaba pantalones. Cuando era pequeña, me refiero. Y me las apañaré con el trabajo. ¡Nadie se dará cuenta!

El marinero alzó la vista al cielo.

—Deberíamos poner al corriente a los hombres. También por el pago... Deberías... Bueno, si te arreglo este asunto y todos cierran el pico, tendrías que ser simpática con nosotros durante la travesía.

Gloria asintió con gravedad.

—Claro que seré simpática —prometió—. Yo no soy caprichosa, como la mayoría de las chicas, seguro.

—Y yo recojo el dinero, ¿lo pillas? Para eso me cuido de ti, para que ninguno se aproveche...

—Puede usted quedarse con el dinero —respondió Gloria con generosidad, sin acabar de entender a qué se refería—. ¿Tanto gana un grumete?

Tampoco comprendió por qué el marinero volvía a soltar una carcajada.

—¡Menudo elemento estás hecha! Venga, vamos a ver si encontramos un par de trapos que te vayan bien. Ahí, junto a Fisherman's Wharf, hay un judío que tiene un negocio de ropa usada. El viejo Samuel mantendrá el pico cerrado, tiene otros clientes con más secretos que ocultar que nosotros dos juntos. Por cierto, ¿cómo te llamas?

—Gloria, Gloria Mar... —Se detuvo antes de pronunciar el apellido. Eso no era importante. Además necesitaba otro nombre. Entonces, por su mente pasó de golpe una de las bobas canciones de amor de Lilian, *Jackaroe*. Trataba de una muchacha que se hacía pasar por hombre para salir en busca de su amado al otro lado del mar.

—Me llamo Jack —respondió Gloria. Jack, un nombre que también la unía con otra persona... Jack le traería suerte.

Un hora más tarde, Gloria estaba delante del cocinero del barco, un hombre gordo y grasiento que llevaba un delantal, blanco en otro tiempo, encima del holgado uniforme de marinero. La muchacha llevaba un atuendo similar. Harry, su nuevo amigo y protector, le había elegido un blusón blanco y ancho y unos pantalones de algodón azul, holgados y gastados. Además llevaba un pulóver de lana negra también usado que entonaba con el resto de la indumentaria. Gloria se lo había puesto pese a que no hacía frío. Se había escondido el cabello bajo el cuello del jersey, y gracias a la gorra de visera que Harry también había escogido no se apreciaba su abundante melena.

—¡Eso hay que cortarlo! —declaró con firmeza el cocinero, después de haber examinado a la muchacha con atención—. Aunque sea una pena. Si lo lleva suelto, seguro que esta cría parece un angelito. Pero, por lo demás, llevas toda la razón: puede pasar por un chico.

El hombre se había partido de risa al principio, cuando Harry le había contado sus propósitos, cosa que Gloria encontró innecesaria. Ella habría intentado engañar al cocinero: bastaba con que el asunto quedara entre ella y Harry. Pero al parecer al hombre le traían sin cuidado sus planes. Fuera como fuese, el grasiento cocinero se mostró dispuesto a acceder a sus demandas y, para ello, por alguna razón, tuvo que tocarle el trasero y los pechos a Gloria. A la joven le resultó desagradable, pero había visto algo así entre los sirvientes. Si eso le gustaba al hombre, ella aguantaría.

—Pero que quede claro: tengo tres polvos a la semana gratis y además me quedo con la mitad de los beneficios. A fin de cuentas, soy yo quien corre el mayor riesgo. —El cocinero miró a Harry a los ojos.

—El mayor riesgo lo corren los que comparten con ella el camarote —protestó Harry—. Podría haberte engañado. A fin de cuentas no irás metiendo mano a tus mozos de cocina, ¿o sí?

El tipo compuso un gesto amenazador.

Gloria, que de buen grado se habría quitado el pulóver, porque le quedaba ceñido y le daba mucho calor, echó un vistazo a la cocina mientras los hombres seguían negociando. Las bandejas, cazos y sartenes no se veían especialmente limpios: saltaba a la vista que el cocinero necesitaba ayuda. Junto a la pringosa cocina había un comedor para la tripulación igual de poco acogedor, y Gloria pensó que allí no cabrían todos a la vez. Por otra parte, en los vapores modernos se las arreglaban con menos personal. Y el *Mary Lou* no era de los más grandes. Bajo la cubierta, todo era angosto y oscuro, la vida en los alojamientos de los empleados debía de ser un infierno. Pero prefería con mucho soportar una mugrienta estrechez camino de Nueva Zelanda que disfrutar de las lujosas suites de Kura-maro-tini en los hoteles o en la residencia de William...

—No me importa cortarme el pelo —dijo tranquilamente.

Entretanto, ambos hombres parecían haberse puesto de acuerdo.

—Pues bien, le diré al sobrecargo que el chico vendrá mañana, o mejor pasado mañana temprano, justo antes de zarpar. ¿Podrás estar aquí a la cinco, Jack? —preguntó el cocinero con una sonrisa irónica.

La muchacha lo miró muy seria.

—Soy puntual.

—¿Dónde puedo cambiarme ahora? —preguntó vacilante Gloria cuando, siempre siguiendo de cerca a Harry, abandonó el carguero *Mary Lou*. Había advertido de repente que la trastienda de Samuel, el ropavejero, seguramente no era un vestidor.

Harry la miró sorprendido.

—¿No puedes ir así a casa? ¿No tienes una habitación?

Gloria enrojeció.

—Sí..., no... Bueno, no voy a presentarme así en el hotel, yo...

—¡En el hotel! —Harry sonrió burlón—. Qué expresión tan

distinguida. Suena a burdel de lujo. Aunque debo admitir que tienes más clase que las otras. ¿Estás huyendo de algo, pequeña? Tiene toda la pinta. Pero es no es asunto mío. ¡No dejes que te pillen!

Gloria se sintió aliviada. De todos modos, seguro que era mejor que Harry no averiguara su verdadera identidad.

El flaco marinero se puso a cavilar sobre el problema de la ropa.

—Eso —concluyó— pide a gritos la ayuda de una colega. Vamos a ver por dónde anda Jenny.

Gloria lo siguió desconcertada a través de intrincadas callejuelas en los alrededores de los muelles. Tenía la incierta sensación de andar por el barrio chino, pero la tienda de Samuel también estaba por ahí cerca. Tragó saliva, no obstante, cuando vio a varias chicas haciendo la calle. No muchas, todavía; a fin de cuentas era pleno día. Pese a ello, una rubia de aspecto consumido y con la misma expresión de roedor que Harry salió con el corpiño medio abierto de un chiringuito de cangrejos fritos que olía a grasa rancia.

—¡Harry, viejo amigo! ¿Otra vez en tierra? ¿Ya te has hartado de los ojos rasgados de Cantón? —La muchacha reía y abrazó a Harry casi de modo fraternal. Luego lanzó una mirada a Gloria, disfrazada de grumete—. ¿Y qué te traes por aquí? ¡A un cachorro! ¡Qué mono! ¿Dónde habéis encontrado a este bebé? ¿En el campo?

—Jenny, nena, si te lo meto en la cama te caes del susto —replicó Harry—. Aunque, si ni tú te has dado cuenta, el engaño es perfecto. Y eso que debes de ver al año más hombres que nuestro viejo sobrecargo...

—¡Como la naturaleza los trajo al mundo, hijo! —Jenny rio—. ¿Qué le pasa al muchacho? ¡Eh, un momento...!

De repente se puso seria.

—¡Es una chica! ¿Me traes competencia?

Harry levantó la mano en un gesto tranquilizador.

—Jenny, a ti no hay quien te iguale. Pero esta... esta es más para el negocio ambulante. En cualquier caso, nos alegrará la vida en el barco; quiere llegar a la otra punta del mundo cueste lo que cueste...

—Con llegar a la otra punta de la ciudad bastaría —refunfuñó Jenny—. ¿Y por qué la disfrazas de chico? ¿Es eso lo que te va ahora?

—Jenny, guapa, ya te lo explicaré todo más tarde. Pero ahora esta pequeña necesita un rincón recogido donde convertirse en chica otra vez. ¡Venga, sé buena y déjanos entrar un momento en tu cuarto! —Harry acarició con dulzura el cabello de Jenny, quien ronroneó como un gato.

—¿Quieres acostarte con ella en mi propia cama? —preguntó, todavía ofendida.

—Jenny, querida, aunque la tumbe un momento, será solo para probarla, ¿entiendes? ¡Por la noche seré todo tuyo! ¡Te trataré como a una reina, señorita Jenny! Langosta... gambas... Lo que tú quieras. Dame solo un cuarto de hora, Jenny. ¡Por favor!

Gloria, que únicamente había comprendido la mitad de toda la conversación, sonrió al final agradecida cuando Jenny puso en la palma de la mano de Harry una llave.

—¿Es tu novia? —preguntó Gloria, mientas lo seguía al interior de un edificio bastante destartalado que olía a orina y col rancia—. Parece una...

—Niña, tú vienes de otro planeta, ¿verdad? Para ser de la profesión eres demasiado ingenua. Jenny es una fulana, pero tiene un corazón de oro. Ahora date prisa. Si le sale un cliente, necesitará la habitación.

La «habitación» era un cuchitril que formaba parte de una vivienda dividida en varios espacios similares. Contenía una cocina muy básica, una mesa, una silla y, sobre todo, una cama. Gloria frunció la nariz al ver las sábanas, que no tenían nada de limpias.

—¿Te importaría salir? —preguntó la joven cuando Harry se echó tranquilamente en la cama y se la quedó mirando con expectación.

El marinero frunció el ceño y por primera vez apareció en su rostro una mueca de fastidio, casi de enfado.

—Tesoro, la mojigatería resulta graciosa, pero tenemos un poco de prisa. Venga, déjate de cuentos, desnúdate y sé amable conmigo. Como recompensa, por así decirlo. Gracias a mi modesta persona ya casi estás en China.

Gloria lo miró desconcertada. Luego por fin entendió.

—¿Te refieres a que... a que tengo que... entregarme a ti? —dijo, recurriendo a la única expresión que se le ocurrió. Lilian solía utilizarla cuando los héroes de sus locas historias se tendían en una cama o con más frecuencia en una pila de heno o en un prado verde de altas hierbas.

—Ni más ni menos, guapa —respondió impaciente Harry—. Hay que pagar los pasajes del barco. ¿O es que ya no te apetece ir a China?

—A Nueva Zelanda —puntualizó ella con un hilillo de voz.

Dudó un instante, pero luego pensó en la alternativa. ¿Qué diferencia había entre acostarse ahora con Harry o con cualquier otro hombre que sus padres le buscaran? Además, casi se sentía halagada por el hecho de que Harry la deseara. En todas las historias que había oído hasta entonces, uno se entregaba por amor. Y Harry estaba dispuesto a correr por ella unos riesgos considerables. Gloria se desnudó y se alegró de que el hombre que estaba tendido en la cama sonriera.

—¡Qué bonita eres! —exclamó con admiración cuando Gloria se quedó ante él en ropa interior—. Con unas flores en el cabello y una faldita de hojas de lino parecerías una hawaiana...

Pese a la vergüenza, Gloria consiguió esbozar una pequeña sonrisa.

—Hawaiki es el paraíso... —dijo en voz baja.

—¡Pues llévame allí, tesoro!

Gloria gritó asustada cuando Harry la cogió de repente y la echó sobre la cama. Pero luego calló. Mientras él le arrancaba las últimas prendas, se quedó en silencio, asustada. El hombre ni siquiera se tomó la molestia de desnudarse, sino que se limitó a bajarse los pantalones. Gloria se quedó helada cuando vio que su miembro se levantaba. Cerró los ojos y se mordió los labios cuando él, sin más preámbulos, la penetró y embistió con fuerza. Algo se rasgó en su interior. Gloria jadeó de dolor y sintió correr un líquido por sus piernas. ¿Era sangre? Harry gimió y se desplomó pesadamente sobre ella. Unos momentos más tarde se irguió pasmado y confuso.

—¿Todavía eras virgen? ¡Será posible! Dios mío, muchacha,

había pensado... Pero, hombre, a una virgen la habría estrenado de otro modo. En esos casos se dan unos besos y así... —Harry parecía arrepentido. Torpemente acarició el cuerpo manchado de Gloria—. Lo siento, pequeña, pero tendrías que habérmelo dicho. Y también me gustaría saber de qué huyes. Había supuesto que tenías un chulo con malas pulgas o algo así. Pero tú... —Le acarició el cabello con el gesto casi tierno con que antes había acariciado a Jenny.

Gloria miró al marino iracunda.

—He pagado, ¿no? —preguntó con dureza—. Era lo que querías... Que fuera amable. ¡Ahora no preguntes más!

—Está bien, nena, no quiero saber nada más —respondió el marinero, intentando sosegarla—. Pasado mañana te vienes al *Mary Lou*, y el resto queda entre nosotros. No se lo contaré a nadie. Al principio... Bueno, me cuidaré de que vayas habituándote poco a poco. No te lo tomas a mal, ¿verdad, encanto?

Gloria asintió apretando las mandíbulas.

—¿Podrías hacer el favor de salir ahora? —preguntó—. Quiero vestirme.

Harry asintió, compungido.

—¡Pues claro, princesa! Nos vemos... —Le lanzó un beso con la mano mientras salía.

Cuando Gloria por fin estuvo lista, encontró a Harry esperándola pacientemente junto a la puerta.

—Tengo que devolverle la llave a Jenny —dijo, disculpándose.

Gloria inclinó la cabeza.

—Nos vemos.

8

Asqueada y dolorida, Gloria entró en el hotel extremando la discreción, con la esperanza de que sus padres no hubieran regresado. En esos momentos lo que menos deseaba en el mundo era que Kura o William la sometieran a un interrogatorio o tener que inventarse una historia que contarle a Tamatea sobre dónde había pasado la mitad del día. Afortunadamente, descubrió que tenía la suite para ella sola. Lo más probable era que sus padres estuvieran ocupados con los ensayos. Respirando aliviada, Gloria amontonó la ropa de hombre en el rincón más apartado de su armario y se preparó un baño. Pensó en cómo justificar que ella misma se lavara el vestido a toda prisa, y al final decidió tirarlo simplemente. Nunca más volvería a ponérselo, era demasiado peligroso llevarse ropa de mujer al *Mary Lou*. Si bien esperaba compartir camarote con Harry, que ya estaba al corriente, no quería arriesgarse. Lo mejor sería volver al día siguiente a la tienda de Samuel y comprarle más ropa de hombre para mudarse.

Gloria se metió en el agua caliente y se frotó los restos de la mala experiencia que había vivido en el cuartucho de Jenny. No quería seguir pensando en ello, ni tampoco en que esa vivencia hubiera de repetirse en el barco. No obstante, si tenía que ser así, haría lo que Harry quisiera. Era un precio proporcionalmente bajo para el pasaje a casa. Por supuesto era repugnante y doloroso, pero pasaría pronto. Gloria se consideraba capaz de soportarlo. Se aferró a las amables palabras de Harry: «¡Qué bonita eres!...» Hasta ese momento, nadie le había dicho algo así.

Al día siguiente Gloria apenas lograba contener su impaciencia. Deambuló por el barrio portuario y adquirió un pantalón ancho, dos camisas y una chaqueta de abrigo en la tienda de Samuel, mientras el anciano con barba de chivo la miraba con curiosidad. En el camino de vuelta pasó por el chiringuito de cangrejos fritos ante el que Jenny ejercía su oficio. La prostituta rubia la miró enojada.

—¿Otra vez por aquí? ¿No te ibas a alta mar?

Gloria asintió con gravedad.

—No quiero hacerle la competencia —dijo, considerando que debía mostrar su agradecimiento—. De verdad que no, yo... Yo trabajaré de grumete en el *Mary Lou*...

Jenny se echó a reír.

—¿De grumete? Pues no es eso lo que me ha contado Harry. Venga, chica, no seas tan ingenua. Aunque en el fondo da igual lo que diga Harry. ¡Si hasta me confesó como en secreto que ayer todavía eras virgen! —exclamó guasona—. ¡Ya me enseñarás el truco!

Gloria se ruborizó, avergonzada. Harry no tendría que haber hablado sobre ella con esa chica.

—Es verdad —dijo en voz baja—. Yo... No sabía...

—¿Qué es lo que no sabías? ¿Que los tíos nunca hacen nada gratis? ¿Te crees tú que Harry iba a recogerte de la calle por pura galantería? Anda, hija, mejor no pregunto de dónde has salido...

Gloria no respondió. Solo quería marcharse. Pero Jenny parecía desvelar ahora su supuesto gran corazón.

—¿Tienes al menos una vaga idea de dónde vienen los niños? —preguntó.

Gloria volvió a enrojecer.

—Sí..., no... Bueno, sé cómo las ovejas y los caballos...

Jenny soltó una sonora carcajada.

—Bueno, ayer Harry debió de enseñarte cómo funciona entre las personas. Pero no te asustes, pequeña, no siempre dan en el blanco. Algo puede hacerse para evitarlo. Antes y después. Pero luego es más caro y más peligroso, y en alta mar no hay «hacedores de ángeles»... Voy a decirte una cosa, cielo: yo hoy, aquí, no me gano las lentejas hasta que no se haga de noche. ¿Qué te parece si me invitas... digamos que a una buena sopa de cangrejos y a un chusco de pan, y a cambio te cuento todo lo que tiene que saber una chica...?

Gloria dudó. En realidad no le apetecía compartir repugnantes secretos con Jenny; pero por otra parte, todavía le quedaban un par de centavos y era evidente que su interlocutora tenía hambre. A juzgar por lo que se veía, no podía decirse que el negocio le fuera bien. Finalmente acabó accediendo. Jenny le ofreció una ancha sonrisa que dejó a la vista que le faltaban dos dientes.

—Muy bien, pues ven conmigo... No, aquí no, hay sitios mejores.

En efecto, poco después, ambas muchachas se hallaban sentadas en un tugurio estrecho y oscuro, pero relativamente limpio, y pidieron una especialidad de San Francisco: sopa de cangrejo con pan agrio. La comida era riquísima. Para su sorpresa, Gloria incluso empezó a disfrutar de la compañía de Jenny. Esa mujer rubia y de vida alegre no se burló de ella, sino que le explicó con calma las particularidades de su oficio.

—Que no te besen en la boca, es asqueroso... Y si te quieren montar por detrás o que hagas un francés, que te paguen un extra. ¿Sabes lo que es un francés?

Gloria se puso como un tomate cuando Jenny se lo contó, pero la prostituta no se burló de ella.

—A mí me pasó lo mismo, cielo. A fin de cuentas no me crie en un burdel. Vengo del campo... Quería casarme decentemente. Pero mi padre me quería demasiado, ¿entiendes lo que te quiero decir?... Mi novio al final lo descubrió... —No siguió hablando, y aunque Gloria esperaba ver lágrimas en los ojos de la joven, hacía tiempo que Jenny había olvidado cómo llorar.

La muchacha se comió tres raciones de sopa de cangrejo al tiempo que le hablaba a Gloria del período. También le explicó cómo evitar el embarazo.

—Compra gomas, es lo mejor, aunque a ellos no les gusta ponérselas, así que tendrás que insistir... Si no... La puta que a mí me enseñó juraba que nada iba mejor que los lavados con vinagre. Pero no es un método seguro...

En un momento dado, Gloria dejó de ruborizarse y se atrevió incluso a plantear una duda.

—¿Qué hay que hacer para que no duela?

Jenny sonrió.

—Aceite de ensalada, cariño. Es como en las máquinas, hija, el aceite lubrica.

Por la noche Gloria robó aceite y vinagre de la mesa del hotel St. Francis, además preparó unas tijeras y cogió su pasaporte del cajón donde su padre guardaba los documentos. Por supuesto, fue incapaz de conciliar el sueño y además sus padres regresaron ya entrada la noche de una recepción. Gloria se había preocupado por esta cuestión. ¿Qué pasaría si regresaban al amanecer? Con su torpeza habitual lo mismo se los encontraba de frente. Sin embargo, William y Kura aparecieron a eso de las tres, ambos contentos y achispados.

Cuando Gloria salió a las cuatro de la madrugada, el matrimonio dormía profundamente. Tampoco el portero de noche estaba demasiado despejado. Gloria, vestida con la ropa de hombre y llevando un hatillo con la muda, cruzó el vestíbulo del hotel aprovechando que el conserje iba a buscarse un té. Si el empleado la hubiese descubierto, habría salido huyendo como un ladronzuelo procedente del exterior. Gloria habría tenido miedo de deambular por las calles de noche, pero se percató de que con su aspecto de muchacho no llamaba la atención. Por último, entró en una tranquila calle residencial y en un rincón, sin asomo de sentimentalismo, se cortó los cabellos y arrojó los mechones a un cubo de basura. ¡Gloria había desaparecido! ¡Aquí estaba Jack!

En el puerto ya reinaba una gran agitación, así que nadie se fijó en el grumete con el hatillo que pasaba por el muelle de China. Harry esperaba en la cubierta y pareció aliviado al ver que, efectivamente, la muchacha acudía.

—¡Aquí estás! Ya me temía que después de lo que sucedió anteayer... En fin, dejemos el tema. Ayúdanos con las amarras, el cocinero te necesitará cuando estemos en alta mar. Ayer hice tu trabajo y cargué con las provisiones. A fin de cuentas no podías pasar por aquí. Luego...

—Luego seré simpática contigo. —Gloria completó la frase con aire impasible—. ¿Qué tengo que hacer ahora?

Los motores ya estaban en marcha, los fogoneros ya llevaban horas echando carbón en las calderas para calentar el agua y con ello producir el vapor que impulsaría la embarcación, más pequeña que la nave de pasajeros en la que había viajado Gloria. El martilleo de las turbinas se percibía como una vibración incesante. En algún momento, Gloria experimentaría la sensación de que los pistones la golpeaban directamente o de que su cuerpo formaba parte del *Mary Lou* y del ruido. Esa mañana, sin embargo, el sonido del despertar del barco la llenó de alegría anticipada y de emoción. Era como si un ser poderoso, semejante a una ballena, se calentara para emprender un largo viaje. Cuando despuntó el sol, el vapor, ya totalmente cargado, inició cómodamente la marcha. Gloria dirigió una última y aliviada mirada a San Francisco. ¡Fuera lo que fuese lo que la esperase, nunca regresaría ahí! A partir de ahora solo miraría al mar, hacia su hogar.

No obstante, en cuanto hubieron zarpado, Gloria ya no tuvo tantas oportunidades de contemplar ballenas como antes. Como mucho salía por las noches a cubierta, aunque solían transcurrir días sin que tuviera la oportunidad de respirar una brizna de aire fresco. El trabajo en la cocina era duro. El cocinero le hacía cargar agua y remover las enormes ollas llenas de col y carne adobada donde se preparaba el plato único de cada día. Lo limpiaba todo, lavaba los platos y servía a la tripulación en la mesa. En contadas ocasiones llevaba los mejores manjares al capitán y sus hombres al comedor de oficiales, siempre angustiada por si se descubría su identidad. Sin embargo, todos se mostraban muy amables con el tímido grumete. El capitán no olvidaba su nombre y el sobrecargo le hizo un par de preguntas bienintencionadas sobre su origen y familia. De todos modos, no insistía cuando Gloria contestaba con rodeos. En una ocasión, el primer oficial la alabó por haber puesto tan bien la mesa y Gloria se ruborizó, lo que hizo reír a los hombres. De hecho, no daban la impresión de ir a tirar a un polizón por la borda, pero Gloria prefería hacer caso de Harry. En la medida de lo posible, procuraba creer todo lo que este le decía, sobre todo las palabras cariñosas que a veces le susurraba. Necesitaba algo a lo que aferrarse para no caer en la desesperación.

Luego, cuando se había servido la comida del final del día y los platos ya estaban lavados, empezaba el verdadero trabajo de Gloria.

La muchacha consideraba que debía a Harry una compensación y que también debía pagar al cocinero por su silencio. Lo que no entendía era por qué tenía que estar a disposición de otros hombres de la tripulación. Ni siquiera los seis individuos con los que Harry y ella compartían el camarote habían caído en la cuenta de que Jack, el grumete, era en realidad una chica, ya que no se desvestían para dormir, lo cual permitía a Gloria meterse bajo las sábanas sin desprenderse de sus holgadas prendas masculinas. Pese a ello, Harry insistía en que todas las noches se preparara para recibir a algún tipo.

Gloria, que detestaba especialmente las visitas del cocinero, contenía la respiración cada vez que el cuerpo pestilente y sucio del grasiento hombre se desplomaba sobre ella. Necesitaba mucho más tiempo que Harry para acabar y de vez en cuando la obligaba a que le cogiera el miembro con la mano y lo estimulara, pues al parecer no se endurecía por sí mismo.

Después, Gloria utilizaba la mitad de su preciada agua potable para frotarse las manos. Agua para lavarse no había: la limpieza corporal no estaba prevista. Pese a ello, por las mañanas Gloria intentaba remojarse aunque fuera un poco. Odiaba oler a todos esos hombres y ese olor especial que la impregnaba del... ¿amor?... La joven no conseguía entender qué placer hallaban los hombres en poseer su cuerpo sucio y pestilente, pero a Harry y los demás eso no parecía importarles en absoluto. Algunos hasta le decían entre susurros lo bien que olía y se complacían lamiéndole el pecho, el vientre e incluso partes del cuerpo innombrables y en las que solían meter su miembro. Harry se limitaba a esa actividad cuando Gloria pasaba sus días fértiles. Otros se ponían una especie de funda de goma, y también había los que afirmaban que sacaban su aparato a tiempo, antes de que fuera peligroso. Sin embargo, Jenny la había advertido expresamente de este método, por lo que Gloria prefería recurrir después a los lavajes. De todos modos, casi cada día recurría al vinagre, pues en la cocina había más que suficiente.

Por lo demás, simplemente procuraba pensar lo menos posible. Gloria no odiaba a los hombres que acudían cada noche a su catre, se limitaba a no sentir nada por ellos. Al principio había estado dolorida, pero Harry lo había tenido en cuenta y después de zarpar esperó dos días antes de permitir que los miembros de la tripulación se acostaran con ella. Ya no le dolía dormir con los hombres cuando se untaba con aceite y, de no ser por el hedor, los fluidos corporales y la vergüenza, Gloria casi se habría aburrido. Así que se dedicaba a contar los días y las horas. La travesía hasta Cantón duraba unas dos semanas. Lo resistiría.

¡Si al menos supiera qué sucedería luego! Debía encontrar un barco que la llevara a Australia, pero estos no circulaban tan regularmente como los buques mercantes entre China y San Francisco. No le quedaba más remedio que confiar en la suerte.

—Si no hay ninguno, te llevamos en bote a Indonesia —decía Harry sin inmutarse—. Solo tendrás que hacer transbordo una vez más...

¡Ojalá todo aquello fuera tan fácil como cambiar de tren! En el fondo, a Gloria le aterrorizaba China, así que se sintió reconfortada y angustiada a un mismo tiempo cuando por fin vieron tierra.

—¡Tú quédate aquí! —le indicó Harry, cuando el barco amarró y descargaron la mercancía. La tripulación no podía bajar antes de que se concluyera esta tarea y, de todos modos, un par de hombres debían permanecer obligatoriamente a bordo. Gloria ya imaginaba con qué distraerían las aburridas noches de guardia—. Ya me encargo yo de echar un vistazo por ti. ¡Palabra de honor! Ya encontraremos algo...

Esa noche, Gloria tuvo tiempo de subir a cubierta. Sacó agua salada y se lavó bien después de servir a los hombres. ¡Al menos esperaba no tener que seguir soportando eso! En el nuevo barco, nadie tenía que enterarse de que era una chica.

Harry y el cocinero estaban de un humor estupendo cuando regresaron al barco algo más tarde. La mayoría de los miembros de la tripulación permanecía fuera para pasar la noche con alguna fulana de ojos rasgados, pero a los dos les apetecía mucho más Gloria.

—¡La... la última vez! —balbuceó el cocinero—. Mañana descargarán... la mercancía... ¡Ha sido una buena venta! —dijo entre risotadas.

—¿Qué mercancía? —preguntó Gloria. La carga que transportaba el *Mary Lou* ya llevaba tiempo en tierra.

—¡Tú... tesoro mío! ¿Qué te crees? Tu chico te ha vendido bien, pequeña... Y yo también me he sacado algo

—¿Que me has vendido? ¿A mí? —Gloria se volvió hacia Harry, desconcertada. Daba la impresión de que al marinero no le habían sentado nada bien las declaraciones de su compinche.

—Se refiere a que he encontrado un sitio para ti en un barco —explicó de mala gana—. Tienes suerte: el vapor viaja directo a Australia. Un barco de emigrantes que navega bajo bandera inglesa pero que va lleno de chinos. El camarero que se encarga de la entrecubierta te esconderá...

—¿Necesita un grumete? —preguntó Gloria, temerosa—. ¿Me dará un empleo?

El cocinero hizo un gesto de impotencia mientras Harry lo fulminaba con la mirada para hacerle callar.

—Nena, allí no vas a necesitar ningún empleo. Lo dicho: en la entrecubierta hay un montón de gente. Nadie se dará cuenta de que hay una boca más o menos que alimentar...

—Y no te faltarán clientes —añadió el cocinero, riéndose.

Gloria miró amedrentada a Harry.

—Tengo que ser amable con el camarero, ¿no? —preguntó.

Harry asintió.

—Pero en la entrecubierta..., también habrá muchas mujeres, ¿verdad? Los emigrantes suelen marcharse con toda la familia, ¿no es así? —Al menos eso había oído Gloria. La abuela Gwyn y

Elizabeth Greenwood siempre habían hablado de familias irlandesas con docenas de hijos.

El cocinero rio, pero Harry frunció el ceño.

—Exactamente, tesoro, cantidades de chinos de todo tipo. Y ahora sé especialmente amable conmigo. Mañana bajamos a la ciudad y allí conocerás al camarero.

Gloria asintió. Era posible que quisiera «probarla» como había hecho Harry en San Francisco. Se armó de valor esperando encontrar un lugar similar a la habitación de Jenny.

Cantón era una mezcla sorprendente de callejuelas estrechas en las que siempre había mercado, transitadas por individuos vociferantes y peleones vestidos con unos trajes extraños, holgados y en su mayor parte de un gris azulado, sombreros planos y anchos y con largas trenzas tanto si eran hombres como mujeres. Ellas caminaban con unos pasitos extraños y parecían tener los pies muy pequeños. Las chinas siempre mantenían la cabeza baja y con frecuencia llevaban pesadas cargas sobre los hombros. Hombres y mujeres eran diminutos, hasta el punto de que ni siquiera los varones más altos superaban a Gloria en estatura, y todos parecían estar hablando sin cesar. Harry la condujo a través de un mercado donde se exponían extrañas especias, verduras, tubérculos encurtidos y animales de matadero vivos o muertos. Gloria se sobresaltó cuando descubrió unos perros que gimoteaban desesperados y a los que les esperaba un triste destino en el asador.

—Pero el cocinero del barco es inglés, ¿verdad? —preguntó inquieta.

Harry rio.

—Eso creo. No tengas miedo, no te darán de comer carne de perro. Ven, enseguida estamos.

El camarero del *Niobe* esperaba en una especie de salón de té. En el establecimiento no había ningún mueble propiamente dicho, sino que la gente se arrodillaba en el suelo en torno a unas mesas lacadas bajas. El hombre se levantó cortésmente para saludar a Gloria, aunque no parecía considerar que se hallara ante un ser inteligente y con criterio. Así pues, dirigió la palabra solo a

Harry; la muchacha podría haber sido muda y nadie se habría percatado. Tampoco en lo relativo a la elección de su vocabulario era muy considerado.

—No es precisamente una belleza —observó después de inspeccionar detenidamente a Gloria.

—¿Pues qué quieres? ¿Una rosa inglesa? —replicó Harry con ademán impaciente—. Esta es más del tipo polinesio. Sin ropa está mucho mejor. De todas formas, no tienes mucho donde elegir.

El camarero gruñó. Tampoco él era ninguna belleza. Era alto, de acuerdo, pero corpulento y de movimientos torpes. Gloria, que no quería ni imaginar lo que sería acostarse con él, se forzó a pensar en Australia. A esas alturas ya veía el asunto como Harry: para ella Australia era como estar en casa...

—¿Y no está muy usada? ¿Más o menos limpia? Esa gente le da importancia a eso. Podrán decir lo que quieran, pero los japoneses al menos se lavan más que nosotros.

La joven lanzó a Harry una mirada implorante.

—Gloria es muy limpia —respondió el marinero—. Y no lleva mucho tiempo en la profesión; es una buena chica que, por la razón que sea, quiere llegar al otro extremo del mundo. Así que tómala o déjala. También se la puedo dar a ese ruso que quiere ir a Indonesia...

—¡Cincuenta dólares! —ofreció el camarero.

Harry alzó la mirada al cielo.

—¿Otra vez tenemos que pasar por esto? ¡Y encima delante de la chica! ¿No lo acordamos ayer?

—Tiene que saber lo que vale. —El camarero intentó de nuevo evaluar las formas de Gloria bajo la ropa masculina. Tenía los ojos azul claro, pequeños, y las pestañas casi incoloras. El cabello era de un rojo claro—. Así no me hará ninguna tontería. ¿Qué habíamos dicho? ¿Sesenta?

—¡Setenta y cinco! ¡Y ni un centavo menos! —Harry lanzó una mirada iracunda al hombre y otra de disculpas a Gloria—. ¡Te daré diez! —le susurró.

Ella ni siquiera llegó a asentir.

El hombre sacó la bolsa con desgana y lentamente fue contando los setenta y cinco dólares.

Gloria buscaba la mirada de Harry.

—¿Es... es verdad? ¿Me estás vendiendo? —murmuró, incapaz de dar crédito a lo que estaba sucediendo.

Harry se apartó ante la mirada de reproche de la joven.

—Mira, nena, no es eso, es...

—Dios santo, ¿y ahora qué pasa? —preguntó exasperado el nuevo propietario de Gloria—. Claro que te está vendiendo, chica, no será la primera vez. Si el tipo no me ha mentido, ya llevas catorce días trabajando para él. Y ahora lo harás para mí, así de fácil. Así que no te hagas la pueblerina inocente y espabila. Todavía tenemos que comprarte un par de trapos, a mis clientes no les gusta la ropa de hombre...

Estupefacta, Gloria dejó que Harry se despidiera de ella con un abrazo y notó que, disimuladamente, le deslizaba un billete de diez dólares en el bolsillo.

—¡No te lo tomes a mal, guapa! —dijo guiñando un ojo—. Si trabajas bien, te tratarán bien. Y en un par de semanas estarás otra vez contando ovejitas en el país de los kiwis...

Harry se marchó. A Gloria le pareció oírlo silbar mientras salía del salón de té.

—No llores por él —señaló el camarero—. Este se ha hecho de oro a tu costa. Y ahora, en marcha: tenemos prisa. Hoy por la noche nos vamos a Down Under.

9

Las noches que siguieron, Gloria pasó por un infierno. El «trabajo» en el *Niobe* no tenía ni punto de comparación con lo que hacía en el *Mary Lou*. Si bien los compañeros de Harry era sucios y a veces también groseros, en general la habían tratado de forma amable y en cierto sentido incluso con cierta complicidad. Los hombres escondían a «su chica» de los oficiales y durante el día se alegraban furtivamente de tener entre ellos al grumete «Jack» y bromeaban al respecto. Ninguno de ellos había intentando hacerle daño de modo voluntario.

En el *Niobe* era totalmente distinto, aunque al principio la experiencia pareció arrancar bien. Ya oscurecía cuando el camarero condujo a Gloria al «muelle Australiano», como él lo llamó, ya que el nombre chino de la ciudad y de los muelles era impronunciable para la joven. A pesar de ello, Gloria se preguntó cómo iba a meter de polizón en un barco a un muchacho desconocido o incluso a una chica blanca, pero esto demostró ser una tarea sencilla. En efecto, tanto en tierra como en cubierta el lugar rebosaba de chinos a punto de emigrar. Daba la impresión de que apenas llevaban equipaje, pues la mayoría embarcaba con un hatillo que contenía sus pertenencias. La compañía naviera debía de especular con ello y había vendido muchos más billetes de lo que era habitual en otros barcos de emigrantes. Puesto que no había que cargar con maletas y cajas, los camarotes no alojaban a seis viajeros, sino que en el minúsculo alojamiento se apretujaban como sardinas docenas de individuos. Para sorpresa de Gloria y su posterior horror, casi todos eran hombres. Como mucho había dos o tres mujeres frágiles y pequeñas que daban pasitos tras ellos.

—¿Por qué? —Gloria no logró vencer su timidez y plantear la pregunta completa, pero el camarero respondió de todos modos.

—Está prohibido —explicó conciso—. Al menos en Estados Unidos; ahí solo pueden ir acompañados de sus esposas los comerciantes, no los trabajadores. Y, de todos modos, los asiáticos no se establecen en Australia, por lo que una mujer solo sería un lastre innecesario. Los hombres prefieren dejar la familia aquí y enviar dinero. Es más barato. En Down Under un dólar enseguida se gasta, mientras que aquí supone una fortuna...

Mientras hablaba, conducía a Gloria por entre el hervidero humano de la cubierta. Nadie se preocupaba del grumete sin documentos de viaje. La corriente de diminutos orientales se dividía de forma espontánea para dejar paso al alto blanco de uniforme y volvía a cerrarse a espaldas de este. Gloria habría tenido la sensación de hallarse en una isla móvil si el ruido de fondo no hubiera sido el mismo. Las conversaciones, risas y llantos de los chinos retumbaban en sus oídos. El ruido era más molesto que la vibración de las máquinas del *Mary Lou*, pues carecía de ritmo. Incluso semanas después, el recuerdo le produciría dolores de cabeza.

—Mira, ¡este es tu reino! —anunció el camarero, que mientras tanto se había adentrado en el vientre del barco.

Recorrieron pasillos oscuros y angostos entre los camarotes, en parte con víveres almacenados. Era obvio que los hombres habían llevado consigo al menos provisiones. Gloria temblaba al pensar en lo que contendrían tales paquetes.

De nuevo, el camarero pareció leer sus pensamientos.

—Solo arroz, ningún perro —la tranquilizó—. Esta gente no puede permitirse comer carne. Pero el arroz es sagrado para ellos, y ya han oído decir que la comida aquí..., bueno, si es que puede llamarse comida a la bazofia que se ofrece aquí, está pensada más para estómagos occidentales.

Mientras hablaba, empujó a Gloria a uno de los camarotes, equipado con seis pequeñas literas. Por el momento no había ninguna hecha. El camarero señaló un par de mantas dobladas.

—Lo mejor es que te hagas la cama en el suelo para que los hombres no se golpeen en la cabeza cuando les sirvas...

Gloria miró a su nuevo dueño vacilante.

—¿Tengo este cuarto para mí? ¿No vendrá nadie más?

No osaba abrigar la esperanza, pero había supuesto que «después de trabajar» compartiría cama con el camarero.

—¿Y quién va a venir? —preguntó el hombre. Luego sonrió burlón—. Pero no te preocupes, no dejaremos que te sientas sola. Escucha, ahora voy a ocuparme del caos que hay ahí fuera. Esos tipos tienen que aprender enseguida que aquí hay disciplina. Que nadie te vea al principio, podría pasar que uno de los tripulantes se perdiera aquí abajo. Cuando el barco zarpe y los hombres tengan su primera resaca, ya veremos. Ponte guapa para mí...

Pellizcó a Gloria en la mejilla como despedida y enfiló el pasillo. Gloria apenas si daba crédito a su suerte. ¡Un camarote propio! Ya no más cuerpos apestosos de hombres por las noches, nada de ronquidos... tal vez pudiera desnudarse sin que la vieran y lavarse al menos por encima.

Extendió las mantas en el suelo, se acurrucó bajo una de ellas y durmió, aliviada y feliz. Cuando despertara estaría camino de Australia, casi en casa...

Pero cuando despertó, estalló el infierno.

El camarero no encontraba el menor placer en poseer a una mujer de forma normal. Ya la primera noche a bordo, Gloria experimentó en carne propia lo que Jenny había calificado de «otros juegos amorosos».

«No todos nos gustan —había señalado la rubia de vida alegre—. Pero ninguna puede permitirse decir que no. Insiste en cobrar más, aunque te diga que la chica de al lado lo hace gratis. Nos mantenemos unidas: ninguna lo ofrece a precio normal...»

A Gloria no le preguntaron nada, pero en silencio daba las gracias a Jenny por la explicación. Al menos así sabía lo que se le caía encima y soportó estoicamente el dolor intentando pensar en otra cosa, mientras el hombre se excedía con ella. En algún momento consiguió refugiarse en los cobertizos de esquileo de Kiward Station. El balido de las ovejas apagaba el constante murmullo de los chinos. El penetrante olor de la lana sofocaba el hedor a sudor del camarero mientras Gloria contaba las ovejas con las que los esquiladores ya habían concluido. Pensaba en el esquileo con sentimientos encontrados: nunca antes había dedicado el más ínfimo pensamiento al miedo de los animales que tan brutalmente eran arrojados patas arriba y que deprisa, y no precisamente con cariño, eran despojados de la lana. Ahora, oprimida contra el suelo del camarote por ese extraño, Gloria se sentía más unida a los animales que a los esquiladores.

—Buena chica —la elogió el camarero cuando por fin concluyó—. El tipo de Cantón tenía razón. No sabes mucho, pero eres obediente. Ahora duerme bien; esta noche todos tienen en qué ocuparse. Mañana por la mañana empiezas a trabajar...

—¿Qué tengo que hacer? —preguntó Gloria, perpleja, pues creía haber entendido que no necesitaban servicio en la cocina o en otro sitio semejante.

El camarero rio mordaz.

—¡Lo que mejor se te da, pequeña! A las ocho termina el turno de la noche. A esa hora los fogoneros rematan la jornada antes de meterse ya cansados en los camarotes. Aquí hay tres turnos, guapa, así que tienes faena para toda la jornada...

Al principio le pareció que el tipo había exagerado, pues los marineros, que acababan de dejar el puerto, aún no tenían necesidad de una mujer, y los pasajeros no estaban tan necesitados como para malgastar en una puta el pequeño presupuesto que reservaban para el arroz. Transcurridos los primeros días, sin embargo, Gloria apenas tuvo un momento de calma y, en poco tiempo, su vida se convirtió en una pesadilla. El camarero —se llamaba Richard Seaton, pero Gloria no podía pensar en él como si fuera un ser humano con nombre como todos los demás— la vendía sin reparos a todo aquel que ofreciera unos centavos por ella y la entregaba a los hombres sin ponerles condición alguna. Claro que la mayoría no tenía ningún deseo especial, pero eso no impedía que unos pocos descargaran su sadismo en la muchacha. Tampoco había nadie que tomara medidas para evitar que dos o tres hombres aprovecharan simultáneamente el precio que hubieran pagado por ella. Gloria intentaba aguantarlo todo con indiferencia, como los antojos de los hombres del *Mary Lou*, pero esos eran como mucho dos o tres por noche. Ahí, por el contrario, la tortura empezaba por la mañana, cuando los maquinistas y fogoneros del turno de noche llegaban, y terminaba ya de madrugada, cuando los de la cocina habían terminado su trabajo y querían relajarse. Con quince clientes o más al día, aplicarse aceite apenas servía de nada. Gloria tenía heridas, y no solo en las zonas íntimas, sino que todo su cuerpo estaba lastimado a causa de la aspereza de las mantas contra las cuales la iban golpeando. El tejido le erosionaba la piel y las heridas se infectaban, pues no tenía ninguna posibilidad de lavarlas. Por añadidura, a los pocos días el improvisado lecho de mantas quedó convertido en un amasijo repugnante, debido a la suciedad y los fluidos corporales de un número incontable de hombres, y la joven no podía ni contar con la posibilidad de tener sábanas limpias. Además, alguien debía de haber llevado parásitos, de forma que Gloria tenía que soportar la picadura de pulgas y piojos. Al principio todavía intentaba ponerse a salvo de los bichos, al menos en los raros momentos en que estaba sola y subía a las literas para dormir. Sin embargo, a medida que se prolongaba el viaje esos momentos fueron escaseando cada vez más, de forma que al final no encontraba la voluntad ni las fuerzas para abandonar el improvisado catre en el suelo. Su cuerpo estaba cautivo, pero Gloria se aferraba a su imaginación. En su desesperación soñaba que había salido de su oscuro calabozo y se veía reuniendo las ovejas a la luz del sol en Kiward Station, se perdía en las llanuras de Canterbury... para encontrarse de nuevo en el coro de Oaks Garden, donde estaba de pie junto a un piano y se negaba quejumbrosa a cantar delante de todos. Por desgracia, estas ensoñaciones fueron transformándose cada vez con mayor frecuencia en pesadillas. Gloria se percataba de que deliraba e intentaba agarrarse a algunas ilusiones para no ir completamente a la deriva. No obstante, cada vez le resultaba más difícil mantener la mente clara o imaginar sensaciones agradables. Sentir significaba dolor, asco y odio hacia sí misma, si bien el odio era lo que menos dolía.

Así que Gloria fue concentrándose progresivamente en este

sentimiento. Al principio dirigió ese aborrecimiento al camarero. En las interminables horas en que los clientes se iban turnando sobre su cuerpo, imaginaba que le daba muerte. De una o de otra forma, cuanto más cruel, mejor. A continuación traspasó el odio a los clientes. Se imaginaba que el barco se hundía y todos se ahogaban. Todavía mejor era un incendio que devorase sus cuerpos pestilentes. Gloria creía estar oyendo sus gritos... Cuando un hombre gemía sobre ella, se imaginaba que era a causa del dolor y no de la lascivia. Deseaba ver a todos esos tipos en el infierno. Solo esto le daba fuerzas para superar tanta humillación.

En la estrechez y oscuridad de su camarote, al final perdió la noción del tiempo. Tenía la sensación de que llevaba toda una eternidad en el barco y que tendría que permanecer sumida en su odio hasta la muerte. Pero un día, uno de los pocos hombres que todavía tenían rostro para ella le sonrió.

—¡Hoy por última vez! —dijo el joven fogonero. Era australiano y para Gloria se diferenciaba de los demás colegas porque antes de visitarla se lavaba al menos un poco—. Mañana estaremos en Darwin.

—¿En... Australia? —preguntó Gloria. Acababa de yacer bajo él inmersa en una vorágine de odio, pero ahora la voz del muchacho tocaba una cuerda largo tiempo enmudecida. Sin apenas dar crédito, la joven recobró cierta esperanza.

—¡Si es que no nos hemos equivocado de camino! —asintió el hombre, riendo con ironía—. Habrá que ver cómo desembarcas. Los agentes de emigración son muy severos, registran a todo el mundo.

—El... el camarero me sacará a escondidas de aquí —respondió Gloria todavía desconcertada.

—¡Yo no me fiaría! —objetó el joven en tono burlón—. ¡Ese no tiene el menor interés en dejarte libre, chica! ¡Tal como te tiene... como si fueras un ternero! Los de la tripulación ya hemos pensado en chivarnos al capitán de puerto. ¡Vale más que te expulsen a que acabes espichándola aquí!

—Crees... crees... —Gloria se incorporó con esfuerzo.

—Creo que en el momento en que lleguemos a Darwin una llave cerrará esa puerta —respondió el hombre, señalando la entrada del camarote—. Y no se te abrirá, ¿entiendes? No estaremos mucho tiempo aquí, solo un par de días y volvemos a Cantón. Ese hijo de puta ni siquiera tiene que quedarse aquí para vigilarte. Si te mete un cubo de agua y un poco de comida, ya sobrevivirás. Y luego seguirá sacando provecho en el viaje de vuelta...

—Pero yo... El acuerdo... —Todo daba vueltas alrededor de Gloria.

El joven fogonero hizo un gesto de impotencia.

—No querrás creer que esto es parte de un «acuerdo», ¿verdad? Seaton te ha comprado y sacará todo lo que pueda del dinero que ha pagado. Además, a una puta muerta enseguida se la tira por la borda. Si por el contrario te pillan en Darwin y les cuentas cómo has llegado hasta aquí... En fin, ya te lo he advertido: intenta huir cuanto antes. También por el peligro de caer en manos del capitán de puerto...

Gloria ni siquiera consiguió dar las gracias al hombre por su consejo. Los pensamientos se agolpaban en su mente cuando él se fue y cedió su lugar a dos inmigrantes chinos que por suerte no tenían deseos especiales ni tampoco hablaban una palabra de inglés. Gloria aguantó su apetito carnal e intentó trazar una especie de plan. El fogonero tenía razón: era improbable que el camarero la dejara marchar de forma voluntaria. Pero no estaba dispuesta a que las autoridades la descubrieran y la volvieran a enviar de malas maneras con sus padres. Aunque también era posible que la mandaran a Nueva Zelanda, a casa de sus familiares. Estaba más cerca y tal vez para los australianos fuera más fácil de organizar el traslado. Pero no podía estar segura de ello. E incluso si tuviera suerte: la abuela Gwyn se enteraría de lo que había hecho en el barco. Y eso no podía saberse. ¡Nadie debía enterarse! Antes prefería la muerte.

En los camarotes de alrededor reinaba un ambiente de partida. Gloria se censuró por no haberse dado ni cuenta. De no ser por el fogonero, seguramente habría esperado allí, agonizando, hasta que la puerta de la trampa se hubiera cerrado a sus espaldas. Sin embargo, esa tarde no tenía clientes, algo por lo demás bastante lógico, ya que todos debían de estar ocupados con las maniobras de atraque y ya no tenían ninguna razón más para emplear sus servicios. ¿Para qué ir con la sucia puta del barco si al día siguiente los esperaba el barrio chino de Darwin? Si Gloria tenía mala suerte, el camarero cerraría su redil a medianoche.

¡Tenía que escapar ya!

Cuando los dos asiáticos hubieron terminado, se obligó a ponerse en pie y amontonar sus pocas pertenencias en un hatillo. Gloria volvió a cambiar su vestido gastado y desgarrado por el traje del grumete Jack. Los pantalones y la camisa le resultaron pesados, y esperó poder nadar con ellos. Sin embargo, no había alternativa: o conseguía llegar a tierra o se ahogaba.

Gloria se deslizó por los pasillos llenos de emigrantes que ordenaban sus efectos. Tampoco esta vez le prestaron atención, y aunque por su mente pasó la posibilidad de que alguno de ellos informara al camarero, no tardó en tranquilizarse. Los hombrecillos de tez amarilla ni siquiera osaban mirar a la cara al supuesto grumete. Seguramente no reconocían a Gloria, ya que ninguno de ellos habría recurrido a sus servicios. Los asiáticos que el camarero le enviaba procedían sin duda de la segunda clase. Los pasajeros de la entrecubierta, los más pobres entre los pobres, no habrían podido permitirse visitarla.

En la cubierta sintió el azote del aire fresco. Claro: en esa mitad del mundo era invierno. Por otra parte, pensó, se encontraba en el norte de Australia, donde el clima siempre era benigno. ¡No podía hacer tanto frío! Gloria tomó una profunda bocanada de aire. En efecto, poco a poco su cuerpo fue acostumbrándose a la temperatura, que debía de ser, según su opinión, de unos veinte grados. Tras el calor pegajoso y el aire viciado que había bajo la cubierta, el aire ahí parecía fresco, ideal para nadar...

Gloria se armó de valor. Se deslizó por la cubierta a la sombra de los mástiles y los botes de salvamento. Pensó en la posibilidad de utilizar uno de ellos; pero no, sola nunca lograría echar al agua uno de esos botes, por no mencionar el ruido que haría. Gloria echó un vistazo por encima de la borda. Lejos, a sus pies, estaba el mar, pero al menos estaba en calma. Y las luces de la ciudad ya se veían, no podía estar tan lejos. El barco apenas parecía moverse. ¿Estarían esperando a un práctico del puerto que condujera el *Niobe* hasta el muelle? En tal caso, al menos no corría el peligro de acabar despedazada por la hélice del barco. Pero antes tendría que saltar. Gloria tenía vértigo. Hacía años que no nadaba. Y, de todos modos, nunca se había lanzado así al agua.

De pronto oyó voces. Alguien salía a cubierta, seguramente varios miembros de la tripulación. Si la descubrían, su destino quedaría sentenciado. Poco importaba si la llevaban de nuevo a Seaton o ante la presencia del capitán.

Gloria tomó una profunda bocanada de aire, arrojó el hatillo y saltó.

Desde el barco, las playas de Darwin parecían cercanas, pero por más que nadaba a Gloria no le parecía estar aproximándose a tierra. Tenía la sensación de llevar horas en el agua. Al menos ya no tenía miedo. Se había acostumbrado al frescor del mar, y aunque la ropa le molestaba, conseguía desenvolverse. Gloria se había atado las cosas a la espalda para que no la estorbaran. Tras todo ese tiempo en el sucio camarote, era agradable estar rodeada de agua. Gloria tenía la impresión de que el océano no solo le lavaba la suciedad, sino también el envilecimiento. De vez en cuando introducía el rostro en el agua y luego, animosa, también la cabeza y el cabello. Intentaba permanecer el mayor tiempo posible bajo el agua, con la esperanza de que los piojos se ahogaran. Y siguió nadando.

Gloria tardó toda una noche y la mitad de un día en llegar por fin a una playa solitaria de Darwin. Más tarde averiguó que se llamaba Casuarina y que había cocodrilos de agua salada. Pero los animales no se dejaron ver y Gloria estaba tan cansada que nada le habría impedido tenderse en la arena y dormir.

Al final del trayecto a nado, tenía tanto frío y estaba tan extenuada que ni siquiera lograba dar una brazada, así que se limitó a flotar mientras la brisa de mediodía y el oleaje la empujaban a la costa. El sol había calentado la arena y fue secando el cuerpo de Gloria, al igual que sus pertenencias, mientras ella dormía.

Cuando despertó, ya anochecía. La muchacha se puso en pie

algo mareada. Lo había conseguido. Había escapado del camarero y de la policía portuaria. Era evidente que no se esperaba que alguien fuera a nado desde China hasta Australia. Gloria volvía a sentir la necesidad de reír sin control. Había llegado a su meta..., al otro extremo del mundo. Solo a dos mil kilómetros de Nueva Zelanda. Si no se contaba la enorme distancia que mediaba entre Darwin y Sídney. Gloria ignoraba si circulaban barcos entre el territorio Norte y la isla Sur de Nueva Zelanda, pero sí sabía que desde Sídney se podía viajar hasta Lyttelton. Recordó al abuelo James, al que habían enviado, acusado de ser ladrón de ganado, desde las llanuras de Canterbury hasta la bahía Botany, tras lo cual se había encaminado a los campos de extracción de oro para finalmente regresar a casa con unas ganancias considerables. Gloria se preguntaba si en Australia todavía se explotaba el oro y, si era así, dónde. Aunque, de todos modos, eso no era una solución para ella. Si bien estaba firmemente decidida en seguir siendo «Jack» hasta regresar a casa, incluso como muchacho le aterrorizaba la idea de un campamento lleno de hombres.

De repente la muchacha sintió un hambre tremenda. Era el primer problema que tenía que resolver, aunque tuviera que robar algo comestible. Pero tenía que ir hasta la ciudad y sus ropas todavía estaban húmedas. Llamaría la atención paseándose por las calles como un pato remojado.

Gloria se quitó el pulóver de lana y lo extendió en la arena. No se atrevió a hacer lo mismo con el pantalón y la camisa, por muy desierta que estuviera la playa. Daría la vuelta a los bolsillos para que se secaran antes. Palpó la tela mojada y notó un papel húmedo...

Cuando Gloria lo sacó, miró sorprendida el billete de diez dólares que Harry le había dado como «regalo de despedida». Su parte en la venta al camarero.

Gloria sonrió. ¡Era rica!

10

Aunque nadie había contado con ello, resultó que Lilian Lambert estaba siendo útil. Tras el fallecimiento de James McKenzie había permanecido con su madre en Kiward Station y había esperado la llegada de Jack y George Greenwood con el cuerpo de Charlotte. El reencuentro con su padre y sus hermanos tendría que esperar hasta que todos los muertos descansaran bajo tierra. Tim Lambert era indispensable en la mina.

—¡Pero ahora voy a ayudarte! —dijo Lilian con determinación, cuando al fin llegó a Greymouth y se festejó su regreso.

—¿Y qué quieres hacer tú en la mina, palomita? —preguntó Tim sonriendo. Le alegraría tener a su bonita hija junto a él durante el día, pero no se le ocurría ninguna tarea que asignarle.

Lilian se encogió de hombros.

—Lo que se supone que se hace en una oficina: llevar las cuentas, llamar a gente... —Al menos, Lily no mostraba ningún temor ante el nuevo aparato de teléfono que había aparecido recientemente en todos los despachos y había aligerado de forma considerable la comunicación con los clientes—. Sé hacer todas las tareas de tus oficinistas.

Tim rio.

—¿Y qué hacemos con mi secretario?

—A lo mejor necesitamos más —respondió con vaguedad y un gesto de impaciencia—. Además —añadió con una risita—, también hay cosas que hacer en las galerías...

Aunque Tim Lambert no envió a ninguno de sus empleados del despacho al interior de la mina, encontró trabajo para Lilian. La muchacha asumió en primer lugar todo el servicio telefónico y enseguida dominó el arte de convencer a sus interlocutores. Nunca aceptaba un no por respuesta, ya tratara con proveedores o con transportistas, y, de todos modos, en Greymouth ya estaban acostumbrados a que les diera órdenes una mujer. Pese a ello, lo que Florence Biller exigía con dureza, Lily lo solicitaba con encanto. En especial los socios más jóvenes se apresuraban con las entregas para conocer a la muchacha cuya voz argentina conocían por teléfono. Y Lilian no los decepcionaba, sino que les hacía reír y los entretenía cuando tenían que esperar a su padre o al capataz. La joven también encontraba fácil el trato con los mineros, aunque, como era de esperar, también ella tuvo que escuchar las supersticiones acerca de las mujeres en las galerías. Un viejo minero le llamó la atención, y eso que ella solo había entrado en las habitaciones donde se hallaban los motores de vapor que accionaban las jaulas de transporte.

—¿Y con santa Bárbara qué pasa? —preguntó Lily frunciendo el ceño—. ¡Han colgado su cuadro en todas las jaulas! Además, yo no pensaba bajar, solo venía a darle al señor Gawain el informe de morbilidad... ¿Está hablando por teléfono ahora?

Lilian se encontraba a sus anchas en los despachos: esa muchacha, que siempre se quemaba al preparar el café, enseguida se familiarizó con la contabilidad. A diferencia de los oficinistas, en su mayoría de más edad y algo torpes, le encantaban las novedades como las máquinas de escribir y aprendió a utilizarlas en un tiempo récord.

—¡Se va mucho más rápido que a mano! —exclamaba en tono alegre—. ¡Con esto también es posible escribir cuentos!

Lilian siempre estaba de buen humor y animaba a su padre, que toleraba mal el clima invernal debido a que el frío no hacía sino aumentar el dolor que sentía en las caderas y las piernas. Además, en los despachos, que se hallaban a la altura de la calle y en los que siempre había gente que entraba y salía, las corrientes de aire eran continuas. Tim intentaba calmarse, pero cuando había trabajado demasiado —y eso sucedía casi a diario durante el primer año de la guerra— descargaba su mal humor entre sus empleados. La situación mejoró con la presencia de Lilian. No solo porque la quería, sino también porque la joven pocas veces cometía errores, era inteligente y mostraba interés en la dirección de la empresa. Planteaba preguntas a su padre cuando iban de casa al trabajo y siempre tenía preparada la documentación necesaria para las entrevistas o tomaba las decisiones correctas incluso antes de que Tim explicara a los empleados del despacho de qué se trataba.

—Deberíamos haberla hecho estudiar minería —decía Tim sonriendo a su esposa cuando Lilian intentaba explicar con expresión grave el principio de la torre de extracción a su hermano menor—. O economía empresarial. Con el tiempo creo que llegará a intimidar a Florence Biller.

Sin embargo, Lilian carecía de ambiciones en el ámbito de la dirección de la empresa minera. Para ella, trabajar con su padre no era más que un juego. Por supuesto, quería hacerlo todo lo mejor posible y lo conseguía, pero en sus sueños no iba haciendo juegos malabares con los balances como Florence a su edad. Como siempre desde niña, Lilian soñaba con un gran amor... Por desgracia la mejor sociedad de Greymouth contaba con pocos jóvenes de su edad. Claro que había suficientes chicos de dieciséis y diecisiete años entre los mineros, pero los hijos de las familias acomodadas estudiaban en Inglaterra o al menos en Christchurch o Dunedin.

—De todos modos, todavía eres joven —le decía Elaine cuando Lilian se quejaba—. Cuando crezcas, ya encontraremos a un hombre adecuado.

A Elaine y Tim les tranquilizaba que hubiera tan pocos solteros. La madre de Lilian, que se había casado demasiado joven y cuyo primer matrimonio había sido un desastre, estaba firmemente decidida a ahorrarle esa experiencia a su hija.

Así pues, el primer año de la guerra transcurrió sin incidentes para los Lambert. Lilian empezó a impacientarse cuando pasó la primavera y seguía sin surgir nada en los asuntos del corazón. Para entonces casi realizaba el trabajo de la mina de forma mecánica. Seguía siendo trabajadora, pero empezaba a aburrirse y a rebuscar libros en las estanterías de sus padres. Por fortuna compartía con Elaine la preferencia por lecturas livianas. Su madre no la reñía cuando pedía las novedades aparecidas en Inglaterra; al contrario, madre e hija se emocionaban con los sentimientos de las protagonistas hacia sus amados.

—Por supuesto, eso no tiene nada que ver con la realidad —intervino Elaine, sintiéndose obligada a corregir las lecturas, pero Lilian seguía soñando.

—El domingo podrás bailar de verdad —anunció alegre Tim un día, cuando Lilian volvía a fantasear acerca de las puestas de largo y las dramáticas intrigas de las novelas—. Aunque en la comida campestre que organiza la iglesia. Tenemos que dejarnos ver por ahí, Lainie, y también en la tómbola de beneficencia. A lo mejor tienes algo que aportar. Todo lo que se consiga será para construir la casa de la comunidad. Los Biller también se han apuntado en la lista y serán generosos. Yo no podré serlo tanto, nuestros accionistas quieren ver beneficios, pero de forma particular haremos nuestra contribución, naturalmente...

Elaine estuvo de acuerdo.

—Preguntaré al reverendo en qué puedo ayudarle. ¿Se agarrará Florence otra vez al cucharón?

Tim rio. Formaba parte del ritual que las esposas de los propietarios de las minas participaran en la congregación. También de forma práctica: en ciudades pequeñas como Greymouth el mecenazgo abierto se consideraba arrogante. Elaine Lambert y Charlene Gawain, las esposas de los directivos de Mina Lambert, no temían mezclarse con la gente. Las dos habían vivido entre los mineros y trabajado con ellos, y nadie mencionaba siquiera el hecho de que la muy respetada señora Gawain hubiera ejercido tiempo atrás de prostituta. Sin embargo, Florence Biller no estaba acostumbrada a colaborar en un comedor de beneficencia y todo el pueblo se había reído el año anterior cuando, en la fiesta de verano, había servido tan torpemente el ponche que su vestido, al igual que las galas de fiesta de los invitados, se resintió de ello.

—En cualquier caso, los Biller harán acto de presencia. Por otra parte, su hijo mayor ha regresado de Cambridge. —Tim se quitó las tablillas de las piernas y se puso cómodo junto a la chimenea. En primavera siempre llovía sin cesar en Greymouth y ese tiempo lo agotaba. No le sentaba mejor que el invierno.

—¿En serio? Todavía es muy joven. ¿Ya ha terminado sus estudios? —Elaine se sorprendió. Sirvió a Tim una taza de té caliente con mucha más gracia que Florence el ponche. Lilian escuchaba en silencio.

—Es una persona de talento, como su padre —respondió Tim, encogiéndose de hombros.

—¿Como su...? Ay, Lily, ve un momento a la despensa. Aquí ya no quedan galletas, pero Mary ha horneado unas cuantas. Están en la lata del segundo estante a la izquierda.

Lilian se levantó a regañadientes. Sabía cuándo la estaban echando de un sitio.

—No te lo creerás, pero el joven es igual que Caleb —observó Tim, quien sabía de sobra que a Lainie le encantaban los chismes—. La misma cara delgada, el mismo cuerpo desgarbado...

—Pero ¿no pensábamos todos que era de su secretario? ¿Ese con el que al principio se llevaba tan bien pero al que despidió de repente cuando se quedó embarazada? —Elaine no daba crédito a la paternidad de Caleb Biller.

—Te cuento lo que hay. Yo mismo lo he visto en la ferretería, cuando he ido para que Matt me enseñara los nuevos puntales. Sí, y Florence tenía un asunto que aclarar con Hankins...

Jay Hankins era el dueño de la ferretería.

Elaine rio.

—¿Lo ha reñido ella personalmente?

—De vez en cuando necesita hacerlo. En cualquier caso, el chico estaba al lado y parecía muerto de vergüenza. También eso es típico de Caleb. De la madre solo tiene los ojos. Su aspecto es deportivo, pero se dice que es un ratón de biblioteca. Hankins cuenta que ha estudiado literatura o algo por estilo.

—¿Cómo lo sabe? —preguntó Elaine, al tiempo que cogía una galleta—. Muchas gracias, Lily. —Lilian colocó la caja sobre la mesa.

—Al parecer Florence le estaba regañando delante de todo el mundo porque no distinguía clavos de tornillos o algo así. Ahora, en cualquier caso, intenta ponerlo en vereda. Tiene que trabajar en la mina.

—Pero sea lo que sea lo que haya estudiado, no puede haber terminado todavía —calculó Elaine—. Es de la edad de Lily, hasta un poco más joven...

—Lo habrán hecho venir a causa de la guerra. Su hermano no va a Inglaterra, lo envían a Dunedin, por lo que he oído decir. Europa es demasiado insegura.

Elaine asintió.

—Esta triste guerra..., ¿no te parece como algo irreal? —Removió la taza de té.

—La verdad es que no, y menos cuando miro nuestros balances. Todo el carbón del que saldrá acero, acero para las armas y armas para matar. Cañones, ametralladoras... ¡Qué inventos tan diabólicos! Y los hombres cayendo como moscas. Por qué, nunca he llegado a entenderlo bien. —La preocupación apareció en el rostro de Tim—. De todos modos, me alegro de estar lejos, aunque me acusen de cobarde...

Elaine rio.

—No hay mal que por bien no venga —respondió, pensando una vez más en la terrible desgracia de la mina, acaecida dieciocho años atrás, en la que Tim había demostrado ser todo lo contrario a un cobarde.

—Y que nuestros hijos aún no tengan edad para cometer un disparate —añadió Tim. En esos momentos el ejército estaba reclutando jóvenes tanto en Nueva Zelanda como en Australia. La primera leva del ANZAC, el Cuerpo del Ejército de Australia y Nueva Zelanda, tenía que partir hacia Europa en breve.

Elaine estuvo de acuerdo y por primera vez habría dado gracias al cielo por la invalidez de Tim. Al menos no tenía que temer que alguien enviara a su esposo a la guerra o que al mismo Tim se le ocurriera cualquier tontería.

El domingo remitió por fin la persistente lluvia y Greymouth parecía recién lavada. Las instalaciones mineras menoscababan un tanto el hermoso paisaje, pero la naturaleza acabó triunfando. Los bosques de helechos se extendían hasta la ciudad y junto al río Grey había muchos rincones románticos. La iglesia se hallaba en las afueras y las calles por las que Roly conducía el automóvil de los Lambert cruzaban unos prados de un verde intenso.

—Recuerda un poco a Inglaterra —señaló Lilian, acordándose del día de la regata de Cambridge. Al final Ben había tenido razón: el célebre enfrentamiento entre Cambridge y Oxford se había suspendido por primera vez a causa de la guerra. Tampoco tras la salida de Rupert del *college* tendría Ben una oportunidad de distinguirse como timonel.

La escena ante la iglesia se desarrollaba exactamente tal como Lilian la recordaba de su infancia. Los hombres instalaban las mesas y las mujeres llevaban cestas con la comida mientras charlaban alegremente y buscaban lugares sombríos donde depositar sus exquisiteces durante la misa. El buen tiempo puso su granito de arena y el reverendo consideró la posibilidad de celebrar el servicio en el exterior. Los niños, impacientes, extendieron mantas alrededor del altar improvisado, al tiempo que madres y abuelas decoraban las mesas para el bazar que seguiría. Por supuesto también se subastarían pasteles y se premiarían los productos de panadería. La señora Tanner, a quien se consideraba el pilar más sólido de la comunidad, cotilleaba con sus amigas criticando a Madame Clarisse, la dinámica propietaria del pub y madama del burdel. Sin embargo, esta se mantenía impasible y, como todas las semanas, conducía a su rebaño de chicas de vida alegre al servicio dominical, con la evidente intención de no saltarse la comida campestre.

Elaine y su ayudante de cocina, Mary Flaherty, descargaron sus cestos, mientras Roly y Tim conversaban sobre vehículos con otros propietarios de automóviles de la comunidad.

—Ayúdame mejor con el cesto —siseó Mary a su novio, que en esos momentos se estaba pavoneando de que el Cadillac de los Lambert era el coche que tenía más caballos. Roly obedeció con un suspiro.

Elaine saludó con una sonrisa forzada a su suegra, Nellie Lambert, y obligó a sus hijos a hacer las reverencias y cortesías de rigor ante su abuela. Luego los niños desaparecieron entre la muchedumbre y justo después empezaron a jugar y hacer ruido con sus amigos. Lilian se unió a un par de muchachas que cortaba flores para el altar.

Y por fin, justo antes de que comenzara la misa, apareció el vehículo de los Biller, más grande y más moderno que el juguete favorito de Tim y Roly. Los hombres lanzaron unas miradas codiciosas al enorme auto, mientras que Elaine y su amiga Charlene se concentraban más en los pasajeros. También Matt Gawain había contado a su esposa el notable parecido entre Caleb Biller y el hijo mayor de Florence, así que ambas mujeres contuvieron la respiración cuando padre y vástago salieron del coche. No se sintieron defraudadas. Incluso la expresión algo enfurruñada del adolescente recordaba a Caleb en su juventud. Elaine todavía recordaba a la perfección su primer encuentro durante una carrera de caballos. El padre de Caleb había forzado a participar en ella al muchacho, cuya actitud reflejaba todo el miedo y la rebeldía que lo embargaban.

También el joven Biller parecía haber acudido a la celebración contra su propia voluntad, después de haber mantenido una discusión con su madre, ya que ella le lanzaba miradas enojadas frente a las cuales él presentaba otro rasgo característico de Caleb: encorvar los hombros con resignación. Benjamin era deportista y musculoso, pero tan alto y delgado como su progenitor. No tenía prácticamente nada en común con sus hermanos menores, ambos bajos y robustos, que más se parecían a su madre y —como Nellie Lambert expresaba en un eufemismo— a la «rama oscura de los Weber».

Florence reunía a su familia a su alrededor. Era una mujer compacta que de joven había tendido a ser regordeta, pero con el tiempo esto había cambiado. El extenuante trabajo de Florence no le dejaba tiempo para comer mucho ni con frecuencia. Aun así, esto no la había convertido en una belleza. Su rostro seguía siendo blando y, pese a la palidez causada por su encierro en el despacho, tenía la tez salpicada de pecas. Su cabello castaño y grueso estaba recogido en un moño tirante y en la boca lucía una mueca de enojo. Florence se esforzó en sonreír cuando presentó a sus tres hijos al reverendo. Los más jóvenes realizaron de inmediato un saludo de cortesía calcado de un manual, mientras que el mayor se mostró renuente y solo insinuó una inclinación. Acto seguido, no obstante, descubrió a las chicas que estaban colocando las flores alrededor del altar y en sus ojos apareció un brillo de interés.

La pequeña pelirroja...

Lilian había colocado la última guirnalda y contemplaba el altar con el ceño fruncido. Sí, no había quedado mal. Se volvió en busca de la aprobación del reverendo y descubrió unos ojos de un verde claro. Un rostro alargado, el cabello claro, el cuerpo trabajado de un remero que se tensaba en ese momento, al reconocerla.

—Ben —dijo ella en un susurro.

También los rasgos del joven mostraron incredulidad en un principio; pero luego una sonrisa casi celestial le iluminó el semblante.

—¡Lily! ¿Qué haces tú aquí?

LA GUERRA

*Llanuras de Canterbury, Greymouth,
Galípoli, Wellington*

1914 - 1915 - 1916

1

Una vez secas sus pertenencias, Gloria se encaminó hacia la ciudad. Estaba casi muerta de hambre. Empezaba a refrescar y necesitaba algo que comer y un lugar donde dormir. Lo primero, al menos, no era complicado. La ciudad portuaria rebosaba de restaurantes, salones de té y chiringuitos. Gloria se cuidó de mantenerse alejada del puerto y el barrio chino, que solía estar cerca del primero. También evitó los locales donde la clientela estaba formada mayormente por hombres, sin atender a lo apetitoso del aroma que saliera de los fogones.

Al final se decidió por un pequeño salón de té en el que una mujer estaba sirviendo. Probablemente solo habría bocadillos, pero era mejor que exponerse a las miradas de camareros o clientes varones. El establecimiento estaba casi vacío, solo había un par de ancianos de aspecto inofensivo que charlaban o leían el diario. Gloria se relajó. Para su sorpresa, no solo había comidas frías, pues un par de parroquianos estaban tomándose un caldo espeso. ¿Tal vez clientes fijos que cada día almorzaban allí? Gloria señaló con timidez el plato de los otros para pedir uno igual. En realidad tendría que estar acostumbrada a comer en restaurantes, ya que los Martyn acudían a los establecimientos más en boga de Europa, pero ella siempre había odiado la deferencia de los camareros y sobre todo el interés de los demás comensales hacia su famosa madre.

En ese sitio, sin embargo, no se precisaba etiqueta y el servicio era amable sin resultar obsecuente. La camarera puso ante

Gloria un gran plato de caldo y observó complacida al pretendido muchacho mientras este lo engullía.

Con una sonrisa casi de complicidad le sirvió una segunda ración.

—Toma, chico, estás muerto de hambre. ¿Qué has estado haciendo? ¿Has venido nadando desde Indonesia?

Gloria se puso como la grana.

—¿Cómo lo sabe...?

—¿Que sales de un barco? No es difícil de adivinar. En primer lugar, esta ciudad es un pueblo. Ya me habría fijado antes en un chico tan guapo como tú. Y además tienes aspecto de marinero acabado de desembarcar. ¡El pelo te pide a gritos un barbero, pequeño! Con la barba todavía no has llegado muy lejos... —La mujer rio. Era regordeta, rubicunda y a ojos vistas bonachona—. Pero has tomado un baño. Esto habla bien de ti. Y todavía no le das al whisky. Todo muy digno de elogio. ¿Es tu primera paga?

Gloria asintió.

—Pero fue horrible —se le escapó—. Yo... Quiero quedarme en tierra.

—¿Te mareas? —La mujer movió la cabeza comprensiva—. Cuando yo tenía tu edad, emigramos de Inglaterra a Down Under. ¡Te lo juro, me pasé medio viaje asomada a la borda! Si quieres ser marinero has de haber nacido para ello. ¿Y ahora qué planes tienes?

Gloria se encogió de hombros. Luego, haciendo acopio de valor, preguntó:

—¿No sabría usted dónde... dónde puedo encontrar alojamiento? No tengo mucho dinero, pero...

—Ya me lo imagino, ¡te habrán pagado unos pocos centavos, los muy granujas! Y además no te habrán dado bien de comer, porque estás en los huesos. Por mí, puedes volver mañana, te daré un buen desayuno. Me recuerdas a mi hijo cuando tenía tu misma edad, pero ahora él ya es mayor y trabaja en la construcción del ferrocarril. No es que se gane mucho, pero le gusta correr mundo. Y en cuanto al alojamiento... El reverendo de la iglesia metodista tiene un par de albergues para hombres. Quien puede ofrece una pequeña contribución, pero si no tienes dinero nadie te dirá nada. Lo único que tienes que hacer es rezar, claro. Por las mañanas y por las noches...

Gloria llevaba meses sin rezar, ni siquiera antes de su desdichado viaje. A William y Kura les daba igual si su hija asistía o no a misa. Ellos no pisaban la iglesia, y la joven, por su parte, había asistido de mala gana a la misa de Sawston. En cuanto veía al reverendo Bleachum se aparecía ante sus ojos la imagen de la sacristía: un sacerdote con los pantalones bajados encima de una mujer de su propia congregación. Eso diez minutos antes de jurar fidelidad a otra. Gloria no estaba segura de creer en Dios, pero no habría dado ni un centavo por la integridad de sus servidores en la tierra.

Inquieta, dadas las circunstancias, la muchacha se introdujo en la iglesia de Knuckey Street, un edificio bastante sencillo donde el reverendo, un hombre alto y rubio, celebraba una misa poco concurrida. Miró angustiada a los tres hombres de aspecto andrajoso que se encontraban en la segunda fila. ¿Serían esos los huéspedes de la pensión?

Gloria rezó obedientemente, pero no cantó con el coro final: un muchacho de la edad que aparentaba ya debería haber cambiado la voz. Cuando concluyó la misa, salió al encuentro del reverendo y contó atropelladamente la historia de la mujer del salón de té: se suponía que «Jack», nacido en Nueva York, había embarcado ávido de aventuras rumbo a Darwin. El capitán lo había explotado, los otros hombres de la tripulación eran desagradables...

—Con tu aspecto, también podrían haberse mostrado demasiado agradables —observó con ironía el reverendo—. Debes dar gracias a Dios por haber salido sano y salvo en cuerpo y alma.

Gloria no entendió a qué se referiría, pero aun así se ruborizó.

El reverendo hizo un gesto comprensivo.

—Se nota que eres un buen chico —dedujo del sentimiento de vergüenza que el presunto muchacho parecía conservar—. Pero tendrías que ir a que te cortaran el pelo. Hoy por la noche dormirás aquí, luego ya veremos.

Ante tanta amabilidad, Gloria casi se había hecho la ilusión de tener una habitación individual, pero, cómo no, el albergue masculino consistía en un dormitorio común. En una pequeña e inhóspita habitación se apiñaban cinco literas. El único adorno lo constituía un crucifijo que colgaba de la pared. Gloria eligió una cama en el rincón más apartado y esperó que la molestaran lo menos posible, pero al avanzar la noche, la habitación fue llenándose de «huéspedes» de distintas edades. Una vez más, Gloria se encontró inmersa en una pesadilla donde apestaba a sudor y cuerpos de hombres sin lavar. Al menos no se percibía el olor a whisky, sin duda gracias al control del reverendo. Unos pocos tipos jugaban a cartas, los otros conversaban. Un sujeto mayor, que había elegido la litera frente a la de Gloria, intentó entablar conversación con ella. Se presentó con el nombre de Henry y preguntó por el de la muchacha. Esta respondía con monosílabos, todavía más recelosa que al hablar con el reverendo. Había demostrado ser la forma de proceder correcta. Henry, marinero obviamente, no se tragó la historia como el ingenuo pastor sin plantear preguntas.

—¿Un barco de Nueva York a Darwin? ¡Eso no existe, chico! Tendría que navegar medio mundo...

Gloria se ruborizó.

—Yo... Ellos..., bueno, querían llegar antes a Indonesia —titubeó—. Para cargar no sé qué...

Henry adoptó una expresión incrédula, pero se puso a contar aventuras de sus propias travesías, todas relacionadas con su supuesta e infinita soledad a bordo. Gloria no escuchaba. Ya se arrepentía de estar allí, aunque a «Jack», naturalmente, no le amenazaba ningún peligro.

¿O sí? Cuando las lámparas de aceite, que hasta el momento habían emitido una luz mortecina, se apagaron y Gloria se acurrucó para dormir, notó la caricia cautelosa de una mano en la mejilla. Tuvo que reprimirse para no lanzar un grito.

—¿Te he despertado, Jack? —La voz de Henry, algo atiplada para ser de un hombre, resonó muy cerca del rostro de la joven—. He pensado que ya que eres un chico tan dulce..., a lo mejor me dabas un poco de calor esta noche...

Gloria se levantó precipitadamente, presa del pánico.

—¡Déjeme en paz! —siseó tajante sin atreverse a gritar. La peor imagen que acudía a su mente era la de todos abalanzándose sobre ella—. ¡Lárguese! ¡Quiero dormir solo!

—No le diré nada al reverendo del barco a Darwin... A él no le gusta nada que le cuenten mentiras.

Gloria temblaba. En el fondo no le importaba lo que le contara al reverendo; de todos modos lo que quería era marcharse. Pero si la forzaba a «ser simpática» con él, la descubrirían. Si los hombres averiguaban que era una chica... Con el valor que le confería la desesperación atestó al tipo un rodillazo en la entrepierna.

—¡Lárgate! —rugió.

Demasiado fuerte. Los hombres se agitaron alrededor, pero para sorpresa de la joven tomaron partido por el pretendido muchacho.

—¡Henry, pedazo guarro, deja al chico en paz! ¡Ya has oído que no quiere saber nada de ti!

Henry gimió y Gloria consiguió apartarlo de un empujón del borde de la cama. Al parecer acabó toqueteando a otra persona.

—¿Es que no has tenido suficiente, maricón hijo de puta? A ver si te ganas una buena paliza...

Gloria no lo entendía todo, pero respiró aliviada por primera vez en mucho tiempo. Pese a ello, como no quería correr más riesgos, se retiró con la ropa de cama en el baño, que estaba limpio, y cerró con el pestillo. Allí se envolvió en la manta, lo más lejos posible del inodoro. Por la mañana abandonó el recinto de la iglesia antes de que nadie despertara. No dejó ningún donativo, sino que invirtió tres de sus preciados dólares en un cuchillo y una vaina que pudiera atarse a la pretina del pantalón. En el futuro, no volvería a dormir si no era con esa arma en la mano.

Lo siguiente eran los piojos. Gloria ya se había dado cuenta el día antes de que la zambullida en el mar no los había aniquilado. Algo vacilante entró en una botica y preguntó en voz baja si tenían algún remedio que fuera lo más barato posible.

El boticario rio.

—Lo más barato sería cortarte la cabeza, muchacho. De todos modos, te hace falta un buen corte de pelo, ¡pareces una chica! Dicho en plata: si no hay pelo, no hay piojos. Y a continuación te espolvoreas la cabeza con esto. —Tendió un remedio por encima del mostrador.

Gloria adquirió los polvos por un par de centavos y buscó una barbería. Una vez más se desprendió de sus rizos y en esta ocasión por completo. Ni ella misma se reconocía cuando se miró al espejo.

—¡Despierta, chico! —exclamó riendo el barbero—. Son cincuenta centavos.

Gloria se dirigió al salón de té sintiéndose extrañamente liberada. Necesitaba urgentemente un buen desayuno y aunque estaba dispuesta a pagar por él, su nueva amiga mantuvo la palabra y le llenó generosamente el plato de alubias, huevos y jamón sin pedirle dinero a cambio. Aun así, le entristeció que «Jack» ya no luciera su bonito cabello.

—Un poco más corto habría estado bien, pero ¡es que casi te han rapado! A las chicas no les gustará, hijo.

Gloria hizo un gesto de indiferencia. Bastaba con que su aspecto no molestara a sus posibles patronos...

Encontrar un empleo no resultó ser una tarea fácil, sobre todo porque Gloria no se atrevía a ir al barrio portuario. En los muelles habría encontrado trabajo en abundancia como mozo de carga, pero Gloria solo buscaba una ocupación en el centro de la ciudad y encontrarla allí era complicado. La mayoría de los chicos de su edad trabajaban de aprendices, mientras que los desharrapados, que no eran de la ciudad y de cuyo buen comportamiento nadie respondía, eran tratados con desconfianza. Tras pasar medio día buscando en vano, Gloria casi deseaba no haber abandonado de forma tan atolondrada la iglesia metodista. Sin duda el reverendo la habría ayudado, pero el temor que le inspiraban Henry y los otros hombres era más fuerte. Al final invirtió unos pocos centavos más de su preciado dinero en la habitación de una pequeña pensión. Por primera vez en meses durmió tranquila, sola y sin amenaza ninguna, entre sábanas limpias. Al día siguiente tuvo suerte y pudo reemplazar a un chico de los recados que por alguna razón no se había presentado a trabajar. Llevó un par de cartas y paquetes de un despacho a otro y se ganó con ello lo suficiente para conservar la habitación otra noche más. En los días que siguieron fue apañándoselas con empleos ocasionales, pero cuando al cabo de una semana hizo balance, sufrió una decepción. De sus diez dólares quedaban todavía cuatro, pero no había conseguido ahorrar ni un centavo de lo que había ganado trabajando. Como consecuencia, no podía ni plantearse seguir el viaje a Sídney, a no ser que emprendiera el camino a pie.

Al final, se decidió por esto último, visto que en Darwin no había empleo para un muchacho. Gloria siguió la costa para buscar trabajo temporal en poblaciones más pequeñas, suponiendo que allí encontraría granjas donde necesitaran de un mozo de cuadra o pescadores a quienes ayudar a faenar.

Por desgracia, se había hecho falsas ilusiones. Dos semanas más tarde, ya había recorrido ciento sesenta kilómetros y gastado todo el dinero. Desanimada, deambuló por las callejuelas de una diminuta ciudad portuaria. Una vez más ignoraba dónde iba a dormir y el hambre la acuciaba de nuevo. Pero solo le quedaban cinco centavos y por esa cantidad no había nada ni en el mugriento cuchitril por el que pasaba en esos momentos.

—Eh, chico, ¿quieres ganarte unos centavos?

Gloria se sobresaltó. Un hombre se dirigía hacia la sospechosa taberna. En la oscuridad no alcanzaba a distinguir el rostro, pero la mano le agarró por los pantalones.

—Soy... soy un chico —susurró Gloria, buscando el cuchillo—. Yo...

El hombre se rio.

—¡Eso espero! Las chicas no me ponen. Busco un chico guapo que me haga compañía esta noche. Ven, te pagaré bien...

Gloria miró alrededor, aterrorizada. El hombre le cerraba el paso, pero no parecía querer agredirla. Si desandaba el camino...

Gloria se dio media vuelta y huyó como alma que lleva el diablo. Corrió hasta quedarse sin aliento y finalmente casi se desplomó en un puente tendido sobre un río que desembocaba ahí mismo, en el mar. Aunque también era posible que fuera una laguna... Gloria no lo sabía y, de hecho, no le importaba, porque en ese momento se dio cuenta de que había salido del fuego para caer en las brasas. Entre el puente y la escollera se contoneaban un par de chicas ligeras de ropa.

—¿Qué, guapo? ¿Buscas compañía para esta noche?

Gloria volvió a salir corriendo y acabó en una playa, sollozando. La perspectiva de que hubiera cocodrilos se le antojó inofensiva, comparados con los animales de dos piernas con los que había tropezado hasta el momento.

Gloria se tendió temblorosa en la arena un rato, pero luego reflexionó. Tenía que marcharse, debía dejar Australia. Sin embargo, no parecía haber esperanzas de ganar dinero para el viaje de forma honrada. Como muchacho podía ir tirando con trabajos ocasionales, pero ni pensar en pagarse el pasaje para Nueva Zelanda.

«Solo tendrás que hacer lo que mejor se te da...» Estas habían sido las cínicas palabras del camarero.

Gloria gimió. Era innegable: la única tarea por la que le habían pagado había sido por «ser amable» con los hombres. Sin los diez dólares de Harry no habría sobrevivido y, si trabajaba por cuenta propia, era obvio que podía ganar dinero. «El tipo se ha hecho de oro contigo», habían dicho tanto el camarero de Harry como el joven fogonero de Richard Seaton. A pesar de ello, Jenny no le había parecido especialmente rica...

Gloria se enderezó. No le quedaba más remedio, tenía que intentarlo, por peligroso que fuera... Las otras chicas no se alegrarían de tener competencia. Aunque, por otra parte, según Jenny, había muchas cosas que una puta normal se negaba a hacer. Si bien sentía vergüenza, dolor y miedo con algunas prácticas, no había nada que los hombres del *Niobe* no le hubieran exigido. Había sobrevivido, así que también ahora aguantaría.

Gloria se sentía mareada, pero buscó en el hatillo el único vestido que poseía. Llena de repugnancia, se lo puso y se dirigió hacia el puente.

2

—¡Ahora no, luego! —siseó Lilian.

El reencuentro inesperado con Ben suspendió por un segundo los latidos de su corazón, pero su mente seguía funcionado y le permitió reconocer al instante que ese no era un lugar apropiado para dar muestras de alegría. Ben estaba junto a Florence y Caleb Biller, así que debía de ser el hijo que acababa de llegar de Cambridge. Y, con toda certeza, ni los Biller ni tampoco el mismo padre de Lilian estarían especialmente entusiasmados por el hecho de que sus hijos hubieran grabado en un árbol de la campiña inglesa sus nombres enmarcados por un corazón.

Ben no cayó en la cuenta tan deprisa. No era extraño: a fin de cuentas el apellido de Lilian todavía no le resultaba conocido. Por suerte, no obstante, el reverendo acudió en su ayuda. Incluso era posible que de forma consciente, pues era conocido por su agilidad mental y quizás había percibido el centelleo en los ojos de Ben y Lily.

—¡Ben! ¡Cuánto me alegro de verte entre nosotros! —saludó al muchacho, después de intercambiar las cortesías habituales con Florence y Caleb—. Y qué alto estás. Las señoritas de Greymouth se pelearán por que las saques a bailar. Voy a presentarte a unas cuantas. —Señaló a Lilian y a las otras dos jóvenes que acababan de adornar el altar—. Erica Bensworth, Margaret O'Brien y Lilian Lambert.

Erica y Margaret hicieron una reverencia entre risitas y Lilian solo consiguió esbozar una sonrisa forzada. Al final también se posó sobre ella la mirada fría de Florence Biller. Trabajando con su padre, Lilian había tratado con ella en un par de ocasiones y era probable que no le hubiese causado una impresión estupenda. A diferencia de otros empleados de Tim, ella no se dejaba intimidar por Florence y, por ejemplo, no pasaba la llamada a su padre a no ser que este tuviera el tiempo o la obligación de responder a las peticiones de la mujer. No tenía reparos en atraer a los clientes de la competencia o engatusar a los proveedores para que sirvieran a Lambert antes que a Biller: un arte de valor incalculable en esos tiempos, pues la economía florecía y los almacenes de madera y las ferreterías no lograban suministrar madera, punzones y herramientas al mismo ritmo al que se ampliaban las minas. Florence no perdía la compostura, por supuesto, pero en el círculo familiar se tachaba a la «pequeña Lambert» de «mocosa desvergonzada», expresión esta que ya había surgido en presencia de Ben. Y ahora el chico se hallaba frente a esa «pequeña vampiresa» que había revelado ser Lily, la misma muchacha que no lograba apartar de sus pensamientos desde que había dejado Inglaterra. Y para la que desde entonces escribía un poema tras otro.

Lilian le lanzó un guiño que Ben comprendió al instante.

Durante la misa, las dos familias se situaron en extremos opuestos del prado, pero Lilian y Ben no conseguían concentrarse en el reverendo. Ambos respiraron aliviados cuando cesó la última canción y todos se dirigieron hacia los refrescos. Lilian se las apañó para acabar junto a Ben en la cola para el ponche de fruta.

—Justo después de que todos hayan comido y estén cansados... Nos veremos entonces..., detrás de la iglesia —le susurró.

—¿En el cementerio? —preguntó Ben.

Lilian gimió. Ella no había querido expresarlo de forma tan prosaica y, por supuesto, también había evaluado si el camposanto era el sitio más adecuado para un encuentro secreto entre enamorados. Recientemente, sin embargo, había llegado a la conclusión de que eso poseía un componente romántico. Un poco enfermizo, tal vez, pero agridulce. Como un poema de Edgar Allan Poe.

Además, salvo el cementerio, no había otro lugar discreto en los alrededores.

La muchacha asintió.

—No me pierdas de vista, ya verás cuándo me levanto.

Ben asintió con vehemencia y tomó su refresco. Reflexionó brevemente sobre la posibilidad de pedir a Lilian que acortara el tiempo de espera, pero decidió que llamaría demasiado la atención, así que le lanzó una mirada de complicidad y se puso en camino. Lilian se lo quedó mirando arrebatada. ¡Por fin pasaba algo! Y por fin era igual que en las novelas: el amor por largo tiempo perdido regresaba. Lily gimió pensando que su enamorado pertenecía a una familia rival de la suya. ¡Como en Shakespeare! En la función de Navidad de Oaks Garden nunca la habían dejado interpretar, para su disgusto, el papel de Julieta. ¡Y ahora ella era la protagonista de la historia!

Al final fue Ben el primero que dejó a su familia y discretamente se encaminó hacia la iglesia. Lily, en cambio, abandonó casi con desgana las «conversaciones de sobremesa» entre Elaine y Tim, Matt y Charlene, que de nuevo giraban en torno a los Biller y su primogénito. Las dos mujeres parecían sumamente sorprendidas de que el joven fuera idéntico a su padre, algo que Lilian no acababa de entender, porque también sus propios hermanos se parecían a Tim y el hijo de Charlene y Matt Gawain eran como dos gotas de agua, y nadie había armado tanto alboroto por ello. Fuera como fuese, ambas parejas estaban enfrascadas en la conversación y nadie se percató de que Lilian se ausentaba. Cuando llegó al cementerio, Ben ya estaba grabando sus iniciales en la vieja haya del extremo oriental del cercado. Lilian lo encontró romántico, aunque no muy inteligente como táctica. A fin de cuentas, tampoco habría tantos L. L. y B. B. en Greymouth. Pero ¡qué más daba! Decidió sentirse adulada ya que Ben corría semejante riesgo por ella.

El chico la miró arrobado cuando ella se acercó entre las hileras de tumbas.

—Lily, nunca había imaginado que volvería a verte —la saludó—. Esa chica tan rara de Oaks Garden me dijo que habías vuelto a casa. Creí que se refería a Londres o Cornwall o a algún sitio de Inglaterra. ¡No me habías contado que eras de Greymouth!

Lilian se encogió de hombros.

—Yo también pensaba que tú eras de Cambridge o los alrededores. Y que eras pobre, por lo de la beca...

Ben rio.

—No, solo joven. De ahí el trato preferente. Me salté un par de cursos y las universidades se me disputaban. Con la beca tenía la posibilidad de estudiar lo que yo quería y no lo que deseaban mis padres. Al menos hasta ahora. Con esta estúpida guerra, han encontrado un pretexto estupendo para obligarme a volver. Y ahora me encuentro en ese despacho horrible y tengo que interesarme por cómo se extrae el carbón de la tierra. Si por mí fuera, podría quedarse ahí metido.

Lilian frunció el ceño. La idea de limitarse a dejar el carbón en la tierra nunca se le había ocurrido, y tampoco le parecía demasiado inteligente. Al fin y al cabo, era materia que se vendía cara. Pero claro, Ben era un poeta y lo veía con otros ojos. Así que sonrió indulgente.

—Pero tienes tres hermanos. ¿No quieren ellos hacerse cargo de la mina? —preguntó—. Así tú podrías seguir estudiando.

Ben asintió, aunque con una expresión irónica en el rostro.

—Se preparan para ello —respondió—. Sam, que solo tiene doce años, ya sabe más sobre el negocio que yo. Por desgracia soy el mayor... Pero ahora hablemos de ti, Lily. ¿No me has olvidado?

—¡Jamás! —exclamó ella con determinación—. Jamás te olvidaría. Fue tan bonito en Cambridge... Y te juro que yo quería acudir a la cita, habría hecho cualquier cosa para ir... pero precisamente ese día fue a buscarme mi tío. Y no podía escaparme, siempre tenía gente dando vueltas alrededor. Pero ahora estamos aquí.

Ben sonrió.

—Ahora estamos aquí. Y tal vez podríamos... quiero decir...

—¡Podrías mirar otra vez de qué color son mis ojos! —sugirió Lilian con picardía. Se acercó a él y alzó la vista.

Ben acarició con timidez las mejillas de la muchacha y la rodeó con un brazo. Lilian habría abrazado el mundo entero cuando él la besó.

—¿Quién era el chico del cementerio?

Tim Lambert se mostraba severo con su hija en contadas ocasiones, pero esa vez se irguió de forma tan amenazadora delante de ella como se lo permitían las muletas y las piernas entablilladas. Lilian estaba sentada junto a su escritorio y acababa de colgar el auricular. Daba la impresión de estar más contenta y resplandeciente que de costumbre, tanto que un observador más avezado que su padre tal vez se habría percatado de que estaba enamorada, pero el olfato de Tim estaba más bien orientado a balances y cierres de negocios. De hecho, acababa de celebrar uno de esos cierres con un whisky en el almacén de Bud Winston, quien había de suministrar la madera de los puntales para la planeada ampliación de la mina. Tim Lambert había birlado a Florence Biller, delante de sus narices, todo un vagón de madera de encofrado. Por mor a la justicia, debía tal operación a Lilian, pues era su hija quien había llevado las negociaciones. Pero ese día le interesaba menos la justicia que los rumores que circulaban por Greymouth. Ya tenían que estar bastante extendidos si habían llegado a oídos de los hombres del entorno de Bud Winston. El almacén de madera no era, al fin y al cabo, un centro de chismorreos. Y eran justo las once de la mañana del lunes; por la tarde toda la ciudad sabría, sin lugar a dudas, que Lilian Lambert se había reunido a escondidas con un joven.

—No lo niegues, la vieja Tanner lo ha visto todo. Pero como es miope no ha reconocido al chico.

La señora Tanner era la chismosa local. Lilian se inquietó un poco.

—¿Y qué pretende haber visto? —preguntó, intentando mostrarse indiferente. Si la señora Tanner había presenciado el beso, se encontraba en un problema.

Tim hizo un gesto de ignorancia.

—Según ella estabas hablando con el chico, a escondidas, en el cementerio. Toda la ciudad está al corriente.

—Pues no debe de haber sido tan a escondidas —replicó Lily, hojeando como de pasada un archivo. En su interior se sintió aliviada.

Tim se dejó caer en la silla de su escritorio. Esto lo alejaba de una posición estratégica favorable, pero tras el viaje a la ciudad estaba rendido y le dolía la cadera.

—Lilian, ¿era Ben Biller? —preguntó—. Alguien mencionó el nombre. Y a mí no se me ocurre ningún otro que por la edad encaje contigo.

Lilian le dirigió una sonrisa celestial. Por lo general era uno de sus fuertes llevar la contraria, pero estaba enamorada.

—¿Tú también encuentras que encaja conmigo? ¡Oh, papá! —Dio un brinco e hizo ademán de ir a abrazar a su padre—. ¡Ben es tan maravilloso! Tan dulce, tan cariñoso...

Tim frunció el ceño y la apartó.

—¿Que es qué? ¡Lilian, no puede ser verdad! ¿Después de pasear tres minutos con él entre unas cuantas lápidas has descubierto que es el hombre de tu vida? —exclamó, vacilando entre el espanto y la risa.

—¡Exacto! —Lilian estaba eufórica—. Pero de hecho ya nos conocimos en Cambridge...

Totalmente entusiasmada, expuso a su padre la historia de la regata, obviando solo un par de nimiedades insignificantes como el beso y el corazón grabado en el tronco del árbol.

—¡Escribe poemas, papá! ¡Para mí!

Tim puso los ojos en blanco.

—Lilian —observó, al tiempo que trabajosamente cambiaba de posición en la no demasiado cómoda silla—. Todo esto te parecerá muy romántico, pero yo preferiría que el muchacho dedicara sus poemas a otra persona. Eres demasiado joven para comprometerte, y lo mismo puede decirse de él. ¡A vuestra edad yo todavía hacía volar cometas! —Lo último era cierto, pero no tan inocente como Tim lo representaba. A la edad de Lily todavía se encontraba en un internado inglés y la cometa servía para enviar información a Mary, la hija de un granjero que suministraba la leche a la escuela. No obstante, la cosa no había pasado de un par de cartas de amor. Mary prefirió buscarse novio entre los estudiantes de los grados superiores.

—¡Ben es muy maduro para su edad! —afirmó Lily—. Es tan listo que ha podido saltarse infinidad de cursos.

Tim hizo un gesto de rechazo.

—Todo esto no me interesa, Lilian. Sin duda es un joven inteligente, sus padres tampoco son tontos, pero tendría que utilizar un poco la razón y no andar mariposeando con la única chica de la ciudad con la que está garantizado que tendrá dificultades. ¡No puedes enamorarte del hijo de Florence Biller, Lily!

Tim agitó las muletas para subrayar sus palabras, movimiento que hasta a él mismo le hizo sentirse ridículo.

Lilian se apartó el cabello rojo como el fuego hacia atrás e irguió la cabeza en un gesto de orgullo.

—¡Pues claro que puedo!

—Tim, no son más que chiquilladas. ¿Cómo puedes tomártelo en serio? —Elaine Lambert estaba sentada en el jardín de su casa y miraba entre preocupada y divertida a su iracundo marido. Como siempre que algo lo enervaba era incapaz de sentarse y quedarse quieto. Antes del accidente había sido un hombre sumamente dinámico que solo pisaba el despacho en contadas ocasiones. Prefería establecer contacto con los trabajadores en la mina, hablar personalmente con los proveedores y en su tiempo libre había revelado ser un audaz jinete. Tener limitados los movimientos todavía le resultaba difícil de asumir pese a los años transcurridos tras la desgracia, y en esos momentos paseaba cojeando, arriba y abajo, entre flores y plantas, ante la mirada de Elaine, lamentándose por la catástrofe evidente que Lilian y Ben iban a desencadenar.

En opinión de Elaine, su esposo era en parte responsable de los últimos y dramáticos acontecimientos. Ese lunes por la mañana solo se le había ocurrido enviar a su rebelde hija directamente a casa. Lilian se había subido obediente a lomos de la pequeña yegua que la abuela Gwyn le había enviado de Kiward Station. La había montado en la granja y Gwyn se la había mandado con mala conciencia, pues se trataba del potro nacido del cruce que Jack había hecho entre la yegua poni de Gloria y un semental cob. Pero parecía que en principio Gloria no iba a volver...

En cualquier caso, Lilian poseía ahora a la briosa *Vicky* y advirtió que ese día necesitaba urgentemente hacer ejercicio. El animal procedía de purasangres, precisaba galopar largas distancias y, cómo no, el camino bien pavimentado que conducía hasta Mina Biller iba como anillo al dedo para tal fin. A mitad de camino, Lilian se cruzó con el coche de los propietarios y *Vicky* se asustó, motivo por el cual el único pasajero que había en el interior del vehículo mandó detenerse al conductor. El pasajero era Ben.

Lo que sucedió a continuación solo pudo reconstruirse tras someter a los dos protagonistas del suceso a un minucioso interrogatorio. El conductor —a quien una indignada Florence había ordenado que llevara a casa a su rebelde hijo por el camino más directo— informó de que el joven señor había querido bajar del coche por si la señorita necesitaba ayuda para sujetar el caballo. A continuación, Ben había seguido los pasos de Lily, internándose ambos en el bosque de helechos que había junto al río, lugar a donde el conductor, como era de entender, no había ido.

—¿Cómo es que Florence había enviado a casa a Ben? —preguntó Elaine. No le inquietaba que Lilian todavía no hubiera llegado. La joven solía ir a dar un paseo a caballo mientras su padre regresaba en coche o en carro. Y además Elaine ignoraba por completo la discusión que por la mañana habían mantenido padre e hija.

Sin embargo, Tim había llegado a la hora acostumbrada, como era evidente, dispuesto a apretarle las clavijas a la jovenzuela, y todavía se molestó más cuando se enteró de que la muchacha andaba dando vueltas en lugar de quedarse encerrada en casa como le había ordenado. Elaine lo había conducido al jardín para que le diera una visión clara de los hechos.

—¿Por qué va a ser? —preguntó Tim—. Alguien le habrá ido con el cuento a la pobre Florence, ¡estos chismes se propagan con la rapidez del rayo! ¡Todavía no logro entender cómo no te has enterado!

Elaine se encogió de hombros. Prefería no contarle a su marido que ella y Charlene se habían reunido esa tarde con Madame Clarisse, la propietaria del burdel, para tomar un té. Las tres mujeres cultivaban su antigua amistad, pero era mejor que Matt y Tim no se enterasen de la relación personal entre sus esposas y las prostitutas. Por las noches, en el local de Madame Clarisse, circulaban todos los rumores, claro está, pero durante el día, cuando las mujeres decentes chismorreaban, las bellas de la noche solían dormir.

—¡Y me imagino que Florence todavía estará más indignada que yo! —prosiguió Tim.

—¿Todavía más? —preguntó Lainie, burlona.

—En cualquier caso, acaba de llamarme. Y si el teléfono soltara llamas, tendría el despacho hecho cenizas. Según las declaraciones del conductor, Lily ha arrastrado por los cabellos a Ben hacia el bosquecillo y allí... —Tim se interrumpió.

Elaine soltó una risita.

—¡Pobre chico!

—¡Lainie, por favor, no te lo tomes a broma! La peliaguda relación con los Biller es cualquier cosa menos cómica. Lilian no debe empeorar todavía más las cosas. —Tim tomó asiento en una de las sillas de exterior.

—Pero Tim, ¿qué hace? Si te he entendido bien, conoció a ese chico en Cambridge. Tontearon un poco y Lily está entusiasmada porque el destino los ha reunido de nuevo aquí. Ya la conoces, su romanticismo no conoce límites. Es absurdo hacer un drama de esto. Absurdo y contraproducente: ¿no ves que así se obcecará más con este asunto?

—¡Se han visto a escondidas! —insistió Tim.

—Una tarde, a plena luz del día, detrás de la iglesia —se burló Elaine—. Tan a escondidas que ni siquiera no se dieron cuenta de la presencia de la señora Tanner.

—Eso lo hace más sospechoso —gruñó Tim—. Tenían que estar muy concentrados el uno en el otro...

Elaine rio.

—Completamente normal en un amor de juventud. Hazme caso, Tim, lo mejor es no prestar atención. De hecho, lo más adecuado sería que no ocultaran su amistad. Si se ven en secreto, acabarán sintiéndose como Romeo y Julieta. Pero si los Capuleto hubiesen invitado un día al pequeño Montesco a cenar, Julieta enseguida habría caído en la cuenta de que ese chico solo pensaba en torneos de espadachines y que era demasiado atontado para cumplir unas instrucciones sencillas sin apuñalarse.

Tim no pudo reprimir una sonrisa.

—De todos modos, los Capuleto habrían permitido que la cena acabase en un baño de sangre —señaló—. Al menos si hubieran sido de la misma especie que Florence Biller. O sea, que estamos en las mismas: esa mujer no permitirá la amistad de los chicos bajo ningún concepto. En lo que a mí respecta, le he prometido que prohibiría a Lilian el trato con su hijo. Con suma severidad. —Se levantó fatigosamente, como para demostrar su autoridad.

Elaine puso los ojos en blanco y lo ayudó. Pese a ello, no renunció a una observación final.

—Bueno, luego no digas que no te lo advertí.

—¡Florence, por favor! Pero ¿qué ha hecho de malo?

Aunque Caleb Biller solía evitar los enfrentamientos con su esposa, en ese caso le pareció una cobardía mantenerse al margen. De ahí que bebiera a sorbos en esos momentos su segundo whisky. El primero para infundirse ánimos, el segundo para aguantar si vacilaba. Cuando Florence se precipitó en el salón y empezó a soltar improperios contra su hijo Ben, Caleb casi habría dejado caer el valioso vaso de cristal con el no menos valioso malta. Si bien Florence Biller tenía fama de iracunda, por lo general era una persona extremadamente contenida. Si pese a ello regañaba constantemente a sus empleados, era porque lo consideraba de suma importancia.

Al comienzo de su actividad como gerente de Mina Biller, era frecuente que no la tomaran en serio. Un estilo de gerencia sumamente profesional —que se habría calificado de virtud en un director varón— se consideraba un defecto en el caso de una mujer. Florence solo había logrado imponerse ejerciendo su autoridad con vigor y en algún momento eso empezó a resultarle divertido. Con el paso del tiempo, tanto empleados como proveedores y socios habían aprendido a temerla en igual medida. Pero incluso cuando mostraba su cólera, en su interior permanecía fría como un témpano y su apariencia externa nunca sufría por ello. El «uniforme de trabajo» de Florence Biller, una blusa blanca y una falda de corte recto azul marino, siempre parecía recién planchado y ni en pleno verano mostraba una mancha de sudor. Llevaba el espeso cabello castaño sujeto en un moño del que nunca se desprendía ni un diminuto mechón.

Ese día, sin embargo, las cosas se desarrollaban de otro modo. El comportamiento de Ben había logrado sacarla de su habitual reserva, y en este momento tenía el rostro enrojecido, enmarcado por unos cabellos que se le habían soltado del moño y que, paradójicamente, le conferían un aire más dulce. El decente sombrerito azul reposaba torcido en la cabeza. Era evidente que no había hecho el esfuerzo de ajustárselo delante del espejo del despacho.

—¡Se ha visto con una chica! —exclamó indignada, paseando de un lado a otro de la habitación—. ¡En contra de mi orden expresa!

Caleb sonrió.

—¿Y cuál es el problema? ¿Que se vea con una chica, cualquiera que sea esta? ¿O quizá que tontee con una muchacha determinada? ¿O más bien que haya desobedecido tu orden? —preguntó.

Florence lo miró iracunda.

—¡Todo a la vez! ¡Tiene que obedecerme! Y en lo que respecta a la chica... Entre todas las que podía elegir, ¡tenía que ser precisamente esa Lilian Lambert! ¡Esa maleducada e insolente de origen totalmente dudoso!

Caleb frunció el ceño.

—La pequeña Lilian es sin duda un poco particular —observó con vaguedad. De hecho solo conocía a la muchacha de vista, y de lo mucho que Florence se quejaba de su impertinencia al teléfono—. Pero ¿qué hay de dudoso en el origen de Timothy Lambert?

—Elaine O'Keefe..., ¿o debería llamarla «Lainie Keefer»?, era una de las chicas de Madame Clarisse. Y Lilian nació pocos meses después de la boda. ¿Qué más he de añadir? —preguntó Florence.

Caleb suspiró.

—A ese respecto, habría mucho que decir sobre orígenes en general... —murmuró—. Pero Lainie nunca fue una prostituta.

Tocaba el piano en el pub y nada más. La paternidad de Tim queda fuera de toda duda.

—¡Elaine O'Keefe disparó contra su primer marido! —protestó Florence.

—Por necesidad, si mal no recuerdo. —Caleb odiaba remover antiguas historias—. Sea como fuere, Tim está en perfecto estado de salud. No fue algo que tomara por costumbre y tampoco se hereda. Además Ben ya conocía a la hija de los Lambert. ¡Tampoco se está hablando de que vaya a casarse con ella! —Caleb se sirvió el tercer whisky.

Florence frunció el ceño.

—Una cosa lleva a la otra —replicó—. En cualquier caso, esa mosquita muerta le llena la cabeza de tonterías. He encontrado esto en su escritorio en el despacho. —Sacó una hoja de papel del bolsillo—. ¡Escribe poemas!

Caleb cogió la hoja y echó un breve vistazo.

—«Rosa de Cambridge, tuya es mi barca, te esperaré hasta que llegue la parca.» Es curioso —señaló Caleb, bebiéndose el whisky de un trago—. Tal vez sea un buen lingüista, pero no le veo talento literario.

—¡Caleb, no te hagas el gracioso! —advirtió Florence, arrancándose el sombrero de la cabeza—. ¡El chico es desobediente y yo no voy a permitírselo! ¡Aprenderá a pensar como un hombre de negocios!

Caleb agarró la botella de whisky.

—Nunca —objetó audaz—. No ha nacido para eso, Florence. Como yo. También es mi hijo...

Florence se volvió hacia él. Mostraba una sonrisa espantosa y al mirarla fijamente Caleb distinguió el mismo menosprecio que tan a menudo había descubierto en los ojos de su padre.

—¡Evidentemente, la razón del mal! —observó cáustica—. ¿Oyes la puerta? Creo que vuelve a casa... —Florence escuchó con atención. Caleb no percibió nada, pero su esposa afectó gravedad—. ¡Es él! Ahora iré y le quitaré de la cabeza a la hija de los Lambert, ¡aunque tenga que ser a palos! ¡Y también esa estúpida poesía!

Se precipitó fuera de la habitación.

Caleb se bebió otro whisky.

—Luego no digas que no te lo advertí... —murmuró, recordando aquella noche, años atrás, cuando desempeñó «el papel de esposo» de Florence. Por primera y única vez...

La autoestima de Caleb Biller había alcanzado su punto más bajo en la época en que pidió la mano de Florence. Poco antes se había resistido desesperadamente a contraer matrimonio. A Caleb no le gustaban las mujeres. Siempre que pensaba en el amor, aparecían ante sus ojos cuerpos viriles y solo había conocido el impulso sexual una vez. Su compañero de habitación, durante la época que había pasado en un internado inglés, se había convertido en su amigo..., en algo más que un amigo.

Como hijo de empresario, Caleb no esperaba vivir en Greymouth de acuerdo a sus inclinaciones. Se habría conformado con llevar la vida de un solterón, si bien sabía que eso contravendría los deseos de sus padres, quienes esperaban un heredero para Mina Biller. Pero Caleb había conocido a la cantante Kura-maro-tini, que supo apreciar sus dotes de pianista, compositor y arreglista. Juntos elaboraron el primer programa de *Ghost Whispering*, visitaron tribus maoríes de la región y estudiaron su arte y su música. Mientras tanto, los padres de Caleb arreglaron el enlace con Florence Weber, lo que llenó al joven de miedo y espanto. Al final, Caleb y Kura se avinieron tanto que el primero confesó a la muchacha sus inclinaciones. Todavía recordaba vivamente el enorme alivio que sintió cuando ella asumió con toda tranquilidad la confesión. Antes de recalar en Greymouth, la artista había viajado por Australia y Nueva Zelanda con una compañía de cantantes de ópera y bailarines. En los círculos artísticos era completamente normal que dos hombres se enamorasen. Kura había trazado entonces un plan que iba a permitir a Caleb vivir libre. Al fin y al cabo, también en él se escondía un artista. Si hacía carrera como pianista y arreglista de Kura, lograría abandonar Greymouth y llevar la vida que a él le conviniera.

Todo ello era muy tentador, pero acabó fracasando a causa de la timidez de Caleb. El miedo al escenario no le permitía conciliar el sueño antes de funciones de poca importancia y llegaba a enfermar cuando se trataba de compromisos mayores. Había acabado tirando la toalla antes del gran estreno, dejó a Kura plantada y llegó a un acuerdo con Florence: ella dirigiría Mina Biller y se conformaría con un matrimonio sin sexo.

Aun así, no llegó a discutirse si Florence dejaría un día la mina como herencia a su descendencia. Caleb se horrorizaba al advertir las miradas estimativas que su esposa arrojaba a los empleados del despacho e incluso a los mineros. El evidente elegido fue por aquel entonces su secretario, y aunque en sus horas más oscuras Caleb sin duda habría callado o mirado hacia otra parte, en aquellos primeros meses, tras el enlace, empezó a sentirse más fuerte. Por primera vez se había librado de la presión de tener que hacer un trabajo que no le gustaba. En lugar de ocuparse de mal grado de la dirección de la mina, escribía artículos en revistas especializadas y, para su sorpresa, se ganó la admiración internacional. El arte maorí era un campo todavía por descubrir. Las revistas mostraban un vivo interés en publicar los escritos de Caleb, quien al poco tiempo ya había establecido contacto epistolar con diversas universidades del Viejo y Nuevo Mundo. Por añadidura, Kuramaro-tini triunfaba en Europa y, según lo acordado, le mandaba su parte en las ganancias. Por primera vez en la vida se sintió orgulloso. Se cuadró: ¡no iba a consentir que su mujer le pusiera los cuernos con un simple secretario de una mina!

Florence Weber-Biller carecía de la sensibilidad necesaria para advertir ese tipo de cosas. Además se permitió con ese, su primer hombre, algo así como un ligero enamoramiento, lo cual la llevó a realizar actos que luego le resultarían sumamente vergonzosos. Florence permitía que los ojos se le iluminaran cuando veía a Terrence Bloom y seguía su figura esbelta y atlética con mirada anhelante. Terrence, por supuesto, se aprovechó de la situación.

Tanto socios como proveedores se asombraron de que el empleado osara de repente expresar sus opiniones y dar sugerencias sin que Florence lo censurase, sino que tomara las palabras de él como maná caído del cielo. En Greymouth empezaron los cotilleos al respecto, mientras Caleb lanzaba miradas desconfiadas a Terrence, quien se las devolvía lleno de arrogancia. Si hubiera tenido una pizca de tacto, Florence habría percibido la tensión que se iba creando en los despachos que por entonces compartía formalmente con Caleb. El escándalo final se produjo, no obstante, un fin de semana que Caleb quería pasar con una tribu maorí amiga. La tribu procedía en realidad de las afueras de Blenheim, pero se encontraba en esa época en período de migración. Caleb contaba con reunirse con ella cerca de Punakaki, pero de hecho sus amigos ya lo esperaban en Runanga: mucho más al sur y más cerca de Greymouth. Así pues, Caleb no tenía motivos para pasar la noche en una tienda, una vez que hubo intercambiado los regalos con los maoríes, compartido recuerdos de visitas anteriores e interpretado música. A esas alturas, Caleb ya tocaba varios instrumentos maoríes y aprovechaba cualquier oportunidad para que las *tohunga* de las tribus le siguieran instruyendo. Mientras charlaban, cantaban y bailaban, el whisky no dejó de circular, naturalmente, y Caleb no estaba sobrio cuando llegó a su casa a hora ya avanzada. Pese a ello, su oído seguía siendo tan fino como de costumbre y los sonidos que salían de la habitación de Florence no se prestaban a interpretaciones erróneas.

Caleb no se lo pensó mucho, sino que abrió la puerta de par en par. Pocas veces montaba en cólera, pero la visión de Florence en brazos de un impertinente y simple secretario —¡ahí, en su propia casa!— le encendió la sangre... rebosante de alcohol. Claro que no pasó a la acción. Caleb era todo un caballero. Se quedó unos minutos plantado en el umbral, mientras Florence se incorporaba ruborizándose y Terrence intentaba colocarse delante de ella como para protegerla.

—Señor Bloom, salga inmediatamente de mi casa y de mi empresa —dijo Caleb sin perder la calma, pero con la voz trémula de indignación—. No quiero volver a verlo en Greymouth. En caso de que alguien esté dispuesto a darle colocación, recurriré a todas mis influencias. Eso sería muy comprometedor para usted, pues yo, por supuesto, afirmaría que usted ha querido enriquecerse también desde el... digamos que desde el punto de vista económico, a costa de mi familia. Si desaparece de inmediato, por el contrario, mi esposa sin duda le enviará más tarde referencias positivas.

Terrence Bloom parecía tan perplejo tras esas palabras como Florence, pero luego se apresuró a salir de la cama. Caleb no le dirigió ni una mirada cuando pasó corriendo por su lado estrechando la ropa contra sí.

—Y ahora tú, Florence... —Caleb inspiró profundamente. Era un asunto complicado y no sabía si realmente sería capaz de llegar hasta el final sin ponerse totalmente en ridículo—. ¿Amas a ese hombre o se trata solo de... tener descendencia? —preguntó, escupiendo a su esposa esas últimas palabras.

Florence no se dejó intimidar. Le devolvió la mirada igual de iracunda.

—¿No irás a negarme un heredero? —preguntó—. Sin duda tu padre se sentiría muy decepcionado si descubriera que tú... —Lanzó una elocuente mirada al bajo vientre de su esposo.

Caleb inspiró hondo. La velada con los maoríes no solo le había complacido en el aspecto artístico, sino que había despertado otros apetitos. Siempre que veía a los hombres bailar el *haka* de guerra, sentía que se le endurecía el miembro y elegía a uno de los guerreros para recrearse en su imagen cuando él mismo satisfacía su deseo. En ese momento procuró con todas sus fuerzas superponer la visión del cuerpo musculoso y pintado de colores del bailarín al cuerpo desnudo y regordete de Florence.

—No os decepcionaré ni a él ni a ti —respondió Caleb, desabrochándose los pantalones.

Lo único que precisaba era que Florence no empezara a discutir en ese momento. Cuando oía su voz... Si seguía ofendiéndolo...

—¡No hables! —Caleb tapó con la mano la boca de Florence como si esta fuera a decir algo.

Se lanzó sobre ella y la forzó con manos y rodillas a quedarse quieta mientras él la cubría para penetrarla. Caleb intentó concentrarse en el ritmo persistente de los *haka*, ver la musculatura de los bailarines al danzar..., pensó en las fuertes manos de los hombres agitando las lanzas, en su piel brillante cubierta de un sudor que olía a tierra... Por suerte, Florence no se había perfumado. Podía alimentar sus fantasías mientras intimaba con ella y la penetraba... La mujer emitió un débil gemido cuando él se introdujo en ella. Tenía que estar húmeda, pero no era así. Caleb experimentó un vago sentimiento de culpa porque le hacía daño, pero luego se olvidó... No debía pensar en Florence, no si él... Caleb siguió el ritmo del *haka*. Era la lanza en la mano de su bailarín favorito, la agarraban, la presionaban... y por fin la dejaban libre para llegar al objetivo, en armonía con el cuerpo y la mente del guerrero... Caleb se desplomó sobre Florence una vez que su arma se hubo vaciado.

—Lo siento —murmuró.

Florence lo apartó, se levantó fatigosamente y caminó tambaleándose hacia el baño.

—Soy yo quien debe disculparse —respondió ella—. Lo que yo he hecho ha sido inexcusable. Lo que has hecho tú... Bueno, digamos que es nuestra obligación...

Caleb no volvió a cumplir su obligación nunca más, pero a partir de entonces Florence evitó escrupulosamente volver a violentarlo. Pocas semanas después de esa noche, ruborizada hasta la raíz de los cabellos, le comunicó que estaba embarazada.

—Naturalmente, no sé si...

Caleb asintió; a esas alturas ya llevaba tiempo desencantado y todavía sentía vergüenza.

—Querías un heredero. A mí, tenerlo o no me da igual.

En los primeros meses y años, Caleb y Florence estaban, por supuesto, inseguros acerca de la ascendencia del pequeño Ben. Aun así, la madre de Caleb aseguraba ya por entonces que el niño era idéntico a su padre. Más tarde eso se hizo evidente. Y no solo en lo que concernía a su aspecto físico, sino que el joven también manifestó el mismo carácter meditabundo y espíritu inquieto de Caleb. Ben aprendió a leer ya a los cuatro años y a partir de entonces no hubo forma de alejarlo de los libros de su padre. No obstante, la música y la artesanía le interesaban menos que las lenguas. Se enfrascaba entusiasmado en los diccionarios de Caleb y absorbía como una esponja las frases en maorí que este le enseñaba.

«¿Y cómo hablan entonces en Hawaiki?», se interesó Ben a los seis años, cuando preguntó por la lengua de su país a un joven de las islas Cook que, por azar, había acabado formando parte del servicio de un socio de los Biller. A los siete años se aburría mortalmente en la escuela elemental de Greymouth, y Florence accedió al deseo de su marido de enviar a Ben a Inglaterra. Caleb esperaba con ello estimular al máximo el intelecto de su hijo, mientras que Florence pensaba más bien en que se normalizara. El joven callado y sensible que, pese a dominar ya complicadas operaciones aritméticas, se dejaba timar siempre por sus hermanos menores cuando se trataba de comprar golosinas, la desazonaba. Con Sam, el segundo de sus hijos, que por suerte se parecía mucho más a ella que al joven capataz que lo había engendrado, se avenía mucho más. Se peleaba y enfadaba como un auténtico chico y en lugar de comparar el maorí con otras lenguas polinesias intentaba arrancarles las patas a los weta. También el tercero, Jake, se parecía a Florence, pese a que ella distinguía en él ciertas similitudes con su padre, de nuevo un empleado del despacho. De todos modos y como era de suponer, ya no corrió más riesgos. Tanto al capataz como al contable o los despidió o los promocionó para que ocuparan otros puestos de la región. Solo después informaba a Caleb de que se hallaba de nuevo en estado de buena esperanza. Él había reconocido a todos los niños sin el menor comentario.

Caleb sonreía al pensar en su único hijo carnal. Era incapaz de recriminarle su relación con Lilian Lambert. Por el contrario, nunca había sentido tanto alivio. De acuerdo, tal vez no fuera la chica adecuada, pero no dejaba de ser una muchacha la que había conquistado el corazón de Ben. Caleb no le había legado su funesta inclinación. Ben no tendría que luchar contra un deseo que el mundo despreciaba.

Mientras sus padres discutían y reflexionaban, Lilian y Ben paseaban cogidos de la mano por el bosque de helechos junto al río. No era del todo sencillo, pues los escasos caminos comenzaban en la carretera y terminaban en algún rincón idílico. Pero Ben y Lily querían recordar su paseo junto al río en Inglaterra, así que por romanticismo se abrían camino con dificultad por repechos y maleza medio podrida. Los ojos de Lilian centelleaban cuando Ben la ayudaba caballerosamente a superar los obstáculos del terreno, que ella misma acostumbraba saltar sola. La menuda Lilian, parecida a un duendecillo, era más ágil que el torpe Ben. Cuando ya no hubo obstáculos que evitar, hablaron excitados de sus planes de futuro. Con un estilo grandilocuente, Ben afirmó que no se sentía tan desdichado por haber regresado a Nueva Zelanda. Las universidades de Dunedin, Wellington o Auckland ofrecían con toda certeza mejores oportunidades para investigar en el ámbito de la lingüística, que era lo que le interesaba.

—Lenguas polinesias. Cada isla tiene la suya propia, aunque por supuesto existen parentescos. Y justo ahí reside la posibilidad de éxito: al comparar el maorí con otras lenguas tal vez se pueda delimitar el área de origen de los primeros colonos de Nueva Zelanda...

Lilian estaba pendiente de las palabras del chico, aunque no hablaba maorí. Hasta hacía poco le resultaba totalmente indiferente dónde se hallaba el legendario país de Hawaiki. A su talante romántico le bastaba con la historia del regreso de los espíritus por el cabo Reinga. Pero, por supuesto, cuando Ben hablaba de ello, se trataba de otra cosa.

La joven, por su parte, le refirió su estancia en Kiward Station, donde, pese a las pérdidas, había vuelto a ser muy feliz. Por ello deseaba vivir algún día en una granja, rodeada de animales y con «montones» de hijos.

Ben la escuchaba embelesado, aunque no sentía especial inclinación por perros o gatos, y siempre le había costado subirse a lomos de un caballo. Los automóviles le gustaban más, sin duda, aunque por el momento todavía no había conducido ninguno. ¿Y niños? Hasta entonces más bien le habían parecido seres ruidosos y molestos. Pero si Lilian anhelaba una vida en familia, el asunto no admitía discusión.

La joven escribió a sus amigas de Inglaterra una larga carta en la que describía lo mucho que Ben y ella tenían en común y el muchacho dio alas a su imaginación en un nuevo poema que hablaba del encuentro de almas gemelas.

3

Gwyneira McKenzie se cambió de ropa para la cena, tarea para la que últimamente aceptaba la ayuda de una de sus doncellas maoríes. Hasta hacía poco, apenas había sido consciente de su edad, pero tras los acontecimientos de las últimas semanas, solía sentirse demasiado agotada y rendida para ceñirse el corsé y sustituir su holgado vestido de día por un traje más elegante. Así lo hizo en esa ocasión, pese a que en realidad no sabía por qué se aferraba a una tradición que, cuando era joven y todavía tenía espíritu pionero, encontraba fastidiosa y nada práctica. A fin de cuentas, solo compartiría la mesa con su taciturno y desdichado hijo, cuya desesperación le desgarraba el corazón. También ella estaba de duelo, añoraba a James con toda su alma. Él había sido su segundo yo, su espejo, su sombra. Había reído y llorado con él y, desde el momento en que por fin se habían unido, no se habían separado ni un solo día. Pero la pérdida de James se había ido anunciando. Era unos años mayor que Gwyneira y en los últimos tiempos su decadencia era evidente. Charlotte, por el contrario... Jack había esperado vivir una larga vida con ella. Querían tener hijos, habían hecho planes... Gwyneira comprendía perfectamente el desconsuelo de Jack.

Se mordió los labios mientras la doncella Wai abrochaba los últimos botones del traje. A veces hasta sentía un poco de rabia hacia su nuera. Claro que Charlotte no podía hacer nada contra la enfermedad, pero la decisión que había tomado en cabo Reinga la había arrancado de forma demasiado abrupta del lado de

Jack, que no había tenido tiempo de despedirse ni de acostumbrarse a la idea de perderla. Por otra parte, Gwyn entendía bien la resolución de la muchacha. Ella misma habría preferido una muerte rápida al final lento y tormentoso que la joven veía frente a sí.

Permitió con un suspiro que Wai le cubriera los hombros con un chal negro. Desde que James había muerto, Gwyneira llevaba luto, otra costumbre más que guardar pese a ser en el fondo absurda. No tenía que exhibir su pena. A Jack le daba igual; él, por su parte, había vuelto a vestirse como siempre tras concluir los funerales. Y los maoríes, de todos modos, ignoraban el hábito de llevar luto.

—¿Puedo marcharme ya, señorita Gwyn? Kiri quiere que la ayude en la cocina... —Wai no tenía necesidad de preguntarlo, pero era nueva en la casa y un poco tímida. Además, la tristeza prolongada y el ambiente melancólico que reinaba en el ambiente acrecentaban aún más su inseguridad.

Gwyneira respondió afirmativamente a la muchacha y se esforzó en dedicarle una sonrisa animosa.

—Por supuesto, Wai. Muchas gracias. Y cuando vuelvas esta tarde a casa, coge por favor unas patatas para Rongo; me sentó muy bien la infusión que me dio para dormir.

La muchacha asintió y se precipitó fuera de la habitación.

Los maoríes... Gwyneira pensó con afecto en la tribu de los ngai tahu, asentada en Kiward Station y, de forma excepcional, no solo en sus fieles servidores y en la hechicera Rongo Rongo. También Tonga, el jefe tribal y en el fondo su antiguo adversario, disfrutaba últimamente de sus simpatías. Tras la muerte de James, la había ayudado a resolver el dilema casi insoluble de dónde darle sepultura.

Como todas las principales granjas alejadas de las ciudades, Kiward Station contaba con un cementerio familiar. Barbara, la esposa de Gerald Warden, había sido enterrada allí, junto a Gerald, el fundador de Kiward Station y el hijo de este, Paul. Gwyneira había mandado erigir una lápida conmemorativa para Lucas Warden, su primer marido. Sin embargo, James McKenzie no había sido un Warden, como tampoco lo había sido Charlotte, y el interior de Gwyneira se resistía a enterrar a ambos junto a los auténticos fundadores de la granja. Los Greenwood, no obstante, habían pedido permiso para sepultar a su hija en Christchurch y Jack, inerme, se lo había concedido.

James, sin embargo... Gerald Warden había perseguido a su antiguo capataz como ladrón de ganado. De haber llegado a saber que era el padre de su primera nieta, Fleurette, habría montado en cólera. A Gwyn le parecía macabro que ambos hombres reposaran el uno al lado del otro, pero tampoco tenía energía para construir un segundo cementerio en la propiedad.

Demasiado ofuscada para reflexionar siquiera en ello, recibió sin ganas a Tonga, quien, como representante de la tribu de los ngai tahu, le dio el pésame. Como siempre que iba a visitar a Gwyneira, el jefe llevaba la ropa tradicional, pues hacía años que despreciaba la vestimenta occidental. Haciendo una excepción, no obstante, prescindió de la escolta y del hacha de guerra. Una vez en su presencia, se inclinó ante ella y afectuosamente le comunicó sus condolencias en un inglés impecable. Además, señaló, tenían un tema importante que discutir.

Gwyneira sintió remordimientos por su anterior renuencia. Pensó que tal vez el hombre volvería a reivindicar alguna parcela más del territorio de la granja o a señalar que las ovejas se habían instalado en algún lugar que los maoríes consideraban desde hacía más de trescientos años *tapu*, inviolable y sagrado.

El jefe tribal, sin embargo, la sorprendió:

—Ya sabe, señorita Gwyn —empezó diciendo—, que para mi pueblo es muy importante mantener unidos y satisfechos a los espíritus de la familia. El lugar de sepultura adecuado es entre nosotros una demanda particular, y el señor James lo sabía. En este sentido, cuando hace un tiempo se dirigió a nuestros ancianos con un ruego singular, nosotros lo entendimos. Se refería a un lugar de reposo para él..., y más adelante también para usted y su hijo...

Gwyneira tragó saliva.

—Si le parece bien, señorita Gwyn, accederemos a que abran la sepultura en el lugar sagrado que usted y el señor James llaman el Anillo de los Guerreros de Piedra. El señor James decía que tenía un significado especial para ustedes.

Gwyneira enrojeció como la grana y no logró contener las lágrimas en presencia del jefe. El Anillo de los Guerreros de Piedra, un conjunto de piedras que formaba una especie de círculo en el prado, había sido durante muchos años el lugar de encuentro y el nido de amor de James y Gwyn, quien estaba convencida de que su hija Fleurette había sido concebida allí.

Pese a su turbación, había conseguido dar las gracias a Tonga con dignidad y, unos días después, James recibió sepultura entre las piedras. En el más reducido ámbito familiar, pero en presencia de toda la tribu maorí. A Gwyneira le parecía bien. El *haka* de duelo de los maoríes le habría gustado a James mucho más que el grupo de música de cámara que había tocado en los funerales de Charlotte en Christchurch. La joven también lo habría encontrado más adecuado, pero Jack no se hallaba en situación de organizar nada y cedió los preparativos del sepelio a los Greenwood. Durante la celebración apenas se pudo hablar con él y justo después de la ceremonia se retiró a Kiward Station, donde se abandonó por entero a su dolor.

Gwyneira y los amigos con quienes Jack contaba entre los pastores intentaron, pese a todo, animarle, o al menos darle ocupaciones, pero aunque hiciera lo que le pedían era como si trabajara medio en sueños. Si había decisiones que tomar, Gwyneira se encargaba de ellas con el capataz suplente, Maaka. Jack solo hablaba cuando se veía obligado a hacerlo, apenas comía y dedicaba las horas a meditar, recluido en las habitaciones que había compartido con Charlotte, negándose a revisar y deshacerse de las cosas de su esposa. Una vez Gwyneira se lo encontró con un vestido de Charlotte entre las manos.

—Todavía conserva su olor... —dijo, turbado.

Gwyneira se retiró sin pronunciar palabra.

De ahí que esa tarde Gwyneira se quedara todavía más sorprendida cuando lo vio aparecer para la cena fresco y con ropa de casa limpia en lugar de con los pantalones de trabajo y la camisa sudada. El día anterior, ella le había reprendido suavemente por su abandono.

—¡Así no mejorarán las cosas, Jack! ¿Y crees que a Charlotte le habría gustado verte sufrir como un perro?

Sunday, la vieja perra de James, y *Nimue*, la de Gloria, estaban tendidas delante de la chimenea. Cuando Gwyneira entró se levantaron de un brinco y la saludaron. Gwyn pensó con nostalgia que hacía mucho que no adiestraba un collie propio. Ni tampoco Jack... Así pues, decidió instarle a que se encargara de un cachorro de la próxima camada.

—Madre... —Jack le acercó la silla. Presentaba buen aspecto en su traje ligero de verano—. Tengo algo que comentarte...

Gwyneira le sonrió.

—¿No puede esperar hasta después de comer? Veo que hoy te has arreglado y me gustaría disfrutar de tu compañía. ¿Habéis mandado a los hombres que se pongan en camino con las últimas ovejas?

Era noviembre y los rebaños ya estaban en las montañas, pero Gwyneira había querido supervisar un par de ovejas madre que habían parido tarde y unos animales más viejos a los que el invierno parecía haber debilitado. Un par de pastores, pues, los llevaban ahora al pie de los Alpes y relevaban a los dos maoríes que se habían marchado con la primea parte del rebaño y que se alojaban en una choza de montaña para cuidar de los animales.

Jack asintió. Entretanto, Wai había servido la cena, pero el joven paseaba la comida de un lado a otro del plato.

—Sí —respondió al final—. Y si te soy franco, madre, pensaba seriamente en ir yo mismo con las ovejas. Ya no lo aguanto más. Lo he intentado, pero no lo consigo. Todo esto, cualquier rincón, cualquier mueble, cualquier rostro me recuerda a Charlotte. Y no lo soporto. Me faltan fuerzas. Tú misma has visto que me estoy abandonando... —Jack se pasó la mano nervioso por el cabello cobrizo. Era evidente que le resultaba difícil seguir hablando.

Gwyneira asintió.

—Lo comprendo —afirmó con dulzura—. Pero ¿qué quieres hacer? No creo que sea una buena idea vivir en las montañas como un ermitaño. Tal vez podrías pasar un par de semanas con Fleurette y Ruben...

—¿Y ayudarles en el almacén? —preguntó Jack con una sonrisa amarga—. No creo que tenga talento para ello. ¡Y ahora no me salgas con Greymouth! Lainie y Tim me caen bien, pero no sirvo para minero. Tampoco quiero ser una carga para nadie, sino rendir un servicio. —Jack hizo un gesto de preocupación y luego se irguió—. En resumen, madre, es absurdo andar con rodeos. Me he alistado en el ANZAC.

Jack expulsó aire y esperó la reacción de Gwyneira

—¿El qué? —preguntó ella.

Jack se rascó la frente. Iba a ser más difícil de lo que había esperado.

—El ANZAC. El ejército conjunto de Australia y Nueva Zelanda.

—¿El ejército? —Gwyneira buscó sobresaltada su mirada—. No lo dirás en serio, Jack. ¡Hay guerra!

—Por eso mismo, madre. Nos enviarán a Europa. Tendré otras cosas en que pensar.

Gwyneira miró a su hijo.

—¡A eso me refiero, precisamente! ¡Cuando te zumben las balas junto a los oídos, difícilmente pensarás en Charlotte! ¿Te has vuelto loco, Jack? ¿Quieres suicidarte? ¡Ni siquiera sabes por qué pelean!

—Las colonias han prometido a la metrópoli su apoyo incondicional... —Jack jugueteaba con la servilleta.

—¡Desde que el mundo es mundo, los políticos no dicen más que tonterías!

Al menos Gwyneira había arrancado a su hijo del letargo en que le había sumido el duelo. La anciana se enderezó en la silla y lo fulminó con la mirada. Los primeros mechones de sus cabellos casi blancos, antes rojos como el fuego, pugnaban por liberarse del severo recogido.

—No tienes ni idea del motivo de esta guerra, pero quieres participar en ella y disparar a gente a la que no conoces, que nunca te ha hecho nada. ¿Por qué no te tiras del acantilado como Charlotte?

—No es un suicidio —replicó Jack, atormentado—. Se trata de..., de...

—Se trata de tentar a Dios, ¿no? —Gwyneira se puso en pie y se dirigió al armario donde desde hacía decenios se guardaban las provisiones de whisky. Se le había quitado el apetito y necesitaba algo más fuerte que un vino de mesa—. Es eso, ¿no, Jack? Quieres comprobar hasta dónde puedes llegar antes de que el diablo te lleve. ¡Pero es una tontería y tú lo sabes!

Jack hizo un gesto de impotencia.

—Lo siento, pero no me convencerás —respondió sin perder la calma—. De todos modos, no solucionaría nada. Ya me he alistado...

Gwyneira se había llenado el vaso y se volvió de nuevo hacia su hijo, en esos momentos con la mirada llena de desesperación.

—¿Y qué pasa conmigo? ¡Me dejas totalmente sola, Jack!

El joven gimió. Había pensado en su madre y había postergado la decisión para no hacerle daño. Había seguido esperando la llegada de Gloria. La muchacha se encontraba de gira con sus padres, pero a esas alturas, Kura-maro-tini ya había tenido que darse cuenta de que no era la persona adecuada para ser maestro concertista. Las últimas cartas de Gloria no decían nada, como de costumbre, pero Jack creía percibir su desesperación y frustración entre líneas:

> Nueva York es una ciudad grande. Uno puede perderse en ella. He visitado unos cuantos museos, en uno se exponía arte polinesio. Tenían mazas de guerra de los maoríes. Ojalá termine pronto la guerra en Europa...

> Nueva Orleans es una meca para todos los que aman la música. Mis padres lo disfrutan. A mí no me gusta el calor, todo me parece húmedo. Para vosotros es invierno...

> Trabajo mucho, tengo que acompañar al piano a las bailarinas. Pero me gusta más ayudar a Tamatea con el maquillaje. Una vez me pinté. Parecía una chica maorí de nuestra tribu de Kiward Station...

Las maravillas del viaje ni las mencionaba, y William y Kura habrían de percatarse de ello en algún momento. Jack esperaba que enviaran pronto a Gloria de vuelta y con ello dieran a Gwyneira nuevas tareas y actividad. Él no se sentía en condiciones de animarla. Jack quería irse, daba igual adónde.

—Lo siento, madre. —Jack sentía el deseo de abrazar a Gwyneira, pero no consiguió ponerse en pie y estrecharla entre sus brazos—. Pero no durará mucho. Dicen que la guerra concluirá dentro de unas pocas semanas y entonces podré... Luego me daré una vuelta por Europa. Y, de todos modos, al principio vamos a Australia. La flota zarpa desde Sídney. Treinta y seis barcos, madre. El convoy más grande que jamás haya surcado el océano Índico...

Gwyneira se tomó el whisky. No le importaba en absoluto el gran convoy, ni tampoco la guerra en Europa. Solo sentía que su mundo se estaba desmoronando.

Roly O'Brien ayudó a su patrón a cambiarse para la cena. No era una práctica habitual en casa de los Lambert, las comidas en el círculo familiar no exigían indumentaria formal. Pero para esa noche se había fijado en uno de los hoteles de lujo del muelle una entrevista entre los gerentes de las minas locales y los representantes de la New Zealand Railways Corporation. Después de la cena formal, a la que también las señoras estaban invitadas, se retirarían y discutirían sobre los cambios introducidos por la guerra, sobre todo respecto al aumento de las cuotas de transporte y una posible regulación conjunta del mismo. En el ínterin, las minas se habían ampliado y se necesitaban más vagones de ferrocarril y trenes especiales para llevar el carbón a los puertos de la costa Este. Tim ya sonreía pensando en la reacción de los representantes del ferrocarril cuando Florence Biller no solo se reuniera con los hombres, sino que tomara la palabra sin vacilar. Esperaba que no hiciera nada sin haberlo pensado antes.

La relación entre los Lambert y los Biller se había enfriado de modo manifiesto desde el asunto de Lilian y Ben. Al parecer, Florence hacía responsable a Tim de que Ben siguiera escribiendo poemas en lugar de interesarse por la mina. Por su parte, Tim se preguntaba si Florence acudiría con su hijo. Tal vez iría en compañía de su marido, quien en otras circunstancias prefería eludir los eventos sociales. Los Lambert, en cualquier caso, habían decidido prudentemente dejar a Lilian en casa. Esa era la razón de que la joven llevara todo el día enfurruñada.

Roly O'Brien parecía taciturno. Por lo general, el larguirucho joven no perdía la ocasión de comentar cualquier cosa que los afectara a él y a su patrón, y cuando no trabajaba, la mayoría de las veces también tenía algo que explicar, como durante las horas de despacho de ese día.

Al final, Tim cayó en la cuenta de su mutismo.

—¿Qué sucede, Roly? ¿Tan disgustado estás tras un día libre? ¿Te has peleado con Mary? ¿O le pasa algo a tu madre?

—Mi madre está bien... —titubeó Roly—. Mary también. Es solo... Señor Tim, ¿sería mucho trastorno si me ausentara un par de semanas?

Lo había soltado. Roly miraba a Tim esperanzado. Le había ayudado a ponerse el chaleco y tenía preparada la chaqueta. Tim se la puso antes de contestar.

—¿Estás pensando en unas vacaciones, Roly? —preguntó sonriente—. No es mala idea, desde que trabajas para mí nunca has tenido más de un día libre. Pero ¿por qué tan de repente? ¿Y... adónde quieres ir? ¿Tal vez un viaje de novios...?

Roly se puso como un tomate.

—No, no, todavía no se lo he pedido a Mary... Me refiero a que... Bueno, los otros chicos dicen que antes de casarse hay que haber vivido un poco...

Tim frunció el ceño.

—¿Qué chicos? ¿Bobby y Greg, los de la mina? ¿Qué aventura tan maravillosa quieren vivir antes de llevar al altar a una Bridie o una Carrie? —Estaba de pie, contemplándose en el espejo del vestidor. Como siempre, le molestaban los entablillados de las piernas, sobre todo cuando debía reunirse con desconocidos como los representantes de la sociedad de ferrocarriles. Se los quedarían mirando, a él y a Florence Biller. El tullido y la mujer... En el fondo debería de estarle agradecido de que al menos atrajera hacia ella una parte de la atención general que despertaba su discapacidad.

—Bobby y Greg van al ejército —señaló Roly, sacudiendo un poco de polvillo de la chaqueta de Tim—. ¿Le afeito también, señor Tim? Desde esta mañana le ha crecido un poco la barba...

Tim miró a su sirviente alarmado.

—¿Los chicos se han alistado? ¡No me digas que tú también tienes esta intención, Roly!

El joven asintió con aire de culpabilidad.

—Sí, señor Tim. Yo... Ya se lo he dicho a mi madre. Ha sido un poco precipitado, pero los chicos no me dejaban en paz. En cualquier caso he firmado...

Bajó la vista. Tim se dejó caer en una silla...

—¡Roly, por el amor del cielo! ¡Pero podemos anularlo! Si vamos juntos a la oficina de alistamiento y soy lo suficiente persuasivo para convencerles de que sin tu ayuda soy incapaz de dirigir la mina...

—¿Lo haría por mí? —Roly estaba conmovido.

Tim suspiró. La mera idea de discutir con cualquier militar y admitir sus carencias se le hacía una montaña.

—Claro. Y por tu madre. Mina Lambert la privó de su marido. Siento como un deber ocuparme de la vida de su hijo mientras esté en mi mano.

El padre de Roly O'Brien había muerto al derrumbarse la mina de la familia Lambert.

Roly cambiaba el peso de una pierna a otra.

—Pero ¿y si yo...? ¿Y si yo me niego? Bueno..., me refiero a anularlo.

Tim suspiró de nuevo.

—Siéntate un momento, Roly, tenemos que hablar de esto...

—Pero, señor Tim, debe ir a la cena. La señora Lainie estará esperando...

Tim sacudió enérgicamente la cabeza y señaló la segunda silla de la habitación.

—Mi esposa no se morirá de hambre y la cena puede empezar sin nosotros. Pero enviarte a la guerra... ¿Se puede saber cómo se te ha ocurrido esta absurda idea? ¿Te ha hecho algo un alemán, un austríaco, un húngaro o quien sea que quieras ir a matar?

Roly compuso una expresión compungida.

—Claro que no, señor Tim —respondió—. Pero la metrópoli... Greg y Bobby...

—Así que en realidad se trata más de Greg y Bobby que de la metrópoli —observó Tim—. Por Dios, Roly, ya sé que has crecido con esos haraganes y que los consideras tus amigos, pero Matt Gawain no está satisfecho con ellos, beben más de lo que trabajan. No los despedimos porque faltan trabajadores, pero en otras circunstancias no vacilaríamos en librarnos de ellos. No me extraña que el deseo de aventuras los cautive: el ejército es, desde luego, más digno que una patada en el trasero. ¡No te enroles, Roly! Tienes un empleo seguro, todo el mundo te aprecia, y una chica tan estupenda como Mary Flaherty está esperando que le pidas que se case contigo...

—¡Dicen que no tengo agallas! —replicó Roly—. Que no hay diferencia entre ser un enfermero y un marica...

Roly siempre había llevado con dignidad el mote de «enfermero» que los mineros le habían puesto cuando trabajó cuidando a Tim los meses que siguieron al accidente. Pero la burla le había dolido. El trabajo de cuidador de un enfermo o de un criado doméstico no era muy valorado entre los rudos chicos de la costa Oeste.

—¿Y vas a arriesgar tu vida por eso? —preguntó iracundo Tim—. Roly, esto no es una aventura inofensiva, ¡es una guerra! Se dispara a matar... ¿Alguna vez has sostenido un arma en la mano? ¿Qué dice tu madre al respecto?

Roly esbozó un gesto de indiferencia.

—Está muy enfadada. Dice que no entiende por qué luchamos, que a nosotros, en cualquier caso, no nos ha atacado nadie. Así que tendría que quedarme donde estoy. ¡Pero no se da cuenta de la situación! —exclamó en tono impertinente—. A fin de cuentas no es más que una mujer...

Tim se rascó la frente. Él personalmente sentía un gran respeto hacia la decidida señora O'Brien, que mantenía a sus hijos con la costura y que mostraba tanta habilidad a la hora de manejar las máquinas de coser modernas que competía con todos los sastres y las modistas de la región. En su fuero interno, compartía totalmente la opinión de ella: si un gobierno era incapaz de explicar el porqué de una guerra a las señoras O'Brien al frente de las cuales se encontraba, mejor que no participara en ella. Agradecía al destino que sus hijos fueran demasiado jóvenes para emprender semejante aventura.

—¡Si caes en el combate, Roly, tu madre te dará sepultura! —objetó drástico Tim—. Suponiendo que Inglaterra se tome el esfuerzo de embarcar a casa a los neozelandeses caídos. Es probable que os entierren en Francia...

—¡Todavía no he estado en Francia! —respondió Roly, obstinado—. Para usted es fácil hablar de aventuras y todo eso. Ya conoce toda Europa. Pero ¿y nosotros? Nosotros no salimos de aquí. Con el ejército veremos nuevos países...

Tim se llevó las manos a la cabeza.

—¿Eso os han dicho en la oficina de alistamiento? ¡La gente debe de haber enloquecido! ¡La guerra no es un viaje de vacaciones, Roly!

—¡Pero no durará mucho! —replicó el muchacho intentando imponer su opinión—. Dicen que solo un par de semanas. Y primero vamos a un campo de instrucción australiano. Puede suceder que la guerra ya haya terminado cuando estemos preparados.

Tim sacudió la cabeza.

—Ay, Roly... —gimió—. Ojalá hubieses hablado antes conmigo. Mira, no sé nada con certeza, pero tanto en el ámbito de la mina como en el de la industria, nos estamos preparando para una guerra de años, Roly. ¡Así que, por favor, sé razonable! Haz caso de tu madre y de Mary. ¡Ella también te cantará las cuarenta cuando se lo digas! Mañana utilizaré mis contactos para que deshagas el acuerdo. Hazme caso, ¡lo conseguiremos!

Roly sacudió la cabeza. Daba la impresión de estar desencantado, pero firmemente decidido.

—No puedo, señor Tim. Si ahora me echo atrás, seré un desgraciado en la colonia. ¡No me haga esto!

Tim inclinó la cabeza.

—De acuerdo, Roly, me las apañaré sin ti. Pero no eternamente, ¿de acuerdo? Tendrás la amabilidad de sobrevivir, volver y casarte con Mary. ¿Está claro?

Roly sonrió.

—¡Lo prometo!

4

La gente flanqueaba las calles, agitaba las manos y vitoreaba a los soldados que, en filas de a seis, más bien desordenadas, marchaban hacia el puerto. Dunedin aclamaba a la Cuarta División de Infantería neozelandesa; el buque de transporte de tropas zarparía esa tarde hacia Albany, Australia Occidental. Roly O'Brien, Greg McNamara y Bobby O'Mally desfilaban satisfechos en la tercera fila. Los chicos nunca habían estado más orgullosos en su vida, y prendían sonrientes de la flamante guerrera del uniforme color marrón las flores que las chicas de Dunedin les lanzaban.

—¿No te había dicho yo que sería estupendo? —preguntó Greg, dando un codazo a Roly.

Ninguno de los tres estaba del todo sobrio. Bobby había llevado una botella de whisky al lugar del encuentro y entre los otros soldados también circulaban bebidas estimulantes. El teniente que dirigía la alegre tropa lo había prohibido, pero poco importaba tal orden a los soldados recién incorporados a filas. La mayoría de ellos estaban acostumbrados a pasarse de la raya. Ninguno había aprendido un oficio ni había tenido una colocación fija, sino que en su mayoría habían intentado abrirse camino como buscadores de oro.

—Al menos tenéis práctica en cavar trincheras —suspiró el teniente, que había preguntado a los nuevos si tenían conocimientos especiales. Roly, por supuesto, habría podido contar su experiencia como cuidador, pero se contuvo. ¡Mejor pasar inadvertido! Por el momento se sentía a gusto en la tropa. Los de delante intentaron entonar juntos una canción, pero a ninguno se le ocurrió cuál. Cuatro grupos distintos empezaron a cantar melodías diferentes hasta que se impuso *It's a Long Way to Tipperary*.

—¿Embarcamos enseguida o nos da tiempo de ir a la taberna siguiente? —preguntó Bobby. Era el más joven de los tres y estaba fascinado por todas las nuevas experiencias que se le venían encima. Para Greg y Bobby el viaje en tren hasta Otago ya había representado una aventura. Roly se lo tomaba con más calma. Ya había viajado mucho con los Lambert, conocía toda la isla Sur e incluso había estado con Tim en Wellington, en la isla Norte. Así que presumía de estar curtido en tales lides.

—¡El barco no espera, Bob! Y el ejército no va en grupo a los bares. Ya has oído lo que ha dicho el teniente: ahora vamos a Australia y luego a Francia, y allí nos instruirán.

—¡Lo de instruir no me suena bien! —dijo entre risas un joven a sus espaldas—. Tomad, ¿queréis un trago? ¡Hecho en casa! —Les tendió una botella.

También el puerto estaba lleno de gente que quería despedir a los héroes. Solo una pequeña parte estaba formada por familiares, y las pocas madres y esposas más bien lloraban que celebraban la partida. Sin embargo, la mayoría de los presentes solo habían acudido para ver zarpar el barco y a los hombres que salían a la aventura. Admiraban las brillantes insignias del ejército de Nueva Zelanda que resplandecían en los sombreros de ala ancha de los reclutas y alternaban los vítores a Gran Bretaña con los improperios a Alemania. El embarque fue una fiesta única. Ni a Roly ni a sus amigos les molestó que los camarotes estuvieran muy llenos, pues todo el barco estaba sobrecargado de pasajeros. Como no todos encontraban sitio en cubierta para agitar las manos y despedirse de sus admiradores, se sentaban balanceando las piernas por la borda. De hecho, Roly tuvo que atrapar a Bobby antes de que este cayera al agua, ebrio de emoción y de whisky barato.

Jack McKenzie se mantuvo alejado del barullo. Había desfilado taciturno en una de las últimas filas sin dejarse influir por el júbilo de la muchedumbre. Con todo ese alboroto casi se había arrepentido de la decisión de unirse a las tropas. Había querido ir a la guerra y parecía haber aterrizado en un parque de atracciones. Mientras lo otros volvían a festejar una vez más la partida del barco, guardó sus pocas pertenencias en un diminuto armario previsto para ello. Tal vez también había sido un error alistarse en una división de infantería. Gwyneira se había puesto hecha una furia por esa razón.

—¡Tienes un caballo, Jack! Y una educación exquisita. Con la caballería no tardarías en alcanzar el grado de oficial. Mi familia... —Gwyneira se interrumpió. Carecía de sentido hablar con Jack de las experiencias en la guerra de sus antepasados galeses. Los Silkham pertenecían a la aristocracia rural, sus descendientes nunca habían servido como soldados rasos.

—¡Madre, no voy a llevarme a *Anwyl* a la guerra! —había respondido Jack, ofendido—. ¿Va a recorrer miles de millas en barco para que acaben matándolo tan lejos de casa?

—¿Te refieres a que no puedes exigirle al caballo que vaya a la guerra? —Gwyneira estaba atónita—. ¿Temes por tu caballo, Jack? Mientras que tú mismo...

—Mi caballo no es un voluntario —objetó Jack—. Nunca ha manifestado el deseo de unirse al ejército. De ahí que no me parezca muy noble sacarlo de su cuadra y embarcarlo rumbo a Francia. Además, ya no estamos en la Edad Media. Esta guerra se decidirá con ametralladoras, no con cargas de caballería.

Gwyneira había acabado callando. En esos momentos, sin embargo, Jack se preguntaba si no había estado ella en lo cierto. Habría sido bonito tener al lado al cob castrado negro. *Anwyl* era de carácter afable y tranquilo. Incluso durante esas últimas y terribles semanas su presencia le había consolado. Igual que *Nimue*, pero en ese momento era la última compañía que le quedaba a su madre. Y seguro que Gloria volvía pronto.

Jack se dejó caer en la litera que había escogido, una de las inferiores. Los toscos camarotes en los que se amontonaban nueve hombres estaban provistos con literas de tres pisos montadas tan apresuradamente que a Jack le parecieron poco dignas de confianza. Esperaba que no se tendiera encima de él ningún peso pesado.

Pero no lo dejaron en paz. Poco después de que el barco zarpase y Jack estuviera dispuesto a conciliar el sueño con el golpeteo de las máquinas y de las olas, algo o alguien bajó a trompicones por las escaleras. Dos muchachos jóvenes, uno rubio y rechoncho y otro larguirucho y con cabello revuelo de color castaño rojizo, cargaban con un tercero que no hacía más que balbucear.

—Todavía no puede estar mareado, ¿verdad, Roly? —preguntaba el rubio.

El de cabello revuelto puso cara de fastidio.

—Este solo está borracho como una cuba. Ayúdame a levantarlo hasta la segunda hilera. Esperemos que no vomite...

Eso mismo deseaba Jack. Los chicos, sin embargo, no tendieron a su amigo directamente en la cama de encima de Jack, sino justo al lado.

—Ya lo ha hecho. Pero se diría que está ido... —El rubio parecía nervioso.

El del pelo revuelto buscó como un profesional el pulso de su amigo.

—Bah, no le pasa nada, solo tiene que dormir la mona —contestó relajado—. ¿Tenemos agua? Estará muerto de sed cuando se despierte.

—En el pasillo hay barriles de agua —señaló Jack.

El rubio agarró un cubo y salió tambaleándose.

El del cabello revuelto dio las gracias cortésmente y se quedó mirando a Jack.

—¿Nos conocemos? —preguntó.

Jack lo observó con mayor atención y recordó vagamente los rasgos juveniles y los ojos, de un azul grisáceo, que reflejaban ingenuidad. En algún sitio había visto a ese chico, pero no en una granja. Él...

—Eres de Greymouth, ¿verdad? —preguntó.

Roly O'Brien asintió y rebuscó a su vez entre sus recuerdos.

—¡Usted es el señor Jack! El primo de la señorita Lainie. Hace un par de años estuvo de visita. ¡Con su esposa! —Roly parecía radiante. A Jack, por el contrario, el recuerdo le causó una punzada de dolor. El viaje de luna de miel con Charlotte a Greymouth, su estancia en casa de los Lambert...

El chico formaba parte del servicio doméstico, lo recordó en ese momento. Y se ocupaba sobre todo de Tim Lambert.

—¿Tan sencillo ha sido dejar a tu patrón? —preguntó para no tener que hablar de Charlotte.

Roly asintió.

—¡Ya se apañarán un par de semanas sin mí! —respondió despreocupado—. ¡Seguro que mejor que su esposa sin usted. —Sonrió con aire burlón. Ya entonces no había parecido especialmente respetuoso, pero tampoco carente de sentimientos. La sonrisa desapareció de golpe cuando distinguió el rostro lleno de amargura de Jack—. ¿He... he dicho algo equivocado, señor?

Jack tragó saliva y sacudió la cabeza.

—Mi esposa ha fallecido hace poco —respondió en un susurro—. Pero tú no podías saberlo... ¿Cuál era tu nombre?

—Señor, me llamo Roly. Roland O'Brien, pero todos me llaman Roly. Y lo siento mucho, señor Jack... De verdad, discúlpeme...

Jack hizo un gesto tranquilizador con la mano.

—Solo Jack, por favor. Olvida el señor. Soy el soldado Jack McKenzie...

—Y yo el soldado O'Brien. Qué emocionante, ¿verdad, señor? ¡Soldado O'Brien! ¡Todo esto es sensacional! —Roly resplandecía. Su amigo rubio había regresado entretanto y depositado el cubo junto a la cama.

—Este es el soldado Greg McNamara —lo presentó—. Y el otro es Bobby O'Mally. Por lo general no está tan callado, señor Jack, pero lo ha celebrado demasiado. Fíjate, Greg, es Jack McKenzie, de las llanuras de Canterbury. El primo de la señorita Lainie. —Mientras Roly charlaba animosamente, sacó diligente unos cacharros de cocina de entre sus enseres, llenó un vaso de agua para Bobby y lo sostuvo junto a los labios de su amigo. Humedeció además un pañuelo y se lo depositó sobre la frente.

Jack se preguntaba por qué no se había inscrito como sanitario. El trato que Roly dispensaba a su amigo indispuesto era sumamente profesional, y no se inmutó cuando Bobby volvió a vomitar, por fortuna en un cubo.

De todos modos, Jack ya tenía suficiente, tanto de olor a vómito como de la inalterable alegría de los jóvenes. Farfulló algo de «tomar aire fresco» y se fue a la cubierta, donde seguían de fiesta. El joven teniente que estaba al mando de las tropas intentaba en vano llamar al orden a sus hombres.

Jack se dirigió a la popa y lanzó una última mirada a la costa neozelandesa que tan deprisa se alejaba. «El país de la nube blanca»... Ese día no estaba envuelto en niebla, pero las primeras canoas maoríes habían llegado desde una dirección totalmente distinta. Hawaiki... Jack intentó no pensar en Charlotte, pero, como siempre, su esfuerzo fue inútil. Sabía que en algún momento tenía que dejar de añorarla cada segundo del día, con cada latido de su corazón. Pero hasta el momento no veía solución. Sintió un escalofrío.

Jack encontró infernal la primera noche a bordo del improvisado transportador de tropas. El *Great Britain* solía trasladar viajeros a Europa, pero en esas circunstancias hasta las habitaciones de primera clase habían sido rehabilitadas y convertidas en sencillos alojamientos. Ni uno de los que compartían camarote con él estaba sobrio. Algunos de ellos lo demostraban levantándose cada pocos minutos y marchándose dando traspiés a cubierta para orinar. Otros dormían profundamente, roncando y sorbiendo mocos en todos los registros posibles. Jack no pegó ojo y ya al amanecer huyó a cubierta, donde se dio de bruces con el frustrado teniente.

—¡Esto parece una pocilga! —le increpó el hombre, algo que Jack era incapaz de negar. La cubierta plasmaba el desenfreno con que se había celebrado la despedida el día anterior: apestaba a orina y vómito, y junto a los charcos de diversos fluidos corporales yacían botellas vacías y restos de comida—. ¡Y se les llama reclutas! Nunca en toda mi vida había visto un montón de gente tan indisciplinada...

El hombre hablaba con acento inglés; seguramente lo habían enviado desde la madre patria para que se encargara de la formación de los kiwis. A Jack casi le daba pena. Seguro que sabía cómo instruir soldados, pero parecía recién salido de la academia militar. La mayoría de sus subordinados eran hombres curtidos mayores que él.

—Estos chicos no son exactamente la flor y nata de la juventud neozelandesa —señaló Jack con una sonrisa amarga—. Pero en el frente demostrarán lo que valen. Están acostumbrados a abrirse paso.

—¿Y eso? —preguntó burlón el oficial con tono mordaz—. ¡Menos mal que comparte conmigo sus ilimitados conocimientos en torno a sus compatriotas! Claro que usted es algo mejor, soldado...

—McKenzie —respondió Jack con un suspiro. Se había olvidado del «señor», justamente, y ahora el joven descargaría toda su cólera contra él—. Y no, señor, no me considero mejor que nadie. —Jack se disponía a añadir algo más y remitirse a sus experiencias con los jóvenes sedientos de aventuras que trabajaban en Kiward Station de pastores de ovejas, pero en el último momento se contuvo. ¡No quería dar la impresión de ser un impertinente!

Pese al intento de suavizar la situación, el teniente reaccionó de forma belicosa.

—Entonces, demuéstrelo, soldado McKenzie. ¡Limpie el barco! ¡En una hora la cubierta tiene que relucir!

Mientras el joven oficial se alejaba a zancadas, Jack salió en busca de un cubo y un cepillo. Evitó montar en cólera; a fin de cuentas él buscaba una ocupación y había agua suficiente. Cuando ya estaba sacando el tercer cubo de agua del mar, Roly O'Brien se reunió con él.

—Voy a ayudarle, señor Jack. De todos modos no puedo dormir, Bobby y ese tipo de Otago... ¿Cómo se llamaba...? Ese Joe ronca como una locomotora.

Jack le sonrió.

—Solo Jack, Roly. Y al parecer vamos a tener que acostumbrarnos al alboroto. Los chicos seguirán así estas próximas noches.

Roly hizo un gesto de indiferencia y arrojó un charco de vómito por la borda.

—En cualquier caso, ya no les queda whisky. ¿O cree usted que ha sobrado algo?

Jack rio.

—En Australia encontrarán reservas y en Francia... ¿Qué se bebe allí? ¿Calvados?

Roly contrajo el rostro. Era evidente que nunca había oído hablar del calvados, pero luego soltó una carcajada.

—¡Vino! El señor Tim y la señorita Lainie beben vino francés. Se lo envía el señor Ruben, el padre de la señorita Lainie, que tiene una tienda de comestibles en Queenstown. Pero a mí no me gusta mucho. Prefiero un buen whisky. ¿Usted no, señor Jack?

Entretanto, Jack había divisado dos madrugadores más y los había reclutado sin andarse con rodeos para que cepillasen la cubierta. Poco después aparecieron tres más y, cuando el teniente volvió, una hora en punto después de haber impartido la orden, la cubierta realmente relucía. Chorreaba agua, pero estaba limpia.

—¡Muy bien, soldado McKenzie! —Por fortuna el oficial no era rencoroso—. Puede ir a desayunar... con sus compañeros. La cocina está en marcha —dijo esto último con auténtico orgullo. Al parecer el teniente había tenido que sacar de la cama al cocinero y lo había conseguido.

Jack asintió al tiempo que Roly intentaba saludar militarmente al superior. Todavía no le salía demasiado bien, pero el teniente se forzó a sonreír.

—Todo llegará... —murmuró, y partió por la cubierta ahora limpia.

De hecho, la disciplina mejoró tras la primera y desaforada noche en alta mar, sobre todo debido a que la mayor parte de las reservas de alcohol se habían terminado. Fuera como fuese, los soldados no tenían mucho que hacer. El hecho de viajar apretados como sardinas imposibilitaba cualquier adiestramiento que el joven teniente hubiera planificado. Pese a ello, el oficial mandaba realizar ejercicios por grupos en la cubierta, si bien no salía demasiado airoso en tal tarea. Ninguno de los hombres entendía por qué tenía que caminar marcando el mismo paso que el otro, en especial yendo de un lado para el otro en un barco que se movía. Para espanto del teniente, la instrucción solía acabar en carcajadas. El joven oficial se relajó a ojos vistas cuando el *Great Britain* entró por fin en King George Sound. La costa de Albany, las playas y el terreno arbolado yacían acogedores a la luz del sol, dominados por la Princess Royal Fortress.

—¡La fortaleza está totalmente equipada! —aclaró el teniente entusiasmado—. Y armada por completo. Sirve de refugio a la flota. Si alguien nos ataca aquí...

—¿Quién va a atacarnos aquí? —preguntó Greg McNamara, prudentemente en voz baja—. Como si en Alemania alguien supiera dónde está Albany.

En el fondo, Jack le daba la razón. Tampoco él había oído mencionar la pequeña población costera de Australia occidental y la fortaleza se había construido con objeto de poner en vereda a los presidiarios de la bahía Botany más que como defensa nacional. Aun así, los hombres de Albany se tomaban su trabajo en serio, como comprobaron los neozelandeses al desembarcar. A todo aquel que se acercaba a la fortaleza se le detenía y se le pedía el santo y seña del día, mientras lo observaban con desconfianza.

Cuando arribó el *Great Britain* ya había una docena de barcos anclados en la bahía y los días siguientes llegaron más. Al final había una formación de treinta y seis buques de transporte de tropas flanqueados por diversos acorazados.

Roly admiró los cañones relucientes del *Sydney* y el *Melbourne*, embarcaciones de guerra enormes cuya función consistía en proteger el Great Convoy.

—¡Como alguien se atreva a atacarnos...! —exclamó, extasiado.

Como la mayoría de los demás soldados, se sentía sumamente orgulloso de la imponente flota dispuesta en hileras y lista para zarpar. La punta estaba formada por los veintiséis barcos australianos en filas de a tres, detrás se ordenaban los diez neozelandeses en filas de a dos. La visión de los barcos, las banderas y los miles y miles de hombres uniformados que se reunían en cubierta antes de partir conmovió incluso a Jack. Y aun el tiempo pareció querer contribuir a esa demostración de fuerza combativa y voluntad de los *aussies* y kiwis. Como si un pintor de escenas bélicas hubiera preparado tal escenario, el sol resplandecía; la superficie del mar estaba lisa como un espejo y de un color azul brillante, y la hermosa costa de Albany daba la bienvenida al otro lado. Por último, también los hombres de la fortaleza demostraron su entusiasmo disparando salvas.

Roly, Greg y Bobby saludaban con entusiasmo. Sin embargo, en los ojos de otros hombres, sobre todo los australianos, que lanzaban una última mirada a su hogar, aparecían al mismo tiempo lágrimas de emoción.

Jack experimentó una vaga sensación de alivio. Había querido alejarse de todo y ahora lo estaba consiguiendo. Apartó la mirada de tierra firme y la dirigió hacia lo incierto.

Al principio, la travesía transcurrió sin incidentes para los soldados. El tiempo se mantuvo estable y el mar tranquilo. El año 1915, que los hombres habían recibido en Albany, arrancaba bien. Cuando el *Sydney* se separó del convoy a la altura de las islas Cocos, los reclutas fueron presa de la excitación. Regresó unos días más tarde y Roly contó a Jack con los ojos brillantes el primer «contacto con el enemigo» del ANZAC. En efecto, el *Sydney* había obligado a fondear al crucero alemán *Emden* en las islas Keeling y lo había destruido. Tal acontecimiento fue celebrado con vítores y con algún que otro exceso de alcohol. Los hombres habían repuesto sus provisiones en Australia y el joven teniente Keeler todavía estaba muy lejos de saber controlar bien a sus tropas. Pese a ello, en esta ocasión Roly y sus amigos se mantuvieron sobrios: al final no habían tenido dinero suficiente para permitirse un trago en Albany, donde, a causa de su escasez, el alcohol se había puesto por las nubes.

Esta vez, Jack y Roly se guardaron también de abandonar demasiado temprano el dormitorio, aunque allí dentro podía cortarse el aire con un cuchillo. En alta mar hacía un calor asfixiante y no soplaba ni una brizna de aire; un barco de vela se habría visto condenado a permanecer inmóvil durante semanas. Los vapores, por el contrario, avanzaban más deprisa cuando el mar estaba tranquilo, aunque los hombres lo pasaban mal en los camarotes abarrotados y todavía más los caballos en los transportadores de la caballería. Jack estaba contento de haber tomado la decisión de evitar a *Anwyl* tales padecimientos; aunque, por otra parte, envidiaba a los hombres de esos barcos por estar en contacto con los animales. Jack añoraba el olor del sudor de caballo y de heno en lugar del hedor que emanaban los cuerpos sucios de los hombres. Él mismo y algunos otros se lavaban con agua salada, pero si bien al principio se sentían mejor, lo pagaban más tarde con el escozor de la piel.

Y entonces, tras unos cuantos días en alta mar, el teniente Keeler convocó a sus hombres a cubierta. Según informó en el preámbulo, tenía algo importante que comunicarles. Tal asamblea, como Jack enseguida sospechó, presentó, naturalmente, complicaciones. Como ochocientas personas juntas no cabían en la cubierta, se disputaban unos a otros el limitado espacio. Por añadidura, la voz del teniente Keeler era inaudible para los hombres que estaban más alejados. Pasaron horas entre discusiones y protestas, pues, hasta que el último recluta estuvo por fin informado de las novedades. Turquía había declarado la guerra a Inglaterra y el mando británico había decidido situar las fuerzas armadas del ANZAC en el área del estrecho de Dardanelos, en lugar de enviarlas a Francia.

—¿Qué estrecho? —preguntó Roly, desconcertado.

Jack hizo un gesto de ignorancia. También a él le resultaba totalmente ajena la geografía del sureste de Europa.

—La formación previa al ataque —explicó el teniente— se desarrollará en Egipto. Tras una parada intermedia en Colombo, partiremos a Alejandría.

Jack había oído hablar al menos de esta última, pero no de la primera. Tuvo que preguntar a los demás para averiguar que se trataba de una ciudad situada en Ceilán, una isla verde y tropical en el océano Índico.

—Conocida por sus cultivos de té —les adoctrinó el teniente Keeler, quien en el período transcurrido se mostraba más deferente hacia Jack. Hacía tiempo que había advertido que el criador de ganado de cabello cobrizo, procedente de las llanuras Canterbury, no solo era algo mayor que él, sino también un hombre más cultivado y cabal que la mayoría de sus hombres—. Pero no se haga ilusiones, McKenzie: no desembarcaremos, solo cargaremos provisiones.

En efecto, la flota del ANZAC echó el ancla por un breve período de tiempo en el puerto y Roly contó emocionado los barcos, de todas las nacionalidades imaginables, que estaban ahí fondeados. De la misma Ceilán vieron únicamente las costas verdes y la silueta de una ciudad portuaria, pequeña y que, a ojos vistas, florecía con la guerra. Muchos reclutas protestaron. Seguían aburriéndose, no había prácticamente nada más que hacer que tomar el sol en la cubierta. Hacía un tiempo seco y caluroso, algo que sorprendía especialmente a los hombres procedentes de la isla Sur de Nueva Zelanda, donde llovía casi continuamente.

La flota pasó quince días más en alta mar antes de llegar a Suez. Por primera vez los reclutas oyeron hablar de operaciones de guerra en tierra en las que también participaban australianos. Según decían, Turquía había atacado en Suez. El teniente Keeler ordenó a sus hombres extremar la vigilancia durante el paso por el canal y estableció turnos de guardia. Roly dedicó una noche agotadora a hacer centinela, observando con atención en la oscuridad el borde del canal e inspeccionando con inquietud cualquier hoguera o asentamiento desde los cuales llegaban luces a los barcos. Aun así, no se produjo, de hecho, ningún acontecimiento especial. La flota atravesó el canal de Suez sin que la hostigasen y finalmente llegó a Alejandría.

—¡La bahía de Abukir! —exclamó Jack casi con reverencia al fondear—. Aquí fue donde Nelson libró la batalla del Nilo hace un siglo.

Roly, Greg y Bobby contemplaban tan fascinados el agua azul y tranquila como si todavía se estuviera desarrollando la victoria de almirante.

—Nelson... ¿era inglés? —preguntó cauteloso Bobby.

Jack rio.

Por fin desembarcaron, pero los hombres del ANZAC poco vieron de la famosa ciudad comercial de pasado glorioso. Los oficiales británicos condujeron a las impacientes tropas en orden de marcha, más o menos disciplinada, a una estación de ferrocarril.

—¡A El Cairo! —dijo Greg casi sin dar crédito.

Esos extraños nombres de ciudades, las calles angostas y recalentadas por el sol, los hombres con sus chilabas, el sonido de idiomas extranjeros y los ruidos y olores desconocidos de la ciudad fascinaban a los chicos, pero también los desconcertaban. Pese a la cercanía de sus amigos, Roly se encontraba perdido en un mundo ajeno; casi sentía un poco de añoranza.

Jack se entregó con gusto a lo ajeno, se protegió con esas nuevas impresiones y esporádicamente consiguió dejar de cavilar y pensar en Charlotte, cuando no le escribía cartas mentalmente. ¡También eso debía concluir!

Jack pensaba a quién escribir en su lugar y acabó decidiéndose por Gloria. Por más que en los últimos años apenas le habían llegado noticias de la joven, todavía se sentía unido a ella. Tal vez diera señales de vida y le hablara con un poco más de viveza de sus experiencias en América cuando supiera que ella no era la única que se había marchado lejos de Kiward Station.

Así que describió a Gloria la travesía en barco con la orgullosa flota y luego también el viaje a El Cairo en un tren abarrotado. Del paisaje no había mucho que ver, pues trasportaron a las tropas durante la noche y llegaron a la ciudad al amanecer. Cuando los soldados formaron para marchar a los campos de instrucción, estaba oscuro como boca de lobo y, para sorpresa de los hombres, hacía un frío considerable. La mayoría de los australianos fueron conducidos a un campamento en el sur de El Cairo, mientras que a los neozelandeses les aguardaba otro en el norte. No obstante, antes les esperaba una marcha nocturna de varios kilómetros, inesperadamente agotadora después de las semanas de inactividad forzada a bordo de los barcos.

Jack estaba medio congelado y agotado cuando alcanzaron el campamento de Zeitoun. Allí compartían alojamiento dieciséis hombres; Roly y sus amigos se quedaron con Jack. Aliviados, hicieron las camas de la litera triple.

—¡Buf, estoy hecho polvo! —se lamentó Greg.

Un par de hombres, procedentes de alguna ciudad a juzgar por su aspecto, parecían sentirse todavía peor que los chicos de Greymouth. Las botas de uniforme nuevas eran un suplicio y dos compañeros de tienda, en especial, gimieron al descalzarse, incapaces de dar un paso más.

Jack se recompuso. Alguien debía velar por el orden. En primer lugar hizo poner en pie a Bobby, quien se había tendido en una de las camas extenuado y no parecía dispuesto a levantarse otra vez.

—El cansancio no es pretexto, soldado O'Mally —increpó al joven—. Alguien ha hablado antes de distribución del rancho. Ve a informarte al respecto. Al menos puedes ir a buscar té caliente para que los chicos recobren las fuerzas. Y tú, Greg, soldado Mc-Namara, averigua dónde están las mantas. En teoría debería haber en las tiendas, pero se diría que se han olvidado de nosotros...

—Por una vez podríamos dormir vestidos —objetó Greg con desgana.

Jack hizo un gesto negativo.

—Mañana nos darán un rapapolvo porque llevamos el uniforme arrugado. Hijo, esto es un campamento de instrucción. El viaje ya se ha terminado, ¡a partir de ahora eres un soldado!

Roly ya estaba revolviendo el botiquín de primeros auxilios que formaba parte del equipo básico de los reclutas y sacó vendajes.

—No hay ungüentos para las heridas —observó con espíritu crítico—. Pero ¿qué es esto?

Sostuvo inquisitivo en alto un botellín.

—*Manuka*, aceite del árbol del té —observó un camarada, cuyo rostro ancho y el cabello abundante y negro remitían a sus orígenes maoríes—. Un remedio casero muy antiguo que utilizan las tribus. Si se untan con él los pies, se curan antes.

Jack le dio la razón. También en Kiward Station se utilizaba el *manuka* como remedio básico, aunque más bien con ovejas y caballos...

—Pero ¡primero hay que lavarse los pies! —indicó Jack. Un fuerte olor empezaba a impregnar la tienda—. ¿Algún voluntario para ir a buscar agua?

Al día siguiente, el grupo reunido en la tienda salió airoso de la inesperada inspección del teniente Keeler, que parecía no haber dormido esa noche, y Jack obtuvo su primer ascenso. Al formarse la división de infantería neozelandesa se citó su nombre entre otros.

—McKenzie, tras acuerdo con la dirección del campamento,

le nombro soldado de primera —declaró el teniente Keeler con una sonrisa tan resplandeciente como si estuviera haciendo entrega de la Cruz Victoria.

A continuación pasó a explicarle en qué consistían sus nuevas tareas: en el fondo se trataba justamente de lo que Jack ya había estado haciendo durante el viaje. El soldado de primera tenía seis personas a su cargo a las que debía vigilar para que mantuvieran limpios el alojamiento, el uniforme y sobre todo las armas.

—La paga es un poco más alta —señaló renuente el joven oficial, después de que un par de kiwis aceptaran el ascenso sin demasiado entusiasmo y otros dos hasta quisieran rechazarlo, algo totalmente incomprensible para él. Al fin y al cabo, dijo reprendiéndoles, era también una cuestión de honor.

Jack asumió el honor con serenidad, tras lo cual Roly le alabó sinceramente el nuevo grado que había adquirido.

—¿Lo conseguiré yo también algún día, señor Jack? ¡Que te asciendan debe de ser el no va más! ¡O que te condecoren! ¡Si eres valiente ante el enemigo también te condecoran!

—Primero habrá que tener enemigos —farfulló Greg. No le había gustado en absoluto la primera práctica de la mañana. No entendía de qué servía desfilar en fila y echarse a tierra para derrotar a los turcos. Jack suspiró. Se diría que Greg se imaginaba la guerra como si fuera una pelea de taberna a lo grande.

Pese a todo, en los meses siguientes no quedó más remedio que aprender a ponerse a cubierto, avanzar cuerpo a tierra, cavar trincheras y manejar fusiles y bayonetas. Esto último era lo que más agradaba a la mayoría de los soldados, y los neozelandeses desarrollaron una habilidad digna de consideración como tiradores. A fin de cuentas, muchos de ellos estaban acostumbrados desde pequeños a la caza menor: debido a las plagas de conejos, cualquier muchacho de las llanuras de Canterbury había aprendido a manejar un arma. Algunos de los propietarios de las grandes granjas de ovejas llegaban a pagar incluso pequeñas primas de caza. Los aventureros de los yacimientos de oro más bien cazaban a los animalitos para añadir algo de carne a la olla, pero también eran diestros a la hora de disparar hacia un blanco en movimiento.

Menos talento mostraron las abigarradas tropas de kiwis a la hora de obedecer órdenes. Les desagradaba marchar en formación y, para espanto de los instructores británicos, solían preguntar cuál era el sentido de un ejercicio antes de arrojarse conforme a las instrucciones en la arena del desierto. Cavar trincheras según unas reglas establecidas tampoco entusiasmó a los soldados.

—Jo, yo ya llevo haciendo esto desde los trece años —se quejó el minero Greg—. Y más hondo que aquí. ¡A mí nadie tiene que enseñarme cómo se coge una pala!

Jack, por el contrario, estudiaba la técnica, incluso si se le revolvían las tripas al pensar que tal vez tendría que pasar varias semanas de su vida en construir una especie de hormiguero. De hecho, la distribución de las trincheras precisaba de considerable destreza estratégica y arquitectónica. Por ejemplo, nunca se trazaban en línea recta, sino siguiendo una especie de línea dentada. Ningún soldado tenía que alcanzar a ver a una distancia que superase los cuatro metros y medio. A bote pronto esto parecía un engorro, pero dificultaba que el enemigo se orientase si lograba introducirse en una trinchera. Había que añadir la construcción de segmentos y traviesas, y ampliar la red de trincheras sin correr peligro bajo el fuego enemigo exigía técnicas propias del vaciado del terreno. Los experimentados mineros abrían galerías de forma rutinaria, aunque en el desierto, por supuesto, constantemente se hundían. Bobby y Greg se reían de ello, pero en una ocasión Jack descubrió que Roly salía blanco de pavor cuando un derrumbamiento cubrió a los hombres de arena.

—No puedo, señor Jack... —susurró palpando la mochila. En el departamento de primeros auxilios no solo había vendajes y aceite del árbol del té, sino también una petaca—. Aquí... ¿quiere?

El muchacho tendió el recipiente a Jack. Le temblaban las manos.

Jack olisqueó el contenido. Aguardiente puro.

—¡Roly, en realidad tendría que denunciarte por eso! —le reprendió—. ¡Beber durante el servicio! Y sin embargo tú no eres así de...

Al contrario que sus camaradas, Roly, por lo que Jack había visto, solo acudía en raras ocasiones a los bares y burdeles improvisados que parecían haber brotado de la noche a la mañana alrededor del campamento. Prefería asistir a las sesiones de cine que organizaba la Y.M.C.A. Le cautivaban las películas. Y los fines de semana solía juntarse con Jack o con otros soldados más cultivados que salían de excursión a visitar las pirámides, la Esfinge y otros monumentos de Egipto. Jack lo había visto borracho en muy pocas ocasiones. Tras un rápido ascenso a soldado de primera nunca lo había visto pasarse de la raya.

—Es... es medicina, señor Jack. Si de vez en cuando doy un trago, consigo seguir con las zanjas... —El chico volvió a tapar la botella, pero continuaba estando pálido.

—¡Nuestro Roly se quedó una vez enterrado! —explicó Greg entre risas, como si fuera la cosa más chistosa de la historia de Greymouth—. Y le cogió miedo. ¡El pobrecito ya no ha vuelto a entrar en una mina! ¡Pero ya ves, Roly, la mina te persigue! —Los hombres jaleaban mientras daban palmadas en el hombro al cabizbajo joven.

Jack, por el contrario, estaba inquieto. Desde el hundimiento de la trinchera era evidente que Roly O'Brien estaba muy afectado, y sin embargo solo se trataba de un ejercicio. El intento de simular en el desierto una guerra de trincheras era en gran parte absurdo. En caso de combate se edificarían búnkeres. Corrían rumores de que los alemanes construían estructuras subterráneas de varios pisos. Si realmente se demostraba que Roly no soportaba los espacios angostos y la oscuridad...

Jack, quien entretanto ya había obtenido el grado de cabo y era responsable de tres docenas de hombres, se dirigió preocupado al oficial de instrucción competente.

—Capitán, señor, el soldado O'Brien permaneció durante tres días bajo los escombros. Todavía no lo ha superado. Sugeriría que fuera destinado a una compañía de asistencia médica o a otra tropa que no actuara desde las trincheras.

—¿Cómo sabe usted con tanta certeza que vamos a actuar desde las trincheras, cabo? —preguntó el comandante Hollander con una sonrisa irónica.

Jack se puso firme, aunque en su interior se llevó las manos a la cabeza. El hombre era un hueso duro de roer, pero hasta el momento Jack no lo había tenido por tonto. En esos momentos corregía su opinión.

—Me lo imagino, capitán, señor —respondió sin perder la calma—. Asegurar posiciones en esta guerra parece la opción más eficaz.

—¡Así que también es usted un dotado estratega, cabo! Pues ahórreselo para cuando llegue a general. Al principio no tiene que pensar, sino que cumplir órdenes. A ese cagoncete de O'Brien ya lo vigilaré yo. ¡Enterrado! ¡Ya lo superará, se lo garantizo, McKenzie! Ah, y diga a sus hombres que levantamos el campamento. El once de abril, a medianoche, tomamos el tren para El Cairo y luego embarcamos rumbo a los Dardanelos.

Jack se retiró frustrado, pero el corazón le latía agitado. Emprendían la marcha, el ANZAC abandonaba Egipto. Se iban definitivamente a la guerra.

5

En esta ocasión, la distribución en los barcos se realizó de otro modo que en la partida. Las tropas, en un principio mezcladas, se habían repartido en divisiones y batallones y había distintos grados y equipos de especialistas. Bajo las órdenes de Jack se hallaban sobre todo los antiguos mineros y buscadores de oro que abrían trincheras a la velocidad del rayo. Jack sabía que esos hombres no serían los primeros en estar expuestos al peligro. Cuando llegara el ataque, se asegurarían primero las posiciones, así que le parecía lógico que instalaran a su grupo en el mismo transportador que los sanitarios y médicos del hospital de campaña. Tropas de ocupación, enfermeros y oficiales de sanidad llevaban a bordo sus herramientas, pero el primero que salvó una vida en esa expedición fue, paradójicamente, Jack McKenzie.

Los buques transportadores de tropas estaban fondeados a cierta distancia del puerto y los hombres y el material fueron conducidos en botes hasta las embarcaciones. Jack y algunos de sus hombres afianzaban desde un bote de remos la rampa sobre la que se iban subiendo a bordo las tiendas y camillas. El mar estaba, de forma excepcional, bastante agitado y soplaba un fuerte viento capaz de tirar por la borda todo lo que no estuviera atado en cubierta. Pese a que los hombres se los habían anudado con fuerza, los sombreros de ala ancha salían volando y también, de vez en cuando, alguna mochila abandonada con descuido. Pero lo que cayó en las olas de repente, desde la cubierta, junto a Jack, era a ojos vistas más pesado y, lo más importante, había soltado un gemido desgarrador tras el impacto con el agua. Sorprendido, Jack observó cómo un perrito sin raza de pelaje marrón emergía a la superficie y pateaba para salvar la vida, sin demasiadas esperanzas de conseguirlo a causa del oleaje y la gran distancia que lo separaba de la orilla. El animalito sería arrastrado por la corriente en cuestión de segundos.

Jack no se lo pensó mucho.

—¡Encárgate de esto por mí! —gritó a Roly, al tiempo que le ponía en la mano la cuerda que había estado sujetando. A continuación se quitó la camisa por la cabeza, se desprendió de las botas y saltó al agua.

Jack era fuerte y estaba bien entrenado. Con un par de brazadas había alcanzado el perro y agarrado al animalito, que seguía pataleando. Más difícil sería nadar contracorriente hasta el barco, pero entonces vio a Roly y el bote de remos a su lado. Los chicos no habían vacilado ni un instante: ya podía balancearse la pasarela, que ellos salvarían antes a su cabo.

Jack metió el perro en el bote y luego tomó impulso para subir. Aterrizó sin aliento a los pies de los remeros.

Roly contempló con una sonrisa a su nuevo pasajero.

—Pero ¿qué bicho eres tú? —preguntó al animalito, que se sacudía al agua salpicando de ese modo a todos los remeros. Era pequeño, patituerto y compacto, y parecía que se hubiera pintado con kajal los inmensos y redondos ojos.

—Diría que es un teckel —constató Jack—. O al menos entre sus antepasados el teckel es el que mejor se ha impuesto. En total debieron de intervenir un montón de representantes de razas más o menos cruzadas. Salvo lobos marinos...

El perrito volvió a sacudirse. Tenía las orejas caídas y el rabo enroscado.

—¡El arma secreta de Australia! —Greg rio y se dispuso a remar de vuelta al barco.

El perro agitó el rabo.

En la cubierta del barco se desplegaba en esos momentos una agitada actividad.

—¡*Paddy*! ¡*Paddy*, aquí! ¡Maldita sea, dónde se ha metido el perro? —Un nervioso ayudante se precipitó fuera de los alojamientos de los oficiales—. Ayudadme, chicos, tengo que encontrar al bicho antes de que Beeston pierda los nervios.

Jack y los otros sonrieron.

—Al menos forma parte de la tripulación, cuando no del cuerpo de oficiales...

Roly cloqueó.

—¿General Alexander Godley? —preguntó con una risita, aludiendo al comandante en jefe de las tropas del ANZAC, y dedicó un saludo militar al perro.

—¡Y ahora démonos prisa en llegar al barco! Ya veis que echan en falta al pequeño —dijo Jack, poniendo punto final a las majaderías. Sostuvo al perro hasta que llegaron a la pasarela.

En ese momento apareció en cubierta un hombre achaparrado y de mediana edad, que llevaba el uniforme de oficial de sanidad. Era Joseph Beeston, comandante del Cuarto de ambulancias de campaña.

—¡*Paddy!* Oh, Dios, ojalá no se haya caído al agua con este oleaje... —El hombre parecía realmente preocupado.

Entretanto el bote de remos había llegado y Jack ascendió por las planchas oscilantes de la rampa mientras sujetaba con firmeza al animal, que agitaba las patas.

—¿Está buscando esto, señor? —preguntó sonriendo.

El comandante Beeston pareció sumamente aliviado cuando cogió al perrito de manos de Jack.

—¿Por la borda? —preguntó.

Jack asintió.

—Pero enseguida fue rescatado en un acto heroico de la Cuarta División de Infantería neozelandesa. ¡Comandante, señor! —Hizo un saludo militar.

—¡Cruz Victoria, Cruz Victoria! —cantaban Roly y el resto del bote, solicitando para su compañero la máxima condecoración que el Imperio británico concedía a los combatientes.

El comandante Beeston sonrió.

—Esa cruz no se la puedo otorgar yo, cabo. En cualquier caso una toalla y un whisky para que entre en calor. Por favor, acompáñeme a mi alojamiento.

Con el perro pisándole los talones, el oficial médico dio media vuelta. Jack lo siguió con curiosidad. Hasta el momento no había visto ningún camarote de oficiales y quedó bastante impresionado del mobiliario de caoba y del lujo general con que los superiores se rodeaban. El ayudante del comandante Beeston le tendió una suave toalla de baño y el mismo médico abrió una botella de whisky. Single Malt. Jack paladeó con deleite su bebida.

—Ah, y tráigame por favor un té caliente, Walters; el joven tiene que entrar en calor...

El ayudante se puso en camino mientras Jack insistía en que no hacía tanto frío fuera.

Beeston, sin embargo, lo negó con la cabeza.

—¡Ni una réplica! No es cuestión de que agarre usted una neumonía y caiga sobre la conciencia de este diablillo el primer difunto de Galípoli. ¿Verdad, *Paddy*?

El animal volvió a agitar la cola cuando oyó su nombre. El oficial secó él mismo al teckel mezclado.

—¿Galípoli, señor? —preguntó Jack.

Beeston sonrió.

—Oh, espero no estar descubriendo ningún secreto militar. Pero nos han comunicado que ese es el primer lugar donde entraremos en acción. Un pueblucho de montaña a la entrada del estrecho de Dardanelos. En realidad insignificante, pero es el acceso a Constantinopla. Si conseguimos que los turcos se retiren de ese lugar, prácticamente habremos ganado.

—¿Y viajamos directos allí? —se informó Jack.

—Casi. Primero tomaremos como base de la operación Lemnos, una isla en...

—Grecia, señor.

Beeston asintió apreciativo.

—Realizaremos allí unas cuantas maniobras. Al menos mi batallón solo está entrenado para las condiciones francesas. Pero en un par de días nos pondremos manos a la obra. ¿Es su primer contacto con el enemigo?

Jack asintió.

—Nueva Zelanda no es un país muy bélico —señaló—. Hasta los indígenas son pacíficos...

Beeston rio.

—Y el animal autóctono más peligroso de todos es el mosquito, lo sé. Australia es algo más ruda...

—En fuerza combativa no iremos a la zaga de los *aussies* —afirmó Jack, orgulloso y un poco ofendido.

Beeston sonrió e hizo un gesto de asentimiento.

—Estoy convencido de ello. Pero ahora debo enviarle de vuelta con los suyos, cabo...

—Jack McKenzie, señor.

—Cabo McKenzie. Tomaré nota de su nombre. ¡Estoy en deuda con usted! ¡Y tú, dale la patita, *Paddy*! —El oficial médico se inclinó hacia su perro e intentó al menos que cumpliera la orden de «siéntate», pero saltaba a la vista que *Paddy* no era nada obediente.

Jack sonrió, movió ligeramente la cabeza y se colocó delante del perrito. Tiró un poco del collar, se enderezó ligeramente y *Paddy* se dejó caer sobre el trasero. Cuando Jack le dirigió un movimiento invitador con la mano, le dio la patita.

El comandante Beeston se quedó atónito.

—¿Cómo lo ha conseguido? —preguntó perplejo.

Jack se encogió de hombros.

—Son técnicas básicas en el adiestramiento de perros —respondió—. Las aprendí de niño. Y este pequeño es insolente pero listo. Déjemelo un par de semanas y le enseñaré a llevar ovejas.

Beeston sonrió.

—Ahora ha salvado al perro e impresionado a su amo...

Jack hizo una mueca burlona.

—Así es Nueva Zelanda, señor. ¡Mientras que en Australia matan animales feroces, nosotros les pedimos la patita!

—Entonces estoy impaciente por ver la reacción de los turcos —respondió Beeston. Jack McKenzie..., con toda certeza, no se le olvidaría el nombre.

Lemnos era una isla pequeña con costas escarpadas, playas diminutas y altos acantilados. Desde el mar se veía pintoresca: un trozo de piedra con un poco de verde irguiéndose solitario en medio del infinito mar azul. Para los habitantes, la isla constituía un desafío incesante. Ahí se vivía de una forma muy básica. Los soldados del ANZAC contemplaban fascinados, y con frecuencia también entristecidos por la miseria, las sencillas casas de piedra, los arados de madera tirados por bueyes y a las personas, algunas de las cuales todavía se cubrían con pieles de oveja y se desplazaban por el suelo pedregoso descalzas o bien protegiéndose los pies con unas sandalias bastas de piel de cordero. El puerto de la isla estaba, no obstante, abarrotado de la más moderna tecnología de guerra.

Eran veinte cruceros los que estaban fondeados, entre otros, el enorme *Agamennon* y el imponente *Queen Elizabeth*. Pese a todo, los hombres carecían de tiempo para que tal espectáculo les impresionara. Los transportadores de tropas estaban anclados en distintas playas y practicaban el desembarco de los soldados con todos sus pertrechos. Los hombres descendían con escalas de cuerda y remaban hasta tierra, en parte durante la noche y en el mayor silencio posible. Por lo visto, los altos mandos consideraban esta maniobra importante, pues durante toda una semana estuvieron ejercitándola.

—En sí no resulta difícil —señaló Roly al cuarto día, cuando el grupo se dirigía a una playa muy pequeña sobre la que se alzaba un elevado acantilado—. Pero ¿qué sucede si disparan desde tierra?

—¡Bah, no se atreverán! —afirmó Greg—. Al menos mientras todos los buques de guerra sigan a nuestras espaldas, dándonos cobertura.

—Si es que no nos alcanzan a nosotros —señaló Jack, pesimista, compartiendo los temores del chico. Sin duda los turcos no les regalarían la playa sin oponer ninguna resistencia y aún menos la ciudad. ¿Y no había dicho Beeston algo de un «pueblucho de montaña»? Los defensores posiblemente estuvieran situados en posiciones seguras y disparasen desde unos acantilados hacia abajo.

—¡Bah, si los turcos son unos troglodikas como estos cafres de Lemnos no harán gran cosa! —se mofó Bobby, despreocupado—. Tendríamos que haber traído un par de mazas de guerra de los maoríes. Esto sería más equilibrado.

Jack arqueó las cejas. Por lo que él había visto, los griegos de

Lemnos también eran capaces de manejar un fusil. Tal vez vistieran pieles, pero tenían una vista aguda y para provocar una retirada no hacía falta ser muy civilizado.

Eso hasta podía ser un inconveniente, pensó Jack. Él personalmente tenía horror a empezar a matar a seres humanos.

El 24 de abril de 1915 llegó el momento. La flota zarpó encabezada por el *Queen Elizabeth*, al que los hombres cariñosamente llamaban «Lizzie». Una vez más la tripulación se reunió en cubierta. Orgullosos de su convoy, dejaron Lemnos a sus espaldas.

—¿No es maravilloso, señor Jack? —Roly no sabía hacia dónde mirar primero, si a los majestuosos barcos que los rodeaban o a las costas inundadas de sol de Lemnos.

—Solo Jack —le corrigió él de forma mecánica.

El cabo McKenzie compartía el entusiasmo de sus camaradas con reservas. Indiscutiblemente, la flota constituía un espectáculo imponente, pero él no podía apartar de su mente la idea de que el cargamento humano de todas esas naves se dirigía a la muerte. La noche anterior, tras un discurso heroico pronunciado por el general Birdwood a toda la compañía, el teniente Keeler reunió a los jefes de grupo para conversar sobre la coyuntura. Jack ya conocía, pues, el plan de ataque y había visto mapas de la costa de Galípoli. El desembarco en esa playa sería endiablado, y Jack no era el único que pensaba lo mismo. También en los rostros de los oficiales ingleses, parte de los cuales tenía gran experiencia en la guerra, se reflejaba el temor.

El barco con el grupo de Jack fue uno de los últimos en entrar en Galípoli. Una parte del viaje se realizó de noche y cuando empezó a clarear se encontraron en una concentración de embarcaciones en la bahía de Gaba Tepe. Se estaban preparando los botes con los primeros destacamentos de tierra. Unos hombres esperaban en la cubierta de los buques de transporte para embarcar en los destructores. Esos pequeños y veloces barcos de guerra desplazaban poca agua y podían acercar más a la playa a los soldados. Cada uno de ellos arrastraba doce botes salvavidas en dos hileras, cada uno de los cuales transportaba a su vez a seis soldados y cinco marineros. Los últimos debían remar de vuelta al barco una vez hubiera desembarcado la carga humana.

Los primeros destacamentos de tierra estaban formados exclusivamente por australianos, y Jack se percató de que enviaban al matadero a los soldados más jóvenes.

«¡A esa edad uno se cree inmortal!» Jack recordó con un escalofrío que su madre había mencionado esa frase cuando le estaba dando un rapapolvo. Él debía de tener unos trece años de edad cuando cayó un rayo en los establos de Kiward Station. Jack y su amigo Maaka se habían expuesto al fuego y habían desafiado a la muerte por salvar los bravos toros de cría. A los chicos les había parecido un acto heroico, pero Gwyneira se había puesto como un basilisco.

Jack calculaba que los hombres que estaban en los botes de desembarco debían de tener, como mucho, dieciocho años, pese a que el ejército solo aceptaba voluntarios que hubiesen cumplido los veintiuno. En cualquier caso, nadie lo comprobaba con exactitud. Los muchachos, cargados con pesadas mochilas, reían y saludaban con sus fusiles mientras los remos resbalaban insonoros por el agua.

Jack apartó la vista y paseó la mirada por la playa oscura y los acantilados. Faltaba un minuto para las nueve y media. A las cuatro y media debía empezar el ataque. De repente en lo alto de la colina se encendió una luz amarilla que volvió a apagarse pocos segundos después. Por un momento reinó en la bahía un silencio sepulcral, luego se distinguió la silueta de un hombre en una altiplanicie por encima de ellos. Alguien gritó, se disparó una bala que rebotó en el mar.

A continuación, estalló el infierno.

Los buques de guerra británicos disparaban a la vez todos los cañones mientras los turcos tomaban la playa al asalto. Algunos disparaban directamente desde la orilla, otros desde los acantilados, que superaban los noventa metros de altura. Jack contemplaba cómo caían los hombres en la playa, derribados por las ráfagas del *Queen Elizabeth*, el *Prince of Wales* y el *London*. Pero tampoco era tan fácil localizar los nidos de ametralladoras de las montañas. Y, como cabía esperar, estas de inmediato abrieron fuego contra los botes de remos.

—¡Dios mío, están... están disparando! —musitó Roly.

—¿Pues qué te habías creído? —replicó Greg.

Roly no contestó. Sus ojos de niño, ya grandes de por sí, parecieron agrandarse todavía más. Desde tierra, los soldados de los botes eran derribados por filas; sin embargo, otros iban llegando a la orilla, saltaban a la playa e intentaban ponerse a cubierto lo antes posible tras las rocas. Los turcos disparaban a los marineros que regresaban. Otros remolcaban los botes cuyos patrones habían caído.

—Maldita sea, yo no puedo ir ahí fuera. —Bobby O'Mally estaba temblando.

—¿Nosotros también tenemos que ir...?

—No —respondió sereno Jack—. Nosotros nos uniremos después. Con los sanitarios, tal vez incluso más tarde. Demos gracias a Dios por saber cavar mejor que disparar.

Sin embargo, para sorpresa de Jack, la mayoría de sus hombres estaban ansiosos por entrar en combate, cuanto antes mejor. Esperaban impacientes a que los atacantes se abrieran paso hasta una de las altiplanicies del interior, a una distancia de la playa de aproximadamente kilómetro y medio. Desde ahí cubrían a los soldados recién desembarcados, o al menos eso intentaban. La playa seguía estando en el punto de mira y también los neozelandeses vivieron su bautizo de fuego. Jack y sus hombres cubrieron el desembarque del hospital de campaña. Era una urgencia, pues los heridos ya llenaban la playa. El comandante Beeston dio la orden de montar las tiendas ahí mismo.

—Y procuren detener este tiroteo —increpó a los neozelandeses—. ¡No puedo trabajar con las balas zumbando constantemente!

El teniente Keeler formó a sus hombres para el avance al interior. Jack y los otros se cargaron las palas al hombro mientras un batallón de australianos se preparaba para cubrirlos.

—Empezaremos a cavar las trincheras un poco más atrás de la línea frontal —ordenó Keeler—. Luego iremos trabajando hacia delante. Seguiremos el sistema de tres zanjas paralelas, ustedes ya lo conocen: una para las tropas de reserva, una de viaje y otra frontal... Yo diría que separadas entre sí por unos sesenta metros de terreno...

Jack asintió. Era el sistema de defensa típicamente británico. La trinchera frontal no solía ocuparse permanentemente, sino al anochecer y al amanecer sobre todo, cuando los combates eran más cruentos. En la de en medio, la trinchera de viaje o de apoyo, era donde se desarrollaba en gran parte la vida de los defensores, y en la última se reunían las tropas de reserva cuando estaba a punto de producirse una ofensiva.

Jack y sus hombres cavaron primero la tercera, lo que entrañaba solo un peligro relativo, pues el frente se encontraba lo suficientemente alejado y ellos tenían cobertura. No obstante, y de forma paulatina, los excavadores también iban avanzando hacia la primera línea de combate y ahí adoptaban las sofisticadas técnicas de construcción de trincheras. No difería mucho de la manera de proceder para abrir pozos en las minas, pero solo se apuntalaban el suelo y las paredes. Las cubiertas se hundían cuando la galería estaba a un par de metros de profundidad. Entonces la tierra solía caer con fuerza sobre los hombros de los trabajadores, a Roly le bastaba oír un ruido para ser presa del pánico. Jack lo colocó al final, donde cavaba a cielo raso y podía apartar los escombros y trabajar lo mejor posible.

Roly era fuerte como un oso, y el resto de los buscadores de oro y mineros no le iban a la zaga. Aun así, para cavar un primer sistema de trincheras se precisaban cientos de hombres y varias horas de trabajo. Jack y su equipo estuvieron cavando toda la primera noche de Galípoli, por lo que al menos no pasaron frío. Los soldados de las primeras posiciones no tuvieron tanta suerte. El tiempo había cambiado al iniciarse los combates, llovía y hacía un frío excesivo. Los hombres permanecían empapados y asustados con sus armas en el barro, mientras los turcos disparaban sin cesar. El abastecimiento de agua y provisiones todavía no funcionaba.

—Procurad construir un par de búnkeres —señaló el comandante Hollander, quien ya había participado en Francia en una guerra de trincheras—. Las tropas tienen que estar a cubierto en cuanto llegue el relevo...

Jack asintió e indicó a sus hombres que afirmaran una parte de la red con tabiques para casos de urgencia. En una de esas trincheras cayeron todos profundamente dormidos cuando el sol volvió a salir en Galípoli. Hasta Roly siguió a sus amigos al subterráneo, pero finalmente la inquietud le obligó a salir de ahí y buscar protección bajo su abrigo encerado. Pese a los disparos que aún se oían, se sentía más seguro que bajo tierra. Tendría que montar una lona...

Esa misma mañana quedó demostrado que los turcos no iban a retirarse tan fácilmente al interior. Se tomaron las medidas para un asedio más largo y se distribuyó a los soldados en dos divisiones. Australia se encargaba de la parte derecha del frente y Nueva Zelanda de la izquierda. Mientras tanto, los hombres tenían tiempo para orientarse un poco.

—Una zona muy bonita, si uno quiere hacerse ermitaño —observó sarcástico Greg. En efecto, la playa de Galípoli no era precisamente un lugar muy frecuentado.

Jack intentaba no pensar en los acantilados del cabo Reinga.

—¿Qué hay ahí detrás? —preguntó Roly, señalando las montañas.

—Más montañas —respondió Jack—. Con valles bastante profundos en medio. Aquí el terreno es abrupto. Y encima está todo lleno de maleza, un camuflaje ideal para los turcos.

—¿Es lo que os han explicado antes? —preguntó Bobby—. Quiero decir... ¿lo sabían? Entonces, ¿por qué nos han enviado aquí?

Greg alzó la vista al cielo.

—¿Qué quieres, Bob? ¿El honor y la gloria o ponerte a jugar? Ya has oído lo que ha dicho el general. Esta es una de las operaciones más difíciles que pueden exigirse a los solados, pero nosotros, los del ANZAC, ¡venceremos! —concluyó sacando pecho.

—En cualquier caso, no será fácil —resumió Jack—. Y si realmente queréis tener la oportunidad de convertiros en héroes, tenéis que seguir cavando. Si no os matarán como si fuerais conejos.

Entretanto, también en el otro bando se habían realizado labores de excavación. Los turcos establecían a su vez un sistema de trincheras que probablemente no era menos complicado que el británico, lo cual no les impedía seguir disparando y bombardeando a las tropas del ANZAC. No obstante, la artillería británica respondía siempre con mayor eficacia y acabaron con varias ametralladoras. Aun así, Jack y los otros se alegraron cuando las primeras trincheras estuvieron listas y les ofrecieron cobijo. Solo Roly parecía tener más miedo de los desmoronamientos de tierra que de los disparos: el muchacho seguía durmiendo fuera en lugar de resguardarse con los demás en el búnker. La única cobertura de que disponía eran dos rocas entre las trincheras y la playa.

Jack lo veía con preocupación; la situación sería realmente crítica cuando los excavadores de las trincheras se fueran acercando a los turcos y estos, por consiguiente, se defendieran con más saña.

El grupo de Jack estaba abriendo precisamente una galería. Roly, apremiado por las burlas de los demás, se dedicaba a cavar con los dientes apretados y el rostro blanco como un muerto. Pese a ello, era más eficaz que Greg y Bobby, a quienes Jack McKenzie y el teniente Keeler se alternaban para regañar.

—Que no soy un topo... —refunfuñaba una vez más Bobby, y Jack levantaba los ojos al cielo.

Siempre la misma excusa para la holgazanería, pensó. También Greg solía alardear de que prefería salir a combatir con un arma en la mano que estar abriendo zanjas. A esas alturas ya pasaban rozándoles las orejas suficientes balas. Los turcos, que estaban enfrente —puesto que en Galípoli todo era angosto, los enemigos se habían atrincherado a apenas cien metros de distancia—, llevaban todo el día asediando con fuego de hostigamiento a la tropa. Esa fue la razón de que Jack cavara a una velocidad pasmosa. Quería acabar de una vez y dejar libre para la artillería el campo de tiro. Al fin y al cabo, que los turcos tuvieran equipadas y bien armadas las trincheras era solo cuestión de tiempo.

Y entonces, sus temores se hicieron realidad. A diferencia de los británicos, los turcos disponían de granadas de mano y en esos momentos alguno de ellos tiraba a dar.

Cuando esto sucedió, Jack y sus hombres trabajaban bajo tierra. Los supervivientes de las trincheras cercanas contaron más tarde que uno de los enemigos se había erguido audazmente unos segundos sobre la trinchera y había apuntado bien el tiro antes de lanzar y dar en el blanco con una destreza letal, o quizá tan solo con suerte. La granada explotó en la trinchera que había detrás del equipo de Jack, levantó la tierra y despedazó a los hombres que estaban revistiendo el suelo con maderos y encofraban las paredes. Jack y los demás oyeron el ruido y los gritos, aunque no podían ver directamente el lugar, lo que también les protegía de la metralla y de los escombros que salían disparados en todas direcciones.

Aun así, Jack advirtió el peligro.

—¡Fuera! ¡Rápido! ¡Retroceded!

Las trincheras de comunicación posteriores daban la posibilidad de refugiarse y replegarse. De todos modos, Jack sospechaba que estarían abarrotadas de soldados que avanzaban en ese momento.

—¡Tonterías! —tronó también el teniente Keeler—. ¡En posición de defensa! ¡A las trincheras preparadas y responded a los disparos! Calad las bayonetas, por si alguien abre brecha. ¡Eliminad a esos tipos!

Pero antes de que los hombres llegaran a asimilar la contraorden, estallaron más granadas, una de ellas directamente sobre sus cabezas. La tierra tembló, la galería se hundió... Los hombres sostuvieron por instinto las tablas de encofrado sobre la cabeza, sabiendo que no quedarían sepultados, pues las galerías no estaban a más de un metro de profundidad. La tierra que se había caído más bien les brindaba cobertura.

Roly O'Brien, pese a ello, era incapaz de pensar. En lugar de quedarse tendido, se quitó como enloquecido la tierra de encima, avanzó cuerpo a tierra por la galería, se irguió a medias y quiso retroceder. Cuando vio las trincheras repletas, intentó salir, pero alguien lo agarró por el cinturón. Roly intentó zafarse y de repente se encontró frente al comandante Hollander.

—¿Qué sucede, soldado?

Roly le dirigió una mirada extraviada.

—¡Quiero salir de aquí! —gritó, haciendo otro movimiento

para intentar librarse—. Tengo que irme... ¡La mina se está hundiendo?

—¿Quiere desertar, soldado?

Roly no entendía lo que le decía.

—¡Fuera! ¡Tenemos que salir todos fuera...!

—No sabe lo que dice. —El teniente Keeler, quien entretanto se había abierto paso entre los escombros y se preparaba para distribuir a los nuevos hombres por las aspilleras, intervino en ese momento—. Es el primer contacto con el enemigo, señor. Se trata de un ataque de pánico, señor.

—¡Ahora mismo se lo quitamos de encima! —El comandante se preparó y propinó a Roly dos fuertes bofetones. Roly cayó hacia atrás, perdió el equilibrio, pero recuperó más o menos el control sobre sí mismo. Tanteó buscando el arma.

—¡Perfecto! —lo alabó el teniente Keeler—. Coja el arma, busque una aspillera, responda al fuego. ¡Cuanto antes obedezca, antes saldrá de aquí!

Desconcertado, Roly permitió que dos camaradas lo arrastraran hasta un nicho y lo forzaran a apuntar. El cielo estaba plomizo, pero Roly se hallaba al aire libre y volvía a respirar.

—¡Esto tendrá consecuencias, se lo prometo! ¡También para usted, teniente! Casi permite que deserte. ¡Cuando todo esto haya terminado quiero verlos a los dos en mi tienda! —El comandante Hollander arrojó una última mirada a Keeler y Roly antes de lanzarse al combate.

Los integrantes del ANZAC disparaban en esos momentos con toda su potencia, apoyados por la artillería, mientras que en las trincheras turcas la actividad fue cesando. Sin embargo, a los hombres les pareció que tardaba una eternidad en caer por fin la noche y en aplacarse el fuego. Las horas más peligrosas eran las del amanecer y el anochecer, pues el crepúsculo ofrecía mayor cobertura que la plena luz del día. Durante las horas diurnas solía reinar la tranquilidad y por la noche ambos lados se limitaban a fuegos de hostigamiento ocasionales.

Jack y sus hombres recibieron la orden de retirarse detrás de las líneas de combate. Solo permaneció una pequeña guarnición en las trincheras de la zona principal. Pero, lo más importante, había llegado el momento de actuar para el destacamento de rescate. Los soldados reunieron a heridos y muertos. Bobby O'Mally vomitó cuando vio los cuerpos despedazados de los hombres que habían estado trabajando a escasos metros detrás de él. El teniente Keeler había sufrido una herida leve. Roly le curó la rozadura que le había causado una bala en el brazo con aceite de té y se lo vendó después.

—Se desenvuelve usted bien, soldado de primera —rezongó el teniente—. Pero lo que ha sucedido antes...

—¿El comandante no pensará realmente conducirlo ante un consejo de guerra? —preguntó Jack, preocupado.

—¡Bah, no creo! Que el primer contacto con el enemigo produzca un ataque de pánico... puede suceder... —contestó Keeler con gesto sosegador—. Además, luego, en el combate, ha dado muestras de valor. Ha tenido la mala suerte de toparse con el comandante. No se aflija, soldado de primera O'Brien. El comandante salta enseguida, pero vuelve a recuperar la calma. Y ahora en marcha, acabemos con esto de una vez.

Las tiendas de los oficiales se hallaban en la playa, aunque algunos preferían pernoctar en los barcos. El comandante Hollander, sin embargo, era zorro viejo. No abandonaba a sus hombres y seguro que ya había visto ataques de pánico en anteriores ocasiones.

Jack intentó serenarse y no pensar en Roly ni en Keeler, pero respiró aliviado cuando el muchacho regresó sano y salvo. Como era habitual, se mantenía fuera de los búnkeres en los que estaban acampados sus amigos.

—Como era de esperar, el comandante nos ha regañado —explicó Roly—. Pero no ha sido grave. Solo tenemos que participar en una acción como voluntarios... Mañana envían un par de regimientos al cabo Helles, donde han desembarcado los ingleses.

—¿En barco? —preguntó Jack.

—Por tierra —puntualizó Roly—. Tenemos que sorprender a los turcos por la retaguardia y ganar no sé qué cota...

Greg rio burlón.

—¡Suena a aventura! ¡Vamos, Bobby, nosotros también nos apuntamos!

Roly sonrió esperanzado.

—¿Y usted, señor Jack? —inquirió.

—Solo Jack. No sé, Roly...

—¡Venga, cabo, no sea gallina! —dijo Bobby riendo—. Seguro que cuando volvamos le ascienden a sargento.

—A mí me han degar... degra... Bueno, que vuelvo a ser solo soldado raso —se lamentó Roly.

—¡Si conquistas esa montaña, serás general! —lo animó Greg—. Y ganaremos la Cruz Victoria. ¡Venid, vamos a hablar con Keeler! —Se levantó de la litera, se echó por encima la chaqueta del uniforme para causar buena impresión y buscó el sombrero—. ¡Vamos, Bobby! ¡Y usted no querrá escurrir el bulto, Jack!

Jack no sabía qué decir. Le parecía estar oyendo la voz de su madre: «¡Te vas a la guerra para tentar a Dios!» Quizá Gwyneira tuviese razón. Pero ese mismo día, después de haber estado expuesto al fuego de los turcos y haber disparado a ciegas entre el humo y los fogonazos del otro bando, había comprendido que él no buscaba la muerte. Tampoco encontraba hasta el momento nada heroico en esa guerra ni podía odiar a los turcos. Defendían su tierra, incitados por alianzas con un pueblo que no conocían contra soldados que combatían por una nación de la que, en realidad, tampoco sabían nada. Todo eso se le antojaba absurdo, casi irreal. Pero, cómo no, cumpliría su misión y trabajaría siguiendo órdenes. Aun así, no le atraía la idea de ir al cabo Helles.

—Venga con nosotros, señor Jack —insistió Roly—. Yo también me comportaré como un valiente. Porque una montaña así... Una montaña no es tan horrible...

Jack se unió de mala gana a los muchachos, sintiéndose vagamente responsable de Roly. Por razones que él mismo ignoraba, se consideraba en la obligación de proteger al chico, así que retrocedió con los tres por las trincheras. El teniente Keeler, instalado en un búnker tras las líneas de fuego, estaba justamente empaquetando sus haberes.

—¿Él también? —preguntó Jack a Roly.

El muchacho asintió.

—Tiene que capitanear una sección. Hoy ha caído el teniente de la Tercera División.

Greg saludó formalmente y Keeler lo miró con aspecto fatigado.

—¿Pasa algo? —preguntó con desinterés.

Bobby O'Mally formuló con orgullo sus deseos.

—¡Queremos luchar de una vez, señor! —declaró—. ¡Mirar de frente al enemigo!

Si Jack había entendido correctamente, más bien tenían que sorprender por la espalda a los turcos, pero prefirió no hacer ninguna observación al respecto. Keeler paseó la mirada de uno a otro hombre con aire de incredulidad mientras reflexionaba unos instantes.

—Por mí, vosotros dos —señaló a Greg y Bobby—. ¡Usted no, McKenzie!

Jack protestó.

—¿Por qué no, señor? ¿Acaso no confía en que yo...?

Keeler hizo un gesto de rechazo con la mano.

—Esto no tiene nada que ver con la confianza. Pero McKenzie, usted es un cabo y maneja bien su sección. Es usted imprescindible.

Algo en su rostro impidió que Jack presentara una objeción.

—¡Pero solo son dos o tres días! —intervino Roly.

Parecía como si Keeler fuera a contestar, pero se abstuvo de ello. Jack creyó leer sus pensamientos y recordó vagamente los mapas que les habían mostrado antes del desembarco. La conquista de la cima, a lo que se aludía eufemísticamente como «Baby 700», era un comando suicida.

—En todas partes se puede morir —susurró Jack.

Keeler inspiró profundamente.

—¡También es posible sobrevivir, ¡y justo eso es lo que haremos! ¡Nos vamos al amanecer, chicos! Y usted, McKenzie, repare las trincheras que han atacado hoy. Es de vital importancia que las líneas principales de combate estén afianzadas, así que ¡despabile a sus hombres! ¡Retírense!

6

Roly y sus amigos partieron al alba. Jack oyó ruido, risas y palabras de despedida más o menos alegres. Los hombres que se quedaban en las trincheras casi parecían envidiar a los grupos de combate destacados. Muchos de ellos volvían a quejarse de hacer un trabajo de topos, mientras a otros les esperaba la aventura.

Jack tardaría cuatro días en volver a tener noticias de los combatientes que habían partido al cabo Helles, pero en el ínterin no tuvo tiempo para preocuparse. El comandante Hollander y el resto de los mandos ingleses no dieron tregua a las brigadas de trincheras.

—Los turcos reúnen tropas, les llegan refuerzos. Hay que contar con una contraofensiva en cualquier momento. ¡La defensa debe resistir!

El cuarto día, Jack caminaba dando traspiés hacia su alojamiento, muerto de cansancio y con heridas en los dedos. Habían pasado todo el día asegurando con alambre de espinos las trincheras, que por fin estaban listas, y Jack había asumido la parte principal de trabajo. Al contrario que los mineros, tenía experiencia con el alambre de espino por el trabajo en la granja. Lo detestaba, pero era la manera más eficaz de cercar los pastizales de ganado... Fuera como fuese, hasta el momento no le habían disparado... Había decidido disfrutar esa noche de las raciones de alcohol que había acumulado esos últimos días. Les distribuían un vasito de aguardiente al día y Jack, que pocas veces bebía solo, no había tocado el alcohol desde la marcha de Roly.

—¿Cabo McKenzie?

Jack se levantó fatigosamente de su catre cuando oyó voces en el exterior. Los hombres habían colgado una lona delante de su refugio para disfrutar al menos de una aparente esfera de privacidad y dormir más o menos en silencio cuando encontraban la oportunidad de hacerlo. En el sistema de trincheras siempre sucedía algo, a todas horas, y justo esa noche todavía no había llegado la calma. En algunos sectores, el fuego durante el crepúsculo había sido tan intenso que los del destacamento de rescate no conseguían llegar a los heridos. Ahora que por fin había oscurecido corrían con bestias de carga y camillas a través de los corredores. También el joven que esperaba delante del alojamiento de Jack llevaba uniforme de sanitario.

—Le traemos a este —explicó, empujando a Roly O'Brien, cubierto de mugre y vestido solo con andrajos de lo que había sido el uniforme. Roly se defendió, aunque bastante débilmente. Jack dio un paso hacia fuera.

—¿Quién lo ha dicho? —dijo con voz apagada.

—El teniente Keeler. Está con nosotros en el hospital y el chico andaba dando vueltas por ahí. Es quien ha arrastrado al teniente por la tarde al campamento. Es probable que le haya salvado la vida, él solo no hubiera conseguido pasar por los acantilados. Pero luego... El chico está exhausto y ni siquiera recuerda su nombre...

—Bobby... —musitó Roly.

—Ya lo ve, cabo, de hecho se llama Roland O'Brien, lo he comprobado. Porque los dos nombres se parecen mucho: O'Brien y O'Mally. Pero O'Mally ha caído. Este es O'Brien...

Roly emitió un sollozo. Jack le echó un brazo al hombro.

—Muchas gracias, sargento. Me ocuparé de él. ¿Qué... qué le ha pasado al teniente?

—No estoy seguro, yo estoy en rescate; de los cuidados se encargan otros —contestó con un gesto de ignorancia—. Pero creo... creo que Beeston le cortará el brazo esta noche...

Jack tragó saliva. A continuación condujo a Roly al interior del refugio y encendió una lámpara de gas, lo que en realidad solo estaba permitido en caso de urgencia. Los turcos no debían advertir gracias a las luces el trazado de las trincheras inglesas. Por otra parte, las zanjas siempre se hallaban parcialmente iluminadas y Jack decidió que ese era un caso de urgencia.

—Bobby está muerto —susurró Roly—. Y a Greg... Le han disparado en la pierna. Con una... con una de esas nuevas armas que disparan tan increíblemente deprisa. Ratatatatá... Y una bala tras otra. ¿Entiende a qué me refiero, señor Jack? Todo estaba destruido... Solo se veía sangre, sangre... Pero yo... Lo he arrastrado a una de las trincheras y lo han recogido. A lo mejor se recupera.

Roly se echó a temblar de forma incontrolada y Jack le dio sus reservas de alcohol, que el muchacho bebió a sorbitos.

—¿Y luego qué sucedió? ¿Habéis tomado la cota? —inquirió Jack.

—Sí... No... —Roly se secó la boca—. Todavía tengo tanto frío...

Jack le ayudó a desprenderse de los restos del uniforme y lo cubrió con su gabardina. De hecho era una cálida noche de mayo, pero él conocía ese frío que paralizaba a Roly.

—Han defendido la cima como... Como locos, como... Como si hubiera ahí, en esa estúpida montaña, algo especial... —Roly se arrebujó en la gabardina.

Jack no estaba seguro de si debía arriesgarse a encender fuego, pero consciente de que Roly necesitaba entrar en calor, decidió reunir un poco de leña.

—Y nosotros subimos cuerpo a tierra. Éramos como blancos contra los que tirar; han caído a cientos, cientos de muertos por todas... todas partes. Pero lo hemos conseguido. Greg, Bobby y yo... Y un par más. La mayoría australianos. Llegamos a la maldita montaña y nos atrincheramos ahí. Pero... pero los refuerzos no llegaron. No teníamos nada que comer, no teníamos agua. Hacía frío por la noche y los uniformes estaban húmedos, desgarrados y ensangrentados... —Señaló los jirones del pantalón—. Y los turcos disparaban..., y disparaban..., y disparaban.

Roly se estremecía como si todavía se oyeran los disparos desde el frente.

—Y la metralla... Cuando te alcanza... De Bobby no quedó nada en absoluto, señor Jack. Y todo fue tan rápido... Un momento antes estaba ahí y luego... solo sangre..., y una mano... Greg se puso a llorar. Y siguió llorando y ya no podía parar. Y luego dijeron que debíamos emprender la retirada. Pero había turcos por todas partes... Nos hemos arrastrado de nuevo, esta vez montaña abajo, pero nos hemos encontrado con los arbustos y hemos decidido correr para ponernos a cubierto. Además estaban también las trincheras de los australianos... Hemos corrido... Oh, Dios, señor Jack, pensaba que los pulmones iban a estallarme de lo cansado que estaba... Y entonces han alcanzado a Greg. —Roly sollozó—. ¡Quiero irme a casa, señor Jack! ¡Quiero ir a casa!

Jack lo rodeó con el brazo y lo acunó. Extrañamente, estaba pensando en Gloria. Cuando era pequeña y una pesadilla la despertaba a media noche, la niña se comportaba igual. ¿Quién la habría consolado en Inglaterra? ¿O habría llorado hasta quedar dormida?

El agua de la olla que estaba al fuego empezó a hervir. Jack se separó de Roly, le obligó a lavarse y a beber té, y con cierta sensación de culpa saqueó la alacena de Greg McNamara. Sabía que el joven, un gran bebedor, guardaba reservas de whisky ahí. Por el momento a él no le servían de ayuda, pero Roly necesitaba un reconstituyente.

—Mañana lo verás todo distinto —dijo consolándole, aunque sin creérselo. Era muy posible que la contraofensiva de los turcos empezara al día siguiente.

A este respecto, los soldados del ANZAC todavía disfrutaron de unos días de tregua. Cuando llegó el momento el sistema de defensa resistió, y además las tropas tuvieron suerte. Un avión de reconocimiento, en desbandada y alejado de su rumbo, sobrevoló por casualidad Galípoli y advirtió el avance turco. El general Bridges no vaciló en armar a todas las unidades de combate.

De improviso, Jack y Roly se encontraron de nuevo en primera línea, agazapados en la trinchera que acababan de cavar. Jack intentaba arrastrar a su amigo al menos a alguna zona cubierta, pero Roly no lograba decidirse. Dudaba entre su miedo a los turcos y el pánico a ser enterrado.

—¡Formación de combate, calen la bayoneta! —ordenó el comandante Hollander. Su voz sonó hueca, como la de un espectro, y Roly se estremeció. En esos momentos, antes de la salida del sol, todavía hacía un frío considerable y los hombres llevaban horas esperando.

El alto mando calculaba que el ataque de los turcos se produciría al alba, pero las tropas habían empezado a atrincherarse mucho antes. Jack se frotó las manos para entrar en calor mientras observaba el sol. Roly, con el rostro enflaquecido, gris como la ceniza, jugueteaba con su fusil. A diferencia de los otros hombres de la sección de Jack, sabía lo que le esperaba. La noche anterior había vaciado silenciosamente el resto del whisky de Greg, mientras sus camaradas expresaban a voz en grito la alegría anticipada que les provocaba el combate. Los recién llegados en especial estaban tan impacientes por el ataque de los turcos que no podían esperar a empezar a dar tiros.

Jack lanzó un vistazo a los dos nuevos de su departamento. Mientras Roly luchaba en el cabo Helles, Nueva Zelanda había enviado refuerzos y Bobby y Greg habían sido sustituidos por dos jóvenes soldados de la isla Norte. Ambos procedían, como Jack, de granjas de ovejas. En realidad, los dos pertenecían a la caballería ligera, pero habían dejado los caballos en Lemnos para inscribirse como voluntarios en Galípoli. A fin de cuentas era una cuestión de honor, explicaban, apoyar a los compatriotas en su heroica contienda.

El segundo grupo de voluntarios *aussies* y kiwis ya no estaba formado en su mayor parte por aventureros, maleantes y pobres infelices, sino por patriotas. Muchos de ellos habían mentido respecto a su edad. Uno de los hombres de Jack acababa de cumplir los diecinueve años. Que los pusieran a él y a sus semejantes en la primera línea confirmó lo que Jack ya había sospechado durante el asalto de la bahía: los más jóvenes servían de carne de cañón. Solo su ignorancia al miedo les permitía realizar acciones suicidas sin protestar.

El mismo Jack y sus mineros debían su posición expuesta a que conocían el sistema de trincheras, no solo el suyo, sino también el de los enemigos turcos. Al fin y al cabo habían tenido tiempo suficiente de observar cómo estos trabajaban abriendo sus zanjas, o al menos de deducir por la dirección de sus disparos la situación de las instalaciones defensivas.

—¡El lugar más peligroso es este! —indicó Jack con un susurro a sus hombres—. Aquí intentarán abrirse paso. La distancia entre las trincheras es reducida y su trazado se pliega por allí. Desde la derecha y la izquierda pueden proporcionar una eficaz cobertura, mientras atacan desde el nicho. ¡Así que los mejores tiradores vendrán conmigo! Aquí, bajo la cubierta...

Jack había reforzado esa zona, la más vulnerable de la trinchera, con una especie de rejilla de madera. Había aspilleras y con el periscopio se lograba ver al enemigo. Pero la trinchera no se abordaba fácilmente. Los hombres habían colocado alambre de espino en abundancia.

—Y que nadie dispare a ciegas. Esperad hasta que estén más cerca, así aseguráis el tiro. ¡El comandante calcula que nos superarán ampliamente en número, así que ahorrad municiones!

—Preferiría quedarme fuera, señor Jack —dijo Roly en voz baja.

Jack asintió.

—Ve a la trinchera de reserva —indicó al muchacho, consciente de que con ello estaba contraviniendo las órdenes del comandante. Su destacamento tenía que defender esa parte del frente, y él acababa de enviar a Roly detrás de las líneas de fuego.

—Pero no puedo...

—¡Vete! —insistió Jack.

En ese momento estalló el infierno. En el bando inglés nadie había oído la orden de ataque, pero los turcos brincaron fuera de las trincheras en un frente compacto. Desde las colinas disparaban con ametralladoras, mientras los primeros atacantes lanzaban granadas de mano a las posiciones enemigas.

Jack ya no tuvo tiempo de preocuparse de Roly o de asustarse ante las filas del enemigo que corrían gritando hacia él. Se limitaba a apuntar y disparar: hacia los pulmones jadeantes, los corazones desbocados, las bocas abiertas. Cargar, disparar, cargar, disparar...

Jack había utilizado sin pensar la palabra «infierno» con frecuencia, pero a partir de ese día nunca más lo haría. Los atacantes resbalaban sobre la sangre de sus camaradas y caían sobre sus cadáveres. Aun así, muchos llegaban a las trincheras, donde hombres audaces les clavaban las bayonetas y manantiales de sangre brotaban en los puestos de tiro. Jack oyó gritos de dolor y un alarido de pánico. ¿Roly? No debía volver la vista atrás; cualquier error, por minúsculo que fuera, podía costarle la vida.

Uno de los jóvenes soldados se asomó a medias de la trinchera en un delirio homicida para agredir al atacante con la bayoneta y lo pagó con su vida. Acribillado por las balas, cayó en la trinchera ante Jack. Otro lo sustituyó. Jack divisó la granada con el seguro quitado en la mano de un turco que llegaba corriendo. Disparó, no le alcanzó de pleno y el enemigo todavía consiguió lanzar la granada, pero a una distancia corta. La tierra ante el puesto de tiro de Jack se agrietó, y escombros y trozos de cuerpo se abatieron sobre los hombres atrincherados.

—¡La mina se hunde! —Jack oyó el aullido frenético de Roly—. Debemos salir, todo el mundo fuera...

El muchacho dejó caer el fusil e intentó salir de la trinchera, pero uno de los otros soldados se lo impidió. Jack vio por el rabillo del ojo que a continuación intentaba abrirse paso a codazos por las filas de los hombres para llegar a algún lugar tras las líneas de fuego. Un trecho más lejos explotó una granada en la trinchera: lluvia de sangre y tierra.

Roly gritó. Jack distinguió que se lanzaba al suelo. Un par de soldados turcos aprovecharon la ocasión para abrir brecha. En ese momento, Jack se dio media vuelta y atacó. Desesperado, como un animal atrapado en una trampa, apaleó y golpeó alrededor. Disparar ahí dentro no servía de nada. Era una lucha cuerpo a cuerpo. Sin pensárselo, Jack clavó la bayoneta en el cuerpo del hombre que tenía ante sí, y luego, como la bayoneta era demasiado voluminosa, atacó con la pala. La herramienta estaba muy afilada tras el interminable trabajo de excavar la tierra pedregosa y causaba unas heridas tremendas: Jack casi separó la cabeza del cuerpo de uno de los atacantes al darle en la garganta.

—¡Aparta los cadáveres! —gritó a Roly, pero el chico era incapaz de reaccionar.

Tras aniquilar a los intrusos, Jack y el resto tropezaban por encima de los cuerpos sin vida, mientras se limitaban a disparar una y otra vez, sin cesar: la afluencia de turcos no disminuía. A continuación llegaron otros hombres, corriendo enloquecidos por entre el alambre de espinos, y Jack vio horrorizado que derribaban la alambrada con su peso. Los turcos se precipitaban en las trincheras, sangrando a través de la carne desgarrada. Sus hombres se enredaron en el alambre al intentar aniquilar al rival mientras en torno a ellos explotaban de nuevo las granadas de mano. La tierra arremolinada y el humo de la pólvora oscurecían la visión. Jack oyó gemir a Roly mientras les caían encima las piedras y los cuerpos despedazados. El muchacho debía de haberse encogido en un rincón. Jack estaba contento de que se mantuviera alejado.

El comandante Hollander, sin embargo, lo veía de otro modo. Cuando por unos pocos segundos reinó algo más de calma, Jack oyó cómo farfullaba.

—Soldado, ¿qué sucede? ¡Coja su fusil y dispare! ¡Maldito recluta, le estoy hablando a usted! ¡Esto es cobardía ante el enemigo!

Jack se temía lo peor.

—¿Te las apañas solo? —preguntó al chico que hasta el momento había defendido la trinchera a su lado. Era uno de los recién llegados que al comienzo ignoraba el miedo y ahora desafiaba a la muerte.

—Claro, mi cabo. Pero los cadáveres..., a lo mejor alguien puede... —El joven volvía a disparar, pero Jack sabía a qué se refería. Aquello era el caos: mezcla de restos del encofrado, pedazos de cuerpos humanos y alambre de espinos, y el suelo se había convertido en una masa pastosa y sanguinolenta.

Jack tuvo que orientarse antes de distinguir al comandante y a Roly en un rincón de la trinchera. El joven se acuclillaba en un nicho, lo más lejos posible de los cañones y medio cubierto por la suciedad y los escombros, temblando y llorando como un niño.

—La mina, la mina, señor Tim...

—¡Soldado, póngase en pie y tome el arma! —El comandante Hollander avanzó hacia el chico, pero ni siquiera esto hizo que Roly recuperase el sentido.

Jack se abrió camino a través de la sangre y los escombros y se plantó entre su amigo y el comandante.

—Señor, no puede, señor... Ya se lo había contado. Deje que se vaya cuando lleguen los de rescate, se encuentra en estado de pánico...

—Yo lo llamo cobardía ante el enemigo, McKenzie. —El comandante hizo el gesto de ir a tirar violentamente de Roly para que se levantara.

Antes de que lo consiguiera y Jack lograra responder de alguna forma, una granada explotó a sus espaldas. Una vez más saltaron turcos a la trinchera, aullando de dolor cuando el alambre de espinos les desgarró la piel y el uniforme. Jack buscó al muchacho de la isla Norte antes de que empezara la lucha cuerpo a cuerpo. También el chico yacía en el suelo y gritaba. La granada le había arrancado el brazo derecho y su sangre se mezclaba con la del enemigo. El comandante Hollander luchaba impasible con la bayoneta.

—¡Sanitarios!

Nadie se preocupaba del joven que se lamentaba en un rincón del búnker; las tropas de rescate tenían otras preocupaciones: cumplían su tarea bajo un fuego endiablado y sufrían también sus pérdidas.

En un momento dado, Jack dejó de pensar. Golpeaba a ciegas, disparaba, había perdido completamente la noción del tiempo. ¿Había hecho en su vida algo más que matar a seres humanos? ¿Haría otra cosa más que vadear sangre? ¿A cuántos había aniquilado? ¿Cuántos llegaban a morir en el asalto suicida de las trincheras?

Llegó el mediodía antes de que la oleada de ataque se aplacara. Los turcos parecieron percatarse de que la batalla no iba a ganarse así. Hacia las cinco, el fuego se interrumpió, salvo por algún disparo de hostigamiento.

El comandante Hollander, cubierto de sangre y mugre como sus soldados, consultó el reloj de bolsillo.

—*Teatime* —anunció impasible.

Agotado y con una irremediable sensación de vacío, Jack dejó caer su fusil. Ya había pasado todo. Alrededor de él se amontonaban los cadáveres de amigos y enemigos, pero él vivía. Dios parecía no querer a su lado a Jack McKenzie.

—Sacad esta porquería de aquí y luego empezad la retirada. —El comandante señaló a los rivales muertos que yacían, en parte horrorosamente despedazados y mutilados, en las trincheras. Hasta el momento el destacamento de rescate no había dado abasto para retirar los cadáveres, pues como era comprensible se había cuidado primero de los heridos—. La reserva ocupará la trinchera...

El comandante empujó con el pie uno de los cuerpos, como si quisiera de este modo dar más énfasis a su orden. De repente el hombre se movió.

—Tan oscura... La mina, tan oscura... El gas..., si se quema...

—¡Roly! —gritó Jack, agachándose a su lado—. Roly, no estás en la mina... Tranquilízate, Roly...

—¿Ese gallina todavía está por aquí? —El comandante se arrojó sobre el quejumbroso Roly y, tras arrancar una tabla que le había ofrecido cobertura, le propinó un brutal gancho en la mandíbula—. ¡El muy cobarde se ha cagado de miedo en los pantalones!

Esto último era innegable: Roly olía a orina y excremento.

—¿Dónde está su arma, recluta?

Roly no parecía entender las palabras. El arma no se veía por ningún sitio. Debía de estar en algún lugar, bajo la masa de tierra y sangre.

—¡Póngase en pie! Y venga conmigo, queda usted arrestado. Ya veremos qué hacemos con usted. Si de mí depende, se le someterá a un consejo de guerra por cobardía ante el enemigo.

El comandante apuntó con su arma a Roly, quien de forma refleja levantó las manos y se enderezó mientras caminaba dando trompicones ante el oficial.

Jack le habría ayudado, pero al principio no tuvo ninguna oportunidad. Estaba demasiado cansado para pensar y en extremo agotado para hacer algo. Consideró que también el comandante debía de hallarse al límite de sus fuerzas. No haría fusilar de inmediato a Roly.

Jack recorrió tambaleándose las trincheras y con él otros soldados igual de extenuados.

—Cuarenta y dos mil... —decía uno—. Decían que eran cuarenta y dos mil. Y diez mil están muertos...

Jack ya no sentía el horror ni tampoco el triunfo. Se dejó caer en su catre y se dejó vencer por el sueño. Esa noche todavía no le atormentaron las pesadillas. Ni siquiera tenía fuerzas para temblar de frío.

—¡Albert Jacka recibe la Cruz Victoria! —anunció uno de los hombres sentados junto al fuego—. ¡Es el primer australiano! ¡Pero también se la ha ganado! Se cargó prácticamente él solo a los hombres que estaban en Courtney's Post. Y eso que ya habían ocupado las trincheras. ¡Increíble!

El sol volvía a brillar sobre Galípoli. Los victoriosos defensores se reunían junto a cientos de hogueras, comían el desayuno a cucharadas e intercambiaban hazañas de guerra. Algunos ya se bañaban en la cala, aunque todavía hacía frío. Los hombres, no obstante, querían librarse del olor a sangre y pólvora, y el mar era la única bañera de que disponían. Los turcos disparaban a los nadadores sin su energía habitual. Por lo general apuntaban sin gran entusiasmo a los bañistas, quienes, por su parte, bromeaban sumergiéndose antes de que las balas los alcanzaran. Pero esa mañana, los enemigos recogían a sus muertos. No se trataba de una tregua oficial, negociada por los generales, sino simplemente de un acto de humanidad. Los australianos y los neozelandeses izaban los cuerpos al borde de las trincheras y no disparaban a los hombres del destacamento de rescate turco. Si bien apuntaban a los enemigos con sus fusiles, cuando veían los brazaletes blancos en los uniformes se abstenían de atacar.

Jack había verificado que los supervivientes de su compañía estaban bien, que les habían dado de comer y, sobre todo, que tenían agua para lavarse. Una parte de los buscadores de oro no eran muy dados a la limpieza y los oficiales ingleses enseguida reprendían a los responsables cuando los hombres no aparecían correctamente vestidos. A Jack casi se le escapaba la risa al pensarlo. Por una parte, orden y pulcritud; por la otra, caminar con la sangre hasta las rodillas. Por más que para entonces ya habían limpiado las trincheras, Jack no cesaría de ver ante sus ojos a los hombres que casi se habían descarnado con el alambre de espinos, ni el rostro del joven a quien casi había arrancado la cabeza con la pala.

Jack se dirigió a la playa en busca de Roly. ¿En dónde diablos lo tendría arrestado el comandante?

Ya el primer sanitario a quien Jack preguntó le indicó el camino a la «cárcel».

De los indomables grupos que Australia y Nueva Zelanda habían mandado a la guerra surgían sin cesar hombres que incluso en el campo de batalla se pasaban de los límites. Sin ir más lejos, la vigilia de la batalla, dos hombres habían sido detenidos por estar borrachos y solo uno de ellos pudo ser enviado a combatir contra los turcos al mediodía. No tardó en ser alcanzado por un disparo y en esos momentos se encontraba en el hospital de campaña. El otro había estado recluido hasta esa mañana y esperaba el proceso, aunque todavía no estaba claro si iban a inculparlo por perturbar el orden, cobardía ante el enemigo o deserción. Jack encontró la instalación penitenciaria improvisada en una tienda de la playa, guardada por un sargento de edad más avanzada y dos jóvenes soldados.

—¿A quién busca? ¿Al gallina? Hasta hoy no hemos conseguido que recuperara la cordura, ayer no estaba en condiciones de hablar. Estaba totalmente fuera de sí... Ya quería llamar a un médico, pero los sanitarios tenían otras tareas que cumplir. Y ahora se recupera. Se muere de vergüenza e insiste en contarme algo de una mina. —El sargento removía tranquilamente el té—. Por lo visto ahí se le cayó no sé qué en la cabeza...

Jack se sentía algo aliviado, pero por otra parte, el hecho de que mantuvieran a Roly bajo arresto aunque su estado se hubiera normalizado no presagiaba nada bueno.

—¿Qué sucederá ahora con él? —preguntó—. El comandante Hollander...

—Si por él fuera, lo fusilaríamos ahora mismo. Cobardía ante el enemigo... —señaló el sargento—. ¿Quiere un té?

Jack rechazó la invitación.

—¿Puede hacerlo? —inquirió preocupado—. Me refiero a que...

El sargento se encogió de hombros.

—Es probable que lo envíen a Lemnos, ante un consejo de guerra. Como a los demás. Si los fusilasen después... En el fondo sería un derroche, ¿no? Creo que estos asuntos suelen acabar en un batallón de castigo. Lo que al final concluye con el mismo resultado, pero antes pueden cavar unas cuantas trincheras en Francia.

—¿En Francia? —repitió Jack, horrorizado.

El hombre asintió.

—No serán suficientes para formar un batallón de castigo puramente australiano. Los tipos son insubordinados, pero de cobardes no tienen nada. ¿Quiere ver al sujeto ahora?

Jack negó con la cabeza. No serviría de nada hablar con Roly, no podía ofrecerle ningún consuelo. Debía hacer algo. ¡Antes de que se lo llevaran a Lemnos! Si el proceso comenzaba, seguro que no había forma de frenarlo.

Jack dio las gracias al amable intendente de la prisión y corrió hacia el hospital.

—¿El hospital de campaña...? ¿Dónde puedo encontrar al comandante Joseph Beeston? —preguntó Jack a un sanitario.

—Debe de estar operando. Desde ayer todos están en servicio... —El hombre conducía a un herido, a ojos vistas confuso y con la cabeza vendada, a una de las tiendas—. Todos los médicos están en aquellas tiendas de allí, pregunte simplemente por él. Aunque es posible que tenga que esperar. ¡Aquello es tremendo!

Jack tuvo que hacer un esfuerzo para entrar en las carpas donde habían instalado los improvisados quirófanos. Un sanitario salía en ese momento con bolsas ensangrentadas. Jack distinguió vendas de gasa, pero también miembros amputados. Tuvo que contener las náuseas cuando le llegó flotando desde el interior el olor dulzón de la sangre mezclado con los vapores de lisol y éter.

En la tienda se oían gemidos y gritos, y el suelo estaba cubierto de sangre; los hombres no daban abasto para limpiar. Los médicos trabajaban en mesas distintas.

—¿Comandante Beeston? —Jack se dirigió al azar a uno de los médicos, que, con la mascarilla y el delantal, apenas eran reconocibles. Delantales de carnicero...

—Ahí atrás, la última mesa de la derecha... Junto al perro...
—El médico señaló con el bisturí impregnado de sangre hacia la dirección mencionada.

Jack lanzó una mirada hacia donde le indicaba y reconoció a *Paddy*. El perrito se encontraba en el rincón más alejado de la tienda y parecía totalmente alterado. La forma en que jadeaba y temblaba cuando llegaban desde fuera los fogonazos casi le hizo pensar en Roly.

—¿Comandante Beeston? ¿Podría...? ¿Puedo hablar con usted un segundo?

El médico se dio media vuelta y Jack distinguió una mirada agotada detrás de los gruesos cristales de las gafas. El delantal de Beeston, que tenía los brazos ensangrentados hasta el codo, estaba igualmente embadurnado de sangre. El hombre parecía intentar desesperadamente remendar algo en los intestinos de su paciente.

—¿Le conozco...? ¡Pues claro, soldado McKenzie! ¡Aunque ahora ya es cabo! ¡Felicidades! —El comandante Beeston esbozó una débil sonrisa.

—Debería hablar un momento con usted —repitió Jack, apremiante. Era seguro que zarpaban barcos hospital sin cesar hacia Lemnos. A alguien podía ocurrírsele la idea de mandar en ellos a los reclusos.

—Por supuesto —respondió el médico de campaña—. Pero ahora no. Tiene que esperar. Cuando... cuando acabe con esto haré un descanso. En algún momento llegarán refuerzos de Lemnos, aquí no damos abasto. En cualquier caso... Espéreme en el «casino» o como quiera que llamen a esa choza. Cualquiera le indicará dónde está. Y si se atreve, llévese a *Paddy*. El pobre está al borde del colapso... —Beeston volvió a concentrarse en el paciente.

Jack intentó que el perro abandonara su rincón. Cuando el animal avanzó dos pasos hacia él, arrastrando la barriga y gimoteando, Jack consiguió atarlo con una cuerda y logró hacerlo salir de la tienda. Una vez fuera, *Paddy* se precipitó hacia los barcos.

—Un perro listo —observó Jack—. Son muchos los que hoy querrían estar ahí. Y ahora, ¿dónde está el casino?

El calificativo de «choza» que había empleado el comandante Beeston se ajustaba mucho más al cobertizo de lona y tablas de encofrado en que los médicos realizaban, entre operación y operación, breves descansos. Cuando Jack se introdujo, un joven oficial de sanidad dormía profundamente en un catre y un joven médico de cabello oscuro tomó un buen trago de una botella de whisky, se remojó el rostro con agua de una palangana y salió de nuevo a toda prisa.

Jack decidió esperar fuera de la tienda y se entretuvo haciendo un par de ejercicios de adiestramiento con *Paddy*. El perro se tranquilizó y pronto empezó a obedecer de buen grado las indicaciones. También a Jack le sentó bien la actividad, que por un breve tiempo le permitió olvidarse de las imágenes de la lucha cuerpo a cuerpo en la trinchera.

—¡Chico listo! —elogió Jack al pequeño y satisfecho perro sin raza. De repente le inundó una intensa nostalgia. ¿Qué le había movido a abandonar Kiward Station, los collies y las ovejas para meterse ahí, en el fin del mundo, y disparar a hombres con los que no tenía ningún trato?

—¡Tiene buena mano con los perros! —exclamó el comandante Beeston, impresionado, cuando apareció más de dos horas después, todavía más agotado que antes. Había habido más operaciones que las que él habría querido hacer—. Tendría que haber dejado a *Paddy* en el barco. Solemos dormir ahí... Pero ayer...

—Ayer todos llegamos al límite de nuestras fuerzas —prosiguió Jack—. Unos más que otros...

—¡Entre! —El comandante Beeston le sostuvo abierto el acceso a la tienda y fue en busca de una botella de whisky. Seguía siendo lo suficiente formal para llenar dos vasos—. ¿Deseaba alguna cosa?

Jack sí deseaba algo.

—¿Y qué puedo hacer yo por usted? —preguntó el médico de campaña.

Jack se lo explicó.

—No sé... Bueno, estoy en deuda con usted, pero aquí tampoco necesito a un cobardica. Y cobardía ante el enemigo...

El comandante Beeston bebió un trago de whisky.

Jack sacudió la cabeza.

—El soldado O'Brien no es un cobarde. Al contrario: tras el combate del cabo Helles lo elogiaron por haber retirado a dos heridos de las líneas enemigas. Y durante el asalto de esa colina increíble también luchó en el frente. Pero tiene claustrofobia. Pierde la cabeza en las trincheras.

—Nuestras tropas de rescate también han de meterse en las trincheras —objetó Beeston.

—Pero al raso. Y justo por eso nadie se disputará su puesto, ¿no es así? —preguntó Jack—. Dejando aparte que sin duda usted no querrá que el chico trabaje con la división de rescate. Un asistente experimentado...

Beeston frunció el ceño.

—¿Tiene el joven experiencia como sanitario?

Media hora más tarde, el comandante Beeston solicitaba formalmente al comandante Hollander que pusiera a disposición del servicio sanitario al soldado Roland O'Brien.

—¡Sería una lástima enviarlo a una compañía de castigo, comandante! Según su amigo, este individuo es un asistente con experiencia, lo instruyó una enfermera de la guerra de Crimea. Es una Florence Nightingale en varón. ¡A ese no lo haremos trabajar en Francia!

Una hora más tarde, Jack McKenzie respiraba tranquilo: Roly estaba salvado. No obstante, escribió a Tim Lambert a Greymouth. Valía la pena tener otra opción.

A continuación escribió a Gloria. No quería ser un lastre y no estaba seguro de que fuera conveniente enviar la carta, pero si no hablaba con alguien de la guerra, se volvería loco.

7

Cuando pasados unos meses Gloria llegó por fin a Sídney, estaba preparada para odiar al mundo entero. Detestaba profundamente a los clientes que la utilizaban sin el menor escrúpulo y que no estaban dispuestos a pagar el menor recargo por los «servicios especiales». Más de una vez tuvo que sacar el puñal para forzar a los hombres a que le dieran lo convenido (si bien le costaba creer que la mayoría de las veces aquello diera resultado). Los provincianos, en realidad tipos más bien inofensivos que solo querían aprovechar la oportunidad de utilizar a una criatura todavía más débil y más desamparada que ellos, se resignaban cuando veían brillar el acero. Un canalla como el camarero la habría desarmado fácilmente y hasta es posible que se hubiera vengado con sangre. Pero tal vez los hombres se asustaban al descubrir el odio y el ansia de matar en los ojos de Gloria cuando empuñaba el cuchillo. Mientras cumplía su tarea, daba la impresión de ser tranquila y vulnerable y recogía el dinero por sus servicios sin pronunciar palabra. Pero en cuanto se negaban a darle la paga, se convertía en una furia.

Gloria también odiaba a las otras rameras que se negaban a aceptarla en su zona. No fueron pocas las veces que tuvo que emplear el cuchillo. Las chicas estaban demasiado endurecidas para reaccionar ante simples amenazas y la mayoría de ellas luchaban mejor que Gloria. Dos veces acabó en la dura calle, molida a palos, y en una ocasión su rival le robó también las ganancias del día. Aun así, Gloria no constituía una gran competencia para las otras putas. Los hombres que la reclamaban buscaban algo distinto a los servicios habituales.

Al principio, la muchacha no comprendía por qué sucedía esto, pero luego se percató de que lo que fascinaba a los hombres era que llevase la cabeza rapada. Al empezar había temido que su aspecto fuera en detrimento del negocio, hasta que cayó en la cuenta de que justo los hombres de una índole peculiar encontraban irresistible la visión del cuero cabelludo. Como consecuencia, Gloria volvía a afeitarse en cuanto le crecía el cabello. Además, era práctico para acabar con los insectos, pues aunque ya no practicaba su oficio en condiciones tan atroces como en el *Niobe*, también en los heniles y cobertizos del puerto adonde llevaba a sus clientes había sin duda pulgas. Lo que prefería era ir a una playa. Era más limpio y el sonido del mar la mecía mientras los clientes gozaban de sus servicios.

Gloria también odiaba a las mujeres respetables y a los tenderos a quienes compraba lo poco que comía. Odiaba su arrogancia cuando se encontraban con ella, a sus ojos una vulgar puta, y su falta de disposición para ayudarla de algún modo. Había tomado la costumbre de viajar vestida de chico y transformarse por las noches en una mujer. Con la ropa de hombre se sentía más segura y podía ocultarse con mayor facilidad de las otras rameras que gustaban de emplear el día en perseguir a la competencia «ambulante». Siempre con la esperanza de ahorrarse dinero en las comidas y así acumular más para el viaje a Nueva Zelanda, la joven no dejaba de pedir trabajo como chico. Habría sido fácil para los tenderos o las esposas de los campesinos de las granjas que jalonaban el camino pedir al joven que reparase un par de verjas, descargara un carro o cortara hierba a cambio de comida. Pero solo unos pocos aceptaban el trueque, la mayoría pedía dinero. En el mejor de los casos, Jack recibía alguna limosna por el camino: «¡Ve con Dios, pero ve!», le gritaron en más de una ocasión.

Los vagabundos no eran bien vistos en las ciudades provincianas de Australia. Una y otra vez se exhortaba al pretendido muchacho a alistarse en el ejército en lugar de deambular sin rumbo fijo por ahí.

Pero lo que más odiaba Gloria era el país en el que había caído. Provenía de Nueva Zelanda, y para ser más exactos de América, por lo que estaba acostumbrada a grandes recorridos, pero las distancias que había que salvar en Australia lo eclipsaban todo. Al principio del viaje, sobre todo, esto la había desesperado. Para ir de Darwin a Sídney tenía que cruzar el despoblado Territorio del Norte, que abarcaba cientos de kilómetros. Gloria no percibía la belleza de las regiones desérticas que atravesaba en trenes, a menudo a pie o en el coche de algún granjero compasivo o un buscador de oro con intenciones libidinosas. No veía las formaciones rocosas de brillos rojizos, ni los sorprendentes termiteros, ni las espectaculares salidas y puestas de sol, aunque a veces pensaba fugazmente que en otros tiempos lo habría dibujado todo. Pero eso había sido en otra vida, y en lo que concernía al presente..., Gloria no tenía vida. Consideraba su existencia como una transición. Cuanto menos reflexionara en dónde estaba y qué hacía, más fácil le resultaría olvidarlo todo después. Cuando cerraba los ojos veía ante sí las llanuras de Canterbury, los exuberantes pastizales, las ovejas y los Alpes Neozelandeses al fondo. Y tenía miedo de que este último sueño llegara a disiparse si no se daba suficiente prisa.

Gloria evitaba las poblaciones de los aborígenes, los nativos del país, pero se dirigía resuelta hacia los buscadores de oro y sus asentamientos. Como muchacho, intentó encontrar trabajo lavando oro, pero sin una concesión propia y sin el conocimiento preciso en la materia habría tardado años en obtener dinero suficiente para seguir el viaje. Como puta ganaba más, si bien en los campamentos era recomendable ser prudente. La mayoría de los buscadores de oro eran tipos rudos y solo accedían a pagar una vez que les habían dado lo que buscaban. Entonces llegaban a ser extraordinariamente generosos, pero a veces también se abalanzaban en grupo sobre Gloria y al final se negaban a pagar. La joven no se atrevía a sacar el cuchillo cuando ellos eran más.

En cualquier caso, Gloria suspiró aliviada cuando, tras errar durante semanas, volvió a ver el mar y pudo pasar de un pueblo costero a otro sin demasiados problemas. No se fijó en los nombres de las poblaciones, de las ciudades ni de los puertos. Para ella todo era igual, el paisaje se fundía en un desierto y una playa, los rostros de los hombres en una sola mueca. Lo único que Gloria pensaba era seguir avanzando. Pese a ello, tuvo que soportar meses de dolor, miedo y humillación hasta que por fin llegó a Sídney. Jack tendría que transformarse definitivamente en Gloria, pues sus documentos presentaban ese nombre. Durante el trayecto había sacado en repetidas ocasiones el pasaporte, a veces temblando cuando no lo encontraba a la primera en el bolsillo interior de su ropa de hombre. En el ínterin los papeles se habían manchado, humedecido en el agua salada y arrugado, pero seguían siendo válidos.

Gloria Martyn..., hacía tiempo que el nombre le resultaba ajeno. Cuando pensaba alguna vez en el ser en que se había convertido se llamaba a sí misma Jack. Reflexionó brevemente si el hecho de emplear los documentos conllevaba el peligro de que la descubrieran y la enviaran de vuelta con sus padres, pero lo consideró improbable. Tal vez si hubiera sido una criminal habitual, pero una chica huida de San Francisco... La mayoría de la gente seguramente se imaginaría una historia de amor. Como Lilian... Gloria apenas si lograba dar crédito a que tal vez pronto volviera a ver a su alegre primita.

En las últimas semanas, Gloria se había dejado crecer de nuevo el cabello y al llegar a Sídney ya revoloteaban en torno a su delgado rostro algunos bucles de color pajizo. Adquirió en un almacén dos trajes de viaje. No eran caros, pero tampoco de la peor calidad. Pese a que había tenido que «trabajar» más tiempo, Gloria estaba decidida a comprar un billete de segunda clase. No soportaría la entrecubierta una vez más, ni siquiera como pasajera.

El primer barco rumbo a Nueva Zelanda se dirigía a Dunedin. En eso, Gloria tuvo suerte. Había estado debatiéndose con el dilema de si esperar un pasaje para la isla Sur o zarpar lo antes posible, aunque la travesía fuera a la isla Norte. Más fastidioso era el hecho de que el *Queen Ann* no zarpara hasta una semana después. Gloria se debatía consigo misma. ¿Debía pasar el tiempo de espera como Jack en un albergue masculino y ahorrar así el dinero, o pagarse una habitación? Lo último acabaría con sus últimas reservas de dinero. La opción más lucrativa, trabajar unos cuantos días más, la rechazó de inmediato. ¡No debía correr más riesgos! Después de todo lo que había pasado, no quería ser víctima del ataque de otras prostitutas ni que, en su papel de Jack, los hombres le robaran el pasaje del barco.

De repente Gloria fue presa de un ataque de pánico. ¿Qué sucedería si la reconocían en el control de pasaportes? ¿Y si el *Queen Ann* naufragaba? ¿Y si alguno de los miembros de la tripulación del *Mary Lou* o del *Niobe* viajaba en ese barco y la reconocía? ¿Y cómo se planteaba llegar hasta su casa? El abuelo James había muerto, pero ¿viviría todavía la abuela Gwyn? En el tiempo que había transcurrido, ¿habrían Kura y William, iracundos porque Gloria se había escapado, vendido Kiward Station? En tales circunstancias, ¿era ella culpable de que Jack y la abuela Gwyn perdieran su hogar? Gloria no quería pensar en él. ¿Lo odiaría como odiaba a todos los hombres?

Gloria pasó el tiempo que quedaba hasta la partida recluida en la habitación de una pensión barata, sola y angustiada. De Sídney, una ciudad pequeña y bonita, que se había desarrollado a partir de una colonia penitenciaria, la muchacha no vio nada más que las instalaciones portuarias. Port Jackson era un puerto natural, una bahía que penetraba profundamente en la tierra, dando refugio a las embarcaciones y los embarcaderos. Sin embargo, Gloria seguía sin apreciar las bellezas naturales. Para ella, un puerto no era más que un lugar lleno de peligros y de escoria humana.

Invirtió el dinero que le quedaba en un coche de alquiler para no tener que ir a pie por el barrio del puerto y casi embarcó corriendo en el *Queen Ann*. Gloria se sintió al borde de las lágrimas de puro alivio cuando le indicaron amablemente su camarote. Compartía la pequeña habitación con una entusiasta muchacha que viajaba con sus padres a Nueva Zelanda. Esta contó diligente que su madre había nacido en Queenstown, pero que se había casado en Australia. Ahora el padre tenía que instalarse en la isla Sur por razones laborales y se llevaba a su familia. Henrietta y sus dos hermanos por fin conocerían a sus abuelos.

—¿Y tú? —preguntó la muchacha, curiosa.

Gloria contó pocas cosas. La alegre compañera de viaje la sacaba de sus casillas, como antes sus compañeras de Oaks Garden. No tardó en volver a adoptar su comportamiento anterior, mostrándose silenciosa y huraña. Henrietta enseguida empezó a evitarla.

La travesía era bastante larga y la compañía naviera ofrecía a los pasajeros de primera y segunda clase algunos entretenimientos. Gloria habría preferido soslayarlos: dudaba entre el deseo de pasar el tiempo en cubierta buscando inútilmente con la mirada las costas de su hogar y el impulso de esconderse en su camarote. De todos modos, el baile y las funciones musicales siempre se desarrollaban en las comidas y Gloria aprovechaba cualquier oportunidad para hartarse de comer. En Australia había pasado hambre casi de forma constante y ahora no perdería ninguna posibilidad de disfrutar de los platos por los que había pagado con el pasaje. Al principio le resultó difícil recordar los formalismos sociales. Había engullido pan y queso a toda velocidad demasiadas veces, en un intento de evitar que otro vagabundo más fuerte le arrebatara el alimento al joven Jack.

Las comidas periódicas y el ordenado comedor del barco, no obstante, despertaron en ella el recuerdo de Oaks Garden. Gloria se comportaba como en el internado: ocupaba su puesto con la vista baja, deseaba a sus compañeros de mesa que les aprovechara la comida sin mirarlos y daba cuenta de sus platos lo más deprisa posible. Puesto que habría sido descortés levantarse justo después de terminar, se quedaba el tiempo que duraban las representaciones musicales o de teatro, bebía vino a sorbos y tomaba algunas nueces que servían como acompañamiento. Cuando alguien le dirigía la palabra, ella contestaba con monosílabos. En general, conseguía desempeñar el papel de chica tímida y sumamente virtuosa. Solo en una ocasión, cuando un joven la invitó a bailar sin malas intenciones, volvió a aparecer su «yo de transición». Lo miró con tal odio que él casi se cayó de espaldas y Gloria se asustó de sí misma. Si él la hubiera tocado, sin duda habría sacado el cuchillo, que todavía llevaba consigo. Desde ese incidente, la pequeña Henrietta le tenía miedo. Gloria contaba los días que faltaban para acabar el viaje.

Y entonces apareció en el horizonte, por fin, Nueva Zelanda, Aotearoa. Gloria había soñado con la gran nube blanca, pero de hecho arribaron a Dunedin no al amanecer, sino a mediodía, y las nubes otoñales con cuya presencia ella contaba ya se habían disipado. Pese a ello, desde el barco se distinguía la silueta de la montaña detrás de la bonita ciudad de Otago. El capitán señaló a los pasajeros de primera y segunda clase la colonia de albatros de la península de Otago y todos reaccionaron con las exclamaciones propias de las circunstancias ante las imponentes aves que trazaban círculos en el aire.

Gloria estrechaba entre sus dedos el hatillo de ropa con tanta fuerza que casi habría desgarrado la gastada tela. En casa... Por fin estaba en casa. Había oído decir que los inmigrantes, en los tiempos de la abuela Gwyn, se hincaban de rodillas y besaban el suelo cuando llegaban con vida a la nueva tierra, y ella comprendía ese sentimiento. Experimentó un alivio inmenso cuando el *Queen Ann* arribó a Port Chalmers.

—¿Qué planes tiene ahora, señorita Martyn? —preguntó sin demasiado interés el padre de Henrietta, que estaba a su lado y se esforzaba hasta el último momento en entablar una conversación amable con la extraña muchacha.

Gloria lo miró y tomó conciencia de que no sabía la respuesta. El objetivo de sus planes había sido Nueva Zelanda, pero exactamente lo que haría al llegar....

—Iré a ver a mi familia —contestó con el tono más resuelto de que fue capaz.

—Entonces le deseo mucha suerte. —El señor Marshall había descubierto a un conocido en la cubierta y dejó a Gloria, que respiró aliviada. Tampoco había mentido. Claro que quería ir a Kiward Station, aunque...

—Los viajeros a Dunedin suelen coger el tren —informó un camarero—. El ferrocarril circula de forma periódica y llega sin problemas a la ciudad.

—¿No llegamos a Dunedin? —susurró Gloria.

El joven sacudió la cabeza.

—No, señorita, Port Chalmers es un lugar autónomo. Pero lo dicho, no hay problema...

Siempre que se tuviera en el bolsillo más dinero que un par de centavos australianos. Gloria estaba segura de que no podía pagar el trayecto en tren, pero de alguna forma eso no le parecía tan importante. Estaba como en trance cuando bajó la escalerilla y volvió a pisar, por fin, suelo neozelandés. Sin meta ninguna anduvo junto al mar, se sentó en un banco y contempló el agua serena de la bahía. Se había imaginado muchas veces los gritos de alegría que lanzaría cuando alcanzara Nueva Zelanda, sin embargo, todo lo que sentía en esos momentos era vacío. No desesperación, ni miedo, ni desdicha, pero tampoco alegría. Gloria no tenía ni idea de lo que iba a hacer, pero eso no la preocupaba. Se quedaría sentada hasta... Lo ignoraba.

—Buenas tardes, señorita. ¿Puedo ayudarla de algún modo?

Gloria se estremeció al oír a sus espaldas una voz masculina. De forma instintiva quiso buscar el cuchillo, pero antes se dio media vuelta. Era un hombre con el uniforme de alguacil.

—No, yo... Solo estoy descansando... —titubeó Gloria.

El agente asintió, pero frunció el ceño.

—Lleva dos horas descansando —contestó echando un vistazo al reloj de bolsillo—. Y empieza a oscurecer. Si tiene usted un lugar adonde ir, debería darse prisa en llegar. Y si no tiene ninguno, le recomendaría que se lo planteara. En caso contrario, habré de inventarme algo. No tiene usted aspecto de ser una prostituta que trabaje en el puerto, pero forma parte de mis obligaciones evitar que a las jovencitas se les ocurran ideas absurdas. ¿Me ha entendido?

Gloria contempló al hombre con mayor detenimiento. Era de mediana edad, corpulento y no inspiraba temor, pero estaba en lo cierto. Ella no podía quedarse en el puerto sentada en un banco.

—¿De dónde es usted, señorita? —preguntó el policía cortésmente, cuando distinguió su expresión confusa.

—De Kiward Station —dijo Gloria—. Llanuras de Canterbury, Haldon.

—¡Por todos los santos! —El policía puso los ojos en blanco—. Hoy ya no le da tiempo de llegar hasta allí, hija mía. ¿No conoce nada más cercano?

Gloria se encogió de hombros.

—¿Queenstown, Otago? —preguntó de forma mecánica. Allí vivían los abuelos de Lilian, si bien Gloria solo los había visitado una única vez.

El agente sonrió.

—Está más cerca, jovencita, pero no precisamente a la vuelta de la esquina. Estaba pensando en algún sitio donde pudiera encontrar una cama hoy. Si no puede ser en Port Chalmers, ¿qué tal en Dunedin?

Dunedin. Gloria había escrito miles de veces el nombre en los sobres de las cartas. Claro que conocía a alguien en Dunedin. Si es que no se había mudado a otro lugar, cambiado de empleo o casado. Había pasado mucho tiempo desde la última vez que había escrito a Sarah Bleachum.

—¿La escuela femenina Princess Alice? —susurró.

El agente asintió.

—¡Eso es! —exclamó—. Se encuentra entre el centro de la ciudad y Port Chalmers, así que no queda muy lejos.

—¿A cuántos kilómetros? —inquirió Gloria.

—A unos ocho kilómetros —calculó.

Gloria asintió resuelta.

—Bien, puedo ir caminando. ¿En qué dirección? ¿Hay una carretera en buen estado?

De nuevo su interlocutor frunció el ceño.

—Dígame, pequeña, ¿de dónde ha salido usted? ¿Directamente del desierto? Claro que hay carreteras en buen estado alrededor de Dunedin, y una línea de ferrocarril. Seguro que hay una parada cerca de la escuela. Aunque el último tren ya debe de haber salido. Le buscaré un coche de alquiler. ¿Está de acuerdo?

—No tengo dinero —adujo Gloria.

—Ya me lo temía yo —declaró el policía con un suspiro—. Parecía tener problemas... Así pues, pensemos juntos. ¿Por qué le ha venido a la mente la escuela de chicas? Me refiero a si conoce a alguien allí.

—A Sarah Bleachum. Una profesora —contestó Gloria pacientemente. Seguía sin sentir nada, ni miedo ante la fuerza del orden ni el deseo de alojarse en algún lugar esa noche. Sarah Bleachum... pertenecía a otro mundo.

—¿Y cómo se llama usted? —preguntó el agente.

Gloria le dio su nombre. Aun existiendo el peligro de que la estuvieran buscando, ahora ya no la despacharían en el siguiente barco rumbo a América. Sus familiares vivían demasiado cerca.

—Pues bien, señorita Martyn, le haré la siguiente sugerencia. Aquí al lado hay una comisaría de policía, ¡no se asuste, no mordemos! Si no tiene inconveniente en acompañarme, llamaremos ahora mismo al Princess Alice. Y si en efecto hay ahí una señorita Bleachum que le tenga algo de aprecio, sin duda ella se encargará de los costes del coche de alquiler.

Unos minutos más tarde, Gloria estaba sentada ante una taza de té en la comisaría que el agente McCloud compartía con su colega McArthur. Los habitantes de Dunedin eran casi todos de origen escocés.

McCloud habló primero por teléfono con una tal señorita Brandon, luego con la señora Lancaster y finalmente se volvió hacia Gloria.

—Sí, cuentan con una señorita Sarah Bleachum, pero está dando clase... de astronomía. Qué asignatura más rara, ¡nunca habría pensado que a las chicas les interesara! La directora ha dicho, de todos modos, que la metiera en el coche y la enviara allí. Que ya se arreglaría con los costes.

Sonaba reconfortante, e inmediatamente después Gloria se arrellanaba en los cojines de un automóvil muy amplio en el que se esperaba tal vez que los pasajeros llevaran sombreros altos. El conductor atravesó Port Chalmers, no sin comentar las ventajas del alumbrado eléctrico de las calles que se había instalado hacía poco y luego las carreteras bien pavimentadas pero oscuras que llevaban a Dunedin. Gloria deseaba ver a la luz del día la carretera que circulaba en parte por regiones boscosas. Hayas del sur..., árboles col... Tal vez se sintiera menos irreal cuando volviera a ver la vegetación de su hogar.

El edificio de la escuela Princess Alice le recordó a Oaks Garden. No obstante, era más pequeño y arquitectónicamente más bonito, una construcción alegre con torrecillas y balcones, de arenisca clara, típica de la zona. Un paseo conducía hasta allí. El corazón de Gloria empezó a latir con fuerza cuando el conductor se detuvo delante de la escalinata. Si la señorita Bleachum no la reconocía o no quería saber nada de ella..., ¿qué haría para pagar el viaje en taxi?

El conductor la acompañó escaleras arriba hasta una recepción donde una hospitalaria chimenea mantenía alejado el frío otoñal. Había muebles de madera de kauri, sillones, sofás y mullidas alfombras. Una mujer ya mayor y algo entrada en carnes abrió sonriente la puerta.

—Soy la señora Lancaster, la directora —se presentó, y pagó antes de nada al conductor—. Y ahora tengo curiosidad por saber quién nos ha llegado desde Australia. —Sonrió a Gloria—. También la señorita Bleachum, por otra parte. No conoce a nadie de allí.

Gloria buscaba nerviosa una respuesta que aclarase la situación cuando vio a la señorita Bleachum bajar las escaleras que conducían a la sala. Su profesora había envejecido un poco, pero los años habían sido benignos con ella. No se la veía tan insegura como antes, ahora Christopher Bleachum no la habría sometido como en otros tiempos. Sarah Bleachum se mantenía erguida y se movía con pasos firmes pero balanceándose. Tenía el cabello recogido en un moño y ya no parecía avergonzarse de sus gafas de gruesos cristales. En cualquier caso, no pareció vacilar cuando distinguió a los desconocidos en la sala.

—¿Una visita para mí? —preguntó con su voz cordial y velada. Gloria la habría reconocido entre miles, pero la señorita Bleachum contempló primero al conductor.

—Soy yo —susurró Gloria.

La profesora frunció el ceño y se acercó. Pese a las gafas, no acababa de ver bien.

—Gloria —murmuró la mujer—. Gloria Martyn.

Por una fracción de segundo, la señorita Bleachum pareció desconcertada, pero luego se le iluminaron los ojos.

—¡Hija mía, no te habría reconocido! —confesó—. ¡Qué mayor te has hecho! Y estás tan delgada..., parece que has pasado hambre. ¡Pero claro que eres tú! ¡Mi Gloria! ¡Y has vuelto a cortarte el pelo!

La señorita Bleachum corrió hacia la joven y la estrechó espontáneamente entre sus brazos.

—He estado tan preocupada por ti desde que dejaste de escribirme... —Sarah Bleachum acariciaba el cabello corto y crespo de la joven—. También tu abuela pasó miedo al principio. Me puse en contacto con ella hace un par de meses para preguntar por tu paradero y me dijo que te habías escapado y que no te encontraban. Siempre me lo había temido. Pero ahora estás aquí. Mi Gloria...

La muchacha asintió, embargada por la emoción. «Mi Gloria.» La Gloria de la señorita Bleachum, la Gloria de la abuela Gwyn... Sentía que algo se disolvía en ella. Y en ese momento se apoyó en el hombro de Sarah Bleachum y empezó a llorar. Al principio fueron unos sollozos breves y secos, luego llegaron las lágrimas. La profesora condujo a la chica a un sofá, se sentó y la atrajo a su lado. Mantuvo a Gloria abrazada, mientras la joven lloraba, lloraba y lloraba.

La señora Lancaster no salía de su asombro.

—Pobre chica —murmuraba—. ¿Es que no tiene madre?

Sarah levantó la vista y sacudió apenas la cabeza.

—Es una larga historia... —respondió con voz cansina.

Gloria lloró toda la noche y la mitad del siguiente día. De vez en cuando, muerta de agotamiento, la vencía un sueño liviano del que despertaba para volver a llorar. Sarah y la señora Lancaster habían conseguido que subiera las escaleras camino de la habitación de la antigua institutriz, adonde la directora envió sopa y pan para las dos. Gloria engulló la comida para volver a gemir y llorar de nuevo.

La señora Lancaster —un tipo de directora totalmente distinto al de la severa señorita Arrowstone— concedió el día libre a Sarah. De este modo, la profesora se quedó junto a Gloria hasta que la muchacha dejó de sollozar y se sumió en un profundo sueño.

Sarah Bleachum la arropó y fue a llamar a la puerta de la directora. La señora Lancaster estaba sentada al escritorio, pulcramente ordenado, y bebía té. Invitó a Sarah a tomar asiento y sacó una taza del elegante armario de pared del acogedor despacho.

—Debería telefonear —anunció Sarah, y dio un sorbo al té—, pero no estoy del todo segura...

—Está usted agotada, Sarah —observó la directora, tendiéndole una bandeja con pastas de té—. Quizá sea mejor que se acueste un rato. Yo misma puedo informar a la familia... Dígame tan solo dónde encontrar a los abuelos de la chica.

—Tal vez ella no lo desee —observó vacilante—. No me malinterprete, Gloria tiene aquí parientes que realmente la quieren, pero se han tomado demasiadas decisiones sin contar con ella. Preferiría esperar hasta que se reponga.

—¿Qué opina usted que le ha sucedido? —preguntó la directora—. En primer lugar, ¿quién es esta muchacha? Me ha parecido entender que se trata de una antigua alumna, pero ¿de dónde procede?

Sarah Bleachum suspiró.

—¿Puedo tomar otra taza de té? —pidió. Y a continuación contó la historia de Kura y Gloria Martyn.

—Al final no lo ha soportado más y se ha escapado. Aquello con lo que haya tenido que enfrentarse durante su viaje y en Australia escapa a mis conocimientos —concluyó la profesora—. Sé por la señora McKenzie que escapó del hotel de sus padres sin dinero ni equipaje, solo con el pasaporte. El resto únicamente puede explicárnoslo ella. Y hasta el momento no ha dejado de llorar.

La señora Lancaster movió la cabeza con aire reflexivo.

—Lo mejor es que no pregunte. Ya hablará cuando se decida. O callará.

Sarah frunció el ceño.

—¡Pero en algún momento tendrá que contarlo! No puede haber sido tan terrible como para guardárselo eternamente...

La señora Lancaster se ruborizó levemente, pero no bajó la vista. En su juventud no había sido profesora; se había casado y había vivido en la India con su marido antes de que él muriese y ella fundara la escuela con lo que él le había legado. Jane Lancaster era una mujer de mundo.

—¡Sarah, reflexione! Una muchacha sin dinero, sin ayuda, que ha vagado completamente sola por medio planeta... Tal vez es preferible no saber lo que la pobrecilla ha pasado. Hay recuerdos con los que solo se puede vivir cuando no se comparten con nadie...

Sarah enrojeció hasta las raíces del cabello. Hizo ademán de ir a preguntar algo, pero luego bajó la vista.

—No le preguntaré —susurró.

Cuando Gloria se despertó al día siguiente se sentía mejor, pero totalmente vacía. Seguía faltándole la energía para hacer o decidir algo, y agradecía que Sarah le diera tiempo. Esos primeros días seguía a la profesora como un perrito. Cuando esta daba clases a las alumnas mayores, dejaba que la joven participase y esperaba que se interesase por la asignatura. La escuela femenina Princess Alice tenía muy poco en común con Oaks Garden. En la primera, se ponía especial interés en las materias científicas. El objetivo era preparar a las alumnas para que estudiasen en la Universidad de Dunedin, que estaba abierta, sin límites, para las mujeres desde su fundación en 1869. La señora Lancaster, una mujer maternal, cuyo matrimonio para su gran pesar no había dejado descendencia, creaba un ambiente agradable. Claro que, como en todos sitios, las chicas cometían travesuras, pero el profesorado ponía freno a las rencillas y las burlas. Así pues, las chicas dejaron tranquila a Gloria y no se burlaban cuando se sentaba a un pupitre, inmóvil, y se quedaba contemplando la pizarra o la ventana sin participar, con la mirada perdida.

Cuando Sarah daba clase a las más jóvenes, Gloria esperaba delante del aula hasta que la señora Lancaster la descubría y le hablaba.

—¿No se aburre, Gloria? A lo mejor le apetece ayudarnos un poco.

Gloria hacía un gesto desganado, pero seguía obediente a la directora a la cocina. Cortaba verdura o pelaba patatas, mientras la alegre cocinera le hablaba. La mujer tenía antepasados maoríes y pasaba horas contando cosas de su familia y de la tribu de su madre; de su marido, que trabajaba en la escuela de conserje; y de sus tres hijos.

—Si vienes de una granja, a lo mejor prefieres ayudar en el jardín —sugirió amablemente—. Seguro que mi marido te encuentra algo...

Gloria, que solía escuchar sin decir nada, agitó asustada la cabeza. El conserje era un hombre mayor y paciente, del que no cabía esperar que fuera a abalanzarse sobre ella. Pero Gloria prefería evitar a cualquier varón.

A este respecto, se sentía muy cómoda en el Princess Alice. La escuela acogía solo a mujeres, no había ningún profesor varón. Excepto el conserje, únicamente el vicario accedía al edificio para celebrar la misa los sábados, pero Gloria, de todos modos, no acudía a la iglesia. Era obvio que sabía que en algún momento tendría que abandonar la escuela y algo en su interior anhelaba volver de nuevo a ver Kiward Station por fin. Si alguien le hubiera dicho durante su vagabundeo que solo un breve viaje en tren la mantendría alejada de Christchurch durante días, le habría tomado por loco. Pero ahora estaba como paralizada.

Ya podía repetirle Sarah Bleachum que la abuela Gwyn estaba preocupada por ella y que le daría la bienvenida con los brazos abiertos: Gloria tenía miedo del encuentro con la familia. La abuela Gwyn siempre detectaba cuando ella había hecho algo. ¿Qué sucedería si ahora no conseguía engañarla? ¿Qué sucedería si descubría en qué se había convertido su Gloria?

Todavía peor le resultaba pensar en Jack. ¿Qué opinaría de ella? ¿Tendría también el instinto de sus clientes, que siempre habían reconocido en ella a una puta?

Sarah veía con preocupación que su pupila empezaba a instalarse en el Princess Alice y al final decidió hablar con Gloria. Se reunió con la joven en la pequeña habitación que la señora Lancaster le había asignado. Gloria solo se metía en ella para dormir, de lo contrario, seguía a Sarah como una sombra. También habría preferido quedarse a su lado por las noches, pues sufría unas pesadillas terribles.

—Glory, esto no puede seguir así —dijo Sarah con dulzura—. Tenemos que informar a tu abuela. Ya llevas dos semanas aquí. Estás a buen recaudo, pero suponemos que seguirá estando preocupada por ti. Es cruel.

Los ojos de la joven volvieron a anegarse en lágrimas.

—¿Quiere que me vaya?

Sarah lo negó con un gesto.

—No quiero librarme de ti, Glory. ¡Pero no has recorrido medio mundo para enterrarte en un internado de Dunedin! Querías llegar a casa. ¡Ve a casa!

—Pero yo... no puedo, así... —Gloria se pasó nerviosa la mano por el pelo corto.

Sarah sonrió.

—La señorita Gwyn ni se fija en los tirabuzones. Ya te ha visto antes con el pelo corto, ¿te has olvidado? Y toda tu infancia has ido vestida con pantalones de montar. Para ver a tu abuela no tienes que engalanarte, ni para ver a tu perro.

—¿Mi perro? —preguntó Gloria.

Sarah asintió.

—¿No se llamaba *Nimue*?

En la mente de Gloria se agolparon los recuerdos. ¿Seguiría *Nimue* viva? Era joven cuando Gloria se fue. Desde entonces habían pasado ocho años...

—Y de todos modos, aquí no podrías quedarte —prosiguió Sarah—. Después de las vacaciones de verano la escuela se cerrará. La señora Lancaster ha decidido ponerla a disposición como hospital militar.

Gloria la miró desconcertada. Claro, había estallado la guerra. Pero no en Nueva Zelanda... Tampoco en Australia se había notado la contienda. De acuerdo, solicitaban voluntarios, pero en el país mismo no se combatía. ¿Para qué un hospital?

Sarah leyó todos esos interrogantes en el rostro de la joven.

—Glory, cariño, ¿nunca has oído hablar de un lugar llamado Galípoli?

8

Roly O'Brien se trasladó aliviado —si bien con cierta vergüenza de acabar ejerciendo de nuevo de enfermero— a la brigada de asistentes sanitarios del comandante Beeston. Allí sus resultados fueron excelentes.

—¡Ha vuelto usted a rendirme un servicio impagable! —exclamó satisfecho el comandante cuando Jack y él se encontraron en la playa una cálida tarde de julio—. El soldado O'Brien vale por dos.

El médico se dejó caer en la arena caliente. *Paddy* jugaba con las olas y alrededor reinaba la atmósfera de una excursión. Hacía semanas que en el frente reinaba la calma, era evidente que los turcos habían decidido limitarse a esperar. En la playa de Galípoli el enemigo no emprendía ninguna acción, por lo cual las fuerzas de combate que estaban ahí estacionadas no podían ser utilizadas en ningún lugar.

Jack hizo un gesto de rechazo.

—Sabía que Roly se desenvolvería bien, pero me hizo usted un favor enorme. A cambio de eso sería capaz de sacarle a su perrito del agua. Ya se ha acostumbrado también al ruido de los cañonazos...

Beeston se encogió de hombros.

—Apenas si se oye nada. Pero no es bueno que esto se prolongue. Estamos aquí para conquistar el acceso a Constantinopla, no para saltar olas —declaró señalando a unos soldados jóvenes que se divertían en el agua.

—¿Cree que van a atacarnos? —preguntó Jack, alarmado. Seguía cavando trincheras con sus hombres, ampliando sobre todo la red por el flanco norte de la línea de fuego. A Jack esto le confundía un poco, pues el entorno era allí extremadamente difícil, pedregoso e irregular. Un ataque solo sería factible con graves pérdidas. Por otra parte, los turcos nunca contarían con que sucediera allí...

—Sin duda. También han de llegar refuerzos, otras brigadas de sanitarios. Se calcula que se producirá un enorme derramamiento de sangre...

El comandante Beeston acarició a su perro.

—A veces me pregunto qué estoy haciendo aquí...

Jack no respondió, pero en el fondo opinaba que los médicos eran quienes tenían los motivos más justificados para estar en el frente. Aliviaban los dolores de los heridos. Para qué, de todos modos, iba uno a que le hiriesen... Ya hacía tiempo que se arrepentía de la decisión que había tomado en su día, aunque había conseguido alcanzar su objetivo: ya no pensaba día y noche en Charlotte. Las pesadillas en las que iba aniquilando turcos sin cesar y vadeaba en la sangre de las trincheras habían sustituido los sueños agridulces de su esposa, y durante el combate sus pensamientos se concentraban en sobrevivir. Tal vez la guerra no le había enseñado a olvidar a los muertos, pero sí a dejarlos en paz. Ya era lo bastante malo que ellos lo visitaran en sus pesadillas.

Para distraer sus pensamientos, ardía en deseos, como todos los hombres, de recibir cartas del hogar, del contacto con los vivos y de algo de normalidad. Jack se ponía contento como un niño cuando su madre le escribía y le hablaba de Kiward Station. También Elizabeth Greenwood le escribía de vez en cuando alguna carta, al igual que Elaine Lambert. Pero de Gloria no llegaba ninguna noticia, algo que a Jack lo inquietaba cada vez más. De acuerdo, el correo tardaba mucho hasta Estados Unidos y luego las cartas pasaban por una agencia que a su vez las enviaba a los músicos. Pero entretanto ya había transcurrido más de medio año desde que le había enviado a la joven los primeros saludos e impresiones sobre Egipto. Hacía tiempo que debería haber contestado.

Jack se sentía solo desde que habían destinado a Roly a la playa. No acababa de establecer relaciones con los demás hombres de su pelotón. Era un superior respetado, pero entre los soldados y su sargento no podía establecerse una verdadera amistad. Tras la batalla en las trincheras habían vuelto a ascender a Jack, así que casi siempre pasaba las noches solo, sintiendo que su existencia carecía de sentido. Las salidas a la playa ofrecían un cambio gratificante. Allí, donde los hombres jugaban como niños, podía olvidarse de la guerra. ¿Durante cuánto tiempo todavía? El comandante Beeston no había hecho más que confirmar lo que Jack llevaba tiempo sospechando.

En los días posteriores se sucedieron también las señales que anunciaban la proximidad de la ofensiva. No solo porque llegaban nuevas tropas y todas cavaban y reforzaban trincheras y búnkeres, sino también porque se instalaron cisternas y se almacenó agua. Los hombres se quejaban porque tenían que hacerlo solos. Y sin embargo había animales de carga: un par de cañoneros indios tenían mulos que transportaban y movilizaban las armas. También las tropas de rescate del hospital de campaña trabajaban en parte con acémilas, pero ninguno de esos animales se destinó al frente.

—El enemigo advertiría que estamos preparando algo —explicaba Jack pacientemente—. Por eso excavamos durante la noche. Venga, chicos, por nuestro propio interés tenemos que sorprender a esos tipos. Entre nuestras trincheras y las suyas hay casi catorce metros. Tendremos que recorrer esa distancia...

El 5 de agosto ordenaron a Jack y al resto de los suboficiales que asistieran a una presentación sobre los planes estratégicos. El comandante Hollander explicó de forma sucinta la estrategia del ataque planeado.

—Soldados, mañana empezamos una ofensiva. El objetivo es que los turcos retrocedan hasta Constantinopla, y esta vez lo conseguiremos. ¡Un brindis por las gallardas tropas de Australia y Nueva Zelanda! Atacaremos en todo el frente.

Jack y los otros hombres corearon los vítores y la mayoría parecía igual de eufórica que el comandante. No era extraño, pues muchos eran recién llegados y no habían conocido el ataque de los turcos en mayo.

—Pero, señor, cuando salgamos de las trincheras, nos matarán a tiros como si fuéramos conejos —objetó otro veterano, planteando lo que Jack estaba cavilando.

—¿Percibo cierta cobardía, cabo? —preguntó el comandante—. ¿Tiene miedo a la muerte, soldado?

—Al menos no tengo intención de suicidarme... —murmuró el hombre, aunque tan bajo que solo lo oyeron los que estaban a su lado.

—Nuestro objetivo para romper el frente es el flanco izquierdo. Ahí las distancias entre las trincheras son cortas y pasaremos por encima de los turcos. Para confundirlos, mañana empezaremos con un ataque simulado. Iremos a Lone Pine...

Los hombres llamaban Lone Pine a una estación de combate turca muy fuerte. Ahí el sistema de trincheras de los adversarios era extensísimo, el enemigo tenía sitio suficiente para reunir a sus tropas.

—El objetivo consiste en concentrar allí a las tropas enemigas, con lo cual actuaremos con mayor facilidad en el flanco norte. En lo que respecta a nuestro regimiento, formará parte de la segunda oleada de ataque. En cualquier caso espero que apoyen a los camaradas de Lone Pine y mantengan bien ocupado al enemigo desde sus posiciones. El ataque propiamente dicho se producirá por la tarde, a las cinco y media, anunciado por tres silbidos y en tres oleadas. ¡Que Dios nos acompañe!

¡A Dios qué más le daba el camino hacia Constantinopla!

Jack apenas consiguió contestar al saludo. Camino de su refugio, al atravesar la playa, se encontró con Roly.

—Señor Jack, ¿ya se ha enterado? ¡Mañana atacamos! —Roly se pegó a los talones de su protector. Desde que casi le había salvado la vida con el traslado se sentía muy apegado a él y ardía en deseos de compartir las pretendidas novedades. Era evidente que las primeras en conocer los planes de ataque habían sido las tropas de sanitarios. Por supuesto, estas tenían que prepararse más.

—Solo Jack —corrigió el mayor como de costumbre—. Sí, acaban de comunicárnoslo... Alégrate de no tener que salir.

Roly contrajo el rostro en una mueca.

—Sí tengo que salir, estoy con el destacamento de rescate. Así que quizá nos veamos mañana... ¿O será pasado mañana?

—Nosotros estamos en el flanco norte, Roly. Es decir, que nos conceden un día de gracia. Pero ¿cómo es que te envían con los de rescate? ¿Has hecho algo?

Roly rio, despreocupado y seguro de sí mismo. Sabía con certeza que el comandante Breeston lo apreciaba.

—Qué va, señor Jack. Lo que ocurre es que el refuerzo para el hospital ha llegado hoy mismo. El comandante se ha puesto como un basilisco. Acaban de salir de los barcos y ya están en combate, pero no tienen ni idea. Así que los retendrá en el hospital y todos nosotros hemos de salir. Pero no me importa, señor Jack, porque no tendré que meterme en las trincheras...

—En tierra de nadie es mucho más peligroso —objetó Jack—. Será horrible, Roly. Como en mayo, solo que esta vez correremos al descubierto y jugaremos a dar tiros.

—¡Pero nosotros llevamos el brazalete blanco! —respondió Roly, como si eso lo convirtiera en invulnerable—. ¡Saldré adelante, señor Jack!

Jack solo podía desearle suerte. Al día siguiente no consiguió ni pensar en su amigo. El ruido en el área de Lone Pine era infernal. Cuando Jack sostenía el periscopio en el borde de la trinchera, veía caer a los soldados. Los turcos disparaban con toda su potencia de fuego a lo largo de todo el frente, al tiempo que Jack y sus hombres contestaban ese fuego enconado con la esperanza de fatigar al enemigo.

—Si conseguimos cansarlos hoy, mañana tendremos mejores oportunidades —afirmaba Jack a sus hombres. Los más jóvenes asentían ilusionados, mientras que los mayores fruncían el ceño.

—¡Los remplazarán! —señaló un soldado de primera.

Jack prefirió no hacer comentarios.

El 7 de agosto fue otro día de pleno verano, con un sol resplandeciente, en la costa turca. El mar estaba en calma y era de un azul profundo, la maleza en las faldas de las montañas había palidecido y en tierra de nadie, entre los frentes, la sangre se secaba. Mientras Jack comía sin ganas las gachas de avena y meditaba sobre la conveniencia de acabarse la ración de alcohol que prudentemente ya se había repartido o si era mejor esperar a sobrevivir y celebrarlo después de la batalla, pasó Roly por su lado.

—¡Traigo el correo! —exclamó, y lanzó a Jack un montón de cartas para sus hombres—. Saber algo de sus amores levantará el ánimo de los soldados, han dicho por ahí. ¡Mary también me ha escrito!

Jack clasificó el correo y encontró una carta de Kiward Station. De Gloria seguía sin haber nada.

—¿Cómo fue ayer? —preguntó en voz baja.

El rostro de Roly empalideció.

—Horroroso. Tantos muertos... Los turcos lanzan bombas y disparan proyectiles de metralla. Despedazan a los hombres, señor Jack. En el hospital se pasan el día amputando. Cuando queda suficiente para poder cortar. Y las trincheras de los turcos están en parte cubiertas, tenga cuidado, señor Jack. Hay que saltar por encima y desde detrás, en las trincheras de comunicación... Ya sé que no soy muy listo, señor Jack. Un simple soldado raso de nuevo, ya no un soldado de primera... Y los hombres que toman las decisiones son generales, como mínimo. Pero es imposible que lo consigamos, señor Jack. ¡Ni con cien mil hombres!

Jack hizo un gesto de resignación.

—Haremos lo que podamos, Roly —dijo animoso.

Roly se lo quedó mirando como si su amigo no estuviera en sus cabales.

—Y moriremos para nada —concluyó con serenidad.

«Queridísimo Jack...»

En cuanto Roly se hubo ido Jack abrió la carta de Gwyneira, pensando que tal vez sería la última carta. Era una sensación especial, pero se dio la satisfacción de escuchar mentalmente la voz de su madre. Aun más, por cuanto Gwyneira escribía con más vivacidad que de costumbre. No era una escritora dotada, pero esta vez la pluma se veía empujada por unos intensos sentimientos.

Cuentas que el frente está tranquilo y yo solo rezo para que siga así. Cada vez que recibo una carta tuya suspiro aliviada, aunque sé que el correo tarda a veces semanas en llegar. Tienes que permanecer con vida, Jack, te añoro muchísimo. Aún más por cuanto nuestras esperanzas de que Gloria regrese por fin a casa no van a cumplirse tan pronto o al menos tan fácilmente. Ayer me llamó Kura-maro-tini. Sí, en efecto, ella misma cogió el teléfono, y estaba hecha una furia.

Al parecer, Gloria desapareció del hotel de San Francisco. Ya han descartado que se trate de un secuestro, pues se llevó los documentos de viaje. Además no reservó ningún pasaje de barco a su nombre, por lo que no hay pruebas de que haya abandonado América. Aun así, Kura supone que en los próximos días aparecerá por aquí. No sé lo que se imagina, pero me hace prácticamente responsable de la huida de Gloria. Vaya, como si yo le hubiera enviado uno de esos modernos aeroplanos o hubiera recurrido a los servicios de un mago. Kura está totalmente fuera de sí, habló sin pausa de lo desagradecida que es la muchacha. Por otra parte, renegó de sus escasas aptitudes para hacer algo útil en su compañía. Es para mí un misterio por qué no envió entonces por las buenas a la niña a casa. Sea como fuere, Gloria ha desaparecido y yo me muero de angustia. ¡Si al menos tuviera la esperanza de que pronto regresarás a casa!

Por la granja no tienes que preocuparte, todo marcha bien bajo la vigilancia de Maaka. Los precios de la carne y la lana son altos, la guerra parece dar beneficios. Pero pienso en ti y en todos los demás para quienes la guerra solo significa sangre y muerte.

Cuídate, Jack. Te necesito.

Tu madre,

GWYNEIRA MCKENZIE

Jack hundió la cabeza entre las manos. Y ahora Gloria. Siempre perdía lo que amaba...

Cuando finalmente sonaron los primeros silbidos dando la señal de combate, Jack no sintió el menor temor. Vio y oyó saltar fuera de las trincheras a los primeros atacantes, que fueron alcanzados por las balas apenas asomaron la cabeza por el parapeto. Solo unos pocos corrieron por tierra de nadie, pero ninguno alcanzó las trincheras rivales.

Siguió la segunda oleada de ataque.

Jack dejó de pensar, saltó con brío de la trinchera y corrió, corrió, corrió... De pronto vio que casi lo había conseguido...

Algo le impactó con toda su fuerza en el pecho. Quería cogerlo y sacarlo... Notó la humedad de la sangre... Era extraño, no le dolía nada, pero no conseguía avanzar. Se sentía terriblemente débil...

Jack cayó al suelo e intentó comprender qué le sucedía. Sentía el calor del sol, veía un cielo de un azul radiante... Las manos ya no le obedecían, no querían palpar de dónde provenía la sangre... Arañó el duro suelo...

Por encima de él pasaba corriendo la tercera oleada de ataque. Estaban luchado en las trincheras turcas... Jack miró el sol. Parecía estar enrojeciendo, todo adquiría una luz irreal...

Y luego surgió un rostro... Un rostro redondo, jovial y de expresión preocupada, rodeado por unos rizos impregnados de sudor.

—Señor Jack...

—Solo Jack... —susurró, paladeando el sabor de la sangre. Pensó que iba a toser. Y luego ya no sintió nada más.

LARGOS CAMINOS

Greymouth, llanuras de Canterbury, Auckland

1915 - 1916 - 1917 - 1918

1

Timothy y Elaine Lambert no poseían en absoluto dotes de carcelero. Claro que al principio Tim había insistido en castigar a Lilian por haber salido sin permiso encerrándola en casa. Al fin y al cabo, había desobedecido su orden expresa y había «seducido» a Ben para ir a pasear por el bosque de helechos. No obstante, una vez cumplido el castigo, Tim estaba dispuesto a perdonar a su hija y Lilian volvió a disfrutar de todas las libertades que sus padres solían concederle. A nadie se le ocurrió prohibirle salir de paseo a caballo o interrogarla cada día de forma inquisitorial para saber dónde había estado. Además, no fue necesario, pues aunque Lilian no tenía la menor intención de romper la relación con Ben, se le impidió cualquier encuentro con él.

Poco importaba la frecuencia con que ella desviara el caballo por los terrenos de Mina Biller o la insistencia con que pasara, charlando con sus amigas, por la calle donde residían los Biller: nunca tropezó con Ben. Lo único que Florence anhelaba era impedir que su hijo estableciera una relación sentimental demasiado temprana y desde su punto de vista, por ende, inconveniente. Mantuvo durante meses la prohibición de salir de casa y no perdió a su hijo de vista. Por la mañana, Ben la acompañaba en coche a la mina y realizaba tareas de oficina bajo el control materno, y en casa, de todos modos, lo vigilaban continuamente.

Un día, la paciencia de Ben llegó a su límite e intentó enviar una carta a Lilian con el correo de la mina. Desafortunadamente, su madre lo descubrió de inmediato.

—¡Qué bobada! Esa chica debe de ser además tonta de remate si se deja engatusar con esto —se mofó Florence una vez que hubo leído el poema que Ben había escrito para Lilian—. «Mi corazón fluye hacia ti con las gotas de lluvia...» Las gotas de lluvia no fluyen, Ben, ¡caen! Y los corazones, lo mires por donde lo mires, no fluyen. Ahora, siéntate aquí y repasa estas cuentas. Cotéjalas con los resguardos de entregas, por favor, y apúntalas en el registro de entradas. ¡Sin arabescos ni rimas! —Florence arrugó la carta y el sobre y los tiró con un gesto teatral por la ventana, que, a causa del intenso calor, estaba abierta de par en par.

Ben aguantó el sermón con la cabeza gacha y el rostro enrojecido. Florence no solía dejarlo en ridículo delante de los empleados, pues, a fin de cuentas, estos tenían que guardar el debido respeto al joven jefe. Si Ben cometía errores en el trabajo, ella lo censuraba a puerta cerrada. No obstante, en lo relativo al tema «poesía», Florence no tenía piedad. Sin embargo, su actitud no hizo sino ayudar a su hijo.

Pues no solo los oficinistas se compadecieron del chico, pese a no tener ni idea de lo que era una rima, sino también la joven esposa de un ordenanza, que por casualidad estaba ahí porque había llevado a su marido el almuerzo que él se había olvidado en casa. Esperaba en el vestíbulo, pero se enteró del arrebato de Florence y, contrariamente a esta, se sintió conmovida hasta las lágrimas por la poesía del joven. Cuando se marchó, recogió la carta del suelo, la alisó, la metió de nuevo en el sobre y la echó en el primer buzón que encontró, aunque sin franquear. Así fue como cayó en manos de la madre de la interesada cuando el cartero pidió el porte.

Elaine vacilaba seriamente entre la solidaridad hacia su esposo, hacia su hija y el secreto postal. Con toda certeza, Tim habría destruido el escrito sin pensárselo dos veces, pero Elaine era incapaz. Al final decidió llegar a un compromiso: leería primero la carta y luego decidiría si era inofensiva y podía entregársela a Lilian.

Como era de esperar, la muchacha tomó indignada el sobre abierto y arrugado.

—¿Alguna vez has oído hablar de la esfera privada? —le soltó a su madre—. ¡Ni en el internado leían nuestras cartas!

—Yo no pondría la mano en el fuego por eso —objetó Elaine—. Yo al menos recibí algunas que habían abierto antes de enviarlas.

—¿Qué? —Lilian ya estaba dispuesta a indignarse a posteriori, pero luego prefirió dedicarse a la preciada misiva de Ben.

—¿No has sacado nada? —preguntó malhumorada.

Elaine respondió que no con un gesto.

—¡Lo juro! —contestó sonriendo—. Y cuando llegó el sobre ya estaba mal cerrado y arrugado. Dicho sea de paso, se me han erizado los pelos de la nuca al leer la carta. Si en el futuro pensáis vivir de la poesía de Ben, lo veo negro...

—¡Los poemas son solo para mí! —respondió Lilian con resplandeciente arrebato—. Tú no los entiendes...

—Y luego se ha encerrado durante tres horas en su habitación con el corazón fluyente de Ben —informaba más tarde una sonriente Elaine a su marido. Tim acababa de llegar con Matt Gawain de una reunión de trabajo en Westport, adonde Lilian no lo había acompañado ese día.

El hombre contrajo con desagrado la boca. Estaba agotado tras el largo viaje por caminos sin asfaltar. El coche no tenía mejor suspensión que la calesa, que él prefería.

—Lainie, no tiene gracia. Y habíamos acordado que no apoyaríamos esta relación. ¿Cómo has podido darle la carta?

Elaine forzó a Tim a sentarse en un sillón, le ayudó a levantar las piernas y empezó a darle un suave masaje en la espalda.

—Esto no es una cárcel, Tim —advirtió—. Y existe algo así como el derecho a tener una correspondencia propia. En rigor, ni siquiera debería haber abierto la carta, pero al final me pareció una postura demasiado liberal. Y ya sabes lo que pienso: este enamoramiento es totalmente inofensivo. Si le concedemos demasiada importancia, las cosas empeorarán.

Tim resopló.

—De todos modos, en adelante no pienso perderla de vista. Ahora que Roly no está, trabajará de chófer. Así ella estará ocupada y yo la tendré controlada. ¡Y tú no le permitas que escriba a ese chico! Tendría de inmediato a Florence al teléfono y ahora por fin ha vuelto a tranquilizarse después de haberles metido miedo a los del ferrocarril...

Lilian no contestó por correo a la carta de Ben, pues había comprendido que su misiva acabaría sobre el escritorio de la madre del chico. Además, últimamente estaba ocupada aprendiendo a conducir, una práctica con la que se lo pasaba en grande. Por el momento tampoco se oponía a cumplir las nuevas tareas de *chauffeuse* de Tim, y Elaine respiró aliviada al comprobar que el hecho de que su marido «no la perdiera de vista» no comportaba más altercados. Esperaba incluso que, con tantas novedades, Lilian pronto se olvidara de su «gran amor». A fin de cuentas viajaba mucho con su padre y conocía a otros jóvenes.

Ahí, sin embargo, Elaine se equivocaba. Lilian seguía soñando con Ben, cuyos poemas guardaba bajo la almohada. Desestimaba una idea tras otra para ponerse en contacto con él, pero al final urdió un plan para cuya ejecución le bastaba con sobornar a su hermano menor. Bobby obtendría tres palos de regaliz si el domingo, antes de la misa, tropezaba sin llamar la atención con Ben Biller. Aparentemente enfrascado en el juego de pilla pilla, el niño chocó con Ben, casi lo derribó y se quedó un momento agarrado a él como si necesitara apoyo.

—Escondite, haya del sur, cementerio —susurró el pequeño con gravedad—. Horquilla, derecha, a la altura de la cabeza... —Bobby Lambert guiñó el ojo a Ben, y siguió correteando. Ben permaneció pensativo, al parecer concentrado en asimilar la información.

Lilian lo observó preocupada durante la misa. ¿No se pondría lentamente en camino? ¡No esperaría a que acabara el oficio y a que el cementerio estuviera lleno de gente!

Ben necesitaba un poco más de tiempo para comprender el significado de lo que Bobby le había dicho. Al principio no cayó en la cuenta de que el niño era el hermano de Lilian. Por eso, no fue hasta que la misa ya estaba a punto de terminar que se levantó y salió a toda prisa de la iglesia. Florence lo miró un poco enojada, pero distinguió a Lilian con sus padres y se tranquilizó. Ben solo tenía que encontrar la hoja de papel... Lilian rezó por primera vez esa mañana con auténtico fervor.

Poco después se topó delante de la iglesia con Ben, radiante de entusiasmo. El joven parecía tan animado que Lilian llegó a temerse que Florence fuera a interrogarlo. No obstante, esta se hallaba enfrascada en una conversación con el reverendo y no advirtió que Lilian dirigía a Ben un guiño y un gesto de victoria. El escondite en el haya del sur suponía, sin duda alguna, un avance en su relación.

Para la joven pareja de enamorados, el futuro inmediato se perfilaba sumamente emocionante. Pese a que solo se veían en la iglesia o por casualidad en la ciudad, donde tenían que fingir desinterés, pues solían acompañar a Tim y Florence, mantenían una frecuente relación epistolar. A Lilian, sobre todo, se le ocurrían sin cesar nuevos escondites en los que depositar información o pequeñas ofrendas de amor para su Ben. Este, por su parte, estaba menos dotado para la conspiración, pero aceptaba sus ideas y trocaba ansioso los paquetitos de galletas que ella misma había preparado y las cartas profusamente adornadas con flores, corazones y angelitos que Lilian pintaba, por nuevas elegías sobre la belleza e inteligencia de la muchacha.

Lilian copiaba de vez en cuando algún poema, pero se refería sobre todo a lo cotidiano. En sus cartas hablaba del caballo, del automóvil (que más le gustaba cuanto más a fondo se atrevía a pisar el acelerador) y, naturalmente, del ardiente deseo de volver a ver cara a cara a Ben.

«¿No puedes escaparte por la noche? A lo mejor tienes un árbol delante de la ventana o algo por el estilo.»

A Ben jamás se le había ocurrido escapar de su casa por la noche, pero en un principio la idea le pareció tan excitante que acto seguido escribió un poema sobre cómo brillaría el cabello de Lilian a la luz de la luna.

Ella lo encontró sublime, aunque se sintió algo decepcionada. En sus poemas, Ben podía explayarse durante horas sobre las hazañas que emprendería y los peligros que correría para obtener un beso de los labios de ella. En la realidad, sin embargo, no hacía nada. Al final, la joven decidió pasar a la acción.

«El jueves por la noche, a las once y media, en el establo del Lucky Horse», escribió temerariamente. Era un lugar de encuentro que a Ben le hacía sonrojar, pues el Lucky Horse no era solo un pub, sino el hotel por horas de Madame Clarisse. Pasó noches en blanco, dándole vueltas en la cabeza a cómo su bonita e ingenua Lilian podía ir a parar a tal semillero de vicio y si, encima, él iba a apoyarla sin que le remordiera la conciencia.

Lilian no se preocupaba por eso en absoluto. Como siempre, ella iba a lo práctico. El Lucky Horse simplemente se prestaba al encuentro clandestino porque su padre se reunía allí con sus amigos. Tim Lambert y Matt Gawain no se saltaban ningún jueves por la noche y, desde hacía poco, formaba parte de las tareas de Lilian llevar a su padre en coche a la ciudad e ir a recogerlo poco antes de la hora de cerrar. Por supuesto debía cumplir las estrictas condiciones de aparcar a la luz de las farolas de la calle, no abandonar el vehículo y mantener las puertas cerradas. Por el momento, solo las calles principales de Greymouth contaban con alumbrado eléctrico y una chica decente no debía dejarse ver sola por las noches.

Sin embargo, Lily no era miedosa y se desenvolvía bien por los alrededores del Lucky Horse. Su madre había vivido en el edificio del establo cuando trabajaba de pianista en el pub, y entre sus amigas más íntimas se contaban tanto Madame Clarisse como las chicas que trabajaban para ella. Cuando Lilian era pequeña, Elaine solía llevársela cuando las visitaba y la niña había jugado en el establo y en las calles adyacentes. En los últimos años, las visitas se habían reducido —las chicas de Madame Clarisse cambiaban con frecuencia porque solían casarse con los mineros—, pero a Lilian el burdel no le infundía ningún temor. Por añadidura sabía con exactitud qué amigos de Tim llegaban a la taberna a caballo, cuáles en coche o simplemente a pie. Los jueves solo se esperaba un caballo en el establo, la huesuda yegua del herrero, y este nunca dejaba la taberna antes de la hora de cierre. Así pues, nadie molestaría a los jóvenes enamorados. Si llevaba el coche por detrás del pub y lo aparcaba junto al edificio, no corría el peligro de que el vehículo llamara la atención. Todavía más seguro —y también más romántico— habría sido, claro está, encontrarse fuera de la ciudad. Pero Ben tendría que haber andado demasiado. Lilian maldijo el hecho de que no le gustara montar y que, por lo tanto, no tuviera caballo propio. Tampoco le gustaba ir en carro, no habría sabido ni cómo enganchar el caballo. Y el automóvil de la familia Biller solo lo conducía el chófer.

El corazón de Lilian palpitaba con fuerza cuando se introdujo al abrigo de la oscuridad en el establo del pub. Estaba débilmente iluminado por un farol, pero, salvo por ello, su plan funcionaba. Solo un caballo mordisqueaba el heno y Ben ya estaba ahí.

Lilian casi habría lanzado un grito cuando él la estrechó contra sí y la besó con pasión y de forma teatral.

—¡Eh, que me ahogas! —gritó riendo—. ¿Todo bien, nadie sospecha nada?

Ben sacudió la cabeza.

—No me ven capaz de algo así —respondió orgulloso—. ¡He... casi habría bajado por la ventana!

Puesto que tenía el dormitorio en el primer piso y ningún árbol delante de la ventana, prefirió no mentir. Lilian encontró que bastaba con la intención para ser romántico.

Pasaron la media hora siguiente haciéndose carantoñas, promesas de amor y lamentándose de su triste vida cotidiana. A Lilian solo le faltaba Ben; este, por el contrario, sufría otras adversidades de la existencia.

—A mí no me gusta el trabajo de oficina. Y no me interesa para nada la minería. Ahora hasta he tenido que bajar a la mina...

—¿Y? —preguntó Lilian, ansiosa—. ¿Qué tal era?

—Oscura —respondió Ben, quien al advertir que tal vez era una descripción algo floja para un poeta, añadió—: De una oscuridad sepulcral —añadió.

Lilian lo miró incrédula.

—Pero si tenéis esas lámparas tan modernas. El tío Matt dice que la mina está tan iluminada como un salón de baile.

—Para mí todo estaba negro como el infierno —insistió Ben.

Lilian abandonó la idea de señalar que probablemente el infierno también estuviera bien iluminado. A fin de cuentas, había allí fuego suficiente.

—Y hacer cálculos y todo eso tampoco me va. Últimamente me he equivocado por casi mil dólares, mi madre estaba hecha una furia.

Aunque Lilian lo encontró bastante comprensible, igualmente acarició consoladora a su novio en la mejilla.

—Pero seguro que vuelven a enviarte a la universidad, ¿no? Al fin y al cabo, la minería también se estudia. Ay, Ben, qué lejos estarás entonces...

Lilian se estrechó contra el muchacho, que se atrevió a atraerla hacia un montón de heno. Ella se mantuvo quieta mientras Ben no solo le cubría de besos la cara, sino el cuello y el nacimiento de los pechos. Lilian, por su parte, deslizó las manos bajo la camisa de él y acarició vacilante el pectoral todavía musculoso y la espalda. Encontraba que era una lástima que no siguiera con el remo. Le gustaba ver cómo se movían los músculos por debajo de la camisa.

—¿Volvemos el próximo jueves? —preguntó jadeante la muchacha, cuando se separaron.

Ben asintió. Se veía como un héroe, incluso algo perverso.

Tras el primer encuentro en el establo de la taberna, Lilian no cabía en sí de alegría. Disfrutaba de su amor secreto, pero también de trabajar con su padre. La guerra exigía la constante ampliación de la capacidad de rendimiento de la mina y Tim se reunía con frecuencia con otros ingenieros, representantes del ferrocarril y comerciantes. Lilian lo acompañaba tanto a almuerzos de negocios como a acontecimientos sociales, y Elaine contemplaba complacida cómo coqueteaba y bailaba. Tenía la vaga sospecha de que su hija todavía estaba enamorada de Ben Biller, pero no presentía que se encontrara con él a escondidas ni que sus caricias cada vez fueran más osadas.

En un principio, Florence Biller no percibió nada. De todos modos, tenía motivos suficientes para inquietarse por su hijo mayor. El manifiesto desinterés de Ben por el trabajo y su falta de capacidad para realizar las tareas prácticas más sencillas la enervaban. Por su parte, Ben estaba cada vez más desesperado con los arrebatos de su madre. Entretanto había perdido la esperanza de asistir a la Universidad de Dunedin. Su padre intervino para que al menos estudiara un par de semestres técnica minera o economía, pero Florence hizo oídos sordos.

—¡Técnica minera! ¡Permite que me ría! Nuestro Ben, ingeniero... ¡Pero si se pone a cubierto en cuanto oye que hierve la cafetera! —El noble y plateado aparato para preparar el café era la adquisición más reciente de Florence. Estaba en la recepción de su despacho y todos se maravillaban al verlo—. ¡Y en lo que se refiere a economía, en Dunedin no aprenderá más que conmigo!

Caleb suspiraba. Florence había obtenido sus conocimientos a fuerza de trabajar. Su padre, también propietario de una mina, no habría permitido ni en sueños que la hija estudiase o al menos que colaborase en su propio negocio. Pero, evidentemente, Ben no estaba hecho de la misma madera. Tal vez le habrían fascinado las teorías de la economía si le hubieran dejado aproximarse a esa disciplina de forma científica. Caleb seguía viendo a su hijo estudiando una carrera universitaria más que sucediendo a su madre en la dirección de la empresa. Por fortuna, los hijos más jóvenes de Florence ardían en deseos de ocupar ese puesto. El mayor se interesaba por política empresarial y el menor andaba manipulando máquinas de vapor y cargando encantado su tren de juguete con simulacros de carbón.

Caleb no entendía por qué no podían prescindir de Ben para esos menesteres, pero Florence tenía varios frentes asegurados. El muchacho estaba ahí, era lo suficientemente mayor para trabajar en la empresa familiar y esa era su obligación. Caleb pensaba sin el menor respeto que Florence tenía menos imaginación que una jaula de transporte.

Por suerte, Ben todavía era joven. Por lo general, un muchacho de su edad aún no habría ni siquiera concluido la escuela secundaria, y aun menos asistido a la universidad. Caleb esperaba que el interés de Florence por él acabara enfriándose en cuanto Sam tuviera edad suficiente para trabajar con ella en el despacho.

Ben podría ir entonces a Dunedin y tal vez ni necesitara pasar por la carrera de Economía. Caleb le permitiría estudiar simplemente lo que quisiera y disfrutaba ya del intercambio intelectual con el joven lingüista.

Ben carecía, por desgracia, de la paciencia de su padre. No veía remedio a su situación. Que le prohibiesen estudiar en Dunedin o Christchurch lo sumió en una profunda depresión.

—¡Así al menos estamos juntos! —lo consolaba Lilian. Pero ni siquiera esto lo animaba.

—¿Qué forma es esta de estar juntos? —se quejaba—. Siempre a escondidas, siempre con miedo a que nos descubran... ¿Cuánto tiempo vamos a pasar así, Lily?

La joven alzó la vista al cielo.

—¡Hasta que seamos mayores de edad, claro! —respondió—. Luego ya no podrán darnos más órdenes. ¡Tenemos que aguantar un poco!

—¿Un poco? —preguntó Ben fuera de sí—. ¡Faltan todavía muchos años para que cumpla veintiuno!

La muchacha hizo un gesto de impotencia.

—El auténtico amor se ve sometido a duras pruebas —advirtió en tono heroico—. Siempre pasa igual. En libros y canciones y en todo...

Ben suspiró.

—Estoy pensando en largarme e ir al ejército.

Lilian se sobresaltó.

—¡Eso sí que no, Ben! ¿Acaso quieres que te maten? Además, para alistarte en el ANZAC has de tener veintiún años. —Le cogió la mano. En el establo hacía frío, pero no se le ocurría otro lugar de encuentro.

—Pero se puede hacer trampa —replicó el joven—. Y puedo demostrar que he estado en la Universidad de Cambridge. Por lo general hay que ser mayor de dieciocho años para eso.

—¡Pero no tienes veintiuno! —insistió Lilian, temerosa. Tenía que disuadirlo como fuera.

Roly O'Brien no escribía con frecuencia, pero lo que había contado de Galípoli le helaba a uno la sangre en las venas. Sin duda, en los libros y en las canciones, ir a la guerra era romântico, pero la realidad daba la impresión de ser muy otra. Y Ben con un fusil... Seguro que escribía unos versos maravillosos sobre la heroicidad de sus camaradas, pero no lo veía capaz de disparar, y aun menos de acertar. Tenía que pensar algo, y con urgencia.

—He estado reflexionando —le comunicó Lily en el siguiente encuentro, casi un mes más tarde.

El último jueves Tim no había asistido a la tertulia y Lilian lo había acompañado a un congreso en Blenheim, al que también habían acudido George Greenwood y otros accionistas para ultimar el proyecto de ampliar Mina Lambert con una fábrica de coque. Ben no mostró el menor interés por esta noticia. Ni siquiera se le ocurrió que Florence Biller habría matado por ser la primera en enterarse. Lilian le contó sin reparos los planes de su padre, estaba demasiado ocupada en intercambiar caricias para pensar en las posibles consecuencias de su indiscreción.

Tras la larga abstinencia, los besos de Ben todavía le sabían más dulces y la reafirmaban en la decisión que había tomado en Blenheim, en la que había contribuido de forma fundamental una visita a hurtadillas al registro civil.

—Tengo diecisiete años. Puedo casarme.

—¿Con quién quieres casarte? —bromeó Ben al tiempo que desabrochaba audazmente los botones superiores de la blusa de la chica.

Lilian puso los ojos en blanco.

—¡Pues contigo, claro! —respondió—. Es la mar de fácil. Cogemos el tren hasta Christchurch y luego hasta Blenheim. Con el coche llegaríamos antes, pero no quiero robar. Y de Blenheim salen los transbordadores a Wellington. Nos casaremos allí. O en Auckland. Ahí tal vez será más seguro, porque es posible que en Wellington nos busquen. También podíamos ir a Australia... —Lilian dudó un poco. Australia le parecía realmente lejos.

—Pero yo no tengo documentación —objetó Ben—. No se creerán que tengo dieciocho años.

—Basta con diecisiete, también para los chicos. Podemos esperar un par de meses hasta tu cumpleaños. Por lo demás, solo hay que jurar que uno no está casado con otra persona o es pariente de sangre o algo así.

Cuando se era menor de veinte años, se precisaba, además, la autorización de los padres, pero Lilian no quiso cargar a Ben con eso. Tenía la intención de falsificar sin más la firma de Tim, y con la de Florence Biller aún tenía menos reparos.

—Entonces estudiarás en Auckland. También vale, ¿no?

Ben se mordió el labio inferior.

—Todavía es mejor —respondió—. Se toman muy en serio la investigación en el ámbito de la cultura maorí; de hecho, están construyendo un museo para artefactos o algo así. Mi padre está tan entusiasmado que no ve el momento de ir a visitarlo. Claro que si nos descubre...

Lilian gimió. En su opinión, Ben vacilaba demasiado a veces.

—Ben, si estamos casados, estamos casados y punto. Para eso no hay marcha atrás. Además, en una ciudad tan grande como Auckland será fácil evitar a tu padre.

El chico estuvo de acuerdo.

—Pues sí, sería una solución...

Al menos era una idea fascinante, si bien no llegaba a imaginársela en la realidad. Solo de pensar en huir a la isla Norte el corazón se le desbocaba. ¡Nunca se atrevería!

2

Gwyneira McKenzie siempre había encontrado demasiado grande la casa solariega de Kiward Station. Incluso cuando estaba habitada por la familia, muchas habitaciones permanecían vacías y luego, durante años, alas completas de la casa, hasta que Kura y William Martyn rehabilitaron la antigua vivienda de Gerald Warden. Sin embargo, pese a todas las estancias que la rodeaban, Gwyneira nunca se había sentido sola de verdad, al menos hasta la muerte de James y Charlotte, el alistamiento de Jack y la desaparición de Gloria. Siempre que le resultaba posible, escapaba de la casa vacía y se refugiaba en los establos y los cobertizos de los esquiladores, pero esos eran días de invierno, era el mes de junio de 1916. Mientras que en casi todo el mundo retumbaban los sonidos de la guerra, en Kiward Station reinaba un silencio casi espectral. Fuera caía una lluvia liviana e incesante, característica de las llanuras de Canterbury. Los animales se ponían al abrigo y los trabajadores de la granja jugaban probablemente al póquer en los establos, como años atrás, cuando Gwyn pisó por vez primera las cuadras de Kiward Station y conoció a James McKenzie. Andy McArran, Poker Livingston... Ya no quedaba ninguno de ellos con vida. Andy había muerto pocos meses después que su amigo James.

Gwyneira pensó con una sonrisa amarga que el grupo había vuelto a reunirse y jugaba una timba en las nubes. «¡No embauquéis a san Pedro!», murmuró, recorriendo inquieta por décima vez la casa abandonada. Estaba preocupada por Jack. Hacía una eternidad que no le escribía, pero para entonces ya debía de estar lejos de esa playa de Turquía. Galípoli..., Gwyneira todavía no sabía cómo se pronunciaba correctamente, aunque en realidad ya no era necesario que lo aprendiera. Tras una última y desesperada ofensiva, los ingleses habían abandonado la playa y retirado las tropas del ANZAC de forma ordenada y prácticamente sin perdidas, según se decía. Los periódicos de Christchurch lo celebraron como una victoria, si bien no era más que una derrota abrumadora. Y Jack quizá no se atrevía a admitirlo. Esta era la única explicación que se le ocurría a Gwyneira para el silencio de su hijo.

Pero su principal inquietud se debía a Gloria. Ya hacía un año que se había escapado de ese hotel de Nueva York y desde entonces nadie sabía nada de ella. William y Kura seguían contratando a detectives privados, pero hasta el momento no habían encontrado ninguna pista. Con todo, Kura parecía sentirse más enfadada que preocupada. Tal vez recordara su propia huida del matrimonio y de la seguridad de Kiward Station, que años antes la había llevado a vagar por Nueva Zelanda y Australia. Sin embargo allí no se había enfrentado a peligros graves y Gwyneira solo se había sentido relativamente alarmada. A veces no había sabido dónde se hallaba Kura, pero siempre había estado segura de que no había abandonado la isla Sur. Gloria, por el contrario, podía estar en cualquier lugar, y la muchacha carecía de la inquebrantable seguridad en sí misma de Kura-maro-tini. Por añadidura, San Francisco era de índole distinta a Christchurch. George Greenwood, que conocía esa ciudad, dudaba de que Gloria la hubiese dejado.

—Lo siento, señorita Gwyn, pero una muchacha sola en ese lodazal del vicio... —George no había concluido la frase y Gwyneira no quería imaginarse cómo podría haber muerto su bisnieta.

—Disculpe, señorita Gwyn, pero la comida ya está lista. —Kiri, la anciana ama de llaves, abrió la puerta del pequeño estudio de Gwyneira. Esta gustaba de refugiarse en esa habitación, donde al menos su voz no retumbaba cuando hablaba consigo misma.

Gwyneira gimió.

—No tengo hambre, Kiri... Y el poco apetito que me queda desaparece si ahora pones la mesa en el salón. Iré con vosotras a la cocina y comemos juntas un bocado, ¿de acuerdo?

Kiri asintió. Hacía tiempo que tanto ella como Moana, la cocinera, se habían convertido en compañeras de Gwyn más que en sus doncellas. Tampoco habían preparado una comida especial, sino solo pescado y boniatos según la receta más sencilla maorí.

—¡Rongo Rongo dice Gloria vive! —la consoló Moana cuando Gwyneira apenas se llenó el plato. Sabía con exactitud lo que preocupaba a su señora—. Pregunta a los espíritus, los *tikki* dicen su corazón canta triste pero no está lejos.

—Muchas gracias, Moana. —Gwyn se esforzó por sonreírle. Moana debía de haber pagado a la hechicera por ese ritual, aunque tal vez lo hubiera realizado Rongo por interés o siguiendo las instrucciones del jefe Tonga, quien de vez en cuando preguntaba por Gloria. También él estaba inquieto, aunque por otras razones quizás.

En el salón sonó el teléfono. Kiri y Moana se sobresaltaron.

—¡Llaman los espíritus! —dijo Moana, sin mostrar la menor intención de dirigirse al salón y contestar a la llamada. Kiri era más valiente... y curiosa. Aun así, la extraña cajita de la que salían voces resultaba turbadora para ambas mujeres maoríes. En realidad, también para Gwyneira, aunque ella apreciaba sus ventajas.

Al final, Kiri acudió al teléfono y regresó al poco rato.

—Llamada de Dunedin, dice central. ¿La cogemos?

—Claro. —Gwyneira se puso en pie. Había imaginado que se trataría más bien del veterinario de Christchurch, que había elaborado un nuevo vermífugo para las ovejas. Pero ¿quién llamaría desde Dunedin?

Esperó paciente a que la central estableciera la conexión.

—Ya pueden hablar —dijo una voz. Gwyneira suspiró. La central se encontraba en Haldon y la mujer de la centralita era conocida porque escuchaba todas las conversaciones y comentaba su contenido con las amigas.

—Gwyneira McKenzie, de Kiward Station —se presentó Gwyneira, y a continuación esperó la respuesta.

Al otro extremo del cable reinó primero el silencio y a continuación se oyó como un carraspeo, antes de que una voz ahogada dijera:

—¿Abuela Gwyn? Soy... Soy Gloria.

Gywneira no permitió que nadie fuera en su lugar a recoger a su bisnieta a Dunedin.

—¿Se ve capaz? ¿Quiere hacer un viaje tan largo en tren? —preguntaba intranquila la señorita Bleachum. Gwyneira solo había hablado muy brevemente con Gloria, y luego mucho más extensamente con la profesora. La muchacha apenas pronunciaba palabra, ni siquiera facilitaba una información clara sobre dónde se encontraba: «Con la señorita Bleachum, en la escuela...» Gwyneira no entendía bien, pero tal vez se debiera a que el corazón le daba brincos de alegría. ¡Gloria estaba viva y en Nueva Zelanda!

La señorita Bleachum había acabado cogiendo el auricular de las manos de la joven. Gracias a ella, Gwyneira comprendió lo principal.

—Si quiere, puedo instalar a Gloria en el tren y usted la recogerá en Christchurch.

Pero Gwyneira no quería ni oír hablar de ello.

—¡Por supuesto que sobreviviré a un viaje en tren, no tengo que ser yo quien tire del vagón! —declaró a la preocupada profesora con su determinación habitual—. ¡No quiero de ninguna de las maneras correr más riesgos! En ningún caso voy a volver a dejar a la niña sola. Que se quede con usted y en tres días como mucho estaré allí. ¡Cuídemela bien!

Pese a su edad, Gwyneira regresó a la cocina bailando por el salón con una botella de champán en la mano.

—¡Niñas, me voy a Dunedin a recoger a Gloria! Pues sí, y que pase Rongo Rongo a buscar un saco de semillas. ¡Qué bien lo ha hecho con los espíritus!

La señorita Bleachum y Gloria esperaban a Gwyneira en la estación de Dunedin y la recién llegada enseguida se percató de que algo no andaba bien. La muchacha, vestida con un traje de viaje, cerrado y de color azul oscuro, se aferraba nerviosa a la mano de la señorita Bleachum, mucho más erguida y segura de sí misma. Ambas tenían cierto aspecto de solteronas. Gwyneira, en cambio, llevaba un vestido de corte más moderno y más colorido que la veinteañera Gloria: rebosante de alegría por el regreso de su bisnieta, la anciana se había desprendido de una vez del triste luto y había comprado en Christchurch un elegante traje de viaje de un azul marino intenso, matizado por rayas blancas en el cuello y en los puños. Un sombrerito blanco en armonía con la indumentaria reposaba, atrevido, sobre el cabello ahora blanco de Gwyneira.

—¡Gloria! —Gwyneira entrecerró los ojos tras el monóculo. Lo encontraba más elegante que las gafas desproporcionadas de que también disponía, si bien conservaba bastante buena vista para su edad. Solo necesitaba las gafas para leer. En esos momentos, sin embargo, quería ver con nitidez a su largo tiempo desaparecida bisnieta—. ¡Qué alta estás!

La sonrisa y las palabras de Gwyneira escondían el sobresalto que le había producido una observación más detenida de Gloria. Esa muchacha no solo parecía mayor, sino ajada. Los ojos miraban fijos, casi carentes de expresión. Por otra parte, su comportamiento era de una pusilanimidad infantil. La señorita Bleachum casi tuvo que forzarla con dulzura a que dejara su mano y empujarla hacia su abuela. Gwyneira la abrazó, pero a la chica pareció desagradarle ese contacto.

—¡Gloria, hija mía! ¡Qué contenta estoy de que hayas vuelto! ¿Cómo lo has conseguido? Tienes que contármelo todo...

Gwyneira agarró con fuerza las manos de Gloria. Estaban frías como el hielo.

Por el rostro de la joven se deslizó una sombra. Se diría que había empalidecido pese a que su semblante todavía conservaba restos de bronceado. Gwyn pensó que no había pasado el último verano principalmente bajo techo como la señorita Bleachum, de tez blanca.

—Claro que no tienes obligación de hacerlo, Glory... —añadió la señorita Bleachum con suavidad, y lazó a Gwyn una mirada significativa—. A Gloria no le gusta hablar de sus experiencias. Solo sabemos que ha recorrido China y Australia...

Gwyneira asintió maravillada.

—¡Un viaje tan largo, tú sola! ¡Estoy orgullosa de ti, tesoro mío!

Gloria rompió a llorar.

Gwyneira acompañó a la señorita Bleachum y la joven a la escuela y lidió consigo misma mientras tomaba el té con la antigua institutriz y la señora Lancaster en un ambiente tenso. Las profesoras eran amables y lo intentaban todo para que bisabuela y bisnieta entablaran una conversación, pero no eran más que esfuerzos en vano. Gloria respondía con monosílabos, desmigajaba el pastel entre los dedos y parecía no lograr levantar la vista del plato.

—¿Toma el tren nocturno, señora McKenzie, o me permite que la invite a pasar la noche con nosotros? —preguntó la señora Lancaster, solícita.

Gwyneira sacudió la cabeza.

—Realizar dos veces este viaje en un día sería un poco excesivo para mis gastados huesos. Pero he reservado habitación en un hotel en Dunedin. Si pudiera pedirnos un taxi para nosotras después...

Al oír las palabras «nosotras» y «hotel» Gloria se puso blanca como la leche. Gwyneira advirtió que lanzaba miradas suplicantes a la señorita Bleachum, quien, sin embargo, hacía un gesto negativo. Gwyneira no entendía. ¿Acaso Gloria no quería marcharse? Daba la impresión de que se moría de miedo de dejar la escuela. Gwyneira pensó en ceder y en aceptar la invitación y pernoctar también ella allí, pero luego se lo pensó mejor. Eso solo postergaría el problema un día más y, por añadidura, la obligaría a abandonar el plan de ir de compras por Dunedin a la mañana siguiente. Y si había entendido bien a la señorita Bleachum, Gloria necesitaba urgentemente prendas nuevas.

—¿Recoges tu maleta, cielo? —preguntó cariñosamente a Gloria como si no hubiera notado la reticencia de la muchacha—.

¿O todavía no la has hecho? No pasa nada, seguro que la señorita Bleachum te ayuda y yo, entretanto, hablaré un poco más con la señora Lancaster.

Sarah Bleachum entendió la indirecta y se retiró con Gloria a la habitación. La directora confirmó, mientras tanto, las impresiones de la anciana.

—No cabe duda de que lo acertado es llevarse a la muchacha hoy mismo, y es cierto que necesita ropa nueva. Solo tiene dos vestidos, el otro es igual que el que llevaba hoy. He sugerido a la señorita Bleachum varias veces que fuera a comprar con ella; nosotras habríamos adelantado el dinero, por supuesto. Pero Gloria no quería.

Gwyneira arqueó las cejas.

—Entonces, ¿no ha escogido..., bueno..., ese conjunto... con ayuda de su profesora?

La señora Lancaster rio.

—Señora McKenzie, ¡estamos en una escuela femenina, no en un convento de monjas! Nuestras alumnas llevan uniformes convencionales, pero en su tiempo libre no las obligamos, de ninguna de las maneras, a que vistan como una profesora de mediana edad. En eso debo confesar que, en mi opinión, considero que también la señorita Bleachum... Pero dejemos este asunto, seguro que tiene sus razones para... reprimir un poco su... feminidad. Y me temo que Gloria también. Habrá de tener mucha paciencia con ella.

Gwyneira sonrió.

—Tengo toda la paciencia del mundo —respondió—. Al menos con caballos y perros. Con los seres humanos me falla a veces..., pero me esforzaré.

—¿Es usted viuda?

El rostro de Gwyneira se ensombreció.

—Sí, desde hace apenas dos años. No me acostumbraré nunca...

—Discúlpeme, no quería reavivar su tristeza. Se trata de que... ¿viven hombres en su casa, señora McKenzie? —La directora hizo un gesto de abatimiento.

Gwyneira frunció el ceño.

—Señora Lancaster, dirijo una granja de ovejas... —Sonrió—. ¡No un convento de monjas! Por supuesto, tenemos empleados a pastores, administradores y una tribu maorí vive en nuestras tierras. ¿Por qué lo pregunta?

Era evidente que la señora Lancaster se debatía con la respuesta.

—Gloria tiene problemas con los hombres, señora McKenzie. ¿Qué sucede..., qué sucede con un tal Jack? Gloria nos ha hablado de él y creo que es la causa principal de que ella tenga miedo de volver a casa.

Gwyneira fulminó a la directora con una mirada entre asombrada y colérica.

—¿Tiene miedo de Jack? ¡Pero mi hijo nunca ofendería a Gloria! Los dos han tenido siempre una relación maravillosa. Además, Jack no vive ahora en Kiward Station. Está en el ejército...

—Lo siento, señora McKenzie. En caso de que usted no sea del tipo de mujeres que estaban deseosas de enviar a sus hijos a la guerra... Pero esto facilitará a Gloria su aclimatación.

Gwyneira no lo creía, pero antes de que pudiera proseguir esa conversación tan desconcertante, la señorita Bleachum empujó a Gloria a la habitación. La joven se veía pálida pero serena. En el taxi, camino del hotel, Gwyneira le habló de Jack e intentó interpretar de algún modo su reacción. La expresión de la chica oscilaba entre la consternación y el alivio.

—Todo será distinto —musitó.

Gwyneira movió la cabeza.

—No tanto, cariño. Nada cambia tanto en una granja de ovejas. Nacen corderos, llevamos los rebaños a pacer a las montañas, los esquilamos, vendemos la lana... Todos los años, Gloria. Siempre sucede lo mismo...

La muchacha intentó aferrarse a esa idea.

Ir de compras al día siguiente no fue fácil. Al principio, Gloria no deseaba dejar el hotel y cuando Gwyn consiguió de una vez meterla en una tienda, la joven eligió los vestidos más feos, más anchos y más oscuros.

—¡Cuando eras pequeña siempre querías llevar pantalones! —señaló con firmeza Gwyneira, y no cejó hasta que la chica se probó una de esas faldas pantalón modernas y casi escandalosas cuyo uso entre mujeres que iban en bicicleta o que conducían coche habían popularizado las sufragistas. En Inglaterra, esa moda ya casi había pasado, pero ahí, en el otro extremo del mundo, las faldas anchas y a veces de corte oriental todavía constituían el último grito. A Gloria le sentaban de maravilla. Se miró perpleja en el espejo, sin reconocerse apenas. La vendedora colocó también un modelo de sombrero sencillo y aerodinámico sobre el cabello corto y crespo de la chica.

—Lleva el corte adecuado —dijo sonriendo, y apartó a Gloria el cabello del rostro. Gwyneira insistió en que su bisnieta se comprara la falda pantalón y también en que se la dejara puesta para el viaje: a fin de cuentas, era muy práctica justamente para tales circunstancias. Sin embargo, Gloria parecía incómoda ante las miradas apreciativas de los otros viajeros. Tampoco Gwyneira podía apartar la vista de ella cuando por fin se sentaron la una frente a la otra en el compartimento.

—¿Tengo algo en la cara? —acabó preguntando Gloria en tono airado.

La anciana casi se ruborizó.

—Claro que no. Perdona que te mire así, cielo. Pero ahora, con este sombrero, el parecido es asombroso...

—¿Parecido con quién? —preguntó Gloria con sequedad. Daba la impresión de estar a la defensiva.

Gwyneira movió las manos sosegadora.

—Con Marama —respondió—. Tu abuela. Y con tu abuelo Paul. Es casi como si hubieran tomado sus fotografías..., por desgracia no hay ninguna, si no te lo podría demostrar..., es como si hubieran impreso sus imágenes en papel transparente y hubieran puesto los retratos uno encima del otro. Cuando te miro desde la derecha me parece ver a Paul; cuando te miro desde la izquierda es como si viera a Marama. Tengo que acostumbrarme, Gloria.

De hecho, los rasgos de la joven le recordaban más a los de Marama que a los de Paul. Según los patrones maoríes, su rostro más bien ancho, con los pómulos altos, era muy hermoso, y su silueta correspondía exactamente al ideal de los indígenas. A Gwyneira le gustaba más que en las últimas fotos de América, en las que tenía los rasgos hinchados. Había perdido peso y su rostro había ganado expresión y estructura. De Paul había heredado en especial los ojos juntos y la barbilla enérgica, pero eso apenas llamaba la atención y ahora incluso encajaba con la indumentaria deportiva. Si no tuviera esa mirada de descontento y cerrada en sí misma... Precisamente esa mirada, con el ceño algo fruncido y la boca contraída, era lo que a Gwyneira le recordaba a su hijo. No eran recuerdos felices. También Paul había sentido odio hacia el mundo entero. Gwyneira empezó a sentir miedo.

Maaka había ido a la estación para recoger a las dos viajeras. Siguiendo instrucciones expresas de Gwyneira había enganchado dos cobs a la calesa. El automóvil se había quedado en la cochera.

—¡Pero con el otro irá mucho más deprisa, señorita Gwyn! —objetó el joven maorí, un partidario acérrimo del motor—. Con los caballos necesitará toda la noche.

—¡No tenemos prisa! —replicó Gwyn—. A la señorita Gloria le encantan los caballos. Se alegrará de ver a los cobs.

En efecto, el semblante de Gloria se animó por vez primera cuando vio la calesa esperándolas delante de la estación. Retrocedió algo asustada al ver que Maaka la conducía.

—¡*Kia ora*, señorita Glory! —la saludó el capataz, alegre—. *Haere mai!* Nos alegramos mucho de que haya vuelto a casa.

—Pese a su amable recibimiento, a Gloria todavía parecía resultarle difícil darle las gracias.

—Venga, Glory, mira las yeguas —la animó Gwyneira para que volviera en sí—. Las dos son medio hermanas de *Cuchulainn*. Pero *Ceredwen* es de *Raven*, que yo montaba antes, y *Colleen* de... —recitó de memoria los antecesores.

Gloria escuchaba con atención. Parecía recordar a los caballos. Su cara mostraba más interés que por todas esas historias familiares sobre las que Gwyneira había intentado conversar con ella durante el viaje.

—¿Y *Princess*? —preguntó al final con voz apagada.

Gwyneira sonrió.

—Todavía está. Pero es demasiado ligera para esta calesa...
—Quería seguir hablando, pero la conversación fue sofocada por unos estridentes ladridos. Las mujeres ya se habían acercado tanto al vehículo que el perrito tricolor que Maaka había atado al pescante podía olerlas.

—He pensado en traérselo, señorita Glory —dijo riendo el muchacho, al tiempo que desataba la correa.

Nimue salió corriendo hacia las mujeres y Gwyneira se inclinó por costumbre para saludarla. Pero la perra no tenía ojos para ella: ladrando, casi aullando, saltó de alegría encima de Gloria.

—¿Es mi *Nimue*? —Gloria se arrodilló en la calle sin atender a su ropa nueva. Abrazó y acarició al animal, que la cubrió de lametazos—. No puede ser... Tenía miedo de que...

—¿De que hubiera muerto? —preguntó Gwyneira—. Por eso no has preguntado... Pero mira, todavía era muy joven cuando te fuiste y los border collies viven mucho tiempo. Aún puede vivir diez años más...

La cara de Gloria había perdido toda su reserva y tensión, solo reflejaba la alegría total del reencuentro. Así que había alguien que la quería.

Gwyneira le sonrió. Luego tomó asiento en el pescante.

—¿Me dejas conducir, Maaka?

El maorí rio.

—Sabía perfectamente, señorita Gwyn, que tendría que cederle las riendas. Pero si no le importa, me gustaría quedarme en Christchurch. He pensado en pasar por el despacho del señor George. Las facturas de la lana...

—Y la encantadora hija pequeña de Reti —completó Gwyn. Era un secreto a voces que Maaka estaba enamorado de la hija del gerente de la compañía de George Greenwood. La muchacha maorí había finalizado sus estudios en un *college* de la isla Norte y hacía poco que ayudaba en el despacho—. Quédate tranquilamente aquí, Maaka, ¡pero no hagas tonterías! La niña está educada a la occidental, espera una petición con flores y bombones. ¡Hasta puedes dedicarle algún poema!

Maaka frunció el ceño.

—¡Yo no pediría la mano de una chica tan tonta! —replicó—. No quiere una *tohunga* que le cuente historias, no es una niña que se conquiste con bombones. Las flores brotan en primavera por toda la isla, traería mala suerte arrancarlas sin razón. —Rio—. Pero tengo esto... Sacó una piedra de jade del bolsillo en la que había tallado la silueta de un pequeño dios—. Yo mismo he encontrado la piedra, mis espíritus la han tocado...

Gwyneira sonrió.

—¡Qué bonito! Se pondrá contenta. Saluda a Reti de mi parte, y a Elizabeth Greenwood si la ves.

Gloria había escuchado la conversación con el rostro impasible. Parecía ponerse otra vez tensa al escuchar cómo bromeaba Gwyn con el enamoramiento del joven. ¿Habría sido desgraciada en el amor?

—¿Alguna vez te ha hecho un hombre un regalo, Gloria? —preguntó con dulzura.

La chica, con el perro apretado contra ella, la miró llena de odio.

—Más de los que habría querido, abuela.

Luego no abrió la boca durante muchos kilómetros.

También Gwyn permaneció en silencio mientras las fuertes yeguas avanzaban kilómetro a kilómetro por las carreteras, para entonces ya bien pavimentadas, de las llanuras de Canterbury. Con el carruaje necesitarían, en efecto, toda la noche. Habría sido mejor pernoctar en el White Hart. Por otra parte, era una noche clara y preciosa. También fría, desde luego, pero no amenazaba lluvia, el cielo estaba cuajado de estrellas, y sobre sus cabezas brillaban las Pléyades.

—Matariki. —James había enseñado a Gwyn los nombres mucho tiempo atrás, una noche de amor.

Gloria asintió con gravedad.

—Y allí *ika-o-te-rangi*. La Vía Láctea. El pez del cielo, para los maoríes.

—¡Todavía te acuerdas! —Gwyneira sonrió—. Marama se alegrará. Siempre temía que te olvidaras del maorí. Como Kura. Cree que Kura se ha olvidado de la lengua. Lo que yo, por mi parte, encuentro extraño. Kura ya hablaba de adulta un maorí fluido y canta en ese idioma. ¿Cómo iba a olvidarse de las palabras?

—De las palabras, no —señaló Gloria, pensando en Tamatea.

Gwyneira hizo un gesto de desconcierto. El sol no tardaría en salir, se acercaban a Kiward Station. También Gloria debería reconocer ya los alrededores. Los prados, el lago...

—¿Puedo... puedo llevar las riendas? —susurró la joven. Su deseo de conducir ella misma a los cobs por el acceso a la casa era tan grande que hasta había dejado a *Nimue*.

Gwyneira quería tenderle las riendas, pero luego apareció una imagen: Lilian el día en que regresó de Inglaterra. Sus ojos risueños, sus exclamaciones jocosas, el cabello agitado por el viento. Gwyneira se había sentido joven, se había identificado con el placer que su bisnieta sentía con los caballos y la veloz carrera. Y entonces James, que galopaba hacia ellas con el caballo blanco. Como cuando la esperaba en el Anillo de los Guerreros de Piedra. Era como si Lilian la hubiera transportado en el tiempo. Pero entonces...

Gwyneira no tendría que haberle dado las riendas. Les había dado mala suerte...

—¡No, mejor no! —Los dedos de la mujer se crisparon en torno a las correas.

El rostro de Gloria se ensombreció. No volvió a abrir la boca hasta llegar a los establos. Cuando uno de los pastores saludó a las mujeres en la cuadra, la muchacha habría querido desaparecer.

—Deje que yo los desenganche, señorita Gwyn. ¿Señorita... Gloria?

El hombre todavía era joven, un blanco. No había conocido a Gloria de niña. Al ver a la muchacha con esa elegante falda pantalón —hasta el momento nunca había visto a una señorita así vestida— se le abrieron los ojos de par en par. Gwyneira vio embeleso y admiración; Gloria, únicamente deseo.

—Muchas gracias, Frank —respondió Gwyn amistosamente, dándole las riendas—. ¿Dónde está la pequeña *Princess*, Frank?

La señorita Gloria quiere verla ahora, era su poni de niña. Ahora es demasiado mayor para montarla, claro.

—¡En el *paddock* detrás de los establos, señorita Gloria! —Frank Wilkenson señaló diligente la puerta trasera de los establos—. Si lo desea la acompañaré con mucho gusto. Delante de un ligero cafesín haría una bella estampa.

Gloria no dijo nada.

—Usted también sabe guiar un carruaje, ¿verdad, señorita Gloria?

La joven fulminó a Gwyneira con la mirada.

—No —contestó lacónica.

—¡Le has dejado impresionado! —intentó bromear Gwyneira, mientras acompañaba a su bisnieta por el establo. De algún modo había que alegrar el ambiente—. Es un chico amable y muy hábil con los caballos. Yo pensaría en la sugerencia. *Princess* sería un buen caballo. ¡Qué tontería que no se me haya ocurrido antes!

Gloria pareció ir a contestar algo, pero se lo pensó mejor y siguió a su bisabuela en silencio. Su rostro volvió a iluminarse cuando vio la grácil yegua alazana en la cuadra con los otros caballos.

—*Princess*, preciosa...

Como era natural, *Princess* no reconoció a su primera ama. Tras ocho años, habría sido exigirle demasiado y Gloria lo sabía. No se lo tomó a mal, sino que pasó por debajo de la cerca y se acercó a la yegua para acariciarla. *Princess* se lo permitió e incluso frotó brevemente la cabeza contra el hombro de la muchacha.

—Mañana te lavaré —dijo la joven sonriendo. Había entendido la indirecta. A la yegua le picaba el pelaje y ella parecía ser una persona capaz de dedicarle tiempo.

Gloria todavía conservaba su buen humor al volver junto a Gwyneira.

—¿Dónde está el potro? —preguntó.

—¿Qué potro...? —Gwyneira supo la respuesta en el mismo momento en que formulaba la pregunta. El potro de *Princess*..., el caballo que Jack le había prometido a Gloria que montaría cuando regresara.

—Gloria, cariño, lo siento, pero... —contestó la anciana compungida.

—¿Ha muerto? —susurró Gloria.

Gwyneira sacudió la cabeza.

—No, ni hablar. Es una yegua hermosa y menuda. Y está bien. Pero... se la regalé a Lilian. Lo siento de verdad, Gloria, pero no creía que fueras a volver. Y en las cartas nunca mencionabas que siguieras montando a caballo...

Gloria se quedó mirando a Gwyneira. La anciana intentó interpretar amablemente la mirada de su bisnieta, pero en los ojos de esta no había más que odio.

—Cuando uno deja de montar a caballo es que está muerto. ¿No es lo que siempre decías? ¿Estaba..., estoy...?

—¡Gloria, no me refería a eso! Ni se me ocurrió. Es solo que la yegua estaba desocupada y Lilian se apañaba bien con ella. Mira, Gloria, todos los caballos de este establo son tuyos. Frank puede mostrarte los animales más jóvenes mañana. Hay un par de cuatro años que son muy buenos. O tal vez prefieras uno bonito de tres años que tú misma puedas domar...

—¿No son más bien propiedad de mi madre? —preguntó Gloria con frialdad—. ¿Como todo lo que hay aquí? ¿Yo incluida? ¿Qué pasará en realidad si me reclama de nuevo? ¿Volverás a enviarme lejos de aquí?

Gwyneira quería abrazarla, pero la joven parecía envuelta en una capa de hielo.

—Ay, Glory... —Gwyneira gimió. No sabía qué decir. Nunca había sido muy diplomática y esta situación la superaba con creces. Le habría gustado que Helen estuviera allí. O James. Ellos habrían sabido qué hacer. Pero Gwyn se sentía indefensa. ¡Gloria tenía que saber por sí misma que era recibida con cariño!

»¡Basta con que volvamos a cubrir a *Princess*! —propuso al final. Gwyn resolvía los problemas con actos más que con palabras.

—¿Entramos? —preguntó Gloria, haciendo caso omiso a la sugerencia—. ¿Dónde me alojaré? ¿Todavía existe mi habitación? ¿O también se la has dado a Lilian?

Gwyneira decidió limitarse a no responder. En lugar de ello

precedió lentamente a Gloria. Desde los establos, un camino conducía a la entrada de la cocina de Kiward Station. En el último momento se le ocurrió que Gloria podía volver a interpretarla mal.

—¿No te importa que...? Bueno, claro que también podemos entrar por la puerta principal..., pero a mi edad suele serme fatigoso. Hay tantos escalones...

Gloria puso los ojos en blanco, pero no era un gesto divertido, como en Lilian, sino más bien despectivo.

—Abuela Gwyn, quiero ir a mi habitación. Cómo entrar ahí, me da absolutamente igual.

Sin embargo, no pudo retirarse tan deprisa. En la cocina esperaban Kiri, Moana y la abuela de Gloria, Marama.

—*Haere mai, mokopuna!* ¡Qué contentas estamos de volver a tenerte aquí!

Gwyneira contempló a las mujeres maoríes que revoloteaban inquietas alrededor de Gloria, le daban la bienvenida como nieta y se disponían a frotar sus rostros con el de la muchacha en un tradicional *hongi*. Si el aspecto de la joven las había alarmado tanto como a Gwyn el día anterior, sabían al menos disimularlo.

En cualquier caso, Marama renunció a abrazar a su nieta. La tomó de las manos y le dijo algo en su lengua. Gwyneira no entendió con precisión, pero creyó oír una disculpa.

—Perdona a tu madre, mi hija, *mokopuna*. Nunca entendió a los seres humanos...

Gloria aguantó la sincera bienvenida con indiferencia. Solo sonrió cuando *Nimue* se extasió ante las sonoras muestras de alegría de las mujeres y se puso a correr alrededor dando unos fuertes ladridos.

—Ahora primero descansar. ¡Pero esta noche una comida buena! —anunció Kiri. Tal vez atribuía la apatía de Gloria al cansancio por el viaje nocturno—. Hacemos *kumera*, boniatos. ¡Seguro que no has comido desde que te marchaste a Inglaterra!

Al final, Gwyneira condujo a su bisnieta a la habitación, la misma que había ocupado antes de su partida y advirtió no sin alivio que la tensión del rostro de la chica se aflojaba al entrar en la estancia. Gwyneira no había cambiado nada. En las paredes seguía habiendo bonitas imágenes de caballos, la última fotografía de Gloria con *Princess*, torpes dibujos infantiles y un par de ilustraciones de la flora y fauna locales de Lucas, el primer esposo de Gwyneira.

—¿Lo ves?, siempre te hemos esperado —dijo con convicción Gwyn, pero el rostro de Gloria solo dejó paso a una sonrisa cuando descubrió sobre la cama el regalo de Marama. ¡Cuántas veces no habría lanzado a toda prisa sobre la cama sus pantalones de montar para «transformarse en una chica» otra vez, como decía Jack, para la cena! Y ahí estaban los pantalones, con el corte antiguo y sencillo de Marama.

Gwyneira intentó responder a la sonrisa.

—¿Querrás escoger un caballo mañana? —preguntó tímidamente.

El resplandor en los ojos de Gloria se apagó.

—A lo mejor —dijo.

Gwyneira casi se alegró de cerrar la puerta tras sí.

Gloria se paseó de nuevo por el cuarto, contempló todas las imágenes de las paredes, la gastada alfombra de colores, los trocitos de jade y de piedras de colores que había reunido con Jack...

Al final se arrojó sobre la cama, abrazada a *Nimue* y llorando. Cuando sus lágrimas por fin se agotaron, el sol ya brillaba en lo alto.

Había llegado. Estaba en Kiward Station.

Gloria era consciente de que debería alegrarse por ello. El tiempo de dolor había pasado. Sin embargo, no experimentaba alegría alguna.

Lo que sentía no era más que rabia.

3

La idea de casarse en secreto era un sueño maravilloso que Lilian y Ben iban embelleciendo cada vez más. A la joven no le afectaba nada de lo que interesaba a sus padres, ni los acontecimientos relacionados con la guerra, ni el regreso de Gloria. Estaba absorta en su amor por Ben y en el plan de huida, y no vacilaba en llevarlo a término. Ben, por el contrario, compartía sus fantasías sin creer realmente en ellas. Hasta que una tarde glacial de primavera los acontecimientos se precipitaron.

George Greenwood estaba de nuevo en la ciudad y había decidido con Tim y Matt Gawain hacer por fin públicos los propósitos de construir una fábrica de coque, puesto que ya se había colocado la primera piedra y era imposible que alguien de Greymouth se les adelantara. De todos modos, Tim tenía claro que si guardaban demasiado tiempo el secreto, los otros propietarios de las minas tal vez se disgustaran. Los hombres habían convenido, pues, invitar a los Biller, al administrador de Mina Blackball y a otros propietarios destacados a un banquete en uno de los mejores hoteles del muelle. Pretendían sorprender a los presentes comunicándoles que, a partir de entonces, ofrecían a todas las minas de Greymouth la posibilidad de convertir en coque el carbón sin que tuvieran que desplazarse. Las opiniones al respecto probablemente estuvieran divididas: los propietarios de las minas más pequeñas se alegrarían; Florence Biller más bien se enfadaría por no haber destinado ella misma esfuerzo y dinero en expandir el negocio.

Para Mina Lambert, la inversión arrojaría, con toda certeza, pingües beneficios.

Lilian Lambert y Ben Biller tenían otras razones para considerar esa noche un acontecimiento importante. Por vez primera desde hacía un año, sus padres se atrevían a llevarlos a un acto social. Ben acompañaba a su madre, pues Caleb había rehuido una vez más el compromiso. Por su parte, Lilian seguía trabajando de conductora, y George Greenwood había pedido expresamente a su encantadora compañera de viaje que se sentara junto a él a la mesa.

—Y bien, ¿qué tal van los asuntos del corazón? —bromeó con la joven, cuando esta tomó formalmente asiento junto a él. Llevaba un vestido nuevo de color verde manzana, el primer vestido de noche de su vida, y estaba cautivadora. Ben la devoraba con los ojos—. ¿Has entregado ya tu amor a alguien o prefieres encargarte de la mina de tu padre?

Lilian se puso como un tomate.

—Yo..., bueno... ¡Ya hay alguien! —respondió con gravedad. El tío George siempre la había tomado en serio. Seguro que no se comportaba de un modo tan infantil como sus padres o los de Ben cuando se enterase de su amor—. ¡Pero todavía es un secreto!

George sonrió.

—Pues entonces mejor que no hablemos de ello —concluyó, y decidió para sus adentros conversar más tarde al respecto con Elaine. Esta le había mencionado por encima, en algún momento, que los dos jóvenes se habían enamorado, pero opinaba que a esas alturas ya habían desistido. George discrepaba. Y, contrariamente a la mayoría de los presentes, no le pasó desapercibido que Lilian y Ben habían desaparecido. Lilian encontró un motivo: Elaine le había pedido que fuera a buscar la estola que se había dejado olvidada en el coche. Ben, por su parte, se escapó cuando creyó que Florence Biller estaba ocupada: discutía acaloradamente con el gerente de Mina Blackball a causa de un enlace de ferrocarril.

George decidió que ese era el momento ideal para dar a conocer la noticia y dio unos golpecitos en su copa.

Ben alcanzó a Lilian cuando la joven acababa de abrir el vehículo y la miró enardecido.

—¡Tenía que verte a solas, Lily!

Lilian se dejó abrazar, aunque parecía preocupada. Había aparcado el vehículo en plena calle y al menos el portero del hotel podía verlos. Era probable que este no tuviera el menor interés en traicionarla, pero la situación la desazonaba. Además, tenía frío. Si bien era octubre y había llegado la primavera, el tiempo no respetaba las normas. El viento procedente de los Alpes era glacial.

Al final tomó una decisión.

—¡Súbete conmigo al coche! —invitó a Ben, al tiempo que ocupaba el asiento trasero.

El chico se acomodó a su lado y de inmediato comenzó a acariciarla. El vehículo era enorme, nunca habían estado tan a gusto. Lilian respondió a los besos del chico riendo.

—¡Guárdate alguno para la noche de bodas! —se burló—. No falta tanto. ¿Esperamos aquí hasta que sea tu cumpleaños o nos vamos enseguida a Auckland?

Ben se sobresaltó, pero encontró una evasiva.

—Mejor esperamos. Porque..., bueno, antes de que estemos casados, ¿dónde vamos a vivir?

Lilian se encogió de hombros.

—Nos buscamos a alguien que nos alquile un piso y no nos pida el certificado de matrimonio —respondió pragmática—. Eso no es lo importante.

Ben se ruborizó.

—¿Te refieres a que..., en fin..., a que lo haremos... antes...?

Lilian se puso seria.

—Creo que sí. También por prudencia. No vaya a ser que algo salga mal, que algo no funcione o así.

—¿Cómo que no funcione? —preguntó Ben, perplejo.

Entonces fue Lilian quien se ruborizó.

—Bueno..., por lo que tengo entendido..., es algo relacionado con acoplarse.

Ben frunció el ceño.

—Pero creo que siempre funciona —declaró.

Lilian lo miró inquisitiva.

—¿Cómo lo sabes? ¿Ya lo has hecho alguna vez?

Su rostro oscilaba entre la esperanza de aprovechar la experiencia del otro y la amargura de la infidelidad.

Ben sacudió la cabeza ofendido.

—¡Claro que no! ¡Nunca lo haría con otra que no fueras tú! Pero... —De nuevo se le agolpó la sangre en el rostro—. Pero los otros chicos del *college*...

Lilian comprendió. Los compañeros de Ben eran mayores que él. Era lógico que supieran más.

—Está bien —respondió ella—. Pero que lo probemos primero no nos hará ningún daño. Tienes ganas, ¿no?

—¿Ahora? —preguntó Ben—. ¿Aquí?

La tentación existía. En el vehículo hacía un calor muy agradable, era mucho más cómodo que el establo. Pero Lilian quería ser prudente.

—No, ahora es demasiado pronto. En Auckland, sí.

Ben la besó más apasionadamente. La idea de hacerlo allí y en ese preciso instante era irresistible.

—Pero luego será demasiado tarde. No hemos de escaparnos si no funciona...

Lilian se lo pensó un instante. Entonces permitió que le levantara el vestido y le acariciara los muslos. Era la primera vez, pero superó todo el placer que experimentaba cuando Ben la besaba o le acariciaba los pechos. Gimió complacida.

—Funcionará... —susurró.

Florence Biller estaba furiosa. ¡Otra vez ese Greenwood! ¡Otra vez esa compañía que disponía de cantidades colosales de dinero y que invertía en Mina Lambert! Y claro, ¡que la idea del edificio fuera de Tim! Ella misma había coqueteado con esa idea alguna vez, pero habría necesitado un despacho de ingeniería para trazar un proyecto más concreto. No lo habría conseguido sin que nadie se enterase, como Lambert. Y sin inversores tampoco habría funcionado... ¡Si Caleb fuera un poco más hábil y tuviera algo de interés! Era agotador tener que hacerlo todo sola. Por ejemplo:

cuando abordaba a socios capitalistas de fuera, siempre tropezaba con el mismo obstáculo. ¡Florence deseaba ardientemente ser un hombre! Por supuesto que contaba también con sus hijos. Sam parecía bien encaminado, pero todavía era demasiado joven. Ben, por el contrario... El primogénito cada vez le recordaba más al padre. Igual de blando, igual de fracasado. ¡Carrera universitaria! ¿Cómo osaban llamar carrera a algo así? Caleb apenas si ganaba lo suficiente para mantenerse con sus artículos e investigaciones, y desde luego no para vivir como pensaba Florence. La mina, por el contrario, prosperaba. En ella había posibilidades de expandirse, gracias a ella era posible mostrar capacidad de arrojo y de riesgo, cuando uno los tenía... Pero ¿dónde se había metido Ben? Florence buscó alrededor, mientras el resto de los invitados se apiñaba en torno a Greenwood, Lambert y Gawain y los felicitaba y les planteaba preguntas.

¿Y dónde estaba la niña Lambert?

Florence se puso el abrigo. Tenía que salir, ya fuera a buscar a Ben, ya a tomar el fresco. Y antes de que alguien se percatara de lo indignada que estaba. Sabía que la cólera no le sentaba bien a la tez. Le salían manchas en el rostro y la boca se le contraía en una mueca. Sin embargo, la estrategia exigía que felicitara sonriente a sus rivales.

Florence abandonó la sala. Creyó que discretamente, pero George Greenwood la vio por el rabillo del ojo y tocó con la punta del dedo a Elaine.

—¿Lainie? Creo que nuestra iracunda señora Biller echa en falta a su hijo.

Elaine, sonriente y algo aburrida, estaba en pie junto a su marido con una copa de vino espumoso en la mano. En esos momentos, lanzó una mirada desconcertada a George.

—¿Y? Tan lejos no puede haberse ido.

—¿Tú no echas en falta a nadie?

Elaine se llevó las manos a la cabeza.

—Oh, no. ¿Ha dicho algo, tío George? Da igual, salgo a buscarla. Si es posible antes de que Florence la encuentre. ¿En qué estará pensando esa niña?

Más divertida que preocupada, Elaine se encaminó al exterior y tuvo tiempo de ver cómo Florence Biller abría con violencia la portezuela del Cadillac y arrancaba a su hijo del coche.

—¡Fuera de aquí! ¡Ahí dentro se está hundiendo nuestro negocio y tú, tú..., tú aquí divirtiéndote con esta fresca!

—No es lo que tú crees... —balbuceaba Ben. Se aseguró lo más discretamente que pudo de tener los pantalones todavía abrochados, pues Lilian acababa de inspeccionar con curiosidad esa zona—. Y usted, señora Lambert... —Ben vio aparecer a Elaine detrás de su madre e intentó hacer una especie de reverencia para apaciguarla—. Puedo explicarlo, madre... y señora Lambert. ¡Queremos casarnos!

Elaine miraba a su hija sin hablar, mientras Lilian se arreglaba la ropa y se disponía a su vez a salir del coche.

—¿No tiene nada que decir al respecto? —preguntó Florence poniendo el grito en el cielo—. Esa pelandusca...

—¡No hable en este tono, Florence! —la interrumpió Elaine—. Mi hija no es una cualquiera, aunque esta pareja haya sobrepasado un poco... los límites de las buenas costumbres. Sal, Lily. Y arréglate de forma más o menos pasable. Tal vez deba enviar a su hijo a casa, Florence. Por lo demás, a todos nos interesa evitar un escándalo. ¡Lilian, lávate la cara y entra en la sala! Florence, más tarde tendremos que hablar con ellos. Y tal vez también entre nosotras... —Elaine se esforzaba por conservar la calma.

—¿Hablar? ¿De qué tenemos que hablar? ¡Qué propio de usted! ¡La hija de una camarera! —Florence estaba furibunda.

—¡Vaya, y que lo diga precisamente usted, no tuvo ningún reparo en acostarse con quien más le convino! —replicó Elaine—. ¿Me equivoco o también se interesó durante un breve tiempo por mi marido? Un tullido con mina prometía, ¿no? Lástima que la cabeza de Tim seguía funcionando bien. Pero al final fue un pisaverde con mina el premio gordo.

—¡Lainie, creo que ya es suficiente! —Matthew Gawain se interpuso con el rostro pálido entre las dos mujeres—. Y serénese usted también, señora Biller, o mañana estará en boca de todo el mundo. De todos modos, tendremos que comprar el silencio al portero. Lilian..., tu padre está esperándote. Y el señor Greenwood quiere bailar contigo.

Elaine se mordió los labios. Pocas veces se abandonaba a tales arrebatos. En realidad se acobardaba fácilmente. ¡Pero llamar «pelandusca» a Lilian era ir demasiado lejos!

—¡Vaya, pues tampoco andaba tan equivocada! —bramó Tim Lambert. Era tarde y sin duda habría sido mejor discutir del asunto de la díscola pareja a la mañana siguiente. Pero Tim, claro está, de algo se había enterado. Se había percatado de que George se comunicaba entre cuchicheos con Elaine y después con Matthew, quien había reaccionado con alarma. Luego la expresión descompuesta de Elaine al regresar, las huellas de lágrimas en el rostro de Lilian, la desaparición de Florence y Ben... El marido de Elaine no era tonto. No obstante, toda la familia Lambert había guardado las formas hasta concluir la velada en el hotel. Fue al llegar a casa que Tim se las tuvo con Lily.

—Si he entendido bien, ese desgraciado te ha levantado el vestido y...

—¡No ha pasado nada! —se defendió Lilian—. Solo nos hemos acariciado un poco...

—¿Metiendo mano debajo del vestido?

—Queremos casarnos.

Tim levantó la vista al cielo.

—¡No puede ser verdad! ¡Casaros! ¡Qué edad tenéis! ¡Es totalmente absurdo! Tu madre lo llamará enamoramiento, pero lo mires por donde lo mires, que te abras de piernas en mi coche es ir demasiado lejos...

A Tim le habría gustado dar una azotaina a su hija. ¡Un escándalo así, justo en la velada de su gran día! A partir de ese momento, Florence Biller haría todo lo posible por ponerle trabas. En primer lugar, Mina Biller ya no sería uno de los clientes importantes de la fábrica de coque. Seguro que Florence se encontraba en ese instante haciendo planes para construir una instalación propia, ¡aunque se arruinara en el intento!

—Yo...

—Tómatelo con calma, Tim —aconsejó Elaine, intercediendo por su hija—. Si no es que se ha reavivado hoy de repente el fuego (y Lilian me ha asegurado que no es este el caso), ya hace dos años que los chicos mantienen esta relación. A lo mejor es que realmente están hechos el uno para el otro. Florence tiene que comprender...

—Florence no tiene que hacer nada en absoluto. Y nosotros tampoco. Salvo que me parece indispensable enviar urgentemente a Lilian lejos de aquí. ¿Qué tal con tus padres, Lainie? Podría ayudarles en el almacén, tiene aptitudes. Y tu padre cuidará de ella. A fin de cuentas, ya comprobó contigo adónde lleva permitir que las niñas perdidamente enamoradas hagan lo que les da la gana.

—¿Y ahora por qué te metes conmigo? —replicó Elaine.

Lilian sollozó. Conocía a grandes rasgos la historia del primer matrimonio de Elaine, pero era evidente que a su madre no le gustaba que se la recordasen. Sin duda, cuando se era muy joven, uno podía equivocarse en los asuntos de amor. Lilian lo entendía. ¡Pero ella, por su parte, no estaba equivocada!

—¡Amo a Ben! —exclamó, desafiante—. Y no permitiré que me enviéis lejos de aquí. Nos casaremos y...

—¡Tú cierra la boca! —ordenó Tim.

—En realidad puedes irte a la cama —señaló Elaine, más tranquila en apariencia—. Mañana seguiremos hablando.

—¡No hay nada de que hablar! —añadió Tim.

Lilian corrió a su habitación y siguió llorando hasta caer rendida, mientras sus padres discutían acaloradamente. Esto sucedía en muy contadas ocasiones, pero esa noche se pelearon, hicieron las paces al amanecer y se quedaron dormidos uno en brazos del otro sin enterarse de que el desesperado Ben Biller arrojaba, con bastante poca habilidad, una lluvia de piedrecitas a la ventana del dormitorio de Lilian.

La muchacha reaccionó enseguida. Cuando acertó la primera piedra, se despertó, abrió la ventana y esquivó el siguiente guijarro.

—¡Cuidado, no hagas ruido! —susurró, sorprendida, pero también encantada con lo que estaba sucediendo—. ¡No despiertes a mis padres!

—¡Tengo que hablar contigo! —Ben parecía angustiado, nada que ver con un impulso romántico—. ¿Puedes bajar?

Lilian se puso por encima la bata más bonita que tenía, aunque con ella se congelaría al salir. El luminoso color verde hierba realzaba el color de sus ojos. Lástima que no se apreciara en la oscuridad... Lilian se detuvo una fracción de segundo ante el espejo y luego voló escaleras abajo. Encontró a Ben en el jardín, bajo la ventana de su habitación. El chico se ocultaba entre la maleza.

—¿Te han reñido? —preguntó, echando un vistazo a la cara descompuesta del joven—. ¡A mi padre casi le da un patatús! Imagina que...

—¡Quieren enviarme lejos de aquí! —la interrumpió Ben—. Al menos mi madre; mi padre no ha dicho nada...

Lilian soltó una risita.

—A mí también quieren mandarme lejos. A Queenstown. Pero yo desde luego no voy...

—A mí a la isla Norte —susurró Ben—. Unos parientes tienen una mina. Y he de trabajar allí, mi madre ya ha hablado por teléfono con mi tío. Lo ha llamado en plena noche, estaba hecha un basilisco. Ha debido de pasar algo más que lo nuestro...

Lilian hizo un gesto de impotencia. Ben era incapaz de atar cabos. Ella le había hablado de la fábrica de coque y de que esa tarde habían planeado comunicar la noticia. Con toda certeza, eso también había sacado de quicio a Florence Biller...

—Pero ella no puede forzarte —le consoló—. Dile simplemente que no vas, que no tienes ganas de trabajar en un despacho.

—¡Lily, tú no lo entiendes! —Ben la agarró por los hombros como si fuera a sacudirla, pero luego prefirió hundir el rostro en el abundante cabello suelto de la chica—. No tengo que trabajar en un despacho, ¡me envían dentro de la mina! Mi tío dice que con él hay que empezar desde abajo. Al menos trabajaré un par de meses en el interior. Asegura que así sus hijos se dejaron de tonterías.

—¿Tú? ¿Tendrás tú que sacar carbón? —preguntó Lilian. Ben no era nada diestro para los trabajos manuales, eso ya hacía tiempo que lo tenía claro. Con el tiempo había llegado a la conclusión de que el éxito del chico en la práctica del remo se debía más a su sentido del ritmo y sus aptitudes estratégicas que a la fuerza física.

—¡Soy incapaz, Lily! —se lamentó Ben—. Y lo he intentado de verdad, quería decirle que no contara conmigo. Que a fin de cuentas no podía llevarme a rastras tirándome del pelo hasta el transbordador y todo eso que tú siempre dices. ¡Pero no lo he conseguido, Lily! Cuando la tengo delante me quedo como paralizado. No me sale ninguna palabra y..., bueno, a mi padre le pasa igual.

Lilian le pasó el brazo por encima del hombro para confortarlo.

—Ben, de todos modos, vamos a irnos.

Ben asintió con vehemencia.

—Por eso he venido. Larguémonos, Lily. ¡Ahora mismo, con el tren de la mañana!

Lilian frunció el ceño.

—Pero el tren de la mañana va a Westport, Ben. El de Christchurch sale a las once.

—¡No ese! —objetó Ben con tono triunfal—. Desde nuestra mina sale uno que transporta el carbón a Christchurch. A las seis de la madrugada. Los vagones están listos, los trabajadores del ferrocarril se limitan a engancharlos cuando llega la locomotora. Si nos metemos en uno, nadie se dará cuenta.

—Pero pareceremos negros cuando lleguemos a Christchurch —objetó Lilian.

—Pues nos bajamos antes y nos lavamos en algún sitio... —El plan de Ben era fruto de la desesperación.

En un abrir y cerrar de ojos, Lilian introdujo unas mejoras.

—Necesitamos mantas. O mejor aún, una lona para protegernos de la carbonilla. No impedirá del todo que nos manchemos, pero algo es algo. ¿Tenéis algo por el estilo en la mina? Seguro. Y deberíamos ponernos la ropa más vieja y fea que tengamos. La tiraremos cuando hayamos llegado a Christchurch; de todos modos, llegaremos a la estación de mercancías, ¿no? Allí seguro que encontramos un cobertizo o algo similar donde cambiarnos. Voy a preparar la maleta corriendo. ¿Dónde están tus cosas, Ben?

El chico la miraba sin comprender.

—¡Ben! ¡Tu equipaje! ¿Querías marcharte así tal cual? ¡Sin ropa para cambiarte! Además, ¿tienes el pasaporte?

Ben no había llegado a pensar tanto. Era evidente que se había escapado presa del pánico, de manera que ahora tenían que ir a la ciudad y volver otra vez. Lilian resopló. No tenía más remedio que tomar prestado el automóvil. A pie no llegarían a las seis, y a caballo... Que Ben se sentara a la grupa de *Vicky* con ella era inconcebible.

La misma Lilian había fantaseado más de una vez con la cuestión del equipaje para la gran partida. Solo necesitaba unos pocos minutos para correr al interior, ponerse un viejo vestido de estar por casa y un no menos gastado abrigo, y meter un par de prendas de muda en una maleta. El pasaporte ya estaba preparado. En menos de media hora, Lilian estaba lista para la marcha. Cerró la puerta tras sí sin volver la vista atrás. Animada por la aventura, condujo a Ben a los establos, donde habían adosado el garaje. Al lado se levantaba una casita que pertenecía a Roly, pero que llevaba meses abandonada. Una suerte para Lily.

La muchacha puso en marcha el coche y se sobresaltó cuando el motor pareció desgarrar la noche. Claro que desde la casa apenas se percibiría, pero si había alguien despierto...

Pero Mary, la sirvienta, no dormía con los Lambert, sino con su familia en la colonia de los mineros. Y Tim y Elaine no habían oído los golpes de las piedrecitas. Despacio y haciendo el menor ruido posible, Lilian sacó el pesado coche del garaje.

—¡Cierra el portón, Ben! Así mañana tardarán un poco más en darse cuenta de que el coche no está... ¡No, el cerrojo de la izquierda! Dios mío, ¿es que no puedes ni cerrar un portón sin pillarte los dedos?

Ben se chupó el pulgar aplastado cuando Lilian salió a la carretera. En esos momentos temblaba ante su propia osadía.

—¿Tengo que volver a casa? ¿Y si mis padres se despiertan?

—Después de lo de hoy, estarán agotados. Solo has de tener cuidado de no volcar nada en la escalera. Limítate a entrar, recoge tus cosas y luego nos vamos. ¡No te olvides del pasaporte!

Lilian pasó media hora de angustia al volante del coche, a un par de calles de la residencia de los Biller. Por su mente desfilaban miles de complicaciones, pero al cabo de un rato, Ben volvió a tomar asiento a su lado.

—Mi padre... —susurró—. Me ha descubierto...

—¿Qué? —preguntó Lily—. ¿Y cómo es que estás aquí? Ben...
¿no le habrás pegado, disparado o algo por el estilo? —Las novelas y las películas solían acabar así, aunque a decir verdad Lilian no creía capaz a Ben de realizar ningún acto violento.

El joven sacudió la cabeza.

—No, me ha dado esto... —El chico sacó del bolsillo un billete de cien dólares—. Ha sido un poco... tétrico. Ya... ya había recogido mis cosas pero me faltaba el pasaporte, que estaba en su estudio. Cuando he entrado en el despacho..., ahí estaba él. A oscuras. Bebiendo una botella de whisky. Solo me ha mirado y me ha dicho...

—¿El qué? —preguntó Lilian, lista para una retahíla de solemnes frases de despedida.

—Me ha dicho: «¿Te vas?» Y yo he contestado: «Sí.» Y luego se ha sacado el dinero del bolsillo y me ha dicho...

—¿Qué? —Lilian empezaba a impacientarse. De todos modos, comprobó de un vistazo que Ben tuviera la maleta con su ropa y puso de nuevo el coche en marcha.

—Ha dicho: «Ahora no tengo más.» —Ben tragó saliva.

—¿Y? —preguntó Lily.

—Y nada —respondió Ben—. Después me he ido. Ah, sí, le he dado las gracias.

Lilian suspiró aliviada. De acuerdo, no servía para un drama, pero al menos Ben se había marchado y, además, con la bendición paterna. Si ella hubiera estado en el sitio de Ben, habría aprovechado la oportunidad para pedirle a Caleb que firmara también el permiso para casarse. Pero al menos no se había olvidado del pasaporte.

—Dejaremos el coche en el bosque, justo al lado de vuestra mina, así lo encontrarán mañana —señaló Lilian—. ¿Tienes la llave del portal o hemos de escalar?

Ben tenía la llave y los vagones estaban ahí, tal como él había descrito. Faltaba una hora larga para que la locomotora llegase, todavía no había nadie, y Ben y Lilian se acondicionaron para el viaje un rincón lo más confortable posible en una montaña de carbón. No mancharse en tales condiciones era pura ilusión. Cuando unas horas más tarde —ya hacía tiempo que el tren se había puesto en marcha y que el sol había salido— apartaron la lona y se expusieron al aire, parecían dos mineros. Ben se rio de la cara tiznada de negro de Lilian y le besó la carbonilla de la nariz.

—¿Dónde estamos en realidad? —preguntó la joven, contemplando el maravilloso panorama de los Alpes Meridionales. El tren pasaba en esos momentos por un grácil puente que no parecía capaz de soportar su peso. Lilian contuvo la respiración. A sus pies se abría una cañada por la que serpenteaba un arroyo de un blanco azulado. A sus espaldas todavía se alzaban algunas cimas cubiertas de nieve.

—En cualquier caso, muy lejos de la costa Oeste —respondió Ben aliviado—. ¿Nos echarán en falta?

—Seguro —contestó Lilian—. La cuestión es si saben que nos hemos ido con este tren. Si lo descubren, nos atraparán en Christchurch.

—¿No podríamos bajarnos antes? —planteó Ben.

Lilian hizo un gesto de ignorancia.

—Normalmente sí, en Rolleston, por ejemplo. Es la última parada antes de Christchurch, pero ¿parará allí el tren de mercancías? —Reflexionó—. De todos modos, se detendrá en Arthur's Pass. O al menos tendrá que reducir la velocidad por ahí; entonces podemos saltar. Y luego cogemos el tren normal de pasajeros a Christchurch.

—¿Y tú crees que no lo controlarán? —Ben tenía sus dudas.

Lilian se impacientó.

—De ese podemos bajarnos en Rolleston...

Arthur's Pass, una escarpada carretera de montaña, unía los valles de los ríos Otira y Bealey. Había tenido que ser demoledor y muy peligroso tender vías allí, en parte, además, en un túnel. El tren iba despacio por el paso y Ben y Lily podrían saltar de él fácilmente. De todos modos, los raíles solían estar a pocos metros del abismo, así que esperaron a que la estación surgiera ante su vista. El tren de mercancías no se detuvo en ella y se limitó a emitir un pitido, pero Lily lanzó decidida la bolsa desde el vagón y saltó antes de que aumentara la velocidad. Ben la siguió y cayó rodando con destreza. Habían roturado la tierra en esa zona para la línea del ferrocarril y en los alrededores de la estación solo había matorrales. Más adelante, en dirección a Christchurch, empezaban los hayedos, un nuevo decorado en el panorama del viaje entre Christchurch y la costa Oeste.

No obstante, Lilian y Ben no se fijaban en la belleza del paisaje que los rodeaba. Les urgía encontrar un río en el que lavarse sin demora. Puesto que esa área era rica en agua, pronto encontraron un arroyo y los dos acamparon al lado riendo. El agua estaba congelada y aunque hacía un día soleado, la mera idea de mojarse o cambiarse de ropa los helaba. Arthur's Pass era mucho más elevado que Greymouth, y a esa hora, por la mañana, todavía había escarcha.

—¿Te atreves a meterte? —desafió burlona Lily al chico, al tiempo que se despojaba de las medias, totalmente negras de carbonilla.

—¡Solo si te atreves tú! —Ben se quitó la camisa por la cabeza. Naturalmente, no había pensado en ponerse la ropa más gastada, sino que había echado a perder una bonita camisa de vestir.

—Para eso tendría que desnudarme... —objetó Lilian, y metió los dedos de los pies en el agua gélida.

—De todos modos tendrás que hacerlo. —Ben señaló la bolsa de la joven con la ropa de muda.

—No del todo. —Lilian parpadeó avergonzada—. Pero lo hago si tú también lo haces. —Y se desabrochó el vestido sucio.

Ben dejó de sentir frío cuando vio que también se desataba el corsé y se plantaba delante de él solo con la ropa interior.

—¡Ahora tú! —exclamó Lilian con los ojos brillantes.

Contempló fascinada cómo Ben se sacaba los pantalones.

—Conque es así... —observó cuando él estuvo desnudo ante ella—. Me lo había imaginado más grande.

Ben se puso como un tomate.

—Depende del... tiempo... —murmuró—. Ahora tú...

Lilian frunció el ceño, pero luego también se desnudó, para cubrirse enseguida, temblando de frío, con el polvoriento abrigo.

—Enseguida volverás a mancharte... —dijo Ben—. ¡Pero eres muy bonita!

Lily rio, aunque con cierta timidez.

—¡Y tú estás sucio! —exclamó—. ¡Venga, voy a lavarte!

Sumergió las enaguas en el arroyo y se dirigió hacia Ben. Poco después jugaban los dos haciendo travesuras con el agua congelada, salpicándose e intentando limpiarse el cuerpo de carbonilla. Lilian había llevado jabón, pero a pesar de eso no era tarea fácil. El polvillo era graso y se quedaba pegado, habría hecho falta agua caliente para desprenderse de él. Con todo, Lilian había tenido la prudencia de cubrirse todo el cabello con una tela. Ben tenía que lavarse el suyo y a pesar de que casi se murió de frío, el resultado no fue satisfactorio.

—Vaya, ahora pareces mayor —señaló Lilian—. Con canas precoces.

Ben no pudo contener la risa. Pocas veces se lo había pasado tan bien como con esa pelea loca en el arroyo de Arthur's Pass. Lilian estaba desbordante de alegría.

—Aunque todavía soy virgen —se lamentó con tono de reproche—. Y eso a pesar de haberme desnudado del todo. Pero es que hacía demasiado frío. ¿Cómo deben de arreglárselas los esquimales?

Al final ambos vestían ropa limpia, aunque tiritaban de frío. Ben no había pensado en coger un abrigo y Lilian había renunciado a llevarse uno para cambiarse con objeto de no ir demasiado cargada. Ahora se arrepentía. Ben intentaba darle calor estrechándola contra sí, mientras regresaban a la estación para esperar el tren de pasajeros que iba a Christchurch.

—¿Seguro que para aquí? —preguntó Ben.

Lilian asintió, tiritando.

—Y espero que dentro haga calor. Ahora ya estamos lo suficientemente cerca. Podemos esperar ahí. —Señaló unos matorrales al alcance de la vista del andén e hizo ademán de ir a sentarse sobre la bolsa, escondiéndose entre las matas.

—¿Aquí? ¿No tendríamos...? Quiero decir que podríamos ir al andén. Podemos comprar los billetes y a lo mejor tienen una sala de espera...

—Ben. —Lilian se frotó el entrecejo—. Si ahora nos metemos ahí dentro y compramos un billete, lo primero que nos preguntará el guardabarreras es de dónde venimos. ¿Y entonces qué le contestaremos? ¿Que hemos venido a pie por los Alpes? ¿O que nos ha lanzado aquí un avión? Eres demasiado honrado, Ben. Espero que nunca tengas que robar para alimentarnos, como Henry Martyn en la canción. Nos moriríamos de hambre...

—¿Y qué ha planeado la señorita capitana de los piratas? —preguntó Ben, ofendido—. De algún modo tendremos que subirnos al tren.

Lilian soltó una risita.

—Señorita capitana de los piratas me gusta. Y lo del tren es fácil. La gente suele bajarse aquí para contemplar el paso por las montañas y estirar las piernas. Basta con que nos juntemos a ellos y subamos al mismo tiempo. No creo que en esta estación controlen los billetes. ¿Quién iba a colarse en el tren en un lugar tan deshabitado?

En efecto, resultó de una facilidad irrisoria subir al ferrocarril en Arthur's Pass. El peligro mayor consistía en que algún conocido los viera: a fin de cuentas, medio Greymouth conocía a los Lambert y los Biller. De ahí que Lilian y Ben evitaran cuidadosamente a los pasajeros que creían haber visto alguna vez y acabaran en un compartimiento de viajeros procedentes de Christchurch. Una pareja de cierta edad, en especial, fue amable y compartió con los hambrientos jóvenes sus provisiones para el viaje.

—Mi marido es minero, ¿sabe? —explicó Lilian en tono alegre, para justificar las pinceladas grises en el cabello rubio de Ben—. Pero no tiene futuro... Es decir, claro que tiene futuro, las minas están trabajando a pleno rendimiento, por la guerra. Nosotros... Esto..., los Lambert están construyendo una fábrica de coque, pero... Bueno, nosotros no vemos futuro para nosotros allí. Queremos empezar de cero en las llanuras de Canterbury, con... bueno, ¡quizá vendiendo máquinas de coser!

Elaine Lambert tenía una vieja máquina de coser Singer que William Martyn le había endosado durante su época de representante. Lilian había crecido con la noción de que la venta de esos objetos era más lucrativa que coser con ellos.

Ben carraspeó e intentó contener a Lilian discretamente.

La pareja mayor se mostró, no obstante, bastante impresionada y la mujer contó con todo detalle cómo había llegado siendo niña a Christchurch y había sido adoptada por la familia del panadero. Más tarde se había casado con un socio y en la actualidad su hijo dirigía el negocio. Lilian escuchaba con atención, planteaba las preguntas adecuadas y mordisqueaba unos buñuelos deliciosos, salidos esa misma mañana del horno de Greymouth. La hija de la pareja se había casado allí, también con un panadero.

—¡Si uno es mañoso, lo consigue, joven! —animó la señora a Ben—. ¡Mi yerno también empezó de la nada, ahí, en la costa Oeste!

Ben volvió a carraspear y la señora Rosemary Lauder le tendió otro buñuelo.

Mientras Lilian charlaba alegremente, Ben se quedó ensimismado contemplando el precioso paisaje que pasaba por la ventanilla. Hayedos, románticas orillas de ríos, pero también las agrestes faldas de montaña cedían lugar lentamente al más suave terreno prealpino y a las praderas infinitas de Canterbury.

Los Lauder seguían el viaje hasta Christchurch, mientras que Lilian y Ben bajaron del tren en Rolleston.

—¿Tenías que hablar todo el rato? —preguntó Ben enojado cuando esperaban algo desconcertados en el andén—. ¡La gente se acordará de nosotros!

—¡Sí, de una pareja de jóvenes de la colonia de mineros! —respondió Lily, despreocupada—. Venga, Ben, ¿quién va a preguntarles? Claro que puede pasar que nos busquen nuestros padres o George Greenwood. Él sí que sabe de esto, encuentra a quien sea. Pero en Christchurch no estarán esperando unos detectives para interrogar a los viajeros del tren. Al menos de momento. Y más tarde ya no sabrán de qué gente se trata.

—Realmente seguros lo estaremos en Auckland —concluyó Ben, preocupado.

Lilian asintió.

—Cualquier ciudad grande es acertada. Ven, con un poco de suerte pronto estaremos en el tren camino de Blenheim.

El resto del viaje a Christchurch resultó ser más aventurero. Si bien un par de granjeros los llevaron en su coche parte del camino, llegaron a la ciudad por la tarde, cuando ya estaba oscuro. Ben propuso coger una habitación en algún sitio, pero esta vez Lilian vacilaba.

—Yo ya he estado aquí, Ben. A mí me puede reconocer cualquiera. Si no como Lilian, sí como pariente de la abuela Gwyn. Todas, menos Gloria, somos muy parecidas. Y esta es la ciudad de George Greenwood. Si más tarde recopila información, dará con nuestra pista.

—¿Y qué propone la capitana de los piratas? —preguntó Ben enfurruñado. Después del largo camino a pie ya no tenía frío, pero por la noche volverían a bajar las temperaturas. Ben estaba deseando lavarse con agua caliente y meterse en una cama, con o sin Lilian dentro; estaba tan cansado que era incapaz de pensar en «eso».

Acabaron en una estación de mercancías y durmiendo sobre unas pieles de oveja. En el cobertizo contiguo un rebaño de vacas esperaba a que las transportaran a otro lugar, pero les proporcionó calor, así como ruido y un penetrante olor a estiércol y orina.

—¡Ayer parecíamos negros, mañana apestaremos! —se lamentó Ben—. ¿Qué vendrá luego?

Lilian puso los ojos en blanco y se acurrucó junto al brazo del chico.

—Ben, ¡es tan romántico! ¡Esta es nuestra historia de amor! ¡Piensa en Romeo y Julieta!

—Esos acabaron los dos muertos —objetó Ben, inflexible.

Lilian rio.

—Lo ves, ¡a nosotros nos va mejor! —contestó. Bostezó y cerró los ojos.

También esa noche conservó la virginidad y durmió inocente como un bebé.

4

En efecto, la gente se apartaba un poco de Ben y Lilian cuando al día siguiente viajaban en el tren con destino a Blenheim. No olían a estiércol, pero un tufillo de lanolina todavía impregnaba sus ropas. A Lilian le daba igual, así tenía más sitio junto a la ventana. Si bien el trayecto de Christchurch a Blenheim no era tan atractivo como el recorrido a través de los Alpes, había suficientes cosas que ver. La muchacha quedó especialmente fascinada ante la costa. Había playas blancas como la nieve, pero también cortes abruptos con acantilados que caían en vertical al mar. Las localidades por las que pasaba el ferrocarril eran en su mayoría pequeñas, más comparables a Haldon que a Greymouth, y su principal fuente de riqueza era la cría de ovejas. Solo pocos kilómetros después de Blenheim se extendían las primeras viñas.

Ben y Lilian estaban contentos de que brillara el sol. El territorio en torno a Blenheim disfrutaba del mejor clima de la isla Sur, llovía mucho menos que en Christchurch o en la salvaje costa Oeste. Lilian, que ya había estado ahí con su padre, hablaba entusiasmada de la riqueza de la flora y la fauna.

—¡A lo mejor vemos ballenas en la travesía! ¡Y pingüinos! La última vez bordeé la costa en barco. ¡Fue estupendo!

Ben contribuía de forma científica: en la clase de biología de Cambridge había escrito un trabajo sobre la flora de la isla Sur. Lilian se preguntaba si habría aburrido tanto a los demás alumnos como la estaba aburriendo a ella misma. Pero luego se limitó a dejar de escuchar la conferencia y se dejó acunar por su amada voz. Cuando el tren llegó a Blenheim, Ben tuvo que despertarla.

Después de casi todo un día de viaje, Lilian y Ben estaban demasiado cansados para maquinar una táctica de disimulación. Así que no se bajaron antes de la estación de destino y se pusieron de acuerdo en pagar la habitación de una pensión en lugar de buscar un escondite en el que dormir.

—De todos modos, mañana estaremos en el transbordador, así que da igual —opinó Lilian, estrechándose contra Ben, mientras abandonaban la estación cogidos del brazo—. Pero no tienes que ponerte colorado cuando me presentes como «señora Biller». ¡De lo contrario, la gente creerá que les estamos mintiendo!

Ambos se decidieron al final por un hotelito convencional. No era del todo barato, pero pese a que no comentaron nada al respecto, ambos tenían claro que iban a pasar allí la noche de bodas. Ben pagó con el dinero de su padre, lo que redujo considerablemente su capital. Pensó que si además tenían que añadir el transbordador y quizás una noche en Wellington, su fortuna quedaría en nada.

Lilian no se preocupó: sacó como si tal cosa el tesoro que había reunido, unos trescientos dólares. Tim Lambert siempre había pagado a su hija por su trabajo en el despacho, al contrario que Florence Biller, quien consideraba las tareas de Ben como una contribución al patrimonio familiar. Y si bien Lilian cada mes gastaba alguna suma en papeles de cartas especiales, perfumes, libros de poemas y novelas románticas, algo le quedaba. Había guardado los ahorros debajo del colchón.

—¡Mi dote! —declaró con orgullo.

Ben la besó y ambos inspeccionaron la habitación limpia con la amplia cama de matrimonio y, sobre todo, el baño, dominado por una bañera enorme que reposaba sobre cuatro zarpas de león.

—¡Cabemos los dos! —rio Lilian.

Ben se ruborizó de nuevo.

—No sé... ¿Será decente?

Lilian alzó la vista al cielo.

—Nada de lo que venimos haciendo es decente. Y ya nos hemos desnudado una vez. Entre esto y Arthur's Pass no hay ninguna diferencia, ¡exceptuando que aquí el agua está caliente!

Chapotear juntos en el agua caliente y perfumada acabó con las pocas inhibiciones que les quedaban. Se lavaron mutuamente el cabello, se enjabonaron, y en esta ocasión Lilian ya no se quejó del tamaño del miembro de Ben. De todos modos, para evitar el peligro de ahogarla en la bañera en el intento de desflorarla, corrió a la cama. Ben apenas la secó a ella y a sí mismo antes de volver a intentarlo.

Tras un largo preludio con caricias y besos, ninguno de los dos sabía cómo seguir, pero Lilian se quejaba en cuanto los avances de Ben le resultaban desagradables. Finalmente consumaron el acto y un auténtico éxtasis la hizo olvidarse de las pequeñas molestias sufridas. Ben se levantó casi triunfal. Al final rieron y lloraron los dos de alegría, se abrazaron y volvieron a acariciarse.

—Así ha estado bien, ¿no? —susurró Lilian cuando por fin se apartaron el uno del otro—. Sangrar un poco es normal. Lo decían las chicas del internado. Suerte que mañana nos habremos marchado antes de que venga la doncella, si no tendríamos que pagar las sábanas. ¡Oye, tengo hambre! ¿Pedimos servicio de habitación?

Con el refrigerio tardío y un opíparo desayuno por la mañana derrocharon casi todo el dinero de Ben, pero se pusieron de acuerdo en ahorrar en la boda auténtica. Al día siguiente estaban tan contentos en el transbordador que habrían llegado volando a Wellington. Mientras el resto de los pasajeros soportaba el mareo como podía, Lilian y Ben salieron a pasear por la cubierta y se troncharon de risa del zigzagueo con que avanzaban por la superficie balanceante.

Finalmente llegaron a Wellington y cogieron enseguida el tren nocturno en dirección a Auckland. Lilian soñaba con un coche cama, pero eso habría superado demasiado el presupuesto. Así que la primera noche de viaje durmió en su asiento, acurrucada contra el hombro de Ben. Este no se atrevía a moverse. Apenas si daba crédito al regalo que el destino le había deparado con Lilian. Mientras el tren recorría la mitad de la isla Norte, compuso mentalmente nuevos poemas.

Tras un día y otra noche más avanzando sobre los raíles, llegaron a Auckland de madrugada. No valía la pena pagar una habitación de hotel para pasar las últimas horas de la noche. Lilian sugirió, pues, buscar casa y quiso informarse al respecto ya en la estación.

—Mirad por el oeste —les aconsejó un amable jefe de estación—. A no ser que seáis más ricos de lo que parecéis.

—¿Dónde está la universidad? —preguntó Ben.

El hombre les dio una breve explicación y ambos se dirigieron primero al campus, fascinados por el aire tibio y cálido de la ciudad subtropical.

—¡Palmeras! —exclamó Lilian—. ¡Y kauris enormes! ¡Todo es más grande que en casa!

La universidad, que solo contaba con unos pocos edificios, se hallaba en Princess Street. Ben la encontró un poco decepcionante comparada con los suntuosos edificios de Cambridge y Oxford, pero a fin de cuentas todo dependía de lo que sucediera dentro. Cansados y hambrientos, pero animados por el éxito inicial de su aventura, vagaron por las calles en torno al campus y esperaron a que un salón de té abriera sus puertas. Lilian enseguida preguntó allí por una vivienda.

—¿Sois estudiantes? —quiso saber la muchacha que les sirvió unos huevos y pan recién horneado—. Parecéis bastante jóvenes.

—Mi marido es estudiante —respondió Lilian con aire de gravedad—. Y lo de la edad engaña. Fue becario en Cambridge, pero tuvimos que marcharnos a causa de la guerra, no dejaban de caer bombas y esas cosas.

—¿En Cambridge? —preguntó asombrada la camarera.

—Bueno, no directamente —intervino Ben para salvar lo que había de salvable—. Pero te presionan para que te alistes voluntario. La universidad está abandonada, algunas partes del edificio se han reconvertido en instalaciones hospitalarias, y resulta extraño estar estudiando idiomas mientras alrededor de uno el mundo se desmorona.

Ben había pasado los primeros meses de la guerra en Inglaterra y sabía de lo que hablaba. La muchacha asintió comprensiva.

—¿Filología inglesa? —preguntó—. ¿Románicas? No somos

conocidos por esas carreras; por ahora está sobre todo en auge la Facultad de Químicas.

Parecía conocer bien el tema, ya que al salón de té acudían principalmente alumnos y docentes.

—Estudios maoríes —repuso Ben—. Lingüística comparada.

—¿Y con eso quieres mantener a una familia? —preguntó riéndose la camarera, al tiempo que paseaba fugazmente la mirada por la menuda figura de Lilian—. ¿En serio que estáis casados?

Ben se ruborizó, pero Lilian dijo que sí.

—Y necesitamos urgentemente un apartamento o una habitación...

—Pregunta en la universidad cuando te matricules —aconsejó la chica—. O paséate por las calles a ver si encuentras un cartel que ponga «habitación libre».

Lilian habría solucionado el asunto de la habitación en primer lugar, pero se dio cuenta de que obtendrían mejores resultados si pasaban antes por la universidad. Así que se quedaron bebiendo té hasta que se abrió la oficina de matrículas y Lilian esperó pacientemente a que Ben presentara todos los certificados de estudios que tenía hasta la fecha. Al parecer, le iban a dar la bienvenida con los brazos abiertos. La universidad todavía estaba construyendo las facultades, sin embargo tenía la intención de dedicarse en especial al campo de los estudios maoríes y contar con un estudiante graduado en Cambridge se consideraba enriquecedor. Los jóvenes de la secretaría —estudiantes a ojos vistas que se ganaban unas monedas— enseguida proporcionaron a Ben los nombres y direcciones de los docentes competentes, le tendieron un programa de cursos y le aconsejaron que volviera hacia el mediodía.

—Los señores profesores no madrugan tanto —dijo uno guiñando el ojo—. En Inglaterra no será distinto, ¿verdad?

Antes de que se entablara una discusión más o menos académica sobre los profesores universitarios, Lilian intervino para preguntar por un alojamiento. Estaba muerta de cansancio, aunque, antes de dormir, no tenía inconveniente en repetir, aunque fuera brevemente, la experiencia de la noche de boda. Y para esos menesteres era indispensable una cama.

—Creo que teníamos una lista de habitaciones de alquiler —dijo dudoso uno de los muchachos—. Pero suelen ser habitaciones privadas, es decir, subalquiladas. En general para chicos solos. También hay un par de señoras que acogen a chicas, pero ¿a una pareja?

Tras dar las gracias, Lilian se llevó de todos modos la lista y en las siguientes horas los dos fueron de portal en portal. Tal como se temían, la tarea fue en vano. La mayoría de las habitaciones consistían en cuchitriles diminutos en los que no hubieran cabido dos personas. Sin contar con que nadie pensaba en hospedar a toda una familia.

—No, no, chicos, ahora sois dos, pero en lo que queda de año habrá descendencia, si es que no está ya en camino, y a mi edad no me apetece tener que aguantar los berridos de los críos.

Lilian escuchó desanimada el comentario de la única casera cuya oferta habían tomado en consideración. Era una habitación grande y luminosa justo al lado del campus.

—¿Habrá descendencia este año? —preguntó Lilian burlona cuando volvieron a salir a la calle.

Ben la miró asustado.

—Sería un poco pronto, ¿no? —Por otra parte no tenía ni idea de cómo se evitaba algo así—. ¿Y ahora qué hacemos?

—Nos paseamos por aquí y buscamos, como ha dicho la chica. Pero antes comamos algo. El salón de té era muy agradable. A lo mejor a la camarera se le ocurre algo.

La suerte, sin embargo, no les sonrió. En lugar de la chica de la mañana, a esas horas servía una mujer mayor y antipática que no sabía nada de habitaciones de alquiler. El optimismo de Lilian, pese a todo, era inquebrantable. Tal como había aconsejado el jefe de estación, se encaminaron hacia el oeste tras la pista de una habitación, dejando atrás el distrito universitario. En la parte occidental de la ciudad vivían artesanos y obreros más que estudiantes y profesores. Las dos primeras viviendas que había de alquiler se encontraban sobre una carpintería y una panadería. A Lilian se le hizo la boca agua al percibir el aroma de pan recién horneado.

No obstante, los caseros no estaban muy convencidos a la hora de alquilar habitaciones a una pareja joven, sin trabajo, pero con sueños de altos vuelos.

—¿Es usted estudiante? ¿Y cómo piensa pagar el alquiler?

No le faltaba razón porque, en opinión de Lilian, la renta era bastante alta. Desencantados, siguieron avanzando y fueron acercándose paulatinamente al distrito portuario, en el que había menos casas bonitas.

Al final, Lilian descubrió un cartel a la puerta de un pub de aspecto bastante sucio. La vivienda estaba encima. En realidad se trataba más bien de una habitación grande con una cocina en un rincón y un baño en el pasillo.

—Por las tardes hay un poco de ruido —admitió el casero—. Y los muebles... Bueno..., tuve que echar al último inquilino. Menudo bribón...

Los muebles estaban pringosos, embadurnados de líquidos pegajosos, y en el fregadero todavía se veían los platos sucios del último ocupante de la casa. Ben contrajo la boca de asco cuando vio los gusanos.

—¡Es una ratonera! —señaló, cuando el casero volvió a su pub indicándoles que se lo mirasen con calma pero que no se llevaran nada. Como si hubiera algo que valiera la pena robar.

—¡Pero al menos es barato! —replicó Lilian. En efecto, podían vivir ahí del dinero de ella durante meses—. De acuerdo, está un poco destartalado, pero es pasable. A fin de cuentas eres un poeta, un artista...

—¿Te refieres a que también hay goteras? —Ben pensaba en el cuadro del poeta pobre de Spitzweg...

Lilian rio.

—Venga, ¡tiene ambientillo! ¡Debería inspirarte!

—Es una ratonera —repitió Ben.

—Si lo limpiamos a fondo y compramos un par de muebles no estará tan mal. Venga, Ben, no vamos a encontrar otra cosa. Vamos a decir que lo cogemos. A fin de cuentas, hoy tenemos que encontrar un sitio donde dormir...

Ni siquiera Lilian dio el visto bueno al colchón plagado de manchas y el somier hecho polvo.

Un par de horas más tarde habían limpiado la habitación por encima y, por deseo urgente de Ben, aplicado insecticida en abundancia en el suelo y las paredes. En una de las tiendas que les recomendó su nuevo casero, adquirieron una cama de segunda mano pero finamente trabajada que había visto mejores días y, al final, repitieron la noche de bodas en su propia casa. En la taberna reinaba el griterío. «Hay un poco de ruido», era una exageración al revés. Criar a un niño ahí —la observación de la casera de Princess Street no se les quitaba de la cabeza— les pareció totalmente inimaginable.

Lilian y Ben se pusieron de acuerdo en que eso no debía suceder de ninguna de las maneras, pero durante la noche hicieron todo lo posible para que ocurriera...

—La cuestión no es si podemos encontrarlos. La cuestión es si queremos —puntualizó George Greenwood.

Incluso sin someter a minuciosos interrogatorios a los pasajeros del tren, no les había resultado difícil a él y a los Lambert dar con la pista de Lilian y Ben y seguirla hasta el transbordador de Wellington. La única dificultad había residido en la primera etapa del viaje: esperaron casi dos días hasta que Florence Weber se mostró lo suficiente dispuesta a cooperar para mostrarles el transporte desde Mina Biller. El vendedor de billetes de Christchurch se acordó enseguida de Ben y a partir de Blenheim todo fue más fácil.

Tim Lambert estaba fuera de sí cuando oyó que habían pernoctado en el hotel de Blenheim. Elaine se lo tomó con más calma.

—Cariño, era de esperar. Y ahora la isla Norte... Los Biller deberían enterarse. ¿Y si nos encontráramos todos en terreno neutral?

El despacho de Tim Lambert no era precisamente terreno neutral, pero un encuentro allí era lo máximo que Elaine y George lograron obtener de él.

—Es probable que Florence ya lo sepa todo. ¡Lo que nosotros descubramos ella también lo puede averiguar!

Y era cierto, si bien no tan fácilmente como George Greenwood, cuya compañía tenía filiales en casi todas las ciudades grandes de Nueva Zelanda. Y al parecer, los Biller no habían emprendido ninguna acción.

Florence daba la impresión de estar decidida a olvidarse de su depravado primogénito. Solo Caleb respondió a la invitación que le había enviado Tim.

—Estoy convencido de que mi hijo no abriga intenciones deshonestas —declaró a Elaine algo avergonzado, una vez que se hubieron saludado.

Tim soltó un bufido.

—Es evidente que no utilizó la violencia para raptar a mi hija. —Sonrió Elaine—. Seamos objetivos, Caleb. Aquí ninguno tiene nada que reprochar al otro. La cuestión es cómo seguir avanzando.

George Greenwood le dio la razón.

—Y lo dicho, podemos continuar con este asunto. Los dos están en la isla Norte y podemos deducir que se habrán instalado en una de las principales ciudades. Es posible que en una universitaria. A fin de cuentas, no vamos a suponer que su hijo esté dispuesto a trabajar a destajo como pastor o se introduzca en una mina, ¿verdad, señor Biller?

Caleb sacudió la cabeza.

—Precisamente ha huido de eso —farfulló apretando los dientes—. En cierto modo es culpa nuestra...

Elaine casi sintió la necesidad de consolarlo.

—Así pues, Wellington o Auckland —dijo.

Greenwood asintió.

—Si queréis encontrarlos, os aconsejaría que contratarais a un detective privado...

—¿Qué significa ese «si»? —preguntó Tim—. Claro que queremos recuperar a nuestra hija, ¡no son más que niños!

—Si tardamos un par de semanas más, ya se habrán casado —objetó Elaine—. Si es que no lo han hecho ya. Lilian es muy capaz de falsificar la fecha de nacimiento de Ben.

—¡Son solo delirios! —gruñó Tim—. ¡Chiquilladas! Una cosa así no dura toda la vida.

Elaine frunció el ceño.

—Yo no era mucho mayor que ella cuando llegué a Greymouth. Y eso no te molestó.

—¡Por favor, Lainie, tienen dieciséis y diecisiete años!

—A veces, el primer amor es muy profundo. —George Greenwood sonrió con aire nostálgico. Lo sabía por propia experiencia: su primer amor, la ardiente y precoz pasión de un muchacho de dieciséis años por su profesora, Helen Davenport, había acabado determinando su vida. El interés por el destino de Helen lo había llevado a Nueva Zelanda, donde no solo se había enamorado de la tierra, sino también de Elizabeth, quien más tarde se convirtió en su esposa.

—Se podría anular el matrimonio —insistió Tim.

—¿Y luego? —preguntó Elaine—. ¿Enviamos a Lily a Queenstown, con la esperanza de que encuentren la oportunidad de establecerse, y que Ben acabe en una mina? Todo esto no es nada realista. Tim, aunque me gustaría saber dónde se ha metido Lily y qué hace, lo mejor es que la dejemos en paz. Que intenten tranquilamente emanciparse no les perjudicará. Son los dos unos mimados, no llegarán hasta el límite. ¡Cuando les vaya mal, volverán a casa!

—¡Lilian puede quedarse embarazada! —observó Tim.

Caleb se sonrojó.

—Incluso podría estarlo ya —respondió Lainie—. Tanto mejor, así al menos se casarán. Míratelo así, Tim: ¡el niño heredaría Mina Biller! ¿Te imaginas otra manera de enfurecer todavía más a Florence?

Ese mismo día, en el registro civil de Auckland, Lilian Helen Lambert y Benjamin Marvin Biller contrajeron matrimonio. Las declaraciones de conformidad de sus padres eran tan falsas como la fecha de nacimiento de Ben que aparecía en la documentación. Lilian se acordó de las descripciones del proceso correspondiente que aparecían en las aventuras de Sherlock Holmes u otras novelas que había devorado fascinada durante su vida. Con dos prudentes plumazos, Ben cumplió diecisiete. La autorización de Tim Lambert para el enlace adquirió especial autenticidad gracias al empleo de su papel de carta. Pese a que la hoja que Lily había llevado consigo estaba algo arrugada, el funcionario del registro no planteó ninguna pregunta.

5

—Señorita Gwyn, ¿qué le pasa a la joven señorita Gloria?

Maaka había estado dándole vueltas desesperadamente a esta pregunta y por fin se había atrevido a planteársela a Gwyneira, quien, para ser sincera, ya llevaba tiempo esperándola.

—Todos queremos ser amables con ella, pero ella es mala. Hace un momento pensé que iba a pegar a Frank, y él solo quería ayudarla a subir al caballo.

Gwyneira ya se había temido que algo malo ocurría cuando había visto a Gloria marcharse a lomos del caballo. Demasiado deprisa para el animal, todavía frío, y como alma que lleva el diablo. Claro que *Ceredwen*, la yegua negra que la chica había elegido, no precisaba que la estimularan especialmente. Era un animal brioso y díscolo, y Gloria todavía no estaba a la altura de ese temperamento. Después de tanto tiempo sin practicar, Gwyn nunca habría aconsejado ese caballo a su bisnieta, pero la chica hacía caso omiso de todas las recomendaciones y sugerencias. Frank Wilkenson era el que más había sufrido por ello, tal vez porque tenía especial interés en la joven. A Gwyn le parecía que él estaba un poco enamorado y que Gloria no sabía cómo manejar el asunto. Aun así, Wilkenson no la asediaba en absoluto, sino que se contentaba con adorar a la muchacha desde lejos. Una pequeña sonrisa de vez en cuando o que aceptara alguno de los numerosos servicios para los que se había prestado habrían bastado para hacerlo dichoso. Pero Gloria lo trataba mal y, según contaba Maaka, ese día había llegado a levantar la fusta de montar contra él. Por una razón insignificante... Si esto seguía así, el joven, ofendido, acabaría por despedirse, y Gwyneira perdería a un valioso trabajador.

Los demás pastores, en su mayor parte maoríes, tenían menos problemas con la joven señora, pero guardaban las distancias después de que les hubo soltado dos o tres bufidos. A Frank, por el contrario, se diría que eso más bien lo espoleaba, quizá debido a su convicción de que la joven quería ser conquistada.

Gwyn suspiró.

—Yo tampoco lo sé, Maaka —respondió—. En casa no se comporta de forma muy distinta, y eso que Kiri y Moana se desviven por complacerla. Pero deberías decirle a Frank que ella va en serio. No está jugando. Si no quiere coquetear, él tiene que aceptarlo.

Maaka asintió. A los hombres maoríes eso les resultaba más fácil de asumir que a los *pekeha*. Entre los indígenas, las muchachas disfrutaban por tradición del derecho a escoger.

—¿Cómo se las apaña con las ovejas? —En realidad, Gwyneira no quería hablar de los problemas de Gloria con su capataz, pero ahora que había entablado esa conversación íntima con Maaka, le interesaba mucho su opinión. La joven colaboraba desde hacía un tiempo en los trabajos de la granja. Con *Nimue* contaba con una extraordinaria perra pastora y el trabajo con los animales siempre la había divertido.

Maaka se encogió de hombros.

—Bueno, señorita Gwyn, ¿qué le voy a decir? Naturalmente no tiene gran experiencia. Pero esto no supone mayor problema: *Nimue* le lee las órdenes en los ojos y la chica tiene mano con los animales. Siempre la ha tenido, como el señor Jack... ¿Ya le han llegado noticias de él?

Maaka intentaba cambiar de tema, pero Gwyneira hizo un gesto cansino de negación.

—Sigo sin saber nada. Solo el dato de que hace un par de meses, en la batalla de Galípoli, lo habían herido. ¡Después de pedir tres veces información a los altos mandos! Galípoli ya no les interesa. Los combatientes del ANZAC se hallan desperdigados. Tendremos que esperar a que Jack nos informe él mismo. O...

—Se quedó callada. Al igual que la noticia tardía de la herida, cabía también la posibilidad de que en algún momento llegara una carta de pésame. Gwyneira se obligó a no pensar en ello—. ¿Qué querías decir de Gloria? —insistió al capataz.

Maaka tomó una sonora bocanada de aire.

—Es muy buena con los animales, señorita Gwyn, pero no con los seres humanos. No hace caso y se aísla cuando tendría que darse cuenta de que hay que trabajar en equipo, sobre todo con las vacas. No es tonta, pero da la impresión de que no puede. Marama dice...

—¿Qué dice Marama? —inquirió Gwyneira.

—Marama dice que es como con el canto. Cuando todos coinciden con el tono, pero uno..., a uno le falta aire. Cree que se ahoga. Y cuando recupera el aliento..., entonces solo puede gritar.

Gwyneira meditó.

—¿Debería entenderlo? —preguntó luego.

Maaka se encogió de hombros.

—Ya conoce a Marama...

Gwyn asintió. Su nuera era sumamente perspicaz, pero se expresaba con enigmas.

—Está bien, Maaka. Habla con Frank, dile que se mantenga alejado. Y dale trabajo a Gloria con las ovejas y los perros, en eso no falla. Ah, sí... Y que el semental cubra la yegua poni. Y sabes, la de Gloria. *Princess*...

Gloria dejó que *Ceredwen* galopara hasta acabar ambas rendidas. *Nimue* las seguía, resollando. Por lo general Gloria tenía en cuenta a la perra, pero ese día solo quería escapar y cuanto antes mejor. Era consciente de que su reacción había sido desmedida, de que no tendría que haber alzado la mano contra Frank Wilkenson. Pero cuando él cogió las riendas de *Ceredwen* y fue a agarrarle el estribo, algo estalló en el interior de ella. La cólera la cegó y su único deseo fue salir corriendo. No era la primera vez que le ocurría, pero hasta el momento esta reacción instintiva y rapidísima siempre le había sido útil. Cuando los hombres distinguían la rabia en sus ojos y el brillo del cuchillo en su mano, se alejaban de ella. Sin embargo, eso mismo iba a crearle problemas en Kiward Station; era posible que Maaka ya estuviera comentando lo sucedido con la abuela Gwyn.

La joven sentía vagos remordimientos, pero la rabia volvió a inundarla. La abuela Gwyn no podía hacer nada. Gloria no permitiría que la obligaran a marcharse; a fin de cuentas no iban a atarla y amordazarla. Además, Kura y William ya no daban muestras de interesarse especialmente por ella. Seguían en América, de nuevo en Nueva York, y presentaban su espectáculo en Broadway. Apenas se habían dado por enterados cuando Gloria había aparecido, lo que permitía a la abuela Gwyn suspirar manifiestamente aliviada.

A primera vista, se diría que Kura no tenía intención de vender la granja. Los Martyn eran felices en el Nuevo Mundo y nadaban en la abundancia. Seguro que la abuela Gwyn no levantaba la liebre quejándose de su bisnieta. La sensación de poder embriagó por unos instantes a la joven: era la heredera. ¡Tenía capacidad para hacer y deshacer como se le antojara!

De hecho había tenido la intención de llevar unas ovejas madre a un pastizal de invierno, pero se había olvidado de los animales tras el desencuentro con Frank. Dar media vuelta ahora carecía de sentido. Prefería echar un vistazo a las instalaciones exteriores o cabalgar hasta el Anillo de los Guerreros de Piedra. Desde su regreso, solo había estado una vez en ese lugar, para visitar la tumba del abuelo James. Aun así, Gwyneira la había acompañado y se había sentido intimidada y observada. ¿Tenía su abuela que corregir constantemente su postura y el modo en que llevaba las riendas? ¿No la había mirado inquisitivamente? ¿No había desaprobado el hecho de que la bisnieta no llorase en la tumba de James? La joven no cesaba de pugnar con su inseguridad cuando estaba con Gwyneira, y en Kiward Station no había nadie en cuya presencia se sintiera segura. Maaka quería explicarle cómo llevar las vacas; Frank Wilkenson creía saber qué caballo era el más adecuado para ella... Todos la fastidiaban..., como en Oaks Garden... No había manera de contentarlos.

Cautiva entre la ira y el remordimiento, Gloria llegó a las estribaciones de la montaña, donde la formación de piedras parecía un juguete abandonado por un niño gigante. Unos bloques pétreos y enormes dibujaban un círculo casi comparable al conjunto de menhires de Stonehenge, si bien en Nueva Zelanda tal obra era fruto de la naturaleza y no de la mano del hombre. Los maoríes veían en el Anillo de los Guerreros de Piedra un capricho de los dioses y para ellos esa tierra era sagrada. Salvo determinados días u horas concretas, solían evitar lugares que consideraban *tapu*. El Anillo de los Guerreros de Piedra pertenecía casi por entero a los espíritus, excepto cuando algún *pakeha* se dejaba caer por allí y perturbaba su calma. Los espíritus, renegaba el abuelo James, no se lo tomaban tan mal como el jefe Tonga, que se enfurecía cuando, de forma ocasional, un par de ovejas se extraviaba por los lugares sagrados de su pueblo.

Así que Gloria todavía se quedó más perpleja cuando vio ascender unas nubes de humo en el círculo de piedras. Al acercarse, divisó una pequeña hoguera junto a la que se hallaba sentado un joven maorí.

—¿Qué haces tú aquí? —le increpó.

El joven pareció despertar de una profunda meditación. Volvió el rostro y Gloria se sobresaltó al mirarlo. Unos tatuajes tradicionales, el *moko*, como lo llamaban los maoríes, cubrían todo el semblante. Unas líneas entrelazadas se extendían por las cejas, pasando por la nariz hacia las mejillas para caer como cascadas en la barbilla. Gloria conocía esos diseños: Tamatea solía maquillar de ese modo a los bailarines de Kura por las noches y también Marama y su gente se pintaban así antes de interpretar un *haka* o simplemente al celebrar una fiesta. En tales ocasiones, también vestían, empero, la indumentaria tradicional de hojas de lino secas. Ese joven, por el contrario, llevaba pantalones de montar y una camisa de franela, como un granjero. Encima, un chaqueta de piel gastada por el uso.

—Eres Wiremu... —dijo Gloria.

El hombre asintió sin asomo de sorpresa al ser reconocido. El hijo del jefe lucía su nombre escrito en la frente. Nadie que perteneciera a su generación se tatuaba, pues los maoríes de la isla Sur habían abandonado esa tradición en cuanto llegaron los *pakeha*, amoldándose de buen grado a la indumentaria y el aspecto de los blancos para ser partícipes de ese modo de su nivel de vida, más elevado. La existencia en Te Waka a Maui siempre había sido dura y los pragmáticos indígenas cambiaban gustosos antiguos hábitos, que al parecer intimidaban a los *pakeha,* por trabajo en las granjas, semillas, comida y calor. Asimismo, aceptaban de buen grado ofertas de formación. Para el padre de Tonga había sido muy importante enviar a su hijo a la escuela de Helen O'Keefe. El mismo Tonga, de todos modos, insistía en ser y seguir siendo maorí. Como muestra de su oposición hacia los Warden se había hecho tatuar de adulto los signos de su tribu en la piel y había marcado con ellos a su hijo, cuando este todavía era pequeño.

Wiremu lanzó otro trozo de leña a las llamas.

—¡Aquí no debes encender fuego! —lo censuró Gloria—. ¡Este lugar es *tapu*!

Wiremu sacudió la cabeza.

—Aquí no debo comer nada —la corrigió—. Si fuera a permanecer más tiempo, pasaría hambre, pero nadie me fuerza a morirme de frío mientras converso con los espíritus.

Gloria quería seguir enfadada, pero no logró reprimir una sonrisa. Condujo al caballo al interior del círculo y agradeció que Wiremu no le echara en cara lo que ella hacía. No estaba en absoluto segura de que el *tapu* admitiera la presencia de jinetes.

—¿No querías ir a la universidad? —preguntó. Recordaba vagamente una carta de la abuela Gwyn. Wiremu había asistido a una escuela superior de Christchurch y debía acudir a continuación al Christ College o a la Universidad de Dunedin. Sus calificaciones lo permitían y Dunedin al menos no ponía pegas para la admisión del hijo del jefe tribal.

Wiremu asintió.

—Estuve en Dunedin.

—¿Pero...? —preguntó Gloria.

—Lo dejé correr. —Wiremu recorrió con la mano, como de paso, los tatuajes.

Gloria no preguntó más. Sabía cómo se sentía uno cuando la gente se lo quedaba mirando. En nada difería que eso sucediera porque ella no se asemejaba en nada a su madre o porque él, simplemente, reflejara demasiado la imagen de su pueblo.

—¿Y qué haces ahora? —quiso saber.

Wiremu se encogió de hombros.

—Un poco de todo: cazar, pescar, trabajar en mi *mana*...

El *mana* de un hombre maorí determinaba la influencia que ejercía sobre la tribu. Si Wiremu no solo sobresalía por su inteligencia, sino por las virtudes del guerrero, las de un danzarín, un narrador de historias, un cazador y un recolector, se convertiría con toda certeza en un jefe tribal. No importaba que fuera el hijo mayor o el menor. Incluso una mujer podía dirigir una tribu, aunque eso sucedía pocas veces. La mayoría de las mujeres entre los maoríes —al igual que entre los *pakeha*— ejercían más bien el poder en las sombras.

Por la mente de Gloria pasó fugazmente la idea de que entre los maoríes todo era más fácil. Hasta la llegada de los *pakeha* habían ignorado la propiedad territorial y lo que a uno no le pertenecía no lo podía legar. Las mujeres tampoco se consideraban una propiedad, no se las conquistaba ni compraba. Los niños eran de toda la tribu, llamaban «madre» a toda mujer joven y «abuela», *taua*, a las de mayor edad. Y todo el mundo los quería.

Sin embargo, nada de todo ello había evitado que el padre de Wiremu mandara tatuarlo.

—Eres Gloria —dijo el joven. Era evidente que la había observado con mayor detenimiento—. De niños habíamos jugado juntos. —Rio—. Y mi padre ansiaba que nos casásemos.

Gloria lo miró, irascible.

—¡Yo no me caso!

Wiremu volvió a reír.

—Eso defraudará profundamente a Tonga. Menos mal que no eres hija suya. En ese caso, seguro que encontraba un *tapu* cualquiera que ordenara a la hija del rey a unirse con el hijo de otro jefe. En torno a las hijas de los jefes tribales hay un montón de *tapu*.

Gloria suspiró.

—También entre los *pakeha*... —susurró—. Aunque no reciban ese nombre, claro. Y ni siquiera es necesario ser una princesa.

—Ser heredera también tiene lo suyo —añadió Wiremu con perspicacia—. ¿Cómo es América?

Gloria esbozó un gesto de indiferencia.

—Grande —respondió.

Wiremu se dio por satisfecho con la contestación. Gloria le agradeció que no le preguntara por Australia.

—¿Es cierto que allí todos son iguales?

—¿Es un chiste?

Wiremu sonrió.

—¿No quieres bajar del caballo?

—No —respondió Gloria.

—¿Es un *tapu*? —preguntó Wiremu.

Ella sonrió.

Al día siguiente, Wiremu esperaba junto a la cerca de los pastos de invierno. Los hombres de Gwyneira habían cercado la dehesa poco antes y de forma provisoria con alambre de espino. Las ovejas comían la hierba que, en ese lugar protegido por las piedras, todavía estaba alta, pero no tenían que pisar los pastizales ya agotados que se extendían alrededor y en donde habían estado alimentándose.

Gloria mandó a *Nimue* y *Gerry*, otro perro pastor, que condujeran al corral las ovejas madre. Luego dirigió a *Ceredwen* hacia Wiremu.

—¿Qué haces aquí? —volvió a preguntar, si bien esta vez el tono de su voz fue más suave.

—Superviso un *tapu*. En serio, lo lamento. Vas a pensar que soy un hechicero, pero mi padre me ha enviado para que compruebe si respetáis los límites.

Gloria frunció el ceño.

—¿El límite no está en el arroyo? Pensaba que detrás se encontraba la antigua O'Keefe Station.

La anterior granja de Helen O'Keefe había sido transferida a la tribu de Tonga como compensación por las irregularidades cometidas en la compra de Kiward Station.

—Pero detrás de ese recodo, mi padre ha descubierto un lugar que debe ser respetado. O algo similar. Por lo visto alguien se batió allí en tiempos remotos y la sangre derramada convirtió la tierra en sagrada. Dice que debéis tener la bondad de respetarlo.

—¡Si fuera por tu padre, toda Nueva Zelanda sería *tapu*! —gruñó Gloria.

Wiremu sonrió irónico.

—Justamente así lo ve él.

La expresión de Gloria también se volvió risueña.

—¡Pero entonces no podríais comer en ningún lugar!

—*Touché!* —Wiremu rio. Utilizó la palabra francesa con toda naturalidad. Estaba claro que en su *college* se aprendía más que en Oaks Garden—. Deberías plantearle esta asociación de ideas. Vente al poblado, Gloria; Marama no hace más que lamentarse porque apenas la visitas. Acabo de pescar un par de piezas. En un arroyo sin ningún *tapu*. Los podríamos asar y... Yo qué sé..., ¿hablar de los *tapu* ingleses? —Sonrió invitador.

Gloria se hallaba ante un dilema. También Gwyneira le había insinuado que fuera a ver a Marama cuando se dirigiera a caballo hacia O'Keefe Station. Allí, de todos modos, no tropezaría con Tonga, pues este seguía viviendo con una parte de la tribu en el asentamiento junto al lago, en Kiward Station. Esa actitud reflejaba su filosofía de no abandonar jamás la tierra. Gwyneira nunca había creído de verdad que fuera a dejar el antiguo poblado y mudarse con toda su gente a O'Keefe Station.

«¡Su espíritu debió de habitar antes el cuerpo de un *pakeha*! —había señalado James con énfasis al hablar de la política territorial de Tonga—. ¡Codicioso como la vieja reina! A él solo le faltan las colonias.»

—Si no quieres, tampoco es necesario que desmontes —añadió Wiremu, señalando el caballo de Gloria—. Puedo alcanzarte la comida desde abajo.

A Gloria casi se le escapó la risa. Orientó en efecto a *Ceredwen*, en ese momento algo reticente, en dirección al poblado maorí.

—En otros tiempos (y es posible que en la isla Norte hasta la actualidad) a los jefes no se les permitía tocar la comida que compartían con la tribu —dijo Wiremu mientras caminaba a una respetuosa distancia junto a *Ceredwen*—. Había unos «cuernos de alimentos» que se llenaban de comida para verterla luego en la boca del jefe. Qué complicado, ¿verdad?

Gloria no respondió. No le gustaban las conversaciones lige-ras, temía no lograr mantenerlas.

—¿Qué querías ser en realidad? —preguntó—. Me refiero a tus estudios...

Wiremu hizo una mueca.

—Médico —respondió—. Cirujano.

—Oh. —Gloria casi podía escuchar los cuchicheos a espaldas del muchacho. Era posible que lo llamaran «curandero».

Wiremu bajó la vista cuando se percató de que ella recorría con la mirada sus tatuajes. Era evidente que se avergonzaba, in-cluso allí, en su propia tierra y con su gente. Y sin embargo las fi-ligranas de color negro azulado no lo afeaban, sino que suaviza-ban el rostro algo anguloso. Pero... ¿Wiremu en un quirófano occidental? Inconcebible.

—Mi padre habría preferido que yo estudiara Derecho —pro-siguió para romper el silencio.

—¿Te habrías desenvuelto mejor?

Wiremu resopló.

—Habría tenido que limitarme a causas relacionadas con mao-ríes. Me habría ganado la vida, ya que cada vez hay más conflic-tos legales. «Una tarea para un guerrero...»

—¿Es lo que dice tu padre?

Wiremu asintió.

—No me gusta pelear solo con palabras.

—¿Y qué pasaría si estudiaras las propiedades de las plantas medicinales? —sugirió Gloria—. Podrías convertirte en *tohunga*.

—¿Para elaborar aceite del árbol del té? *¿Manuka?* —pregun-tó con amargura—. ¿O ser uno con el universo? ¿Escuchar las vo-ces de la naturaleza? *¿Te Reo?*

—Lo has probado —dedujo Gloria—. Por eso estabas en el Anillo de los Guerreros de Piedra.

La sangre se agolpó en el rostro del muchacho.

—Los espíritus no han dado muestras de ser demasiado co-municativos —observó.

Gloria bajó la mirada.

—Nunca lo son... —susurró.

—¡Deja simplemente que fluya la respiración! No, Heremini, no arrugues la nariz, esto solo te da un aire divertido, pero no influye en las notas. Así está mejor. Ani, transformándote no te harás uno con el *koauau*, él te acepta como eres. El *nguru* quiere sentir tu aliento, Heremini... —Marama estaba sentada delante de la casa de asambleas, profusamente adornada (la gente de Tonga no había escatimado esfuerzos en el embellecimiento del *marae* de O'Keefe Station), y enseñaba a tocar la flauta a dos muchachas. El *koauau*, una flauta de madera pequeña y barriguda, se tocaba con la nariz. El *nguru*, tanto con la nariz como con la boca. Fuera como fuere, Ani y Heremini intentaban en ese momento utilizar su órgano olfativo para producir sonidos y las muecas que ponían para ello hicieron estallar en carcajadas a Marama y a las otras mujeres que las rodeaban.

Gloria casi se asustó, pero las chicas también se echaron a reír. Aunque solo conseguían sacar de las flautas unos sonidos bastante estridentes, no daban la impresión de hacer una tragedia de ello.

—¡Gloria! —Marama se levantó al ver a su nieta—. ¡Cuántas ganas tenía de verte! Vienes tan poco que deberíamos bailar para ti un *haka* de bienvenida...

En realidad solo los invitados distinguidos, la mayor parte de las veces extraños, eran honrados con una danza, pero Ani y Heremi se levantaron de un brinco y ejecutaron unos pasos de baile y unos saltos alzando las flautas y agitándolas como *mere pounamu*, mazas de guerra. Cuando con aire travieso empezaron a gritar versos, Marama les pidió que se serenaran.

—Parad de una vez, Gloria no es una forastera, es de la tribu. Además, deberíais avergonzaros de vuestros graznidos. Mejor que sigáis ensayando con las flautas. Gloria..., *mokopuna*..., ¿no quieres bajar del caballo?

Gloria se ruborizó y descendió de la montura. Wiremu sonrió irónicamente e hizo gesto de cogerle la yegua.

—¿Me permitís que lleve a pastar el trono de la hija del jefe o infrinjo con ello un *tapu*? —murmuró.

—Los caballos comen en cualquier sitio —respondió Gloria, y se maravilló de que Wiremu se lo tomara a broma y riera alegremente.

—¡Los caballos viven por la gracia de los espíritus! —añadió el chico, desensillando a *Ceredwen*.

—*Taua*, aquí tienes unos pescados para la cena. He invitado a Gloria —indicó, dirigiéndose a Marama.

—Los asaremos después —dijo la anciana—. Pero Gloria no necesita invitación, siempre es bien recibida. Siéntate con nosotras, Glory... ¿Todavía te acuerdas de cómo se toca el *koauau*?

La joven se ruborizó. Marama le había enseñado de niña cómo emitir notas de la flauta y había mostrado habilidad para dirigir el aire, aunque no dominaba las melodías. Sin embargo, no quería rechazar la invitación delante de la tribu. Nerviosa, tomó la flauta y sopló, pero hasta ella se asustó del resultado: del *koauau* surgió una especie de gemido que se convirtió en grito. Pese a que el sonido carecía de melodía alguna, Gloria no soltó la flauta. Marama cogió el *nguru*, se lo acercó a los labios y comenzó a marcar un ritmo. Era una melodía agitada e indómita... Gloria se estremeció cuando alguien comenzó a tocar el *pahu pounamu*, otro instrumento musical típico de los maoríes. Ani y Heremini entendieron la señal, se levantaron y se pusieron de nuevo a bailar. Todavía eran jóvenes, así que no interpretaban de forma demasiado marcial el *haka* de guerra, pero ya mostraban los movimientos seguros de las guerreras maoríes de antaño.

—¿Interpreta Kura este *haka*? ¿Cómo es que lo conoces? —preguntó Marama a su nieta—. Es una pieza muy antigua, de los tiempos en que los hombres y las mujeres maoríes todavía combatían juntos. Era más empleado en la isla Norte.

Gloria se ruborizó. En realidad no conocía la danza, había dado de forma casual con esa nota. Pero el *koauau* había expresado su ira y Marama la había conducido a la guerra. Era raro: Gloria tenía la sensación de que no había interpretado una melodía, sino de que la había vivido.

—¡*Kia ora*, hijas! ¿Debo asustarme? ¿Ha estallado una guerra?

Una voz grave y rotunda surgió del incipiente crepúsculo y la luz de la hoguera que Wiremu había encendido entretanto iluminó a Rongo Rongo.

—Tengo que calentarme, pequeñas, dejad que me acerque

al fuego..., si es que no lo necesitáis para endurecer puntas de lanza. —Se frotó los dedos cortos y fuertes sobre las llamas. Tras ella, Gloria reconoció a Tonga. Se sobresaltó. Desde su regreso todavía no había vuelto a ver al jefe de la tribu y el rostro oscuro y tatuado del hombre, de elevada estatura para ser maorí, casi la atemorizó.

No obstante, Tonga sonreía.

—Vaya, vaya, si es Gloria..., la hija de los que llegaron a Aotearoa en el *Uruao* y el *Dublin*.

La muchacha se ruborizó una vez más. Conocía el ritual de presentación de los maoríes: en las ocasiones importantes se mencionaba la canoa en que los antepasados habían llegado a Nueva Zelanda. De eso hacía, por supuesto, cientos de años. La abuela *pakeha* de Gloria, Gwyneira, había llegado hacía más de sesenta años con el *Dublin* a Nueva Zelanda.

—¿Has venido para tomar posesión de tu herencia? ¿La de los ngai tahu o la de los Warden?

Gloria ignoraba qué contestar.

—¡Déjala en paz! —intervino Marama—. Está aquí para comer con nosotros y charlar. No le hagas caso, Gloria. Ve a ayudar a Wiremu y las chicas a preparar el pescado.

Gloria huyó agradecida al arroyo que discurría junto al pueblo. No había limpiado pescado desde que, siendo una niña, Jack le había enseñado a pescar. Al principio mostró poca habilidad, pero, para su sorpresa, las otras muchachas no se burlaron de ella. Wiremu se acercó para mostrarle cómo hacerlo. Gloria se apartó de él.

—¿Prefieres ir a buscar boniatos? —preguntó una joven algo mayor que se llamaba Pau y que había advertido la reacción de Gloria—. Pues entonces vente conmigo.

Pau le dio un amistoso golpecito mientras avanzaban por el campo.

—¿Le gustas a Wiremu? —preguntó riendo—. En general no cocina con nosotros, sino que presume de gran guerrero. Pero hoy... Y también se ha ocupado de tu caballo...

—Pues a mí no me gusta —replicó Gloria con brusquedad.

Pau levantó las manos en un gesto conciliador.

—No te enfades, solo pensaba... Es un buen chico y el hijo del jefe. A la mayoría de las chicas le gustaría.

—¡Es un hombre! —soltó Gloria, como si con ello pronunciara una sentencia.

—Sí —respondió Pau alegremente mientras entregaba una pala a Gloria—. Cava en el bancal de la derecha. Y coge los más pequeños, que son más sabrosos. Luego los lavaremos en el arroyo.

—No molestes a la chica, Tonga. Lo mejor es que la dejes en paz. Ha sufrido mucho... —Rongo Rongo se quedó mirando a Gloria mientras esta se alejaba con las otras muchachas para ir a preparar la comida.

—¿Te lo cuentan los espíritus? —preguntó Tonga medio en broma, medio en serio. Respetaba a Rongo, pero, por mucho que recurriera a las tradiciones tribales, la conversación con los espíritus de sus antepasados no se desarrollaba con más fluidez que en el caso de su hijo.

Rongo Rongo alzó la vista al cielo.

—Me lo dice el recuerdo del globo terráqueo que la señorita Helen tenía en la escuela —respondió sin perder la calma. Por aquel entonces, Gwyneira había cogido discretamente la esfera que había en la sala de caballeros de Gerald Warden y la había puesto a disposición de las clases—. ¿Ya no te acuerdas de dónde está América, Tonga? ¿Ni de lo grande que es Australia? Diez veces más grande que Aotearoa. Gloria la ha recorrido a pie o en un vehículo, nadie sabe cómo lo ha conseguido. Una chica *pakeha*, Tonga...

—¡Es medio maorí! —replicó él.

—Solo en una cuarta parte —corrigió Rongo—. Y ni siquiera una maorí nace sabiendo cómo sobrevivir en el desierto. ¿Has oído hablar de Australia? El calor, las serpientes... No lo ha conseguido totalmente sola.

—¡Tampoco ha cruzado sola el océano! —apuntó Tonga riendo.

Rongo le dio la razón.

—¡Pues eso, justamente! —dijo, y su semblante se entristeció.

Gloria pasó una tranquila velada en el poblado maorí mientras Gwyneira volvía a preocuparse por ella. Temía que Marama le preguntase por Inglaterra, el viaje y, sobre todo, por Kura, su madre. No obstante, Marama no hizo nada de eso. Por su parte, la joven se limitó a permanecer sentada, escuchando el parloteo y las historias que se contaban en torno al fuego. La tribu debía la presencia de Tonga a un pequeño accidente de caza. El jefe había ido a buscar a Rongo para que atendiese a un herido y la había acompañado de vuelta. En esos momentos, los hombres se vanagloriaban a voz en grito de sus hazañas. La cresta desde la que había caído el cazador cada vez era más alta y el barranco, del que los otros hombres lo habían recogido, cada vez más profundo. Rongo no comentaba nada al respecto, se limitaba a escuchar con una sonrisa indulgente.

—No les hagas caso. Son como niños... —aconsejó a Gloria, que parecía sentirse incómoda con todas esas fanfarronadas.

—¿Niños? —preguntó Gloria con voz ahogada.

Rongo suspiró.

—A veces niños con teas en la mano, o lanzas o mazas de guerra...

Cuando al final ensilló el caballo, tras rechazar la ayuda de Wiremu, Tonga se acercó a ella. Gloria se sobresaltó y mantuvo la distancia, como si eso sirviera para cumplir un *tapu*.

—Hija de los ngai tahu —dijo el jefe—. Sea lo que sea lo que te hayan hecho, te lo hicieron los *pakeha*...

6

Una vez que hubieron transcurrido las primeras y estimulantes semanas entre la huida, la búsqueda de vivienda y el enlace matrimonial, Lilian Biller comprobó estupefacta que su dinero disminuía mucho más deprisa de lo que había supuesto, por más que el alquiler era realmente razonable. Sin embargo, la joven se había equivocado totalmente en cuanto a lo que comida y ropa se refería, libros para la carrera de Ben y un mobiliario básico, cubertería y ropa de cama y mesa. Y eso que había pasado ese primer período de su matrimonio buscando gangas y había procurado comprar muebles de segunda mano. En cualquier caso, en Auckland no se regalaba nada, el coste de la vida era sin duda alguna más elevado que en Greymouth.

Lilian reflexionó sobre de qué modo ganar dinero y habló al respecto con su marido:

—¿No podrías encontrar trabajo en la universidad?

Ben apartó desconcertado la mirada del libro que estaba estudiando en esos momentos.

—¡Cariño, trabajo cada día en la universidad!

Lilian suspiró.

—Me refiero a un empleo remunerado. ¿No necesita ayuda tu profesor? ¿No puedes dar alguna clase o algo así?

Ben hizo un gesto negativo, disculpándose. La Facultad de Lingüística de la Universidad de Auckland se estaba formando. El número de estudiantes apenas si justificaba una plaza de profesor a tiempo completo, así que mucho menos la de un asistente. Y en lo que se refería al campo especial de Ben, por más que despertara un gran interés en su profesor, temas como «Comparación entre dialectos polinesios con objeto de delimitar el origen de los primeros inmigrantes maoríes» no llenaban un auditorio.

—Pues entonces tendrás que buscarte otra cosa. —Lilian interrumpió la correspondiente y detallada explicación—. Necesitamos dinero, cariño, y no hay discusión posible.

—¿Y mi carrera? Si ahora me concentro en ella, más tarde podré...

—Más tarde nos habremos muerto de hambre, Ben. Pero no tienes que trabajar todo el día. Búscate algo que seas capaz de hacer mientras estudias la carrera. Si yo también me pongo a trabajar, lo conseguiremos.

Lilian lo besó animosa.

—¿En qué vas a trabajar? —preguntó él, pasmado.

En Auckland nadie quería aprender a dibujar, pero en cambio Lilian reunió en poquísimo tiempo un número considerable de alumnos de piano. Se concentró en el barrio de los artesanos y se apartó recelosa de las familias de los académicos, pues podría surgir el caso de que el ama de casa tocara el piano mejor que ella. Eso, sin embargo, no supuso ningún contratiempo. Entre los diligentes inmigrantes de segunda generación, que con frecuencia habían amasado con sus prósperos talleres una fortuna más que discreta, reinaba el deseo de imitar a los «ricos», y eso conllevaba, según la opinión imperante, dar a los niños una formación musical básica.

Los anuncios que Lilian colgó en tiendas de comestibles y pubs enseguida encontraron una respuesta insospechada. A fin de cuentas, nadie tenía que superar el temor a una escuela de música o un profesor diplomado. Lilian tampoco intimidaba a nadie, sino que se granjeaba las simpatías tanto de los azorados padres como de los pupilos. Claro que impresionaba que hubiera estudiado música en Inglaterra y que, a pesar de ello, se pudiera hablar con naturalidad con ella. A eso se añadía que Lilian no insistía demasiado en los principios clásicos. Reducía los ejercicios de los dedos y las escalas a un mínimo, de modo que al tercer o cuarto día de clase el alumno ya tecleaba una melodía sencilla. Y dado que su clientela solía preferir cantar que asistir a conciertos de piano —con frecuencia el griterío de los parroquianos del pub no dejaba dormir a Ben y Lilian—, puso también especial atención en los modestos acompañamientos de canciones populares y patrióticas. Fue una buena estrategia: nada convencía más a los padres de los alumnos del talento de sus hijos y de la genialidad de su profesora como el hecho de que, al poco tiempo, en la siguiente fiesta familiar, se reunieran todos en torno al piano y cantaran alegremente *It's a Long Way to Tipperary*.

Era evidente que a Ben le costaba más ganar dinero. Se vio obligado a recurrir a la fuerza física en lugar de emplear las dotes de que más o menos disponía. Por otra parte, prácticamente a todas horas del día o de la noche se encontraban trabajos de temporero en el puerto. Ben cargaba y descargaba barcos y camiones, por lo general de buena mañana, antes de empezar las clases.

Durante un par de meses los dos contaron con dinero suficiente, lo bastante incluso para comprar un par de prendas de vestir nuevas, así como una mesa para comer apropiada y dos sillas. Aun así, la situación de la vivienda, encima del pub, seguía sin satisfacerles. El vocerío era continuo, apestaba a cerveza y grasa rancia, y Lily se quejaba de que por las tardes no podía aceptar a ningún alumno más porque tenía miedo de regresar sola por ese barrio. El baño del pasillo era un desastre, a ningún otro inquilino se le pasaba siquiera por la cabeza que había que limpiarlo. En una ocasión, Lilian se llevó un susto de muerte cuando uno de los hombres que siempre estaban borrachos y cuyas familias se hospedaban en los otros dos apartamentos se equivocó por la noche, aporreó hecho una furia la puerta de la joven pareja e irrumpió en el apartamento. A la larga, Lilian ni podía ni quería permanecer ahí, sobre todo cuando empezó a sentir náuseas por las mañanas.

—¡Así que en esas estamos! —señaló risueña una de sus bastante ajadas vecinas cuando la vio salir dando traspiés del baño hacia el apartamento con la cara pálida y todavía con la bata puesta—. Ya me preguntaba yo cuándo os pondrías manos a la obra.

La mujer tenía cuatro hijos, por lo que sabía de qué hablaba.

No obstante, Lilian se permitió una visita al médico, que consumió todos sus ahorros. A continuación corrió alegre hacia el puerto para salir al encuentro de Ben.

—¿A que es maravilloso, Ben? ¡Un bebé! —Lilian lo saludó en el muelle con la estupenda noticia. El muchacho arrastraba en ese momento un par de sacos desde un barco hasta un camión y parecía agotado, pero ella no se percató. Estaba loca de alegría y con la cabeza repleta de proyectos.

Ben, por su cuenta, no se puso tan contento. Había empezado a trabajar a las cinco, luego había pasado el día en la universidad y en esos momentos ayudaba de nuevo a descargar mercancías. De esa forma añadiría algo a la caja común, y pretendía, en realidad, ponerse a estudiar sin interrupciones en los días siguientes. Desde que había empezado con el doctorado, aprovechaba cualquier minuto que tuviera libre. El embarazo de Lilian le obligaría a trabajar todavía más. A fin de cuentas había que mantener a la familia, y en un futuro próximo debería hacerlo él solo.

—¡No será tan difícil, Ben! —lo consoló Lilian—. Mira, todavía daré clases un par de meses más que tú puedes aprovechar para adelantar los estudios. Cuando ya te hayas doctorado, seguro que te ofrecen un trabajo pagado. ¡El profesor está encantado contigo!

Y así era, en efecto, aunque uno no vivía de la estima académica. En cualquier caso, Ben no era optimista respecto a la creación de una segunda cátedra de Lingüística en la Universidad de Auckland. Desde luego, no para un doctorando tan joven. Lo normal, después de doctorarse, era enseñar en distintas universidades, ofrecer allí cursos y seguir formándose. A veces también se encontraban becas de investigación, pero era improbable que estas se concedieran en la singular disciplina de Ben. Y sin contar con todo ello, era casi imposible, aun para un estudiante tan dotado como él, terminar un curso de doctorado en apenas nueve meses.

Lilian hizo un gesto compungido cuando Ben se lo explicó.

—Pero trabajando por horas en el puerto tampoco ganas dinero suficiente —observó—. Sobre todo si tenemos que encontrar otro apartamento.

Ben suspiró.

—Ya se me ocurrirá algo —prometió vagamente, y después sonrió—. Ya lo conseguiremos. ¡Ay, Lily, un bebé! ¡Y lo hemos hecho los dos solos!

Lilian amaba a Ben con toda su alma, pero ya hacía tiempo que había descubierto que sus sensacionales golpes de ingenio estaban más relacionados con la sintaxis y la cadencia de las frases de relativo polinesias que con la solución de los problemas cotidianos más simples. Así pues, no esperó a que se le ocurriera algo, sino que ella misma pensó en cómo sacar partido de las cualidades de su marido. La idea surgió cuando, camino a casa de uno de sus alumnos de piano, pasó por delante del despacho de *Auckland Herald*. ¡Un diario! ¡Y Ben era poeta! Debería resultarle más bien fácil escribir noticias y artículos. Seguro que estaba mejor pagado que descargar transatlánticos gigantes.

Sin pensárselo dos veces, Lilian se dirigió al local y entró en una sala relativamente grande donde varias personas aporreaban unas máquinas de escribir, hablaban a voces por teléfono o clasificaban papeles. Reinaba un alboroto considerable.

Lilian se dirigió a quien tenía más cerca.

—¿Quién manda aquí? —preguntó con su más dulce sonrisa.

—Thomas Wilson —respondió el hombre, sin apenas dirigirle la mirada. Parecía estar corrigiendo un artículo mientras mordisqueaba un lápiz o lanzaba ansiosamente nubes de humo de un cigarrillo. Lilian frunció el ceño. Si Ben se habituaba a fumar ahí, perderían lo que ganaran de más con ese empleo.

—Ahí... —El hombre señaló con el lápiz una puerta con una placa: JEFE DE REDACCIÓN.

Lilian llamó a la puerta.

—¡Entre, Carter! Y espero que haya acabado de una vez —tronó una voz desde el interior.

Lilian se introdujo en el despacho.

—No quisiera molestarle... —dijo con suavidad.

—No molesta. Siempre que los tipos de ahí fuera me entreguen por fin los textos para que pueda revisarlos e imprimirlos.

Aunque se diría que va para largo. Así pues, ¿en qué puedo ayudarla?

El hombre que estaba sentado tras el despacho, corpulento, aunque no realmente barrigudo, no hizo gesto de levantarse, pero con un gesto invitó a Lilian a tomar asiento. Tenía el rostro ancho, en esos momentos algo enrojecido, y dominado por una nariz bulbosa. Su cabello era oscuro, aunque ya empezaba a encanecer. Los ojos de Wilson, de un azul grisáceo, no eran grandes, pero observaban a su interlocutora despiertos y con una expresión casi juvenil.

Lilian ocupó una silla tapizada de piel delante del escritorio cubierto de papeles sin orden aparente. También había ceniceros, ya que el director fumaba puros.

—¿Qué hay que saber para trabajar en su diario? —Lilian no se anduvo con rodeos.

Wilson rio irónico.

—Escribir —respondió lacónico—. Y también sería deseable saber pensar, pero como demuestra cada día ese montón de gente que hay ahí fuera, esto último no es imprescindible.

Lilian frunció el ceño.

—Mi marido es lingüista. Y escribe poesía.

Wilson miraba fascinado el centelleo de los ojos de la joven.

—Con esto quedan satisfechas las condiciones básicas —observó el hombre.

Lilian se entusiasmó.

—Es maravilloso... Bueno, si es que todavía contrata personal. ¡Necesitamos trabajo urgentemente!

—Por el momento no tenemos ningún puesto fijo vacante... Aunque podría ocurrir que hoy mismo despidiera a alguien. Sin embargo, siempre se necesitan colaboradores externos. —Wilson aspiró una profunda bocanada del puro.

—En realidad también estamos buscando un trabajo que le permita compaginar los estudios universitarios —puntualizó Lilian.

Wilson asintió.

—¿Se gana mucho como lingüista? —inquirió.

Lilian lo miró con expresión desdichada.

—Por el momento, ¡nada en absoluto! Y eso que Ben es brillante, según su profesor. Todos lo dicen, estaba becado en Cambridge, pero con la guerra...

—¿Su marido todavía no ha publicado ningún escrito? —inquirió Wilson.

Lilian sacudió la cabeza, compungida.

—No. Pero lo dicho, escribe poemas. —Sonrió—. Unos poemas preciosos...

Wilson resopló.

—Nosotros no publicamos poemas, pero estaría dispuesto a leer una de sus elegías. Tal vez su marido pudiera traérmela...

—¡Aquí tiene! —Lilian lo miró con aire de felicidad mientras hurgaba en el bolso. Con expresión triunfal tendió un trozo de papel de carta arrugado y casi roto en los dobleces—. Siempre llevo el más bonito conmigo.

Buscando aprobación contempló a Wilson mientras este desplegaba la hoja y leía por encima el texto. Las comisuras de la boca del jefe de redacción se contrajeron casi de forma imperceptible.

—Al menos escribe sin faltas —observó.

Lilian movió la cabeza, ofendida.

—¡Pues claro! Además habla francés, maorí y un par de dialectos polinesios más que...

Thomas Wilson sonrió con ironía.

—Está bien, está bien, señorita. He comprendido, su marido es una joya. ¿Ha dicho maorí? Entonces también se las apañará bien con el mundo de los espíritus, ¿no?

Lilian levantó las cejas.

—No acabo de entender qué quiere decir...

—Solo era una broma. Pero si a su marido le apeteciera, nos han invitado a una sesión de espiritismo. Una tal señora Margery Crandon, de Boston, así como algunas damas respetables de Auckland, tienen la intención de convocar esta noche a un par de espíritus. La señora lo hace como profesional, es una médium. Al menos eso es lo que ella dice, y creo que le gustaría realizar más sesiones por aquí. Por esta razón tendría muchísimo interés en que se publicara un artículo acerca de este asunto, que tal vez incluiríamos en el suplemento cultural. Los chicos, sin embargo, se han negado rotundamente: no hay ninguno que quiera resucitar a los muertos con la señora Crandon. A mis colaboradores externos ya les he encargado otros trabajos, así que si su marido quiere pasarse por aquí, esto serviría de prueba. Luego ya veremos.

—Bueno... Esto..., ¿ganará algo de dinero? —quiso saber Lilian.

Wilson rio.

—¿Se refiere a la conjura de los espíritus o el artículo? Bueno, a los colaboradores se les paga por líneas. Pero a los médiums, por lo que yo sé, no se les paga por la cantidad de espíritus invocados...

Antes de que Lilian planteara una pregunta más, uno de los trabajadores se asomó al despacho de Wilson.

—¡Aquí están los textos, jefe! —Arrojó una pila de hojas recién corregidas y que no parecían muy ordenadas sobre el escritorio.

—Se ha hecho esperar —gruñó Wilson—. Aquí tiene, señorita..., ¿cuál es su nombre? Aquí tiene la invitación. Quiero el texto mañana a eso de las cinco en mi escritorio, mejor si es antes. ¿Entendido?

Lilian asintió.

—Ben Biller —tuvo tiempo a responder—. Bueno, el de mi marido.

Wilson ya estaba ocupado en otros menesteres.

—Nos vemos mañana.

—Yo estuve una vez en una de esas sesiones —dijo Lily, mientras sacaba el único y, por tanto, el mejor traje de Ben—. En Inglaterra. Solía pasar los fines de semana con amigas y la madre de una de ellas era espiritista. Siempre invitaba a médiums. Una vez coincidió con que yo estaba ahí. Fue bastante extraño.

—La cuestión no reside tanto en si es extraño como en si supera un análisis científico —respondió Ben algo disgustado. La intervención de Lilian en el tema trabajo lo había sorprendido, sobre todo por el comienzo tan repentino de la actividad. Pese a ello, la redacción de un texto le resultaría más fácil que seguir vaciando cargueros, aunque Ben no estaba seguro de si el hecho de colaborar con un vil diario no enturbiaría su prestigio como investigador.

—¡Utiliza otro nombre! —le contestó Lilian impaciente—. Ahora no pongas pegas y cámbiate de ropa. ¡Este trabajo lo haces con los ojos cerrados!

Lilian ya dormía cuando Ben regresó a casa bien entrada la noche y seguía durmiendo cuando él se marchó temprano para trabajar en el puerto. De ahí que pasara toda la mañana preocupada por si su marido conseguiría terminar el artículo en el plazo señalado. De hecho, no llegó a casa hasta las cuatro y media, pero para respiro de Lilian, había escrito el texto entre dos seminarios de la universidad.

—¡Date prisa y llévaselo al señor Wilson! —le azuzó—. Llegarás a tiempo, dijo que a las cinco a más tardar.

—Oye, Lily, he aceptado hacer un trabajo más con el profesor —informó Ben, abatido—. En realidad tengo que irme ahora mismo. ¿No puedes llevar tú el artículo?

Lilian se encogió de hombros.

—Claro que puedo, pero ¿no deberías conocer personalmente al señor Wilson?

—La próxima vez, cariño, ¿de acuerdo? Dejemos que en esta ocasión hable el trabajo por sí mismo. Seguro que no hay problema, ¿no crees?

Ben ya había salido por la puerta antes de que Lilian llegara a contestarle. Resignada, se echó una capa por encima. Por fortuna, en Auckland no era preciso llevar abrigo de invierno. El clima siempre era suave y Lilian ya casi se había acostumbrado a la vegetación tropical. De todos modos, enfiló en ese momento hacia el centro de la ciudad. Las oficinas del *Auckland Herald* se hallaban en una de las bonitas casas victorianas que abundaban en Queen Street.

Thomas Wilson se hallaba inclinado sobre un par de textos que corregía con el ceño fruncido.

—¡Vaya! ¿Otra vez usted, señorita? ¿Dónde se ha metido su marido? ¿Lo ha hecho desaparecer la señora Crandon?

Lilian sonrió.

—En realidad más bien hace que aparezcan cosas... ectoplasma o algo similar. Por desgracia, mi marido no ha podido ausentarse de la universidad, pero me ha pedido que le trajera el artículo.

Thomas Wilson contempló con benevolencia a la menuda muchacha cuyo cabello rojo y largo asomaba bajo un atrevido sombrerito verde. Ropa barata, pero una forma de expresarse cuidada y un inglés impecable. Y entregada a ayudar a su marido a salir a flote. Ojalá el tipo se lo mereciera.

Wilson echó un vistazo al artículo. Luego lo arrojó sobre el escritorio y miró indignado a Lilian. Mostraba de nuevo el rostro enrojecido.

—Pero, mujer, ¿qué se ha creído usted? ¿Tengo yo que imprimir estas sandeces? Con todo el respeto hacia la admiración que siente usted por su marido, seguro que sus virtudes tendrá. Pero esto...

Lilian se sobresaltó y cogió la hoja.

Auckland, 29 de marzo de 1917

La noche del 28 de marzo, la señora Margery Crandon, de veintinueve años y procedente de Boston, ofreció ante un reducido grupo de intelectuales de Auckland una fascinante visión de la variabilidad de las dimensiones. Incluso aquellos escépticos acerca de la existencia de fenómenos espiritistas tuvieron que reconocer ante la médium estadounidense que la aparición de una sustancia blanca y amorfa, cuya presencia ella convocaba empleando métodos puramente mentales, resultaba inexplicable atendiendo a las leyes de la naturaleza. Esa frágil materia, que responde al nombre de «ectoplasma» en el lenguaje especializado, proyecta la imagen del espíritu protector con el que la señora Crandon se comunica en un idioma cautivador. «Enoquiano», en lo que a sintaxis y dicción se refiere, no corresponde, sin embargo, a la glosolalia propia del contexto más bien religioso. En lo que respecta a la comprobación de la identidad de los espíritus que la señora Crandon convocó a continuación, el observador profano depende, naturalmente, de interpretaciones subjetivas. No obstante, la señora Crandon se remite, en lo que concierne a este tema, al conocido autor y militar sir Arthur Conan Doyle, quien clasificó de auténticas las declaraciones de la médium y cuya integridad, por supuesto, queda por encima de toda duda.

—¡Ay, Dios! —exclamó Lilian.

Thomas Wilson sonrió burlón.

—Me refería, claro, a... ¡Ay, Dios, cómo he podido olvidarme! Señor Wilson, lo siento muchísimo, pero mi marido me había pedido que introdujese un par de pequeñas modificaciones en este texto antes entregarle a usted la copia en limpio. Esto es, por supuesto, solo el primer borrador, pero yo... Se me ha olvidado, ni más ni menos, y estos garabatos... —Sacó del bolso una hoja en la que Thomas Wilson reconoció sin dificultad el papel de carta con el poema—. No puedo pretender que los acepte, claro. Por favor, concédame un poco de tiempo para realizar las correcciones que ha señalado mi marido. —El rostro de Lilian estaba ligeramente sonrosado.

Wilson asintió.

—Entrega a las cinco —declaró, señalando el reloj dorado—. Le quedan, pues, quince minutos. Póngase manos a la obra. —Le lanzó un bloc de notas y volvió a ocuparse de sus manuscritos. Por el rabillo del ojo, advirtió que la joven dudaba unos segundos antes de deslizar a toda prisa el lápiz sobre el papel. Un cuarto de hora más tarde, Lilian, agotada, le entregaba un nuevo texto completo.

¿MÉDIUM O CHARLATANA?
UNA ESPIRITISTA SIEMBRA LA DUDA
EN LA SOCIEDAD DE AUCKLAND

El pasado día 28 de marzo se presentó ante un grupo de honorables representantes de la sociedad de Auckland y de un periodista del *Herald*, la espiritista, de veintinueve años de edad, Margary Crandon. De nacionalidad estadounidense según su pasaporte, la misma señora Crandon señala, no obstante, sus orígenes en el seno de una aristocrática familia rumana. Permítase al autor de estas líneas la asociación de ideas con *El barón gitano* de Strauss, pues gran parte de la puesta en escena de la señora Crandon recuerda a una opereta o más bien a un espectáculo de variedades. El escenario y la introducción produjeron el esperado efecto de agradable desasosiego. La señora Crandon demostró asimismo poseer un considerable talento interpretativo en la polifacética conversación en lenguas desconocidas como el «enoquiano», al igual que en la creación de «ectoplasma», manifestación, al parecer, de su «espíritu protector». No obstante, cabe señalar que este guardaba más semejanzas con un pedazo humedecido de tul que con una aparición del otro mundo.

La señora Crandon se dirigía tanto a este como a otros espectros con la maestría de una experta titiritera, gracias a lo cual consiguió de hecho persuadir a algunos de los presentes de la autenticidad de los fenómenos que había conjurado. No superó, sin embargo, la imparcial mirada crítica del *Auckland Herald*, ni tampoco nos convenció la referencia a sir Arthur Conan Doyle, quien al parecer la adora. Sir Arthur Conan Doyle es un hombre que une un exceso de fantasía con una muy elevada integridad personal. Sin duda le resulta más fácil creer en la conjura de los espíritus que en el hecho de que una dama, cuya actuación parece estar por encima de cualquier duda, ose mentir acerca de sus respetables y aristocráticos antepasados.

Thomas Wilson no logró reprimir la risa.

—Su esposo tiene una pluma afilada —observó, complacido—. Y al parecer también se le da bien la comunicación telepática, puesto que le ha dictado este escrito... ¿O se lo había aprendido de memoria? Pero da lo mismo. Me da totalmente igual cómo escribe el señor Biller los textos. En lo que a este respecta, tache usted *El barón gitano*. La mayoría de nuestros lectores no son tan cultivados. Hay, sin lugar a dudas, otras palabras con demasiadas sílabas y las frases tendrían que ser algo más cortas. Por lo demás, muy bien. Le pagaré veinte dólares. Ah, sí, y mañana envíe a su marido al malecón. Llega de Inglaterra un cargamento de inválidos que combatieron en Galípoli. Nos gustaría contar con un artículo lo suficiente patriótico para que nadie se sienta ofendido, pero lo bastante crítico para que cualquiera se pregunte por qué nuestra juventud la ha palmado en una playa junto a un pueblucho turco de mala muerte. ¡Que pase un buen día, señora Biller!

Lilian fue al puerto con Ben y habló con una enfermera y un par de veteranos cuya visión la impresionó profundamente. Luego sustituyó el insípido informe de Ben, que hacía hincapié en las peculiaridades geográficas de la costa turca y la importancia del estrecho de Dardanelos para el transcurso de la guerra y las posiciones defensivas de los turcos, por la abundante descripción de los últimos ataques y la sumamente emotiva reseña de la retirada, al final exitosa, de las tropas: «Pese al orgullo por esta hazaña que hace historia, un sentimiento de angustia envuelve, sin embargo, al autor de estas líneas al contemplar a esos jóvenes que han perdido la salud en una playa del Mediterráneo, que con toda certeza ocupará por ese motivo un lugar en la historia mundial. Galípoli siempre será sinónimo de heroísmo, pero también de la crueldad y el absurdo de la guerra.»

—Tache «sinónimo» —apuntó Thomas Wilson—. Nadie entiende qué es. Escriba «símbolo». Y dígame de una vez cuál es su nombre. ¡No voy a llamarla Ben!

7

En los meses que siguieron, Lilian Biller escribió, firmando con las iniciales B. B., sobre bautizos de barcos, el aniversario del tratado de Waitangi, congresos de la industria maderera y la ampliación del edificio de la universidad. Era capaz de sacar el aspecto chistoso del tema más cotidiano, lo que entusiasmaba al señor Wilson. Personalmente, Lily encontraba ese trabajo tan divertido que fue reduciendo de forma paulatina las clases de piano. El trabajo para el *Auckland Herald* no resolvía del todo su problema, pues también tenía que salir de casa para asistir a funciones y realizar entrevistas. Con el embarazo cada vez estaba más hinchada y pesada, por no mencionar que luego no podría llevar al niño cargado a la espalda y la joven familia precisaría con el tiempo de mayor cantidad de dinero.

Que Ben llegara a sustituirla era impensable. No tenía un estilo ágil y entretenido; Ben necesitaba irremisiblemente palabras de peso, tendía a emplear fórmulas farragosas y solo en textos científicos renunciaba a cierta ampulosidad. Lilian no sabía qué hacer y acabó contándole sus cuitas a Thomas Wilson cuando el embarazo ya fue evidente.

—¡A mí no se me ocurre ninguna idea más! Es imposible que vaya a la recepción de ese duque. ¡Y luego todo será mucho peor!

El editor reflexionó unos momentos. Luego se frotó la arruga del entrecejo que se le marcaba siempre que se concentraba.

—¿Sabe una cosa, Lilian? Lo que realmente necesitamos (mucho más que informes sobre la visita del duque Fulano de Tal con motivo de la inauguración del edificio Tal Cual) serían un par de cuentos simpáticos. Algo que levante el ánimo de la gente. Estamos en el tercer año de guerra, llenamos las planas con informes sobre combates y pérdidas. En las calles vemos a los héroes de Galípoli con muletas y los jóvenes del ANZAC se desangran en Francia y Palestina. Exceptuando la demanda de armamento, la economía está estancada, y las personas preocupadas. Y no les falta razón: el mundo se ha convertido en un campo de batalla y nadie entiende por qué. El hombre de a pie teme que cualquier demente también nos ataque aquí. En cualquier caso, los ánimos están bajos...

—Ah, ¿sí? —preguntó Lilian, quien hasta ese momento no se había dado cuenta de nada de todo eso. Salvo por los problemas de dinero, ella seguía estando con Ben en el séptimo cielo.

—Qué bonito debe de ser el amor... —farfulló Wilson. A esas alturas conocía un poco mejor a su joven redactora y sabía a grandes rasgos su historia con Ben.

Lilian asintió.

—¡Sí! —gorjeó.

Wilson se echó a reír.

—Bueno, lo que yo quería decir es que estaría dispuesto a ampliar el suplemento cultural con un par de cuentos optimistas. Relatos breves, es decir, nada de trabajo de investigación, sino pura fantasía. Aunque, claro está, deben tener cierta verosimilitud pese a todo. O sea, que nada de «corazones que fluyen» ni cosas parecidas —concluyó, moviendo el dedo con gesto amenazador.

Lilian se ruborizó.

—¿Qué opina? ¿Sería usted capaz de escribir algo así?

—¡Puedo intentarlo! —respondió Lilian. Y ya camino a casa se le ocurrió la primea idea.

Dos días más tarde llevó a Wilson la historia de la enfermera de un hospital infantil de Hamilton que cada domingo tomaba el ferrocarril interurbano para visitar a su anciana madre en Auckland. Procedía así desde que habían inaugurado la línea y Lilian se explayó de forma amena en la descripción del modo en que Graham Nelson, un cobrador, conocía a la joven por vez primera. A partir de ese día, la veía cada semana en el tren y ambos se enamoraban, aunque no se atrevían a intercambiar más de dos palabras y mucho menos a confesarse sus sentimientos. Solo tras varios años, cuando la madre moría y la enfermera dejaba de repente de ir en tren, Nelson reaccionaba y salía en su busca... Cómo no, todo concluía en boda. Lilian lo enriquecía todo con descripciones paisajísticas, evocaba el orgullo que sentía Nueva Zelanda por sus compañías ferroviarias y el espíritu de sacrificio de la enfermera, que, por amor, no se separaba de los pequeños pacientes del hospital.

Wilson puso los ojos en blanco, pero publicó el texto el sábado siguiente. Los lectores, sobre todo el público femenino, se sintieron conmovidos hasta las lágrimas por el relato. Lilian elaboró a continuación la historia de un héroe de Galípoli, cuya novia, pese a darlo por muerto, rechaza todas las peticiones de mano hasta que el hombre regresa a casa años después, herido.

De ahí en adelante, tuvo asegurado un espacio en el suplemento. Las lectoras esperaban ansiosas las nuevos relatos de B. B. Ben Biller se estremecía cuando leía las historias.

—¡Es pornografía! —declaró horrorizado, ya que de semana en semana las escenas de amor de los relatos se hacían más elocuentes—. Como se descubra un día que yo tengo algo que ver con esto...

—¡Qué va, cariño! —Lilian reía mientras iba en busca del sombrero. Había terminado el relato y se preparaba para ir a entregar el texto a Queen Street. Sin embargo, Ben no tardaría en tener que encargarse él de hacerlo, tanto si le gustaba como si no. Con el paso de las semanas, Lilian se había puesto como una ballena varada. Solo quedaban dos meses para que naciera el bebé y su cabeza bullía de ideas para nuevos y conmovedores relatos.

La pareja pasaba por momentos de extrema necesidad. Si bien el aumento de ingresos había hecho factible que Lilian comprara dos vestidos de premamá y había ahorrado algo de dinero para la canastilla, mudarse de apartamento era impensable. Ben estaba ocupado con su doctorado y ganaba por ello menos en el puerto.

—Sin mi pornografía no llegamos a final de mes. ¡A la gente le gusta! —insistió Lilian, airada.

Ben le dirigió una mirada herida. Nunca entendería por qué la mayoría de la humanidad se interesaba más por asuntos como el matrimonio del rey de Inglaterra que por la belleza de la gramática polinesia. Además, para entonces también sus propios poemas le parecían lamentables.

—Debería intentar escribir una novela —señaló Thomas Wilson, tras echar un breve vistazo a los nuevos manuscritos de Lilian—. La gente espera sus relatos con avidez. En serio, Lilian, si hiciera caso de las cartas de los lectores, tendría que imprimir cada día una de sus historias sentimentales.

—¿Se paga bien? —preguntó Lilian.

Pese a lo avanzado del embarazo, su aspecto era encantador. El vestido holgado de cuadros escoceses en tonos verdes claros y oscuros armonizaba con sus vivaces ojos y su tez, en esos días algo pálida. Se había recogido el pelo, sin duda para parecer algo mayor. Tenía la frente perlada de sudor, pues la larga caminata por el barrio portuario hasta el centro urbano debía de haberla agotado.

Wilson sonrió.

—¡Ah, el vil metal! ¿Dónde se esconde el deseo artístico de la autorrealización?

Lilian frunció el ceño.

—¿Cuánto? —insistió.

Wilson la encontró irresistible.

—Preste atención, Lilian, procederemos de esta manera: escriba a modo de prueba uno o dos capítulos y luego la acompaño a ver a un editor que es amigo mío. Para eso tendremos que viajar a Wellington. ¿Podrá?

Lilian rio.

—¿Qué? ¿Viajar en tren o escribir los dos capítulos? Para lo último no tengo el menor problema. Y si acabo pronto, el niño no vendrá en el compartimento.

—¡Se lo suplico! —gruñó Wilson.

Tres días más tarde, Lilian ya estaba de vuelta con una ordenada carpeta que contenía el manuscrito de los dos primeros capítulos y un breve resumen de la novela. *La señora de Kenway*

Station contaba la historia de una joven escocesa que se marchaba a Nueva Zelanda seducida por un pretendiente. Lilian, mezclando las vidas de su bisabuela Gwyneira y de Helen, describía con todo detalle la travesía y el primer encuentro de la protagonista con el barón de la lana Moran Kenway, un sujeto sumamente lúgubre. La muchacha acababa rodeada de lujo pero encarcelada, maltratada y desdichada en una granja alejada de cualquier asentamiento humano. (Lilian sintió solo unos ligeros escrúpulos cuando se refirió al primer matrimonio de su madre, Elaine.) Pero por suerte, el amigo de juventud de la protagonista nunca la había olvidado. Salía en pos de ella hacia Nueva Zelanda, en un abrir y cerrar de ojos amasaba una fortuna en un yacimiento de oro y corría a liberar a la chica.

Thomas Wilson leyó el texto y se frotó los ojos.

—¿Qué? —preguntó Lilian, que parecía no haber dormido mucho esa noche. Excepcionalmente, en esa ocasión la causa no era el amor ni el ruido del pub, sino el éxtasis provocado por la escritura: era incapaz de abandonar la historia—. ¿Cómo lo encuentra?

—¡Espantoso! —respondió Wilson—. ¡Pero la gente se lo arrancará de las manos! ¡Lo envío inmediatamente a Wellington! A ver qué dice Bob Anderson.

Ben Biller se resistía a que Lilian viajara sola a Wellington y solo se calmó cuando Wilson también compró un billete de tren para él. De este modo, Ben se reunió con representantes de la universidad de esa ciudad y habló con ellos sobre posibles cursos como profesor invitado, mientras Wilson y Lilian negociaban con Bob Anderson. Al final, Lilian no solo firmó un contrato por *La señora de Kenway Station*, sino también por la continuación. Wilson le aconsejó que esperase todavía, pues era probable que el anticipo aumentase si el primer libro se vendía bien. Pero Lilian se negó.

—Necesitamos el dinero ahora —contestó, y de inmediato ideó la siguiente historia. *La heredera de Wakanui* se presentaba como una especie de versión neozelandesa de *Pocahontas* en la que un *pakeha* se enamoraba de una princesa maorí.

—¡Me lo imagino sumamente romántico! —aseguró Lily, entusiasmada, cuando se reunieron a cenar en un restaurante de lujo—. ¿Sabe que cuando los combatientes maoríes estaban en guerra tenían que pasar a gatas entre las piernas de la hija del jefe? Era como si cruzasen un umbral que les permitiera dejar de ser hombres pacíficos para convertirse en guerreros sin piedad. Y los sentimientos de ella cuando sabe que su padre envía a esos hombres en contra de su amado...

—Las hijas de jefes tribales, que desempeñaban una función de sacerdotisas, estaban sometidas a unos *tapu* sumamente restrictivos —observó Ben con expresión amarga—. Es imposible que una muchacha así llegara a ver siquiera a un *pakeha*, y mucho menos que él saliera con vida de tal encuentro...

—Ahora no exageres con tus conocimientos, cariño —dijo Lilian, riendo—. No estoy escribiendo un ensayo sobre la cultura maorí, sino una historia con gancho.

—Pese a que ese ritual, en su función de deshumanización del guerrero, constituía casi una sobrecarga emocional... —Ben inició una larga explicación. Lilian lo escuchaba atentamente y sonriendo con dulzura mientras disfrutaba de sus ostras.

—No haga caso —susurró Thomas Wilson al señor Anderson—. La pequeña lo adora como una especie de exótico animal doméstico que ignora las formas de expresarse y de comunicarse, y paga de buen grado la comida y el veterinario.

Luego se volvió de nuevo a Lilian.

—¿Qué hacemos entonces con su nombre, Lilian? Le sugiero que utilice un seudónimo. Pero ¿le parece que mantengamos las iniciales? ¿Qué opina de «Brenda Boleyn»?

Lilian pasó las últimas semanas de embarazo ante el escritorio de su nueva y acogedora vivienda entre Queen Street y la universidad. El anticipo de sus libros no solo bastó para pagar el alquiler, sino que alcanzó para adquirir un mobiliario mejor y para dar a luz en un hospital que tanto Ben como Thomas Wilson tenían en gran consideración. Los dos estaban sufriendo por Lilian, mientras que ella se lo tomaba tranquilamente. Las contracciones empezaron cuando acababa de escribir al última frase de *La señora de Kenway Station*.

—Lo cierto es que quería volver a corregirlo... —señaló Lilian apenada, pero dejó que Ben la acompañara en un coche de alquiler. Para entonces, casi no había más que automóviles y Lilian se enfadó con el conductor porque circulaba, según su parecer, demasiado lento.

El parto fue una experiencia horrible, no solo porque no permitieron que Ben estuviera presente —el héroe de su novela había asistido personalmente a la hija de su enemigo en el parto, en circunstancias muy dramáticas, y quería criar de forma desinteresada a la recién nacida como hija propia—, sino también porque la sala de partos era fría y apestaba a lisol, porque le ataron los pies a una especie de horquillas y porque una antipática enfermera le soltaba un bufido en cuanto se quejaba un poco. La mujer no guardaba el más mínimo parecido con el ser angelical del primer relato de la incipiente escritora. Lily llegó a la conclusión de que, en la realidad, tener hijos era mucho menos emocionante de como se describía en canciones y novelas.

Solo la visión de su retoño la reconcilió de nuevo con su situación.

—¡Lo llamaremos Galahad! —dijo cuando al fin dejaron a entrar a Ben, más blanco que un muerto y totalmente desconcertado.

—¿Galahad? —preguntó desconcertado—. ¿Qué nombre es ese? En mi familia...

—¡Es un nombre para un héroe! —explicó Lilian, pero no confesó a su marido, por si acaso, que su hijo no solo sería bautizado con el nombre de un caballero del santo Grial, sino con el del protagonista de *La señora de Kenway Station*—. Y si miro a tu familia...

Ben rio.

—¿Crees que algún día se atreverá a enfrentarse a su abuela? Lilian soltó una risita.

—¡Es posible que incluso llegue a echarla de su mina!

Mientras Lilian tecleaba *La heredera de Wakanui* en la máquina de escribir que Tomas Wilson le había regalado por el nacimiento de su hijo, el pequeño Galahad descansaba a su lado en la cuna, mecido ocasionalmente o adormecido con canciones románticas. Por la noche dormía entre sus padres y evitaba en un principio que se produjera otro nacimiento. A ese respecto, Lilian también obraba con mayor prudencia. Ben se había decidido finalmente a consultar entre sus colegas si conocían métodos anticonceptivos que fueran seguros y había comprado los condones prescritos. Aun así, era algo pesado tener que ponerse esas gruesas gomas antes de hacer el amor, pero a Lilian no le apetecía nada tener que volver a ver a ese sargento de comadrona de Auckland. Ben estaba de acuerdo. Se sentía contento, sobre todo, por haberse librado por fin del trabajo en el puerto. *La señora de Kenway Station* ya llevaba medio año alimentando a toda la familia. Lilian firmó un contrato por dos nuevas novelas y Ben se tituló a comienzos de 1918: fue uno de los doctores más jóvenes del Imperio británico y obtuvo un puesto de profesor invitado en Wellington.

El joven matrimonio era feliz.

8

—¿Qué hace Gloria durante tanto tiempo con los maoríes?

Una vez más, Gwyneira abandonó el propósito de evitar hablar de problemas familiares con el capataz Maaka: no tenía a nadie más con quien compartir sus preocupaciones. Gloria hablaba poco, Marama no se mostraba más locuaz, y seguía sin haber noticias de Jack. Al menos no había escrito él directamente. Solo Roly O'Brien, el mozo de Tim y Elaine, daba señales de vida de forma esporádica desde Grecia, primero, y luego desde Inglaterra. Había acompañado el transportador con los heridos que había sacado a Jack de Galípoli y mencionaba de vez en cuando a su amigo. Al principio las referencias eran inquietantes: «El señor Jack se encuentra aún entre la vida y la muerte.» Pero más tarde se convirtieron en: «El señor Jack está algo mejor» o «El señor Jack ya puede levantarse por fin». Los fondos de las historias seguían siendo todavía poco claros. Roly no era un escritor de cartas regular ni especialmente dotado. Había entrado en la mina como aprendiz a edad muy temprana y había asistido por muy poco tiempo a la escuela.

Gwyneira se consolaba con el hecho de que Jack siguiera con vida, aunque hubiese perdido un brazo o una pierna. Por qué no escribía él mismo o dictaba al menos las cartas a otra persona era un misterio para ella, pero conocía a su hijo. Jack no compartía sus sentimientos con los demás. Si el destino le había maltratado, se encerraría en sí mismo antes de hablar demasiado. Al igual que en el pasado, cuando tras la muerte de Charlotte permaneció durante semanas en silencio.

A Gwyneira esto le dolía, pero intentaba sofocar la pena. Gloria constituía en ese momento su preocupación más acuciante, si bien los conflictos en Kiward Station se habían serenado. La muchacha ya no buscaba pelea con los pastores ni se metía con el personal, sino que se marchaba casi cada día con el caballo y el perro a O'Keefe Station o bajaba a pie al poblado maorí junto al lago. Gwyneira ignoraba el objetivo de todo este trasiego, pues Gloria apenas hablaba con ella y no solía aparecer a las horas de las comidas. En lugar de ello se reunía con los maoríes y no parecía hartarse de su comida, que precisamente en invierno era más bien pobre. Si los cazadores regresaban con las manos vacías, no había más que boniatos y tortitas de harina, pero daba la impresión de que prefería esto a disfrutar de manjares más sabrosos en compañía de su bisabuela.

De forma paulatina, los dibujos y juguetes fueron desapareciendo de la habitación de la joven para dejar sitio a piezas de arte maorí, algunas tan torpemente elaboradas como los objetos de su niñez, por lo que Gwyneira dedujo que la misma Gloria intentaba tallar y adornar con piedras de jade esas piezas.

Maaka lo confirmó.

—La señorita Gloria hace lo que las mujeres hacen en primavera: sentarse juntas, coser, tallar madera, labores del campo... A menudo está con Rongo.

Al menos no eran malas noticias. Gwyneira apreciaba mucho a la partera maorí.

—Hablan con los espíritus.

Esto inquietó de nuevo a Gwyneira. Estaba claro que Gloria no se comportaba con normalidad desde que había llegado. Si también se dedicaba a conjurar espíritus..., ¿sería que se estaba volviendo loca?

—Abraza el árbol..., siente su fuerza y su alma. —Rongo enseñaba a Gloria a hablar con los árboles mientras preparaba la ceremonia de la cosecha con flores marchitas de *rongoa*, unas plantas sagradas que solo una *tohunga* debía tocar. Gloria sí había podido ayudar, por el contrario, a recoger y secar las hojas de *koromiko*, que combatían la diarrea y el dolor, además de los problemas renales. Gloria seguía obedientemente las explicaciones de Rongo, pero que conversara con el árbol era pedirle demasiado.

—¿Qué es lo que te hace pensar que el árbol posea menos alma que tú? —preguntó Rongo—. ¿El que no hable? Pues eso mismo dice la señorita Gwyn de ti...

Gloria rio desconcertada.

—¿O que no se defienda cuando lo golpean con el hacha? Tal vez tenga sus motivos...

—¿Qué clase de motivos? —preguntó Gloria testaruda—. ¿Qué motivos puede uno tener para dejarse derribar?

Rongo hizo un gesto de ignorancia.

—No me lo preguntes a mí, pregúntaselo al árbol.

Gloria se arrimó a los duros anillos del haya del sur e intentó sentir la fuerza de la madera. Rongo la invitaba a hacerlo con todas las plantas posibles, y también con las piedras y los arroyos. Gloria seguía sus instrucciones porque le gustaba la calma que todas esas... ¿qué?, ¿cosas?, ¿seres?... irradiaban. Disfrutaba estando con Rongo. Y con todos sus espíritus.

Rongo había concluido la ceremonia y en esos momentos la instruía acerca del empleo de extractos de las flores de *rongoa*.

—Curan el dolor de garganta —decía—. Y se pueden hervir y extraer miel...

—¿Por qué no lo escribes? —Gloria abandonó el árbol y anduvo junto a Rongo por el claro bosquecillo—. Así todos lo leerían.

—Solo quien haya aprendido a leer —puntualizó Rongo—. Si no, habrán de preguntarme a mí. —Sonrió—. Pero cuando tenía tu edad pensaba lo mismo. Incluso me ofrecí para escribirlo a mi abuela Matahorua.

—¿Y ella no quiso? —preguntó Gloria.

—Lo encontraba absurdo. Quien no necesita tal conocimiento tampoco debe cargar con él. Quien quiere aprender debe tomarse su tiempo para plantear preguntas. Así se convierte en *tohunga*.

—Pero si se escribe, el conocimiento se conserva para la posterioridad.

Rongo rio.

—Es lo que creen los *pakeha*. Siempre queréis conservarlo todo, escribirlo, y por eso lo olvidáis antes. Nosotros conservamos el conocimiento en nuestro interior. En cada uno. Y lo mantenemos vivo. *I nga wa o mua...* ¿Sabes lo que significa?

Gloria asintió. Conocía la expresión. Literalmente significaba: «Del tiempo que está por venir.» Pero de hecho se refería al pasado, para incesante perplejidad de todos los *pakeha* que habían intentado aprender maorí. La misma Gloria nunca se había interesado por ello, pero ahora se enfadó.

—¿Vivir en el pasado? —preguntó—. ¿Volver a remover lo que preferiríamos olvidar?

Rongo la atrajo junto a una piedra y le acarició el cabello con dulzura. Era consciente de que ya no se trataba de cómo extraer miel de las flores de *rongoa*.

—Si pierdes tus recuerdos, te pierdes a ti misma —dijo con suavidad—. Tus vivencias te han convertido en lo que eres.

—¿Y si no quiero ser lo que soy? —preguntó Gloria.

Rongo la tomó de la mano.

—Todavía falta mucho para que concluya tu viaje. Reunirás otros recuerdos. Y te transformarás... Esa es otra razón por la que no escribimos. Escribir es dejar por escrito. Y ahora, enséñame el árbol con el que antes has hablado.

Gloria frunció el ceño.

—¿Cómo voy a volver a encontrarlo? Hay docenas de hayas del sur. Y todas son iguales.

Rongo rio.

—Cierra los ojos, hija, te llamará...

Gloria seguía estando alterada, pero siguió las instrucciones de la mujer sabia. Poco después llegó a su árbol.

Rongo Rongo sonrió.

Gloria no sabía cómo manejar sus recuerdos, pero la vida le resultaba más fácil cuando estaba con su familia maorí. Gwyneira tampoco planteaba ninguna pregunta al respecto y era evidente que intentaba no criticar a su bisnieta. Gloria, sin embargo, creía distinguir en sus ojos desaprobación, y en su voz, reproches.

Marama sacudió la cabeza cuando se lo comunicó.

—Tus ojos y los ojos de la señorita Gwyn son iguales. Y vuestras voces son intercambiables.

Gloria quiso objetar que eso era absurdo. Ella tenía los ojos de un azul porcelana, mientras que los de Gwyneira seguían mostrando el fascinante azul celeste que había legado a su nieta Kura. Las voces de ambas tampoco tenían mucho en común: la de Gwyneira era más alta que la de Gloria. Esta, no obstante, hacía tiempo que había aprendido a no tomar al pie de la letra lo que Marama decía.

—Ya lo entenderás —contestaba tranquilamente Rongo cuando Gloria se quejaba—. Tómate tiempo...

—Dale tiempo —decía Marama con su voz cantarina.

Estaba sentada frente a Gwyneira en el *wharenui*, la casa de asambleas del pueblo. Por lo general, habría recibido a su suegra en el exterior, sin ceremonias, pero llovía a cántaros. De todos modos, la anciana *pakeha* ya conocía el protocolo. Había cumplido sin dificultades el ritual de saludo antes de entrar en una casa de asambleas, se había quitado los zapatos sin que se lo pidieran y no se había quejado de la artritis al sentarse en el suelo.

—¿Por qué no quieres que se vaya? Con nosotros no le ocurre nada.

El motivo de la visita de Gwyneira era la última «idea loca» de su bisnieta Gloria. La tribu maorí planeaba iniciar una migración y la joven insistía en marcharse con ellos.

—¡Ya lo sé, pero tiene que volver a habituarse a la vida de Kiward Station! Y no lo conseguirá si ahora anda vagando durante meses con vosotros. Marama, si se trata de cuestiones económicas...

—¡No necesitamos limosnas!

Pocas veces alzaba la voz Marama, pero las últimas palabras de Gwyneira habían herido su orgullo. De hecho, el que las tribus de la isla Sur migrasen respondía a cuestiones prácticas. Era evidente que lo hacían con mayor frecuencia que los maoríes de la isla Norte, cuya tierra presentaba mejores condiciones para su modesta agricultura. En la isla Sur las cosechas solían ser más escasas y cuando las provisiones se acababan en primavera, las tribus se ponían en ruta para vivir durante unos meses de la caza y la pesca.

Pese a todo, ni Marama ni los suyos habían hablado de «necesidad». La tierra ofrecía alimentos suficientes, aunque no precisamente donde estaban instalados. Así que iban en pos del sustento, una aventura y, al menos para la población más joven, un placer. Por añadidura, esos desplazamientos tenían carácter espiritual. El individuo se acercaba a la tierra, se unía a las montañas y los ríos que le ofrecían alimento y refugio. Los niños conocían así otros lugares alejados y de trascendencia espiritual, se restablecía la relación con Te Waka a Maui.

Gwyneira se mordió los labios.

—Lo sé, pero... ¿qué sucede con Wiremu, Marama? Maaka dice que Gloria habla con él.

Marama asintió.

—Sí, yo también me he dado cuenta. Es el único hombre con el que habla de vez en cuando. Lo último lo encuentro digno de reflexión. Lo primero, no.

Gwyneira respiró hondo. Era evidente que le resultaba difícil mantener la calma.

—Marama, conoces a Tonga. Esto no es una invitación para salir a pasear con la tribu: es una petición de mano. ¡Quiere que Gloria se una a Wiremu!

Marama hizo un gesto de indiferencia. Su actitud relajada evocaba, todavía en la actualidad, a la muchacha que había sido, la misma que aceptó su propio amor y el inicial rechazo de Paul Warden como algo tan natural como una lluvia de verano.

—Si Gloria ama a Wiremu, tú no los separarás. Si ella no ama a Wiremu, Tonga no los casará. No puede forzarlos a yacer juntos en la casa dormitorio. ¡Así que confía en Gloria!

—¡No puedo! Ella... ¡Ella es la heredera! Si se casa con Wiremu...

—Entonces la tierra seguirá sin ser de Tonga y la tribu, sino de los hijos de Gloria y Wiremu. Tal vez se revelen como los primeros barones de la lana de sangre maorí. Tal vez devuelvan la tierra a la tribu. Tú ya no lo verás, señorita Gwyn, y Tonga tampoco. Pero las montañas sí, y el viento jugará con las copas de los árboles... —Marama hizo un gesto de sumisión ante el poder de los dioses.

Gwyneira suspiró y se revolvió el cabello. Como era propio de su edad, lo llevaba recogido y tirante, pero como siempre que se ponía nerviosa, algunos mechones se rebelaban y se soltaban. Gwyneira, que nunca había sido una persona sosegada, en ese momento sentía el deseo interior de romper algo. En especial el hacha de jefe de Tonga, la insignia de su poder.

—Marama, no puedo permitirlo, tengo que...

Marama la hizo callar con un gesto delicado. Su actitud volvía a parecer más severa que de costumbre.

—Gwyneira McKenzie —dijo con firmeza—. Te he cedido a las dos niñas. Primero a Kura, y luego a Gloria. Las has criado a la manera de los *pakeha*. ¡Y mira el resultado!

Gwyneira la miró, furibunda.

—¡Kura es feliz!

—Kura es un ser errante en tierra extranjera... —susurró Marama—. Sin un alto en el camino. Sin tribu.

Gwyneira estaba convencida de que Kura lo veía de una forma totalmente distinta, pero desde el punto de vista de Marama, una maorí de pura raza que vivía con su tierra y a través de ella, su hija estaba perdida.

—Y Gloria... —empezó Gwyneira.

—Deja marchar a la muchacha —dijo Marama con dulzura—. No cometas más errores.

Gwyneira asintió resignada. Se repente se sintió vieja, muy vieja.

Como despedida, Marama frotó la frente y la nariz contra el rostro de su interlocutora. Realizó el gesto de una forma más íntima y reconfortante que en un saludo rutinario.

—Vosotros, los *pakeha*... —susurró—. Vuestros caminos deben ser lisos y rectos. Los arrancáis a la tierra sin oír sus gemidos.

Y, sin embargo, a veces son los caminos pedregosos e intrincados los más cortos, y se recorren en paz...

Gloria seguía a Marama a través de la hierba mojada y alta hasta las rodillas. Llevaba horas lloviendo sin parar y hasta *Nimue* había perdido lentamente el entusiasmo por el largo paseo. Los hombres y las mujeres de la tribu avanzaban estoicos, ensimismados. Las risas y charlas con que solían pasar el tiempo de la marcha se habían desvanecido hacía rato. Gloria se preguntaba si sería la única que ansiaba un refugio, si alguna ciencia o sentimiento común que ella era incapaz de experimentar fortalecía a los demás. Después de tres días de marcha con un tiempo siempre lluvioso casi estaba harta de la aventura. Sin embargo, se había alegrado de la peregrinación, había anhelado la partida desde que Gwyneira por fin le había dado permiso. Gloria habría querido considerarlo un triunfo, pero su bisabuela tenía un aspecto tan triste, avejentado y herido que casi se habría quedado con ella.

«Te dejo ir porque no quiero perderte —habían sido las palabras de Gwyneira... una frase más propia de Marama—. Espero que encuentres lo que buscas.»

La convivencia, a partir de entonces, todavía se había complicado más. Gloria intentaba alimentar su rabia, pero tenía mala conciencia. Le molestaba volver a sentirse como una niña.

Al final, no se dejó abrazar durante la despedida, pero intercambió con Gwyneira un cariñoso *hongi*, en realidad, un gesto más íntimo. Sintió la piel arrugada, reseca y, no obstante, cálida de Gwyneira y su olor a miel y rosas. Era el mismo jabón que utilizaba cuando la muchacha todavía era pequeña, le recordaba abrazos reconfortantes. Jack, por el contrario, olía a cuero y grasa para los cascos de los caballos. Pero ¿por qué pensaba ahora en Jack?

A la postre, Gloria había respirado aliviada cuando por fin emprendieron la marcha y encontró muy hermosas las primeras horas de la travesía. Reía con los demás, se sentía libre y abierta a nuevas impresiones, pero protegida, asimismo, por la tribu. Tal como marcaba la tradición, las mujeres y los niños iban en el centro del grupo y los hombres, cargados con las lanzas y las armas de caza, los flanqueaban. Las mujeres llevaban las lonas de las tiendas, mucho más pesadas, y las ollas. Unas horas más tarde, Gloria empezó a preguntarse si eso era justo.

—¡Es que tienen que poder moverse! —le explicó Pau—. Si alguien nos ataca...

Gloria alzó la vista al cielo. Todavía se encontraban en los territorios de Kiward Station. Y más tarde, en las McKenzie Highlands, tampoco habría tribus enemigas. Nadie amenazaba a los ngai tahu. Pero quizá tenía que dejar de pensar como una *pakeha*.

Antes de la partida, Gloria no se había planteado nada acerca de las fatigas del viaje. Se consideraba más resistente que los demás. A fin de cuentas había atravesado el desierto australiano, y muchos trechos a pie. Claro que entonces la habían impulsado la voluntad y la desesperación, no tenía sentimientos, su meta era el motor que la impelía.

En cambio, el territorio de las llanuras de Canterbury, que recorrían ahora por las estribaciones de los Alpes Meridionales, era distinto. El clima ahí no era seco y caluroso, sino húmedo y frío, al menos el hecho de andar calado hasta los huesos así lo confirmaba. A las pocas horas había empezado a llover y la chaqueta, la camisa y los pantalones de montar de Gloria no habían tardado nada en quedar empapados. Hasta bien entrada la tarde no se plantaron las tiendas provisionales y las mujeres intentaron encender fuego. El resultado no fue satisfactorio.

Al final los miembros de la tribu se apretujaron los unos contra los otros en busca de calor, solo Gloria se apartó de ellos casi aterrorizada y se envolvió en su manta húmeda. No había previsto que dormirían todos juntos en la tienda común, si bien era obvio que sabía que la tribu también compartía en el poblado una casa dormitorio. Así que permaneció horas despierta, oyendo los sonidos de los otros al dormir y sus gemidos, ronquidos, a veces también una risita fugaz y el grito ahogado de placer de alguna pareja que hacía el amor. Gloria habría deseado salir huyendo, pero fuera la lluvia no cesaba de caer.

El mal tiempo se prolongó durante los días que siguieron. A Gloria se le pasó por la cabeza cómo iban Gwyneira y sus trabajadores a recoger el heno si no amainaba, pero la verdad es que ya tenía bastante con sus propios problemas. Los zapatos, unos botines Jodhpur que siempre había considerado muy adecuados para montar a caballo y para el trabajo en la granja, se deformaban sometidos a esa humedad constante, lo cual constituía un motivo de burla para los maoríes. Ellos andaban descalzos y aconsejaban a Gloria que los imitara. Al final la muchacha se desprendió de los botines empapados, pero no estaba acostumbrada a recorrer tan largos trechos descalza. Se congelaba y se sentía fatal.

El quinto día ya no comprendía cómo había dejado su cómoda y acogedora habitación de Kiward Station por eso. Al final cogió la lona que Wiremu le llevó y que al menos la protegía un poco de las inclemencias. El joven maorí parecía tan desdichado y muerto de frío como ella, aunque, naturalmente, no lo confesaba. Pero también Wiremu había disfrutado de una educación *pakeha*. Los años transcurridos en el internado de Christchurch habían dejado su huella. Gloria sospechaba que también él se arrepentía de sus decisiones. Deseaba convertirse en médico y ahora avanzaba con su tribu por el desierto. La joven dirigió una mirada a Tonga, imperturbable al frente de los suyos.

—¿No podemos descansar antes? —preguntó Gloria, desesperada—. No entiendo lo que os empuja... —Titubeó al reconocer que había dado un paso en falso. No tendría que haber dicho «os». Tenía que aprender a pensar en ella y los ngai tahu como «nosotros» si quería integrarse. Y no había cosa que deseara más que pertenecer a ellos...

—Se nos han acabado las provisiones, Glory —contestó Wiremu—. No podemos cazar, con este tiempo no hay conejo que se atreva a salir de la madriguera. Y el río va demasiado cargado, los peces no caerán en las trampas. Así que nos dirigimos al lago Tekapo.

La tribu llevaba horas caminando junto al río Tekapo, que con las lluvias se había convertido en un abundante torrente.

Wiremu le contó que acamparían junto al lago por días o tal vez semanas, ya que en esa zona abundaban la caza y la pesca.

—Acampamos allí desde tiempos inmemoriales. —Wiremu sonrió—. Incluso el nombre del lago alude a eso: *po* significa «noche» y *taka* «colchón».

Precisamente eso, una casa cálida y sólida, habría deseado Gloria, pero no dijo nada, sino que intentó seguir el ritmo de los demás.

Hacia el atardecer, la lluvia por fin amainó.

—En el lago no llueve —anunció Rongo—. Cómo iba a llorar Rangi ante un espectáculo de tanta belleza...

En efecto, el lago Tekapo a últimas horas del día ofrecía una imagen arrebatadora. Las praderas de Canterbury limitaban con la orilla norte; al otro lado del lago se elevaban, majestuosos, los Alpes Meridionales. El agua tenía un resplandor turquesa oscuro y brillaría a la luz del sol. Las mujeres de la tribu saludaron el lago con cánticos y risas. Rongo sacó la primera agua y esta vez consiguieron también encender un fuego en la orilla. Los hombres abrían filas para cazar y si bien las piezas cobradas todavía eran escasas, se asó pescado en la hoguera y se preparó pan con las últimas provisiones de harina. Marama y unas pocas mujeres sacaron los instrumentos de los envoltorios con que más o menos los habían aislado de la lluvia y celebraron la llegada al lago. Por supuesto, las tiendas y las esteras de dormir todavía estaban mojadas cuando por fin la tribu se tendió a descansar, pero tras la pequeña celebración los ánimos se había levantado. Muchos hombres y mujeres hacían el amor. Gloria sentía asco. Tenía que salir de allí.

Envuelta en la manta, Gloria se deslizó fuera de la tienda. El cielo, por encima del lago, era de un negro profundo, pero las cimas de las montañas todavía estaban cubiertas de nieve. La muchacha alzó la vista e intentó ser una con el todo, como Rongo le había aconsejado. Con el cielo, el lago y las montañas no era difícil. Nunca lo conseguiría con la tribu...

Se sobresaltó al oír unos pasos a sus espaldas. Wiremu.

—¿No puedes dormir?

Gloria no respondió.

—Al principio también a mí me costaba. Cuando volví de la ciudad. Pero de niño me encantaba. —Ella advirtió en la voz del chico que estaba sonriendo—. Íbamos de una mujer a otra, siempre había un brazo libre...

—Mi madre no me quería —dijo Gloria.

Wiremu asintió.

—Lo he oído decir. Kura era distinta, apenas la recuerdo...

—Es bonita —apuntó Gloria.

—Tú eres bonita. —Wiremu se acercó a ella y alzó la mano. Quería acariciar el rostro de la joven, pero ella se apartó.

»¿*Tapu*? —preguntó él con dulzura.

Gloria no podía bromear al respecto. Atenta, regresó hacia la tienda.

—Puedes darte media vuelta, no te atacaré por la espalda. ¿Qué te ocurre, Gloria? —Wiremu corrió tras ella y la agarró por el hombro, pero los reflejos de Gloria no distinguían un contacto amistoso de otro agresivo. No de noche. La joven sacó el cuchillo a la velocidad de un rayo. Wiremu se agachó en cuanto lo vio brillar, se arrojó al suelo y se apartó rodando.

Gloria vio asustada cómo volvía a levantarse ágilmente y la miraba horrorizado.

—Glory...

—¡No me toques! ¡Nunca vuelvas a tocarme!

Wiremu percibió el pánico en la voz de la chica.

—Gloria, éramos amigos. No quería hacerte nada. ¡Eh, mírame! Soy Wiremu, ¿ya no te acuerdas? El que quería ser médico.

Muy despacio Gloria consiguió recuperarse.

—Lo siento —dijo en voz baja—. Pero yo... No me gusta que me toquen.

—Y que lo digas, Gloria... Sabes que respeto el *tapu*. —Wiremu volvía a sonreír y expuso las manos abiertas. Un gesto de paz.

Ella asintió, intimidada. Juntos, pero sin tocarse, volvieron a la tienda.

Tonga, que dormía en una tienda separada de la tribu, los vio llegar. Satisfecho, se recostó.

El tiempo junto al río era realmente mejor que más abajo, en las llanuras, pero aun así, llovía sin parar. Pese a ello, los ngai tahu no pasaban hambre, había pescado y carne en abundancia, y eso les hacía la vida más fácil. Gloria acompañaba a Rongo a buscar plantas medicinales. Aprendía a trabajar el lino y escuchaba las historias de Marama acerca de Harakeke, dios del lino y nieto de Papa y Rangi. Las mujeres también le hablaban sobre los dioses del lago y de la montaña, describían los viajes de Kupe, el primer descubridor de Aotearoa, y sus combates con peces gigantes y monstruos terrestres.

A veces se reunían con otras tribus, realizaban un largo *powhiri* —la ceremonia de saludo, completamente ritualizada— y celebraban a continuación una fiesta. Entonces Gloria bailaba con los demás y soplaba el *koauau* para el *haka* guerrero de las muchachas. Superó su temor constante a cometer errores. Marama y las demás mujeres no regañaban a sus discípulas, sino que, pacientes, les explicaban cómo proceder. Las pequeñas rencillas entre las chicas nunca eran resueltas con tanta saña como en el internado, y la causa residía en que los adultos nunca tomaban partido. Gloria aprendía a diferenciar las bromas bienintencionadas del escarnio inmisericorde de sus antiguas condiscípulas. Al final consiguió reír con todos cuando Pau se burló de la pelota *poi poi* que ella misma había confeccionado y dijo que parecía el huevo de un pájaro raro. Como no había conseguido hacerla redonda, al bailar describía unas singulares elipses y cuando le dio a Ani en la cabeza, la chica dijo que era una nueva arma prodigiosa.

—Un poco más blanda, Glory, tienes que intentar elaborar objetos de *pounamu*.

Lo buscaron en un arroyo y por la tarde Rongo les enseñó cómo labrar las piedras similares al jade para confeccionar colgantes en forma de figurillas de dioses. Gloria y Ani intercambiaron sus *hei-tiki*, que luego llevaron al cuello orgullosas. Wiremu sorprendió a Gloria más tarde con uno mucho más bonito, pero él había practicado mucho más tiempo.

—¡Toma, te dará suerte!

A Gloria le desagradó que las chicas se pusieran a cuchichear por eso, pero confiaba en Wiremu. No era más que un amigo.

Gloria empezó a disfrutar de los días en el seno de su nueva familia, si bien las noches en la tienda común todavía le resultaban una tortura. En cuanto el tiempo lo permitía, se escurría fuera de la carpa y dormía en el exterior, aunque cualquier ruido la sobresaltaba. Por más que se repetía a sí misma que ahí no la atacarían cocodrilos ni serpientes como en Australia, tenía el miedo profundamente arraigado. Y en esas cálidas noches eran muchos los ruidos que se oían. Las muchachas y muchachos abandonaban risueños la tienda o se retiraban cuando la tribu todavía estaba reunida en torno al fuego. Se amaban entonces en el pinar o en la hierba, tras los peñascos.

Gloria también temía a los hombres que por la noche salían de la tienda a orinar. Sabía que no iban a hacerle nada malo, pero bastaba una silueta masculina ante el espejo del lago para que su corazón se desbocara.

Cuando las noches no eran tan cálidas, pero Gloria no aguantaba permanecer en la tienda, y sola y temblorosa se arrebujaba en su manta húmeda, aparecía Wiremu: se sentaba junto a ella a una distancia prudente y charlaban. El joven le hablaba de su época en Christchurch, de lo solo que se había encontrado al principio y de lo afligido que se sentía cuando los demás se burlaban de él.

—¡Pero aun así te gustó! —se sorprendía Gloria—. Incluso querías quedarte ahí y estudiar.

—Me gustó la escuela. Soy hijo de un jefe. Era alto y fuerte y enseñé a los jóvenes *pakeha* lo que es el miedo. Eso a veces provocó algún desencuentro con los profesores, cuando mis compañeros les iban con el cuento, aunque en general mantenían la boca cerrada. *Mana*... ya sabes. —Sonreía.

Gloria entendía. Se había ganado el reconocimiento en la tribu, se había impuesto por encima de los chicos que le fastidiaban.

—Pero estabas solo —respondió ella.

—El *mana* te obliga a estar solo siempre. El jefe tiene poder, pero no amigos.

Era cierto. Tonga solía estar a solas. Además, quería que así fuera. Debía recordar a su tribu, ya profundamente occidentalizada, los *tapu* que estaban vinculados a su dignidad.

Más tarde, contó Wiremu, se había ganado respeto en la escuela superior *pakeha* mediante sus buenos resultados escolares. Solo cuando llegó a la universidad, esto fue en aumento. Por fin encontró nuevos compañeros que nunca habían conocido sus puños. «Entretanto me había civilizado lo suficiente», contaba sonriendo, para no pelearse a puñetazos con los demás.

Gloria, por su parte, apenas hablaba acerca de su infancia en Inglaterra, un poco de la señorita Bleachum y de que las plantas y los animales siempre habían atraído su interés.

—La señorita Bleachum opinaba que tendría que estudiar ciencias naturales. Así podría haberme quedado en Dunedin. Pero sé tan poco... siempre estábamos estudiando música y pintando... y mirando cuadros raros.

Gloria mencionó la pintura de Zeus, que se enamoraba de Europa y se convertía en un toro para escapar de su desconfiada esposa. Wiremu había aprendido latín y un poco de griego en el *college* y enriquecía las anécdotas con largas explicaciones y dándoles colorido, a la manera maorí. Se divertía mucho. Gloria se ruborizó y sintió compasión y rabia por la princesa secuestrada que seguramente había planeado una vida distinta que ser la amiguita del padre de los dioses.

En los días que siguieron, Wiremu solía llevarle ejemplares de plantas o insectos interesantes y, una noche, la despertó con cautela para mostrarle un kiwi. Ambos siguieron los agudos gritos del ave corredora nocturna, de plumaje marrón y pico largo y arqueado, y descubrieron, en efecto, al tímido animal tras un arbusto. Sin duda había muchas aves nocturnas en Aotearoa, justo al pie de los Alpes, pero ver un kiwi era algo especial. Gloria fue confiada en pos de su amigo para contemplar al animal. Wiremu la invitaba a dar esos paseos nocturnos cada vez con mayor frecuencia, pero no la tocaba.

Como era de esperar, las chicas hablaban de esas excursiones con el hijo del jefe. Tampoco eso pasó inadvertido a las mujeres adultas. Tonga estaba satisfecho.

Pasado un tiempo, los ngai tahu dejaron el lago y se dirigieron montaña arriba. Consideraban el Aoraki, el monte más alto de la isla, un lugar sagrado y querían acercarse a él.

—Algunos *pakeha* subieron hace un par de años —señaló Rongo—. Pero eso no agradó a los espíritus.

—Entonces, ¿por qué lo permitieron? —preguntó Gloria. Conocía el lugar por el nombre de monte Cook y había oído hablar de la exitosa expedición.

Rongo le dio su respuesta habitual.

—Pregunta a la montaña, no a mí.

Cazaron luego en las McKenzie Highlands y Gloria se atrevió a contar junto a la hoguera la historia de su bisabuelo James y a darle tanto colorido como hacían los maoríes. Con las frases dilatadas e intrincadas de su lengua, narró el encuentro de McKenzie con su hija Fleur y cómo John Sideblossom acabó capturando al ladrón de ganado, que fue extraditado a Australia.

—Pero mi bisabuelo regresó del gran país al otro lado del mar, donde la tierra es roja como la sangre y las montañas parecen brillar. Y vivió por largo tiempo.

El auditorio aplaudió maravillado y Marama le sonrió.

—Vas a convertirte en *tohunga* si sigues así. Pero no es extraño. También tu padre domina el arte de la oratoria. Si bien hace un uso peculiar de él...

Animada por las alabanzas de Marama, Gloria se ejercitó en el arte de narrar de viva voz. Trabajó intensamente en su *pepeha*, la forma personal de presentarse que todo maorí exponía cuando una ceremonia lo exigía. Se mencionaba en tal fórmula a los *tupuna* —antepasados— y se describía la canoa y las particularidades del viaje que los había llevado a Aotearoa. Marama ayudó a Gloria a bautizar a la tribu que los viajeros habían fundado y le mostró el lugar donde habían vivido. Había un valle especialmente atractivo que daba la impresión de ser una fortaleza natural. Había pasado a ser un *tapu*, pues en algún momento se había producido allí un combate o había ocurrido algo extraño. Los hombres de la tribu tenían miedo de pisar ese lugar, pero Rongo y Marama condujeron a Gloria al interior y meditaron con ella junto al fuego. Gloria incluyó una descripción detallada de la fortaleza de piedras en su *pepeha*.

Describir de forma precisa la rama *pakeha* de la familia fue, obviamente, más difícil, pero Gloria mencionó el nombre del barco en que Gwyneira había viajado, señaló Kiward Station como lugar de destino y dijo que los Warden eran su *iwi*, su tribu. Al final describió con todo lujo de detalles el lugar donde había nacido y sintió algo muy parecido a la añoranza. Los ngai tahu llevaban tres meses migrando. Si bien era obvio que Gloria pertenecía a la tribu y se sentía totalmente aceptada por vez primera en años, con frecuencia tenía la sensación de vivir la existencia de otra persona. Desempeñaba el papel de una chica maorí y sin duda se le daba bien. Pero ¿era eso lo que realmente quería ser? ¿Lo que era? Hasta el momento nunca había opuesto resistencia a lo que los demás esperaban de ella. Se ejercitaba en el manejo de las plantas medicinales. Aprendía a tejer y a comprender el significado de los dibujos del tejido, preparaba la carne que los hombres llevaban, pero cuanto más tiempo pasaba con las mujeres de la tribu, más claro veía que hacía lo mismo que Moana y Kiri en casa, en la cocina. De acuerdo, se trataba de labores manuales y culinarias al aire libre, pero a fin de cuentas esa era la única diferencia. A Gloria, sin embargo, siempre le había gustado más ayudar en la granja y trabajar con las ovejas y los bueyes. Echaba en falta a los animales.

Pero los maoríes no le impedían ir con los hombres a cazar y pescar. Ambas actividades les estaban permitidas a las mujeres también, pues toda muchacha maorí aprendía a subsistir por sí misma en caso de necesidad. Sin embargo, la caza común no era habitual, y cuando una chica se unía a ellos, los hombres tendían a interpretarlo como un intento de acercamiento. Gloria no deseaba correr tal riesgo. Al principio probó a convencer a sus amigas para que fueran a cazar o pescar. Pese a ello, cuando Pau o Ani realmente se animaban a acompañarla, las actividades con los chicos pronto degeneraban en una especie de coqueteo bastante licencioso y Gloria se veía irremediablemente enredada en esa divertida escaramuza, ¡cosa que ella odiaba!

Así que la mayoría de las veces permanecía junto al fuego y solo acompañaba de vez en cuando a pescar a Wiremu. Mientras ella aprendía a tejer nasas de ramas y cañas en las que luego se metía cebo para los peces, las mujeres hablaban en el campamento de su comportamiento hacia Wiremu. Por la noche se burlaban de eso y al día siguiente ella prefería quedarse de nuevo en las tiendas.

Sin embargo, pese a que habría sido más fácil compartir las tareas de los hombres en lugar de sentarse junto al fuego con las mujeres, Gloria también había de aceptar que la caza y la pesca le gustaban poco. Claro que no era remilgada. También en Kiward Station se sacrificaba en ocasiones animales y la joven pescaba desde que era niña, pero no le gustaba, simplemente, tener que matar cada día para comer. No tenía paciencia para construir trampas y acechar, y odiaba sacar pájaros o pequeños roedores que habían caído en ellas. Por el contrario, añoraba el trabajo del criador que conserva largos años sus animales y reflexiona acerca del mejor apareamiento entre oveja y macho cabrío, yegua y semental, y luego celebra el nacimiento y no la muerte. Gloria sabía cuidar de los animales. La caza no era lo suyo.

Así pues, no se entristeció demasiado cuando la tribu emprendió el camino de vuelta. Tonga habría ido gustoso algo más lejos y también Rongo se afligió, pues habría enseñado más aspectos acerca del hogar de los ngai tahu a Gloria. En los últimos tiempos, se concentraba más en introducirla en los *tapu* y *tikanga*, todos los usos y costumbres de su tribu. De vez en cuando, Marama insinuaba que la curandera estaba pensando en una sucesora, ya que Rongo tenía tres hijos varones, pero ninguna hija.

Fuera como fuese, el verano estaba finalizando y, como casi siempre ocurría entre las tribus de la isla Sur, eran los hombres y mujeres corrientes quienes imponían su voluntad, aunque fuese opuesta a la del jefe o la mujer sabia. En otoño las ovejas se recogían de las montañas en Kiward Station y para ello se necesitaban hombres, a los que se pagaba bien. Asimismo, las semillas que las mujeres habían sembrado al comienzo de la migración ya habrían madurado. Las familias podían sobrevivir con la cosecha y del dinero que ganarían con los *pakeha* sin tener que emprender pesadas migraciones y cacerías en medio de la lluvia y el frío. Ya podía Tonga protestar cuanto quisiera porque eso no respondía a las costumbres tribales y porque estaban volviéndose dependientes de los blancos. Un fuego que calentase y un poco de lujo en forma de herramientas *pakeha*, cazuelas y especias, eran más importantes para los hombres que cualquier tradición.

Claro que eso no significaba que fueran a dar media vuelta y marcharse a las llanuras de Canterbury por el camino directo. También el regreso se dilató semanas, se visitaron lugares santos y *marae* de otras tribus. A esas alturas Gloria ya dominaba sobradamente las ceremonias apropiadas. Cantaba y bailaba sin inhibiciones con las otras chicas y presentaba su *pepeha* cuando los anfitriones se sorprendían de su singular aspecto. De ese modo se ganaba siempre un gran respeto, en especial gracias a sus descripciones del viaje de los *pakeha* desde el lejano Londres por el *awa* Támesis y el trayecto por las montañas del nuevo hogar, que Helen Davenport había llamado por aquel entonces «montaña del infierno», que avivaban la imaginación de los oyentes. El *mana* de Gloria en la comunidad crecía. Cuando por fin la tribu volvió a pisar el territorio que los *pakeha* todavía llamaban O'Keefe Station, la joven avanzaba erguida y orgullosa entre sus amigas. Wiremu, que había partido con los hombres, le dirigió una sonrisa, y ella no se avergonzó de responder al saludo. Gloria se sentía segura.

—¿Así que no piensas volver a casa esta noche? —preguntó Marama, mirando perpleja el vestido de fiesta maorí de Gloria.

Los ngai tahu habían vuelto a tomar posesión de su *marae* en la antigua granja de Helen O'Keefe y Gloria limpiaba con las otras chicas el *wharenui* para los futuros festejos. Pau desenrollaba las esteras, Gloria barría. Otras muchachas quitaban el polvo de las esculturas sagradas del tamaño de un hombre. Todas llevaban ya puesta su *piupiu* y los hombros desnudos, prendas superiores tejidas de colores negro, rojo y blanco. El clima permitía, de manera excepcional, vestir estas prendas ligeras, pues hacía sol y no llovía. Las muchachas bailarían después un *haka* de saludo ante la casa de asambleas. Marama no había creído que su nieta fuera a participar.

—La señorita Gwyn se habrá enterado de que hemos vuelto. Estará esperándote.

Gloria se encogió de hombros. En realidad era incapaz de tomar una decisión. Por una parte le apetecía festejar con la tribu el regreso a casa, por otra estaba deseando tenderse en una cama cómoda, disfrutar de su habitación para ella sola e incluso sentir el abrazo de la abuela Gwyn, su olor a lavanda y rosas, y saborear los platos que servirían Moana y Kiri. Una mesa como es debido. Sillas como Dios manda.

—¿Qué dices de regresar a casa, Marama? —preguntó Tonga. Acababa de llegar, seguido de sus hijos. Wiremu era el último. Como todos los demás, llevaba la indumentaria tradicional para la fiesta. Los hombres bailarían un *haka* para saludar a las mujeres en el *wharenui*—. Esta es la casa de Gloria. ¿Quieres enviarla de nuevo con los *pakeha*?

El jefe dirigía la ceremonia del regreso al hogar en el *marae* ancestral, pese a que él y su familia vivían en realidad en el poblado de Kiward Station, adonde se dirigiría al día siguiente. Un pretexto al que Gloria podía recurrir para permanecer un día más con su familia maorí. Kiward Station quedaba lejos para ir a pie, sería más bonito volver con el grupo en lugar de hacerlo sola. Gloria sonrió al pensar en su caballo. Volvería a montar de nuevo. Tras el largo caminar todavía lo apreciaba más.

—No estoy enviando a nadie a ningún lugar —contestó Marama manteniendo la calma—. Es Gloria quien debe saber por sí misma dónde y con quién quiere vivir. Pero es adecuado que al menos visite a la señorita Gwyn para mostrarle que está bien.

—Yo... —Gloria quiso decir algo, pero los mayores la hicieron callar.

—Opino que Gloria ha enseñado y demostrado adónde pertenece —declaró Tonga con solemnidad—. Y creo que debería consumar esa unión con su tribu esta noche. Durante meses hemos observado que Gloria y Wiremu, mi hijo menor, pasan el tiempo juntos. De día y de noche. Ha llegado el momento de que también en presencia de la tribu compartan el lecho en la casa dormitorio.

Gloria intervino.

—Yo... —Quería decir algo, pero le falló la voz. Todo el aprendizaje de *whaikorero* no la había preparado para esa situación—. Wiremu... —susurró desamparada.

Él tenía que decir algo en ese momento. Por más que deseara gritar su negativa, en el fondo se alegró del pánico que había evitado esa reacción espontánea. El chico perdería el respeto de la tribu si ella lo rechazaba. La decisión debía salir de él.

El hijo del jefe paseaba inquieto la mirada entre los presentes.

—Es... es algo inesperado... —balbuceó—. Pero yo... Bueno, Gloria... —se aproximó a ella.

La joven lo miraba con aire suplicante. Al parecer le resultaba difícil admitir que nunca había habido nada entre ellos. Gloria maldijo el orgullo viril y sintió ascender la cólera en su interior. Tonga había puesto a su vástago en una situación imposible. Y a ella también, claro. Era evidente que ser rechazada por el hijo del jefe delante de toda la tribu no aumentaba el *mana*. Sin embargo, a Gloria poco le importaba perder *mana*, al menos comparado con lo que representaría para ella volver a compartir cama con un hombre. En cualquier caso, Tonga no tenía derecho a pedir la mano de ella para su hijo.

—Yo..., esto... —Wiremu seguía titubeando.

Gloria empezó a alarmarse. Claro que no había una fórmula ritual para ese problema, pero Wiremu podía decir delante de ella un simple «No, no quiero» o, si no quedaba más remedio, un dilatorio «Danos tiempo».

—Gloria, sé que nunca hemos hablado de esto. Pero, por mí..., estaría encantado... Bueno... estaría contento de que tú...

Gloria lo miró incrédula. Estaba como petrificada; todos sus sentidos parecían haber muerto de repente. Y no veía nada más alrededor, solo a ese hombre en quien había confiado y que justamente la estaba traicionando.

—Lo podemos hacer solo pro forma... —le susurró en inglés—. Lo de la noche de bodas delante de toda la tribu... —Wiremu había disfrutado de la suficiente educación *pakeha* para que lo último también le resultara lamentable.

—¡Así que ya está decidido! —se alegró Tonga—. Lo celebraremos esta noche. Gloria, te recibirán en este *wharenui* como a una princesa... —El jefe de la tribu resplandecía.

Y de nuevo algo se quebró en Gloria. Llena de rabia se arrancó del cuello la cinta con el *hei-tiki* de Wiremu y se lo lanzó a los pies.

—¡Wiremu, tú eras mi amigo! ¡Juraste que nunca me tocarías! Me dijiste que una chica maorí podía elegir. ¿Y ahora quieres dormir conmigo delante de toda la tribu sin ni siquiera preguntar cuál es mi opinión? —Gloria sacó el cuchillo aunque nadie la estaba amenazando. Simplemente tenía que notar el frío acero, necesitaba algo para sentirse segura. En el fondo era ridículo. Estaba en medio de unos hombres armados con lanzas y mazas de guerra. Armas rituales, desde luego, pero no por ello menos peligrosas.

En ese momento, Gloria se habría enfrentado a todo un ejército. Ya no sentía ningún miedo, solo rabia, una rabia inmensa. Sin embargo, por primera vez su ira no la enmudeció. Ni calló ni buscó palabras en vano. De repente sabía lo que tenía que decir. Sabía quién era.

—Y tú, Tonga, ¿crees que debo fortalecer mi relación con la tribu? ¿Que solo podría formar parte de esta tierra si perteneciera a vosotros? ¡Escuchad entonces mi *pepeha*! El *pepeha* de Gloria, no el de la hija de Kura-maro-tini, no el de la bisnieta de Gerald Warden. No el de los maoríes, no el de los *pakeha*.

Gloria estaba erguida y esperó a que todos los presentes se reunieran en torno a ella. Entretanto habían entrado más hombres y mujeres que llenaban el *wharenui*. En otra época, el mero número de oyentes habría hecho enmudecer a Gloria. Pero lo había superado. La apocada alumna de Oaks Garden ya no existía.

—Soy Gloria, y el arroyo, a kilómetro y medio al sur, limita la tierra en que aquí y ahora estoy anclada. Los *pakeha* la llaman Kiward Station y a mí me llaman la heredera. Pero esta chica, Gloria, no tiene *tupuna*, no tiene antepasados. La mujer que dice ser su madre vende las canciones de su pueblo por fama y dinero. Mi padre no me concedió nunca mi tierra, tal vez porque una vez su padre lo echó de la suya. No conozco a mis abuelos, y la historia de mis antepasados está impregnada de sangre. Pero yo, Gloria, llegué con el *Niobe* a Aotearoa. Atravesé el océano con dolor y viajé por un río de lágrimas. Arribé a costas extrañas y crucé un país que abrasó mi alma. Pero estoy aquí. *I nga wa o mua*, el tiempo, que vendrá y que ha pasado, me encuentra en la tierra entre el lago y el Anillo de los Guerreros de Piedra. En mi tierra, Tonga.

¡Y no oses nunca más disputármela! Ni con palabras, ni con hechos ni, desde luego, con trampas.

Gloria lanzó una mirada iracunda al jefe. Cuando más tarde los ngai tahu hablaran de ese incidente, mencionarían un ejército de espíritus furiosos cuyas almas infundieron fuerzas a la joven.

Gloria, en realidad, no necesitaba espíritus. Y no esperaba respuesta. Erguida, dejó el *wharenui* y a la tribu.

Cuando la puerta se cerró a sus espaldas, echó a correr.

LA PAZ

Dunedin, Kiward Station, Christchurch

1917 - 1918

1

Jack McKenzie contemplaba el horizonte en el que se iba dibujando la larga franja blanca. Nueva Zelanda: el país de la nube blanca. Al parecer, la isla Sur surgiría ese día ante sus ojos como lo había hecho ante los primeros inmigrantes de Hawaiki. Alrededor de él, los hombres saludaban la primera visión de su tierra. El capitán había anunciado que se aproximaban a su destino y todo aquel que todavía era capaz de caminar o que se hacía empujar en una silla de ruedas se había dirigido a cubierta. En torno a Jack se oían risas, pero también llantos. Para muchos veteranos de Galípoli era un regreso amargo al hogar y ningún hombre era el mismo que se había marchado.

Jack se asomó al agua, las olas lo aturdían. Tal vez debería volver a bajar, ver a los hombres que lo rodeaban lo deprimía. Todos esos jóvenes mutilados regresaban ciegos y cojos, enfermos y mudos de una guerra a la que habían partido cantando, riendo y agitando las manos. Y todo eso para nada. Un par de semanas después de la ofensiva en la que también Jack había sido herido, se habían retirado las tropas de Galípoli. Los turcos habían vencido; pero también ellos habían pagado con sangre su tierra. Jack sentía una carga enorme. Todos sus movimientos seguían siendo un ejercicio de voluntad y también en esa ocasión se había arrastrado hasta la cubierta solo porque Roly había insistido. La primera visión del hogar: Aotearoa. Jack pensó en Charlotte. Un escalofrío le recorrió el cuerpo.

—¿Tiene frío, señor Jack? —Roly O'Brien le colocó diligente una manta sobre los hombros. Hacía frío a bordo. Y ahí, en la playa de Galípoli, el sol pronto volvería a calentar—. Las enfermeras no tardarán en traer el té. Los hombres querrán quedarse en cubierta hasta que se distinga bien la tierra. ¡Qué emocionante, señor Jack! ¿Tardaremos mucho en atracar?

—Solo Jack, Roly... —dijo, cansado—. ¿Cuántas veces he de decírtelo? Tardaremos horas antes de atracar. Aún nos separan muchas millas. Todavía no se ve nada, solo la niebla que hay encima.

—¡Pero pronto aparecerá, señor Jack! —exclamó Roly con optimismo—. ¡Llegamos a casa! ¡Estamos vivos, señor Jack! ¡Bien sabe Dios que algunos días llegué a dudar de que esto sucedería! ¡Alegre un poco esa cara!

Jack intentaba sentir alegría, pero solo experimentaba agotamiento. Tal vez no habría sido mala idea dormir eternamente..., pero luego se reprendió por ser tan desagradecido. Él no había querido morir, solo tentar a Dios. Y ahora había llegado a un punto en que a él mismo le daba igual...

Jack McKenzie debía su supervivencia a una serie de felices circunstancias, pero sobre todo a Roly O'Brien y a un perrito. Roly y el destacamento de rescate habían empleado el intervalo entre dos oleadas de ataque para recoger muertos y heridos del campo de batalla, o, mejor dicho, de la tierra de nadie entre las trincheras enemigas, donde los turcos disparaban a los soldados del ANZAC como si fueran conejos. El ataque estaba destinado al fracaso desde su comienzo. Jack y el resto de los veteranos de la ofensiva turca podrían habérselo comunicado al alto mando. En primavera habían organizado un tiro al blanco contra el enemigo que se acercaba; en agosto la situación se había invertido. Habrían necesitado más de diez mil hombres para pasar por las trincheras turcas, pero tal vez ni siquiera con cien mil soldados lo hubieran conseguido. Tras la primera oleada de ataque el suelo había quedado cubierto de los cadáveres y heridos, y fue por pura gentileza que los turcos dejaron indemnes a las tropas de rescate. De lo contrario, los británicos habrían construido una barricada infranqueable de cuerpos sin vida. Incluso un décima o vigésima oleada de ataques habría caído bajo el fuego enemigo, mientras los turcos dispusieran de municiones. Y las líneas de avituallamiento hacia Constantinopla funcionaban a la perfección. En cualquier caso, los turcos se sentían seguros y en un acto de magnanimidad permitían que los sanitarios enemigos intervinieran en el campo de batalla.

Aun así, Jack no habría sobrevivido si Roly no lo hubiese encontrado. En enfrentamientos como esos los recursos eran limitados. El destacamento de rescate tenía que decidir qué heridos salvaba y a cuáles, mal que le pesase, abandonaba. Los disparos en los pulmones pertenecían a esta última categoría. Incluso cuando los oficiales médicos contaban con la posibilidad de operar con calma, solo sobrevivía una parte de los perjudicados. Dentro del contexto de la guerra y en la agitación de los primeros auxilios no existía prácticamente ninguna posibilidad.

No obstante, Roly prescindió de todo ello. Pese a que sus compañeros daban muestras de disconformidad, él insistió en colocar a Jack McKenzie en una camilla y alejarlo de la línea de fuego.

—¡Haced el favor de daros prisa! —azuzó a los hombres—. Y no os contentéis con dejarlo en la trinchera, sería una pérdida de tiempo. Tiene que entrar en la sala de operaciones de inmediato. Lo llevo a la playa...

Roly era consciente de que estaba superando sus competencias, pero le daba igual. Jack tenía que vivir: el joven sabía muy bien quién le había salvado del consejo de guerra. Así que indicó a los sanitarios que llevaban la camilla de Jack que pasaran de largo del puesto de urgencias de una de las trincheras de mantenimiento. Eso fue otra decisión determinante. Solo se trasladaba directamente a la playa a quien tenía auténticas posibilidades de sobrevivir. De los demás se ocupaban más tarde, si es que todavía era necesario. Roly y sus compañeros se incorporaron a la corriente de sanitarios que transportaban por las trincheras las camillas cargadas con hombres que gemían, se lamentaban o habían perdido el conocimiento. Pasaban junto a jóvenes soldados, de una palidez mortal, que esperaban un ataque en las trincheras de reserva, conscientes ya de lo que los aguardaba. Solo unos pocos reían y bromeaban todavía.

—Podéis dejarlo aquí —indicó Roly, jadeando. Había apremiado a sus hombres en cuanto habían llegado a la zona libre de la playa. En ese momento entraban por fin en el hospital de campaña. Otra nueva selección: ahí eran los médicos los que decidían quién pasaba antes a la mesa de operaciones y a quién no tenía sentido tratar. Esto último, no obstante, sucedía en escasas ocasiones. Quien había llegado hasta ahí solía ser atendido.

Sin embargo, nadie llegaba con una herida como la de Jack.

—Y ahora, daos prisa, volved al frente. Yo iré enseguida. Tengo que encontrar al comandante Beeston. Vamos, ¿a qué estáis esperando?

Los hombres, casi adolescentes, lo miraron cansados. Era evidente que habrían preferido quedarse, aunque también la tienda era un infierno. Olía a pólvora y sangre, éter, lisol y excrementos. Los hombres gritaban y gemían, la arena estaba impregnada de sangre. Pero al menos ahí nadie disparaba. Al menos ahí no se destrozaban más cuerpos.

—¡Marchaos! —instó Roly—. Y... ¡muchas gracias! —Los camilleros abandonaron lentamente su aturdimiento y se pusieron de nuevo en marcha, esta vez en el sentido inverso. Dejaron la camilla. Mejor así. Tardaría lo suyo en trasladar a Jack a una de las camas del hospital de campaña.

Roly le tomó el pulso y le limpió la espuma ensangrentada de la boca. Vivía, aunque no por mucho tiempo si no se producía un milagro.

—Enseguida vuelvo. ¡Aguante, señor Jack!

Reticente, dejó al herido: en ese caos, si un médico lo ponía ahora aparte y lo dejaba morir en una de las tiendas del hospital, nunca volvería a encontrarlo. Pero tenía que actuar.

—¡Comandante Beeston! —Roly salió en busca del médico hacia la tienda.

Pero antes de que encontrara al oficial médico, *Paddy* descubrió a Jack.

El comandante Beeston amaba a su perro, pero en días como ese lo perdía de vista. No tenía tiempo para ocuparse de si el pequeño animal sin raza estaba bien y con frecuencia no se daba cuenta hasta la noche de que *Paddy* debía de estar escondido en alguna parte. La mayoría de las veces encontraba en un rincón al espantado animal. A este seguía asustándole el ruido de la batalla, y la sangre y el alboroto del hospital tampoco contribuían a calmarlo. *Paddy* corría desorientado por el campamento, recibía de vez en cuando un pisotón al cruzarse en el camino de alguien, aullaba y se escondía en otro sitio. Hasta que ya no aguantaba el miedo y volvía a salir en busca de una mano que lo confortara.

Ese día era especialmente malo porque el hospital estaba lleno casi exclusivamente de desconocidos. Puesto que el personal permanente había formado el destacamento de rescate, los recién llegados trabajaban de cuidadores y asistentes de los médicos, y ninguno de ellos dirigía una palabra amable al paticorto perrito. Además, el doctor Beeston llevaba horas operando y no se permitía la entrada de *Paddy* a la tienda quirófano. El animalito aullaba desamparado delante de la puerta, se colaba en el interior y volvían a echarlo, hasta que distinguió un olor conocido. Gimiendo, *Paddy* se acercó a la mano de Jack McKenzie, que colgaba fláccida de la camilla. Aunque su viejo amigo no hacía ningún gesto de acariciarlo, estaba ahí; sin embargo, el perrito enseguida advirtió que algo malo estaba pasando. *Paddy* olió a sangre y muerte, se sentó junto a Jack y se puso aullar de modo desgarrador.

—¿Y ahora qué tiene ese bicho? ¡Es insoportable! —Uno de los jóvenes cuidadores lanzó una mirada a Jack y quiso abrirle la chaqueta del uniforme, pero *Paddy* le soltó un gruñido.

—¡Lo que faltaba, ahora al chucho también le da por morder! ¿Cómo se le ocurre al comandante dejarlo suelto por aquí? ¡Doctor Beeston! —El joven llamó al médico, que en ese momento salía de la tienda de operaciones y miraba cansado alrededor. Otra avalancha de pacientes... El médico renunció a la idea de ir a tomar unos sorbos de té.

»¿Comandante Beeston? Su perro... Bueno... —El joven sanitario recordó en el último momento que el oficial médico tenía autoridad para enviarlo directamente al frente si en ese instante se expresaba de forma errónea. No le gustaban los perros, pero no era un suicida—. ¿No podría..., esto..., llevarse a su perro? Obstaculiza nuestro trabajo.

El doctor Beeston se acercó desconcertado. Hasta entonces nadie se había quejado de *Paddy*. Bueno, alguna vez había molestado, pero...

—¡El animal no deja que me acerque al herido, señor! —explicó el cuidador—. Podría... —Volvió a tender la mano hacia la solapa de Jack, pero *Paddy* se abalanzó sobre él.

El doctor Beeston se acercó a la camilla.

—¿Qué pasa, *Paddy*? Pero, espere, si es...

El médico reconoció a Jack McKenzie y él mismo le abrió la camisa.

—¡Herida pulmonar, señor! —diagnosticó el joven cabo—. No entiendo cómo ha llegado hasta aquí. Es un caso perdido...

El doctor Beeston lo fulminó con la mirada.

—¡Muchas gracias por la opinión profesional, joven! —observó—. ¡Y ahora a quirófano con el herido! ¡Pero deprisa! ¡Y guárdese para usted sus comentarios!

Roly fue presa del pánico cuando, frustrado, después de haber desistido de encontrar al doctor Beeston se encontró con que Jack había desaparecido. Pero *Paddy* seguía en el puesto y agitó la cola cuando reconoció a Roly.

—¿Dónde debe de estar, *Paddy*? ¿No puedes buscarlo? ¿El señor Jack? ¿Nuestro señor Jack? ¡No sirves para nada!

—¿A quién está buscando, soldado? —preguntó el joven cabo al pasar—. ¿Al del tiro en el pulmón? Está en la sala de operaciones. Órdenes personales de Beeston. Ahora son las mascotas las que deciden de quién se ocupa el jefe...

Roly no regresó al frente. Tenía mala conciencia, pero la acalló diciéndose que ayudaría en el hospital hasta que el comandante hubiese terminado de operar. El doctor Pinter, otro oficial médico, descubrió al final al experimentado cuidador y lo envió a su mesa de operaciones. El doctor Pinter era ortopeda. A él iban a parar los hombres con los miembros destrozados por las granadas de mano o las minas. Tras la decimoquinta amputación, Roly dejó de contar. Al salir del hospital con el tercer saco sanguinolento lleno de jirones de carne destrozados, no volvió a preguntar por Jack. Los heridos no cesaban de llegar. Nadie recordaría ahí a un hombre determinado. Roly ya no tenía el destino de Jack en sus manos. Tendría que esperar a que volviera la tranquilidad y salir entonces en busca de su amigo.

Los disparos se extinguieron ya entrada la noche y ya estaba amaneciendo cuando el doctor Pinter envió a los últimos heridos al hospital.

—No atacarán de nuevo, ¿verdad? —preguntó el médico a un capitán. El todavía joven oficial llevaba el brazo en cabestrillo. Dirigió al doctor Pinter una mirada inexpresiva.

—Lo ignoro, señor. Nadie lo sabe. El comandante Hollander cayó ayer, el alto mando todavía está deliberando. Pero si me pregunta a mí, señor..., la batalla está perdida. Esta maldita playa está perdida. Si a los generales les queda todavía una pizca de sensatez, interrumpirán todo esto...

Roly esperaba que el médico censurase al joven oficial, pero Pinter se limitó a mover de un lado a otro la cabeza.

—¡No se vaya de la lengua, capitán! —advirtió con suavidad—. Es mejor que rece...

Las oraciones de los médicos y de los soldados del frente no fueron atendidas.

En lugar de ello, poco después del amanecer, retumbaron los primeros cañonazos. Nuevas oleadas de ataque, nuevos muertos.

La batalla de Lone Pine, como se denominaría más tarde la ofensiva de agosto a partir de la más cruel de las guerras de trincheras, concluyó cinco días más tarde. Con éxito, según el parte militar.

El ANZAC se internó noventa metros en territorio turco. Un avance que se cobró nueve mil muertos.

Roly encontró a Jack la mañana del segundo día, antes de que entraran los nuevos heridos y los médicos exhaustos volvieran a empuñar el bisturí. Habría tenido que buscar durante horas entre los cientos de hombres recién operados que yacían en apretadas filas, y solo en caso de urgencia sobre las camas de campaña, si no hubieran permanecido junto a su lecho *Paddy* y el doctor Beeston. Jack estaba inconsciente, pero respiraba y ya no escupía sangre. El médico estaba examinando la herida en ese momento.

—¿O'Brien? —preguntó cuando Roly se acercó. El rostro del doctor Beeston estaba casi tan pálido y demacrado como el de su paciente—. ¿Es usted el responsable de que este hombre se encuentre aquí?

Roly asintió con sentimiento de culpabilidad.

—No podía abandonarlo, señor —admitió, al tiempo que se ruborizaba—. Naturalmente, soy consciente de que... Estoy dispuesto a asumir las consecuencias.

—Ay, déjelo estar —suspiró Beeston—. ¿A quién le importa que este muera y el otro viva? Excepto a nosotros tal vez. Si le sirve de consuelo, yo también he traspasado los límites de mis competencias..., o los he dilatado, cuando menos. Tenemos nuestras reglas. No deberíamos emular a Dios.

—¿Acaso no lo habríamos hecho también si lo hubiésemos abandonado ahí, señor? —preguntó Roly.

Beeston se encogió de hombros.

—No: según lo planeado, O'Brien, habríamos seguido las normas. Dios, y puede tomárselo como una blasfemia, no entiende de reglas.

El médico cubrió a Jack con cautela.

—Cuídelo, O'Brien. O se olvidarán de él en el caos aquí reinante. Ordenaré que hoy mismo lo lleven al *Gascon*... —dijo, refiriéndose al barco hospital mejor equipado.

—¿Rumbo a Alejandría, señor? —preguntó Roly, esperanzado. El traslado a un hospital militar de Alejandría solía significar para un herido el final de la guerra.

Beston asintió.

—Y usted irá con él —añadió sosegadamente—. Lo que significa que alguien ha jugado a ser Dios por usted, O'Brien. Alguien con buenos contactos. Ayer llegó con el refuerzo la orden de que regresara usted a Nueva Zelanda. Al parecer una persona de Greymouth, un inválido de importancia capital para la guerra, es incapaz de seguir viviendo sin sus cuidados. Sin usted, O'Brien, toda la producción de carbón neozelandés acabaría paralizándose. Ese fue al menos el planteamiento.

Pese a la gravedad de la situación, Roly no logró contener una sonrisa.

—Es demasiado honor, señor —observó.

Beeston alzó la vista al cielo.

—No me atrevo a emitir un juicio. Así que empaquete sus cosas, soldado. Ocúpese de su amigo y, por el amor de Dios, manténgase fuera de la línea de tiro para que no suceda nada más. El *Gascon* zarpa a las tres de la tarde.

Jack estaba, con toda certeza, más cerca de la muerte que de la vida cuando el barco hospital llegó a Egipto, pero era resistente. Por lo demás, los cuidados incesantes de Roly contribuyeron de forma decisiva a su supervivencia. No había suficientes sanitarios para la enorme cantidad de heridos graves. Una parte de los hombres murió en el barco; otra, poco después de llegar a Alejandría. Jack se fue restableciendo y recuperó la conciencia. Miró alrededor, se percató del dolor que lo rodeaba y de que él había sobrevivido, y advirtió que algo en su interior había cambiado. No estaba endurecido o adusto como muchos otros supervivientes que enmudecían de rabia y miedo ante el futuro, sino que contestaba cortésmente a las preguntas de doctores y enfermeras. Salvo eso, parecía no tener nada más que decir, simplemente.

Jack respondía con el silencio a las bromas y palabras animosas de Roly, y no hacía nada por superar su apatía. Al principio dormía o contemplaba callado el techo encima de su cama y, mucho más tarde, cuando pudo sentarse junto a la ventana, el cielo casi siempre azul de Alejandría. Jack escuchaba la llamada siempre igual del muecín desde el minarete de la mezquita y pensaba en la máxima del doctor Beeston que Roly le había comunicado:

Dios entiende de reglas. Se preguntaba si la oración servía de algo, aunque de hecho hacía mucho tiempo que no rezaba.

La convalecencia de Jack se prolongó durante meses. Aunque la herida sanaba, él enflaquecía y sufría una fatiga constante. Roly permanecía a su lado, haciendo caso omiso de la orden de marcharse que había recibido, y los oficiales médicos de Alejandría no le pedían explicaciones. El hospital estaba sobrecargado y no sobraban cuidadores. Además, el regreso a Nueva Zelanda había dejado de ser tan urgente en cuanto Tim se enteró de que Roly ya no estaba en primera línea. El chico escribía de vez en cuando a casa y recibía cartas de Mary y de los Lambert. También llegaban misivas para Jack McKenzie. Roly ignoraba si las leía. Jack, por su parte, no escribía a nadie.

En diciembre de 1915, el alto mando británico evacuó la playa de Galípoli, que a esas alturas recibía el nombre de ANZAC Beach. La retirada de las tropas se realizó de forma ordenada y sin bajas adicionales. Los británicos sacaron a sus hombres del país prácticamente sin que los turcos se enterasen, luego las trincheras se dinamitaron.

Roly informó emocionado a Jack acerca de la exitosa acción.

—Al final, les han atizado —explicaba entusiasmado—. ¡Al dinamitar las trincheras un montón de turcos la ha palmado!

Jack hundió la cabeza.

—¿Y para qué, Roly? —musitó—. Cuarenta y cuatro mil muertos en nuestro bando, y se dice que todavía más entre los turcos. Y todo para nada.

Por la noche volvió a soñar con la guerra de trincheras. Una y otra vez clavaba la bayoneta y la pala en los cuerpos de los enemigos. En cuarenta mil cuerpos... Cuando se despertó bañado en sudor escribió a Gloria y se refirió a la retirada de las tropas del ANZAC. Sabía que ella nunca leería la carta, pero le reconfortaba contar la historia.

En invierno, Jack se vio atormentado por una tos pertinaz. Un médico militar, al ver lo delgado y pálido que estaba, diagnosticó tuberculosis y ordenó el traslado de Jack a un sanatorio junto a Suffolk.

—¿A Inglaterra, señor? —preguntó Roly—. ¿No podemos volver a casa? Seguro que allí también hay sanatorios adecuados...

—No hay instalaciones militares —respondió el médico lacónico—. Usted, señor O'Brien, puede, por supuesto, marcharse a casa. Incluso lo celebraríamos. Si bien nos ha sido aquí de mucha utilidad, usted mismo comprobará que el hospital se está vaciando lentamente. Llama la atención que demos trabajo también a un civil.

—Pero a mí no me han licenciado de forma oficial... —replicó Roly.

—Solo tiene una orden de marcha de hace seis meses. —El médico sonrió—. Haga lo que quiera, O'Brien, pero desaparezca. Si por mí fuera, hasta lo meteríamos de contrabando en el barco que va a Inglaterra. Pero debe abandonar su unidad antes de que alguien lo envíe a Francia.

Una parte de las tropas del ANZAC que se habían retirado de Galípoli se enviaba a Francia y otra a Palestina.

Roly encontró trabajo en una granja, mientas el convaleciente yacía al pálido sol de la primavera inglesa y contemplaba el cielo ahora de un azul mate. Siempre que podía visitaba a su «señor Jack» y cuando los servicios de la casa de salud se ampliaron con el cuidado a inválidos de guerra, incluso realizó tareas de sanitario. Tim Lambert no lo reclamaba a su lado, pero le pidió que informara con regularidad sobre el estado de Jack. La madre de este, escribió, se hallaba muy inquieta. A Roly no le extrañaba. La severa señora O'Brien le habría cantado las cuarenta si la hubiera dejado un año sin contarle que se encontraba bien. Sin embargo, Jack no reaccionó ante los reproches del chico ni cuando este se ofreció a que le dictara la carta.

—¿Qué voy a contarle, Roly?

Jack contemplaba cómo maduraban los cereales en los campos, escuchaba el canto de los segadores y observaba el otoño teñir de amarillo las hojas de los árboles. En invierno miraba la nieve y solo veía la arena ensangrentada de Galípoli. Pasó un año más sin que su salud mejorase. A veces pensaba en Charlotte, pero Hawaiki estaba lejos, más lejos todavía que América o donde fuera que estuviera Gloria.

—Tres años y medio y todavía en guerra... —musitó Roly, hojeando el periódico que estaba sobre la mesa junto a la hamaca de Jack. Era un día inusualmente cálido para la estación del año y las enfermeras habían llevado a los pacientes al jardín. El aire fresco les hacía bien. El aire fresco y la tranquilidad—. ¿Cómo acabará esto, señor Jack? ¿Ganará alguien o seguiremos luchando sin parar?

—Todos han perdido —respondió Jack, con un gesto de impotencia—. Pero al final, está claro que será una gran victoria para quien quiera celebrarla. Por otra parte, yo también tengo algo que celebrar. Los médicos me envían a casa.

—¿En serio, señor Jack? ¿Vamos a regresar? —El rostro de Roly, todavía redondo pese a las huellas dejadas por la guerra, se iluminó de alegría.

Jack sonrió débilmente.

—Preparan un transporte con todos los inválidos de guerra. Todos los que han sufrido amputaciones y los ciegos a los que no pudieron o no quisieron enviar enseguida a casa...

Desde Alejandría, habían mandado a la mayoría de las víctimas de Galípoli hasta Polinesia. Entretanto, los hombres de Aotearoa se consumían en Francia y en otros escenarios de guerra. Por lo general se les cuidaba un tiempo en Inglaterra antes de que estuvieran capacitados para el viaje.

—Entonces yo me marcho con usted. —Roly se alegró—. ¿No necesitan un sanitario?

—Buscan enfermeras voluntarias —señaló Jack.

Roly estaba resplandeciente.

—Es extraño —apuntó—. Cuando estalló, quería ir a la guerra para que no me llamaran más «enfermero». Y ahora estaría dispuesto a ponerme una cofia y regresar a casa como «enfermera».

Y ahí estaba: Nueva Zelanda. La primera visión de la isla Sur, para los que aún disfrutaban del don de la vista. Jack sabía que debería estar agradecido; sin embargo, no sentía más que frío. Y pese a todo, la imagen de la tierra entre la niebla, sobre la que se alzaban como flotando las cimas de los lejanos Alpes, era de una belleza espléndida. El barco atracaría en Dunedin. Jack se preguntaba si Roly habría avisado a Tim Lambert de su llegada y este, a su vez, a Gwyneira. Si era así, seguro que la familia estaría esperándolo en el muelle. Jack se horrorizaba ante tal expectativa, pero también era muy posible que eso no llegara a suceder. El correo se demoraba a causa de la guerra. Incluso en un período normal, Roly habría necesitado mucha suerte para que su carta llegara a Greymouth antes que él.

En Dunedin ingresarían de nuevo a Jack en un hospital; aunque por poco tiempo, pues lo daban por curado.

—Ya no tose, ya no se oye ruido en los pulmones... Lo único que me desagrada es esa debilidad —había dicho el médico en Inglaterra—. Aunque es posible que eso reclame un esfuerzo por su parte. ¡Levántese, pasee! ¡Participe un poco más de la vida, sargento mayor McKenzie!

En los últimos días transcurridos en Alejandría, Jack se había enterado, para su sorpresa, de que lo habían vuelto a ascender a causa de su valor en la batalla de Pine Creek y que lo habían condecorado. Ni siquiera se había dignado mirar el trozo de metal.

—¿Lo quieres? —preguntó cuando Roly lo censuró por su indiferencia—. Toma, todo tuyo; te lo has ganado más que yo. Enséñaselo a Mary, póntelo cuando te cases. Nadie te preguntará por el certificado.

—¡No lo dirá en serio, señor Jack! —replicó Roly, mirando con codicia la medalla—. No puedo...

—¡Claro que puedes! —insistió Jack—. Se te concede por la

presente. —Abrió con esfuerzo el estuche—. Arrodíllate o haz lo que se hace en estos casos y yo te la entrego.

Roly se prendió orgulloso la condecoración en la solapa cuando el barco entró en el puerto de Dunedin. Otros muchos hombres también lucían sus condecoraciones. Tal vez les faltaran brazos y piernas, pero eran héroes.

La muchedumbre que los saludaba en el puerto, mucho más reducida que la que se había reunido en su partida, estaba compuesta sobre todo por parientes de los enfermos, que, al verlos, no lanzaban vítores sino lloraban, así como también por médicos y enfermeras. El sanatorio de Dunedin —por lo que decían una escuela femenina rehabilitada— había enviado tres coches y algunos asistentes.

—¿Le parece bien, señor Jack, que le deje ahora? —preguntó Roly no por vez primera. Ya había explicado en repetidas ocasiones sus planes a Jack. El día después de la llegada a Dunedin, a más tardar, quería marcharse a Greymouth, y ahora que el barco había llegado a primera hora de la tarde esperaba llegar a tiempo para coger el tren nocturno a Christchurch—. ¿Y de verdad que no quiere venirse conmigo? Christchurch es...

—Todavía no me han licenciado oficialmente del ejército, Roly —respondió Jack de forma evasiva.

Roly hizo un gesto de despecho con la mano.

—¡Bah!, ¿quién va a preocuparse por ello, señor Jack? Le damos de baja y luego le enviarán la documentación conforme está licenciado. Yo haré lo mismo.

—Estoy cansado, Roly... —objetó Jack.

—Puede dormir en el tren. ¡Por favor, señor Jack! Yo me sentiría más tranquilo si lo dejara con su familia.

—Basta con Jack, Roly. Y no soy ningún paquete.

Roly se marchó para subir el equipaje a cubierta mientras Jack se limitaba a permanecer sentado, observando a las enfermeras que ayudaban a los hombres con sus muletas y sus sillas de ruedas a desembarcar. Al final, también se acercó a él una joven con traje oscuro y delantal de enfermera. Sin embargo, no iba vestida de azul como las profesionales, por lo que posiblemente fuera una voluntaria.

—¿Puedo ayudarle? —preguntó cortésmente.

Jack vio un rostro fino, enmarcado por un cabello oscuro peinado tirante hacia atrás, en el que unos ojos inteligentes, de color verde claro, se ocultaban tras los gruesos cristales de unas gafas. La mujer se ruborizó al sorprender la mirada escrutadora.

Pero entonces también en su semblante surgió la chispa de un remoto reconocimiento.

Jack se le adelantó.

—¿Señorita Bleachum? —preguntó vacilante.

Ella le sonrió, sin lograr ocultar del todo la sorpresa que le había producido el aspecto del hombre. El capataz fuerte, siempre alegre de Kiward Station, el vigoroso hijo de Gwyneira y James McKenzie, el amigo incondicional e inamovible intercesor de Gloria Martyn yacía en una tumbona, pálido y enflaquecido, envuelto en mantas pese a que no hacía frío, demasiado agotado para desembarcar en su tierra sin ayuda. Jack leyó los pensamientos de Sarah en su semblante y se avergonzó de su debilidad. Al final se irguió y se obligó a sonreír.

—Me alegro de volver a verla.

2

Mientras que Jack y Sarah Bleachum conversaban, Roly regresó cargado con el petate de Jack y el suyo.

—¡Increíble, señor Jack! —dijo entre risas—. Apenas llegado a puerto y ya con una chica a su lado. Madame... —Roly intentó alisarse con la mano el cabello revuelto y se inclinó ceremoniosamente.

Sarah Bleachum sonrió pudorosa. Jack la presentó.

Roly pareció aliviado cuando se enteró de que formaba parte del sanatorio Princess Alice.

—Entonces puedo dejarle con toda confianza al señor Jack —declaró complacido Roly—. ¿Sabe por casualidad si hoy todavía sale algún tren para Christchurch?

Sarah asintió.

—Yo misma buscaré un sitio para usted, señor McKenzie —se ofreció—. Incluso en el vagón cama. Si llamo a su madre, seguro que envía a alguien de Kiward Station para que lo recoja en la estación. Naturalmente, antes tendría que pasar una revisión, pero por lo que yo sé, el sanatorio Princess Alice está concebido solo como estación de paso para este transporte. Todos los hombres pueden volver a sus casas. Además todos viven repartidos por la isla Sur. Algunos tendrán que esperar un par de días todavía hasta que se organice la continuación del viaje.

Roly asintió vehemente y también Jack sabía, por supuesto, que todos ahí habían sido declarados «sanos». Algunos de los inválidos ya habían sido recibidos en el muelle por sus familias.

—Lo siento, señorita Bleachum, pero pese a todo... estoy cansado, ¿comprende...? —Jack se ruborizó al mentir. No se sentía más débil que en los días anteriores, pero la idea de regresar a Kiward Station le infundía terror. La cama vacía en la habitación que había compartido con Charlotte. La habitación vacía de Gloria. El lugar que antes ocupaba su padre, ahora vacío, y los ojos tristes de su madre, donde también leería ahora compasión. A la larga tendría que soportar todo eso, pero no ese mismo día. No enseguida.

Sarah intercambió una mirada con Roly, que se encogió de hombros.

—Bien, yo me voy. ¡Nos vemos, señor Jack! —Roly agitó la mano y se dio media vuelta.

—¿Roly? —Jack tenía la sensación de que al menos debía un abrazo al joven de pelo revuelto, pero era incapaz de sobreponerse—. Roly..., ¿no podrías llamarme simplemente Jack?

Roly rio. Se desprendió entonces del petate, se dirigió de nuevo a Jack y le dio un abrazo de oso.

—¡Cuídese, Jack!

Este sonrió cuando el muchacho se alejó agitando la mano.

—¿Un buen amigo? —preguntó la señorita Bleachum, mientras cogía el petate de Jack.

El hombre asintió.

—Un muy buen amigo. Pero no me lleve usted el petate. Yo lo haré...

Sarah sacudió la cabeza.

—No, déjeme a mí. Algo tengo que hacer... Puede... Puede apoyarse en mí. —En ningún momento lo interpretó como una propuesta invitadora. Jack recordaba muy bien que la señorita Bleachum era algo mojigata.

—¿Desde cuándo es usted enfermera? —preguntó con amabilidad.

Sarah rio nerviosa.

—En realidad no lo soy, solo ayudo un poco. Tengo... tengo que acompañar un poco a los enfermos...

Jack frunció el ceño. No le costaba imaginar a la señorita Bleachum haciendo de dama de compañía de una anciana, pero no le parecía precisamente la clase de mujer que uno contrataría para entretener a unos hombres. De todos modos, esto no era de su incumbencia. Descendió lentamente con la joven. Sarah se unió a un par de enfermeras más que empujaban sillas de ruedas o conducían a ciegos. La mayoría de ellas llevaba el uniforme azul claro con el cuello blanco y la cofia. Las mujeres miraron disgustadas a Sarah. Probablemente no era la primera vez que elegía a uno de los pacientes más sanos para su cuidado.

Un médico de cabello oscuro iba de uno a otro, saludando a los recién llegados antes de que los ayudaran a subir al vehículo. A Jack el hombre le resultaba conocido, pero sobre todo le desconcertó el modo en que se iluminó el rostro de Sarah cuando se acercó.

—¡Es el doctor Pinter! —dijo animadamente presentando al hombre. También el médico sonrió, pero se puso serio cuando miró a Jack.

—Doctor Pinter, es...

—Nos conocemos, ¿verdad? —preguntó Pinter—. Espere... Ya recuerdo... Sargento primero McKenzie, ¿no es así? Galípoli... El disparo en los pulmones, el herido a quien salvó el perro de Beeston... —Sonrió con amargura—. Durante un par de días solo se hablaba de usted en el hospital. ¡Me alegro de que haya sobrevivido!

Jack asintió.

—Y usted era... ¿capitán?

Pinter se encogió de hombros.

—Comandante. Pero ¿a quién le importa eso ahora? En la tienda del hospital de campaña todos vadeaban la misma sangre. Dios mío, es raro que todavía recibamos a heridos de Galípoli. La mayoría procede de Francia. No volvió usted al frente, ¿verdad?

—No. El señor McKenzie recibió asistencia en Inglaterra —intervino Sarah, quien ya había sacado el expediente de Jack de una carpeta para tendérselo a Pinter.

—¿Y usted? —preguntó Jack trabajosamente. No sentía auténtico interés por el destino del médico, pero de alguna forma se sentía obligado a mantener la conversación. La profesora y el médico subieron con él al autobús. No podía quedarse sentado a su lado en silencio y pasear la mirada por el telón de los Alpes—. Me refiero a que usted... era oficial médico y todavía estamos en guerra...

El doctor Pinter hizo un gesto mortificado. Su expresión se agravó y Jack reconoció las huellas que Galípoli le había dejado en el rostro. También él estaba más delgado y pálido, y tenía el semblante, todavía joven, surcado de arrugas. El médico alzó las manos y las extendió delante del cuerpo. Jack vio que temblaban de forma incontrolada.

—Me resultaba imposible seguir operando —murmuró—. No se sabe qué es..., tal vez una parálisis nerviosa. Empezó en Galípoli..., el último día... Casi habían evacuado a todas las tropas, lo único que todos querían era marcharse... Solo los últimos patrullaban todavía en las trincheras. Debía dar la impresión de que estaban llenas de hombres. Sí, y un par de jóvenes exageraron. Querían hacer un simulacro de combate ante los turcos, pero estos tenían detrás artillería pesada. Los hombres... fueron despedazados. Me pusieron sobre la mesa de operaciones lo que quedaba de ellos. Salvé a uno de diecisiete años, si es que a eso se le puede llamar salvar a alguien. Los dos brazos..., las dos piernas... No hablemos más de ello. Luego empezó el temblor...

—Quizá lo único que necesite sea tranquilidad —señaló con dulzura Sarah.

Pinter bajó la vista.

—Necesito un par de recuerdos distintos —susurró—. No quiero ver más sangre cuando cierro los ojos. No quiero oír más disparos cuando alrededor reina el silencio.

Jack asintió.

—Yo me imagino el agua —dijo en un murmullo—. La playa... La primera visión de la playa antes de desembarcar. Era un lugar hermoso...

Luego, ambos hombres callaron. Sarah quería decir algo, pero no era dada a las conversaciones livianas. Casi con envidia miró a las otras enfermeras, que charlaban y bromeaban con sus pacientes.

Jack obtuvo una habitación de dos camas, que compartía con un hombre mayor y gruñón que andaba todo el día con la botella de whisky. Jack ignoraba dónde la había conseguido, pero no cabía duda de que no estaba dispuesto a ofrecer ni un solo trago.

—Medicamento contra el dolor de cabeza —se limitó a farfullar, señalando una fea cicatriz en el lado izquierdo de la cara.

Otro más que había sobrevivido a una herida con la que no solía acabarse en el hospital de campaña. Un disparo en la cabeza casi siempre era mortal.

—La bala todavía está dentro —añadió el hombre, que a continuación bebió en silencio. A Jack ya le iba bien que fuera así. Contempló el jardín desde la ventana de la habitación. Llovía. Según había dicho Sarah, en las semanas anteriores había llovido mucho. A Jack le pasó por la cabeza la cosecha de heno en Kiward Station. Eso quedaba muy lejos. Galípoli, en cambio, estaba cerca.

A la mañana siguiente lo visitó Sarah Bleachum. El compañero de Jack había desaparecido temprano, era probable que en busca de una reserva de «medicina». Jack, por su parte, sentía la fatiga y el frío habituales, pero se temía que Sarah no iba a dejarlo tranquilo. Así que estaba vestido, junto a la ventana, y observaba la lluvia cuando la joven apareció.

—El próximo tren a Christchurch parte a las once —informó—. ¿Pido que le lleven a la estación?

Jack respondió compungido:

—Señorita Bleachum, preferiría... Me gustaría reponerme un poco...

Sarah Bleachum acercó una segunda silla a la ventana.

—¿Qué sucede, señor Jack? ¿Por qué no quiere regresar a casa? ¿Se ha enfadado con su madre? ¿Guarda malos recuerdos?

Jack hizo un gesto negativo.

—Demasiado buenos —respondió cansado—. Es lo peor, ¿sabe? Galípoli... La sangre... duele, pero en algún momento se desvanecerá. La felicidad, sin embargo..., no se olvida nunca, señorita Bleachum. Deja tras sí un vacío que nada logra llenar...

Sarah suspiró.

—Yo no tengo muchos recuerdos felices —murmuró—. Aunque, por otra parte, pocas veces he sido realmente desdichada. Me gusta dar clases, me gustan mis alumnas. Pero algo grande...

—Entonces es usted digna de envidia, señorita Bleachum —dijo Jack lacónicamente, antes de enmudecer de nuevo.

—¿No desea hablar de ello? —preguntó Sarah con tristeza—. Bueno..., para eso estoy aquí. Aparte de eso, no sirvo de nada, no sirvo de enfermera. No me gusta tocar a los hombres. Las demás enfermeras dicen... dicen que no tengo compasión...

—Tal vez sienta demasiada —apuntó Jack—. ¿Por qué no se busca otro trabajo?

El rostro de Sarah se ensombreció y se pasó la mano por las cejas. Su mirada siguió la figura de elevada estatura del doctor Pinter, que justo en ese momento corría por el patio de la escuela con una lona sobre los hombros para cubrirse de la lluvia.

—¿Por qué no cogerá un paraguas? —preguntó en voz baja la joven—. Se mojará. Qué imprudente...

Jack sonrió.

—Con lo que ya ha contestado a mi pregunta... ¿Corresponde él a sus sentimientos? Dios mío, ¿no le pregunté algo similar en otra ocasión? ¿O fue mi madre? Se trataba de aquel reverendo...

Sarah Bleachum se ruborizó y apretó los labios.

—El reverendo Bleachum no correspondió a mis sentimientos —respondió—. En lo que concierne al doctor Pinter..., mientras no consiga dejar de pensar en Galípoli...

Jack tendría que haberle cogido la mano y haberle dicho unas palabras de consuelo, pero era incapaz. Por más que sabía lo que había que hacer, no conseguía sobreponerse y actuar.

—En realidad era una playa hermosa... —repitió.

—¿Y cree usted que él la olvidará? —preguntó Sarah, esperanzada—. ¿Despertará en algún momento y se fijará tal vez en mí?

Jack asintió, aunque no estaba en absoluto seguro.

—Deje que pase primero la guerra. Llévelo a algún lugar donde deje de ver mutilados. A algún lugar bonito.

—Ojalá quisiera —dijo Sarah—. Kiward Station es bonito.

—Dirigió a Jack una mirada escudriñadora—. Y sin embargo a usted le provoca miedo. Justo como a...

—Es un lugar vacío —la interrumpió Jack—. Siento allí a Charlotte. Y a mi padre. Y a Gloria. Pero es como una casa tras una gran fiesta. En las habitaciones todavía flota el humo de los cigarrillos y la fragancia de las velas. Huele a vino y casi se oye el eco de las risas, pero allí no hay nada de eso. Solo vacío y dolor. Creía que lograría asimilar lo de Charlotte. Y mi padre... era anciano. Su muerte se corresponde con las reglas...

Sarah frunció el ceño.

—¿Las reglas? —preguntó.

Jack no respondió.

—Pero Gloria... Desde que Gloria ha desaparecido..., me veo incapaz, señorita Bleachum. Me veo incapaz de mirar a mi madre a los ojos y no ver más que preguntas. Y la única respuesta es que Dios no cumple las reglas...

Sarah le tomó la mano.

—¡Pero Gloria está de vuelta, Jack! ¡Pensaba que lo sabía! ¿No se lo comunicó la señorita Gwyn por carta? Bueno, tal vez estuviera usted en alta mar. Pero Gloria ha regresado, estuvo aquí, conmigo.

Jack la miró atónito.

—¿Y ahora...?

Sarah se encogió de hombros.

—La señorita Gwyn la recogió. Por lo que yo sé, se encuentra en Kiward Station.

La mano de Jack se cerró sobre la de la mujer.

—Es... es... ¿Todavía llego al tren? ¿Llamará usted a mi madre para avisarla?

Gwyneira McKenzie era feliz, pero al dar la bienvenida a Jack en el andén la sobrecogió un inquietante sentimiento de algo ya visto. El joven delgado y pálido que bajaba del tren demasiado lenta y fatigosamente le resultaba ajeno. En su rostro había arrugas que tres años y medio antes no estaban y entre sus cabellos cobrizos asomaban hebras blancas. Demasiado pronto, demasiado pronto para su edad. Sobre todo la sorprendió su abrazo seco. Era lo mismo que había sucedido con Gloria, aunque Jack seguía siendo amable y fingía devolver el cariñoso saludo de Gwyneira.

Y parecía, asimismo, que tampoco quería hablar. Respondía a las preguntas, intentaba mostrar una sonrisa, pero no contaba nada. Se diría que quería enterrar en su interior los últimos años. Lo mismo que Gloria. Gwyneira ya se asustaba ante la idea de ver a dos figuras calladas y encerradas en sí mismas a la mesa durante la cena, aunque, por otra parte, no había otra cosa que deseara más que tener al menos a Gloria de vuelta en casa. La joven viajaba con los maoríes y, pese a las tensiones entre ambas, Gwyneira la añoraba y estaba inquieta por ella. En realidad, Gloria no corría ningún peligro con la tribu, pero la preocupación constante acompañaba desde hacía tanto tiempo a Gwyn que le resultaba casi imposible desprenderse de ella.

Y ahora también Jack. Gwyneira había ido en automóvil a recogerlo. No cesaba de llover, y se estaba haciendo demasiado vieja para hacer un viaje en el carro expuesto al aire libre, cuya capota proporcionaba abrigo de la lluvia, pero no del frío.

—¿Conduces tú misma? —preguntó Jack, asombrado, cuando ella le abrió la puerta.

—¿Por qué no? —inquirió Gwyn—. Dios mío, no cuesta mucho mover esta cosa. Antes era un poco difícil ponerlo en marcha. Pero ahora... Cualquiera sería capaz de hacerlo.

Metió la marcha rascándola y apretó demasiado el acelerador. Luego tocó la bocina para abrirse camino. Jack no empezó a sentirse seguro hasta que salieron de Christchurch y avanzaron ruidosamente por las solitarias carreteras de las llanuras de Canterbury. Ya anochecía y Jack contemplaba la luz difusa. Ante los Alpes se desplegaba un velo de lluvia.

Gwyneira se quejaba de la mala cosecha de heno y de que debería bajar a las ovejas de las montañas antes de lo normal.

—Y ni siquiera aquí abajo crece la hierba tanto como solía. Este verano ha sido demasiado frío. He reducido ya el número de vacas, mejor menos pero bien alimentadas que tan flacas. ¡Estoy contenta de que hayas vuelto, Jack! Es cansado hacerlo todo sola.

—Gwyneira puso la mano en el hombro de su hijo, pero este no reaccionó.

»¿Estás cansado, Jack? —Gwyneira intentaba con todas sus fuerzas provocar en él una reacción normal—. Ha sido un día pesado, ¿verdad? Un viaje largo.

—Sí —respondió Jack—. Lo siento, madre, pero estoy agotado.

—¡Aquí pronto te recuperarás, Jack! —exclamó con optimismo Gwyneira—. Tienes que volver a engordar. Y que te dé el sol. Estás blanco como una sábana. Esos hospitales... Lo que necesitas es un poco de aire fresco, un buen caballo..., y tenemos cachorros, Jack. Tendrás que elegir uno. ¿Qué día es hoy? ¿Martes? Entonces tendrás que llamarlo *Tuesday*. Tu padre siempre puso a los perros el nombre de los días de la semana...

Jack asintió fatigado.

—¿Todavía... todavía vive *Nimue*? —se aventuró a preguntar.

—Claro —respondió Gwyneira—. Pero está con Gloria, descubriendo sus raíces. —Resopló—. Aunque en realidad para ello *Nimue* tendría que viajar a Gales. Pero Gloria estudia en la actualidad su legado maorí. Está migrando con la tribu de Marama. Si quieres saber mi opinión, Tonga está tramando casarla. Antes de que partieran corrían rumores sobre Gloria y Wiremu.

Jack cerró los ojos. Así que, en efecto, una casa vacía. Solo los ecos de las voces y de los sentimientos en las habitaciones abandonadas.

¿O no? Para su sorpresa, Jack notó que sentía algo. Un soplo de ira, o de celos. Otra vez intentaban quitarle a Gloria. Primero los Martyn, ahora Tonga. Y siempre llegaba demasiado tarde para protegerla.

—No sé qué más tengo que hacer. Se enclaustra en su habitación. Es casi peor que con Gloria. Ella al menos sale con el caballo...

Gwyneira vertió té en la taza de su nieta Elaine. Como casi todos los años al final del verano, Elaine visitaba Kiward Station con sus dos hijos menores para respirar un poco de aire campestre. El mayor estaba ahora en un internado de Dunedin y pasaba las vacaciones en Greymouth. Se interesaba muchísimo por el trabajo de su padre y le gustaba ayudar en la mina, no se espantaba de bajar a las galerías. Elaine, por el contrario, disfrutaba del contacto con ovejas y caballos. Ya de niña había envidiado la herencia de Kura y ahora Gwyneira caía de vez en cuando en el desánimo. ¡Cuánto más fácil habría sido todo si su hija Fleurette hubiese heredado la granja y a continuación Elaine y sus hermanos!

—¿Te refieres a que no hace nada en la granja? —preguntó Elaine. Acababa de llegar y todavía no había visto a Jack.

El amigo de este, Maaka, le había pedido que examinase un par de animales de cría. El capataz maorí intentaba por todos los medios despertar de nuevo el interés de Jack por Kiward Station. Sin embargo, Gwyneira ya sabía lo que sucedería. Su hijo lo acompañaría a caballo, echaría un vistazo a los animales y diría un par de vaguedades. Luego se disculparía por su fatiga y se encerraría una vez más en la habitación.

—¡Pero si antes era el capataz! —Elaine tomó la taza de té.

Gwyneira asintió, abatida.

—Mantenía un control absoluto. Lo lleva en la sangre. Jack es un granjero y ganadero nato, y también un adiestrador de perros. Sus collies siempre fueron los mejores de Canterbury. ¿Y ahora? El cachorro que le he regalado lo acompaña, pese a un par de dificultades iniciales. Por no sé qué razón, Jack no quería perros. Pero ya conoces a los collies. *Tuesday* se quedó gimiendo tanto tiempo ante su puerta que al final lo dejó entrar. Una prueba de aguante, yo ya estaba al límite de mis fuerzas. Ahora lo soporta. Nada más. No lo está adiestrando, solo sale con el animal lo imprescindible... Le hace compañía para «mirar por la ventana». Cuando eso lo aburre, lo deja salir. Entonces se viene conmigo o va a los establos. ¡Ya no sé qué hacer!

—A lo mejor mis hijos y yo lo sacamos de su reserva —sugirió Elaine—. Le gustan los niños.

—Por probar que no quede —respondió Gwyneira, desanimada—. Pero en realidad Maaka lo ha intentado todo. Pone tanto empeño que es conmovedor. Y eso que al principio yo tenía miedo de que se produjera algún tipo de competencia entre los dos. Maaka lleva tres años y medio dirigiendo de hecho la granja, pero enseguida le habría cedido el mando a Jack si este lo hubiera aceptado. La primera noche, Maaka y un par de viejos compañeros más se presentaron con una botella de whisky a recoger a Jack. Ya sabes cómo son los chicos, prefieren beber en los establos. Mi hijo hizo pasar al grupo al salón, les repartió unos vasos... ¡Los muchachos no sabían adónde mirar! Me retiré, en mi presencia todavía estaban más intimidados. Intercambiaron un par de palabras y luego se emborracharon en silencio. Eso al menos es lo que dice Kiri, que les preparó un par de bocadillos. También para gran sorpresa de los pastores. Agarraron la borrachera más civilizada de su vida. Desde entonces, Maaka intenta que Jack salga con él, pero es como dar cabezazos contra un muro.

—¿Maaka no se ha ido con la tribu? —preguntó Elaine. Gwyneira le había contado con todo detalle lo que Gloria estaba haciendo.

Su abuela sacudió la cabeza.

—No, gracias a Dios. No sé lo que haría sin él. Precisamente este verano horrible. La cosecha de heno fue una catástrofe, la mitad se echó a perder con la lluvia. Y si esto sigue igual, tendremos que traer a los animales antes. Espero que para entonces ya hayan regresado los maoríes.

—¡Si no, ya me encargo yo con mis dos *cowboys*! —Elaine rio y miró por la ventana. Sus hijos se divertían en el prado que había delante de la casa con dos yeguas cob. Frank Wilkenson intentaba enseñarles a montar—. ¿Y sabes qué te digo? Yo también quiero un collie. Hace mucho que ha muerto *Callie*, pero todavía la añoro. ¡Necesito una sombra nueva! Y atraparé a Jack para el adiestramiento. Tiene que enseñarme cómo se hace. ¡Así se despejará un poco!

Jack apareció una hora más tarde, sudado y cansado tras la cabalgata. En otros tiempos la pequeña excursión no le habría cansado más que un simple paseo, pero después de la larga enfermedad había sido demasiado par él. No obstante, bebió un té e intercambió un par de cortesías con Elaine, interesándose sobre todo por cómo se encontraba Roly.

—Le va bien, ¡por fin va a casarse! —contó Elaine con una alegría forzada. El mal aspecto de Jack la había impresionado profundamente—. Por orden expresa, tengo que invitarte a la ceremonia. Por lo demás, está muy ocupado. En primer lugar, vuelve a cuidar de Tim, lo que a este le hace bien. Se desenvuelve solo, pero le cuesta y no consigue pedir ayuda, sino que descarga el mal humor en la familia. Desde que Roly ha regresado a todos nos va mejor. Tiene, además, un nuevo paciente, Greg McNamara, el joven que se fue a la guerra con él. Es una tragedia. El pobre perdió las dos piernas y la familia se encuentra desamparada. Hasta que Roly regresó, Greg pasaba todo el día en la cama. La madre y las hermanas no pueden levantarlo, y su pequeño subsidio apenas les alcanza para subsistir. Acabamos de regalarle la vieja silla de ruedas de Tim y el reverendo procurará que obtenga ayudas para mantenerse. A Greg le gustaría trabajar, por supuesto, pero ahí lo tiene más negro. La señora O'Brien podría emplearlo en el taller de costura, pero Roly no se atreve a ofrecérselo. Sería casi como «devolverle el dinero».

Jack mostró un rictus de amargura.

—Como te decía, es una tragedia —concluyó Elaine—. Tú has tenido suerte, Jack...

—Sí, desde luego —murmuró con expresión compungida—. ¿Me disculparíais ahora? Tengo que lavarme...

Los planes de Elaine se cumplieron hasta cierto grado. Jack reaccionó con amabilidad cuado le pidió que la ayudara a adiestrar el cachorro y cada mañana esperaba puntualmente en el patio para trabajar con Elaine y su *Shadow*. *Tuesday* también sacaba provecho.

Aprendía deprisa y adoraba a su dueño. De todos modos, a diferencia de *Shadow*, no disfrutaba luego de un paseo a pie o de una cabalgada, ya que Jack se retiraba justo después de los ejercicios. Tampoco parecía divertirse tanto como antes de trabajar con los animales. Cuando alababa a los perros, lo hacía con cortesía y profesionalidad, pero sus ojos no brillaban y en su voz no se percibía alegría.

—Su comportamiento es intachable —comunicó Elaine a Gwyneira—. Pero es como si estuviera muerto.

3

—¿Y qué sabéis de vuestros niños perdidos? —preguntó Gwyneira, tan ocupada con sus propios problemas que había tardado en interesarse por Lilian y Ben.

La anciana acompañaba a su nieta en la calesa desde Kiward Station hasta Christchurch. Elaine quería visitar a Elizabeth Greenwood y regresar a Greymouth al día siguiente.

Elaine hizo un gesto de ignorancia.

—Tenemos datos contradictorios.

—¿Qué se supone que significa eso? —inquirió Gwyneira, frunciendo el ceño.

No esperaba novedades, pues la misma Elaine ya se las habría contado. Además informaba regularmente a Gwyn por carta sobre la joven pareja y esta sabía del nacimiento del primer tataranieto, al que Lilian, por razones desconocidas, había llamado Galahad.

—Según fuentes de Caleb, es decir, profesores de la universidad, les va bien —respondió Elaine—. Según el detective privado de George Greenwood en realidad les va de maravilla.

Gwyneira sacudió la cabeza sin entender y chasqueó la lengua para azuzar a los cobs que tiraban de la calesa. De forma excepcional, no llovía y Elaine prefería sin lugar a dudas el carruaje. Jeremy y Bobby flanqueaban orgullosos el vehículo a lomos de sendos caballos. De no haber sido así, Elaine no se habría expresado con tanta franqueza. Mantenía en secreto las noticias sobre Lilian y Ben ante su esposo y sus hijos, al igual que Caleb Biller no informaba a su familia. Sin embargo, ambos contaban con fuentes de información. Caleb, que seguía siendo un respetado etnólogo, estaba vinculado al alma máter de Ben, y Elaine obtenía información dos veces al año a través de un detective que George Greenwood había contratado para ella.

—¿Cuál es la diferencia? —preguntó Gwyn.

—Pues bien, acaban de mudarse a Wellington —explicó Elaine—. Ben ocupa allí un puesto como docente. ¡Caleb revienta de orgullo! A un chico tan joven suelen contratarlo como asistente. Ben siempre fue un hombre con aspiraciones; aunque yo no me diera cuenta, lo cual no significa nada.

Gwyneira sonrió.

—¿Y? —peguntó.

—Pues que un puesto de profesor significa un pequeño sueldo. Ben ya no necesitaría trabajar en el puerto o hacer lo que estuviera haciendo para mantener a la familia. Se podría permitir una vivienda pequeña y llegar a final de mes, siempre que Lilian administrase bien la casa. O que diese un par de clases de piano.

—¿Pero? —Gwyneira empezaba a impacientarse.

—Pero la cuestión es que se han mudado a una bonita casa con jardín en las afueras. Ben da pequeñas tertulias para sus estudiantes y por la mañana una niñera saca a pasear a Galahad. Según el detective, en un cochecito muy caro. Lilian lleva vestidos bonitos y cuando se representa una obra de teatro o hay un concierto, los Biller están ahí.

—¿Y cómo pagan todo esto? —preguntó Gwyneira, atónita.

—Esta es la cuestión. —Elaine sujetó el sombrero, que la carrera amenazaba con arrebatarle. Las yeguas cob tenían prisa. Los dos jóvenes se habían adelantado y galopaban delante de ellas.

»Espero que Elizabeth Greenwood tal vez me cuente más. George ha vuelto a poner al detective sobre la pista.

—¿Sospechas de algo ilegal? —preguntó Gwyneira, preocupada. Desde que James se había convertido en ladrón de caballos, siempre consideraba posible algo así.

Elaine rio.

—No. La idea de que Ben Biller llegue a robar bancos nunca se me ha ocurrido, francamente. Eso lo haría interesante. Pero según todo lo que me han contado sobre él, no es más que un soso amable. Como su padre. En la escuela, un empollón; como poeta, un caso perdido; y un inepto como hombre de negocios. El último dato procede de Tim, que se ha informado en el entorno de Mina Biller. Florence no podía dejarlo ni tres minutos solo en el despacho...

—¿Y qué es lo que a Lily le atrae de él? —preguntó Gwyneira—. Es una chica tan vivaracha...

—¡La atracción de lo prohibido! —suspiró Elaine—. Si Florence y Tim no se hubieran comportado de ese modo, es probable que todo hubiera ocurrido de manera totalmente distinta. ¡Pero ninguno de los dos se ha enterado de que los chicos han huido de ellos! Lo que ahora se ha desencadenado entre Lambert y Biller es un guerra. Cada uno de ellos intenta menoscabar los intereses comerciales del otro, a ver quién puede más. Florence se ha endeudado hasta el último centavo por construir su propia fábrica de coque e intenta ahora robarnos clientes reventando precios. ¡Y Tim haría otra locura igual! Si Greenwood no lo frenara enérgicamente, los precios caerían en picado. Pero tío George aconseja mantenerse a la espera. Aun así, la fábrica de coque de Biller trabaja más que la nuestra, pero no resulta rentable. A la larga, terminará sin dar resultado. Esperemos que Florence no se arruine. Y Tim y George están pensando en una fábrica de briquetas para sacar provecho también del último polvo de carbón. Si Florence intenta hacer lo mismo, Biller no tardará en quebrar.

Gwyneira reflexionó.

—Entonces, ¿por qué lo hace? —preguntó—. No me gusta planteártelo, pero ¿hubo alguna vez algo entre Florence Biller y tu marido?

Elaine se echó a reír.

—No directamente, ¡aunque sí que eres un poco bruja! Los dos se tienen algo de manía. El malestar se originó poco después del accidente de Tim. Le iba bastante mal y, encima, su padre y los otros directores del comercio minero lo trataron muy mal. Discutían sobre las minas y Tim se quedaba ahí sentado en su silla de ruedas como si fuera un mueble. No lo dejaban intervenir. Por aquel entonces, Florence hablaba con él. Era muy amable, pero Kura enseguida sospechó que estaba maquinando algo. Es probable que Tim fuera una segunda posibilidad. Florence quería una mina y el único modo de conseguirla era mediante un matrimonio. Tanto le daba si con un tullido o un pisaverde...

—¡Elaine! —exclamó escandalizada Gwyneira.

—Lo siento, pero Caleb Biller... Está claro que llegaron a un acuerdo. En cualquier caso, la querida Florence no tuvo que recurrir al plan B. Se casó con Caleb y de inmediato dejó de hacer caso a Tim. Esto lo ofendió bastante. —Elaine iba controlando a los dos jinetes, pero Jeremy y Bobby se colocaban delante o detrás de la calesa y no atendían a la conversación.

—La señora Biller no acaba de entender que el «mueble» compita con ella... —señaló Gwyn con una sonrisa de iniciada.

—Y además educa sola a sus hijos. Lo que Caleb solo ha conseguido con Ben. Los otros chicos..., pero dejémoslo. Pese a que todo este asunto es bastante absurdo, está degenerando en un drama. ¡Maldita sea, tengo ganas de conocer a mi nieto! ¡Y añoro a Lily! Claro que Tim también, pero nunca lo reconocerá. ¡Tenemos que pensar algo urgentemente!

—¿Lo conoces? —Elizabeth Greenwood tendió a Elaine un libro por encima de la mesa.

Las mujeres tomaban el té y Gwyneira acababa de despedirse. Los chicos se habían ido con ella para decir adiós a los caballos. Elizabeth parecía haber estado esperando esa ocasión.

Elaine cogió el libro con el ceño fruncido. En realidad habría preguntado por Lilian y Ben, pero se obligó a ser paciente. Elizabeth había sufrido mucho en los últimos años. Todavía tenía presente la muerte de Charlotte y se sentía preocupada por Jack. Además estaba un poco afligida por su hijo mayor, Robert. Estaba bien, pero hacía dos años que se había marchado a Inglaterra para ocuparse del legado de su tío y su abuelo. William Greenwood, el hermano menor de George, había fallecido recientemente. Sobre la causa de su muerte solo corrían rumores, pero George opinaba que el alcohol y la cocaína habían desempeñado un importante papel en la desgracia. El asunto de la sucesión no estaba claro. Dos mujeres reclamaron para sus hijos el resto de la fortuna de Greenwood, pero ninguna logró presentar un certificado de matrimonio válido.

Fuera como fuese, Robert había viajado a Londres visiblemente entusiasmado con la idea de volver a dar vida a la compañía de importación y exportación de su abuelo. A George no le parecía mal. Cuando era joven había renunciado a sus derechos en la empresa para no tener que trabajar con William. Como compensación, su padre le había transferido las filiales de Australia y Nueva Zelanda. Había observado desde lejos, después, la decadencia de la empresa paterna y siempre había lamentado la pérdida del negocio. Si Robert quería salvarlo, contaba con el apoyo de George. Su yerno, Stephen O'Keefe, un abogado sumamente capacitado, dirigía mientras tanto las empresas de Nueva Zelanda y Australia. Una magnífica solución para todos, excepto para Elizabeth. No había visto a Robert en dos años y no cesaba de lamentarse desde que el muchacho había contraído matrimonio en Londres. En algún momento el joven iría a verlos con su esposa, pero todavía no había fijado una fecha.

Ese día, sin embargo, Elizabeth no parecía abatida, sino más bien excitada e impaciente.

—Dime, ¿lo conoces? —insistió.

Elaine ojeó el libro por encima.

—*La señora de Kenway Station*. Sí, lo he leído. Te engancha, me gustan estas historias.

—¿Y qué? —preguntó Elizabeth—. ¿No te ha llamado nada la atención?

Elaine se encogió de hombros.

—De la historia, me refiero. Esa granja en el extremo del mundo... El hombre que más o menos tiene encerrada a su mujer...

Elaine se ruborizó.

—¿Quieres decir que tendría... que debería haberme recordado a Lionel Station? —Habría podido mencionar también a Thomas Sideblossom, pero seguía sin pronunciar el nombre de su primer marido.

Elizabeth asintió.

—Yo creo que sí.

Elaine sacudió la cabeza.

—Bueno, tampoco se parecía tantísimo. Además, no recuerdo que la protagonista... Bueno, que ella...

Elaine había disparado contra su marido y huido de él.

—No, a la protagonista la salva un amigo de juventud —admitió Elizabeth—. Así visto, tampoco yo me habría inquietado, pero luego se publicó esto. —Mostró un segundo libro: *La heredera de Wakanui.*

Elaine leyó el texto de las solapas: «Tras la muerte de su segunda esposa, Jerome Hasting se convierte en un hombre introvertido y difícil. Gobierna con suma severidad su granja, Tibbet Station, y su enemistad con el jefe maorí Mani amenaza a toda la región con acabar en guerra. De no ser por Pau, la hija del jefe, que lo ama en secreto...»

—¿Qué tiene de extraordinario? —preguntó Elaine.

Elizabeth alzó la mirada al cielo.

—Al final los dos tienen un hijo —la ayudó.

Elaine reflexionó.

—Paul y Marama Warden. Kura-maro-tini. ¿No es un poco rebuscado? —Miró la cubierta—. Brenda Boleyn. No conozco a ninguna Brenda Boleyn.

—¿Y también esto es casualidad? —Con gestos teatrales, Elizabeth sacó un tercer libro, *La beldad de Westport*, y leyó el texto de las solapas.

—«Joana Walton perdió, a pesar suyo, su trabajo de institutriz de Christchurch. En su huida del malvado Brendan Louis llegó a la costa Oeste: un lugar plagado de peligros para una inocente muchacha. Pero Joana permanece fiel a sí misma. Encuentra un humilde empleo de pianista en un bar y a un nuevo amor. Lloyd Carpinter posee acciones en una línea ferroviaria. Pero ¿abandonará a la joven cuando conozca su pasado?»

Elaine palideció.

—Sea quien sea quien lo haya escrito, lo voy a matar.

—¡No exageres! —Elizabeth rio—. Aunque ya no crees que sea una mera casualidad, ¿verdad? He hecho unas averiguaciones por mi cuenta...

—No me extraña. —Elaine suspiró.

—Los libros se publican en una editorial de Wellington vinculada con el periódico para el que Ben Biller ha estado trabajado estos últimos años de forma ocasional.

Elaine asintió.

—La abreviatura B. B., ¿no? Estaba en el archivo del detective. Pero no debe de haber ganado mucho así. Al menos en mi humilde entender. Ese chico es un inepto total. Lo último que leí de él fueron unos torpes versos sobre corazones que fluyen.

—He pedido que me enviaran el periódico —informó Elizabeth tras hacer un gesto de resignación—. B. B. escribe unos relatos muy agradables, conmovedores y con el mismo estilo que Brenda Boleyn.

Elaine sacudió la cabeza.

—No llego a imaginármelo. El chico era completamente incapaz y ese libro... —señaló *La señora de Kenway Station*—, tal vez no sea alta literatura, pero está escrito con mucha fluidez.

Elizabeth rio.

—Además, tampoco trata de la familia Biller. Sin contar que tras el nombre de Brenda puede esconderse una mujer.

Elaine se la quedó mirando.

—¿Te refieres a que no es él quien escribe? —Se puso en pie y empezó a pasear arriba y abajo de la habitación. Elizabeth tuvo tiempo de evitar que derribase un valioso jarrón chino—. ¡Maldita sea, le voy a dar una azotaina! ¡O la sujetaré para que se la dé Tim! ¡Lleva tiempo deseando hacerlo! ¿Cómo ha podido?

Elizabeth sonrió.

—No pierdas la calma, hay que conocer a fondo la historia de vuestra familia para advertir las similitudes. Dicho sea con franqueza, ni siquiera yo me habría dado cuenta tras leer los dos primeros libros si el protagonista de *La señora* no se hubiera llamado Galahad.

—¿Ha llamado a su hijo como al protagonista? —A Elaine se le escapó una sonrisa.

—Galahad es el hombre ideal —señaló Elizabeth, lacónica—. No conozco a Ben Biller, pero tendría que ser una persona especialmente brillante para aproximarse siquiera al héroe de *La señora*. ¿Y ahora qué hacemos? ¿Se te ocurre alguna idea?

Elaine echó la cabeza hacia atrás con tal ímpetu que los rizos se le desprendieron del atildado peinado y el sombrerito se le quedó torcido.

—Lo primero que voy a hacer es escribirle una carta como admiradora de «Brenda Boleyn» y preguntaré prudentemente por detalles de la historia de mi familia. Tal vez se trate de una prima largo tiempo desaparecida quien tan amablemente ha revuelto la descendencia de Kiward Station. Vamos a ver qué contesta Lily.

Elizabeth sonrió burlona.

—Una solución muy diplomática que elude elegantemente a Tim. Brenda tal vez sea una vieja amiga del colegio, ¿no? Pero a la larga tendréis que resolverlo, Elaine. Es toda una farsa que dos familias se peleen por nada.

—Pero es original —observó Elaine—. Los Montesco y los Capuleto se tiran los trastos a la cabeza, mientras Romeo aprende lenguas polinesias y Julieta se lucra con la historia de su familia. ¡Ni siquiera a Shakespeare se le habría ocurrido!

Estimada señorita Boleyn:

Solo tras leer la tercera entrega de su saga me permito expresarle mi enorme admiración y alta estima por su talento narrativo. Pocas veces consigue un autora cautivarme de tal modo con su imaginación.

Permítame, sin embargo, una pregunta: para mi sorpresa, encuentro hasta el momento en todos sus títulos unos interesantes paralelismos con la historia de mi familia. Al principio pensé que era simple coincidencia y luego creí que tal vez se tratara de un posible vínculo mental. Una persona, sin duda sensible como usted, debe poseer las facultades de una médium. Pero ¿por qué describe su posible espíritu protector precisamente a mi familia? En el curso de mis reflexiones he llegado a la conclusión de que tal vez sea usted un miembro de la familia desconocido o desaparecido hasta ahora que ha tenido auténtico conocimiento de mi historia. Si tal fuera el caso, me alegraría sumamente establecer contacto con usted.

Reciba un cordial saludo.

ELAINE LAMBERT

Lily sospechó al principio cuando vio la escritura de la lectora, pero recibía tantas cartas que ya no se concentraba en la caligrafía. Sin embargo, al leer las primeras líneas enrojeció y luego se echó a reír.

Cogió la máquina de escribir, luego se lo pensó mejor y, en uno de sus queridos y perfumados papeles de carta, escribió las palabras: «Querida mamá...»

4

Gwyneira McKenzie nunca había destacado por su paciencia y el paso de los años no la había cambiado en este aspecto. Ese verano le había exigido una indulgencia extrema: primero el regreso de Gloria y su rechazo; luego su nueva desaparición, esta vez con los maoríes; y ahora Jack. La visita de Elaine la había animado un poco. Resultaba agradable contar con la compañía de su vivaz nieta y sus despiertos hijos. Los traviesos muchachos insuflaban nueva vida a la casa. Sin embargo, Jack no había hecho acto de presencia; vagaba por las habitaciones como un alma en pena. Y tampoco Gloria daba noticias de cómo se encontraba, pese a que Gwyn estaba convencida de que la tribu que había migrado y los maoríes que permanecían en Kiward Station seguían en contacto. Aunque Gywneira no dominaba el maorí a la perfección, le había parecido entender que Kiri y Moana charlaban sobre visitas. Habría sido fácil transmitirles sus saludos. Pero Gloria se ocultaba en el silencio y Gwyneira temía que sus sentimientos reprimidos estallaran.

Finalmente, el día en que los maoríes concluían su migración, se descargó en Jack. Kiri y Moana pidieron permiso para marcharse antes y prepararon una cena rápida y fría para los señores.

—¡Tribu de vuelta, celebramos! —explicó alegre Moana.

A partir de entonces, Gwyneira esperó que Gloria apareciese, pero la muchacha no se presentó. Cuando la tarde pasó sin que la joven regresase, Gwyneira llamó a la puerta de la habitación de Jack. Como nadie contestaba, abrió.

Su hijo estaba tendido en la cama, mirando el techo. No parecía haber oído los golpes. *Tuesday*, que yacía a sus pies, se puso en pie de un brinco y ladró para saludarla. Gwyn lo apartó.

—No sé qué cosa tan importante tienes que hacer aquí —dijo a su hijo—, pero vas a hacerme el favor de dedicarme un par de horas para ir a caballo a O'Keefe Station. La tribu está de vuelta. Quiero... No, exijo que Gloria venga hoy mismo aquí. Me parece que no es demasiado pedir, maldita sea. Ha tenido todo el verano para ella. Ahora quiero saber que está bien y sería todo un detalle que al menos me hiciera un pequeño resumen de lo que ha hecho durante los últimos meses. Aunque se limite a observaciones como «Ha sido muy bonito, abuela Gwyn».

Jack se puso lentamente en pie.

—No sé..., ¿no deberíamos esperar a que...?

No sabía exactamente qué sentía. Por una parte ardía en deseos de ver a Gloria desde que Maaka había comunicado por la mañana que la tribu regresaba. Por otra parte, temía el encuentro. Tenía miedo de cómo reaccionaría la joven cuando lo viera. ¿Se asustaría como la mayoría? ¿Se compadecería de él? ¿Sentiría desdén? El mismo Jack se menospreciaba a veces por su decaimiento y veía en los ojos de otros hombres que desaprobaban su conducta. Por ejemplo, ese joven pastor, Frank Wilkenson. Él todavía creía en el prestigio de Galípoli. Había querido recibir a Jack como un héroe y casi se había disculpado por haber renunciado a participar en el mito creado en torno de esa maldita playa. Jack le había dado un buen chasco. Y ahora, cuando el chico veía lo que la guerra había hecho de él, consideraba a Jack McKenzie un cobarde sin dignidad.

—¡Ni hablar, hijo, yo ya no espero más! —respondió Gwyneira dando vueltas por la habitación—. Y si está celebrando una boda, harás el favor de coger a la novia y traerla aquí antes de que se acueste con Wiremu en el dormitorio común.

Jack casi se echó a reír. Su madre no era ninguna mojigata, pero era la primera vez que la oía hablar así.

—Lo intentaré de buen grado, madre, pero me temo que Tonga me atravesará con su lanza. Además, supongo que te habría invitado. ¡Estoy seguro de que no se privaría de ello!

Gwyneira resopló.

—¡Me lo habría dicho por la mañana! —dijo con aire melodramático—. Para enseñarme la sábana manchada de sangre.

Jack obvió remitirla a las costumbres maoríes. Tal vez en el pasado había existido un ritual según el cual las hijas de jefes tribales llegaban vírgenes al matrimonio para complacer a algunos dioses, pero una chica maorí normal hacía tiempo que no era virgen cuando escogía al hombre a quien quería por esposo. Por lo general, probaban con distintos hombres antes de decidirse por uno. Por supuesto, Gwyneira lo sabía. Si Gloria había resuelto casarse con Wiremu seguro que no era el primer hombre con quien había estado.

Jack sintió ante tal pensamiento enfado y una pizca de tristeza. ¿Celos? Sacudió la cabeza. Qué tontería, Gloria era una niña. Y él se alegraría por ella si realmente la encontraba en brazos de Wiremu.

Anwyl, el caballo de Jack, esperaba en el establo. Jack se sentía culpable cuando pensaba en el caballo castrado. Salía muy pocas veces, al igual que *Tuesday*. La perrita brincaba alrededor del joven.

—¿Quiere que se lo ensille, señor Jack? —preguntó Frank Wilkenson con un desdén apenas disimulado. Jack había aceptado la oferta en algunas ocasiones esos últimos meses, pero en ese momento se avergonzaba de ello.

—No, no se preocupe, lo haré yo mismo. —Combatió la debilidad que le invadía al levantar la pesada silla.

Anwyl permaneció pacientemente inmóvil hasta que volvió a aclararse la oscuridad que inundaba los ojos de su dueño. Jack sabía que no guardaba relación con la herida. Simplemente le faltaba práctica. Tenía que...

Jack ciñó la cincha y puso las bridas a *Anwyl*, luego lo condujo fuera del establo.

—Voy a O'Keefe Station —indicó lacónico—. Regresaré en dos horas. —Justo después se reprendió por anunciar sus planes como una chica que salía a dar un paseo a caballo sola. Nunca lo había hecho. Pero antes no había sufrido ninguna herida. Jamás habría pensado que pudiera sucederles algo a él y a su caballo que precisara que salieran en su busca y encontrarlos lo antes posible.

—De acuerdo, señor Jack... A recoger a la hija pródiga... —Frank Wilkenson sonrió mordaz.

A Jack se le pasó por la cabeza despedirlo, pero le faltó energía para reprenderlo.

Hacía un día bonito, uno de los pocos días cálidos y soleados de ese verano que no había sido propiamente verano. Pasados los primeros kilómetros, Jack empezó a disfrutar de la cabalgada e incluso espoleó a *Anwyl* para galopar un poco. Recordó las carreras que tanto le gustaba hacer a Gloria. Y el caballo que le había prometido. No había preguntado a Gwyneira qué había sucedido con el potro. No obstante, la pequeña *Princess* volvía a estar preñada. ¿Habría vendido Gwyneira la yegua *Vicky*? ¿Quería su madre calmar ahora su mala conciencia?

Jack cruzó el arroyo que marcaba la frontera entre Kiward y O'Keefe Station. Los maoríes habían derribado el edificio de la granja y levantado su *marae* un poco más al oeste. También allí se había erigido antes un poblado, pero, ahora que la tierra pertenecía de forma oficial a la tribu, habían construido las espléndidas casas dormitorio y de asambleas que eran tradicionales en la isla Sur. Jack cabalgó por un camino trillado entre pastizales vallados. La tribu maorí tenía ahí un par de docenas de ovejas, aunque en esa época todavía estaban en las montañas con los rebaños de Kiward Station.

Ya alcanzaba a distinguir las casas del poblado. Un gentío vestido de fiesta se había reunido frente al *wharenui*. Jack desmontó para dirigir el saludo ritual y solicitar que le permitieran el acceso al *marae*. Normalmente, los maoríes ya deberían de haberlo visto, pese a que se había aproximado al pueblo por la parte posterior. Incluso si Tonga no había apostado ninguna guardia —lo que siempre intentaba hacer hasta que sus hombres se aburrían y le desobedecían—, nunca faltaban niños y mujeres que iban a buscar agua, a cuidar de los animales u ocuparse de los huertos.

Ese día, no obstante, toda la atención se hallaba concentrada en algún suceso acaecido en la casa de las asambleas. De pronto vio que una chica se apartaba del grupo y salía pausadamente del recinto. Al principio, Jack pensó en una sacerdotisa que celebraba alguna ceremonia. La muchacha llevaba el tradicional vestido maorí, la falda de lino y la prenda superior tejida con los colores de la tribu. Luego, cuando dobló la esquina y ya no podía ser vista desde el *wharenui*, empezó a correr. La muchacha corrió hacia el bosquecillo por el que Jack acababa de pasar, si duda hacia el arroyo y en dirección a Kiward Station, y casi tropezó con Jack y *Anwyl*.

Cuando la chica descubrió al hombre y su montura, se asustó y se quedó inmóvil. Sus ojos centelleaban cuando levantó la vista hacia él.

Jack contempló un rostro ancho, pero algo más fino que el de la mayoría de las mujeres maoríes. Lo primero que llamó su atención fueron los tatuajes artísticamente dibujados, que enfatizaban el tamaño de los ojos de la joven. Ojos azules... Jack se la quedó mirando. Era joven, pero no una niña; debía de tener unos veinte años. Y su cabello..., unos rizos espesos, indomables, de color castaño claro, que, conforme a la indumentaria tradicional, recogía con una cinta ancha.

—¡Déjeme pasar! —En el semblante de la joven no se apreciaba miedo ni reconocimiento, tan solo cólera. Algo la había enfurecido.

Asustado, Jack distinguió el brillo de la hoja de un cuchillo.

Elevó las manos para mostrarle que no iba a hacerle nada, y en ese momento una única palabra acudió a sus labios.

—¿Gloria?

Ella se estremeció. Pareció serenarse un poco y se tomó tiempo para observarlo con mayor detenimiento.

Jack esperaba que la mirada de la joven expresara reconocimiento, y después pena, susto, rechazo. Pero el semblante de Gloria solo mostraba agotamiento y cansancio.

—Jack —dijo al final.

El hombre se la quedó mirando. Ya era toda una mujer. Habían pasado diez años desde que la niña le había arrancado, con los ojos inundados de lágrimas, una promesa imposible: «Si... si lo paso muy mal, vendrás a buscarme, ¿verdad?»

—Vengo a llevarte a casa —dijo en voz baja.

—Llegas tarde. —Ella se acordaba.

—Lo has logrado sin mí. Y tú..., tú...

Gloria estaba en pie delante de él, sosteniéndole la mirada.

Jack no sabía cómo expresar con palabras la impresión que le producía. Gloria seguía sin tener nada de etéreo, pero su rostro había ganado relieve. Se apreciaban los altos pómulos que prestaban a Kura-maro-tini su extraordinaria belleza, pero también la forma redonda y la nariz ancha de sus antecesores maoríes. La tez de Gloria estaba bronceada tras el largo verano en el campamento, lo que contrastaba intensamente con sus ojos claros. La mandíbula cuadrada confería a sus rasgos una determinación de la que carecía la mayoría de los rostros de los indígenas. El cabello crespo se liberó de la cinta. También era un claro legado *pakeha*: Jack nunca había visto un cabello así en una mujer maorí. En el aspecto de Gloria las dos razas no se unían en un todo de belleza ideal, como en Kura, sino que parecían más bien combatir por ejercer su dominio. Y en los ojos de la joven se apreciaba una expresión extraña. Tan vieja como el mundo y, pese a ello, combativa y de una rebeldía joven.

—¿Acaso no quieres venir conmigo? —preguntó al final.

Gloria asintió.

—Iba hacia allí.

—¿Así vestida? —Jack señaló las prendas maoríes—. No me interpretes mal, estás preciosa, pero me refiero a...

—Me cambiaré en casa.

Gloria se puso en camino, decidida.

—¿No quieres montar conmigo? —preguntó Jack, y al instante se percató de lo desatinado de su propuesta. Gloria ya no era una niña a la que llevar a sus espaldas en la grupa del caballo. Y de ninguna de las maneras con las piernas sin cubrir y con esa faldita tan corta.

Sin embargo, no estaba preparado para la mirada desconfiada, casi aterrorizada con que Gloria respondió a sus pretensiones. La joven pareció ir a decir algo, pero luego apretó los labios.

Al final reaccionó.

—Eso... no sería decente.

Jack reprimió una sonrisa triste. A la Gloria de antes nunca le habría importado lo que era adecuado para una muchacha. Y esta nueva y distinta Gloria... La palabra «decente» sonaba como si le hubiera costado encontrar el vocablo correcto en una lengua extranjera.

—Entonces sube tú sola —dijo él—. Sentada de lado. Todavía te acuerdas, ¿no?

Gloria le lanzó una mirada burlona.

—Quien no puede montar es que está muerto —advirtió.

Jack sonrió y le tendió las riendas de *Anwyl*.

—Pero no sé si yo todavía me acuerdo. —Jack se colocó al lado de *Anwyl*. Habían pasado años desde que no había ayudado a montar a una dama según el protocolo.

Gloria pareció querer protestar en un principio, pero luego se impuso su educación o reconoció que la faldita dejaría sus piernas totalmente al descubierto si colocaba el pie izquierdo en el estribo y realizaba los complicados movimientos que requería montar al estilo de una amazona sin ayuda de un caballero.

Así que se limitó a poner las manos sobre el cuerno de la silla, levantó cautelosa, casi con amaneramiento, la rodilla derecha y permitió que Jack la impulsara para subir.

La última vez que se había encontrado en una situación similar, él había ayudado a Charlotte a montar. Era ligera como una pluma, pero había tenido que levantarla; ella, por su parte, no había hecho nada para subirse al caballo. Gloria, por el contrario, se empujó con la pierna y le facilitó la tarea. Se deslizó casi con elegancia en la silla y luego se esforzó por encontrar una posición más o menos firme. En una silla de amazona había uno o dos cuernos que mantenían la posición de la pierna derecha y con frecuencia también la de la izquierda. Pero Gloria tenía que encontrar ahí el equilibrio, algo que consiguió sin esfuerzo. Se acomodó sobre la grupa derecha y segura.

—Como una princesa maorí —apuntó Jack, sonriendo.

Gloria lo miró.

—Las princesas maoríes iban a pie.

Jack se ahorró los comentarios. Esperó a que Gloria hubiera cogido las riendas y luego comenzó a andar junto a ella. El camino era largo, pero Jack no estaba cansado. Al contrario, hacía mucho que no sentía tanto vigor.

—Tienes un caballo en Kiward Station —dijo al final—. ¿Volverás a montar ahora?

—Claro —respondió Gloria.

No parecía que planeara seguir con los ngai tahu. Jack pensó en si debía preguntar por Wiremu, pero lo dejó. A sus espaldas se oyó un crujido. Jack se sobresaltó y cuando dio media vuelta dispuesto a defenderse, advirtió que Gloria había reaccionado de igual modo. Ambos rieron algo azorados cuando vieron salir de entre las sombras a *Nimue*. Había tardado en registrar la partida de su ama, pero la había seguido después. Saludó entusiasmada a Jack y, menos convencida, a *Tuesday*.

Jack y Gloria disimularon su confusión elogiando a la perra. En otros tiempos no se habrían asustado solo por haber oído un ruido entre los arbustos. Nueva Zelanda casi no escondía peligros. No había animales grandes y peligrosos, y con los maoríes se convivía de forma pacífica. Sin embargo, ambos no se calmaron del todo hasta llegar a los pastizales que rodeaban Kiward Station. La llanura se abarcaba bien con la vista.

—Llegamos demasiado tarde para la cena —señaló Gloria—. La abuela Gwyn protestará. —Parecía una niña pequeña.

Jack sonrió.

—Se alegrará de volver a verte. Y Kiri y Moana van al *waiata-a-ringa*, será de todos modos una cena fría. —Jack no sabía qué decir—. ¡Estoy contento de que estés aquí, Gloria!

—Esta es mi tierra —respondió la joven con calma.

Su seguridad desapareció, sin embargo, cuando poco después llegaron a los establos de Kiward Station. Frank Wilkenson, que había estado bebiendo whisky con un par de pastores más, les recogió el caballo. En ese momento todos, sin excepción, se quedaron mirando la escueta faldita de Gloria. La muchacha se ruborizó. Jack se quitó la chaqueta y se la dio.

—Tendríamos que haberlo hecho antes —dijo, lamentándose.

También tendría que haberle dado un pañuelo para que se limpiara los tatuajes, pero hasta ese momento no se le había ocurrido hacerlo. Ambos se deslizaron al interior de la casa por la cocina, con la esperanza de no tropezarse con Gwyneira.

Esta, no obstante, esperaba en el pasillo que conducía a los cuartos de servicio. Todavía llevaba la ropa de estar por casa de la tarde y parecía agotada. Jack nunca la había visto tan envejecida. Incluso le pareció distinguir las huellas de unas lágrimas en sus mejillas.

—¿Qué me traes, Jack? —preguntó con dureza—. ¿Una novia maorí? No lo dije en serio. No tendrías que haberla secuestrado. En cuanto se presente la oportunidad huirá con su tribu. —Gwyneira dejó a su hijo y se dirigió a su bisnieta—. ¿No podríais al menos haberme invitado, Gloria? ¿No podíamos celebrarlo aquí? ¿Tanto me odias que he de enterarme por mi cocinera de que te has casado?

Jack frunció el ceño.

—¿Quién habla de bodas, madre? —preguntó con suavidad—. Gloria quería participar en un baile, pero luego ha cambiado de idea. Venía hacia aquí cuando me la encontré.

—Siempre has mentido por ella, Jack —observó Gwyneira. Jack se había colocado entre las dos mujeres, pero su madre lo apartó a un lado—. Muy bien, Gloria, ¿qué planes tienes ahora? ¿Vas a vivir aquí con Wiremu? ¿O en el campamento? ¿Demoleréis la casa, como la cabaña de Helen, cuando la tribu se apropie de ella? Claro que antes Kura tendría que dar su consentimiento. La tierra todavía le pertenece.

Gloria se irguió ante su bisabuela y en sus ojos volvieron a asomar la rabia y ese brillo de locura que los habían impregnado al escapar del campamento maorí.

—¡Es mía! ¡Solo mía! ¡Que no se atreva Kura Martyn a quitármela! ¡Y nunca será de nadie más, abuela! No soy la novia de nadie. ¡Y no seré la mujer de nadie! Soy... —Parecía querer decir mucho más, pero luego cambió de idea, dio media vuelta y escapó una vez más ese día.

El cansancio se apoderó de repente de Jack.

—Yo..., ahora me gustaría retirarme —dijo, tenso.

Gwyneira se lo quedó mirando con ojos furibundos.

—¡Sí, retiraos todos! —le gritó—. ¡A veces me siento harta, Jack! ¡Harta de todo!

Al día siguiente, ni Jack ni Gloria bajaron a desayunar. Gwyneira, que se avergonzaba de su arrebato, supo por Kiri qué los mantenía ocupados, y que esta vez las estrategias de retirada habían cambiado. Gloria permanecía en su habitación y parecía dedicarse a despedazar o romper en trocitos todos los objetos maoríes. Jack, por el contrario, había salido a caballo y pasaba el día en el Anillo de los Guerreros de Piedra. Gwyneira tuvo tiempo suficiente para enterarse de lo que había sucedido en realidad en el *marae* de O'Keefe Station. Kiri y Moana la informaron gustosas.

—Tonga quería que se casara con Wiremu. Lo anunció, lo dijo a toda la tribu. Menos a Glory y Wiremu. Ellos no querían.

—¡Wiremu, sí! —corrigió Moana.

—Wiremu quería *mana*. Pero él cobarde... Glory muy enfadada, porque...

—Él no compartir cama con ella —aclaró Kiri algo ruborizada. Cincuenta años al servicio de una casa *pakeha* habían llegado a socavar sus principios morales tradicionales—. Pero hecho así...

Gywneira maldijo su desconfianza. Debería haber escuchado al menos la versión de Gloria. Pero ahora rectificaría su error presentando al menos disculpas a su bisnieta. Cuando la joven apareció para cenar —vestida con el traje de solterona con que había recibido a Gwyneira en Dunedin—, le pidió solemnemente perdón.

—Estaba apabullada, Glory. Pensaba que te habías dejado engañar por Tonga. Kura estuvo a punto hace años.

Gloria contrajo los labios.

—¡No soy Kura! —protestó, enfadada.

Gwyneira asintió.

—Lo sé... Por favor..., lo siento.

—Está bien —intervino Jack, conciliador.

La tensión entre las dos mujeres casi le producía miedo. Se diría que Gloria hacía responsable a Gwyneira de todas sus penas. Se preguntaba qué le había pasado a la muchacha. ¿Cuánto tiempo había estado viajando sola en realidad? ¿Cómo se las había arreglado para regresar a Nueva Zelanda? Algo se desprendía de su reacción ante el crujido que había salido de los arbustos: Gloria había vivido su propia guerra.

—¡No, no está bien! —exclamó—. ¡Jack, no hables por mí! Estará bien cuando yo lo diga... —se interrumpió—. Está bien —añadió con rigidez.

Gwyneira suspiró aliviada.

Tras la comida, retuvo a la joven cuando esta ya se disponía a volver a su habitación.

—Tengo algo para ti, Gloria. Un paquetito de tus padres. Llegó hace un par de semanas.

Gloria resopló.

—¡No quiero nada de mis padres! —replicó enojada—. Ya puedes mandárselo de vuelta.

—Pero si son cartas, hija —señaló Gwyn—. Kura escribió para informar que te enviaba tu correspondencia. La agencia reunió las cartas y las mandó a Nueva York.

—¿Quién puede haberme escrito? —preguntó Gloria, enfurruñada.

Gwyn se encogió de hombros.

—No lo sé, Glory, no he abierto el envoltorio. Tal vez quieras averiguarlo. Luego puedes quemarlas.

Por la tarde, Gloria había encendido una hoguera delante de los establos y arrojado ahí sus vestidos de fiesta maoríes.

La joven asintió.

Rasgó el paquete en su habitación. La primera carta que escogió estaba abierta. Kura debía de haberla leído. Gloria buscó al remitente: «Soldado Jack McKenzie, ANZAC, El Cairo.»

Querida Gloria:
En realidad esperaba poder escribirte ya a Kiward Station. Por fin has terminado la escuela y madre tenía todas sus espe-

ranzas puestas en que regresaras de una vez. Pero ahora me informa acerca de que vas de gira por América con tus padres. Sin duda una experiencia muy interesante que prefieres a nuestra vieja granja de ovejas. Aun así, tu abuela Gwyn está muy triste por ello, aunque se trate solo de medio año.

Como seguramente sabrás yo también he decidido dejar por un tiempo Kiward Station y servir a la patria como soldado. Tras la muerte de mi padre y de mi querida esposa Charlotte quería, simplemente, hacer y ver algo distinto. En cuanto a lo último, lo estoy consiguiendo por mi propio esfuerzo. Egipto es un país fascinante; te escribo, por así decirlo, a la sombra de las pirámides, monumentos funerarios que se alzan como castillos y que custodian a los muertos. Pero ¿qué clase de inmortalidad es esa que encierra las almas y entierra los cuerpos en cámaras mortuorias, meticulosamente escondidos, siempre con miedo a los ladrones de cadáveres? Nuestros maoríes no lo entenderían, y también yo prefiero imaginar a Charlotte bajo del sol de Hawaiki que en una oscuridad eterna...

Gloria alzó la vista del papel y pensó en Charlotte. ¿Qué aspecto tenía? Apenas recordaba a la hija menor de los Greenwood. Y Jack..., ¿cómo se le había ocurrido la idea de escribirle una carta tan larga? ¿O acaso lo había hecho siempre? ¿Habría interceptado la escuela sus cartas? ¿Por qué y por orden de quién?

Gloria revolvió apresurada los demás sobres. Salvo por un par de escritos de la abuela Gwyn y dos cartas de Lilian, ¡todas eran de Jack!

Intrigada, abrió el siguiente sobre.

... El Cairo moderno se considera una capital, pero se echan en falta edificios, plazas y palacios representativos. La gente vive en casas de piedra de un piso y con forma de caja, y las vías públicas no son más que angostas callejuelas. La vida y el movimiento en la ciudad son agitados y ruidosos, los árabes son unos fantásticos comerciantes. Durante las maniobras siempre nos sigue todo un tropel de hombres vestidos de blanco que nos ofrecen refrescos. A los oficiales británicos esto les saca de quicio; al parecer temen que también en el combate confiemos en tener siempre al lado un vendedor de melones. En la ciudad intentan endilgarnos supuestas antigüedades del país que, presuntamente, proceden de las cámaras mortuorias de los faraones. Habida cuenta de la cantidad, esto es inverosímil; es imposible que el país haya tenido tantos soberanos. Suponemos que la gente misma talla las figuras de los dioses y las esfinges. Pero aunque fueran auténticas, me sobrecoge el mero hecho de pensar en robar a los muertos, por muy singular que sea la costumbre de dejar objetos funerarios en la tumba. A veces pienso en el pequeño colgante de jade que Charlotte llevaba al cuello. Un *hei-tiki* que talló una mujer maorí. Dijo que le daría suerte. Cuando la encontré en la playa del cabo Reinga ya no lo llevaba. Tal vez acompañe a su alma en Hawaiki. No sé por qué te cuento todo esto, Gloria; al parecer, Egipto no me sienta bien. Demasiada muerte a mi alrededor, demasiado pasado, pese a que en esta ocasión no sea el mío. Pero pronto nos trasladarán. Ahora va en serio. Atacaremos a los turcos en la entrada del estrecho de los Dardanelos...

Gloria buscó de forma maquinal su *hei-tiki*, pero recordó que lo había lanzado a los pies de Wiremu. Mejor así: llevaría su alma maorí a otro lugar.

... Nunca olvidaré la playa, la forma en que yacía al amanecer. Una pequeña bahía rodeada de rocas, ideal para una comida campestre o un romántico encuentro con una mujer amada. Y nunca olvidaré el sonido de ese primer disparo. Y eso que desde entonces he oído cientos de miles de disparos. Pero aquel primero... quebró la paz, destrozó la inocencia de un lugar al que hasta entonces Dios solo podía contemplar con una sonrisa. Lo convertimos en un lugar en el que solo el diablo todavía ríe a carcajadas...

Gloria sonrió cansada. No cabía duda de que el diablo se lo pasaba muy bien en este mundo.

De repente se le quitaron las ganas de seguir leyendo. Pese a ello, escondió cuidadosamente las cartas bajo su ropa blanca. Eran de ella, nadie más debía encontrarlas, y Jack menos que nadie. Era posible que no le pareciera bien que ella las leyera ahora. A fin de cuentas, nunca contaba nada acerca de sus experiencias en la playa de Galípoli. Y además... Jack había escrito a otra Gloria. Debía de pensar en una niña cuando explicaba cómo había montado en camello y reñido a hombres grandes y gordos porque se dejaban acarrear por unos asnos diminutos a través del desierto. Por otra parte, algunas frases se dirigían con toda precisión a la mujer que Gloria era ahora. Marama habría dicho que los espíritus habían guiado la mano de Jack...

Gloria se acostó pero no pudo conciliar el sueño. Tampoco estaba oscuro y miró las paredes de nuevo vacías de su habitación, libres de los objetos maoríes. Gloria se puso en pie y sacó su viejo cuaderno de dibujo del rincón más profundo del armario. Cuando lo abrió, contempló un weta de colores. Gloria arrancó la hoja. Luego dibujó al diablo.

5

—¿No sales a acompañar el rebaño? —preguntó Jack.

No había pensado encontrar a Gloria en el desayuno. Los conductores del ganado se habían marchado muy temprano para reunir las ovejas en la montaña y meterlas en el corral. Lo hacían casi cuatro semanas antes de lo acostumbrado, pues a ese verano desagradable y húmedo había seguido un otoño frío y cargado de lluvias. Gwyneira temía perder demasiados animales, además de una irrupción precoz del invierno. Cuando en las montañas había fuertes tempestades y nevadas, también resultaba peligroso ir a caballo por las inmediaciones de los Alpes. Por no mencionar que era difícil encontrar a los animales en la nieve.

—¿Sola con un montón de salvajes? —refunfuñó Gloria.

Jack puso una expresión compungida. Claro que Gloria no podía ir sola a la montaña con los pastores. Tal vez si él los hubiera acompañado... Lanzó una mirada a su madre y distinguió un reproche mudo en los ojos. Para Gwyneira, su negativa a participar en la tarea era, como para los conductores de ganado *pakeha*, pura holgazanería. Lo que pensaban los maoríes nadie lo sabía. Pero su madre y sus hombres no se creían esa debilidad pertinaz. Estaba sano. Si quería, era capaz de cabalgar. Y el mismo Jack era consciente. Sin embargo, no podía soportar pensar en las tiendas de campaña, los fuegos del campamento, las palabras jactanciosas de los hombres. Todo eso no haría más que despertar el recuerdo de esos jóvenes risueños y fanfarrones que luego murieron en Galípoli. Y la imagen de Charlotte, que les acompañó una o dos veces a conducir el ganado y que se encargó del carro de la cocina. Habían compartido una tienda y se habían retirado temprano para tenderse el uno junto al otro, mientras la lluvia repiqueteaba sobre la lona o la luna brillaba tanto que iluminaba el interior del refugio provisional. En lugar de eso ahora sufriría incesantes pesadillas pobladas de sangre y muerte.

Al menos, Gloria no parecía echarle nada en cara. Había aceptado sus disculpas con indiferencia. Al parecer le era completamente indiferente que él interviniera o no en las tareas de la granja.

En efecto, Gloria no había dedicado ningún pensamiento al hecho de que Jack colaborase en conducir el ganado. Ya tenía demasiado con su propio dilema. Desde que había regresado de la expedición con los maoríes, volvía a aparecer por los establos y estaba dispuesta a trabajar con las vacas y las ovejas que habían quedado en la granja. Los empleados, sin embargo, se mostraban reacios. Ninguno le daba faenas, ninguno le enseñaba alguna tarea y ninguno estaba dispuesto a trabajar con ella. Entretanto, Gloria se había dado cuenta de que había cometido un grave error al partir con los maoríes y, todavía más, al regresar vestida como los indígenas. Los trabajadores *pakeha*, que consideraban indecente tal vestimenta, todavía se reían a espaldas de ella y la llamaban la «novia del jefe» o «Pocahontas». Ya no podía esperar respeto por su parte. No seguían sus indicaciones y contestaban a sus preguntas de forma lacónica o bien con ironía. En el mejor de los casos, los hombres se contentaban con un breve «Sí, señorita Gloria» o «No, señorita Gloria», pero luego se dirigían a Maaka o a Gwyneira. En el peor de los casos miraban a otra parte o se burlaban abiertamente.

Los pastores maoríes no eran mucho mejores. Pese a que Gloria se había ganado su respeto —palabras como las del *wharenui* impresionaban a la tribu—, guardaban las distancias con ella. Una cosa era la resistencia pasiva con su fanático jefe Tonga, pero gritarle y tirar a los pies de su hijo las estatuas de los dioses era ir demasiado lejos. Para los maoríes de la tribu de Tonga, Gloria era *tapu*, aunque ella ignoraba si había sido declarada como tal o si simplemente era un desenlace natural. La gente la evitaba.

La joven, no obstante, estaba acostumbrada a que la marginaran, así que eso no la desconcertaba, sino que miraba imperturbable hacia el frente cuando la ignoraban o no hacían caso de sus indicaciones. Por dentro, sin embargo, esto la roía y no siempre le resultaba fácil encontrar por sí misma en qué ocuparse. A veces se pasaba horas paseando a caballo o intentaba adiestrar a los cachorros en la granja, aunque ya había perdido la práctica de esto último. Con frecuencia cometía errores y oía reír a los hombres cuando uno de los pequeños collies no obedecía. Lo mismo le sucedía con los caballos jóvenes. Maldecía los años que había desperdiciado con los poco provechosos estudios en lugar de aprender el trabajo en la granja pasando por todas sus tareas.

Por consiguiente, cada vez más dejaba de pasar todo el día fuera y se retiraba, como mucho por la tarde, a su habitación. En la mayoría de los casos abría una de las cartas de Jack y se sumergía en las descripciones de la guerra.

Nos atrincheramos. ¡Deberías ver el sistema de trincheras que se realiza aquí! Es casi como una ciudad enterrada. Los turcos hacen lo mismo frente a nosotros; si se piensa en ello es para volverse loco. Ahí nos quedamos, acechándonos mutuamente y esperando a que un atontado del otro lado sienta curiosidad y se asome. Entonces le levantamos la tapa de los sesos como si eso modificara de algún modo el transcurso de la guerra. En nuestras filas un par de los más listos han construido un periscopio. Mediante una barra y dos espejos se puede observar el exterior sin correr riesgo alguno. Todavía están mejorando un dispositivo de tiro.

Pero en el fondo, los turcos son los que tienen las mejores cartas. Ellos solo han de conservar las posiciones elevadas de las montañas; si sus disparos llegaran más lejos alcanzarían el interior de nuestras trincheras. Por suerte, no es ese el caso. Pero no consigo imaginar cómo vamos a conquistar esta tierra.

Estos días pienso mucho en el valor, Gloria. Hace una semana, los turcos emprendieron un ataque con una valentía poco menos que inconcebible. Matamos a miles de ellos, pero seguían saliendo de sus trincheras sin cesar e intentaban asaltar las nuestras. Al final habían muerto dos mil turcos. ¿Te imaginas, Gloria? ¿Dos mil hombres muertos? En algún momento dejamos de disparar, no sé si porque nos lo ordenaron o simplemente porque se impuso un sentido de humanidad. Las tropas de salvamento turcas recogieron a los muertos y los heridos de tierra de nadie. Y entonces llegó la siguiente oleada de asalto. ¿Es eso puro valor o estupidez, Gloria? ¿O desesperación? Al fin y al cabo es su tierra, su hogar, lo que defienden. ¿Qué haríamos nosotros si esto ocurriera en nuestra casa? ¿Y qué hacemos aquí?

El corazón de Gloria latía fuertemente al leer estas líneas ¿Comprendería Jack lo que había hecho para regresar a Kiward Station?
Para distraer su mente, volvió a recurrir al lápiz.

Después de que hubieran bajado las ovejas, Kiward Station rebosaba de vida. Había que limpiar los corrales y dar de comer a los animales. Gwyneira trazó un laborioso plan para explotar los pastizales existentes, pues veía que el heno almacenado estaba desapareciendo. Sin embargo, ni Jack, que se encerraba en su habitación, ni Gloria, que también solía retirarse esos días, se ocupaban especialmente de cuidar de los animales o de supervisar a los hombres.

Gwyneira, desesperada, volvió a hablar con Maaka, pero el maorí respondió lacónico que él no necesitaba a la chica.

—No hace más que espantarme a los hombres —observó escueto, y Gwyneira no siguió preguntando. Recordaba el estilo catastrófico de mandar de su hijo Paul y atribuía a Gloria el mismo error. Una o dos veces intentó tocar ese tema con su bisnieta, pero de nuevo careció de diplomacia suficiente.

En lugar de preguntar a la joven por los sucesos a los que Maaka se refería, le hizo reproches. La muchacha los rechazó ofendida y acabó recluyéndose de nuevo en su habitación.

La anciana no sospechaba que allí lloraba de rabia y de desamparo. Habría necesitado apoyo, pero de hecho la abuela Gwyn les daba la razón a sus rivales.

Tampoco de Jack cabía esperar ayuda alguna. La vida en la granja parecía estar pasándole de largo, él no participaba en ella.

Gwyneira creía en algunos momentos que todo eso la iba a volver loca. Perseveraba en las cenas compartidas de toda la familia, pero Jack y Gloria solo se quedaban callados cuando, por ejemplo, hablaba de la escasez del heno o expresaba su preocupación por el abastecimiento de los animales de la granja. Jack no parecía oír nada, Gloria se mordía los labios. Las primeras semanas de invierno había dado alguna que otra sugerencia, pero Gwyneira las había rechazado de plano. A fin de cuentas, las observaciones de Gloria únicamente solían acarrear nuevas dificultades.

—La tierra que rodea el Anillo de los Guerreros de Piedra no es *tapu* —objetaba, por ejemplo la muchacha—. Si escasea el alimento, deja que los animales pasten ahí. Hay casi dos hectáreas. Claro que es más bonito que el santuario esté en tierra virgen, pero la hierba acaba creciendo otra vez. A los dioses les da igual y Tonga no tiene que tomárselo de esta manera.

La sugerencia escandalizó a Gwyneira. Al fin y al cabo hacía decenios que los maoríes afirmaban que era un lugar sagrado y no quería remover ahora este asunto. De acuerdo, Tonga cada vez reclamaba más tierras, pero Gwyneira no quería pelearse. Y menos en esos momentos.

Gloria volvió a sentirse traicionada y calló.

Poco después de Navidad, Jack sorprendió a su madre y a Gloria comunicándoles que se marchaba a Greymouth.

—En realidad no me apetece —confesó—, pero no sé en qué momento le prometí a Roly que asistiría a su boda. Y ahora insiste en ello, respaldado por Elaine y Timothy Lambert.

En efecto, Jack sentía horror a desplazarse al lugar donde había pasado el viaje de luna de miel con Charlotte. Pero en esta ocasión no tendría que volver a visitar todos los lugares de interés de la costa Oeste: se limitaría a pasar dos días en casa de Elaine, o, aun mejor, en un hotel. Ya se las apañaría para aguantar la fiesta y el reencuentro con Greg, de quien aún conservaba el recuerdo de un joven respondón, ahora en una silla de ruedas. Se lo debía a Roly.

Resignada, Gwyneira puso el coche a su disposición y Jack pasó unos días aprendiendo a manejar el vehículo. Luego se marchó dando sacudidas a Christchurch, desde donde tomó el tren hacia Greymouth.

Elaine y sus hijos fueron a recibirlo rebosantes de alegría.

—¡Qué buen aspecto tienes, Jack! —dijo Elaine—. Al menos has engordado un poco. Ten cuidado, porque ahora yo también voy a cebarte...

Jack necesitó de toda su energía para hacerle comprender que prefería instalarse en un hotel que disfrutar de su hospitalidad. Elaine pareció sentirse al principio profundamente decepcionada, pero luego se repuso y bromeó con él.

—¡Pero no en el Lucky Horse, Jack, no me hago responsable! Aun así, Roly insiste en celebrar la boda justamente allí, y Tim y el resto de los tertulianos están encantados con la idea. Pero pernoctar en ese sitio ¡atentaría contra tu virtud!

Jack tomó al final una habitación en un hotel muy bonito del muelle, y pasó horas mirando las olas antes de que Roly y Tim lo recogieran.

—¡La víspera de la boda! —dijo Roly entre risas—. ¡La despedida de soltero! Esta sí que la vamos a celebrar, señor... —Sonrió irónico—. ¡Perdón, Jack! ¡Lo siento, señor Tim!

Tim Lambert rio.

—Roly, como tú creas... ¿Qué tipo de parentesco tenemos, Jack? De todos modos, a mí me da igual cómo llames a Jack. Y si esta noche la bebida corre según está planeado, es posible que acabemos todos tuteándonos.

Jack simpatizaba con el marido de Elaine e intentó seguirle la broma.

—Creo que Elaine es mi sobrina, pero, tranquilo, Tim, no te sientas obligado a llamarme «tío».

Greg McNamara había asumido su suerte de forma más serena de lo que Jack se temía. Al menos esa noche en que el whisky corrió a mares. Entre los hombres, el inválido de guerra disfrutaba de un estatus de héroe. Mientras que era evidente que a Roly y Jack les resultó lamentable el primer brindis por los «héroes de Galípoli», Greg pareció entusiasmado y, a continuación, no se hartó de contar las hazañas en el cabo Helles que habían acabado con su bienestar. Mucho más tarde apareció también una chica que aparentaba escuchar con interés lo que decía y que para ello se acomodó en los muñones de las piernas del chico.

—Sí, es un prostíbulo —señaló Jack sorprendido a Tim, quien con la propietaria del establecimiento, Madame Clarisse, bromeaba e intercambiaba anécdotas de cuando se había prometido con Lainie.

—¡Lo ha pillado! —rio la anciana gerente del hotel—. ¿De dónde lo habéis sacado, Tim? ¿Del último corral de ovejas de las llanuras de Canterbury? Pensaba que había estado en la guerra, señor McKenzie. ¿Nunca buscó..., bueno, evasión, por llamarlo de algún modo, con una heroína de la noche?

Jack se sonrojó. No lo habría confesado, pero no había vuelto a abrazar de verdad a ninguna mujer desde la muerte de Charlotte. Desde luego a ninguna de las chicas que se vendían en el puerto de Alejandría o en los míseros bares en torno al campamento de El Cairo.

—¡Hera, ocúpate de este hombre!

La joven a la que había llamado resultó ser una muchacha maorí, o al menos ese era su aspecto. En realidad no debía de pertenecer a una tribu, de lo contrario no estaría en el establecimiento de Madame Clarisse. Jack era lo suficiente educado para no preguntar. Suspiró aliviado de que se tratara de una chica regordeta, de tez morena y cabello negro y largo, que no recordaba en absoluto a Charlotte. Jack consiguió intercambiar un par de frases con Hera antes de retirarse temprano a descansar.

—¿Ya estás cansado? —preguntó la joven, asombrada—. Bueno, en realidad es muy razonable no beber hasta perder el sentido la noche antes de la boda. Habría que aconsejárselo también al novio. Pero aquí también tenemos camas... —Sonrió sugerente.

Jack agitó la cabeza.

—Tal vez mañana —respondió evasivo, y de inmediato se avergonzó de haber dicho una frase tan trillada. Claro que no tenía pensado acostarse con la joven prostituta el día siguiente.

Hera también se limitó a reír.

—¡Volveré a insistir en ello! —amenazó.

Jack se alegró de escapar de allí. Durmió intranquilo en su habitación de lujo con vistas al mar y soñó con Charlotte y Hera, cuyos rostros se transformaban en su sueño en uno solo. La muchacha a la que acababa besando era... Gloria.

Los O'Brien eran tan católicos como los Flaherty, los padres de la novia. De ahí que el indulgente reverendo de la iglesia metodista tuviera que hacer acopio una vez más de toda su permisividad para que el casamiento se celebrara en la festiva atmósfera de la pequeña iglesia. Así fue: abrió la casa de Dios a un hermano católico de Westport y Elaine tocó al órgano *Amazing Grace*, una canción no muy apropiada pero sí por todos conocida.

Madame Clarisse hizo acto de presencia con todas sus chicas y Hera dirigió una sonrisa a Jack, al tiempo que las respetables madres de la novia y el novio castigaban con su desprecio a todo el personal del Lucky Horse. Los hombres tenían todos un aspecto trasnochado y las mujeres de estar algo disgustadas por ello, pero al final todo el auditorio femenino al menos lloró cuando el sí de Roly y Mary resonó con claridad.

Jack recordó su boda con Charlotte y apenas si logró contener las lágrimas. A su lado, Greg lloraba como una Magdalena. Él ni podía plantearse una boda. La muchacha con la que salía antes de estar en Galípoli lo había dejado cuando había vuelto. Por otra parte, ¿cómo iba él a mantener a una mujer?

Tras el enlace se celebraba un banquete en el Lucky Horse, lo cual exigió toda la tolerancia de Madame Clarisse, pues la señora O'Brien y la señora Flaherty ocuparon la cocina.

—Con ellas dos habríamos ganado en Galípoli —observó Elaine, quien durante un breve período había sido blanco de críticas—. Madame Clarisse ya tiene miedo de que todas sus ovejitas se conviertan hoy al catolicismo. En cualquier caso, es evidente que ni a Charlene ni a mí nos necesitan. ¿Dónde está el champán?

Paseó la mirada por la taberna, que antes había adornado con flores y guirnaldas con ayuda de dos mujeres más. No tenían que limpiar, de esto se encargaba el personal de cocina de Madame Clarisse. El Lucky Horse siempre estaba impecable. Ese día, se habían desplazado a un lado una parte de las mesas y se había dejado una pista de baile en medio del local. Roly y Mary estaban ahí, emocionados, recibiendo los deseos de felicidad y los regalos de los invitados. Mary bebía a sorbitos la primera copa de champán de su vida y con su vestido de novia de color marfil estaba preciosa. Por supuesto, el traje se había confeccionado en el taller de la madre de Roly, quien, una vez más, se había superado a sí misma. Nadie dominaba tan a la perfección como ella la técnica de las modernas máquinas de coser.

La señora Flaherty, por su parte, destacaba en la cocina. Incluso los asiduos al Lucky Horse tuvieron que admitir que nunca habían comido tan opíparamente.

Tim Lambert había regalado el champán, pero la mayoría de los invitados volvió al whisky. Jack estaba sorprendido de que Hera, que al parecer se bebía el licor a litros, no acabara ebria.

Elaine y Charlene, la guapa y morena esposa de Matthew Gawain, se tronchaban de risa. Las mujeres se habían unido a Jack, que estaba a una mesa solo. Los otros hombres todavía se hallaban junto a la barra.

—Las chicas de Madame Clarisse no prueban el alcohol —explicó Charlene—. O, en cualquier caso, solo de forma muy comedida. Los sábados, después de la jornada, siempre había una copa, ¿verdad, Elaine?

Esta asintió.

—Me encantaba ese momento. Y eso que yo solo tocaba el piano. Pero, en serio, Jack, en el vaso de Hera solo hay té negro. Hoy es algo distinto porque Roly lo paga todo, pero por regla general las chicas se ganan unos centavos por cada vaso al que las invitan. Es un extra considerable, incluso yo casi acababa borracha de té algunas noches. —Sonrió, a medias nostálgica, al recordar.

Jack todavía seguía con la mirada a Hera, que no cesaba de bailar con uno u otro hombre. En realidad, como en casi toda la costa Oeste, también en esa sociedad había más hombres que mujeres, y las chicas de Madame Clarisse tenían que estar listas para lo que se presentara. Hera parecía estar ya bastante acalorada.

—Pero seguro que acepta de buen grado que la invites a champán —observó Elaine, dando un empujoncito a Jack en dirección a Hera—. Madame sin duda les habrá prohibido servirse bebidas refinadas.

Charlene asintió.

—Tráigase tranquilamente a esa chica a nuestra mesa, señor McKenzie —lo animó también ella—. Necesitará una pausa.

—¿Esa pobre chica? —preguntó Jack—. Ayer daba la impresión de estar pasándoselo la mar de bien aquí.

Charlene resopló.

—Es parte del trabajo, señor McKenzie. ¿O pagaría usted por una puta que no parase de llorar?

Jack se encogió de hombros.

—Todavía no he tenido que pagar por una puta —admitió—. Pero si las chicas no se lo pasan bien..., ¿por qué lo hacen?

Elaine y Charlene, ya no del todo sobrias, dieron teatrales muestras de asombro.

—Tesoro —dijo Charlene con la voz profunda que Elaine no había vuelto a escucharle desde que se había casado con Matt—. Para ello hay un montón de causas. Pero de «divertirse» todavía no he oído hablar.

Jack vaciló.

—¿Usted... usted también trabajó aquí? —preguntó, desconcertado.

—¡Exactamente, tesoro! —contestó Charlene entre risas—. Y para anticiparnos a la pregunta: no, no sé tocar el piano. Hacía lo mismo que las demás chicas.

Jack no sabía adónde mirar.

Charlene puso los ojos en blanco.

—Si siente usted aversión hacia quienes han sido putas, debe evitar la costa Oeste —señaló enojada—. Las chicas de Madame casi siempre se casan y se marchan, en cuanto ella puede salir a buscar una segunda hornada. Solo a Hera, la pobre, no la quiere nadie. Si a los hombres les gustan las mujeres maoríes, se casan con alguna que pertenezca a las tribus. Ella también se alegra y no está gastada.

—No siento aversión —se defendió Jack—. Solo pensaba que una chica siempre tiene la elección... —Jugueteó con la copa de champán.

Charlene le sirvió un whisky.

—Bébase algo que valga la pena; el agua con gas no le gusta nada. Y en cuanto a la elección...

—Claro que siempre puedes morirte de hambre dignamente —terció Elaine—. Es posible que yo lo hubiera hecho. Por aquel entonces habría preferido morirme que rozar siquiera a un hombre. —Elaine había llegado a Greymouth tras el matrimonio con su violento primer esposo.

—Si hubieran consultado, cielo. —Charlene rio con tristeza—. Madame Clarisse no fuerza a ninguna, pero en la mayoría de los establecimientos los hombres son los que deciden. Y cuando se cruza en su camino una pobre chica como eras tú, que es evidente que tiene algo que esconder y a la que es probable que nadie ande buscando, se aprovechan de ella. Luego ya está usada y lo aguanta todo.

Jack se tomó un buen trago de whisky.

—Y a la pequeña Hera —prosiguió Charlene— la vendieron. Ni siquiera tenía diez años. La madre era maorí y un tipo, un buscador de oro, la sedujo y la separó de la tribu. La llevó de la isla Norte a la isla Sur. No tenía posibilidades de regresar con los suyos. Cuando dejó de haber oro, el tipo vendió a la chica y luego a la hija. A ella nadie le consultó, Jack.

—Y aunque te consultaran —intervino Elaine—. Bueno, yo tenía una amiga en Queenstown que lo hizo voluntariamente para pagar la travesía desde Suecia. Fue simplemente la elección entre dos malas opciones...

Jack vio la oportunidad de contradecir.

—Pues Gloria hizo la travesía disfrazada de grumete. No tuvo que...

Charlene bebió otro trago de champán.

—¿De grumete? ¿Todo el trayecto desde Inglaterra hasta Nueva Zelanda?

—¡Desde América! —exclamó Jack.

Charlene frunció el ceño.

—¿Y en todo ese tiempo no se quitó el grumete la camisa? ¡Por no hablar de los calzoncillos! A ver, yo también era una niña cuando emigramos, pero recuerdo muy bien el calor que hacía en el Pacífico. Los marineros trabajaban con el torso desnudo y los hombres saltaban por la borda para refrescarse y se dejaban arrastrar por el barco un rato agarrados a unas cuerdas. Era una prueba de valor, de vez en cuando se moría alguno.

Jack no quería seguir oyendo hablar acerca de pruebas de valor de jóvenes marineros.

—¿Qué... qué quiere usted decir con ello? —preguntó en tono agresivo. Elaine le colocó la mano sobre el brazo.

—Quiere decir que..., si fue así..., y solo sé lo que la abuela Gwyn cuenta... Entonces al menos uno o dos hombres de la tripulación tuvieron que estar al corriente...

—¿Uno o dos? —se mofó Charlene—. ¿Desde cuándo los grumetes ocupan habitaciones de dos camas? Venga, Lainie, duermen en cuartuchos de seis o diez. Una chica no pasa por alto.

—De acuerdo, seguro que había algún cómplice... —Jack volvió a servirse un whisky. Le temblaban las manos.

—¿Y mantuvieron en secreto que Gloria no era un chico sin sacar nada a cambio? —replicó Charlene—. ¡Quítele la aureola de santa a esa chica y la verá tal como es!

—Deberías salir a bailar, Jack... —Elaine advirtió que el hombre tenía los nudillos blancos de tanto apretar el puño en torno al vaso—. Hera...

—Hera puede venir a beber conmigo, pero no me gusta bailar. —Jack suspiró. No solía enfurecerse. Y menos cuando alguien se limitaba a decir la verdad.

—Y puede que tú también, Charlene. —Elaine indicó con una señal a su amiga que se marcharse—. Cógete a Matt y hazlo moverse un poco. Y de paso me envías a Tim. Ya lleva mucho rato en la barra y luego todo le hará daño; además, quiere volver a casa a eso de las once...

Jack se bebió en silencio media botella de whisky. Primero solo, luego junto a Hera, quien simplemente aguardaba. Al final se lo llevó arriba y él durmió en brazos de la muchacha.

Al día siguiente pagó por toda una noche.

—¡Pero si no ha pasado nada! —protestó la joven—. Has de saberlo...

Jack meneó la cabeza.

—Ha pasado más de lo que tú te imaginas.

Por vez primera en su vida, Jack McKenzie pagó por los servicios de una puta.

6

Tras un pesado día con la familia de Elaine en el que tanto esta como sus hijos tuvieron que enseñarle sin falta todos sus caballos y perros, Jack cogió el tren nocturno hacia Christchurch. En la estación un hombre alto y delgado, de cabello claro y rostro alargado, se dirigió a él. Jack no recordaba su nombre, pero el hombre se presentó cortésmente.

—¿Señor McKenzie? Soy Caleb Biller. Nos hemos visto en alguna ocasión. Mantuve un par de interesantes conversaciones con su esposa cuando estuvo aquí.

Jack lo reconoció y le tendió la mano.

—Encantado de volver a verle, señor Biller. Ya sabrá que Charlotte... —Todavía le dolía hablar de ello.

Caleb Biller asintió.

—Su esposa murió hace unos años. Lo siento mucho, era una brillante investigadora. Más tarde leí un par de artículos escritos por ella.

—Sí —respondió Jack en un murmullo. Se preguntaba qué querría Biller de él. Seguro que no habría ido a la estación para darle el pésame años después del fallecimiento.

—No quisiera molestarle, señor McKenzie, pero... estaría interesado en saber si ha ordenado el legado de su difunta esposa y cómo. Se deducía de su artículo que había reunido, anotado y traducido mitos maoríes...

Jack asintió, al tiempo que deseaba que el tren llegara pronto. Pero no pudo eludir tan pronto a Caleb Biller.

—Anotó cientos de ellos —confirmó.

Los ojos de Caleb centellearon.

—Es lo que sospechaba. Estaba muy entregada. Pero lo que me interesa saber es... ¿dónde están esos apuntes? ¿Los ha puesto a disposición de algún instituto?

Jack frunció el ceño.

—¿Un instituto? ¿Quién iba a interesarse por esas cosas?

—Cualquier buena universidad, señor McKenzie. ¿Por ventura no habrá tirado los escritos? —Parecía que la mera idea horrorizaba a Biller.

No menos a Jack.

—¿Tirarlos? ¿Qué se ha creído, hombre de Dios? ¿Después de todo el esfuerzo que le costaron a Charlotte? Claro que todavía los tengo. Sigo conservando todas sus cosas... Tal vez debería... —Jack pensó no sin cierta culpabilidad en los armarios atestados de vestidos y zapatos, las estanterías llenas de libros y los muchos archivadores repletos de textos escritos con la diáfana caligrafía de Charlotte. Ya hacía tiempo que debería haberlo revisado todo, haberse decidido por un par de recuerdos personales y regalado el resto.

Caleb Biller suspiró aliviado.

—Es lo que esperaba. Mire, señor McKenzie, con todos mis respetos hacia sus sentimientos, pero Charlotte no llevó a término su tarea de investigadora para que los resultados de sus pesquisas permanecieran encerrados en un cajón. Seguro que se proponía ponerlos a disposición de otros científicos y, con ello, de la posterioridad. ¿Podría usted reflexionar acerca de mi propuesta?

Jack esbozó un gesto de resignación.

—Si se refiere a que alguien desea tener esos documentos..., ¿quiere que se los envíe? —Se echó al hombro el petate. Por fin llegaba el tren.

Caleb Biller vaciló.

—No soy el interlocutor apropiado —observó—. El material sería más bien para una facultad que se dedicara a la lingüística y la literatura. Yo me intereso por el arte y la música de los indígenas, ¿comprende?

Jack lo comprendía, pero eso no le era de gran ayuda.

—Bien, señor Biller, tengo que subir al tren. Dígame lo que le preocupa. ¿A quién tengo que enviar esos papeles?

—Básicamente a cualquier universidad que...

—¡Señor Biller! ¿A cuál? —El comportamiento ambiguo de Caleb Biller sacaba a Jack de quicio. Evidentemente, ese hombre quería proporcionar los documentos a una facultad determinada, pero no se atrevía a hablar con franqueza.

—¿Quizás a... Wellington? Acaban de crear una cátedra que... —sugirió Caleb Biller, alternando el peso entre un pie y el otro.

Jack asintió.

—De acuerdo, señor Biller. A Wellington. En cuanto encuentre el momento de ordenar el material lo haré. ¿A un destinatario concreto?

Biller se ruborizó.

—En realidad querría pedirle... Bueno, seguro que es mucho papel. Y... tal vez la universidad prefiera enviar a alguien que lo ordene él mismo...

En resumen: ese hombre quería atraer hacia Christchurch a un docente determinado de la Universidad de Wellington. Jack se preguntaba qué saldría de todo ello. De pronto acudió a su mente otro contexto en el que había oído el apellido de Biller.

—Disculpe, pero ¿no es su hijo el que se ha escapado con mi sobrina segunda Lilian?

Biller se ruborizó.

—¿Ese chico que compara dialectos polinesios o algo por el estilo?

Biller le dio la razón.

—Mi hijo apreciaría los apuntes de su esposa más que ningún otro —se justificó. Se diría que proporcionar proyectos de investigación interesantes a algún familiar constituía una violación de alguna máxima académica.

Jack sonrió burlón.

—Sin duda. Y tal vez pueda vincularse de paso la clasificación del material que realice su hijo con un pequeño reencuentro familiar.

Biller puso cara compungida.

—Todavía no se lo he contado a Elaine —respondió—. Y, por

supuesto, tampoco a mi esposa y Tim Lambert. Ellos no saben nada de los chicos. Para ser franco, la idea se me ocurrió ayer, cuando oí decir que estaba usted aquí. Pero no se me ocurrió por egoísmo, señor McKenzie. Las investigaciones de su esposa...

Jack puso por fin el pie en la plataforma de tren.

—Escribiré a Wellington. Prometido —dijo amablemente—. En cuanto me sienta con ánimos... Comprenderá que antes quiero examinar yo mismo el material.

Caleb alzó la mano para despedirse.

—Se lo agradezco, señor McKenzie. Espero que pronto encuentre tiempo para hacerlo...

Jack se forzó a esbozar una sonrisa. El tiempo no era el problema. El problema residía en entrar en la habitación de Charlotte, respirar su perfume, tocar las cosas que ella había tocado. Pero Caleb estaba en lo cierto. Había que hacerlo. Charlotte así lo habría querido. No deseaba ningún mausoleo... Jack sintió un dolor en el pecho y de pronto vio frente a sí las tumbas faraónicas de Egipto. Almas encerradas entre muros con enorme cantidad de objetos terrenales, encadenadas a este mundo, lejos de Hawaiki. Charlotte lo habría odiado. Jack decidió ocuparse de la habitación de su esposa al día siguiente.

Viajar en coche a Kiward Station casi le tomó todo el día. Habría ido más deprisa, pero Jack no confiaba del todo en la técnica y recelaba de pisar el acelerador a fondo. Agotado y tenso, finalmente llegó a la granja por la tarde, condujo el vehículo a la cochera y decidió entrar por la puerta trasera. Si conseguía evitar a su madre, todavía podría dormir dos horas antes de la cena. Entonces estaría más preparado para hablar de la boda y enfrentarse a Gloria.

Sin embargo, enseguida vio a esta última en el corral junto a los establos. El círculo cerrado se utilizaba para adiestrar tanto a caballos como a perros. La muchacha estaba ahí con un collie de unos seis meses, un perro de la misma camada que *Tuesday* y *Shadow*.

—¡Siéntate! —ordenaba ya con un ligero tono de impaciencia en la voz, y *Nimue*, que estaba fuera del vallado tomaba asiento obedientemente. El perrito, sin embargo, seguía de pie, moviendo la cola, frente a Gloria, mirándola ansioso pero sin hacer el menor gesto de ir a sentarse pese a que ella tiraba del collar—. ¡Siéntate!

Al inclinarse sobre el cachorro, a Gloria le cayó sobre el rostro el cabello revuelto. Desde que había dejado a los maoríes ya no llevaba la cinta en la cabeza, sino que intentaba sujetar sus rizos mediante pasadores, con escaso éxito. Jack percibió que casi perdía el control sobre sí misma. Sabía que nunca había que impacientarse en el trato con los animales, pero su semblante reflejaba la más pura frustración. A ojos de Jack se veía muy joven... y muy hermosa. Apreció su empeño, pero tal como actuaba no llegaría a nada.

Jack se acercó.

—Le das señales contradictorias —indicó—. No entiende lo que tiene que hacer.

—¡Pero no puedo hacer otra cosa más que darle señales! —respondió Gloria apesadumbrada. Empujaba hacia abajo el cuarto trasero del animal, pero él volvía a ponerse en pie en cuanto ella lo dejaba—. Y a *Nimue* se lo enseñé. A lo mejor es tonto...

Jack rio.

—¡Que no te oiga tu abuela! Un Kiward collie tonto sería algo así como un cordero a cuadros. No, eres tú, te has olvidado de la técnica. Observa.

Jack pasó entre dos vallas al interior del corral y saludó al perrito con unos golpecitos amistosos. Luego cogió la correa y tiró de ella para dar una breve orden. El trasero del cachorro cayó al suelo.

—¡Increíble! —exclamó Gloria—. ¿Y por qué a mí no me hace caso?

—Cometes un pequeño error —indicó Jack—. En el momento en que le das la orden y el impulso con la correa, te inclinas hacia él. Por eso se acerca a ti moviendo la cola. Está bien. Sería mucho peor que te tuviera miedo y te evitara. Pero en lugar de sentarse lo único que se le ocurre es jugar contigo. Mira cómo lo hago...

Gloria contempló fascinada que Jack erguía el dorso cuando daba la orden de sentarse al perro. El cachorro alzaba la vista hacia él y dejaba caer el trasero.

—¡Déjame probar! —Gloria reprodujo la postura de Jack y tiró con destreza de la correa... El collie se sentó. Los dos, Gloria y Jack, lo elogiaron con entusiasmo.

—¿Lo ves? —Jack sonrió—. No hay perros tontos, solo...

—Solo la tonta de Gloria. Nunca hago nada bien. Creo que me rindo. —Gloria dio media vuelta. Por lo general no habría soltado unas palabras así, pero ese día había llegado al límite.

Por la mañana, Tonga se había presentado ante Gwyneira con expresión grave y se había quejado porque había un par de ovejas en tierras sagradas de los maoríes. De hecho, los animales habían cruzado las fronteras de O'Keefe Station y pastaban en un terreno en el que los rebaños de Howard O'Keefe se habían alimentado durante años, la mayoría de las veces guardados por pastores maoríes. Con el tiempo, la tierra había pasado incuestionablemente a manos maoríes, pero los pastizales que se extendían alrededor del arroyo estaban muy lejos de ser «sagrados».

Tonga y su gente podrían haberse contentado con devolver a los animales extraviados en lugar de meter cizaña, y Gloria así se lo había dicho al jefe de la tribu. La abuela Gwyn la había increpado por ello de malas maneras y había dado la razón a Tonga, un comportamiento que Gloria no entendió. Gwyneira y Tonga llevaban discutiendo desde que la muchacha tenía uso de razón y en otros tiempos la abuela Gwyn habría defendido con toda certeza su posición. En esos días, sin embargo, Kiward Sation sufría de una gran falta de personal. Los *pakeha* casi nunca trabajaban en granjas de ovejas. Los aventureros que solían ofrecerse para ello se habían alistado en el ANZAC y luego se habían quedado en las grandes ciudades. Esta era la causa por la que Gwyneira no podía prescindir de los pastores maoríes. Si Tonga decidía boicotearla ahora, se quedaría sola con cien mil ovejas. Antes de correr el riesgo, hacía concesiones.

Gloria lo veía de otro modo y no se privó de manifestarlo.

—¡Habría sido mejor amenazar con el despido a los trabajadores de los ngai tahu! —alegó, iracunda por la injusta reprimenda que había recibido delante del jefe, quien escondía su ironía tras una sonrisa prudente—. No tardarán mucho en protestar. La cosecha fue mala, las familias necesitan trabajo. Tonga no tiene, ni mucho menos, tanto *mana* como para que la tribu emprenda una migración en medio del invierno porque aquí no hay nada que comer. ¡Eres demasiado blanda, abuela!

El reproche le sentó fatal a Gwyneira, quien, no sin motivo, se envanecía de dirigir prácticamente sola la granja desde hacía años. Ya en vida de Gerald Warden era ella quien tomaba todas las decisiones.

—Cuando heredes la granja, Gloria, podrás hacer lo que te apetezca —señaló enfadada—. Pero mientras sea yo quien lleve las riendas, tendrás que amoldarte a lo que yo diga. Sal ahora y ve a reunir esas malditas ovejas.

La joven se había precipitado hacia el exterior con los ojos anegados en lágrimas y se había llevado al caballo y el perro, pero no había pedido ayuda a nadie; decisión nefasta, según se comprobó más tarde. Las ovejas descarriadas eran unos vigorosos y jóvenes carneros que se habían escapado de un redil. Incluso con la experimentada *Nimue*, Gloria precisó de toda la mañana para reunirlos y reparar de forma provisional la valla. Maaka informó después a Gwyneira de que los animales volvían a estar sueltos. Otro punto negativo para Gloria. La chica era demasiado orgullosa para confesar a su bisabuela que justo después de su regreso había pedido a Frank Wilkenson que enviara a unos hombres con herramientas para asegurar bien la cerca. Una vez más, Wilkenson no le había hecho ningún caso y solo Maaka, horas más tarde, se había encargado del asunto. Los carneros no habían tardado en encontrar un hueco para salir del corral, donde apenas había hierba que comer.

Después de eso Gloria se había encerrado en su cuarto y de nuevo se había dedicado a leer las cartas de Jack, pero la descripción de la vida cotidiana en el campamento, entre los ataques, y su desbordante tristeza todavía la deprimieron más. Y el dibujo, durante el día, no funcionaba. Gloria necesitaba oscuridad para plasmar en el papel lo que guardaba en su mente.

Al final había salido para adiestrar a los perros y había sufrido una nueva derrota. Aquello fue la gota que colmó el vaso y lo que le llevó a desahogarse, excepcionalmente.

Jack sacudió la cabeza.

—¡Tienes tan poco de tonta como el cachorro! —respondió—. Pero no conocías el truco. No hay nada de malo en ello.

—¿Conoces todavía más trucos? —preguntó Gloria, malhumorada.

Jack asintió.

—Cientos —afirmó—. Pero hoy estoy demasiado cansado. ¿Qué te parece si te los enseño mañana?

En el semblante de Gloria apareció una sonrisa que a Jack casi le quitó la respiración. Desde que había regresado a Kiward Station, casi nunca la había visto sonreír. Conseguía esbozar, como mucho, una mueca, pero en esos momentos sus ojos centellearon. Volvió a ver surgir una chispa de la confianza que Gloria le había tenido de niña y de su admiración también.

—De acuerdo —murmuró ella—. Pero donde no nos vean...

Los ejercicios con Gloria y los collies eran una razón bien recibida para postergar la tarea de ocuparse del legado de Charlotte. Si bien Jack no acababa de entender por qué habían de trabajar a escondidas, cedió a los deseos de la muchacha y se reunió con ella en rediles apartados y, un par de veces, también en el Anillo de los Guerreros de Piedra, para enseñarle primero las bases del adiestramiento canino con *Tuesday* y *Nimue,* y luego practicar con los cachorros.

—¿Es cierto lo que dijiste una vez? —preguntó el hombre, mientras regresaban a casa por el pastizal de un tono castaño invernal pero frondoso—. Sobre que en esta tierra no hay ningún *tapu.*

—Claro —respondió Gloria—. Hasta puedes leer la historia. Rongo Rongo dice que se la contó a tu... tu esposa.

—Se llamaba Charlotte —susurró Jack—. Y reunió miles de historias.

—En cualquier caso, esta data de doscientos años atrás y cada uno la cuenta a su manera. Al parecer en el círculo de piedras se produjo en una ocasión una especie de duelo. Dos hombres de fuerte *mana* lucharon por algo...

—¿Por una mujer? —preguntó Jack.

Gloria hizo un gesto de ignorancia.

—Rongo Rongo mencionó un pez. Un pez que hablaba o algo similar, no lo recuerdo bien. Tal vez un espíritu en un pez... Pero se trataba de a quién le correspondía la fama de haberlo cautivado. Así se reforzaría todavía más el *mana* del pescador. El suceso acabó en un derramamiento de sangre, los dos hombres murieron y desde entonces el lugar de la confrontación es *tapu*. No es nada especial: muchos lugares sagrados fueron en un origen escenarios de guerra.

Jack asintió, al tiempo que pensaba en Galípoli. Habría sido una buena idea dejar la playa sin tocar para la eternidad.

—En el interior del círculo de piedra, los maoríes no pueden..., no podemos comer ni beber. Es un lugar donde recogerse y recordar a los espíritus de los antepasados. En rigor, tampoco habrían tenido que aceptar la presencia de una tumba ahí, pero Tonga es así: declara *tapu* un lugar según le pase por la cabeza. En el exterior del círculo de piedras no ocurrió nada. Si pastan o no allí un par de ovejas carece de importancia para la religión de los maoríes.

—Supongo que los Warden tampoco llevaron a ninguna oveja allí para que no se introdujeran en un descuido en el interior —señaló Jack.

—Es probable que empezara así —opinó Gloria—. Pero da igual lo que Tonga diga: no sería ningún sacrilegio cercar el círculo para mantener a las ovejas fuera, no es demasiado estimulante tener que rezar en medio de un recinto cercado de alambre de espino, pero...

—De todos modos, nadie viene aquí con este tiempo... —observó Jack.

Era un día gris y brumoso. Los Alpes apenas se perfilaban detrás del velo de humedad, llovía y soplaba el viento. Jack no hacía más que preguntarse por qué, con un tiempo así, no realizaban los ejercicios del adiestramiento en un granero. De todos modos, poco a poco iba dándose cuenta del trato que los trabajadores dispensaban a Gloria. Era difícil no percatarse de las bromas picantes de los *pakeha* si uno se detenía con frecuencia en el establo. Y se diría que los maoríes se esfumaban en cuanto aparecía ella. No era de extrañar que para ganarse el respeto la joven pensara en aplicar medidas severas.

—Y no sería para siempre —añadió Gloria—. Solo un par de semanas para ahorrar el heno. Casi no queda. Maaka ya ha preguntado en otras granjas, pero por desgracia ninguna dispone de paja para vender. No tengo ni idea de cómo piensa resolver este problema la abuela Gwyn.

Gloria se estremeció de frío pese al abrigo encerado. Tenía pegados a las mejillas los espesos rizos que la lluvia y el viento empujaban hacia su rostro. Impaciente, se echó el cabello hacia atrás. Jack recordaba ese gesto: ya lo hacía de niña, cuando el cabello rebelde se negaba a permanecer recogido en una cola. En algún momento se lo había cortado. Jack sonrió al recordar la reacción escandalizada de la señorita Bleachum. En la actualidad, el corte que llevaba la joven estaría a la última moda, ya que en Inglaterra las chicas más osadas empezaban a atreverse a lucir los primeros cabellos cortos. A Gloria le sentarían bien.

—La abuela Gwyn es vieja, tiene más de ochenta años —disculpó Jack a su madre—. No tiene ganas de entrar en conflictos.

Gloria se encogió de hombros.

—Entonces debería ceder la dirección de la granja —advirtió con frialdad.

Jack se mordió los labios e intentó reprimir sus sentimientos de culpabilidad. Ya hacía años que Gwyneira y James McKenzie le habían traspasado la dirección de Kiward Station. Había sido el capataz mientras vivía con Charlotte en la granja. Si bien había discutido alguna vez sus decisiones con sus padres, ninguno de los dos las habían cuestionado en serio jamás. Ya hacía tiempo que Gwyneira habría podido descansar si él no se hubiera alistado en esa absurda guerra. Jack pensó en los intentos de Maaka por devolverle, tras su regreso, el mando de la granja. Tenía que hacer un esfuerzo y estudiar al menos una vez los registros de las provisiones de heno y luego hablar en serio con Gwyneira sobre el terreno que reclamaba Tonga. Sin embargo, ni siquiera tenía energía suficiente para poner orden en las cosas de Charlotte. Lo único que no le fatigaba eran las horas que pasaba con Gloria. Antes al contrario, cada vez las disfrutaba más.

—De todos modos, ahora tampoco las tierras que rodean el círculo de piedras nos salvarían —dijo al final—. Ganaríamos tal vez una o dos semanas...

Gloria arqueó las cejas.

—Jack, el círculo de piedras solo es la punta del iceberg. Puedo mostrarte cuatro o cinco terrenos más donde no llevamos a las ovejas a pastar por consideración hacia los maoríes. En condiciones normales no habría ningún problema, pero, lo dicho, en este inverno... Además, en la mayoría de los casos, que reivindiquen esos terrenos es injustificado.

—La ley así lo indica, de todos modos —observó Jack—. La tierra fue legítimamente adquirida por los Warden, incluso Tonga lo ha reconocido hace poco.

—No hay ningún aspecto que justifique tal reclamación —insistió Gloria—. No es que cualquier rinconcito se convierta en *tapu* simplemente porque dos chicos maoríes se rompieron ahí las narices. Todo eso es invento de Tonga. Le toma bastante el pelo a la abuela Gwyn.

—Las cuadrillas de esquiladores llegarán mañana —anunció Gwyneira McKenzie a su hijo y su bisnieta durante la cena.

Ya eran mediados de septiembre y el tiempo había mejorado. Jack y Gloria creían percibir a veces la primavera cuando salían a cabalgar con los perros. El adiestramiento proseguía, casi cada día, en un corral u otro. Los cuatro cachorros ya habían adquirido las bases y Nimue, que lo había aprendido todo de nuevo, se hallaba en el mejor de sus momentos. No quedaba sino aplicar el conocimiento adquirido al trabajo con las ovejas, pero los cachorros lo asimilaban en un abrir y cerrar de ojos. Como todos los buenos border collies, eran perros pastores natos. Gloria casi reventaba de orgullo ante sus cuatro pequeños pupilos y no quería ni pensar que en verano seguramente los venderían. Kiward Station contaba con suficientes animales adultos y completamente adiestrados.

—¿Ya? —preguntó Jack—. ¿No es demasiado temprano, madre? Nunca hemos esquilado antes de octubre ni tampoco los primeros días de ese mes.

Gwyneira se encogió de hombros,

—No tenemos heno, así que debemos llevar a los animales a la montaña antes. Si el tiempo se mantiene como hasta ahora, las ovejas madre estarán a mediados de octubre en las montañas.

—Pero es absurdo, es... —Gloria dejó caer el tenedor y miró con ojos centelleantes a su abuela—. ¡Es demasiado pronto! ¡Perderemos la mitad de los corderos!

Gwyneira estaba a punto de dar una respuesta desagradable, pero Jack hizo un gesto apaciguador con la mano.

—El tiempo puede cambiar en cualquier momento —objetó sin perder la calma.

—Puede, pero no lo hará —afirmó Gwyneira—. Mejorará. Tras este verano horrible y el invierno lluvioso... En algún momento tiene que dejar de llover.

—En la costa Oeste llueve trescientos días al año —señaló Gloria, enfadada.

—Sin duda dejará de llover —intervino Jack. Dio vueltas a su comida en el plato. También él había perdido el apetito. Gloria tenía razón: su madre estaba a punto de tomar una decisión errónea—. Pero no antes de que la primavera empiece del todo. Y no forzosamente en los Alpes, madre. Ya sabes el tiempo que hace ahí.

—No nos queda otro remedio. El tiempo se tendrá que poner a nuestro favor. ¿Y ahora qué ocurre con los cobertizos de esquileo? ¿Alguno de vosotros quiere ocuparse de uno? El número tres todavía no está concedido, a no ser que me encargue yo misma.

Gwyneira paseó una mirada escrutadora de uno a otro. Nunca lo habría admitido, pero esperaba urgentemente que la ayudasen. Recientemente, en parte debido a la humedad, le dolían las articulaciones. Cada vez se acordaba más de James y de los dolores que le causaba la artritis.

—No, eso es inaceptable —respondió Jack.

A su madre ya se le notaba demasiado la edad. En los últimos meses, Gwyneira parecía haberse encogido. Siempre había sido menuda, pero ahora daba la impresión de ser diminuta y frágil.

Tenía el cabello totalmente blanco y sin vigor. Gwyneira solía recogérselo despreocupadamente por las mañanas. Su rostro surcado de arrugas le confería el aspecto de una de las antiquísimas hadas del bosque de su patria celta, así como sus ojos, que todavía eran despiertos y de un brillante azul claro. Las hadas del bosque británicas no se dejaban vencer.

—Si ninguno de vosotros va a hacerlo... —señaló Gwyneira fría e irguiéndose.

—Yo me encargo —declaró Gloria, y sus ojos brillaron amenazadores. Sabía a la perfección que su bisabuela había esperado que Jack se ofreciera. ¡Pero no osaba expresarlo en voz alta!

En lo concerniente a la supervisión del cobertizo de esquileo, Gloria experimentaba sentimientos encontrados. Por una parte ardía en deseos de encargarse de la tarea. Sabía de qué se trataba; a fin de cuentas, ya de pequeña había ayudado a apuntar en una pizarra los resultados de cada uno de los esquiladores y de la cuadrilla que trabajaban en el cobertizo. El que contaba con los mejores esquiladores obtenía al final un premio y, naturalmente, Gloria había vibrado con «sus» trabajadores. Se alegraba de asumir la responsabilidad sola, dominaría la tarea.

Por otra parte, los hombres no se lo pondrían fácil. Para una mujer siempre resultaba complicado imponerse, y lo que se contaba ahora sobre Gloria no facilitaba las cosas. A esas alturas se decía que había vagado por América trabajando de bailarina con su madre, y una bailarina era, para esos hombres rudos que solo conocían la música del pub, algo solo un poco mejor que una puta. De ahí que Gloria tuviera que luchar cada vez más con indirectas que no eran tan fáciles de contener como los primeros acercamientos de Frank Wilkenson.

Sobre todo Wilkenson... Parecía haberse tomado a mal su rechazo. Al parecer, que ella decidiera unirse a los maoríes había herido su orgullo. Detrás de ese acto, eso lo daban los hombres por seguro, se escondía un guerrero de la tribu, y los enfurecía que una de las ya de por sí escasas mujeres blancas se decidiera por un indígena. Siempre que era posible, Wilkenson y sus amigos dejaban notar a Gloria su desprecio, con lo que la chica también tenía que cargar con esa parte de su historia.

Pero el miedo de que a la larga salieran a la luz más aspectos de su pasado suponía un constante desvelo para la joven. Gwyneira y Jack podían aceptar que hubiera cruzado el océano y atravesado Australia haciendo de grumete y temporero, pero los camaradas de Wilkenson no se lo creerían jamás. Conocían a fondo las condiciones de vida de los vagabundos y aventureros. Una chica vestida de hombre nunca pasaría inadvertida.

La abuela Gwyn no se veía satisfecha con la decisión de Gloria. De hecho lanzó a Jack unas miradas muy explícitas, aunque él fingió no darse cuenta. No obstante, el hombre luchaba con su sentimiento de culpabilidad. Al menos podría haber ofrecido ayuda a Gloria, pero la verdad es que se estremecía ante la mera idea del ruido, las voces masculinas, las risas y la sonora y evidente camaradería que también habían caracterizado la vida en el campamento. Tal vez al año siguiente...

—Tengo que ocuparme de una vez de las cosas de la habitación de Charlotte —pretextó—. He escrito a esa universidad. Pronto contestarán y entonces...

Gwyneira había aprendido a tratar a su hijo con cautela, así que no hizo ningún ademán ostentoso y se limitó a lanzar un mudo suspiro.

—Está bien, Glory —dijo al final—. Pero haz el favor de contar bien y no dejarte influir por nada. La competición entre los cobertizos no tiene nada que ver con la vanidad personal, solo sirve para acelerar la tarea. Así que no te propases...

—¿Falsificar las cifras? —soltó a su abuela—. ¡No lo dirás en serio!

—Solo te lo advierto. Paul... —Gwyneira se mordió los labios. Años atrás, Gerald Warden había encargado a su hijo Paul la supervisión de uno de los cobertizos de esquileo y el joven había provocado un lío tremendo.

Jack conocía la historia; Gloria, sin duda, también. Los viejos pastores se habían metido con ella cuando era niña por la falta de habilidad de su abuelo para llevar las cuentas.

—¡Madre, Paul Warden era entonces todavía un niño! —protestó Jack.

—Y William... —insistió Gwyneira.

Gloria hizo un gesto de contención. Tampoco su padre se había mostrado especialmente ducho como capataz, pero no era honesto venirle ahora con los errores de su progenitor. De repente solo se sintió cansada. Tenía que levantarse enfadada para no llorar.

—¡Ya no aguanto más! —exclamó al final—. Si crees que soy demasiado tonta o vanidosa para hacer una lista correctamente, abuela, entonces hazla tú misma. En caso contrario, mañana a las ocho estaré en el cobertizo tres.

Gloria temía armar un pequeño escándalo cuando apareciera en pantalones de montar al trabajo, pero al menos el personal de Kiward Station conocía los amplios pantalones en que la muchacha solía pasear a caballo. Con el tiempo, ella misma había llegado a confeccionarse esa prenda y no veía en ello el menor problema. A fin de cuentas, solo se diferenciaba de las modernas faldas pantalón en que las botas de montar iban por encima en lugar de por debajo. Había intentado esto último, pero resultaba poco práctico. Y dado que esa mañana lo que estaba programado no era tanto el esquileo como reunir a las ovejas, Gloria apareció montada en su caballo y ataviada con su indumentaria habitual. Los hombres de las cuadrillas de esquileo que llegaron hacia el mediodía se la quedaban mirando maravillados... y, en la siguiente pausa, los pastores se apresuraron a informarles acerca de todos los escándalos que se contaban en torno a Gloria Martyn.

Para colmo, Frank Wilkenson fue destinado al cobertizo tres. Gloria supuso que Gwyneira lo había hecho adrede. El hombre ocupaba el puesto siguiente al de capataz, posiblemente con la misión de vigilarla a ella. Eso provocó que ambos se mirasen con desconfianza, como ya era habitual de todos modos.

Sin embargo, Wilkenson solo tenía la tarea de esquilar, como todos los demás hombres de Kiward Station que estaban disponibles y que conocían la técnica. Por otra parte, era corriente que los empleados de la granja ayudaran a las cuadrillas —como antes James y mucho más tarde también Jack McKenzie—, rivalizando así con los profesionales. Esto todavía hacía más emocionante la competición. Quien supervisaba los cobertizos también tenía que ocuparse de que todos los hombres trabajasen por igual y no se limitaran a animar y alentar a los contrincantes. También en el cobertizo tres, Wilkenson y los elementos más rápidos de la cuadrilla de esquiladores se pusieron enseguida manos a la obra y Gloria apenas si conseguía anotar sus resultados. Esto espoleaba a los demás y Gloria tenía la sensación de tener el trabajo bajo control..., hasta que Frank Wilkenson y sus hombres cuestionaron lo que había anotado.

—Venga, Pocahontas, ¡no puede ser! Era la oveja doscientos, no la ciento noventa. Te has descontado.

Gloria se esforzó por no reaccionar con agresividad.

—Señorita Gloria, si no le molesta, señor Wilkenson. Y la suma era correcta. El señor Scheffer está en la doscientos, usted está diez animales por detrás. Así que debería darse prisa y esquilar en lugar de armar cizaña.

—Pero yo también lo he visto —intervino Bob Tailor, el amigo de Wilkenson y su colega preferido de borracheras—. Yo también he hecho cuentas.

—¡Tú no tienes ni idea de contar, Bob! —exclamó uno de los otros hombres.

—Al menos no puede contar al mismo tiempo que esquilar —señaló Gloria—. Aunque posiblemente se deba a este intento frustrado el que vaya solo por el animal ochenta y cinco...

—¡Ahora no te pongas insolente, hija del jefe!

Bob Tailor se puso en pie frente a Gloria. Ella buscó su cuchillo..., pero no tardó en comprender que esa no era la forma correcta de comportarse. Gloria intentó respirar con calma.

—Señor Tailor —explicó, conteniéndose—, esto no funciona así. Salga de aquí, queda usted despedido. Y que los demás sigan trabajando, por favor.

Miró iracunda al pastor, que a continuación bajó la mirada. Gloria suspiró aliviada cuando Tailor se dirigió a la puerta.

—¡Esto no quedará así! —amenazó, no obstante, cuando estaba a punto de abandonar el cobertizo.

Gloria pensaba haber ganado..., hasta que Frank Wilkenson levantó la vista de su trabajo y dirigió una sonrisa a su amigo.

—Primero tengo que ganar este campeonato, Bobby, pero luego lo aclaro con la señorita Gwyn, ¡no te preocupes!

Gloria volvió a amonestarlo, pero siempre sin perder la calma. Lo había aprendido durante los primeros tiempos que había pasado en la granja: los arrebatos de cólera no conducían a nada. Sin embargo, pasó el resto del día atenazada por el miedo.

Los temores de Gloria eran justificados. Frank Wilkenson demostró ser el esquilador más rápido del cobertizo tres y al final de la tarde se encontraba, con doscientas sesenta ovejas esquiladas, en lo alto del recuento general.

Cuando Gloria, sucia y cansada, volvía a casa tras el trabajo lo vio en el despacho de Gwyneira.

—... siempre tiende a reaccionar de forma un poco exagerada, y Bob..., bueno, no puede remediar meterse con las chicas...

Gloria sabía que tenía que acercarse, dar su versión de los hechos y defender su decisión, pero al recordar el último desencuentro con su abuela a propósito de Tonga decidió dejarlo estar y se metió en el baño, ofendida.

Durante la cena, Gwyneira le comunicó que había readmitido a Bob Tailor. Gloria se quedó sin palabras y subió a su habitación. Una vez que se hubo desahogado llorando, buscó consuelo en su pila de cartas. Ya había leído la mayoría. La que tenía en esos momentos en la mano era del 6 de agosto de 1915. Debían de haber herido a Jack poco después de haberla escrito.

Gloria desplegó la hoja.

Hoy han muerto dos mil hombres en un ataque simulado. Solo para desorientar a los turcos. Mañana irá en serio. Saltaremos de nuestras trincheras y nos abalanzaremos gritando entre el fuego del enemigo. Y las tropas que acaban de llegar incluso parecen alegrarse de ello. Hoy por la noche me sentaré con ellos junto al fuego y soñarán con convertirse en héroes. En lo que a mí respecta, cada vez odio más este sentimiento de alegría en torno al fuego del campamento. Los hombres con los que hoy estoy bebiendo mañana tal vez estén muertos. Y beberemos, han repartido whisky. Esta guerra está perdida.

Gloria sabía exactamente cómo se había sentido Jack. Pasó media noche dibujando.

7

Jack McKenzie nunca había discutido tan violentamente con su madre como esa noche.

—¿Cómo puedes cederle primero la supervisión del cobertizo y luego desacreditarla? Lo más probable es que Gloria tuviera toda la razón. ¡Bob Tailor es un desgraciado!

—Todos sabemos que no es un angelito —contestó Gwyneira, mientras doblaba su servilleta—. Pero Glory tiene que aprender a no hacer caso de un par de tonterías. Dios mío, cuando yo era joven, también me tiraban los tejos. Solo son hombres. No han asistido a ningún curso de urbanidad.

—¿Y qué ocurre si las cosas se han desarrollado de manera totalmente distinta? ¿Por qué Frank Wilkenson interviene en favor de ese tipo? ¿Tenía algo que ver? Al menos podrías haber escuchado la versión de Gloria. E incluso si su decisión fuera incorrecta, ella se encargaba de supervisar el esquileo, su palabra era ley. Siempre lo hemos hecho de este modo. O confías en ella o no confías. —Jack alejó el plato y pensó en Gloria, que una vez más se había levantado sin comer. Sin embargo, después de todo un día de fatigoso trabajo, tenía que estar realmente hambrienta. Así no dejaría de adelgazar. Jack pensó en su rostro, que no solo había reflejado cólera esa noche, sino pura desilusión.

—Esta es justamente la cuestión, Jack. No sé si puedo confiar en ella —respondió Gwyneira—. ¡Es tan rebelde, le tiene tanta rabia a todo el mundo! En la granja no se las apaña bien, y es evidente que tampoco con los maoríes. Algo pasa con esa chica...

—Madre... —Jack no sabía cómo decirlo. En verdad no debía decir nada. Sería traicionar a Gloria, sería casi como abusar de su confianza. De acuerdo: ella no le había contado su historia. Lo que él creía saber procedía de terceras personas. Pero ¿quién era él para exponer algo que ni la misma Gloria confesaba?

A la mañana siguiente, salió de su encierro y cabalgó hasta el cobertizo. En realidad no quería entrar; tampoco sabía qué hacer para ayudar a Gloria. A fin de cuentas, el hecho de que él cogiera el mando no sería menos desalentador. Pero algo tenía que pasar.

Jack empujó la puerta y casi se sintió golpeado por las sonoras protestas de las ovejas y los gritos de los hombres dando sus resultados a Gloria. Notó en las mucosas el polvo del cobertizo y luchó por contener la tos. Buscó a Gloria, que estaba en pie en el centro del recinto, junto a la pizarra. Se la veía pequeña y frágil. En la primera fila de esquiladores trabajaban Frank Wilkenson y Bob Tailor.

—Jack... —Gloria no parecía saber si tenía que alegrarse o indignarse. ¿Lo había enviado Gwyn para relevarla?

Él sonrió levemente.

—Yo... Quería comprobar si todavía me acuerdo —dijo en voz tan alta que Wilkenson y los otros esquiladores de primera clase lo oyeron—. ¿Me abres una cuenta?

Un par de los más antiguos esquiladores aplaudió. Jack McKenzie había formado parte de los mejores.

También Gloria lo sabía. Le dirigió una sonrisa desgarradora.

—¿Estás seguro?

Jack asintió.

—No creo que pueda ganar. ¡Pero participo! —Cogió los utensilios necesarios y se buscó un lugar donde trabajar—. Vamos a ver cuánto he olvidado...

Jack agarró la primera oveja y la volteó patas arriba con un gesto rutinario. Por supuesto, no había olvidado nada. Había realizado ese gesto miles de veces. Sus manos volaban por el cuerpo del animal.

Hacia mediodía, Jack estaba agotado, pero ya le llevaba diez ovejas de ventaja a Wilkenson, si bien en el recuento general el profesional Rob Scheffer iba a la cabeza.

Jack dejaba sola a Gloria de mala gana, pero sabía que si seguía ahí tendría una recaída. Los pulmones le ardían y estaba extenuado. Así que volvió a pedir disculpas pretextando de nuevo el trabajo con el legado de Charlotte.

—¡Y que vuestra jefa no tenga motivo para avergonzarse de vosotros! —se despidió, lanzando una mirada penetrante a Wilkenson—. Es la primera vez que la señorita Gloria hace este trabajo, pero pronto tomará ella las riendas de la granja. Creo que si ganáis, mandará abrir un barril más.

Al salir recibió una mirada de agradecimiento por parte de la muchacha.

Por la noche, Gloria se cambió para cenar, pese a que le desagradaba la idea de encontrarse con Gwyneira. Era posible que volviera a tener que dar cuentas de algún asunto cualquiera. De hecho, por la tarde Wilkenson había intentado otra vez cuestionar las anotaciones de Gloria, pero en esta ocasión toda la cuadrilla de esquiladores se había puesto en contra de él.

—Hasta ahora no he visto ninguna irregularidad —declaró Rob Scheffer—. ¡A lo mejor tendrías que apañártelas para esquilar más deprisa!

Gloria no entendía por qué, pero tras la asistencia de Jack se había ganado el respeto de los trabajadores.

Abandonó cansada su habitación y se sorprendió al descubrir que Jack estaba esperándola. Daba la impresión de que todo le dolía, tenía los músculos resentidos tras el inhabitual ejercicio, le lloraban los ojos del polvo del cobertizo y cuando dirigió la palabra a Gloria tuvo que reprimir las ganas de toser.

—He perdido la costumbre de hacer algo bueno —bromeó cuando Gloria lo miró preocupada—. Espero que te apetezca la carne asada. Ah, sí, y llévate una chaqueta. Hoy comemos con los esquiladores. Madre ha ofrecido un carnero y nosotros llevamos un barril de cerveza. Ya ha llegado el momento de sentarnos con todos junto a la hoguera.

—Pero tú... —Gloria se interrumpió. Tal vez eran imaginaciones suyas, pero le había parecido que Jack evitaba la compañía masculina tras Galípoli.

Jack la tomó de la mano y Gloria se sobresaltó al sentir el roce, pero venció sus miedos. El hombre entrelazó suavemente los dedos con los de la chica.

—Lo conseguiré —dijo—. Y tú también.

Aterrada, Gloria ocupaba un lugar junto al fuego con los hombres y contestaba a sus bromas solo con monosílabos, pero eso no evitaba que los esquiladores brindaran a su salud por haberles regalado el barril de cerveza. Los más antiguos entre ellos todavía recordában la infancia de Gloria en la granja y se burlaban de su refinada educación en un internado inglés.

—¡Sed amables con la señorita! —aconsejaban a los hombres, en su mayoría más jóvenes, del cobertizo tres—. O volverá a huir de nosotros. Ya nos temíamos que no fuera usted a volver, señorita Glory. ¡Pensábamos que se casaría ahí con un lord y a vivir en un castillo!

Gloria consiguió esbozar una sonrisa.

—¿Qué iba a hacer yo en un castillo sin ovejas, señor Gordon? —preguntó—. Estoy precisamente donde quería estar.

Se encontraba excepcionalmente animada cuando Jack la acompañó hasta la puerta de su habitación. Habían dejado el fuego del campamento al ver que empezaba a llover de nuevo. Gloria volvía a luchar con su cabello, que con la humedad todavía se le encrespaba más. La joven intentaba en vano peinárselo hacia atrás, mientras volvía a dar las gracias a Jack.

—Te lo tendrías que afeitar, y asunto resuelto —observó Jack sonriente, y se quedó perplejo al ver que Gloria de repente empalidecía.

—¿Lo encontrabas bonito cuando...?

Jack pensaba en las imágenes de muchachas modernas con el cabello corto, no había ninguna indirecta en su inocente observación. Gloria, no obstante, vio los rostros de todos los hombres que se habían sentido movidos a tener relaciones con ella al ver su cabeza rapada, y la sangre se le congeló en las venas.

—Yo siempre te encuentro bonita... —añadió Jack, pero Gloria ya no oía nada más. Se encerró horrorizada en su habitación y cerró la puerta tras sí.

Gloria necesitó dos días antes de ser capaz de volver a ver a Jack. Este, que no comprendía en absoluto qué sucedía, se disculpó varias veces, pero pasó mucho tiempo hasta que la muchacha se relajó de nuevo. Solo entonces comprendió que Jack tal vez había utilizado la palabra «afeitar» en broma y recordaba que de niña llevaba el pelo cortísimo. Se reprendió una vez más por haber sido tan tonta, pero no supo qué explicación darle a Jack. Al final ninguno de los dos le dio más vueltas al tema.

El esquileo transcurrió entretanto sin más incidentes y el cobertizo tres ganó, en efecto, el campeonato. Los hombres no cabían en sí de alegría, pero Gloria se negó violentamente cuando intentaron llevar sobre los hombros a su «jefa» y dar una vuelta al cobertizo para celebrar el día. Jack intervino y le sujetó diplomáticamente el estribo del caballo. Rob Scheffer, el vencedor absoluto, condujo a *Anwyl* alrededor del cobertizo mientras los otros berreaban, más que entonaban, *Porque es un muchacho excelente.* Jack, que ya había temido que surgieran tales complicaciones y solo por eso se había unido con desgana al grupo, la saludó, y Gloria pudo reír y celebrar el triunfo alegremente con todos. La abuela Gwyn se mostró por fin satisfecha.

Tras la celebración, cuando las cuadrillas de esquiladores se marcharon, la euforia descendió. Volvía a llover y Jack y Gloria se hallaban desconcertados en los rediles, contemplando a las ovejas sin lana. Gywneira había dado indicaciones de que condujeran a los animales a las montañas en cuanto el frente de mal tiempo —en su opinión el último— desapareciera.

—Están muy delgadas —dijo Gloria, preocupada—. En general no están así, ¿verdad?

Jack le dio la razón.

—Tras el invierno y con la escasez de comida están más delgadas. Las ovejas madre dedican todos sus recursos a los corderos. Pero la situación no es crítica. Un par de semanas en el pastizal y volverán a engordar.

—Ojalá hubiera donde pastar —murmuró Gloria—. Por el momento solo se están congelando. Tienen frío, ¿verdad?

Jack asintió.

—Con lo delgadas que están y sin la lana... Era demasiado pronto para esquilarlas, y sobre todo es temprano para subirlas a la montaña. ¿Qué dice Maaka de todo esto?

Gloria resopló.

—Solo piensa en su boda. Y desde ese punto de vista ya le conviene que las ovejas se vayan. Así no tendrá remordimientos si deja sola a la abuela con las ovejas y ese impresentable de Wilkenson. No cabe duda de que está mal de la cabeza. Pero espero que la abuela Gwyn no vuelva a comportarse como una tonta...

—¡Gloria! —exclamó Jack—. Tu abuela no es tonta.

La joven arqueó las cejas en un gesto de duda.

—En cualquier caso, Maaka se marchará a Christchurch en cuanto tenga oportunidad —señaló.

Weimarama, la hermosa hija de Reti, había acabado por aceptar la petición de matrimonio de Maaka; pero era cristiana e insistía en casarse según el rito *pakeha*. Maaka estaba tan loco por ella que incluso quería ser antes bautizado. En cualquier caso, se había planeado celebrar un montón de fiestas cristianas en Christchurch. A continuación, se daría la bienvenida a la novia en el *marae* del novio, es decir, se realizarían más festejos entre los ngai tahu. Como era de esperar, Maaka había invitado a Gwyneira y Jack y, tras dudar un poco, amplió la invitación a Gloria.

—Si le apetece a usted, señorita Glory —dijo—. Naturalmente, tengo que invitar a Tonga y Wiremu, pero...

La muchacha había aceptado sin gran entusiasmo. En primer lugar había que solucionar el problema de las ovejas. Y a ese respecto tenía planes determinados.

—¿Qué sucedería si simplemente las sacamos a pastar? —preguntó a Jack—. Por el resto de los pastizales de Kiward Station. Sin tener en cuenta el *tapu* de Tonga. ¿Mejoraría la situación?

—Claro que mejoraría —respondió él haciendo una mueca—. Incluso en condiciones excelentes perderíamos animales si las ovejas paren en la montaña. Es evidente que al pie de los Alpes hace más frío que aquí, y además solo dos pastores como máximo se quedan con los animales. Apenas se cuenta con ayuda para el parto. Pero si dejamos pastar a las ovejas madre junto al Anillo de los Guerreros de Piedra...

—En otra parcela de terreno que Tonga reclama hay bosque y cuevas naturales —añadió Gloria—. Ahí tendrían también refugio. Jack, ¿por qué no les presentamos el hecho consumado a Tonga y la abuela? Con los cuatro cachorros y *Nimue* habremos sacado a todas las ovejas en una noche. Por la mañana ya se habrán comido la hierba; entonces podremos decir que ya está, de todos modos, profanado el territorio.

Jack reflexionó.

—Eso nos dará muchos quebraderos de cabeza —objetó.

—Jack, ¡piensa en los corderos! —imploró Gloria—. Ahí arriba se morirán de frío. Si dejamos que agoten primero los pastos de Kiward Station, ganamos cuatro semanas. Para entonces hará mejor tiempo.

Jack no tenía ningunas ganas de enfrentarse a Gwyneira. Pocas semanas antes le habría dado casi igual lo que pasara con los animales. Pero casi doscientas de esas flacas figuras que balaban como almas en pena habían aguantado el esquileo entre sus muslos. Además, pronto los pastizales estarían llenos de diminutos corderos. Él había sentido sus movimientos en los vientres de las ovejas madre al afeitarlas. Jack recordó la enorme satisfacción que se sentía cuando uno ayudaba a dar a luz gemelos que se habían atascado y no podían nacer. Incluso en razas robustas no era extraño que surgieran complicaciones en el alumbramiento. Esa era la razón por la que Gwyneira dejaba que los animales pariesen en la granja y los soltaba después. Hasta ese año... Jack asintió.

—Bien, Gloria. Pero actuaremos con mucho sigilo. Primero llevamos este grupo a los establos de las vacas que hay junto al poblado maorí. Ahí entrarán en calor. Y si hoy por la noche no llueve, los sacamos. Desde los establos no se ven los demás rediles, así que nuestro amigo Wilkenson no podrá irse de la lengua. Y a Maaka tampoco le decimos nada, aunque es probable que se ponga de nuestra parte: con boda o sin ella, quiere a sus ovejas. Venga, ¡llama a los perros!

Deslizarse fuera de la casa y sacar a los caballos del establo fue toda una aventura, y tal vez algún trabajador de la granja se percatara de lo último. A Gloria se le agolpaba la sangre en el rostro solo de pensarlo: la gente volvería a cotillear sobre el paseo nocturno a caballo con Jack. Pese a ello, luego casi disfrutó de la cabalgada bajo el cielo estrellado a su lado. Hacia el anochecer las nubes se habían disipado, así que la luna iluminaba un poco el camino.

—Ahí está la Cruz del Sur, ¿la ves? —preguntó Gloria, señalando una vistosa constelación—. La señorita Bleachum me la enseñó. Es guía de navegantes...

—¿Y a ti te sirvió en Australia? —preguntó Jack en voz baja—. En Galípoli había gente del *outback*. Decían que era hermosísimo, pero extenso y peligroso...

Gloria se encogió de hombros.

—Yo no lo encontré bonito —respondió lacónica—. Esto sí es bonito.

Ante ellos se alzaba el Anillo de los Guerreros de Piedra. Los perros habían despertado muy deprisa a las somnolientas ovejas y las hacían avanzar animadamente. La cabalgada no había durado ni una hora y en esos momentos las ovejas madre se dispersaban comiendo satisfechas alrededor del círculo de piedras. Jack rodeó el lugar sagrado con alambre de espino que había llevado.

—¿Crees que el espíritu del abuelo James está aquí realmente? —preguntó Gloria, mientras le ayudaba a tender el alambre entre las enormes piedras. No era miedosa, pero las sombras de los guerreros de piedra a la luz de la luna le provocaban una extraña sensación.

Jack asintió con gravedad.

—¡Pues claro! ¿No lo oyes reír? Padre experimentaba una pí

cara alegría con estas historias. Recordaba que por las noches, en los pastizales de la montaña, se apropiaba de las ovejas de las granjas grandes, mientras los pastores jugaban a las cartas en los refugios. Sea lo que sea lo que diga madre mañana, James McKenzie estaría orgulloso de nosotros.

Gloria sonrió.

—¡Hola, abuelo James! —gritó al viento. Jack se esforzó por contener las ganas de abrazarla.

La hierba parecía responder con un susurro.

Ambos, con los perros, estuvieron trabajando hasta la mañana repartiendo por diversos pastizales las aproximadamente cinco mil ovejas. Jack cayó rendido en la cama y concilió por fin un sueño profundo, sin sueños y sin recuerdos de Charlotte o Galípoli.

Gloria durmió intranquila. Esperaba que de un momento a otro un rapapolvo la sacara de la cama, pero no pasó nada. Sin embargo, por la mañana los pastores forzosamente se habrían percatado de la ausencia de las ovejas, pues, a fin de cuentas, había que darles de comer.

En realidad, los trabajadores no acudieron enseguida a Gwyneira, sino que se dirigieron a Maaka. Este, ya entrada la mañana, llamó a la puerta del dormitorio de Jack. Tras la noche clara, la mañana estaba brumosa y volvía a llover.

—He encontrado las ovejas —anunció con brevedad el maorí—. Solo quería decirte que no se lo contaré a Tonga. Sugerí que los animales pastaran allí hace tres meses, no solo a la señorita Gwyn, también hablé con Tonga. Y con Rongo Rongo.

—¿Quizá también con los espíritus? —preguntó Jack—. Chico, la semana próxima vas a bautizarte.

—Esto no aleja a los espíritus del mundo —replicó Maaka, resignado.

Jack rio.

—En cualquier caso —prosiguió Maaka— Rongo no tenía ningún tipo de inconveniente. Tonga, por el contrario, se comportó como si Te Waka a Maui fuera a convertirse de repente en una canoa y marcharse por el agua si una oveja se comía una pequeña brizna de hierba sagrada. No te lo tomes muy a pecho. Si tenéis suerte, se dará cuenta cuando yo ya me haya marchado y entonces no podrá hacer nada. Solo no logrará traer de vuelta a los animales y los *pakeha* andan bastante perdidos sin dirección. Claro que Wilkenson...

—Ese solo está esperando a ocupar tu puesto —advirtió Jack.

Maaka rio irónico.

—Es lo último que Tonga desea. Un capataz maorí le conviene mucho más. ¿Cuándo vuelves por fin, Jack? ¡La granja te necesita!

Jack frunció el ceño.

—Ya estoy aquí.

Maaka sacudió la cabeza.

—Tu cuerpo está aquí —puntualizó—. Tu alma está en dos playas: una en la isla Norte y la otra en ese país..., ni siquiera sé pronunciar el nombre. En cualquier caso es un lugar malo para tu alma. ¡Vuelve de una vez a casa, Jack!

Para distraer sus pensamientos, Jack empezó entonces a revisar las cosas de Charlotte. Abrir los cajones, sacar su ropa blanca y colocar sus pertenencias en cajas para llevarlas a la beneficencia fue un tormento. Jack encontraba hojas de rosa y lavanda secas y veía a Charlotte ante sí, extendiendo con esmero las hojas sobre papel secante y poniéndolas al sol.

Jack encontró su papel de carta y el comienzo de un texto dirigido a la Universidad de Dunedin. Cuando lo leyó, las lágrimas inundaron sus ojos. Charlotte ofrecía a la Facultad de Lingüística el resultado de sus investigaciones. Caleb Biller tenía razón. Ella quería donar sus apuntes. Y se había temido no volver más de ese viaje a la isla Norte. Lo que ignoraba era que Jack, años más tarde, iba a ordenar su legado. Él se sentía culpable. ¿Qué más iba a descubrir?

En el rincón más escondido del secreter de su esposa había un paquetito: «Jack.»

Él leyó su nombre escrito en la letra grande de Charlotte.

Abrió el paquetito temblando y de él cayó un pequeño colgante de jade. Así que Charlotte no lo había perdido en el mar. Lo había dejado ahí. Para él. Por vez primera, Jack lo contempló con mayor detenimiento y comprobó que la piedra de jade representaba dos figuras entrelazadas. Papatuanuku y Ranginui, el cielo y la tierra, antes de que los separasen. Jack extendió la hoja en que estaba envuelto el amuleto.

Ten en cuenta que el sol no pudo brillar hasta que Papa y Rangi fueron separados. Disfruta del sol, Jack.
Con amor,

CHARLOTTE

Jack lloró a Charlotte esa tarde por última vez. Luego abrió la ventana y dejó que entrara el sol.

8

También sobre el poblado maorí brilló de nuevo el sol esa tarde y los hombres se reunieron para salir a cazar. Tal vez ninguno de ellos supiera con exactitud dónde había decretado Tonga un *tapu* y dónde no, pero el primogénito del jefe iba a la cabeza del grupo.

Por la noche informó a su padre acerca de los rebaños que pastaban alrededor del Anillo de los Guerreros de Piedra.

—No, no es una mera casualidad. Hay cientos de animales. La señorita Gwyn ha faltado a lo pactado.

A la mañana siguiente, un destacamento de hombres liderados por Tonga se dirigió a Kiward Station.

Gwyneira McKenzie dormitaba sobre unos papeles en el despacho. En los últimos tiempos eso le sucedía con frecuencia: el cansancio le impedía prestar la atención necesaria a todas las cuentas, facturas y justificantes. La contabilidad la había aburrido toda la vida. De hecho, llevaba tiempo considerando la posibilidad de forzar a Jack o a Gloria a encargarse de este asunto, pero hasta para eso le faltaba energía. Debido a ello, había depositado sus esperanzas en la joven esposa de Maaka, que, a fin de cuentas, había trabajado con Greenwood. Debía de manejarse bien con el papeleo.

—¿Señorita Gwyn?

Gwyneira salió de su ensueño y, para su horror, se encontró

frente a unos guerreros reales y armados hasta los dientes. Claro que enseguida reconoció, al segundo golpe de vista, a Tonga, pero antes de que llegara a increparlo, tenía que calmar su desbocado corazón.

—¿Tonga? ¿Qué diablos te trae aquí?

—Más que diablos, lo que me trae aquí son los espíritus de nuestros muertos —respondió Tonga con voz grave.

Gwyneira sintió que en ella despertaba una rabia antigua. ¿Qué se había creído ese insolente, irrumpiendo en su casa con su clan y dándole un susto de muerte?

—¡Sea quien sea quien te trae por aquí, podría haber esperado tranquilamente hasta que Kiri o Moana te anunciara! Es una falta de educación presentarse así sin más y...

—¡Señorita Gwyn, nuestra demanda es urgente!

Los ojos de la anciana centellearon.

Tonga y sus hombres llenaban el pequeño despacho, que antes había sido una sala de recibir. Los guerreros se veían ridículos y fuera de lugar entre los elegantes y claros muebles lacados, pero estaban muy lejos de amedrentar a Gwyneira.

—¿Y eso? ¿Cómo es? ¿Existe la posibilidad de resucitar a los espíritus, asustando a una anciana? —La mujer estaba furiosa de verdad.

Tonga contrajo la boca en un gesto de enojo.

—¡No blasfeme! Lamento, por supuesto, haberla despertado. —La formación británica de Tonga volvió a manifestarse. En seis años de formación con Helen O'Keefe había aprendido unos modales que no se olvidaban fácilmente.

Gwyneira se levantó dignamente de la silla de su escritorio, cogió un portaplumas y reprodujo los gestos de la gerente de una granja ocupada en asuntos importantes.

—Sea como fuere, Tonga...

—Jefe, si no le importa. —Tonga le recordó el tratamiento formal.

Gwyneira puso los ojos en blanco.

—¿Cómo es posible que siempre vea delante de mí al crío con calzones y pies descalzos que solía pedirme caramelos cuando llegaba a Kiward Station?

Los hombres rieron detrás de Tonga, quien les lanzó una mirada amenazadora.

—Está bien, jefe. ¿Qué dicen los espíritus? —preguntó Gwyn, dando señales de impaciencia.

—Ha roto usted al pacto, señorita Gwyn. Las ovejas de Kiward Station están pastando en los lugares sagrados de los ngai tahu.

Gwyneira suspiró.

—¿Otra vez? Lo siento, Tonga, pero tenemos muy poco pasto. Cuando están hambrientos, los animales se vuelven más ingeniosos. Por deprisa que vayamos, se escapan antes de que hayamos reparado los cercados. ¿Dónde se habrán metido esta vez? Enviaremos a un hombre para que los traiga de nuevo aquí.

—Señorita Gwyn, no se trata de un par de docenas de ovejas descarriadas. Se trata de miles de animales que fueron conducidos a propósito a nuestras tierras.

—¿A vuestras tierras, Tonga? Según la resolución del gobernador... —A Gwyneira se le había agotado la paciencia.

—¡Tierras sagradas, señorita Gwyn! ¡Y una promesa que usted ha roto! Recuerde que me garantizó...

Gwyneira asintió. Tonga había pedido un par de favores cuando había permitido que James fuera enterrado en el círculo de piedras. Kiward Station tenía pastizales para dar y vender, y Gwyn había prometido de buen grado dejar vírgenes un par más de supuestos santuarios maoríes. Pese a ello, en los últimos años a los primeros se habían ido sumando otros lugares sagrados más.

—Estoy segura de que ha sido un despiste, Tonga. —Suspiró—. Quizás uno de los nuevos pastores que hemos contratado...

—¡O quizá Gloria Martyn! —bramó Tonga.

Gwyneira frunció el ceño.

—¿Tienes alguna prueba de ello? —Estaba furiosa con Tonga, pero si Gloria realmente se había atrevido a contravenir sus órdenes expresas...

Tonga la miró con frialdad.

—Apuesto a que no costará hallar las pruebas. Limítese a

preguntar en los establos, seguro que alguien habrá visto u oído algo.

Gwyneira le dirigió una mirada iracunda.

—Yo misma preguntaré a mi bisnieta. Gloria no me mentirá.

Tonga resopló.

—Gloria no es conocida precisamente por su rectitud. Sus hechos contradicen sus palabras. Y no conoce respeto alguno por el *mana*.

Gwyneira dibujó una sonrisa perversa.

—¿Te ha contrariado? Lo lamento sinceramente. Y delante de toda la tribu, por lo que he oído decir... ¿Es verdad que no quiso casarse con tu hijo? ¿La heredera de Kiward Station?

Tonga se irguió cuan alto era e hizo ademán de dar media vuelta.

—¡Todavía no está todo dicho sobre la herencia de Kiward Station! Por el momento, a fin de cuentas, Gloria tampoco se ha decidido por ningún *pakeha*. ¡Quién sabe lo que nos depara el futuro!

Gwyneira suspiró.

—Por fin una frase con la que estoy completamente de acuerdo. Mantengámonos a la expectativa, Tonga, y dejemos de urdir planes. Por lo que sé, lo mismo aconsejan vuestros espíritus. Yo me ocupo de las ovejas.

Tonga se tranquilizó, pero no se marchó sin pronunciar la última palabra.

—Así lo espero, señorita Gwyn. Pues hasta que no se aclare este asunto, no habrá hombre de los ngai tahu que aparezca por Kiward Station. Nos ocuparemos de dar de comer a nuestros propios rebaños y de cultivar nuestros propios campos.

Dicho esto, marchó orgulloso al frente de su delegación hacia la entrada principal de la mansión.

Gwyneira llamó a Gloria.

—¡No importa cuáles eran vuestras intenciones ni lo que es o no es *tapu*! —exclamó Gwyneira fuera de sí, mientras Gloria y Jack permanecían frente a ella como dos niños que se hubieran ganado una regañina. Ambos se avergonzaban de su actitud sumisa, pero cuando Gwyneira se encolerizaba todavía lograba echar chispas—. ¡No tendríais que haber incumplido mis indicaciones! ¡Tonga se ha plantado aquí y yo no sabía nada de nada! ¿Qué debería haberle dicho?

—Que en un caso de urgencia, tuviste que faltar temporalmente a la promesa que le hiciste en unas condiciones totalmente distintas —aclaró Jack—. Lo lamentas, pero estás en tu derecho.

—¡Yo no he faltado a mi promesa! —exclamó Gwyneira dignamente.

—Pero tu bisnieta y heredera sí. Después de acordarlo con la ministra plenipotenciaria de los dioses, si se me permite la expresión. Rongo Rongo dio su bendición...

—¡Aquí no se trata de la bendición de Rongo Rongo, sino de la mía! —replicó Gwyneira—. Gloria no tiene ningún tipo de poder de decisión. ¡Y tú has renunciado a tu puesto de capataz, Jack! ¡Así que no me vengas con exigencias! ¡Mañana me lleváis las ovejas a la montaña! O no, vosotros dos os quedáis en casa. A saber qué se os pasa por la cabeza...

—¿Arresto domiciliario, abuela Gwyn? —preguntó Gloria con insolencia.

Gwyneira la miró enfadada.

—Si quieres llamarlo así... Te comportas como una niña pequeña. Así que no te quejes cuando te tratan como tal.

—Tendríamos que haberlo manejado de otro modo —dijo Jack, mientras ambos contemplaban impotentes cómo Maaka y los pastores *pakeha* que habían quedado reunían primero las ovejas y luego las conducían hacia el oeste—. No anda equivocada del todo. Deberíamos haber actuado con franqueza.

—No tiene razón —replicó Gloria con un gesto de impaciencia—. Y para ella, ya no se trata de las ovejas ni del *tapu* ni de nada de eso. Todo ha pasado tal como habíamos previsto. La supuesta profanación ya se había producido y la tierra no era virgen. Y si Tonga se negaba a enviarnos a sus trabajadores..., pues muy bien, entonces tampoco habríamos contado con gente suficiente para sacar las ovejas del *tapu*. La abuela Gwyn habría conseguido que Tonga se ahogara con su propia cuerda. Pero no quería. ¡Quería colgarme a mí!

Gwyneira se preguntaba cómo había llegado todo a tal situación. Quería a Gloria con toda su alma y, sin embargo, no hacía más que pelearse con ella. Pero es que no soportaba ese odio en los ojos de la muchacha ni esa expresión amarga, que le recordaba a su hijo Paul y que surgía cada vez con mayor frecuencia a medida que Gloria se hacía mayor. Antes era diferente. Antes también veía la expresión dulce de Marama en los rasgos de la joven.

Ese día Gwyneira no había aguantado permanecer encerrada en casa. Allí Gloria y Jack se parapetaban en sus respectivas habitaciones y, por añadidura, este no hacía más que bajar una caja tras otra con las pertenencias personales de Charlotte McKenzie Greenwood. Eso le recordó dolorosamente el tiempo en que Jack y Charlotte habían sido felices, en que en la casa resonaban las risas y se esperaba la llegada de descendencia. Ahora, sin embargo, solo reinaban la tristeza y el resentimiento. Gwyneira recorría los establos y corrales vacíos. Todos los hombres estaban en la montaña, solo se habían quedado con ella unos pocos *pakeha* que se reunían sarcásticos en torno a Frank Wilkenson. Por fortuna, Maaka todavía estaba ahí. El capataz había ido a trabajar como cada día pese a la orden de su jefe. También había intentado que Gwyneira cambiara de decisión.

—Señorita Gwyn, por el momento parece que el tiempo ha mejorado, pero puede variar, acaba de empezar octubre. Los animales están recién esquilados, si vuelve a bajar la temperatura no aguantarán ni dos semanas en la montaña. ¡Deje que Tonga proteste, ya se tranquilizará otra vez!

—No se trata de Tonga —insistió Gwyneira—, se trata de mi autoridad. Yo cumplo mis promesas y exijo que los demás sigan mis indicaciones. Así pues, ¿te marchas ahora, Maaka, o prefieres que pida a Wilkenson que conduzca él las ovejas?

Maaka había hecho un gesto de resignación. Y Gwyneira se

sentía más sola que nunca. Se dirigió a los caballos y les puso algo de heno. Gloria se ocupaba de alimentar a los animales, era de esperar que lo hiciera. Desde su último enfrentamiento la muchacha permanecía de morros en su habitación, pero los caballos le gustaban mucho.

Gwyneira, ensimismada, acarició la frente de *Princess*, la yegua poni. Todo había empezado con ella. Gwyneira se maldijo una vez más por haber permitido a Gloria que se fotografiara a lomos del animal como una niña asilvestrada. Seguía estando convencida de que eso había sido el motivo de que los Martyn pensaran que la pequeña no recibía suficiente formación. Y luego, el segundo error... Gwyneira recordaba demasiado bien la expresión de Gloria cuando había preguntado por el potro de *Princess*. Jack le había prometido el caballo. ¿Cómo había podido ella regalárselo a Lilian? Y ahora pronto llegaría otro potro por el que Gloria no mostraba el menor interés.

Gwyneira acarició al caballo.

«Es probable que todo sea por mi causa. —Suspiró—. Seguro que tú no tienes la culpa.»

Ignoraba que justo *Princess* sería, al cabo de pocos días, causa de un nuevo conflicto.

Los hombres habían regresado y volvía a llover. Se trataba de una cálida lluvia de primavera, pero no por ello menos molesta. Los trabajadores permanecían en el henil y jugaban a las cartas. Jack seguía revisando los apuntes de Charlotte, pero Gloria suponía que a él le sucedía lo mismo que a ella con las cartas de Galípoli. Le resultaba insoportable hacerlo todo de una sola vez. Era probable que Jack pasara el tiempo en las habitaciones de Charlotte sumido en sus pensamientos y sin hacer nada.

Gloria, por su parte, intentaba atenerse a cierta rutina. Si permanecía encerrada, rellenando cuadernos con esos lúgubres dibujos, se volvería loca. Así que se dedicaba aplicadamente a adiestrar a los perros y llevaba a *Ceredwen* de paseo. *Princess* pronto pariría el potrillo...

La muchacha, que en ese momento pasaba por el patio a caballo, echó un vistazo a los corrales. La yegua poni se encontraba entre dos cobs en un cercado cuyo terreno, antes cubierto de hierba, se había convertido en un cenagal intransitable. Para las yeguas cob eso carecía de importancia. Andaban por ahí estoicamente y se protegían de la lluvia y el viento gracias a un espeso pelaje. *Princess*, por el contrario, daba la impresión de estar incómoda. Gloria observó que tensaba el lomo y temblaba. Ahí estaba pasando algo.

Gloria recurrió al primer trabajador que encontró a mano en los corrales. Se trataba de Frank Wilkenson, al parecer de vuelta del retrete y de camino a la timba que los hombres jugaban en el henil.

—Señor Wilkenson, ¿podría por favor sacar a *Princess* y darle algo de avena? Luego la taparé, está temblando de frío.

Wilkenson sonrió desdeñoso.

—Señorita Gloria, los caballos no tiemblan de frío. —Acentuó el tratamiento como si a la joven no le correspondiera esa fórmula de cortesía—. Y no nos sobra el forraje, está racionado.

Gloria hizo acopio de paciencia.

—Sus caballos de tiro y los Welsh cobs no se mueren de frío. Pero *Princess* tiene una alta porción de purasangre, la piel suave, el pelaje sedoso y apenas tiene pelo en las cuartillas. Estos caballos se quedan calados hasta los huesos cuando llueve tanto tiempo. Así que, por favor, guarde al animal, tal como le he dicho.

Wilkenson rio. Gloria se percató sobresaltada de que estaba bebido, al igual que los otros hombres, que entretanto habían advertido que algo sucedía y los miraban desde los cobertizos.

—¿Y si lo hago, señorita Pocahontas? ¿Qué gano yo con ello? ¿Volverá a enseñarnos su faldita de lino seco?

Tendió la mano sonriente hacia el cabello húmedo de Gloria y retorció un mechón entre los dedos.

Gloria buscó su cuchillo, pero no lo llevaba con ella. Justo ese día... Se había olvidado de sacarlo del bolsillo de su vieja chaqueta de piel y de meterlo en el del impermeable. Además se había quitado el pesado y mojado abrigo encerado cuando llevaba el caballo al establo. Gloria se maldijo por su falta de precaución. Había empezado a sentirse segura. Un error por su parte.

—¡Quíteme las manos de encima, señor Wilkenson! —Habló con toda la firmeza y autodominio que le fue posible, pero la voz le tembló.

—Vaya, ¿y si no lo hago? ¿Me lanzarás una maldición, princesita maorí? Lo soportaré. —En un abrir de cerrar de ojos la tenía agarrada por los brazos—. ¡Ven, Pocahontas! ¡Dame un beso! ¡A cambio te guardo tu caballito!

Gloria empezó a agitar la cabeza de un lado a otro y mordió al hombre, que la apretaba ahora riéndose contra un par de balas de paja. *Nimue* y los cachorros ladraban, *Ceredwen* cambiaba inquieta el peso de un casco al otro. Los hombres gritaban alborozados en el henil.

De repente, la puerta se abrió de par en par. Jack McKenzie estaba en la entrada, tirando de *Princess* con una correa. Por una fracción de segundo se quedó mirando el alboroto que reinaba en el establo, luego se plantó en dos zancadas junto a Gloria mientras el poni volvía hacia fuera perplejo. Jack dio media vuelta a Wilkenson y no se lo pensó demasiado: el gancho de derecha acertó de pleno.

—Usted no va a guardar nada —declaró—. Queda despedido de inmediato.

Wilkenson pareció considerar por unos segundos la idea de devolver el golpe. No era más alto que Jack, pero pesaba unos kilos más y sin duda era más fuerte. Pero luego estimó que era demasiado arriesgado meterse con el hijo de Gwyneira. Retrocedió y mostró una sonrisa burlona.

—¿Y quién dice que la ratita se haya quedado de brazos cruzados? —preguntó.

Jack volvió a propinarle un puñetazo, tan deprisa y con tanta precisión que tomó por segunda vez desprevenido a Wilkenson. Gloria, con un brillo de locura reluciendo en sus ojos, agarró de forma instintiva un cuchillo para desatar las gavillas que colgaban junto a la puerta del henil. Se acercó a Wilkenson, que en esos momentos se levantaba trabajosamente. El hombre había caído mal y parecía haberse hecho daño en el brazo derecho, así que intentaba ayudarse con el izquierdo.

—Vamos, pequeña, podemos hablarlo...

Gloria parecía estar a kilómetros de distancia. Se acercaba lentamente hacia el hombre con el cuchillo desenvainado, como si tuviera que cumplir una misión sagrada.

Jack percibió el brillo en sus ojos. Lo conocía. Con esa mirada fanática, y sin embargo vacía, los hombres habían saltado fuera de las trincheras sin otra idea en la mente que no fuera la de matar.

—¡Gloria...! ¡Gloria, esta desgracia humana no lo merece! ¡Gloria, deja el cuchillo!

La joven parecía no oír a Jack y este tenía que tomar una decisión. Gloria sabía lanzar un cuchillo. Jack la había observado cuando lo practicaba. Como un juego, cuando era pequeña, y también en los últimos meses, aunque de forma menos lúdica. Jack la había contemplado a escondidas y habría jurado que se lo tomaba muy en serio.

Tenía que detenerla, pero no quería agarrarla del brazo. No podía permitirse ser el siguiente hombre que la agarrara o la tocara sin permiso. Jack se interpuso entre la joven y Frank Wilkenson.

—Gloria, no lo hagas. No todos son iguales. Soy Jack. No quieres hacerme daño.

Por un segundo creyó que no lo reconocía, pero entonces la luz volvió a los ojos de la joven.

—Jack, yo... —Gloria se arrojó sollozando a una paca de heno.

—Tranquila... —Jack hablaba con dulzura, pero todavía no se atrevía a tocarla.

En lugar de ello se volvió hacia Wilkenson.

—¿Va para largo? ¡Mueva el culo y desaparezca de esta granja!

Se diría que Wilkenson no era plenamente consciente del peligro. Siguió mirando a Jack con rabia.

—Pero le voy a dejar una cosa clara, McKenzie. Si me largo, me llevo como mínimo tres hombres...

Volvió la vista a Tailor y otros compañeros de borracheras.

—¿Se refiere a esos desgraciados del henil? —preguntó Jack con un gesto de indiferencia—. No hace falta que se tome la molestia, también ellos están despedidos. No se esfuerce, ya he oído cómo vitoreaban a gritos. Dime con quién andas... ¡Y ahora, fuera de aquí! ¡Ayudad a vuestro estupendo cabecilla a levantarse y a montar, y largaos!

Jack esperó hasta que los hombres se pusieron en movimiento farfullando. Tailor ayudó a Wilkenson a ponerse en pie.

—Ven, tenemos que guardar a *Princess* —dijo Jack a Gloria—. Vuelve a estar fuera.

Gloria temblaba.

—Antes... Antes tengo que desensillar a *Ceredwen* —susurró ella.

Primero el caballo, luego el jinete. Gwyneira se lo había inculcado a todos sus hijos y nietos prácticamente desde el primer instante de vida. Nadie debía perder los nervios mientras hubiera un caballo que cepillar.

Jack asintió.

—Entonces me encargo de *Princess*. ¿Puedes quedarte sola?

Gloria empuñó el cuchillo y le dirigió una mirada que Jack no supo interpretar.

—Siempre estaba sola... —dijo luego en voz baja.

Una vez más, Jack reprimió el deseo de estrecharla entre sus brazos. A la niña perdida y a la mujer ultrajada. Pero Gloria no querría. Jack ignoraba qué veía ella en él para estar todavía tan lejos de darle su confianza.

9

—Has sido valiente —dijo ella más tarde, cuando regresaban a casa empapados y cansados.

Jack se sentía completamente exhausto después de haber metido en el establo a todos los caballos, darles de comer y ocuparse de las ovejas y vacas que quedaban. Y ahora tenía que comunicar a su madre, con la debida precaución, que había despedido, además, a la mayoría de sus hombres. Pocos eran los *pakeha* que no habían pertenecido a la pandilla de Wilkenson. Era de esperar que ellos regresaran al día siguiente al trabajo. Maaka estaba en Christchurch. Los hombres de Tonga boicoteaban Kiward Station. Y por añadidura llovía a cántaros. Pese a todo, se sentía satisfecho, casi feliz. Gloria iba a su lado, tranquila y más relajada que antes de la pelea.

—Estuve en Galípoli —le recordó con sonrisa amarga—. Somos héroes.

Gloria meneó la cabeza.

—He leído tus cartas.

Jack se turbó.

—Pero pensaba que...

—Mis padres me las enviaron después.

—Oh.

Jack no recordaba cada una de las palabras que había escrito, pero sabía que se avergonzaría de algunos fragmentos. Mientras escribía, había visto a Gloria como una niña frente a sí. Entonces ella no habría comprendido algunos de sus pensamientos, los habría leído por encima, como casi cualquier otra chica. Salvo Charlotte. Y salvo la mujer en que Gloria se había convertido.

—Ya no envié las últimas cartas —añadió Jack.

Casi se sentía aliviado por ello. Esas últimas misivas (desde el hospital de Alejandría y luego desde Inglaterra) eran las peores. Había estado al límite y había escrito a una muchacha a la que creía muerta más que viva. Gloria había desaparecido durante meses, casi un año en total.

—¿No? —preguntó ella asombrada. Solo le quedaban dos cartas por abrir cuya lectura había postergado tras ver el último parte de Galípoli. Sin embargo, habían llamado su atención ya el primer día, pues la escritura del sobre era distinta. Menos fluida, más bien torpe. Y la dirección estaba incompleta, faltaba el código postal. Incluso sin ese dato, los carteros de Nueva York no habían abandonado la búsqueda. Y el nombre de la agencia de los conciertos estaba escrito correctamente.

Gloria creía sospechar lo que había sucedido. Jack debía de haber dejado las cartas en algún lugar y luego una enfermera —o tal vez ese Roly al que Jack había ayudado en tantas ocasiones— había escrito la dirección y las había franqueado. Sí, debía de ser Roly. Seguro que en alguna ocasión anterior había llevado a correos la correspondencia de Jack y se había fijado en el nombre de la agencia.

De repente, Gloria tenía prisa por llegar a su habitación. Tenía que leer esas cartas.

Queridísima Gloria:

Escribirte carece totalmente de sentido, pues sé que nunca recibirás esta carta, pero me aferro a la esperanza de que estés todavía viva en algún lugar y de que quizá pienses en mí. De todos modos, sé que has pensado en todos nosotros, aunque tal vez con rabia. En el ínterin he llegado a la conclusión de que no recibiste nunca la carta que te envié a Inglaterra. En caso contrario me habrías pedido ayuda. Y yo..., ¿habría acudido? Estoy aquí acostado, Gloria, y me preguntó qué otra cosa habría podido hacer. ¿Había alguna posibilidad de salvar a Charlotte? ¿Te habría salvado el que un amor no me hubiera hecho olvidar el otro? Quería creer que eras tan feliz como yo y te traicioné. Y luego, tras la muerte de Charlotte, hui. De mí y de ti, a una guerra ajena. He combatido y matado a unos hombres que no han hecho más que defender su tierra, y he traicionado a mi hogar.

Mientras escribo oigo la llamada a la oración del almuecín. Cinco veces al día. Los demás pacientes afirman que eso les vuelve locos. Pero a la gente de aquí eso les hace la vida más fácil. *Islam* significa «conformidad», asumir las cosas como vienen, aceptar que Dios no se atiene a las reglas...

Inglaterra. Y ahora aterrizo yo también aquí y pienso en ti, Gloria. Aquí has visto el cielo, el verde de los prados, los árboles enormes y tan poco familiares. Dicen que tengo consunción, tuberculosis pulmonar, un diagnóstico que no es concluyente pues un par de médicos tienen dudas al respecto. Pero seguro que no es del todo erróneo, pues experimento una suerte de agotamiento, la sensación de que me estoy consumiendo y de que sería más fácil morir que seguir viviendo. En este momento no hay nada que tema más que volver a Kiward Station, vacío tras la muerte de Charlotte y de tu desaparición.

Llevas mucho tiempo lejos, Gloria, y pese a que mi madre no arroja la toalla y espera que llegues un día a Kiward Station, se dice que «según todos los indicios» ya no puedes estar con vida. En cualquier caso, la policía de San Francisco ha abandonado la búsqueda y los detectives que mi madre y George Greenwood contrataron por su parte no han encontrado la menor pista. Tal vez sea absurdo, tonto, sí, escribir esta carta, casi como si quisiera alcanzar tu alma. Solo la idea de que Dios demuestre lo ilógico de «todos los indicios» que guían a los humanos me da fuerzas.

Gloria sostuvo las cartas en el regazo y lloró, tanto como no había vuelto a hacer desde aquella noche en brazos de Sarah Bleachum. Jack le había estado escribiendo a Inglaterra. Siempre había pensado en ella. Y también se avergonzaba. Tal vez... tal vez él había hecho cosas mucho peores que ella.

Gloria no era dueña de sus actos. Como en trance arrancó los dibujos del cuaderno y los colocó en el último cuaderno de apuntes de Charlotte McKenzie sobre la mitología de los ngai tahu. Antes de la migración había leído todos los escritos y el último borrador todavía estaba sobre la estantería. Jack lo buscaría.

Gwyneira paseaba inquieta arriba y abajo del salón y oía el sonido del viento y la lluvia tras las ventanas. Apenas despejaba. Seguía haciendo frío y lloviendo, y no quería ni pensar cómo estaría el tiempo en la montaña. Claro que las ovejas sabrían apañárselas; también en verano había tempestades. Pero en esa época tan temprana y recién esquiladas... Hacía tiempo que Gwyneira se arrepentía de la decisión que había tomado de llevar las ovejas al monte. Sin embargo, ahora ya no se podía cambiar. Era imposible encontrar hombres adecuados en tan corto plazo para volver a bajarlas. Frank Wilkenson era el único con experiencia suficiente para conducir un rebaño en tales circunstancias.

Aun así, Gwyneira se maldecía por no haber prescindido antes de ese trabajador. No cabía duda de que Jack había estado en lo cierto al haberlo despedido de inmediato, pero ella misma debería haberse dado cuenta antes de que Frank estaba molestando a Gloria. Si pensaba en lo sucedido en el cobertizo... ¡Nunca más podría volver a mirar a su bisnieta de frente! Gwyneira se sirvió un whisky y se encaró a los hechos: había perdido la visión global. Ya no sabía lo que sucedía en la granja. Antes habría sido capaz de percibir la menor rivalidad entre trabajadores; habría sabido quién tendía a la fanfarronería o a la bebida y quién necesitaba de un control especial. ¡Y desde luego, no habría permitido que Tonga campase a sus anchas! Un par de años antes todavía habría comprobado de inmediato qué parcela de los maoríes era realmente sagrada; no habría cedido más terreno sin presentar batalla. En cambio ahora lo había dejado todo en manos de Maaka, a quien a todas luces la tarea lo superaba. Maaka era un buen pastor, pero no era un capataz nato. Y Jack...

El estridente timbre del teléfono arrancó a Gwyneira de sus agitados pensamientos. La centralita anunció una llamada desde

Christchurch. Poco después se oyó la voz de George Greenwood.

—¿Señorita Gwyn? En realidad quería hablar con Jack, pero usted misma puede darle el recado. Dígale que tenga listos los apuntes de Charlotte; el experto de Wellington se presentará la semana próxima.

La voz de George sonaba viva y alegre.

—¡Y adivine quién lo acompaña, señorita Gwyn! ¡Yo no me he ocupado de todo el secreteo, pero a mi esposa y Elaine les encanta jugar a ser Mata Hari! En cualquier caso, Wellington envía a Ben Biller y Lilian viajará con él. El joven no tiene ni idea de todas las intrigas familiares. Lily le está engañando, igual que Elaine a Tim.

Gwyneira se sintió algo más animada.

—¿Se refiere a que Lily viene aquí? ¿Con el niño...? ¿Cómo se llama, que no me acuerdo?

—Galahad —contestó George—. Un nombre muy extraño. Celta, ¿no? En fin, da igual... Sí, va hacia ahí. Y es muy probable que Elaine y Tim también. Kiward Station es un lugar mucho mejor para el reencuentro que mi pequeña casa. Prepárese, señorita Gwyn, porque tendrá todas las habitaciones llenas.

El corazón de Gwyneira dio un salto de alegría. ¡Todas las habitaciones ocupadas! Un bebé gritando por ahí, las bromas entre Lilian y Elaine... ¡Y Lily siempre había conseguido hacer reír hasta a Gloria! Sería maravilloso. Tal vez tendría que invitar a Ruben y Fleurette también...

—Ah, sí, quería pedirle otra cosa de parte de Maaka —prosiguió George en un tono más profesional que amistoso—. Haga el favor de despedir lo antes posible a ese Wilkenson y recoja las ovejas. Los meteorólogos y las tribus maoríes procedentes de las montañas anuncian fuertes tormentas. Amenaza una nueva bajada de las temperaturas en los Alpes. ¿Cómo es que ha dejado las ovejas allí, señorita Gwyn? Tan temprano...

Fue como un jarro de agua fría. El invierno regresaba... Tribus que bajaban a las llanuras porque su *tohunga* se temía la llegada de tormentas de nieve...

Gwyneira se despidió deprisa de George y se bebió otro whisky. Luego hizo lo que debía.

Jack llamó a la puerta de la habitación de Gloria. No había encontrado el último cuaderno de notas de Charlotte y solo podía tenerlo la muchacha. A fin de cuentas, ella misma le había mencionado uno de los escritos, así que debía de haber leído los textos.

Y tal vez la joven entablara una breve conversación. Jack se sentía solo tras la desagradable discusión con su madre. Así y todo, Gwyneira se había mostrado juiciosa e incluso parecía sentirse culpable en parte. Respecto al tema de Wilkenson, daba a su hijo la razón y había prometido sin mucho entusiasmo hablar también con Gloria. Pero la conversación en general había sido deprimente. Gwyneira tenía un aspecto tan enfermizo y ajado..., y se la veía totalmente desbordada con la nueva situación. Jack había intentado garantizarle su ayuda, aunque no sabía exactamente en qué consistiría. Antes, en un caso así, uno habría ido a caballo a Haldon, habría pedido una cerveza en la taberna y anunciado en voz alta que Kiward Station buscaba pastores. La mayoría de las veces, respondía uno y luego algún que otro aventurero. Pero ¿todavía se estilaba ahora eso? ¿Y sería capaz Jack de decidirse a actuar?

Gloria abrió apenas la puerta.

—Supongo que estás buscando esto... —Le tendió el borrador a través de la estrecha rendija y apenas se expuso a su mirada. Jack no percibió más que un atisbo de su rostro enrojecido. ¿Había llorado? Tenía revueltos los espesos rizos y parecía haberse estado atusando los cabellos en lugar de cepillándoselos.

—¿Sucede algo, Gloria? —preguntó Jack.

La muchacha sacudió la cabeza.

—Nada. Aquí... aquí tienes los apuntes.

Gloria cerró la puerta antes de que él acertara a hacer más preguntas. Jack se retiró cabizbajo. El cuaderno que sostenía parecía más grueso que los demás, no acababa de cerrar bien, como si hubiesen intercalado algo entre las páginas. Jack se lo llevó a la habitación y lo abrió a la luz de la nueva lámpara eléctrica.

Las imágenes le sobrecogieron.

Una ciudad oscura se destacaba ante un cielo sin estrellas. En las callejuelas entre las casas un diablo reía y un barco dejaba el puerto. Jack vio que había izado la bandera con la calavera y los huesos, pero la muerte era una muchacha desnuda. Sobre la cubierta había un joven que miraba fijamente al diablo. Belicoso, seguro de su victoria, mientras a la muchacha de la bandera le caían lágrimas de los ojos muertos.

Luego una joven en brazos de un hombre... ¿O era más bien el diablo de la imagen anterior? Se diría que la autora no se había decidido. El hombre sujetaba a la muchacha y la poseía, pero la joven no lo miraba. Los dos yacían en la cubierta de un barco y la mirada de la muchacha se dirigía hacia el mar, o hacia una isla lejana. No se quejaba, pero no disfrutaba en absoluto de la proximidad del hombre. Jack enrojeció al ver el miembro viril, demasiado grande, clavándose como un cuchillo entre las piernas de la joven indiferente.

Y otra ciudad más. Pero distinta a la anterior, esta vez con edificios más pequeños, un conjunto de casas. Entre ellas un salón de té o algo similar. Algo más parecido a los establecimientos orientales que a los cafés o tabernas europeos. El hombre bebía con el diablo. Y entre ellos, servida como un pescado sobre una bandeja, yacía la joven. A su lado, los cuchillos estaban listos. El diablo —se reconocía con claridad— tendía dinero al hombre. La joven no iba desnuda esta vez, pero su vestidito sencillo y gastado no hacía sino subrayar su indefensión. Su expresión era de incomprensión, de miedo.

A partir de entonces, las imágenes plasmaban pura crueldad. Jack contempló a la joven encadenada en el infierno, rodeada por diablos danzantes que la acosaban de modos siempre distintos. Jack se ruborizó ante los espantosos detalles que mostraban algunos. Estos se habían dibujado para luego tacharlos con los trazos rabiosos de un carboncillo negro: la imagen original solo se reconocía de forma vaga. La pluma había rasgado el papel en parte, tal vez debido a la intensidad con que Gloria había dibujado. Jack casi era capaz de sentir en su propia piel el horror de la chica.

Al final, tras una serie casi infinita de escenas espeluznantes, la joven estaba en una playa. Dormía, el océano estaba entre ella y los demonios. Pero más allá de la playa la esperaban nuevos monstruos. Los siguientes dibujos mostraban una nueva odisea a través del infierno. Jack se sobresaltó al ver la cabeza rapada de la joven que de una imagen a otra iba asimilándose cada vez más a la calavera de un muerto. En los últimos dibujos los rasgos de la joven eran irreconocibles, solo tenía huesos y las cavidades de los ojos. La chica, representada como un esqueleto, llevaba un vestido oscuro y una blusa blanca y cerrada. Subía a un barco y volvía a mirar hacia la isla que ya se percibía en las primeras imágenes.

Gloria había dejado que Jack la acompañara en su viaje.

—¡Estás loca! —La voz de Gloria resonó penetrante a través del salón mientras Jack bajaba las escaleras al día siguiente.

La muchacha estaba en frente de Gwyneira: otra de esas fastidiosas peleas, demasiado emocionales, entre bisabuela y bisnieta que ese día, precisamente, Jack necesitaba menos que nunca. De todos modos, Gwyneira no respondía del modo habitual. Tranquila —o más bien contenida—, dejó que el arrebato de Gloria siguiera su curso sin mostrarse afectada por ello. Jack observó pasmado que llevaba el traje de montar y las alforjas al hombro.

—¡Quiere ir a caballo a la montaña! —gritó Gloria, cuando vio a Jack. Estaba tan alterada que ni siquiera pensó en los dibujos ni se fijó en sus ojos enrojecidos por la falta de sueño—. Tu madre quiere ir a buscar las ovejas a la montaña.

Gwyneira los miró, arrogante.

—No me hagas quedar como una loca, Gloria —dijo sin perder la calma—. He cabalgado a la montaña más veces que vosotros dos juntos. Sé perfectamente lo que me hago.

—¿Y quieres ir sola? —preguntó Jack, estupefacto—. ¿Quieres ir sola a las laderas de los Alpes y recoger diez mil ovejas?

—Los tres pastores *pakeha* que quedan aquí me acompañarán. Y esta noche he estado con Marama...

—¿Qué estás diciendo? ¿Esta noche has ido a caballo hasta O'Keefe Station y has hablado con Marama? —Jack apenas si daba crédito.

Gwyneira lo fulminó con la mirada.

—Has sufrido grandes pérdidas en la guerra, Jack, pero hasta el momento creía que todavía no tenías problemas de oído. De acuerdo, repito: he hablado con Marama y nos envía a sus tres hijos. Lo que diga al respecto Tonga, le da igual. Es posible que se apunten algunos más, he ofrecido doblar la paga. Y ahora me marcho. Me llevó a *Ceredwen*, Gloria, si te parece bien. Está bien adiestrado.

Jack seguía en una especie de trance.

—Tiene razón, estás loca... —Nunca antes había hablado así a su madre, pero el plan de Gwyneira le parecía una monstruosidad—. Tienes más de ochenta años. ¡Ya no puedes conducir un rebaño!

—Puedo, si me veo obligada a hacerlo. He cometido un error y ahora tengo que enmendarlo. Los animales han de bajar de la montaña, amenaza tormenta. Y puesto que nadie está dispuesto ni es capaz de...

—Calla, madre; yo iré. —Jack se irguió. Un instante antes todavía se sentía cansado y desalentado, pero su madre tenía razón: haz lo que debas. Y no debía permitir que la obra de la vida de sus padres, y la herencia de Gloria, fuera destruida por una tormenta de nieve.

—Yo te acompaño —anunció la joven sin vacilar—. Con los perros, cada uno de nosotros vale por tres hombres. Y las ovejas se darán prisa por volver a casa.

Jack sabía que no sería así. Con el mal tiempo, los animales estarían desorientados y se dejarían manejar peor que de costumbre. Pero de todas formas, Gloria no tardaría en darse cuenta.

—¿Has mandado ensillar caballos de carga? —preguntó a su madre—. Y ahora no te pongas a discutir conmigo, el asunto está decidido. Nosotros nos vamos y tú lo preparas todo aquí. Busca en Haldon a alguien que te ayude, seguro que se puede organizar todo por teléfono. Y procura pedir avena y maíz; las ovejas tendrán que reponer fuerzas tras recorrer el camino en medio de la tormenta. Las llevaremos a los cobertizos de esquileo y a los antiguos establos de las vacas. Han de refugiarse de la lluvia. Y luego... Pero eso ya lo hablaremos más tarde. Gloria, revisa el contenido de las alforjas. Madre, dile lo que necesita. En cualquier caso, mucho whisky; hará frío. La gente necesita calentarse por dentro. Voy a la cuadra a buscar a los hombres.

Después de haber sido herido, era la primera vez que Jack pronunciaba tantas palabras seguidas, y además en ese tono. El cabo McKenzie había muerto en Galípoli. Se diría que, de golpe, había vuelto Jack McKenzie, el capataz de Kiward Station.

10

Los hijos de Marama y hermanastros de Kura-maro-tini esperaban delante de los establos. El más joven acababa de cumplir los quince años y estaba impaciente por correr esa aventura. A ellos se habían unido dos pastores maoríes más, ambos hombres con experiencia y mucho *mana*, que osaban desobedecer a Tonga. Pero había un tercero cuya presencia levantó las sospechas de Jack: Wiremu.

—¿Has trabajado alguna vez con ovejas? —preguntó Jack de mal humor. No tenía ninguna razón para rechazar al hijo de Tonga, pero ignoraba cuál sería la reacción de Gloria al verlo.

Él sacudió la cabeza.

—Solo de joven, luego me enviaron a la ciudad. Pero sé montar, y creo que no os sobran hombres. —Hundió la cabeza—. Creo que se lo debo a Gloria.

—Entonces dejemos que sea ella quien decida —resolvió Jack—. Ya sabéis todos que será una cabalgada dura y no carente de peligros. Debemos marcharnos lo antes posible. Si hemos de hacer caso de los pronósticos, el tiempo empeorará. Así que elegid los caballos.

En el establo, Jack se encontró con los tres *pakeha* que habían quedado, todos hombres jóvenes y sin experiencia, que acababan de aprender tres silbidos para los perros. Suspiró. Nunca había ido a buscar el rebaño con un grupo tan variopinto, nunca había sido la misión tan peligrosa. Le repugnaba llevarse al pequeño Tane. Pero como decía Wiremu: no sobraban hombres.

Gloria se había puesto una ancha cinta maorí bajo la capucha para mantener el cabello recogido. La había encontrado en el fondo del armario y no había tenido tiempo para pensar en su aspecto. Esperaba que la prenda tejida a mano la ayudara a conservar calientes las orejas si realmente caía una tormenta de nieve.

Llovía a raudales cuando once jinetes y cinco caballos de carga emprendieron la marcha. El día era muy desapacible, parecía negarse a clarear. Jack lo atribuía a que las nubes se habían acumulado en los Alpes e impedían el paso a la luz del sol. Las montañas, que en general constituían un panorama conmovedor como telón de fondo de las praderas, daban esa mañana la impresión de ser sombras amenazadoras, vagamente perceptibles tras la cortina de lluvia. Hacía semanas que los caminos vecinales sin pavimentar estaban enfangados, por lo que era inconcebible avanzar deprisa. La lluvia y el viento aplastaban sin piedad contra el suelo los primeros y tiernos brotes de hierba que habían aparecido con los primeros días de primavera. Jack esperaba que al menos no granizara.

Hasta el mediodía no llegaron a caminos más firmes, poco transitados a caballo y aun menos en coche, por lo que el suelo era más sólido y era factible poner los caballos a trote y galope. Jack aceleró el paso, pero sin exigir en exceso a sus monturas. Pese a ello, las pausas eran breves: nadie quería descansar sin estar al cubierto de la lluvia. Por la tarde se encontraron con los rebaños de los carneros jóvenes que Gloria tantas veces había sacado de las tierras sagradas de Tonga. Era evidente que regresaban a casa.

—¡Chicos listos! —los elogió Jack—. Nos los llevamos con nosotros. Pasaremos la noche en el refugio de Gabler's Creek. Ahí también podrán pastar. Mañana, Tane volverá con ellos a casa.

El menor de los hijos de Marama parecía alternar la decepción por tener que terminar ya la aventura y el orgullo de conducir él solo un rebaño de ovejas. Tenía un perro pastor al que daba órdenes con destreza. Jack estaba convencido de que llegaría bien a su meta. Una preocupación menos: le pesaba la responsabilidad de llevar al muchacho.

Mientras seguía avanzando, colocó al caballo junto al de Gloria. La había visto sobresaltarse cuando había mencionado el refugio.

—Podemos montar una tienda para ti —dijo—. O si lo prefieres dormirás en el establo. Aunque no me gusta que te quedes sola...

—En la tienda también estaría sola —observó la joven.

—Pero entre tu tienda y el refugio estaría mi tienda —respondió Jack. Él buscó su mirada, pero ella no lo miró a los ojos.

En el fondo le espantaba la idea de acampar con la lluvia; si bien, por otra parte, le horrorizaba tanto como a Gloria compartir el alojamiento.

—Entonces podrías... —Gloria mantenía la cabeza baja y hablaba en susurros—. Entonces podrías dormir tú también en el establo.

En la cabaña habría sido más cómodo. En la época en que James McKenzie robaba ganado, los barones de la lana habían mandado construir en la montaña sencillos refugios que se ocupaban en verano. Consistían en pequeñas y sólidas construcciones con chimeneas y alcobas. Los hombres encendieron la lumbre y enseguida ofrecieron una de las camas a la muchacha.

—La señorita Gloria prefiere dormir en el establo —adujo Jack—, pero primero dejadle sitio junto al fuego, por favor, para que entre en calor. ¿Quién cocina?

Wiremu sugirió que los hombres durmieran en el establo y los demás aceptaron, aunque de mala gana. Pero Gloria se negó.

—Entonces no quedará espacio para los caballos —señaló—. Y no quiero tratos especiales. Aquí hay sitio para todos. Si yo no quiero compartir el alojamiento, es asunto mío.

Al final, la joven se deslizó en su saco de dormir y se acurrucó en la paja junto a *Ceredwen*, que la mantenía bastante caliente. *Nimue* y dos de los cachorros se tendieron a su lado y le habrían proporcionado todavía más calor si no hubieran estado completamente mojados. Jack hizo valer su autoridad y los mandó a dormir en un rincón del establo.

—Nos los quedamos aquí, ¿no? —preguntó Gloria mirando a los perritos, que contemplaban encogidos y asustados cómo Jack extendía su saco de dormir en el otro extremo del establo, justo en la puerta que unía la cabaña con el granero.

—Sí, creo que será lo mejor —asintió con una sonrisa, contento de que ella se hubiera referido a «nosotros», y se tranquilizó cuando poco después oyó la respiración regular de Gloria.

Todavía recordaba cómo la había escuchado cuando era niño. Entonces ella solía deslizarse en su cama y le contaba sus sueños, sobre todo si había sufrido pesadillas. A veces le ponía de los nervios.

Esa noche, Jack se alegró de que ella todavía no tuviera ganas de hablar.

A la mañana siguiente despejó un rato y hacia mediodía encontraron más ovejas. Reunirlas no supuso ningún problema. Los maoríes encendieron fuego y asaron pescados recién atrapados. Conducir al ganado casi empezaba a resultar divertido. Sin embargo, no tardó en comenzar a llover de nuevo y a soplar el viento. Subían a buen paso y hacia la tarde llegaron al valle en que los hombres de Kiward Station montaban habitualmente el campamento. Gloria también lo había conocido en el viaje con los maoríes. Era un valle con pastos hundido entre montañas y limitado por altos roquedales, lo que facilitaba mantener agrupados a los animales. Saldrían de ahí al día siguiente para ir a buscar y reunir el resto de las ovejas.

Por lo general, las rocas protegían del viento, pero esta vez no había manera de contener las fuertes ráfagas. Pese a que todavía no eran las seis de la tarde, casi estaba oscuro y las gotas de lluvia se convertían en copos de nieve mientras los hombres se disponían a montar el campamento. Dos hombres se debatían con cada una de las tiendas. Se trataba realmente de una lucha, pues el viento se estaba volviendo tempestuoso y azotaba los rostros de los pastores, arrancándoles las lonas de las manos tan pronto como intentaba descargar los caballos de carga. A Jack le costaba respirar. El aire gélido le escocía en los pulmones. Además, bajo la gruesa ropa de abrigo tenía el cuerpo empapado de sudor tras haber conseguido al final desatar de las sillas las estacas de la tienda. Los caballos permanecían estoicamente allí, las grupas vueltas al viento. Las ovejas se apretujaban unas contra otras muertas de frío.

—Dos ovejas están dando a luz... —anunció Wiremu para colmo de desgracia. Se había desenvuelto muy bien a la hora de montar la tienda, que compartía con el hijo mayor de Marama. No obstante, aquello le superaba.

Jack avanzó contra la tormenta hacia el primero de los animales y uno de los maoríes con experiencia se ocupó del otro. Por fortuna, los dos partos transcurrieron sin la menor complicación. Solo tuvieron que ayudar a un cordero.

—¡Deja que yo meta las manos! —pidió Gloria—. ¡Las tengo más pequeñas!

Jack tosió.

—¡Pero llevas años sin hacerlo! —vociferó contra la tempestad.

—Como tú —respondió Gloria.

La muchacha metió con habilidad la mano derecha en la vagina de la oveja, buscó el cordero, que estaba atravesado, y colocó la pata delantera que tenía torcida en la posición correcta. Con un último borbotón de líquido amniótico la cría salió a la luz.

—Me lo llevo con nosotros, señor Jack —dijo el anciano maorí, arrastrando a su tienda al cordero recién nacido, que protestaba débilmente, para protegerlo del viento.

Jack se acercó dando traspiés al revoltijo de lonas y estacas que todavía constituían su propia tienda. Nadie había pensado en montarla mientras él se ocupaba de las ovejas. Debería haberlo ordenado. Pero ahora todos los hombres se hallaban al abrigo. Todos menos Gloria... La joven agarraba las piezas sin decir nada; quería ayudar, pero el viento le arrancaba las lonas y las estacas de las manos. Jack aguantaba las estacas jadeando, mientras Gloria las fijaba. Cuando por fin la tienda estuvo montada, Jack se sentó temblando. La muchacha introdujo los sacos de dormir y se desplomó totalmente agotada en un rincón. En ese momento, Jack cayó en la cuenta de que la tienda de la chica todavía era un paquete de lonas y estacas en la nieve.

—Ahora soy incapaz de montar otra —susurró Jack—. Tenemos que pedírselo a un par de hombres...

Los trabajadores ya hacía rato que se habían refugiado en sus tiendas, de dos de las cuales surgían los balidos de las ovejas madre. Los tolerantes maoríes se las habían repartido, pero seguro que ninguno se expondría otra vez de buen grado a la tormenta para montar la tienda de Gloria. La joven miraba llena de miedo el angosto espacio, la mitad del cual estaba ocupado por el lecho provisional de Jack. No era justo. Él le había prometido...

Fue entonces cuando oyó el sonido estertóreo de la respiración del hombre.

Jack estaba tendido sobre su manta con los ojos cerrados e intentaba respirar calmadamente, pero cuando el aire por fin empezaba a caldearse, sufrió un ataque de tos.

—Lo siento, Glory. Puede... puede que más tarde, pero...

Gloria se arrodilló junto él cuando empezó a toser.

—Espera —dijo, y rebuscó en las alforjas. La abuela Gwyn había metido algunas medicinas y ella misma había añadido otras.

—¿Té...? ¿Aceite del árbol de té? —intentó bromear débilmente, recordando el remedio que entregaban a los australianos entre las provisiones básicas...

—Va bien para las ampollas de los pies —observó Gloria.

—No teníamos que pelear tanto con ellas. —Jack volvía a toser.

Gloria tendió un frasquito de jarabe de *rongoa*.

—Toma un trago. —Le llevó la botella a los labios al ver que no reaccionaba—. Tienes fiebre —dijo preocupada.

—Es solo el viento... —susurró Jack, temblando.

Gloria buscó el saco de dormir del hombre y lo abrió. Jack apenas si consiguió meterse dentro. Gloria lo ayudó a cerrarlo, pero observó inquieta que no entraba en calor.

—¿Quieres que vaya a ver si los otros han logrado hacer té? —preguntó. No quería ir a las otras tiendas; además, fuera la tormenta soplaba furiosa. Pero estaba inquieta por Jack.

—Con esta ventolera..., no hay fuego que aguante —respondió, mientras todo su cuerpo temblaba—. Glory, yo... Yo no te haré nada, ya lo sabes. Hazte la cama e intenta dormir.

Gloria estaba indecisa.

—¿Y tú?

—Yo también dormiré —dijo Jack.

—Tienes que quitarte la ropa mojada.

Al desplomarse en la tienda, Jack solo se había desprendido del impermeable. La camisa y los pantalones de montar húmedos tendrían que secarse por sí solos. Pero vestido con esas prendas caladas, era imposible que entrara en calor.

Miró a Gloria escéptico.

—No me importa —dijo ella—. Sé que no me harás nada.

Alejada de donde estaba tendido, sacó de las alforjas una camisa de franela, seca, y unos pantalones de algodón. Jack se desprendió de las prendas mojadas. Temblaba tanto que apenas conseguía ponerse la ropa seca y el esfuerzo le provocó otro ataque de tos. Gloria se acurrucó en su rincón y lo miró preocupada.

—Estás enfermo...

Jack sacudió la cabeza.

—Duerme, Gloria.

Ella apagó la linterna con que habían iluminado provisionalmente la tienda. Jack yacía en la oscuridad, intentando entrar en calor y escuchando la respiración de la joven, mientras Gloria permanecía acostada, atenta, escuchando la de él. Parecieron transcurrir horas mientras Jack seguía tosiendo y temblando. Al final, Gloria se levantó y se acercó a él.

—Tienes fiebre —dijo—. Y escalofríos.

Él no respondía, pero su tembloroso cuerpo hablaba por sí mismo. Gloria se debatía con sus propios sentimientos. Él no dormiría si no entraba en calor y al día siguiente todavía se sentiría peor. Recordó las cartas desde el sanatorio. Tenía los pulmones delicados. Podía morir...

—No me agarrarás, ¿verdad? —susurró—. Que no se te ocurra... —Entonces abrió con los dedos temblorosos el saco de Jack y se metió en él. Notó el cuerpo delgado del hombre junto al suyo y procuró acercarse más para darle calor. La cabeza del hombre se hundió en el hombro de la joven y por fin se quedó dormido.

Gloria quería permanecer despierta, mantenerse vigilante, pero los esfuerzos del día exigían su tributo. Cuando despertó, estaba acurrucada, como era habitual. Y Jack la rodeaba con un brazo.

Gloria, asustada, quiso librarse de él, pero luego se percató de que el hombre todavía dormía. Y no la había agarrado. Tenía la mano abierta, el brazo parecía formar una especie de nido protector. Al otro lado estaban *Nimue* y *Tuesday*. A Gloria casi se le escapó una sonrisa. Al final se desprendió con cuidado del abrazo de Jack; le resultaba menos vergonzoso mientras seguía dormido. Pero él abrió los ojos.

—Gloria...

Ella se quedó inmóvil. Nadie había pronunciado su nombre con tanta dulzura. Tragó saliva y carraspeó.

—Buenos días. ¿Cómo... cómo te encuentras?

Jack habría querido asegurarle que se encontraba bien, pero no era cierto. Le dolía la cabeza y volvía a sentir ganas de toser.

Gloria le colocó con cuidado la mano sobre la frente. Ardía.

—Tienes que quedarte acostado.

Jack sacudió la cabeza.

—Ahí fuera me esperan un par de miles de ovejas —dijo con fingida alegría—. Y yo diría que ha dejado de nevar.

En efecto, así era, pero el cielo estaba gris y cubierto, y la nieve del día anterior formaba una densa capa. Gloria ya sentía miedo ante la idea de cabalgar con este tiempo. Jack tenía la sensación de que el vapor cubría sus pulmones como una película.

En las tiendas de los pastores *pakeha* ya ardía el fuego.

—Tendríamos que tomar un té caliente y luego marcharnos lo antes posible. —Jack intentó enderezarse, pero al sentarse, la cabeza empezó a darle vueltas. Respirando con dificultad, volvió a acostarse.

Gloria lo cubrió con otra manta.

—Tú te quedarás aquí —decidió—. Yo me las apaño con las ovejas.

—¿Y con los hombres? —preguntó él en voz baja.

Gloria asintió resuelta.

—Y con los hombres.

Sin esperar respuesta, se puso otro pulóver y el impermeable, y abandonó la tienda.

—¿Todo en orden, chicos? ¿Habéis pasado bien la noche?

La voz de Gloria sonaba animosa y controlada. Si tenía miedo, sabía al menos disimularlo. Pero la visión del campamento le infundió valor. Los hombres se acuclillaban muertos de frío delante de las tiendas, seguro que ahí a nadie se le pasaba por la cabeza abalanzarse sobre una mujer. Las ovejas y los caballos pastaban alrededor del campamento, vigilados por los cachorros y los perros pastores.

Paora, el más anciano de los maoríes, se dirigió a Gloria.

—Todos los corderos están vivos. Dos ovejas más han parido durante la noche. Una cría ha muerto, las otras están vivas. Nos las hemos llevado a las tiendas. Estábamos un poco apretados.

Gloria esperaba que alguien soltara una indirecta sobre Jack y ella, pero gracias a Dios los hombres como Frank Wilkenson o Bob Tailor ya había abandonado el grupo. Eso la animó a dar las indicaciones pertinentes.

—Beberemos un té y luego saldremos con los caballos a reunir todos los animales que podamos. En cualquier momento el tiempo puede ponerse como ayer. Pero el señor Jack está enfermo. Debe quedarse en la tienda. Wiremu, ¿te ocupas tú de él...?

Este lanzó a Gloria una mirada afligida.

—No soy médico, yo...

—Estudiaste un par de semestres y has ayudado a Rongo Rongo. Cada verano, según me contó. Y no eres imprescindible para conducir el ganado. —Gloria evitó cualquier réplica, dirigiéndose a los demás hombres—. Paora y Hori, formad equipos con Willings y Carter y salid a los lugares en los que las ovejas suelen reunirse. Anaru, ve con Beales... ¿Has llevado ovejas alguna vez, Anaru? ¿No? Pero seguro que nos acompañaste en la migración, debes de conocer el terreno. Que Paora te cuente dónde hay más posibilidades de que se encuentren los rebaños más grandes. Rihari irá conmigo.

Rihari, el hijo mediano de Marama, era un buen jinete y rastreador y tenía un perro mezclado que también cazaba con destreza.

—Seguiremos buscando en lo alto de las montañas a los animales extraviados. *Kuri* y *Nimue* encontrarán su pista. Paora y Hori, vosotros tenéis vuestros propios perros. Anaru, Willings, Carter y Beales, llevaos cada uno un cachorro. Son dóciles y vosotros ya conocéis los silbidos habituales.

Para asegurarse de que en efecto era así, Gloria ejecutó los silbidos más importantes y se enorgulleció cuando los cachorros reaccionaron perfectamente ante las señales. Los perros de los maoríes obedecían las órdenes en la lengua de sus amos y Gloria recordó que el abuelo James siempre hablaba a sus perros pastores en galés. Pero Gwyneira había insistido desde el principio en adiestrar a los cacharros con un sistema estándar. Gloria siempre lo había encontrado restrictivo y aburrido; sin embargo, en esos momentos comprendió el sentido de su decisión. Los perros pastores de Kiward Station trabajaban con cualquier instructor, estaban entrenados para ello, se adaptaban rápidamente y enseguida cumplían sus faenas.

Jack hizo un gesto de agradecimiento cuando Gloria entró en la tienda con un cuenco lleno de té.

—Yo lo habría hecho exactamente igual —dijo con suavidad—. Pero no te habría enviado sola a la parte alta de la montaña. ¿Estás segura...? —Se calentaba las manos en el recipiente de barro caliente.

Gloria puso los ojos en blanco.

—Abajo no hago nada. Ni Rihari ni yo conocemos los valles por los que suelen pasear los rebaños. Lo máximo que podemos hacer es reforzar a los otros equipos, pero ellos también se las apañan sin nosotros. Si recorremos los pasos montañosos, podemos salvar a docenas de animales.

—Ten cuidado. —Jack le acarició la mano con los dedos.

Gloria sonrió.

—Y tú serás bueno y obedecerás a Wiremu, ¿de acuerdo? Él no lo acepta, pero Rongo dice que es *tohunga*. Está amargado porque no pudo estudiar en la universidad *pakeha*. Juega a cazador y trampero, en lugar de hacer lo que quiere y sabe hacer.

—No parece que le odies —dijo Jack medio en serio medio en broma.

Gloria hizo un gesto de indiferencia.

—Si tuviera que odiar a todos los cobardes de este mundo...

Luego salió de la tienda.

Mientras Jack permanecía acostado, sus sentimientos oscilaban entre el orgullo y la preocupación por Gloria. Los pasos de montaña entrañaban peligro, sobre todo cuando las temperaturas descendían de forma inesperada. Pero entonces apareció Wiremu y Jack apenas si tuvo tiempo para pensar. El joven maorí encendió una hoguera delante de la tienda, calentó piedras en ella y las colocó alrededor de Jack para darle calor. Poco tiempo después, el enfermo estaba empapado de sudor. Wiremu colocó saquitos de hierbas sobre su pecho y le hizo inhalar vapores.

—Te hirieron en el pulmón —dijo tras inspeccionar brevemente la cicatriz—. Se destruyó una buena cantidad de tejido pulmonar y es un milagro que hayas sobrevivido. El lóbulo derecho está cicatrizado. El órgano ya no puede asimilar tanto oxígeno como en su estado normal, por eso te cansas antes y no tienes tanta fuerza.

Jack tenía la sensación de que las hierbas le quemaban los pulmones.

—¿Y esto qué significa? —preguntó entre toses—. ¿Tengo que quedarme en casa como una... una chica?

Wiremu sonrió irónico.

—Las chicas de los Warden no suelen quedarse en casa —señaló—. Y eso tampoco te sentaría bien a ti. El trabajo normal en la granja no plantea ningún problema. Pero deberías evitar esfuerzos físicos fuertes con un tiempo como el de ayer. Y tienes que comer más. Estás demasiado delgado.

Wiremu le sirvió té y, de nuevo, el jarabe de *rongoa* de Gloria.

—Es muy eficaz, aunque nadie lo diría a la vista del teatro que se monta alrededor de él. Antes de recoger Rongo las flores, ejecuta tres danzas... —Wiremu hablaba en tono despectivo. Había renunciado a la medicina maorí solo para encontrarse después con que la medicina *pakeha* no lo aceptaba.

—Solo pretende mostrar el respeto que tiene hacia las plantas —observó Jack—. ¿Qué hay de malo? Muchos *pakeha* rezan una oración antes de partir el pan. En el internado también tenías que hacerlo.

Wiremu sonrió irónico.

—Teatro *pakeha*.

—Wiremu..., ¿qué dijo Gloria? —preguntó Jack de repente—. Entonces, en el *marae*. A Tonga. Desde lejos vi que ella le soltaba algo, pero no conseguí oír qué era.

Wiremu se ruborizó.

—Su *pepeha*, la presentación de su persona en la tribu. ¿Sabes en qué consiste?

—Solo aproximadamente —respondió Jack con un gesto de ignorancia—. Algo así como «Hola, soy Jack, mi madre llegó a Aotearoa en el *Dublin*...».

—En general se menciona antes la canoa en que llegaron los antecesores del padre —corrigió Wiremu—. Pero esto no es tan importante, lo es más el significado. Con el *pepeha* recordamos nuestro pasado porque define el futuro. *I nga wa o mua*, ¿comprendes?

Jack suspiró.

—El contexto. Para entender el principio, hay que haber llegado en las primeras canoas a Aotearoa. ¿Y qué hubo de terrible en los barcos con que los Warden y Martyn llegaron hasta aquí?

Wiremu le repitió las palabras de Gloria.

11

Gloria cabalgó a través de la niebla esperando que o bien esta escampara o que el escarpado camino por la montaña simplemente la dejara a sus espaldas. Se preguntaba cómo era posible que Rihari, que la precedía, encontrara el camino con tal seguridad, y cómo lograban los perros *Kuri* y *Nimue* descubrir y recoger con un ladrido entusiasta y de forma tan natural las ovejas. Para entonces ya habían formado un rebaño de casi cincuenta animales, sobre todo carneros viejos y jóvenes, que a menudo se mostraban reticentes a que *Nimue* los obligara a no romper filas. Todos se habían marchado a solas o en pequeños grupos. Marginales o intrigantes, pensó Gloria sin poder contener la risa. Rihari cabalgaba en silencio delante de ella. La tranquilizaba que pareciera conocer el camino.

Cuando salieron del banco de niebla, ante Gloria se abrió un panorama imponente. Era como si las cumbres nevadas flotasen sobre las nubes. La cima del Aoraki asomaba al otro lado y los caballos parecían caminar por puentes encantados y casi invisibles que se alzaban entre valles y abismos. Las montañas daban a veces la impresión de ser dunas, elevándose suavemente, para, de repente, quebrarse con brusquedad, como si alguien las hubiera cortado con un cuchillo afilado.

—¿Crees que todavía encontraremos ovejas por aquí? —preguntó Gloria. No podía dejar de admirar la belleza de las montañas, pero era consciente de que les esperaba un largo descenso, posiblemente dando muchos rodeos tras otras ovejas descarriadas.

Rihari sacudió la cabeza en un gesto negativo.

—Solo he subido porque quería comprobar el tiempo que hacía —explicó, y su voz resonó extrañamente hueca—. Porque... porque quería ver eso. —Gloria había estado mirando hacia el sur, hacia el monte Cook, pero Rihari señalaba hacia el oeste.

También la formación de nubes que se aglomeraba ahí era un espectáculo de la naturaleza, pero en lugar de resultar fascinante, la visión hacía temblar a cualquier observador más o menos avisado.

—¡Oh, maldita sea, Rihari! ¿Qué es eso? ¿La próxima tormenta? ¿O es que se desmorona el mundo? —Gloria contemplaba horrorizada la masa de nubes negras y grises que de vez en cuando emitían unos rayos espectrales—. ¿Se acerca?

Rihari asintió.

—¿No lo ves?

En efecto, el frente, de un negro profundo, se aproximaba incluso mientras hablaban.

Gloria levantó las riendas y se irguió.

—Tenemos que bajar al campamento lo más rápido posible y avisar a los demás. Maldita sea, Rihari, si es tan horrible como parece, nos arrancará las tiendas...

Gloria obligó a *Ceredwen* a dar media vuelta y silbó a los perros. Rihari la siguió. Los caballos, a su vez, tenían prisa por regresar al campamento y aceleraron el paso hasta tal punto que la muchacha tuvo que frenar a veces a la yegua cob. El riesgo de resbalar y caer al vacío era demasiado elevado. Rihari intentaba controlar las ovejas, pero al final cedió la tarea a los perros. El frente tormentoso se acercaba y el pánico se iba apoderando de los animales. Sin embargo, esta vez los jinetes no se internaron en la niebla, ya que el viento la había despejado: mala señal. Enseguida se puso a llover.

—Gloria, no podemos quedarnos aquí en el desfiladero. —Rihari se abrió penosamente paso a través de la lluvia fustigante para colocarse junto a la joven—. Si cae una nevada como la de ayer, empujará a los caballos al vacío. Sin contar con que no veremos a dos palmos de nuestras narices.

—¿Y adónde vamos? —El viento le arrancaba las palabras de la boca.

—Hay cuevas en un valle que está justo al lado...

—¿Y? —preguntó Gloria impaciente—. ¿Por qué no estamos ahí? Podríamos haberlas utilizado como campamento.

—Son *tapu* —gritó Rihari—. Los espíritus... Pero tú ya conoces *pourewa*. Estuviste ahí con Rongo, ¿no?

Gloria reflexionó unos minutos. La partera la había llevado por muchos valles y montañas para mostrarle sus cuevas y formaciones de piedra, donde en tiempos inmemoriales habían vivido algunos antepasados. En ese momento Gloria intentaba recordar el significado de la palabra. Y de repente recordó una fortificación de piedra. Un valle rodeado de montañas. Un cráter o un nevero en el que milenios antes había formado una especie de fortín.

—Los espíritus tendrán que adaptarse a las visitas —declaró Gloria—. Rihari, ¿dónde está la fortaleza? Quedaba por aquí cerca, pero bastante lejos del campamento central. Rongo y yo estuvimos horas subiendo por la montaña.

—Rongo es anciana... —Rihari vacilaba al hablar. Conocía el lugar sagrado y era evidente también que estaba cerca, pero no parecía dispuesto a profanarlo. Por otra parte, la tormenta se aproximaba...

Gloria no hizo caso de las vacilaciones de Rihari.

—Llévanos hasta allí, luego dispararemos —decidió—. Puede que a los otros se les ocurra buscarnos ahí. ¿Tenemos bengalas?

Rihari hizo un gesto de ignorancia. Pero Gloria estaba casi segura de que sí. La abuela Gwyn había hecho alusión a ello mientras inspeccionaba las alforjas.

Los dos jinetes seguían recorriendo unos angostos corredores a través de la lluvia, que caía como una cascada ante ellos. Rihari condujo a Gloria hacia abajo un rato, luego de nuevo montaña arriba. Era probable que ningún caballo hubiera pasado antes por allí y, al menos en los últimos siglos, solo un puñado de seres humanos.

Gloria tuvo la sensación de reconocer el lugar. Resuelta, adelantó con *Ceredwen* el caballo de Rihari, que seguía vacilando, y avanzó con brío. La lluvia se transformó en una ligera nevada y

Gloria se colocó la bufanda ante el rostro para resguardarse. Casi pasó de largo la entrada al cráter, pero Rihari conocía el lugar.

—Espera... —gritó para dejarse oír por encima de la tempestad—. Creo que es aquí.

Gloria atisbó entre los remolinos de nieve. Casi parecía como si los espíritus camuflasen la entrada a ese valle que en verano había sido cautivador y a duras penas pasaba desapercibido. Rihari, sin embargo, dirigió el caballo con seguridad hacia dos rocas que formaban algo así como el arco de una puerta, el portón al *pourewa* de los espíritus. Era evidente que el joven maorí tenía escrúpulos a la hora de cruzar ese umbral a lomos del caballo. Si hubiera sido cristiano probablemente se habría santiguado.

Gloria, en cambio, no se lo pensó tanto. Respondiendo a su silbido, los perros condujeron las ovejas a través de las puertas de piedra. Y entonces se ofreció de nuevo ante sus ojos una visión que la había cautivado por completo cuando estaba con Rongo. Las rocas de la entrada señalaban el camino hacia un valle profundo formado por peñascos que se alzaban cortados a pico pero cuya base parecía erosionada. Un poeta habría equiparado los amplios espacios, surgidos por un capricho de la naturaleza, a una catedral o una sala de ceremonias. Para Gloria, no obstante, el lugar ofrecía refugios naturales lo suficiente grandes para sus ovejas. Hombres y animales estarían ahí protegidos de la peor de las tormentas.

Entre los peñascos se extendía un escaso pastizal en torno a un pequeño lago. Este resplandecía en verano de un azul intenso casi irreal, pero ese día se lo impedían las negras nubes que recorrían el cielo.

Gloria se debatía consigo misma. Tenía el refugio perfecto, no solo para sus animales, sino para todos, para Jack y sus hombres.

¿Debía bajar y avisar a los demás? Sería lo más adecuado, pero ignoraba si lo conseguiría antes de que se desatara la terrible tormenta. ¿O debía disparar la munición luminosa y esperar a que Jack la viera y entendiera correctamente su significado? Pero ¿qué sucedería si interpretaba esos disparos como una llamada de auxilio? Tal vez enviara una cuadrilla de rescate, el grupo se dividiría y al final todos estarían todavía más expuestos a la tormenta. A esas alturas los hombres también debían de haber visto el frente de nubes. Si Jack se encontraba en buen estado, haría levantar el campamento.

—¿Conocen los demás este sitio? —preguntó Gloria.

Rihari intentó a un mismo tiempo negar y afirmar moviendo la cabeza.

—Tal vez Wiremu, pero los otros seguro que no. Yo lo conozco solo porque una vez acompañé a Rongo. Nos encontramos con otra tribu que venía de las McKenzie Highlands y cuya hechicera quería visitar el lugar. Rongo la condujo aquí. Y ya conoces a Marama: siempre se preocupa por Rongo porque ya es muy mayor. Qué aburrido fue con las dos ancianas... Y para colmo tuve que esperar fuera. Si entras aquí con las ovejas, los espíritus se enojarán mucho, Gloria.

La muchacha puso los ojos en blanco y tomó una decisión.

—Más enojado de lo que ahora se muestra Tawhirimatea no llegará a estarlo ningún inofensivo espíritu de la tierra —observó. Tawhirimatea era el dios del tiempo—. Escucha, Rihari, espérame aquí. Fuera o dentro, me es igual, pero no dejes a mis ovejas desamparadas. Yo voy al campamento. Me llevo a *Kuri*, me guiará en el camino de vuelta si me pierdo. He de ir a buscar a los otros antes de que estalle realmente la tormenta.

—No lo conseguirás... —replicó Rihari—. No sabes dónde está.

Gloria resopló.

—Siempre me ha gustado correr, y seguro que encuentro el campamento. Me limitaré a descender hasta que pueda orientarme, no debe de ser tan difícil. Así que espérame... Ah, sí, y dispara la escopeta de vez en cuando, me ayudará a encontrar el camino de vuelta. A lo mejor los otros me salen al encuentro. Si Wiremu sabe algo, tal vez tenga entendimiento suficiente para olvidar por una vez los *tapu* y conducir a la gente hasta aquí.

Rihari parecía compungido.

—No sé..., ¿no será mejor que baje yo a caballo? Le prometí al señor Jack que cuidaría de ti.

Gloria lo fulminó con la mirada.

—Ya sé cuidar de mí misma. Y cabalgo diez veces mejor que tú.

Como para demostrarlo, Gloria azuzó a su reticente yegua y le hizo dar media vuelta sobre las patas de atrás. *Ceredwen* se había sentido mucho más segura en el valle de los espíritus que en medio de una tormenta de nieve, pero obedeció las órdenes. *Nimue* ni se planteó no acompañar a su ama. A *Kuri*, el obstinado perro de Rihari, hubo que obligarlo a seguirlas.

Gloria dejó que *Ceredwen* galopara montaña abajo. Nunca había sentido miedo sobre un caballo, pero en esos momentos casi se moría de espanto. Naturalmente, *Ceredwen* no debía advertirlo. Gloria confiaba en el paso seguro de la yegua, pero llevaba las riendas para dar al animal tanto apoyo y ayuda como fuese posible. A veces su montura resbalaba entre los guijarros cuando, ágil como un gato, saltaba sobre los salientes de piedra y se lanzaba por los recodos estrechos, y Gloria sentía que le daba un vuelco el corazón. Entretanto, había empezado a llover a raudales abajo, a los pies de los Alpes, aunque todavía no nevaba. Gloria escapaba de la tormenta, que no había llegado ni mucho menos a su mayor intensidad, aunque ya vapuleaba violentamente los escasos árboles que crecían a esa altura. Gloria se sobresaltó cuando una rama se quebró junto a ella y el viento la empujó. *Ceredwen* tomó el incidente como pretexto para acelerar todavía más el paso. Al menos no parecía tener la menor duda de adónde dirigirse, y también *Nimue* y *Kuri* corrían ahora en la misma dirección. Gloria respiró aliviada cuando vio a sus pies el valle donde habían montado las tiendas el día antes, ahora lleno de ovejas. Los hombres habían reunido miles de ellas durante el día.

La muchacha intentó observar el campamento con mayor atención y reconoció a algunos de los hombres. Al parecer, todos los pastores habían regresado y desarmaban las tiendas: apilaban con rapidez las lonas mojadas juntas y se diría que se les había indicado que se apresurasen.

Gloria buscó a Jack y finalmente lo distinguió junto a una hoguera. Estaba apoyado en una silla de montar, con una manta sobre los hombros, dando indicaciones y echando inquietas miradas hacia el oeste. Gloria se mordió los labios. Todavía debía de sentirse mal, pues delegaba en los hombres en lugar de ayudarlos. Esperaba que fuera capaz de subir al caballo...

Ceredwen luchaba impaciente con las riendas, pero Gloria no le permitió que entrara corriendo en el campamento, sino despacio entre el rebaño. La joven desmontó por fin y guio a la yegua entre las últimas ovejas. El rostro pálido de Jack se iluminó cuando la vio. Algo cansando, se levantó y se dirigió hacia ella.

—¡Gloria, Dios mío, Gloria! ¡Habría bajado si te hubiera encontrado! —Jack la estrechó entre sus brazos y ella se sintió de golpe exhausta. Lo que más le habría gustado era tenderse. Anhelaba volver a sentir el calor de Jack en la noche, dentro de la tienda.

Sin embargo, se separó de él.

—No hemos de bajar... —dijo sin aliento—. Hemos de subir, hacia el oeste. Lo sé, parece una locura, pero hay un valle...

—Pero es *tapu* —objetó Wiremu.

Jack le lanzó una mirada severa.

—¿Teatro maorí? —preguntó.

El muchacho bajó la vista.

—Quería ir a los refugios de abajo... —explicó Jack, indeciso—. Este mediodía he enviado hacia allí a Hori y Carter con una parte de las ovejas.

—Llegarán antes de que se desencadene la tormenta. ¡Pero nosotros no, Jack! Es un día de viaje a caballo. En una o dos horas estaremos en las cuevas.

Quería decir «confía en mí», pero no lo hizo.

Jack se lo pensó unos segundos. Luego asintió.

—Seguimos a Gloria —declaró, dirigiéndose a los hombres—. Daos prisa, tenemos que ser más rápidos que la tormenta.

—Pero en esa dirección vamos hacia ella —objetó uno de los *pakeha*.

—Razón de más para darnos prisa.

Wiremu acercó a Jack su caballo y mientras este montaba, Gloria se volvió hacia el joven maorí.

—¿Lo conseguirá?

—No le queda más remedio —respondió Wiremu, tras un gesto de impotencia—. Lo mismo da que suba o que baje la montaña, de ninguna de las maneras puede quedarse aquí. En un terreno abierto estaríamos perdidos. Eso no es una tempestad, es un huracán. Y se desencadena de repente...

—La niebla lo había cubierto —gritó Gloria contra el viento—. Seguidme, voy delante. ¡Los jinetes poco diestros que se agarren bien! ¡Iremos deprisa y el camino es irregular, pero no muy peligroso salvo en uno o dos sitios.

Era improbable que los corderos recién nacidos lograran seguir el brioso ritmo, pero eso ya no se podía tener en consideración. A Gloria se le partía el corazón al pensar en las crías que balaban, pero así salvaría al menos a las ovejas madre. Intentó subir al galope los primeros kilómetros, pues el terreno ahí no era tan escarpado. Sin embargo, pese a la premura, no avanzaban tan deprisa como Gloria había esperado. Los caballos, incluso *Ceredwen*, se asustaban por cualquier menudencia. Se negaban a internarse en la oscuridad, pues su instinto les empujaba a huir de la tempestad. A las ovejas les ocurría exactamente lo mismo y los perros debían esforzarse al máximo para cumplir su cometido.

El tiempo fue empeorando. La lluvia se transformó primero en nieve y a continuación no tardó en granizar; las piedras azotaron los rostros como dardos. Gloria miraba preocupada a Jack y a los jinetes menos hábiles del poblado maorí, que valientemente se sujetaban como monitos a las crines de sus pacientes caballos. Jack, por el contrario, se veía totalmente desfallecido. Gloria pensó en si debía detenerse y ocuparse de él, pero luego se retuvo y siguió espoleando a *Ceredwen*. Jack tendría que apañárselas. No había otra posibilidad de llegar a la fortaleza de piedra.

Jack cabalgaba encorvado sobre el cuello de *Anwyl*, encogido y con una bufanda delante del rostro para protegerse del frío y la humedad lo mejor posible. Le escocían los pulmones y daba gracias al cielo por cada peñasco que pasaban y que les ofrecía un poco de protección. Le dominaba la inquietud por haber decidido aceptar la propuesta de Gloria. Si salía mal, si la tormenta los sorprendía ahí, en el camino... Morirían todos.

Gloria, por su parte, pensaba lo mismo. Su preocupación iba en aumento a medida que la tormenta empeoraba y el avance se hacía más lento. El descenso le había parecido breve, pero el ascenso se estaba prolongando horas. Los abrigos de los jinetes llevaban tiempo cubiertos de nieve y hielo, pero Gloria no tenía tiempo de reparar en el frío. Ponía toda su atención en encontrar el camino exacto, pese a que la nieve le impedía casi totalmente la visión. Aun así, *Kuri* parecía saber dónde estaba y, sobre todo, hacia dónde quería ir. La muchacha se agarraba de la cuerda con la que impedía que el pequeño perro mezclado de Rihari partiera por su cuenta. Solo esperaba que el animal no los condujera por senderos que pusieran en peligro sus vidas. Si quería ir directo hacia su amo, seguramente elegiría pasos intransitables para caballos y ovejas.

De repente, los hombres que iban detrás de Gloria gritaron. La detonación de un disparo superó el bramido de la tormenta. También ella distinguió entonces un débil centelleo detrás de la cortina de nieve. Rihari disparaba bengalas. Se acercaban al refugio. No había tiempo que perder. Los caballos se oponían con todas sus fuerzas a la tormenta, los perros se refugiaban del viento tras el rebaño, los jinetes seguían a los animales casi a ciegas. La tormenta agitaba en el aire la cellisca y obligaba a los viajeros a protegerse el rostro. No les quedaba más remedio que confiar en los caballos, cuyos largos copetes ya hacía tiempo que estaban cubiertos de hielo. Cuando *Anwyl* tropezó y él apenas logró enderezarse, Jack estuvo a punto de dar orden de detenerse. Pensó en que tal vez se salvarían si se apretujaban los unos con los otros. Había leído acerca de un hombre en Islandia que había sobrevivido a una tormenta al matar a su caballo y abrirle el cuerpo para calentarse estrechándose contra las entrañas calientes. Pero Jack era consciente de que era incapaz de ordenar algo así. Mejor morir.

Una vez más, Dios no se atuvo a las reglas. Algo sí era cierto: siempre se le ocurrían nuevas tretas. Jack se aferró a su humor negro y sujetó inquebrantable las riendas de *Anwyl*. Y entonces oyó que *Kuri* gemía.

—¡Ahí está! —gritó Gloria por encima de la lluvia—. ¡Ahí está la entrada! ¿Veis las rocas? ¡Seguidlas y enseguida encontraréis el orificio!

El perro ya pasaba a través de ellas. La joven había soltado la correa y *Kuri* corría ladrando hacia su amo. Los hombres y los animales aceleraron el paso hacia el valle.

Naturalmente, Rihari no había esperado delante del valle. Cuando la lluvia y la nieve se hicieron insoportables, pidió perdón a los dioses y se reunió con sus ovejas y el caballo. Si uno avanzaba lo suficiente entre las piedras erosionadas, era factible encender un fuego. Al principio, Rihari dudó, pero luego pensó en Gloria, en los hombres que conducían el ganado y en Jack, que estaba enfermo. Si los espíritus se enojaban con ellos, de una forma u otra estarían perdidos. Rihari reunió ramas y hierba seca que el viento había arrastrado entre las rocas. Al final rompió también el último *tapu* y mató un viejo carnero que tampoco habría sobrevivido al trayecto. La carne del animal se asaba encima de la hoguera cuando los hombres aparecieron exhaustos. Más que desmontar, Jack se desplomó del caballo y tomó agradecido una taza de té.

—Los otros tienen que esperar un poco, la olla es muy pequeña —se disculpó Rihari. En sus alforjas y las de Gloria solo había un servicio de urgencia.

Gloria se mantuvo inflexible fuera, a merced de la tormenta y el viento, hasta que la última oveja hubo pasado por la abertura de piedra. Solo entonces penetró ella también en el valle y apenas si dio crédito a lo muy protegidos que se encontraban ahí los animales. Por supuesto, la tempestad seguía soplando entre los peñascos y la nieve le golpeaba la cara, pero las rocas frenaban la velocidad del viento y Gloria casi se sintió a gusto.

Todavía más caliente y casi protegido totalmente de las ráfagas se estaba en las cuevas. El olor que impregnaba el lugar era penetrante; Gloria vio estiércol seco, así que un par de animales también debían de conocer el lugar y no se habían preocupado del *tapu*. Las ovejas se amontonaban en esos momentos para instalarse en las cuevas y los hombres tuvieron que silbar a los perros para que dejaran libre al menos un poco de espacio para ellos. Gloria se atrevió a hacer un breve recuento mientras se entibiaba las manos congeladas en un cazo con té. También para «la jefa», como ahora la llamaban todos respetuosamente, se había reservado el primer sorbo de bebida caliente.

—¿Qué tal? —preguntó Jack en voz baja. Wiremu le había

desensillado el caballo y estaba sentado junto al fuego apoyado contra la silla de montar.

Gloria hizo una mueca con los labios.

—No hemos perdido tantos corderos como yo pensaba. Seguramente hemos de dar las gracias a que los caballos no querían avanzar, porque de lo contrario habríamos ido más deprisa y las crías no habrían podido seguir el ritmo. En cualquier caso, será un año flojo. Por ahora tenemos, como mucho, dos terceras partes de los animales de cría. El resto todavía está fuera. Ya veremos cuántos superan la tormenta. ¿Cómo estás?

A Jack los pulmones le ardían con cada bocanada de aire que inspiraba, y el frío le llegaba hasta los huesos. Pese a todo ello, respondió que se encontraba bien, y logró que sonara auténtico. Durante la última hora no había creído que lograra superar la tormenta, e incluso sus indicaciones habían nacido más de la desesperación que la seguridad. Había ordenado el descenso a las cabañas solo con la esperanza de evitar la tremenda furia del huracán. La tormenta sin duda se desataría con más furia ahí en las montañas. Al menos los hombres tendrían una pequeña oportunidad de alcanzar a tiempo territorios menos afectados. Sin embargo, Jack no se habría marchado con ellos. No sin Gloria. Ahora sentía un profundo alivio.

Wiremu les llevó a él y a Gloria carne y té recién hecho que había bautizado con un buen chorro de whisky. Los hombres sentados junto al fuego lo bebían directamente de la botella mientras brindaban por «la jefa». No se olvidaron de Rihari, y cuanto más ebrios, más brindaron también por los espíritus.

—Tienen que montar las tiendas antes de que estén totalmente borrachos —señaló Gloria. Se había acercado a Jack, que estaba tendido algo apartado junto a una pequeña hoguera—. ¿Conseguiremos clavar las estacas en el suelo? ¿O es piedra?

Wiremu se sentó junto a ellos con un trozo de carne.

—Aquí no deberías comer nada —le recordó Gloria, maliciosa.

Wiremu sonrió.

—Como donde quiero. Voy a dejar la tribu, Gloria. Regreso a Dunedin.

—¿Para seguir estudiando? —preguntó la chica—. A pesar

de... —Se tocó la cara como si señalase un tatuaje invisible grabado en el rostro.

Wiremu asintió.

—No pertenezco a ninguno de los dos mundos, pero el de allá me gusta más. Voy a formular de nuevo mi *pepeha*. —La miró fijamente—. Soy Wiremu y mi *maunga* es la Universidad de Dunedin. Mis antepasados llegaron a Aotearoa en el *Uruao* y ahora yo recorro el país en autobús. En mi piel está grabada la historia de mi pueblo, pero mi historia la escribo por mí mismo.

Wiremu montó la tienda de Jack y le ayudó a entrar. Había vuelto a calentar piedras para caldear el ambiente y tras aplicarle un nuevo saquito de hierbas, el enfermo respiraba mejor. Wiremu acompañó a Gloria a realizar una última inspección de los animales. Se prolongó: tres ovejas cojeaban y había nacido un nuevo cordero, pero la madre no sobrevivió.

Jack se despertó cuando Gloria se introdujo a su lado en el saco de dormir. Esta vez, era ella la que temblaba. Tras ese día agotador y las últimas tareas durante el parto, estaba medio congelada. Jack habría querido estrecharla contra él, pero se esforzaba por contenerse.

—¿No había nadie que montara tu tienda? —preguntó.

—Sí —dijo ella—. Wiremu comparte la suya con dos corderos huérfanos. Seguro que será un buen médico, pero no creo que se especialice en asistencia al parto. Cuando la oveja madre murió, tenía la cara verde.

—¿Así que una nueva oveja perdida? —inquirió Jack.

Gloria suspiró.

—Todavía perderemos algunas más. Pero no todas, ni mucho menos. Es una raza resistente.

Jack sonrió.

—No solo los cuadrúpedos —dijo con dulzura.

Gloria se acurrucó, dándole de nuevo la espalda.

—¿Has visto mis dibujos? —preguntó con un hilo de voz.

Jack asintió con la cabeza, pero cayó en la cuenta de que ella no lo veía.

—Sí, pero ya lo sabía.

—¿Tú...? ¿Cómo? ¿Cómo es que lo sabías? —Gloria se dio la vuelta. A la luz del farol, Jack vio que se había sonrojado—. ¿Se me nota?

Jack sacudió la cabeza. No pudo evitar alzar la mano y apartarle con una caricia el pelo del rostro.

—Elaine —respondió—. Elaine lo sabía. Mejor dicho, lo suponía. Naturalmente, no conocía los detalles, pero dijo que ninguna muchacha en el mundo lo habría podido conseguir de otro modo.

—Ella no se... —Gloria buscó las palabras— vendió —susurró la final.

Jack arqueó las cejas.

—Según tengo entendido, debe su virtud solo a la circunstancia de que la propietaria del burdel buscara una pianista de bar y no otra chica de vida alegre. Si tú hubieras tenido elección, también habrías escogido tocar el piano.

—Nadie habría querido escucharme —murmuró Gloria con un tinte de humor negro.

Jack rio y luego se atrevió a ponerle la mano en el hombro. Gloria no protestó.

—¿La abuela Gwyn? —preguntó la joven a continuación, conteniendo la respiración.

Jack la acarició en un gesto sosegador. Notaba el hombro huesudo de la joven bajo el grueso jersey. No era el único que tenía que comer más.

—Mi madre no tiene que saberlo todo. Tu versión del grumete la ha convencido. Es mejor para ella.

—Me odiaría —susurró Gloria.

Jack sacudió la cabeza.

—No, no lo haría. Deseaba más que nadie que regresaras. El modo en que lo hiciste... Tal vez la hubiera matado la inquietud, pero antes habría odiado a los tipos que se aprovecharon de ti. ¡Y a Kura-maro-tini!

—Siento tanta vergüenza... —reconoció Gloria.

—También yo siento vergüenza —dijo Jack—. Pero yo tengo más razones. He ocupado una playa ajena, la he estropeado con unas horribles trincheras, me he colocado allí y he matado a golpes de pala a los auténticos propietarios. Esto es mucho peor.

—Cumplías órdenes.

—A ti también te las dieron —replicó Jack—. Tus padres querían que te quedaras en Estados Unidos, en contra de tu voluntad. Estuvo bien que te negaras. Todavía puedes mirarte en el espejo, Gloria. Yo, no.

—Pero los turcos te dispararon —objetó ella—. No tenías otra elección.

Jack se encogió de hombros.

—Podría habarme quedado en Kiward Station contando ovejas.

—Yo podría haberme quedado en San Francisco planchando los vestidos de mi madre.

Jack sonrió.

—Ahora duerme, Gloria. ¿Puedo... puedo abrazarte?

Esa noche, Gloria descansó la cabeza sobre el hombro de Jack. Cuando despertó, él la besó.

12

Timothy Lambert odiaba viajar en tren. Incluso en primera clase los compartimentos eran tan estrechos que no lograba sentarse cómodamente cuando se quitaba los entablillados de las piernas. Los raíles que unían Greymouth y Christchurch se extendían por paisajes espléndidos, lo que conllevaba, sin embargo, tramos por montañas y valles que a veces sacudían con bastante violencia a los pasajeros. La mayoría lo encontraba divertido, pero la cadera mal soldada de Tim le provocaba unos dolores horrorosos. Además, el itinerario le obligaba a permanecer horas en su sitio, pues no había las pausas frecuentes, que en automóvil o carruaje le hacían el viaje más llevadero. Por todo ello Tim solía evitar el tren siempre que podía.

En esa ocasión, sin embargo, George Greenwood no había dado su brazo a torcer. Por alguna extraña razón, el encuentro con la gente de la Universidad de Wellington, que al parecer tenía que presentar unas novedades supuestamente revolucionarias en la técnica minera, debía producirse a toda costa en Christchurch. Y la comunicación más práctica y rápida era la línea de ferrocarril. No había carreteras que hicieran un trayecto similar por la montaña. Antes de la construcción de las vías, el camino entre Christchurch y la costa Oeste había exigido varios días.

Tim cambió de posición por décima vez en los últimos minutos y miró hacia su mujer, que había insistido en acompañarlo. Cuando estuvieran en Christchurch, había dicho, también podrían ir a visitar a su familia en Kiward Station. Otro viaje en automóvil o carruaje. Tim no quería ni pensarlo.

Pese a todo, la visión de Elaine casi le distrajo de sus dolores. Ese día estaba especialmente hermosa. Hasta entonces nunca se había percatado de que una sencilla visita a su abuela la reanimara hasta tal punto. Sin embargo, desde el comienzo del viaje le brillaban los ojos y el rostro se le había sonrosado de alegría anticipada. Además, se había arreglado: llevaba los bucles rojizos recogidos en un nuevo peinado y el vestido verde, más corto de lo habitual, resaltaba la esbeltez de su silueta. Tim contempló complacido las finas pantorrillas de Elaine.

Ella se percató de su mirada y sonrió. Como para provocarlo, se alzó un poco más el vestido, no sin antes cerciorarse de que Roly dormía profundamente en el otro extremo de compartimento.

El breve coqueteo ejerció en Tim un efecto a todas vistas revitalizador y Elaine respiró aliviada. Había observado preocupada cómo su marido buscaba desesperado una posición relativamente cómoda deslizándose de un lado a otro del asiento. Y, sin embargo, la cadera no era lo que más inquietaba a Elaine. Los dolores disminuirían en cuanto descansase unas pocas horas y Tim podría haberlos evitado recurriendo, de forma excepcional, al opio. A ese respecto, no obstante, su marido se mostraba inquebrantable: mientras fuera capaz de aguantar, no tomaría morfina. Recordaba con demasiada claridad la imagen de su madre, quien a la menor molestia salía en busca de la botellita de opio. Tim no quería convertirse en un ser dependiente y quejumbroso. Sin embargo, en lugar de ello tendía a descargar su irritación en quienes lo rodeaban, y a Elaine eso no le convenía nada.

Se alegró de que el tren llegara al Arthur's Pass, donde los pasajeros tenían la oportunidad de bajar y estirar las piernas. Tim lo consiguió con ayuda de Roly, signo este de que se encontraba realmente mal. La posibilidad de incorporarse pareció aliviarle, no obstante. Elaine sonrió cuando él la rodeó con el brazo y admiró el paisaje montañoso. En ese momento estaba despejado, pero detrás de los macizos montañosos que se alzaban hacia el cielo se cernían unos nubarrones oscuros, constituyendo un fondo que iluminaba de modo casi artificial las cumbres nevadas. Las nubes filtraban la luz del sol confiriendo unos tonos azulados y casi violetas a los valles. Se diría que el aire estaba cargado de electricidad. La calma que precede a la tempestad.

Aunque también en la esfera privada presagiaba Elaine tormenta, pues no solo los Lambert y Roly se desentumecían delante del coche de primera clase. Caleb Biller acababa de bajar de uno de los vagones y se dirigía a ella para saludarla amablemente. Para Elaine, ver su figura larguirucha en el andén no constituía ninguna sorpresa. Pero ¿no habría podido quedarse en su compartimento? Por otra parte, qué idea tan infantil. Tim no estaba enemistado con Caleb. Los hombres intercambiaron un par de frases amables sobre el tiempo y, naturalmente, volvieron a subir al tren, esta vez juntos. Era obvio que a Tim le incomodaba, pero Caleb no percibió en su actitud los signos de la tempestad y habría sido sumamente desconsiderado despacharlo. Caleb contó de forma vaga que quería reunirse en Christchurch con otros estudiosos. Por el contrario describió con todo detalle sus últimas investigaciones, que consistían en estudios comparativos de la representación de los dioses entre los maoríes y las famosas estatuas de la isla de Pascua.

—Es significativo que los maoríes prefieran colocar las figuras en el interior del *wharenui*, lo que también los diferencia de las demás tribus polinesias, que...

—Es probable que allí no llueva tanto —sugirió Elaine. Caleb se la quedó mirando. Al parecer la ciencia no había llegado a formular tal hipótesis.

Tim se resignó y ofreció a Caleb asiento en su compartimento. Elaine observó divertida cómo intentaba al principio sacar partido del encuentro y extraer a Caleb un poco de información acerca de Mina Biller, pero no tardó en arrojar la toalla. Caleb no tenía ni idea, simplemente. La mina no le importaba en absoluto, sus intereses geológicos se limitaban a la naturaleza del jade *pounamu*, así como del molusco *paui* que ocasionalmente se utilizaba para hacer los ojos de las estatuas de los dioses.

—Esto confiere a las estatuas un aire amenazador, ¿no se ha fijado nunca? Parece que lo miran a uno cuando entra en las casas, pero son los reflejos de la luz en la piedra, lo que...

Tim suspiró y cambió una vez más de postura. Si Caleb no hubiera estado en el compartimento, seguramente habría abandonado en algún momento su orgullo y se habría tendido en el banco para poder al menos estirar las piernas. Pero dada la situación, obviamente, no podía ni planteárselo.

Elaine intentó abordar otros temas de conversación, aunque el asunto «familia» era un punto conflictivo, claro. Caleb les contó, sin gran entusiasmo, que Sam, el segundo de sus hijos, trabajaba ahora en la mina.

—No quería ir al *college* —se lamentó Caleb—. Ni siquiera a estudiar Económicas, pese a que Florence también lo encontraba razonable. Pero él opina que con leer un par de libros ya tiene suficiente para aplicar lo que aprenda. Es muy... pragmático. —Esto último sonó como si se tratara de un tipo de enfermedad crónica.

Elaine contó que el mayor de sus hijos se interesaba por el derecho, mientras que el mediano parecía más dotado para los estudios técnicos. Bobby todavía estaba en la escuela.

—Pero le gustan las cuentas. Quizá se convierta en comerciante. Ya veremos.

—Sus hijos tienen suerte, Tim. —Caleb sonrió con tristeza—. Pueden hacer lo que quieran; no hay una mina que heredar...

Tim ya iba a responder airado, pero Elaine lo tranquilizó poniéndole la mano en el brazo. Caleb lo decía de buena fe. Es probable que no alcanzara a imaginar lo dolido que se había sentido Tim cuando su padre vendió su herencia. Después todo había sido para bien y había demostrado ser un gerente fantástico, pero durante mucho tiempo había llevado clavada como una espina la pérdida del negocio familiar. Elaine contó con amabilidad a Caleb acerca de un acontecimiento que, por supuesto, Florence ya conocía. Los Lambert habían utilizado las enormes ganancias de los primeros años de la guerra para volver a comprar una parte de las acciones de la mina. A esas alturas ya había algo que heredar y en algún momento los Lambert tendrían que hablar acerca del sucesor de Tim.

Este sonrió orgulloso, pero Caleb parecía considerar ese hecho más bien una carga para las generaciones posteriores. A continuación, los Lambert dejaron que Caleb llevara las riendas de la conversación y se aburrieron como ostras, mientras él les impartía una lección magistral sobre unos huesos con los que se tallaban unos instrumentos musicales maoríes y lo mucho que influía en el sonido del *unpahu pounamu*, por ejemplo, el hecho de que se golpeara con un tradicional hueso de ballena en lugar de utilizar uno de vaca.

—Kura se sirvió de uno en una gira de conciertos, pero no estaba demasiado satisfecha...

—¿Qué se sabe de Kura? —preguntó Elaine para cambiar de tema, antes de que Caleb abundara en el tema de los huesos. Caleb seguía haciendo los arreglos para los programas de Kura-marotini.

—¡Oh, le va muy bien! Están planeando volver a Londres. A William le encanta Nueva York, pero Kura quiere regresar a Europa. Al parecer es más glamurosa... —Caleb sonrió reflexivo—. Y con el nuevo programa intentamos ir más allá de la antigua relación entre lo clásico y, respectivamente, la música popular y el folclore maorí, e incorporar nuevas tendencias musicales. Incluidas las del Nuevo Mundo. Kura quedó muy impresionada por los espirituales negros. Y las síncopas del jazz...

Elaine envidió a Roly, que dormía durante el viaje. Pero cuando el tren entró en la estación de Christchurch, se olvidó de Caleb. George Greenwood los esperaba, y también Elizabeth paseaba por el andén con un bebé en brazos.

Tim frunció el ceño cuando Elaine tiró las muletas al saltar precipitadamente del tren en cuanto este se detuvo. Roly se las recogió y le ayudó a levantarse. Caleb miraba igual de interesado que Elaine el andén. Solo se le veía tan despierto cuando había cerca un piano o un vigoroso maorí bailando en su honor.

—¿Cuál de los hijos de los Greenwood tiene niños pequeños? —preguntó Tim enfurruñado mientras salía, apoyándose en Roly, del estrecho compartimento.

Roly hizo un gesto de ignorancia. No llevaba la cuenta de la numerosa prole de los conocidos de su patrón, aunque algo sabía al respecto, naturalmente. De hecho, incluso había estado discutiendo con su mujer si debía insinuarle algo a Tim. Pero Mary se había opuesto a ello enérgicamente. «¡Tiene que ser un encuentro bonito! ¡Realmente sentimental! ¡Ay, cuánto me gustaría estar ahí!» Y mientras tanto movía de un lado a otro de la mesa *La señora de Kenway Station*. Roly nunca había visto a Mary leyendo un libro, pero con esa novela llegaba a derramar lágrimas por lo que le ocurría a la protagonista.

Elaine bajó ágilmente del tren. La nueva moda, que había acortado la longitud de las faldas, jugaba en su favor. Dirigió un breve saludo a George Greenwood y corrió hacia Elizabeth y el bebé. Un niño pelirrojo.

Tim no sabía qué pensar. Elaine era una buena madre, pero hasta el momento había mostrado poco interés por bebés ajenos. Estaba claro que prefería los cachorros de perro y los potros.

—¡Buenos días, George! —Tim tendió la mano a Greenwood—. ¿De dónde sale ese niño? Elaine ha salido corriendo a verlo... —Tim observó con mayor detenimiento—. Parece de la familia. ¿De Stephen y Jenny?

El yerno de George, Stephen, era el hermano de Elaine. George rio burlón.

—Yo más bien diría que se parece a ti...

Tim frunció el ceño. Sin embargo, era cierto que el niño tenía la misma forma angulosa de cara y hoyuelos al reír, sin duda alguna. El rostro, aun así, era un poco alargado...

—En cualquier caso, no se parece en nada a Florence. —Caleb Biller había pronunciado estas palabras con satisfacción. La sospecha que acababa de nacer en Tim se convirtió en certeza.

—George —dijo con gravedad—. Confiésalo. No hay ningún científico de Wellington. Esto es un complot. Y el bebé es...

—Galahad —gorjeó Elizabeth—. ¡Saluda al abuelo, Gal!

El niño miraba perplejo de uno al otro y finalmente se decidió por sonreír a Roly, que le hacía muecas.

De repente, a Tim le resultó difícil conservar el equilibrio.

—Te equivocas: sí hay un científico de Wellington —respondió George—. Ya sabes que yo nunca te mentiría. También sabe un poco de minería..., si se cuenta como ello la explotación de *pounamu* en Te Tai-poutini, acerca de cuya historia y su repercusión en los mitos maoríes ha pronunciado una larga y grandilocuente conferencia esta mañana mientras los dos desayunábamos.

Elaine reprimió una risita que gustó a Galahad. El bebé gorjeó y la abuela lo tomó de los brazos de Elizabeth.

—Ah, sí, también existe un *haka* al respecto... —Caleb parecía dispuesto a ampliar un poco el discurso de su hijo, pero luego recordó sus obligaciones de abuelo. Caleb seguía siendo un impecable *gentleman*. Con expresión grave, sacó del bolsillo una diminuta *putara* y se la tendió a Galahad—. Es de concha —explicó al bebé, que miraba con interés—, de una especie endémica de las playas de la costa Este. Cuanto más grande es la concha, más profundo es el tono. A lo sumo se lo podría comparar con las trompetas europeas, la...

—¡Caleb! —suspiró Elaine—. ¡Limítate a soplar!

Todos los adultos se taparon las orejas, pero el bebé dio unos grititos maravillado cuando Caleb extrajo del instrumento una estridente nota.

Tim se sintió de repente como un tonto. También él tendría que haber llevado un regalo al niño. ¡Algo para un chico! ¿A qué se debía que Caleb estuviera al corriente?

Roly se acercó a él y le puso en la mano una locomotora de juguete.

—¿Tú...? —Tim susurró a Roly el comienzo de un rapapolvo, pero el joven se limitó a señalar con el dedo a Elaine, que jugaba ensimismada con el bebé. Tim intentó ponerle mala cara, pero solo consiguió mostrar una ancha sonrisa. Galahad había descubierto la locomotora y la cogió con un grito de entusiasmo.

—¡Ha dicho «chu chu»! —señaló asombrada Elizabeth.

Elaine lanzó a Tim una mirada de disculpa, pero el hombre no tenía ganas de volver a discutir sobre los secretos de su esposa.

—De acuerdo —gruñó—. ¿Dónde está Lilian? ¿Y cómo se le ha ocurrido ponerle al niño un nombre como Galahad?

Lilian y Elaine apenas si podían separarse, y lo mismo ocurría con Caleb y Ben. Mientras madre e hija hablaban sin cesar sobre la vida en la isla Norte, padre e hijo discutían con gravedad acerca de la representación figurativa de los mitos en el arte maorí, y casi llegaron a las manos por si había que calificar o no de «estática» la representación de la separación de Papa y Rangi en las tallas de jade y madera de los indígenas. Tim charló algo forzado con George y Elizabeth, bebió whisky para calmar los dolores y se acostó al final con la última novela de Lilian, *La beldad de Westport*. Media hora más tarde, Roly le llevó el resto de la botella.

—La señorita Lainie vendrá un poco más tarde. Ha acompañado a Lily para ayudarla a acostar a Gila... Galo..., bueno, al bebé. —Los Greenwood habían puesto a disposición de los Lambert la habitación de invitados; los Biller dormían en un hotel vecino—. Pero ha dicho que a lo mejor lo necesita. Y que no se lo tome a la tremenda.

Tim le lanzó una mirada rencorosa.

—Ve a dormir, Roly, mañana tendremos mucho trabajo. ¡Tú sujetarás a mi hija mientras yo le propino una buena tunda!

—Me gustaría que os quedarais —dijo George Greenwood durante el desayuno, para el cual todos se habían vuelto a reunir en su casa—. Pero es mejor que viajéis hoy mismo a Kiward Station. Estoy preocupado por la señorita Gwyn; cuando ha telefoneado parecía muy nerviosa. Si la he entendido bien, está completamente sola en la granja, salvo por un joven maorí que les ayuda con los animales. Jack y Gloria han ido a la montaña para intentar bajar los rebaños. ¡En medio de la tormenta! La señorita Gwyn está muy preocupada, y no sin motivo; he llamado a la estación meteorológica y esperan una terrible tempestad.

Tim y Elaine le dieron la razón. Ya lo habían sospechado al ver las nubes negras y la extraña luz desde Arthur's Pass. Pero ¿qué hacían las ovejas de Kiward Station tan pronto en las montañas?

Lilian, parapetada tras los rizos que se había desprendido del moño —un peinado que le daba un aire mucho más adulto—, no se atrevía a decir esta boca es mía. Tim había bajado su libro y lo había colocado junto al plato con una elocuente expresión. Acto seguido, Lilian se había puesto roja como un tomate. Nunca habría deseado que sucediera una catástrofe que distrajera la atención de su novela, pero tampoco le fue mal del todo.

—Ya hablaremos en el coche de esto —señaló con severidad

Tim—. ¡Vale más que medites sobre lo que has pensado! George, ¿nos prestarías un coche, o podemos alquilar uno? Uno grande, si es factible. Necesito un poco de espacio para la pierna.

Tras el viaje en tren, todavía le dolían todos los huesos y no habría opuesto ninguna objeción a volver a meterse en la cama con otro de los novelones de Lilian. Claro que era literatura de mala calidad, además de un escándalo en lo tocante a la historia familiar de los Lambert, pero hasta ese momento nada le había hecho olvidarse hasta tal punto de sus dolores.

George asintió.

—Venga conmigo, Roly, tenemos varios automóviles de la compañía...

Lilian vio su oportunidad.

—¡No, yo conduzco! ¡Por favor, por favor, tío George! Siempre he sido el chófer de papá...

Elaine alzó la vista al cielo.

—¡Compórtate como una dama por una vez, Lily, y no le quites a Roly el trabajo!

Lilian sacudió la cabeza, dejando al momento sueltos más mechones del cabello.

—¡Pero yo soy mucho más rápida! —protestó—. Roly no pensará que lo dejamos de lado, ¿verdad que no? —Arrojó una mirada suplicante al muchacho, que, como era de esperar, acabó cediendo. Sus estrategias siempre habían funcionado con el chico, al igual que con Tim.

Roly cambiaba el peso de una pierna a la otra.

—Claro que no, señorita Lily. Además..., yo me encargaré del bebé. ¿Cómo se llama, que no me acuerdo?

Cuando Lilian conducía no se conversaba demasiado en el coche. Solo Ben pronunció una detallada conferencia sobre la actividad de su esposa como escritora. Comparó los libros de ella primero con inofensivas historias románticas como Jane Eyre, pero al final acabó diciendo que —debido a la falta de verosimilitud— se aproximaba más al género fantástico. Y puso como ejemplos *Frankenstein* o *Drácula*. Tim, de nuevo de mal humor, lo interrumpió al final señalando que Lilian sin duda había cometido un error al comercializar la historia de su familia; pero ni transformaba a sus personajes en vampiros ni había que desenterrarlos en los cementerios. Lilian sonrió agradecida a su padre, lo que provocó que el coche derrapara un poco.

A continuación Ben impartió otra clase sobre el tema del vampirismo en la tradición oral polinesia. Elaine se ocupaba de Galahad, que estaba acostumbrado al estilo de conducción de su madre y agitaba complacido y gorjeando su locomotora de juguete. Roly estaba encogido en un rincón del vehículo y se daba ánimos pensando que había logrado sobrevivir en Galípoli.

Llegaron a Kiward Station en un tiempo récord. Lilian se sintió un poco ofendida de que nadie lo valorase, pero supuso que al menos su bisabuela estaría orgullosa de ella.

No obstante, Gwyneira no se interesó por los récords de Lily. En realidad, ni siquiera atendió como debía a su tataranieto Galahad. Por primera vez en todos los años que había pasado en Kiward Station, Gwyneira McKenzie estaba totalmente desconcertada y al límite de sus fuerzas.

—Se morirán ahí arriba —repetía una y otra vez—. Y yo tengo la culpa.

Elaine se ocupó de que Moana y Kiri preparasen en primer lugar té para todos. Las dos mujeres maoríes parecían tan desorientadas como su señora y contaron, por añadidura, algo sobre una pelea entre Marama, Rongo Rongo y Tonga que había sacudido los cimientos de su mundo tanto como la tormenta el de Gwyneira.

—Marama dice que si Glory y Jack mueren será por culpa de Tonga, y Rongo dice que los espíritus están enfadados...

Eso último parecía inquietar mucho a Kiri, lo que Ben explicó ampliamente diciendo que el *mana* dañado de un jefe tribal influía hasta en las esferas más sutiles del equilibrio de una sociedad maorí. Al menos según la opinión de los afectados.

Lily sonrió y se sirvió té.

—Por el momento no se ha muerto nadie —señaló Tim—. Y si he visto bien al pasar, las primeras ovejas ya están aquí, ¿no?

Gwyneira asintió. De hecho, el pequeño Tane había llegado sano y salvo a la granja con los jóvenes carneros. Lamentablemente, los animales habían escapado de nuevo. El corral adonde los había llevado Tane no era demasiado seguro.

—Si alguien me dice dónde están las herramientas, lo reparo —se ofreció Roly, queriendo ser útil.

—La causa está, sobre todo, en la falta de forraje —informó Gwyneira—. En los corrales no crece nada más y si los conducimos al último pastizal...

Tim y Elaine escuchaban con el ceño fruncido la explicación e intentaban comprender todo ese lío sobre una promesa, los *tapu* y los espíritus.

—Un momento, ¿he entendido bien? —preguntó al final Tim—. Abuela, el Anillo de los Guerreros de Piedra pertenece a tus tierras, ¿no? Pero para autorizar que el abuelo James fuera enterrado ahí, el jefe exigió el derecho de explotación exclusivo de otros terrenos que tampoco le pertenecen, ¿es así?

—No los explotan... —susurró Gwyneira.

—¿Y qué sucede con ese *mana*?

—Para decirlo en pocas palabras, el *mana* significa la influencia que ejerce un hombre en la sociedad tribal. Pero también tiene matices espirituales. Se aumenta cuando... —Ben inició un nuevo discurso.

—Entre otras cosas, cuando se presiona a una anciana —observó Tim, que estaba de bastante mal humor. El trayecto, a menudo por carreteras accidentadas, había agravado sus dolores. En esos momentos habría preferido acostarse un rato a andar resolviendo problemas familiares—. En serio, se trata de esto. El hombre quiere impresionar a su gente controlando a los *pakeha* locales y ejerciendo su influencia sobre la explotación del terreno y el mercado laboral. ¡Abuela, tienes que impedirlo! A partir de ahora llevarás a las ovejas a donde haya pasto, y si se altera por eso, perturbaremos un poco su *mana*, simplemente. Sería interesante ver qué repercusiones tendría en el mundo de los espíritus el que le amenazaras con echar a su gente de tus tierras. Dile que vas a demoler el poblado del lago.

Gwyneira lo miró horrorizada.

—¡Los seres humanos llevan siglos viviendo ahí!

Tim se encogió de hombros.

—Y en Greymouth hace milenios que hay carbón bajo la tierra. Ahora lo extraigo. Por el momento no hay espíritu que se haya enfurecido por eso.

—¡No exageremos! —intervino Elaine—. Además, las ovejas están recién esquiladas y fuera sopla el viento y llueve. Para sacarlas a pastar, bien podría haberlas dejado en la montaña. ¿No os queda nada de forraje, abuela?

—Solo un poco para los caballos. Jack pensaba que tenía que pedir piensos compuestos. Pero el comerciante está en Christchurch y no quiere enviar transportistas...

—¿Qué? ¿Dónde está el teléfono? —Tim había encontrado por fin una víctima en quien descargar su mal humor.

Un par de minutos después regresó echando pestes.

—Ese tipo asegura que no puede hacer el suministro antes de la semana que viene. ¡Por el tiempo! Como si la lluvia fuera una excepción. Le he dicho que le enviamos un coche y recogemos el pienso nosotros mismos. ¿Podemos disponer de un hombre para ello?

Gwyneira sacudió la cabeza.

—Ahora mismo no contamos con nadie más que con Tane. Y a él es imposible enviarlo solo a Christchurch.

—¡Pues ya voy yo! —se ofreció Lilian—. ¿Verdad que tenéis algo así como un carro entoldado, abuela? Tenemos que proteger el pienso para que no se moje. ¿Y qué caballo engancho? Por supuesto, un automóvil sería todavía mejor...

Elaine puso los ojos en blanco.

—Prefiero que cojas las riendas —observó—. Confío más en la sensatez de los caballos.

—Y que te acompañe Ben —ordenó Tim—. Por más que cargar sacos no se ajuste a su área de actividades.

—¡En eso se equivoca, señor! —Ben le sonrió irónico, se arremangó la camisa y le mostró unos bíceps considerables—. Antes de que Lilian empezara a escribir esos..., hum..., libros, trabajaba por las noches en el puerto.

Tim sintió por vez primera respeto hacia su yerno. Hasta entonces no lo había visto capaz de ganarse el sustento de su familia con un trabajo manual. Por otra parte, Lilian también había admirado su carrera de deportista antes de que se casaran. Si mal no recordaba, el joven no solo practicaba el remo, sino que también había ganado una competición. Tim se sintió más tranquilo: pese a todas las similitudes externas y los mismos e irritantes ámbitos de interés: Ben no era Caleb. Su yerno era un hombre hecho y derecho.

—Si él quiere y la abuela no tiene nada en contra, también puede recoger a su padre —refunfuñó Tim condescendiente—. Nos hemos olvidado totalmente de él con la precipitación de la partida. Si está solo en Christchurch, no disfrutará de su nieto...

Gwyneira recuperó los ánimos cuando acompañó a la joven pareja a los establos y les señaló un cob y un coche cerrado. Elaine fue con ellos y se encargó enseguida de organizar la cuadra.

—Hay que limpiar el estiércol. Se ocupará Tane. ¿O lo necesitas para reparar el cercado, Roly? Ay, ¿sabes? Olvídate de la cerca. Llevaremos las ovejas a un cobertizo. Y prepararemos los otros para cuando Jack y Gloria traigan más animales.

Jack y Gloria. Con la idea de dar de comer al ganado casi se habían olvidado de la gente que estaba en la montaña. Sin embargo, el tiempo era bastante inquietante. Elaine tomó prestado un anticuado traje de montar y un abrigo encerado de Gwyneira, pero cuando hubo encerrado los carneros con ayuda de Tane, estaba empapada. En las montañas la lluvia caía en forma de nieve. Y esto tan solo era el inicio del huracán, si había que creer lo que decían los meteorólogos de Christchurch.

—¿Serviría de algo salir a buscarlos? ¿Qué crees? —preguntó a Tim, mientras se acurrucaba junto a la chimenea para entrar en calor. Su marido se había dado por vencido y estaba tumbado en el sofá abrigado con una manta. Antes había estado hablando varias veces con George Greenwood por teléfono. Greenwood Enterprises aportaría otro coche de reparto que llegaría con forraje por la noche. Los empleados permanecerían en la granja y ayudarían a alimentar a los animales y a realizar otras faenas.

—Esos no han visto nunca una oveja, pero sabrán manejar una horca para limpiar el corral. Y en caso de necesidad, hasta yo mismo puedo ensañarles cómo reparar una cerca. Esto —Tim se señaló impaciente la pierna— debería estar mejor mañana.

Elaine lo dudaba, ya que Tim solía sentirse peor cuando hacía mal tiempo y llovía, pero no insistió. Le preocupaban más los que estaban acampados en la montaña.

—A las ovejas no las bajaremos antes de la tormenta. Pero ¿podría quizás avisar alguien a las personas que están ahí?

Gwyneira hizo un gesto de impotencia.

—No tenemos tiempo para ello —murmuró—. Suele ser una cabalgada de dos días. Bueno, un caballo muy rápido y con un buen jinete tal vez necesitaría solo de un día...

—Imposible, ahí arriba ya está nevando —intervino Tim—. ¿Y dónde debería ir a buscarlos el mensajero? Pueden estar...

—Sé donde están. Y... —Gwyneira hizo ademán de ir a levantarse.

—¡Tú te quedas donde estás, abuela! —ordenó Elaine—. ¡No hagas tonterías! Según parece, solo tenemos que esperar... y confiar en la experiencia de Jack en las montañas.

Gwyneira gimió.

—En estos últimos tiempos, no se puede confiar especialmente en Jack.

Roly O'Brien, que también se calentaba junto al fuego tras haber pasado todo el día limpiando los establos y ordenándolos, la miró ofendido.

—¡En el señor Jack siempre puede uno confiar! Ha estado enfermo, ¡pero si tiene que hacerlo, sacará sus ovejas del infierno!

Al principio Gwyn pareció desconcertada. Luego contempló al joven con más detenimiento y dio la impresión de vacilar.

—Así que usted es Roly —dijo al final—. Estuvo con Jack. ¿Me hablaría usted de la guerra, señor O'Brien?

Roly nunca se había explayado tanto acerca de Galípoli, lo cual, con toda certeza, no fue fruto del excelente whisky con que Gwyneira contribuyó a soltarle la lengua, sino del vivo interés con que la anciana lo escuchaba. La mujer de ojos cansados escuchaba en silencio, pero cuanto más hablaba Roly, más vivaz se hacía su mirada y más se reflejaban la tristeza y el horror en sus fascinantes iris azules.

Ambos siguieron un buen rato al calor de la lumbre después de que Tim y Elaine se retiraran. Tim necesitaba una cama y Elaine casi se había quedado dormida en el sillón después de ocuparse de las ovejas. En la noche la sobresaltó un ruido que al principio no supo identificar. El delirio de Gwyneira de salir ella misma en busca de los desaparecidos la había alarmado. Se levantó para comprobar qué la había despertado.

En realidad tan solo se trataba de la llegada del vehículo procedente de Christchurch cargado con el forraje. Gwyn y Roly, que habían estado sentados junto a la chimenea hablando, saludaron al conductor en el salón y sirvieron whisky a los empapados y cansados hombres. Fuera bramaba una tormenta de nieve, pese a que no debía de ser tan violenta como en las montañas.

—Bien, Roly, vamos a dar el pienso a las ovejas —suspiró Elaine tras echar un vistazo por la ventana—. Todavía perderemos más si no comen suficiente con este frío. ¿Está todavía enganchado el carro? Entonces lo llevaremos directamente al cobertizo y lo descargaremos ahí.

Roly se tambaleaba bastante, pero por supuesto acompañó a Elaine y contempló satisfecho cómo comían los animales.

—Siempre quise tener una granja —suspiró Elaine—. Cuánto envidié a Kura-maro-tini por ser la heredera de Kiward Station. Pero en noches como esta...

—Jack no ha contado nada de la guerra —susurró Roly de forma incoherente—. Su madre no sabía nada, y él se quedaba en la habitación acostado, mirando las paredes. La gente fina tiene mucha paciencia. Mi madre ya haría tiempo que me habría dado una paliza.

Al día siguiente, Elaine inspeccionó los cobertizos con los nuevos ayudantes, preparó la comida y esparció paja para las ovejas madre. Tim estuvo mirando por el área interior de la granja y no quedó muy satisfecho.

—La valla rota casi es lo de menos. La granja necesita una buena puesta a punto, abuela. Maaka tiende a improvisar un poco: un remiendo por aquí, un parche por allá... Cuando Jack esté de vuelta, tendrá que repararlo todo bien.

—Pues a los cobertizos de esquileo les pasa lo mismo —intervino Elaine—. Parecen a punto de derrumbarse. ¿Nunca has pensado en construir un edificio nuevo? Ahora tenéis muchas más ovejas. Necesitáis instalaciones más amplias.

—Y el problema de personal... —Tim se había quedado perplejo cuando por la mañana aparecieron tres maoríes a trabajar como si no hubiera pasado nada—. No se trata de que la gente se presente cuando le apetezca.

—Es el tiempo; no pueden salir a cazar —explicó Gwyn—. Y las provisiones de grano ya están agotadas. Esperan que les demos alimentos si dejan plantado a Tonga.

—Pues menudo *mana* tiene —farfulló Tim—. Pero en serio, abuela, ¿les pagáis en especies? ¡Es antediluviano! ¿Y no tienen contrato de trabajo? Jack ha de tomar cartas en el asunto, ¡vivimos en el siglo veinte! ¡Hoy en día la cuestión de personal ya no se rige según la benevolencia del amo! Te aconsejo que recurras a especialistas, abuela. A lo mejor se podría contratar a gente de Gales o Escocia. ¡Es inconcebible que solo el capataz sepa de qué va el asunto!

A primera hora de la tarde aparecieron Lilian, Ben y Caleb con una nueva carga de forraje y más mano de obra. El probado método de Lily de entablar conversación con todo el mundo les había obsequiado con un pastor experimentado. El hombre procedía de la isla Norte, donde había tenido un lío familiar. «Un amor desgraciado», puntualizó Lilian abriendo los ojos teatralmente. Antes había trabajado en un comercio para comida de animales. Prefería, confesó tras intercambiar unas pocas frases, volver a trabajar con ovejas. Lilian lo contrató en un periquete.

Avanzada la tarde los ánimos en Kiward Station estaban por los suelos. Durante el día todos se habían distraído trabajando, pero a esas alturas la tormenta ya se había desencadenado en las llanuras. Cualquiera era capaz de imaginar cómo sería en las montañas.

—Nosotros al menos teníamos carros entoldados —dijo Gwyneira en voz baja y mirando por la ventana—. Si...

—Con este tiempo un toldo sale volando igual que una tienda —observó Elaine. Prefirió callarse que si ahí arriba se había desencadenado realmente un huracán, hasta los carros volarían.

Solo Marama les llevó un poco de esperanza. Había acompañado a Kiward Station a su marido, que por fin acudía de nuevo a trabajar. Los días anteriores no se había atrevido a oponerse abiertamente a Tonga, ya que en su origen no pertenecía a la tribu y tenía poco *mana*. Pero en esos momentos, Marama llevaba al experimentado pastor y esquilador a la granja. Estaba totalmente segura de que pronto tendría tareas que realizar ahí.

—Quizá vengan mañana con las primeras ovejas —aventuró—. Y la mitad ya estarán pariendo la primera noche que pasen en casa.

Con un gesto de la mano acalló los temores de Gwyneira y Elaine por Gloria y los hombres.

—¡Si les hubiera pasado algo a mis hijos, yo lo sabría!

Estaba firmemente convencida de ello, al igual que años atrás había estado convencida de que Kura estaba bien, aunque nadie sabía dónde se había metido la joven.

Tim volvió a fruncir el ceño cuando Elaine le informó de los presentimientos de Marama.

—¿Sabías que yo estaba vivo cuando se derrumbó la mina? —preguntó.

Elaine sacudió sincera la cabeza.

—No, pero siempre supe que Lilian se encontraba bien.

Tim alzó la vista al cielo.

—¡Cariño, los presentimientos que se basan en los informes de detectives privados no cuentan!

Lilian intentaba distraer a Gwyneira jugando con Galahad y haciéndole carantoñas, pero el pequeño estaba cansado y llorón. Acabó metiéndolo en la cama y se reunió en silencio con sus padres.

Los únicos que hablaban en voz baja, pero emocionados, eran

Ben y Caleb Biller. Para Caleb, el hecho de discutir cara a cara con su hijo en lugar de cartearse simplemente con personas afines debía de ser como estar en el paraíso. Ben se explayaba con todo detalle acerca del concepto de *mana* y su relación con principios similares en otros territorios polinesios. Caleb lo vinculaba al tamaño de la representación de las figuras divinas, lo cual suscitó una agitada controversia sobre cuánto *mana* habían tenido en realidad los distintos dioses y semidioses.

—Sería de gran ayuda contar con los apuntes de la señorita Charlotte —señaló Caleb, quien pasó a ensalzar los méritos de la malograda joven.

Gwyneira, corroída por la inquietud y contenta de hacer algo, se puso en pie.

—Mi hijo ha dejado las cosas preparadas. Si lo desean, voy a buscarlas.

Caleb no deseaba causar molestias, pero Ben parecía un niño al que hubieran dejado sin postre.

—No es molestia alguna.

Gwyneira subió las escaleras, esforzándose por no hacer caso a la artritis. Nunca entraba en la habitación de su hijo sin avisar, pero había visto las carpetas de Charlotte sobre la mesa. Y si se confirmaban todos sus temores, pronto tendría que ordenar y limpiar la habitación. Tomó aire al entrar, el mismo que él había inspirado. De repente se sintió mareada.

La anciana se sentó en la cama de Jack y hundió el rostro en la almohada. Su hijo. No lo había comprendido. No había entendido nada. En silencio lo había tomado por un cobarde. Y ahora tal vez no volviera nunca más.

Al final se repuso y buscó las carpetas. Había una junto a la pila de las demás. Gwyneira la levantó e intentó en vano sujetar el montón de dibujos. Las imágenes se esparcieron por el suelo.

Gwyneira suspiró, encendió la luz cuando se inclinó para recoger las láminas, se sobresaltó al sentir la mirada de una calavera.

Gwyneira había pasado la noche anterior en Galípoli.

Esa noche transcurrió en el *Mary Lou* y el *Niobe*.

Al día siguiente la tormenta había amainado, pero el aire era gélido. Elaine y Lilian temblaban mientras se ocupaban de las ovejas y los caballos. Roly, Ben y los nuevos ayudantes recogían agua. Y entonces desembocó en la granja un verdadero torrente de ovejas empapadas y muertas de frío. Hori y Carter estaban ahí. Habían bajado de las montañas las primeras ovejas sin sufrir grandes pérdidas y alcanzado los refugios antes de que estallara la tormenta.

—¡Pero pensábamos que el viento arrancaría las cabañas! —informó Carter—. Hay que enviar a alguien a repararlas. Parte del techo se ha desprendido. Esta mañana nos hemos puesto en camino muy pronto. ¿Saben algo del señor Jack y la señorita Gloria? Hemos visto bengalas.

—¿Y no han vuelto a subir para buscarlos cuando la tormenta se ha calmado? —preguntó Elaine con severidad.

Hori sacudió la cabeza.

—Señorita Lainie, si ahí arriba todavía queda alguien con vida, se las apañará sin nosotros. Y si no queda nadie..., al menos habremos traído aquí las ovejas.

Como casi todos los maoríes era práctico.

—Bengalas —comunicó Elaine a su marido. Tim supervisaba un par de reparaciones en el cobertizo—. Pidieron ayuda, pero nosotros ni siquiera lo vimos.

—¿De qué habría servido verlo? En realidad es extraño hasta que lo hayan intentado. Jack tenía que saber que estaba a dos días a caballo de cualquier lugar civilizado. Si hubieran disparado después de la tormenta, habría tenido su lógica. Las señales habrían procedido de algunos supervivientes necesitados de socorro. Pero ¿disparar ahí bengalas en medio de una tormenta de nieve? No parece una iniciativa bien meditada. —Timothy Lambert había aprendido a conservar la calma incluso en las situaciones más extremas. Su especialidad como ingeniero de minas era la seguridad de las galerías. Sin embargo, Elaine casi se tomó a mal que dudase de la responsabilidad de Jack.

—¡Vaya por Dios, nadie piensa continuamente de forma lógica! Tenemos que reunir un grupo de búsqueda...

—Harías mejor en ocuparte primero de las ovejas —recomendó Tim—. Y no te metas con los hombres. Han actuado de forma totalmente correcta. —El hombre se volvió de nuevo a los trabajadores—. ¿Cómo está la abuela?

Gwyneira había vuelto al salón una hora después de haberlo dejado. Con una palidez mortal, había tendido en silencio los cuadernos a los Biller. Luego se había retirado enseguida y hasta el momento no había vuelto a hacer acto de presencia.

—Kiri le ha llevado el desayuno. No quiere ver a nadie y no ha comido nada, pero se ha bebido el té. Creo que más tarde me cuidaré de ella.

Elaine se puso a distribuir al rebaño recién llegado por los cobertizos y establos de ganado vacuno. Algunas ovejas madre estaban a punto de parir, otras iban acompañadas de corderitos minúsculos. El nuevo empleado de Lilian se encargó de los animales. Demostró ser un diestro asistente al parto, propuso colocar unos cuencos con carbón en los cobertizos para tener una fuente de calor adicional para las crías más débiles y pareció entenderse de inmediato con los perros pastores.

Elaine envió a Hori y Carter a dormir. Estaban muertos de cansancio.

Mucho más tarde fue a informar a su abuela. Gwyneira por fin había bajado y estaba sentada junto a la chimenea. Ausente, jugaba con Galahad. Parecía haber envejecido años.

—Los hombres han conducido dos mil animales, de los cuales ochocientos son ovejas madre. La mayor parte de los corderos que nacieron ayer por la noche no pudieron sobrevivir a la tormenta de nieve. Pero muchas dan a luz hoy y Jamie hace auténticos milagros.

—¿Quién es Jamie? —preguntó distraída Gwyneira.

—El nuevo pastor que ha conseguido Lilian. Ah, sí, y han venido cuatro o cinco maoríes más. Tim les ha puesto los puntos sobre las íes por lo de Tonga. Como se repita algo así, no volverán a ser contratados... —prosiguió Elaine.

Gwyneira tenía la sensación de que la dirección de la granja se le escapaba de las manos. Y no era una sensación desagradable.

13

Gloria no respondió al beso de Jack. Antes de bajar los ojos, la muchacha lo miró brevemente con sorpresa y turbación.

Delante de la tienda se extendía una fina capa de nieve. El viento la había empujado hacia el fondo del cobijo de piedra donde habían montado las lonas y hacía tanto frío que no se fundía. También en el valle, delante de las rocas, había nieve, pero el lago no se había congelado. La superficie, de un azul pálido, reflejaba el tono grisáceo del cielo. Algunas ovejas, de un color gris sucio en la nieve manchada de excrementos, abrevaban ahí. En cualquier caso, la mayoría de los animales parecían haber sobrevivido y los corderos balaban en el exterior, junto a la tienda. Se sentían desdichados pero, con toda certeza, llenos de vida. Fuera resonaban maldiciones. Wiremu y Paora habían cogido una de las madres oveja y en esos momentos intentaban ordeñar al díscolo animal para dar la leche a los huérfanos recién nacidos. Otros hombres se encargaban de atizar de nuevo el fuego mientras Rihari sacaba agua del lago.

—¡Enseguida tendremos té caliente, jefa! ¿Cómo se encuentra, señor Jack?

El hombre había esperado ser capaz de volver a montar ese día, pero tras la dura cabalgada del día anterior le resultaba imposible. Tenía fiebre y se mareó cuando Wiremu lo ayudó a llegar hasta la hoguera. Allí se acuclilló, agotado, y procuró explicar el plan del día de forma coherente.

—Entonces, ¿qué pensáis? ¿Bajamos y nos ponemos todos a resguardo? ¿O intentamos encontrar al resto de los animales?

—Usted no puede montar, señor Jack —objetó Willings con sensatez—. Ayer iba tirado en el caballo como un saco. Y en esto le va la vida. Pase lo que pase, tiene usted que quedarse hasta que se encuentre mejor.

—El problema no soy yo... —protestó Jack.

—Buscaremos al resto de las ovejas, claro —decidió Gloria—. Si es que han sobrevivido muchas. Pero los animales tampoco son tontos y se quedan aquí todos los veranos. Es probable que conozcan otros refugios como este. Seguro que algunas habrán conseguido superar la situación.

—Bien, pero deberíamos enviar a alguien a Kiward Station —señaló Paora—. La señorita Gwyn estará muy preocupada.

Gloria hizo un gesto de indiferencia.

—No puedo hacer nada para evitárselo —replicó impaciente—. Aquí no podemos prescindir de ningún hombre. Hay que encontrar deprisa a las ovejas y bajarlas. A los rebaños les alcanzará la hierba de que disponemos en este valle y en los alrededores hasta mañana temprano. Pueden raspar la nieve y enseguida se fundirá. Les daremos un descanso para que se repongan tras la tormenta. Mañana un grupo bajará con ellas mientras nosotros reunimos los animales que quedan y pasado mañana los seguimos. Siempre que el tiempo nos lo permita. ¿Cómo lo ves, Rihari?

El rastreador evaluó el estado del cielo cubierto.

—Creo que la cólera de Tawhirimatea ha desaparecido. Se diría que lloverá, a lo mejor nieva todavía un poco, pero creo que la tormenta ya ha pasado.

En efecto, apenas si soplaba el viento y el aire ya no parecía tan cargado de tensión. Hacía una de esas mañanas lluviosas típicas de la montaña. Inhóspita, pero no peligrosa.

Gloria y sus hombres no condujeron las últimas ovejas descarriadas al refugio, sino al antiguo lugar donde solían reunirlas.

—Volveremos a trasladar el campamento —decidió Gloria—. Mañana temprano mismo. Hasta entonces las ovejas todavía no habrán acabado con todos los pastos que rodean el lago. Cuando en verano lleguen las *tohunga* a hablar con los espíritus nada habrá cambiado.

Gloria dejó en el aire la cuestión de si realmente respetaba el *tapu* o si se limitaba a no enfadar a Rongo. Se sorprendió un poco de que nadie la contradijera, pero la magia del refugio escondido en las montañas también había sosegado el alma de los últimos *pakeha*.

Por la noche se introdujo con toda naturalidad en la tienda de Jack y en su saco de dormir, para quedarse tendida junto a él sin mirarlo. Él sentía que el cuerpo de la joven estaba rígido, pero prefirió no mencionar el tema, al igual que tampoco ella había dedicado ninguna palabra al beso de la mañana. Intercambiaron un par de frases triviales y forzadas sobre la excursión a caballo y la búsqueda de los animales: Gloria y sus hombres habían recogido mil ovejas más. Jack la besó con dulzura en la frente.

—Qué orgulloso estoy de ti —dijo con cariño—. Duerme bien, mi querida Gloria. —Lo que más deseaba en el mundo era estrecharla entre sus brazos y romper esa rigidez, pero habría sido un error. Jack no quería cometer ningún error más con la mujer a quien amaba.

Al final se obligó a dar la espalda a Gloria. Se durmió mientras esperaba en vano que ella se relajara. Sin embargo, al despertar, notó la calidez de la joven. Ella se había apretado contra él, el pecho pegado a su espalda, la cabeza inclinada contra su hombro. El brazo de Gloria descansaba sobre él como si quisiera aferrarse a su cuerpo. Jack esperó a que ella también despertase. Entonces volvió a besarla.

Esa mañana, Gloria envió al valle a la mitad de los hombres con la mayor parte de los rebaños. Jack todavía no se había recuperado lo suficiente para colaborar. No obstante, mantenía juntas las ovejas que habían quedado con *Tuesday*, mientras Gloria, Wiremu y los dos pastores maoríes con experiencia buscaban por la montaña a los animales descarriados. Precisamente Wiremu obtuvo un éxito inesperado en esa tarea al descubrir en un valle escondido las últimas seiscientas ovejas madre. Muchas de ellas habían perdido a sus retoños, pero casi todos los preciados animales de cría habían sobrevivido.

Gloria no cabía en sí de alegría y por la noche, sentados junto a la hoguera, se apretó ligeramente contra Jack. En la tienda permitió que él volviera a besarla, pero luego se quedó rígida, tendida boca arriba y esperó. Esta vez, Jack no se dio media vuelta, pero tampoco la tocó. No sabía cómo actuar. El cuerpo rígido y tenso de la joven no expresaba temor, solo resignación ante lo inevitable. Para Jack era algo casi insoportable. Habría sabido manejar el miedo, pero para Gloria la entrega era una forma de sumisión.

—No quiero nada que tú no desees, Gloria... —dijo.

—Lo deseo —susurró ella. Para espanto de él, el tono era casi de indiferencia.

Jack sacudió la cabeza y la besó luego en la sien.

—Buenas noches, querida Gloria.

Esta vez no tardó tanto en relajarse. Jack notaba el calor de ella en la espalda cuando se durmió.

Por la mañana regresarían a Kiward Station. Probablemente no pasara nada. Pero Jack no tenía prisa.

Al día siguiente el primero en llegar a Kiward Station fue Maaka. El joven capataz había decidido que los festejos de boda que quedaban podían esperar. En lugar de dar ceremoniosamente la bienvenida a su joven y hermosísima esposa en el *marae* de su tribu, la alojó primero en uno de los muchos cuartos de Kiward Station. Por primera vez en años, apenas si había habitaciones suficientes.

Tim Lambert se sintió enormemente aliviado con la llegada de Maaka, pues a esas alturas temía realmente que su aventurera esposa y su aún más intrépida hija planearan por su cuenta una operación de rescate de los desaparecidos.

En cuanto se le brindó la oportunidad, hizo un aparte con Maaka.

—Y ahora sin sentimentalismos —dijo—. ¿Existe la posibilidad de que todavía quede alguien con vida?

Maaka se encogió de hombros.

—Naturalmente, señor. Hay un montón de cuevas, valles, incluso bosques aislados que ofrecen refugio. Lo que cuenta es no dejarse sorprender por la tormenta y saber orientarse...

—¿Y? —preguntó Tim—. ¿Se desenvuelve bien en eso Jack McKenzie?

—No tan bien como los jóvenes maoríes, señor —respondió Maaka—. La tribu a menudo pasa todo el verano ahí arriba. Los hijos de Marama seguramente conozcan cada piedra.

—Y Jack... —Tim se mordió los labios. Se trataba de una pregunta difícil de plantear a un empleado—. ¿Se deja aconsejar?

Maaka pareció vacilar de nuevo.

—Jack era un tipo estupendo. Pero desde la guerra..., es difícil calificarlo. Se deja llevar, ¿sabe? Es posible que lo ponga todo en manos de Gloria...

Maaka no lo verbalizó, pero por la expresión del joven maorí Tim supuso que Gloria era bastante terca, algo que no le sorprendía. Conocía a Kura-maro-tini, una mujer que siempre conseguía lo que se proponía.

—¿Qué le parece la idea de formar un grupo de rescate? —quiso saber—. Vieron que disparaban bengalas. Mi esposa opina que quizás estén esperando ayuda.

—Por más que disparen ahí arriba, es imposible que se vea desde aquí —objetó Maaka sorprendido—. Debieron de ser relámpagos.

Tim le informó acerca de lo que Hori y Carter habían observado, pero Maaka hizo un gesto de rechazo.

—Nos llevamos las bengalas por si alguien se pierde o está herido. Así avisamos al campamento principal. Pero desde Kiward Station no se ven, y de todos modos resultaría imposible determinar la posición.

—¿Así que nada de grupo de rescate? —La relajación del joven maorí estaba poniendo nervioso a Tim—. No había imaginado que fuera tan poco sentimental.

—¿Para qué?

—¡Pues hombre, para ir a salvar a esa gente! —explotó—. Algo debe de haber ocurrido, si no ya haría tiempo que habrían regresado. ¿O qué cree usted que están haciendo ahí arriba?

—Reunir las ovejas —respondió Maaka, lacónico.

Tim se quedó atónito.

—¿Opina usted que una persona que a duras penas ha sobrevivido a una tormenta como esa no regresa directamente a casa, sino que sigue recogiendo ovejas como si no hubiera pasado nada?

Maaka contrajo los labios.

—Una persona cualquiera quizá no, señor. Pero sí un McKenzie. —Se detuvo un instante—. Y una Warden. Voy a ocuparme de la preparación de los antiguos establos de bueyes, señor. Así las ovejas tendrán donde ponerse al abrigo.

Los establos estaban limpios y cubiertos de heno y las vallas supervisadas y reparadas cuando llegó el primer grupo de hombres con las ovejas madre. Marama estrechó sonriente a su segundo hijo entre sus brazos y Elaine respiró aliviada cuando le aseguraron que el resto del grupo llegaría al día siguiente.

—¿No podríais haber enviado a alguien para informar? —preguntó Gwyneira entre risas y lágrimas. Había recibido en casa a los cansados y empapados hombres, a quienes sirvió whisky en abundancia mientras escuchaba las hazañas que le contaban.

—Se lo sugerimos, pero la jefa dijo que no podíamos prescindir de ningún hombre.

Cuando Elaine y Lilian bajaron, un poco demasiado pronto, para comer todos juntos, Gwyneira estaba sentada junto a la chimenea con un vaso de whisky en la mano.

—A mí nunca me han llamado «jefa» —dijo ausente.

Lilian soltó una risita.

—Pues sí, los tiempos han cambiado. Podías saber diez veces más de ovejas que los empleados, pero siempre has sido la dulce «señorita Gwyn». Gloria tuvo la mala suerte, o tal vez la fortuna, de no ser nunca mona. De todos modos, antes era tímida. —Sonrió—. Parece haber cambiado.

Jack, Gloria y los hombres pasaron la última noche en los refugios. Wiremu insistió en que ambos se alojaran esta vez en la sala interior. Jack todavía estaba débil y tenía que dormir en un lugar caliente después de la cabalgada. Pero Gloria les deparaba una sorpresa.

—Nos acostaremos todos dentro —decidió—. Los corderos dormirán en el establo, con los balidos nadie pegará ojo.

Dicho esto, lanzó una breve mirada a cada uno de los hombres. Salvo Wiremu y Jack, ninguno parecía percatarse de lo difícil que le había resultado proponer algo así. Los últimos hombres eran todos maoríes, estaban acostumbrados a pernoctar en el dormitorio común y nunca se les habría ocurrido molestar a una muchacha. Máxime teniendo en cuenta que ella pertenecía a otro.

Jack esperaba que Gloria volviera a reunirse con él, pero la joven se quedó en su rincón y se ocultó tras el enorme saco de dormir. Nadie se opuso a que el enfermo ocupara la segunda cama de la cabaña, ya que la cabalgada bajo la lluvia y el frío había vuelto a debilitarlo. El hombre se tomó pacientemente la infusión que Wiremu le llevó.

—No acabo de entenderlo —confesó el joven maorí—. Comparte el tiempo contigo, pero no...

Jack se encogió de hombros.

—Wiremu, ¿no te parece que os excedisteis un poco en la casa de asambleas?

—Entonces, ¿no vais a casaros? —preguntó Wiremu—. Pensaba que...

Jack sonrió.

—No depende de mí. Pero antes de que me hagan un desaire como el que te hicieron a ti...

Wiremu sonrió dolido.

—¡Vigila tu *mana*! —advirtió.

Después de toda una jornada en la que por fortuna no llovió, llegaron a Kiward Station ya de noche. Los hombres habían abierto los establos a las ovejas, Elaine incluso había sacado a los caballos de las cuadras y se había alegrado de que se desfogaran en el corral. Ese día todo estaba preparado. Al final, Lilian y Elaine salieron al encuentro de los rebaños.

Gloria se quedó perpleja cuando vio llegar a su prima.

—¿No habías desaparecido en Auckland? —preguntó mirando a Lilian.

El duendecillo pelirrojo apenas había cambiado en los últimos años. Por supuesto que había crecido, pero conservaba su risa pícara y despreocupada.

—¡Tú eras la desaparecida! —replicó Lily—. ¡Yo solo me he casado!

También ella observaba a Gloria, pero veía a otra muchacha distinta de la niña regordeta, pusilánime y enfurruñada de Oaks Garden. Gloria se sentaba con seguridad sobre la grupa. Tenía el rostro enrojecido y con los signos de la fatiga producida por la aventura, pero Lilian pocas veces había visto un semblante más atractivo. Tenía que recordarlo para su próxima novela... Una muchacha que recorre medio mundo en busca de su amor. Una nueva edición de *Jackaroe*. Si bien presentía vagamente que Gloria nunca le contaría toda su historia.

Lilian le habló complacida de su vida en Auckland y de su bebé, y Elaine le contó cómo estaban las cosas en Kiward Station. Jack y Gloria se miraban en silencio y de vez en cuando contemplaban con orgullo a los animales que los precedían. Cuando por fin alcanzaron la granja, los hombres ya los esperaban para distribuir las ovejas y los caballos. Maaka estaba ahí para coordinarlo todo, pero los trabajadores que habían estado participando en el rescate de los rebaños solo tenían ojos para Gloria. Y ella miraba a Jack.

—Bien, muchachos —dijo el hombre—. Es agradable estar de vuelta. Podemos felicitarnos por ello, Paora, Anaru, Willings, Beales. Ha sido un trabajo excelente. Creo que hablaremos con la jefa sobre una pequeña gratificación.

Jack miró a Gloria y esta sonrió.

—Supongo que habéis vaciado los cobertizos de esquileo para las ovejas madre. A los carneros los llevamos más lejos, al pastizal que hay detrás de Bol's Creek. ¡Y no quiero volver a oír ni palabra de *tapu*! Si sigue sin llover, mañana llevaremos las ovejas que han parido al Anillo de los Guerreros de Piedra...

Jack repartió relajado las indicaciones, mientras Gloria y algunos de los hombres ya silbaban a los perros pastores para que separasen los rebaños.

—Maaka, ¿te encargas tú de controlar? Quiero saludar a mi madre. Además, por lo que parece toda la familia está en casa.

—Un baño también sería una buena idea —intervino Gloria, mientras desmontaba—. Llevo los caballos al establo, Jack. Ve a casa tranquilo y quítate el frío de encima.

La joven conducía a *Ceredwen* y *Anwyl* hacía el edificio de los establos cuando Gwyneira abrió desde el interior la puerta de las cuadras. En realidad, Jack había supuesto que encontraría a su madre en la casa, ya que cuando tenían visita pocas veces disponía de tiempo para supervisar los establos. Gwyneira llevaba un viejo traje de montar, su cabello blanco y rizado seguía siendo igual de rebelde que en otros tiempos, y hacía años que Jack no veía en su rostro un resplandor tan juvenil.

—¡Jack, Gloria! —Gwyneira corrió hacia ellos y los abrazó al mismo tiempo. No tuvo en cuenta el hecho de que Gloria se tensaba y Jack la abrazaba solo por cortesía. Todo esto cambiaría, tenían tiempo. La importancia que pudiera tener su actitud empalidecería ante lo que acontecía en el establo, algo que para Gwyneira, pese a los años, todavía era un milagro.

»¡Entrad, alguien quiere saludaros! —anunció, y tiró de su hijo y su bisnieta hacia el box de *Princess*—. ¡Acaba de nacer! —Gwyneira señaló el establo, y los recién llegados se apiñaron delante.

Junto a la yegua poni había un pequeño semental de color chocolate. Un diminuto lunar blanco se hallaba entre sus ollares y una estrella en la frente.

Gloria levantó la vista hacia Jack.

—El potro que me prometiste.

Jack asintió.

—Debía esperar tu regreso.

—¡Jack!

Tim Lambert no había salido de casa para saludar a los héroes del momento. Al atardecer bajaban las temperaturas y el ambiente era menos acogedor; además, en Kiward Station solía llover más de lo que convenía a sus huesos. Esa enorme casa señorial tampoco acababa de calentarse. En el fondo solo llegaría a ser acogedora si se contase con mucho más personal del que disponía Gwyneira. Tim ansiaba regresar a su pequeña y cómoda casa de Greymouth y, en realidad, también a su despacho. Tenía ganas de volver a ver los montones de carbón y las torres de transporte. Ya había tenido ovejas más que suficientes para varios años.

Qué fue lo que retuvo a Jack y Gloria dos horas más tras su llegada a la granja en los establos fue un misterio para él. Incluso Maaka, que había supervisado las ovejas después, ya había entrado y estaba sentado algo encogido junto a Tim al lado de la chimenea. No obstante, por fin aparecieron los dos, ambos sucios y con el cabello revuelto, pero con una expresión de manifiesta felicidad en sus semblantes. Maaka sirvió un whisky a su amigo. Como todos los maoríes, no tenía el menor inconveniente en tomarse el tiempo que fuese necesario en los saludos. Tim, sin embargo, fue directo al grano.

—Tenemos que hablar urgentemente, Jack. Esos cobertizos de esquileo..., y el personal que tienes. He pedido a tu capataz que...

Jack lo detuvo sonriendo.

—Luego, Tim... y Maaka. Por favor. Y ahora no quiero ningún whisky. Necesito un baño y comer algo... Pero cenaremos todos juntos, ¿no? Luego hablamos.

Maaka hizo un gesto afirmativo.

—Cuando quieras —respondió—. Ahora que has vuelto.

Pocas veces había albergado Kiward Station tantos comensales juntos como esa noche. Tim y Elaine, Lilian y Ben, Caleb, además de Maaka y su algo intimidada esposa. Era evidente que Wainarama se sentía algo incómoda entre todos esos *pakeha*, pero sus modales en la mesa eran impecables. Jack saludó a Roly con un afecto desacostumbrado y se sentó junto a Gloria. Gwyneira, con su tataranieto en las rodillas, resplandecía de dicha ante toda la familia. El pequeño Galahad manchaba de babas el vestido más bonito de Gwyneira y la despeinaba, pero ese tipo de cosas nunca habían molestado a la anciana, que contemplaba a Gloria complacida. La joven, vestida con la falda pantalón que su bisabuela le había comprado en Dunedin, suscitó la admiración de Lilian.

—Te sienta bien. Pero también te quedará de maravilla la última tendencia en vestidos. Te enseñaré las revistas...

Gloria y Jack callaban, como casi siempre, pero no era un silencio que provocara incomodidad. A ninguno parecía importarle tener tanta compañía. Cuando empezaron a hablar sobre el potro de *Princess*, intervino Lilian refiriéndose a *Vicky*.

—Desafortunadamente tuve que dejarla en Greymouth. Pese a que habría sido mucho más romántico huir a caballo... En cualquier caso me gustaría tenerla conmigo en casa. ¿Papá, se podrán llevar caballos en el transbordador? ¿O se marearán?

Para inmensa sorpresa de Gwyneira, Jack intervino en la conversación. En voz baja, como si ya no estuviera acostumbrado a hablar, se refirió a los animales del ejército de caballería durante la travesía por mar hacia Alejandría.

—Una vez al día los barcos daban media vuelta y avanzaban a contraviento para aliviar el calor. Y entonces pensé que no había que hacerlo. A los caballos no se les ha perdido nada en el mar..., y en la guerra aún menos...

—A lo mejor volvemos a mudarnos a la isla Sur —apuntó Lilian—. A mí me da igual dónde tenga que escribir, y Ben puede escoger. La Universidad de Dunedin estaría más que encantada de contratarlo... —Lilian dirigió a su marido una mirada llena de orgullo.

Tim puso los ojos en blanco, pero Elaine lo miró y lo reprendió con un movimiento de cabeza.

Gwyneira sonreía feliz.

Más tarde se reunieron todos en el salón. Tim y Maaka plantearon a Jack y Gloria sus propuestas de rehabilitación de la granja, sin darse cuenta de que los dos casi se estaban durmiendo de cansancio. Después del frío de la montaña, el fuego de la chimenea producía el efecto de un somnífero.

Lilian entabló conversación con la esposa de Maaka y confirmó que todavía sería más hermosa cuando saliera de su reserva. Gloria se percató con una mezcla de satisfacción y asombro de que, pese a todo, Jack no ponía especial interés en la chica maorí. Ben Biller, por su parte, tampoco reaccionó demasiado. Volvía a estar inmerso en una discusión con su padre, aunque esta vez la disputa giraba en torno a la cuestión de qué significado tenía realmente la derrota de Maui frente a la diosa de la muerte. ¿Se trataba solo de una traición de unos supuestos amigos o de la fatalidad de ser mortal? Ben basaba sus argumentos en los apuntes de Charlotte, mientras que Caleb se fundamentaba en las tallas de la isla Norte.

Ambos agitaban emocionados en el aire las pruebas de sus teorías y Jack reconoció alarmado la última carpeta de Charlotte en la mano de Ben. Se le encogió el corazón. Era inconcebible que los dibujos de Gloria hubieran ido a parar a manos de ese extraño. Nadie debería haberlos visto... ¿Por qué no los había escondido en lugar de limitarse a dejarlos en la carpeta?

Ben Biller se percató de su mirada asustada y la interpretó como una señal de desaprobación.

—Le pido mis disculpas, señor McKenzie, no queríamos coger los escritos sin su autorización, pero su madre ha tenido la amabilidad...

Gloria despertó de la somnolencia que le habían provocado las explicaciones de Tim. Hasta el momento había hecho caso omiso de la conversación de Ben y Caleb, pero en ese momento prestó atención.

Jack dirigió la mirada a Gwyneira. Ella levantó los ojos y descubrió el espanto en el rostro de Gloria.

—Por favor, acercaos un momento los dos —susurró Gwyneira—. No tenéis que decir nada. Solo quiero abrazaros, ahora que volvéis a estar aquí.

14

Jack y Gloria escucharon solo a medias los planes de los demás. Tim Lambert quería regresar a su casa lo antes posible, y Elaine trataba de convencer a Lilian y Ben para que pasaran con ellos un par de días. Para la joven pareja la excursión a Greymouth era objeto de discrepancia: Lilian quería volver a ver a sus hermanos y su caballo, pero Ben temía el reencuentro con su madre. Como cabía esperar, ganó Lily. Elaine susurró al oído de su esposo que Ben, pese a todo, era «realmente muy buen chico».

—Me gustaría saber qué habrá visto Lily en él —añadió, mientras Ben y Caleb se enzarzaban de nuevo en la cuestión de la previsibilidad general de las acciones de los dioses y figuras legendarias de la mitología maorí. Tim soltó un gruñido y Elaine interpretó que estaba de acuerdo con ella.

Maaka y su joven esposa se retiraron pronto; seguramente encontraban las discusiones de Ben y Caleb todavía más irritantes que el resto de los reunidos. Jack aprovechó la oportunidad para despedirse él también y Gloria, asimismo, deseó a todos unas buenas noches. Besó a su abuela en las mejillas, algo que no había vuelto a hacer desde que era niña. A Gwyneira se le escaparon las lágrimas.

Gloria abrió despacio la puerta de la habitación de Jack. No llamó, como tampoco lo hacía siendo niña, y con la misma naturalidad de muchos años antes, se deslizó bajo las sábanas. Sin embargo, en el pasado la niña siempre llevaba un camisón y enseguida, sin decir palabra, se apretaba contra su protector para seguir durmiendo sin sufrir pesadillas. En cambio, en ese momento la mujer se desprendió de la bata antes de acostarse junto a él. Estaba desnuda. Temblaba y Jack creía oír el agitado latido de su corazón.

—¿Qué tengo que hacer? —preguntó ella en un susurro.

—Nada —contestó Jack, pero Gloria agitó la cabeza.

Ella se apartó hacia atrás el cabello recién lavado y al mismo tiempo Jack levantó la mano. Sus dedos se tocaron y se separaron como víctimas de una descarga eléctrica.

—Eso ya lo he intentado —murmuró Gloria.

Jack le acarició el cabello y la besó. Primero en la frente y las mejillas, luego en la boca. Ella no la abrió, permaneció quieta.

—Gloria, no tienes que hacerlo —dijo Jack con suavidad—. Te quiero, tanto si compartes la cama conmigo como si no. Si tú no lo deseas...

—Pero tú sí quieres —murmuró Gloria.

—No se trata de eso. Si hay amor, los dos quieren. Si solo hay uno que disfrute, es... —No encontraba un calificativo—. En cualquier caso no está bien.

—¿A Charlotte le gustó la primera vez? —Gloria se relajó un poco.

Jack sonrió.

—Claro que sí. Aunque también era virgen cuando nos casamos.

—¿También? —preguntó la muchacha.

—Para mí eres virgen, Gloria. Todavía no has amado a ningún hombre, de lo contrario no preguntarías qué tienes que hacer. —Jack volvió a besarla, deslizando los labios por el cuello y los hombros de la joven. Con cautela le acarició los pechos.

—Entonces, enséñame —dijo ella bajito. Seguía temblando, pero poco a poco se fue calmando cuando él le besó los brazos, las muñecas, las manos ásperas y los dedos fuertes y cortos. Condujo la mano de la muchacha para que le acariciara el rostro mientras él la tocaba con cariño y precaución, como a un caballo asustadizo.

Después de Charlotte, Jack no había estado con ninguna otra mujer y se sentía algo inquieto. Pero Gloria era totalmente distinta de Charlotte. De acuerdo, su esposa había sido virgen y al principio algo tímida, pero tenía costumbres mundanas y era una sufragista en ciernes. Como tal, había salido a la calle con sus compañeras para reivindicar los derechos de la mujer, y las estudiantes se habían ocupado de suministrar medicinas a las chicas de la calle. La joven no había sido una completa ignorante: entre las chicas habían hablado e intercambiado experiencias. Charlotte, por consiguiente, tenía ilusión por la noche de bodas. Sentía curiosidad y ganas de aprender el arte del amor.

Gloria, por el contrario, tenía miedo, pero no manifestaba su temor retrayéndose, sino soportándolo todo. No oponía resistencia alguna; en algún momento de su traumática experiencia en el *Niobe* se había dado cuenta de que soportaba mejor el dolor cuando conseguía relajarse. Consciente de ello, Jack procuró que ella no se dejara llevar por ese abandono hasta convertirse entre sus brazos en una muñeca sin voluntad. Por este motivo habló con ella, le susurró palabras dulces mientras la acariciaba e intentó tocarla como nunca antes lo hubieran hecho. Se alegró cuando ella apretó el rostro contra su hombro y le enterneció que lo besara cuando él la penetró. La amó despacio, acariciándola y besándola en todo momento, y antes de alcanzar el clímax, se dio media vuelta y la puso encima de él. No quería desplomarse sobre ella como uno de sus lascivos clientes. Finalmente, ella resbaló a su lado y se apretó contra su hombro mientras él recuperaba la respiración. En ese momento se atrevió a hacerle una pregunta.

—Jack... —dijo, sin poder ocultar su temor—. El que vayas tan despacio... ¿es porque has estado enfermo? ¿O estás enfermo?

Jack se quedó atónito. Luego se le escapó la risa.

—¡Claro que no, Glory. No soy lento. Me tomo mi tiempo porque... porque luego es más bonito. Sobre todo para ti. ¿No te ha gustado, Glory?

Ella se mordió los labios.

—Yo... No sé. Pero si lo haces otra vez, intentaré fijarme.

Jack la abrazó.

—Glory, no se trata de un experimento científico. Intenta no preocuparte por nada. Solo por ti y por mí. Mira... —Buscó una imagen para explicarle el acto sexual y de repente le vino a la mente la última y tierna advertencia de Charlotte.

»Piensa en Papa y Rangi —dijo con suavidad—. Es como si el cielo y la tierra se hicieran uno y nunca más quisieran separarse.

Gloria tragó saliva.

—¿Puedo... puedo ser el cielo ahora?

Por primera vez no se limitó a tenderse bajo un hombre, sino que se colocó encima de Jack para besarlo y acariciarlo como él había hecho con ella. Y luego no se preocupó de nada más. El cielo y la tierra estallaron en puro éxtasis.

Gloria y Jack despertaron estrechamente enlazados. Jack fue el primero en abrir los ojos y ver dos vivarachas caras de collie. *Nimue* y *Tuesday*, que se habían acurrucado a los pies de la cama, se alegraban de que los seres humanos se dispusieran por fin a empezar el día.

—¡No vamos a convertir esto en costumbre! —observó Jack frunciendo el ceño, al tiempo que con un movimiento de cabeza ordenaba a los perros que salieran de la cama.

—¿Por qué no? —murmuró Gloria somnolienta—. La segunda vez me ha gustado de verdad.

Jack la despertó a besos y volvió a amarla.

—¿Cada vez es mejor? —preguntó ella a continuación.

Jack sonrió.

—Eso intento. Pero en lo referente a costumbres... Gloria, ¿te casarás conmigo?

Gloria se apretó todavía más contra él. Mientras Jack esperaba atento, ella escuchaba todos los ruidos de la casa al despertar.

Lilian cantaba fuerte y desafinando en el baño; Tim descendía con las muletas la escalera —siempre intentaba llegar el primero para que nadie lo viera bajar torpemente—; Elaine llamaba a su perro y en algún lugar Ben y Caleb discutían, seguro que de nuevo sobre los hábitos maoríes.

—¿Es imprescindible? —preguntó Gloria—. ¿No acabo de acostarme contigo en la casa dormitorio?

Jack y Gloria deseaban una boda sencilla, pero Gywneira pareció decepcionada y también Elaine protestó con vehemencia cuando se enteró. Era evidente que sentía que Lilian la había traicionado por no haber celebrado una gran fiesta y ahora quería participar al menos en la organización del enlace de Jack y Gloria.

—¡Una fiesta en el jardín! —exclamó Gwyn—. Las bodas más bonitas son siempre en el jardín, y ahora el verano está a punto de llegar. Podéis invitar a toda la región. ¡Tenéis que hacerlo! A fin de cuentas, se casa la heredera de Kiward Station y la gente espera que dé un nuevo impulso.

Si bien Gwyneira todavía recordaba algunas fiestas en los jardines de Kiward Station que no habían acabado nada felices, siempre le habían fascinado los farolillos en el parque, la pista de baile bajo el cielo estrellado y esa atmósfera mágica.

—¡Pero ni hablar de pianos! —decretó Gloria

—Ni de valses... —intervino Jack, recordando su primer baile con Charlotte.

—¡No! Nada de orquestas —manifestó Gwyneira, que también evocaba su boda con James—. Solo un par de personas que sepan tocar el violín y la flauta e interpreten alguna melodía. Seguro que a alguien encontramos entre los trabajadores. Tal vez alguien vuelva a bailar una giga conmigo...

Desde que sabía que Gloria y Jack se habían prometido, Gwyneira había rejuvenecido unos cuantos años y los planes de la boda la estimulaban.

—Y no esperaremos una eternidad —señaló Jack—. Nada de noviazgo de medio año o algo similar. Lo haremos...

—Primero las ovejas han de estar en la montaña —anunció Gloria—. Así que no antes de diciembre. Y piensa en los próximos cobertizos de esquileo. No tengo ningunas ganas de andar probándome vestidos mientras vosotros tenéis que supervisar la rehabilitación.

Gwyneira rio y habló de las interminables pruebas de su vestido de novia en Inglaterra. Hoy le parecía increíble que años atrás se hubiera equipado a una novia perfecta destinada a un marido en el otro extremo del mundo.

A Gloria no le gustaba hablar del vestido de novia. De hecho, el mero hecho de pensar en él ya la enervaba. Lo cierto es que nunca le habían sentado bien los vestidos. Además, seguro que todos los invitados la comparaban con Kura-maro-tini, cuyo maravilloso vestido sin duda recordarían. De niña le habían hablado con frecuencia del sencillo vestido de seda de Kura, de las flores naturales en su hermoso cabello... Gloria habría preferido ir al altar en pantalones de montar.

Al final, Lilian solucionó el problema. Ben obtuvo en Dunedin una cátedra —Lilian sospechaba que el padre del muchacho había recurrido a sus contactos, pero, naturalmente, no se lo dijo a Tim— y su joven esposa viajó cuatro semanas antes del enlace con niño, niñera y máquina de escribir a la isla Sur para intentar encontrar casa allí. En cualquier caso, este era el motivo oficial. De hecho fue primero a Kiward Station y se ocupó de todos los asuntos concernientes a la boda que su madre no había monopolizado. Constatar que todavía no había traje de novia la estimuló sobremanera.

—¡Tenemos que comprar un vestido! —anunció enérgicamente a la reticente Gloria—. Y no quiero oír ni una réplica: mañana nos vamos a Christchurch. ¡Sé exactamente lo que necesitas!

Diligentemente sacó del bolso una revista femenina de Inglaterra y la abrió delante de Gloria. Esta lanzó una mirada sorprendida a los amplios y flotantes vestidos de telas livianas, en parte adornados con lentejuelas y flecos, que recordaban un poco a las *piupiu*, las faldas de danzas maoríes. Los nuevos vestidos también eran más cortos, llegaban solo hasta la rodilla y no exigían una cintura de avispa, sino que alargaban el talle hacia abajo.

—¡Es el último grito! Así vestidas bailan el charlestón. Ah, sí, y también tienes que cortarte un poco el pelo. Mira, como esta chica...

La mujer de la revista llevaba el pelo corto y escalado.

—¡Eso será lo primero que hagamos, ya verás!

Lilian siempre le había cortado el pelo a Ben, ya que al principio de su matrimonio nunca les quedaba dinero para el barbero. En ese momento, pues, manejaba las tijeras tan deprisa y con tanta destreza por los encrespados mechones de Gloria, que esta se acordó de la forma de hacer de las cuadrillas de esquiladores. La joven no se atrevía a protestar ni tampoco podía hablarle a Lilian de su última «esquilada». Así que se mantuvo quieta, un poco asustada, y luego apenas si dio crédito a la imagen que vio en el espejo. El grueso cabello ya no se erizaba, sino que enmarcaba el rostro amablemente. El nuevo peinado acentuaba los pómulos altos y los rasgos ahora más marcados, resaltando el exotismo de la herencia maorí y estilizando la cara algo ancha y plana.

—¡Divina! —constató Lilian, satisfecha—. Y luego, claro está, tendrás que maquillarte. ¿Recuerdas cuando te enseñé en la escuela? En cualquier caso, no te preocupes de nada, porque para la boda ya me encargo yo. Y mañana compramos sin falta el vestido.

Fracasaron en la empresa porque en todo Christchurch no había ni un solo vestido charlestón. Los vendedores se mostraron incluso sorprendidos al ver las ilustraciones.

—¡Qué indecencia! —exclamó una matrona, ofendida—. No creo que aquí tenga buena acogida esta moda.

Gloria se probó un par de vestidos y al final hasta le entraron ganas de renunciar a la boda.

—¡Tengo un aspecto horroroso!

—Es que estos vestidos son horrorosos —dijo Lilian—. Dios mío, como si hubieran apostado a ver qué sastre cosía más volantes en un traje de novia. ¡Pareces un pastel de nata! No, hay que pensar algo. ¿Hay alguien en Kiward Station que tenga máquina de coser?

—¿No pensarás confeccionarlo tú misma? —preguntó Gloria, asustada. Los trabajos manuales formaban parte de las asignaturas de Oaks Garden y todavía recordaba bien las desastrosas obras de su prima.

Lilian soltó una risita.

—Yo no...

La única máquina de coser entre Christchurch y Haldon se encontraba en posesión de Marama. Era uno de los últimos regalos de su yerno William y en los últimos años se había utilizado para coser los sencillos pantalones de montar y camisas de los hijos de Marama.

—¡Estupendo! —se alegró Lilian—. El modelo despertará antiguos recuerdos. ¡Con uno así hizo juegos de manos con el vestido de novia de mi madre! ¿Puedo llamar por teléfono a Greymouth ahora mismo?

La boda de Gloria brindó la oportunidad a la señora O'Brien, la habilidosa madre de Roly, de viajar en tren por primera vez en su vida. Emocionada y con ganas de actividad, llegó dos días después de la llamada de socorro de Lilian a Christchurch y pareció casi tan escandalizada como los vendedores ante las imágenes de la revista. Sin embargo, luego se tomó el asunto como un desafío y se apresuró a elegir la tela adecuada.

—Puede ser tranquilamente seda, niñas, en cualquier caso una tela con caída, nada de tul. Y esos flecos... ¿eso viene de América, señorita Lily? ¿De los indios? Bueno, no soy yo la que ha de ponérselo.

Cuando al final Gloria se probó el vestido, hasta la señora O'Brien dio su beneplácito. Y Lilian exigió vehementemente un modelo parecido: a fin de cuentas era la dama de honor.

El vestido convirtió a Gloria en una mujer totalmente distinta. Parecía más alta, más adulta, pero también más dulce y juguetona. En realidad nunca había sido gorda, pero hasta el momento los vestidos le sentaban mal. Ahora se miraba por vez primera en el espejo y se encontraba delgada. Dio unas vueltas por la habitación, todas las que le permitieron los zapatos de tacón alto que Lilian había insistido que llevara.

—Y en lugar de velo necesitas un sombrerito así con plumas —concluyó Lily, señalando de nuevo la revista. Hasta el momento no se había atrevido a hacer tal sugerencia, pero Gloria estaba ahora lo bastante entusiasmada—. ¿Lo conseguirá, señora O'Brien?

Cuanto más se acercaba la ceremonia, más callaba Jack. Los dinámicos preparativos de Elaine y Lilian le recordaban demasiado a la agitación de Elizabeth y Gwyneira cuando se casó con Charlotte. No obstante, Gloria se refugiaba en los establos huyendo de todo ese alboroto, mientras que Charlotte había disfrutado del bullicio.

—Tendríamos que habernos ido de viaje —observó él la noche antes de la boda—. Lilian y Ben lo hicieron bien: lejos de todo y con una firma del registro civil de Auckland.

Gloria sacudió la cabeza.

—No, tenemos que celebrarla aquí —dijo con una voz extraordinariamente dulce.

El día anterior había llegado una carta de Kura y William Martyn. La respuesta al anuncio de compromiso de Gloria y Jack y a la invitación a la boda. No podrían asistir a esta última y se mostraban ofendidos porque no hubieran tenido en cuenta su gira al planearla. En esos momentos su compañía permanecía en Londres de nuevo, así que teóricamente habrían podido asistir, ya que en unos ocho meses aproximadamente estarían libres de compromisos. Al principio, Gloria se había enfadado por la carta, pero Jack la cogió, le echó un vistazo y la dejó a un lado. Abrazó a Gloria, que se había vuelto a poner tensa solo de tocar la carta de Kura.

—Nunca me hubiera atrevido a amarte de esta manera... —dijo con el rostro hundido en los cabellos de la joven.

Gloria se separó de él y levantó la vista, perpleja.

—¿Qué quieres decir?

—Si no te hubieran enviado a Inglaterra —explicó Jack—, te habrías quedado aquí y para mí nunca habrías sido una mujer adulta. Te habría querido, pero como a una hermana pequeña o una pariente próxima. Tú...

Gloria comprendió.

—Habría sido *tapu* para ti... —observó—. Es posible. Pero ¿tengo ahora que darles las gracias a mis padres por ello?

Jack sonrió.

—En cualquier caso, ya no tendrías que estar tan enfadada con ellos. Y deberías leer la posdata... —Recogió la carta, la alisó y se la tendió.

Gloria miró sin comprender un par de frases que completaban el escrito: Kura Martyn le pedía a Gwyneira que preparase un certificado. Tenían la intención de transferir a su hija Kiward Station como regalo de bodas. Gloria pareció ir a decir algo, pero no pronunció palabra.

—¿Tienes miedo de que ahora me case contigo por todas tus ovejas? —preguntó Jack, sonriente.

Gloria se encogió de hombros y tomó una profunda bocanada de aire.

—No sería tan malo —comentó—. Piensa en la abuela Gwyn. Ha tenido una vida larga y feliz con las ovejas de su esposo. —Gloria sonrió y cogió la mano de Jack—. Y ahora ven, se lo explicaremos. Por primera vez en decenios dormirá realmente tranquila.

El día del enlace fue un domingo soleado. Jack suspiró aliviado cuando la mañana se presentó sin nubes: el día que se casó con Charlotte había llovido. Elaine renunció de muy mala gana a tocar la marcha nupcial en la boda, pero Gloria no quería ni ver un piano. Marama cumplió con la tradición *pakeha*, pese a todo, tocando la marcha nupcial de *Lohengrin* en la flauta *putorino*. También fue ella quien se ocupó de la música durante el enlace y cantó con su voz etérea canciones de amor de los maoríes.

—Ha sido precioso —dijo con dulzura la señorita Bleachum, que acompañaba a Gloria como madrina. Se la notaba feliz y estaba guapa y rejuvenecida con un vestido moderno de color azul claro. La razón evidente de ello estaba a su lado. El doctor Pinter la acompañaba a la boda. También él estaba irreconocible: había engordado y la expresión abrumada del período de guerra había sido sustituida por un semblante sereno y alegre. Contó a Jack que había vuelto a operar.

—A un joven con las caderas deformadas. Era uno de los inválidos de guerra. La familia, claro está, no tenía dinero y el chico se habría quedado inválido. Y Sarah consideró que tenía que intentarlo. —Contempló a la señorita Bleachum con una mirada de adoración, como si solo a ella debiera su restablecimiento.

—¡Y ahora abrimos un hospital infantil! —anunció ella—. Robert ha heredado un poco de dinero y yo dispongo de unos ahorros. Hemos comprado una casa preciosa. ¡Y se ajusta a nuestro propósito de maravilla! Tras las operaciones, los niños tienen que permanecer largo tiempo en cama y no pueden ir a la escuela. Yo les daré clase. Me habría resultado difícil renunciar a mi profesión...

Se ruborizó al pronunciar las últimas palabras.

—¿Significa esto que se casa, señorita Bleachum? —inquirió Jack. Por supuesto, ya lo sabía, pero le fascinaba ver enrojecer a la antigua institutriz de Gloria—. Y eso que habíamos esperado volver a verla pronto entre nosotros...

La señorita Bleachum miró fugazmente a Gloria, cuya silueta no manifestaba ningún cambio, y volvió a ruborizarse. Su antigua alumna la ayudó a salir del compromiso presentando a Wiremu al doctor Pinter. Contrariamente a Tonga y otros dignatarios de la tribu, que habían asistido con la vestimenta tradicional, el joven llevaba un traje que no acababa de sentarle bien. Al parecer, todavía lo conservaba del tiempo en que había vivido en Dunedin y en los meses de guerrero y cazador había aumentado su masa muscular. Se diría que los hombros y los brazos iban a desgarrar la chaqueta.

—Wiremu estudia medicina. ¿No necesitaría usted un asistente en su hospital?

El doctor Pinter miró los tatuajes de Wiremu con desaprobación.

—No sé —rechazó—. Dará miedo a los niños...

—¡Qué va! —replicó Sarah con entusiasmo—. ¡Al contrario! Les dará valor. Un guerrero maorí alto y fuerte a su lado... ¡Es lo que necesitan esos niños! ¡Si lo desea, será usted sinceramente bien recibido!

Sarah tendió la mano a Wiremu y el doctor Pinter la imitó.

Tonga contemplaba a su hijo con evidente desaprobación. Al final se reunió con Gwyneira.

—No puedo más que volver a felicitarla —observó—. Primero Kura; ahora, Gloria.

Gwyneira se encogió de hombros.

—A ninguna le he escogido yo el marido —señaló—. Nunca me ha gustado ese juego. Kura siempre fue distinta. Tú no habrías podido detenerla, ni aunque se hubiese casado con un maorí. Con ella, te habrías encontrado como yo. Pero Gloria... Ella ha regresado. A mí y a vosotros. Pertenece a esta tierra. Kiward Station es... ¿Cómo lo llamáis? Su *maunga*, ¿no crees? No necesitas unirla a la tribu. Tiene aquí sus raíces. Y también Jack. —Siguió la mirada de Tonga a su hijo—. Y Wiremu... Tal vez regrese. Pero no puedes obligarlo.

Tonga sonrió.

—Los años la están volviendo sabia, señorita Gwyn. Haga el favor de decirles que vengan los dos al *marae* en la próxima luna llena. Celebraremos un *powhiri* para saludar al nuevo miembro de la tribu.

—El nuevo... —Gwyneira no entendía.

—No del todo nuevo —intervino Rongo—. Jack lleva tiempo con nosotros. Pero hay que dar la bienvenida al esposo de Gloria.

—¿Cómo ha ido con Florence?

Tim Lambert llegó la mañana del día de la boda a Kiward Station y, entre los preparativos y la ceremonia, Elaine y él no habían podido hablar con cierta calma. En esos momentos estaban sentados con Gwyneira y los padres de Elaine en una mesa tranquila, lejos de la pista de baile, donde Roly giraba con su esposa Mary.

Tim miró a su mujer con una expresión casi de pena.

—Bueno, todavía no somos amigos, pero creo que ha entendido de qué se trata y, ante todo, es una mujer de negocios. Aceptará nuestras sugerencias.

La visita de Ben y Lilian a Greymouth no había estado exenta de tensiones. Lilian había esperado, claro está, que Florence Biller-Weber sucumbiera al encanto de su bebé como lo habían hecho sus padres, pero la madre de Ben era de otra pasta. Miró al pequeño Galahad con una expresión más de recelo que de adoración, casi como si ya estuviera sopesando si se convertiría a sus ojos en un fracasado de la misma talla que su padre y su abuelo. Por otra parte, también tuvo que aceptar el hecho consumado de que Gal era uno de los herederos de su mina, al igual que de la de Tim, incluso aunque nunca asumiera las tareas de mando. En cuanto a este punto, el extraordinario éxito de su segundo hijo mitigaba la cólera que le causaba Ben. Samuel Biller parecía hecho para dirigir el negocio. Su madre se reconocía en el cálculo claro y el poder de resolución de su vástago. Y entre los Lambert, al parecer, también había hijos que se interesaban por el negocio de la mina. Con algo de suerte algún día compensarían a Ben y Lilian. Se diría que Ben encontraba la idea estupenda, pero, sorprendentemente, Caleb se negó a apoyarla.

—Mi hijo se merece algo más que una limosna —dijo sin perder la calma, pero con tal determinación que Florence tuvo la impresión de que más le valía no enfrentarse él. Ahora no importaba. Si la mina volvía a tener ganancias, la familia podría permitirse otro erudito.

Respecto a esto último, los Biller no podían pasar por alto las propuestas de Tim. Florence tenía que poner punto final a la ruinosa rivalidad con Lambert. Tal vez cerrara realmente la fábrica de coque. Tim, a cambio, le sugería que construyeran la planeada fábrica de briquetas en sus tierras.

—El enlace ferroviario es mucho mejor y el terreno ya está habilitado. No necesitamos desmontarlo de nuevo, lo que abarata todos los costes. Y Greenwood Enterprises puede invertir tanto en tu negocio como en el mío. Claro que precisaremos de ciertas garantías, pero seguro que de ningún conflicto familiar...

Al final habían sellado el pacto con una botella de whisky que Florence tal vez había tomado demasiado precipitadamente. Pero, tal como Tim mencionó, aguantó como el que más.

—Suena todo muy bien —apuntó Elaine, mirando a Lilian y Ben desde lejos. Ben conversaba con un joven maorí tatuado mientras Lilian charlaba con la anterior institutriz de Gloria—. Y no podemos quejarnos del muchacho, creo que está muy enamorado de Lilian. ¡Si al menos tuviera alguna idea de qué encuentra ella en él!

Tim hizo un gesto de ignorancia.

—¡Ya me lo contarás cuando lo descubras! —señaló—, pero me temo que antes resolverás el misterio de las pirámides...

—¡Así que también la señorita Bleachum ha encontrado marido! —dijo Lilian riendo. Mientras Ben seguía hablando con Wiremu y Jack se veía obligado a beber whisky con un par de invitados, Lilian y Gloria se habían acercado a la mesa de la familia. La primera bebía vino espumoso y estaba de un humor excelente. Volvía a estar eufórica, sobre todo después de que los invitados se deshicieran en cumplidos a la vista del vestido de novia de Gloria. El novio, por el contrario, se había mantenido en silencio. Solo en sus ojos se plasmaba la admiración, pero Gloria la había visto y se había paseado de su brazo entre la muchedumbre de invitados. Nada que ver con la chica solitaria, enfurruñada y regordeta del internado, ni con la joven que antes de la boda habría escapado corriendo. Estas cosas hacían feliz a Lilian. Casi más que los finales felices de sus historias. Que ahora la vida de la señorita Bleachum tomara la dirección correcta la entusiasmaba.

—¡A ver si todavía tiene hijos! No es que sea muy joven... Y el doctor Pinter..., bueno, para mí es un misterio qué habrá visto en él.

—¿Y tú en Ben? —preguntó Gloria como de pasada. Le interesaba proteger a su querida señorita Bleachum de cualquier chismorreo. No se percató de que unas cuantas mujeres de la mesa contenían el aliento de emoción.

Lilian frunció el ceño como si reflexionara.

—En cualquier caso, yo siempre había pensado que te casarías con una especie de héroe —prosiguió Gloria siempre en un tono liviano. No daba la impresión de estar realmente interesada—. Por todas esas historias, canciones y así.

Lilian suspiró de forma teatral.

—Ay, ¿sabes? —respondió—. Todas esas aventuras..., leerlas es maravillosamente romántico, pero en la realidad no es tan divertido ser más pobre que una rata, no tener una casa como Dios manda y no saber dónde caerse muerto.

—¿No me digas? —preguntó Elaine, divertida—. ¡Eso sí que es una sorpresa!

Su madre, Fleurette, y Gwyneira contuvieron la risa, e incluso Gloria hizo una mueca. Pero Lilian no se percató de la ironía.

—Pues ya ves —respondió, compartiendo con las demás sus pensamientos—. Y si alguien le pegara un tiro o esas cosas que siempre les pasan a los héroes... Bueno, si Ben, no sé, se hiciera a la mar..., ¡estaría todo el día preocupada por él!

—¿Y eso qué tiene que ver con lo que hayas visto en él? —preguntó Gloria con expresión de extrañeza. No siempre lograba seguir los razonamientos de su prima.

—Bueno, pues que con Ben no tengo que preocuparme —precisó Lily, indolente—. Por las mañanas se va a la biblioteca y estudia los dialectos de los mares del Sur y lo más emocionante que logra planear es una excursión a las islas Cook.

—¿Y qué dices de las hermosas habitantes de las islas del Sur? —la pinchó Elaine—. Entiende la frase «te quiero» al menos en diez dialectos.

Lilian soltó una risita.

—Pero antes tendría que discutir a fondo sobre el principio de la formación de parejas por motivos emocionales en esos ámbitos culturales. Además de investigar sus posibles raíces prácticas o mitológicas e intercambiar con otros científicos conocimientos sobre la representación figurativa de las relaciones sexuales en los ámbitos geográficos concernientes. A fin de cuentas no desearía hacer nada erróneo. A esas alturas la chica ya estaría aburrida, así que en cuanto a esto no tengo motivo de preocupación.

Los demás se echaron a reír abiertamente, pero Lilian no se lo tomó a mal.

—¿Y tú nunca te aburres? —preguntó Gwyneira, sorprendida. Pese a su avanzada edad, sus ojos resplandecían con la misma viveza que cuando habían celebrado su boda en Kiward Station, tanto tiempo atrás.

Lilian se encogió de hombros.

—Si me aburro, tengo a Galahad. Y a Florian y Jeffery... El nuevo se llama Juvert...

Sonriente, enumeró a los protagonistas de sus libros.

—Y cuando por la tarde tengo que seguir escribiendo porque el protagonista está cautivo en alguna parte o tiene que rescatar a su chica de una situación horrible, a Ben tampoco le importa cocinar.

—Los héroes de verdad cazan ellos mismos los conejos que han de comer —se burló Gwyneira. Pensaba en James y en aquellos tiempos felices en los que había pescado y cazado para ellos y habían asado luego la carne en una hoguera.

Su hija Fleurette asintió.

—¡Y luego dejan los despojos por todas partes! —observó concisa—. Entiendo lo que dices, Lily. Tu Ben es el mejor.

A medianoche los hijos de Elaine encendieron fuegos artificiales. La mayoría de los invitados, ya achispados, los recibieron con gritos de alborozo.

Gwyneira McKenzie, por el contrario, se retiró a los establos. Sabía que los caballos estaban encerrados. No se encontraría con ningún James, metiendo a toda prisa las yeguas de cría para que no se asustaran con los estallidos. En el pajar nadie tocaba el violín, puesto que Jack y Gloria no habían querido separar a personal y señores durante la fiesta, como se hacía en otros tiempos. En la boda de Gwyneira, un cuarteto de cuerda había tocado en el jardín festivamente iluminado, mientras que esa noche los pastores sacaban a bailar a las doncellas de las señoras al ritmo de la música del acordeón, el violín y una flauta *tin whistle*. Gwyneira miró el fuego y creyó distinguir el rostro resplandeciente de James cuando ella acudía a reunirse con los hombres y salía a bailar con él. Entonces ella casi lo había besado.

Pero también en esos momentos, donde antes se había situado la improvisada pista de baile, había una pareja y se besaba. Jack y Gloria habían huido del alboroto y se mantenían estrechamente enlazados mientras miles de estrellas fugaces iluminaban el firmamento.

Gwyneira no les dijo nada. Simplemente se internó en la oscuridad y los dejó solos. Eran el futuro.

—Esta es mi última boda en Kiward Station... —dijo Gwyneira melancólica. Había renunciado al vino espumoso y bebía un vaso de whisky a la salud de James—. Ya no conoceré a la próxima generación.

Lilian, a quien el champán había puesto sentimental, estrechó a la anciana entre sus brazos.

—¡Pero qué dices abuela! ¡Mira, si ya tienes un tataranieto! —Se diría que Galahad iba a casarse al día siguiente—. Y además... La verdad es que podríamos casarnos otra vez, Ben. En el registro civil de Auckland fue bastante tristón, aquí es mil veces mejor. Sobre todo los fuegos artificiales. O no, lo haremos según el rito maorí. Como en *La heredera de Wakanui*, ¡era tan romántico!... —Miró a Ben resplandeciente.

—Cariño, las tribus maoríes no celebran bodas románticas. —Ben tenía aspecto cansado, era posible que hubiera soltado varias veces el mismo discurso a su esposa—. Las ceremonias de matrimonio formales desempeñan una función; en cualquier caso, en las relaciones dinásticas, en las que también se supone un enlace religioso... —Quería seguir con la perorata, pero advirtió que su público no estaba muy atento—. ¡El rito de *La heredera de Wakanui* es una invención de las tuyas!

Lilian hizo un gesto despreocupado.

—¿Y qué? —replicó con una sonrisa indulgente—. ¿A quién le importa? En el fondo siempre se trata de contar una historia que sea buena de verdad.

Epílogo y agradecimientos

También una novela histórica precisa de un buen argumento, pero la actitud relajada de mi despreocupada Lily con la historia y la mitología no es propia de un autor serio. Por mi parte, me he esforzado por situar a mis personajes de ficción en una trama de acontecimientos bien documentada. Eso fue relativamente fácil en el caso de la batalla de Galípoli. En todas las versiones posibles, desde testimonios del momento hasta ediciones para jóvenes, la historia de las tropas del ANZAC no solo se encuentra en innumerables publicaciones, sino también navegando por internet. En cualquier caso, los sufrimientos de los hombres en las trincheras casi siempre se embellecen como actos heroicos.

La reinterpretación de este error militar de consecuencias catastróficas y la consiguiente derrota para convertirlos en una epopeya heroica no tiene parangón en la historia. De hecho, Galípoli fue una de las batallas más sangrientas de la Primera Guerra Mundial y el mérito del alto mando del ejército residió solo en haber realizado una retirada muy eficaz de las tropas, sorprendentemente poco desmoralizadas. Por supuesto, en la época también había periodistas críticos que planteaban penetrantes preguntas acerca del sentido de las contiendas, que tal vez hasta llegaron a abreviar un poco el desastre. Para la posterioridad, sin embargo, solo se celebró la heroicidad de los soldados entregados sin piedad. Una excepción la constituye la canción de Eric Bogle *And the Band Played Waltzing Matilda*, que a mí me impresionó más que todos los desfiles que se celebran anualmente en el día del ANZAC.

He intentado describir con la mayor autenticidad posible el ambiente y el transcurso de las batallas de Galípoli. Los personajes de los soldados y de sus superiores son, por el contrario, ficticios. La única excepción la constituyen el oficial de sanidad Joseph Lievesley Beeston y su perro sin raza, poco dado a la disciplina militar, *Paddy*. Sus aventuras quedan registradas en internet. El diario de guerra de Beeston ofreció muchos datos y un trasfondo para mi historia. Por desgracia no se ha conservado ninguna imagen de los dos. Tuve, pues, que poner a trabajar mi imaginación, con lo que, en el caso de *Paddy*, acudió a mi mente la imagen de mi perro, cruce de teckel y también bastante reticente a cumplir órdenes. ¡Gracias, *Buddy*, por la continua inspiración!

Ya en mis libros anteriores la tribu maorí asentada en Kiward Station desempeñaba un papel importante, pero esta vez he permitido que Gloria se introdujera más profundamente en sus concepciones y forma de vida con la intención de describir la realidad de la existencia en la isla Sur a comienzos del siglo XX. Ahora bien, investigar en el ámbito de la cultura maorí no es sencillo, precisamente porque, en el fondo, no existe la cultura maorí como tal.

De hecho, cada tribu tenía y tiene sus propios hábitos y *tapu*. Cada una difiere profundamente de la otra y depende en gran medida de las condiciones de vida de las comunidades. Así pues, la isla Sur era esencialmente más pobre en recursos y estaba menos colonizada que la Norte. Entre las tribus había muchos menos conflictos bélicos, por lo que las leyes, *tapu* y valores estaban menos «militarizados».

Principalmente, la isla Norte se destaca por una cultura maorí más compleja. Lo único que comparten los habitantes de las islas Norte y Sur son el panteón y el mundo de las sagas. La ciencia —a estas alturas se imparten estudios sobre los maoríes en todas las grandes universidades de Nueva Zelanda— se vale de esa diversidad, aprovechando aspectos parciales e investigándolos para luego situarlos, cuando es posible, en el marco general. Otras publicaciones menos serias se sirven de la tradición maorí como en un supermercado: escogen siempre lo que se adapta a su concepción del mundo o a lo que parece rentable. Así, por ejemplo, resulta significativo que un curandero alemán dedique todo un libro al aceite del árbol del té como supuesto remedio universal de los maoríes, mientras que el sitio web oficial de las organizaciones maoríes ni siquiera mencione el árbol *manuka*.

Asimismo, los esotéricos se nutren recientemente de la presunta sabiduría maorí, lo que les quita un peso de encima a sus víctimas preferidas hasta el momento, los aborígenes de Australia. Estos no estaban para nada entusiasmados con los poderes milagrosos que les atribuían los soñadores occidentales. Habrían preferido una mayor aceptación, más oportunidades de educación y trabajos mejor remunerados que mera publicidad. En todo caso, cabe afirmar que, básicamente, todas las publicaciones sobre la cultura maorí (y en especial sobre la de los aborígenes) son más que dudosas. La seriedad de las fuentes apenas es verificable. Esta es la razón de que a la hora de investigar para elaborar esta novela me haya limitado a las declaraciones y publicaciones de los maoríes y sus organizaciones. Si bien esto tampoco garantiza la autenticidad absoluta (es comprensible que los aspectos más tétricos de la propia cultura tiendan a omitirse en las páginas de «nosotros sobre nosotros»), evita, sin embargo, especulaciones demasiado osadas.

Sobre el estudio científico de la cultura maorí debemos señalar también que en este libro he anticipado un poco el tiempo. A principios del siglo XX todavía no había en Auckland ninguna facultad de estudios maoríes. He situado al profesor de Ben en el departamento de Lingüística, pero este aún se hallaba en construcción. Pese a ello, por aquel entonces sí debían de existir estudiosos sin cargos públicos, como Caleb y Charlotte.

El abismo entre maoríes y *pakeha* nunca fue tan profundo como entre indígenas y colonos en otras partes del mundo, especialmente en la isla Sur. Entre los ngai tahu —a los que no solo pertenece mi tribu ficticia, sino prácticamente todos los *iwi* de la isla Sur— y los inmigrantes de Europa nunca se produjeron conflictos dignos de mención. Según declaraciones de una etnóloga maorí, que tuvo la amabilidad de hablar conmigo al respecto, las tribus se adaptaron de buen grado a la forma de vida occidental, pues, al menos en un principio, ofrecía más comodidades. Hasta más tarde no aparecieron dudas al respecto, por lo que, desde este punto de vista, el personaje de Tonga de mi novela también se anticipa un poco a su tiempo. En la actualidad existe entre los maoríes, sobre todo en la isla Norte, un poderoso movimiento que insta a recuperar su propia cultura y anima así también a los jóvenes *pakeha* a implicarse en ello.

En lo que respecta a la historia de Lilian, el lector o la lectora se preguntará tal vez si el tema de la boda no está tomado un poco por los pelos. De hecho, en Nueva Zelanda se podía y todavía se puede establecer un lazo de por vida de forma espontánea... siempre que se tenga un pasaporte y una edad mínima. La autorización escrita de los padres para los menores de dieciocho años era y sigue siendo una cuestión formal.

En la época de Lilian ya se publicaba en la isla Norte el *Auckland Herald*. El periódico pertenecía de hecho a la familia Wilson. No obstante, el dinámico redactor jefe Thomas Wilson es un personaje de ficción, al contrario que la médium, de fama internacional en su tiempo, Margery Crandon. Que esa señora hiciera de las suyas por Nueva Zelanda es poco probable, al menos durante los años de la guerra. En ese período se puso al servicio de los demás conduciendo una ambulancia en Nueva Inglaterra. Por lo demás, realmente sedujo a Arthur Conan Doyle, mientras que el gran mago Houdini compartía la opinión de Lily. Este demostró que Crandon era una embustera, lo que sin embargo no afectó a su fama de mística. No hay nada mejor que una buena historia...

Como siempre, doy las gracias a mis amigos y correctores por su consejo y ayuda en la creación de este libro, especialmente

—como es habitual— a mi agente taumaturgo Bastian Schlück. Klara Decker leyó, como de costumbre, las pruebas, y Eva Schlück y Melanie Blank-Schröder intervinieron en la discusión sobre la a menudo algo potente figura de Gloria, además de realizar sus tareas normales de editoras. Sin duda, es poco frecuente que la protagonista de una novela se ponga tantas trabas a sí misma como la bisnieta de Gwyneira. También a mí me sacaba a veces de quicio. Pero ella era así: un ser humano en una novela que trata de seres humanos.

Rob Ritchie me ayudó a reunir información sobre los grados y la vida de los militares británicos y se ocupó de comprobar la autenticidad de todo el capítulo dedicado a Galípoli. Mi alemán no es de los más sencillos y estoy segura de que dedicó muchas horas a esa tarea. La sensación de recibir un disparo durante un inofensivo paseo se la debo a la muy indisciplinada sociedad de cazadores local, algo de lo que no me siento en absoluto agradecida.

Y mientras trabajaba en los primeros capítulos me acompañó siempre mi perra border collie *Cleo*, que inspiró los primeros volúmenes de la trilogía *En el país de la nube blanca*. Luego partió, cuando casi tenía veinte años, a Hawaiki con los espíritus.

Nos vemos en el cielo, *Cleo*..., y un par de estrellas más allá.

SARAH LARK

LIBROS ANTERIORES
DE ESTA TRILOGÍA

EN EL PAÍS DE LA NUBE BLANCA

Sarah Lark

Londres, 1852: dos chicas emprenden la travesía en barco hacia Nueva Zelanda. Para ellas significa el comienzo de una nueva vida como futuras esposas de unos hombres a quienes no conocen. Gwyneira, de origen noble, está prometida al hijo de un magnate de la lana, mientras que Helen, institutriz de profesión, ha respondido a la solicitud de matrimonio de un granjero. Ambas deberán seguir su destino en una tierra comparada con el paraíso. Pero ¿hallarán el amor y la felicidad en el extremo opuesto del mundo?

En el país de la nube blanca, el debut más exitoso de los últimos años en Alemania, es una novela cautivante sobre el amor y el odio, la confianza y la enemistad, y sobre dos familias cuyo sino está unido de forma indisoluble.

LA CANCIÓN DE LOS MAORÍES

Sarah Lark

En *La canción de los maoríes*, las primas Elaine y Kura se debatirán entre las raíces inglesas y la llamada del pueblo maorí para forjar su propio destino. Entretanto, vivirán los vaivenes de una tierra comparada con el paraíso a la que llegan misteriosos desconocidos decididos a quedarse.

Los lectores se rinden a Sarah Lark: «Una gran historia; Adictiva; Apasionante de principio a fin; Fantástica; Una saga como las de antes; Impresionante; Un viaje inolvidable y emocionante; Atrapa desde la primera página; Un libro precioso; Excelente visión de la diferencia de culturas: Cien por cien recomendable.»